中外神话故事

欣赏美丽神话　探索古今故事

图文珍藏版

刘凯◎主编

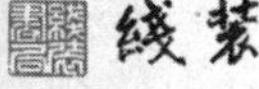

线装书局

泰山娘娘

（白族）

汉明帝时，西牛国有一位乐善好施、慷慨大方的大善人，名叫石守道。

石守道二十岁的时候，与一位美貌的富家女子结为夫妻。小夫妻恩恩爱爱，过着安定的生活。可美中不足的是，夫妻二人婚后多年还没有孩子。石家一脉单传，就石守道一个男丁，没有孩子就意味着断了香火。石守道的老母亲心急如焚到处烧香拜佛，祈求上天开恩，赐石家一男半女，好让石家后继有人。

皇天不负有心人，石家终于添了一个可爱的小女儿，取名玉叶。玉叶生来体貌端庄，聪明伶俐，小小年纪就能吟诗作对，通晓事理且琴棋书画样样精通。

玉叶十二岁时，家中来了一位道士。道士一见玉叶就赞叹不已，说她天生仙骨，有朝一日定可成仙。石守道听了非常高兴，就让玉叶拜道士为师。道士教会了她不少仙术。玉叶十五岁的时候，有一次跟随父亲到西海做生意。西海龙王的儿子见玉叶长得美艳动人、超凡脱俗，决意娶她为妻，就让父亲去石家提亲。西海龙王虽不太情愿娶一个凡女做儿媳妇，但经不住爱子的苦苦哀求，还是硬着头皮去了。石家见龙王上门提亲，喜出望外，爽快地答应了这门亲事。

这一年，王母娘娘举行蟠桃盛会，玉叶随夫君一起赴宴。王母娘娘出了一道考题，众神仙都面面相觑，回答不出来，只有玉叶对答如流。众神仙纷纷夸奖玉叶聪明伶俐。玉帝见她才华出众，也甚为欣赏，于是封她为“泰山娘娘”，派她到泰山黄花洞修炼仙道，并统率东岳府的天兵天将，掌管人间善恶。

有一年春天，风调雨顺，庄稼长势很好，老百姓都说今年又是一个丰收年。一转眼庄稼成熟了，田地里到处是一望无际的金黄的小麦，大家看在眼里，心里别提多高兴了。

收割的时候到了，百姓们都在田里兴致勃勃地忙活。就在此时，天忽然黑了下来。人们抬头一看，只见从远处飘来一团黑乎乎的东西，却都不知道那究竟是什么。“黑云”越来越近，天也越来越黑，百姓们不由得害怕起来。

“蝗虫精！”这时人群中突然传出一声尖叫。

蝗虫是庄稼的天敌。每年蝗虫都会在收获季节飞来田间抢食庄稼，但是人们却从来没有见过像今天这么多的蝗虫。

泰山娘娘正在黄花洞修炼，突然远远看见一朵“黑云”向田间飞去，顿时感觉到了一股邪气，忙驾上祥云赶往田间。等她赶到时，密密麻麻的蝗虫已经附在庄稼上啃食起来了。

百姓们手忙脚乱地驱赶着蝗虫，但是蝗虫太多了，驱赶根本无济于事。

泰山娘娘一看大事不好，就聚起法力吹出了一股真气。田间顿时卷起一阵狂风，将蝗虫精卷走了。

幸好泰山娘娘及时赶到，庄稼才没有遭受太大的损失。百姓们知道蝗虫精一定还会再回来，就请泰山娘娘想想办法。泰山娘娘知道蝗虫精的法力并不在自己之下，自己虽说修炼了几百年，但也不一定敌得过他，况且自己方才已消耗了大量体力，如果再动用真气，就会大伤元气。泰山娘娘一时无计可施，心急如焚，她清楚地知道，如果在天亮之前还没有想出办法，庄稼就保不住了。

泰山娘娘冥思苦想，终于想出了一个办法：去通天井找蛙仙帮忙。她一刻也不耽搁地赶到通天井，把事情的经过原原本本地给蛙仙讲了一遍。蛙仙一听蝗虫精竟如此猖狂，当即派百万蛙军随泰山娘娘一同前往降妖。

到了泰山之后，泰山娘娘命蛙军埋伏在田间待命，并告诉百姓们第二天务必待在家中不要出去。

天刚亮，蝗虫精就铺天盖地地飞来了。见田间没人，众蝗虫不由得心中窃喜，心想这下可以好好地大吃一顿了。当蝗虫们刚要飞到田里时，埋伏在一旁的泰山娘娘一声令下，百万蛙军从田间跳了出来。顿时，蝗虫们就被重重包围，等它们反应过来时已经来不及逃了。

一会儿工夫，蝗虫精就被蛙仙消灭了。大获全胜的蛙军带着满满的收获告别泰山娘娘回通天井去了。

到了第三天，百姓们怀着忐忑的心情来到田头一看，田里的庄稼安然无恙，都高兴极了。

为了感念泰山娘娘的恩情，百姓们为泰山娘娘举行了盛大的庙会。从此以后，泰山娘娘名声便传开了。方圆千里的百姓有了难事，都跑来泰山娘娘的庙里烧香求拜，泰山娘娘对百姓合理的请求无不有求必应。

日月甲马

从前，白族巫师在施行巫术前，要贴挂或焚烧一种甲马纸。甲马纸是巫师将自己崇奉的神鬼形象和有关的故事，刻在木板上，用黄、白二色土纸拓印下来，甲马纸上的图案互不雷同，各有寓意。其中有一种日月甲马纸，画的正中是一只伸颈啼鸣的大公鸡，旁边趴着一个大玉蟾，蟾头上顶着一个太阳和一个月亮。白族群众称它为日月神。不仅巫师作法术时要悬挂供奉，就是民间每年正月初一祭太阳神、八月十五祭月亮神的时候，都要焚烧这种甲马纸。

传说，在天地刚刚分开的时候，天上有十个太阳，一个月亮。月神名叫英比，她是个非常好看的姑娘，就住在月宫里。那时，天上只有她是女的，就做了十个太阳的妻子。

英比自从做了太阳神的妻子后，在一千年中，同十个太阳神生了九万九千九百九十九个娃娃。每个娃娃单独住一间水晶石造的房子，互相不能往来，过着可怜巴巴的日子。他们受不住孤寂时，就想法挖墙破壁，逃出水晶房子。他们弄坏的水晶墙壁，随风飘在云层上，成了天上的星星。后来，有些娃娃在天上过不惯苦日子，就逃到地面上来居住，相互婚配，结成夫妻，生儿育女。从此，大地上就有了人类。

天上的十个太阳神，除英娃外，一个比一个凶恶。他们白天黑夜地折磨英比，打骂英比。英比受不住时，就悄悄跑到天眼洞中，躲起来啼哭。她的泪水落在地上，变成了雨水。雨水在地面上汇积起来，就成了江河湖海。大地上有了水，长出了花草树木、瓜果谷物，从此，人类就有了吃的东西。

英娃神很体贴英比，他从来没骂过英比一句，戳过英比一指头；弄到什么好吃的东西，宁可自己不吃，也要送给英比；每当英比受其他太阳神的气或挨打时，他总是想法子宽慰她、关心她。

后来，英娃同英比在天眼洞中生了两个娃娃，一个是鸡，一个是蟾。夫妻俩想把这对孩子留在身边，但怕遭到其他几个太阳神的暗算，便悄悄把他们送到地面上去，同逃到大地上的白子姐妹们生活在一起。

天长日久，九个太阳神发现自己的好多儿女逃到大地上传宗接代。他们又气又恨，决心把大地上的人类和万物毁掉。

除了英娃神外，九个太阳神每人造了一架独轮车，车上烧起火，昼夜不停地在天上跑来跑去，他们要用天火把地上的人类和万物烧掉。这一下，地面上的人类可遭大难了，江河湖海的水烧干了，花草树木烧焦了，石头烧得冒油，飞禽走兽烧成了灰炭，人类也快要被天火烧得死光了。

鸡和蟾眼看着自己的兄弟姊妹被天火烧得死的死，残的残，心疼得比刀戳还要难受，决心要除掉太阳神。弟兄俩到巫嘎山中挖来了九大块乌墨石，打磨了九天九夜，造成了九杆梭镖。有了武器，蟾顶着天火追着九个太阳神，瞅准机会，把梭镖一支支向太阳神射去。蟾不但力气大，投掷梭镖的准头也好，手中的九支梭镖，分别刺死了九个凶恶的太阳神。九个太阳神连同他们的九车天火，一下子从天上落下，坠到南海里去了，从此，南海的地内便有了火温，海水成了热水。

再说，英娃和英比看到蟾追杀太阳神，怕遭到蟾的误伤，两人悄悄跑到天眼洞躲起来，不敢露面。九个太阳神被蟾刺死坠落后，天地间没有了光亮，也没有温暖了，像个大冰洞一样寒冷。人类和万物还是没法生存。蟾看到自己好心办了坏事，让兄弟姊妹们仍旧受苦，急得大哭起来，他的泪水“哗哗啦啦”不停地淌，流满了江河湖海，从此，人间又有了水。

鸡弟弟见蟾哥哥哭得伤心，怕哭坏他的身体，便宽慰他说：“哥哥，不用啼哭，九个太阳阿爸虽然死了，还有英娃阿爸和英比阿妈在天上，这时恐怕他俩躲起来了，我们分头去寻找他俩，找到他俩后，请他俩给我们照亮，给我们温暖，我们同地上的兄弟姊妹们就不会过苦日子了。”蟾哥哥听了鸡弟弟的话，便同鸡弟弟分头去寻找英娃阿爸和英比阿妈。蟾到天上找，鸡在地上寻。

鸡弟弟在地上寻找阿爸和阿妈，从东岭跑到西山，从南海跑到北海。一边找寻，一边呼喊："阿爸哟！快给你的儿女们温暖；阿妈哟！快给你的儿女们光亮！"他的喊声让躲在天眼洞中的英娃和英比听到了，他俩伸出头来想看个究竟。这时，让在天上寻找爹妈的蟾看见了，蟾忙跑进洞去，左手托起英娃阿爹，右手托起英比阿妈，把两位老人高高地举起。顷刻，太阳和月亮照亮了天地，温暖同时洒到了大地上。从此，大地上又有了温暖和光亮。鸡的呼喊让蟾听见了，他高举着太阳和月亮，朝鸡弟弟呼唤的地方跑来，弟兄团圆了，父母子女团圆了，大家高兴得又唱又跳。从此，大地上又生长出花草树木，谷物瓜菜，大家又过上了好日子。

为了让英娃阿爹和英比阿妈有一定的休息时间，也为了让人间白天黑夜都有光亮，白天，英娃阿爹在天上照明，英比阿妈休息，夜晚，英比阿妈在天上照亮，英娃阿爹休息。直到今天，都是白天出太阳，晚上出月亮。公鸡本来是没有冠子的，因他寻找太阳有功，人间的弟兄姊妹们摘下天上的彩霞，给他缝制了一顶帽子作为奖赏，从此，公鸡的头上才有了美丽的冠子。公鸡不忘自己的职责，按时为人们报晓。直到如今，只要公鸡一叫，太阳就出来为人们照明。后来，人类奉英娃为太阳神，英比为月亮神；蟾为天神，鸡为地神；按时祭祀，沿袭到了今天。

祭祖的由来

（苦诺族）

我们基诺人唱调子时要先唱"阿匹额额"，讲故事时要先念"阿匹额额"，吃饭前要先敬"阿匹额额"。"阿匹额额"无时不跟我们在一起。初到攸乐山的人不知道"阿匹额额"是什么意思，我告诉你吧！阿匹额额是我们的祖先，最早最早的祖先。要说我们敬奉阿匹额额的来历，还得从洪水淹天的时候讲起。

自从阿摩遥补开天辟地以后，世上的万物都慢慢地创造出来啦。可是有一年突然发了大水，到处一片汪洋，寨子没有了，庄稼没有了，人畜通通没有了。只有一只木鼓，漂在水面上。当洪水慢慢退下去的时候，木鼓落到了洼地上。从木鼓里走出麻黑和麻妞，他俩是双胞兄妹，是世上唯一剩下的人了。当初，麻黑和麻妞的父母看到洪水越涨越高，感到世界要被淹没了，人类要灭亡了。为了不使人种断绝，他们造了一只木鼓，让麻黑和麻妞钻进去，里面装上粮食，让他俩度过灾难。现在，麻黑和麻妞从木鼓里走出来。兄妹俩又搭起草棚，安下家，重新开地种粮食，过着艰苦的日子。

不知过了多少年，麻黑的头发白了，麻妞的头发也白了。这时他们发觉他们已经老了。他们才想起，如果他俩死了，世上就没有人种了。这可怎么办呢？麻黑忧愁，麻妞也忧愁。以前年轻的时候，他们因为是兄妹，都没有想到要结婚的事。现在为了传人种，世上又没有别的人。麻黑就对妹妹说：

“我们结婚吧!”

麻妞听了害羞,说:“咋行呀!我们是兄妹,兄妹哪兴做夫妻呀!”

麻黑说:“不结婚,人种就要断绝了!”

麻妞想了想,说:“那也得去问问三岔路口的神树。神树公公要是不同意,还是不能结。”

麻黑说:“好,那你就去问吧!”

麻黑说完话,就抄小路抢先赶到了三岔路口,躲在神树背后等着。麻妞走到神树跟前,恭恭敬敬地问:

“神树公公,世上只剩下哥哥和我兄妹俩了,为了不使人种断绝,我们兄妹可以做夫妻吗?”

麻黑在背后装着树公公的声音,瓮声瓮气地说:“世上只剩下你们兄妹两个了,不结婚不得了,不结婚人种就要断绝。你们就结吧!”

麻黑又抄小路赶回屋里,等着麻妞回来,他又故意地问:“问到了神树公公没有?”

麻妞说:“问到了。”

“神树公公同不同意我们结婚呀?”

麻妞只好把“神树公公”同意的话照实说了。

于是,兄妹两人就结了婚,做了夫妻。

可是,他们结婚的时候,已经是老人了,不会生儿育女了,多少年过去,他们仍然过着寂寞凄凉的日子。倒是他们从木鼓里捡来的那颗唯一的葫芦籽,栽下以后长得很茂盛,那藤子爬过了七架山,那绿叶遮住了七条箐,藤藤上结满了大大小小的葫芦。说来也怪,这些葫芦长着长着都枯死了,烂掉了。只有一个长大成熟,圆鼓鼓的肚子,黄爽爽的硬壳。夫妻俩把这个葫芦摘回来,挂在屋檐上,说是留着做种子。有一天,当他俩从地里回来的时候,隐隐约约地听到好像有人说话的声音。世上只有他两个人了,怎么还会有人说话呢?开始他们不相信,以为是自己的耳朵听错了。可是一连好几天,他俩从屋檐下走过的时候,总是听到隐隐约约的说话声音。他们就在屋前屋后寻找,要弄清声音究竟是从哪里传出来的。找呀找,终于听清楚了这声音是从屋檐上的大葫芦里传出来的。麻黑和麻妞把葫芦取下来,烧红了小刀想在葫芦上烙个洞,看看里面究竟装着什么东西。可是当他们把小刀靠近葫芦的时候,就有个声音说:

“不要烙我!”

他们换个位子,朝葫芦的另一面烙去的时候,又传出个声音说:

“不要烙我!”

他们不论在葫芦的哪个位子上烙,都传出同样的声音:

“不要烙我!”

这可把麻黑和麻妞难住啦。他们始终不忍心把小刀往葫芦身上烙去,就只看着葫芦犯愁。最后有个慈祥的老奶奶的声音说：

“你们就烙我吧！不然他们一个也出不来啦！”

麻黑问：“你是谁呀？我往哪里烙你呀？”

那声音说：“我叫额额，你就往我的肚脐上烙吧！”

麻妞把葫芦扳倒一看，果然葫芦的底上有个黑黝黝的大肚脐。这时，原来说话的那些声音又高兴又感激地说：

“阿匹额额，我们出去以后，永远不会忘记你！”

麻黑就照阿匹额额说的，在葫芦的肚脐上烙了个洞。洞洞刚一烙通，就从洞口连续跳出来几个人。

最先出来的叫“阿颇”，因为他最先出来，被洞口的火炭擦着，所以皮肤是黑的（就是现在攸乐山边上小勐养地方的控格人）；

第二个出来的是汉人，他一出来就到处走，所以汉族占的地盘最多；

第三个出来的是傣族，他一出来就跑到芭蕉林里面去了。因为很少晒着太阳，所以傣族的肉色是白的；

最后出来的是我们基诺，“基”是“挤”的意思，“诺”是“后”的意思，就是最后从洞里挤出来的人。

人出来以后，葫芦就不在了，死了。基诺人出来的地方都被先出来的弟兄占了，去处没有了，就只好在麻黑麻妞居住的地方，也就是原来葫芦生长的地方劳动、生活。这地方叫比恩木西，就是现在的攸乐山区。

我们基诺人是在比恩木西生长繁衍起来的后代，是阿匹额额的子孙。我们的先辈没有忘记阿匹额额的好处，是她牺牲了自己，才走出了我们基诺。我们的先辈没有忘记对阿匹额额的诺言，每当我们秋收吃新米的时候，过年过节的时候，杀猪鸡牛羊的时候，到地首做活吃晌午的时候，到山里打猎野餐的时候，在家里围着桌子吃饭的时候，我们的家长（男性）都要先抓一撮饭放在一边，再拈一点菜放在饭上，嘴里虔诚地哼着：

“阿匹额额——请你来！请你来！”

请了阿匹额额，再请其他亡故的祖先，意思是请他们先吃，然后活着的子孙们再吃。

这个风俗一直流传到新中国成立以后。这个风俗对我们来说，就像汉族同志在开会前为革命先烈“默哀三分钟”一样的严肃庄重，深深地寄托着我们民族的感情，不能简单地看成是迷信的举动。近些年来，虽然给阿匹额额敬饭的情况逐渐少了，但当我们一天劳动回来围着火塘讲古今的时候，当我们高兴起来开喉唱歌的时候，我们都没有忘记要请我们最敬重的祖先阿匹额额来与我们共享欢乐，都要虔诚地、庄重地首先拖着声音哼起“阿匹额额——”，以此作为一个故事或一个调子的开头。

祭猎神

（白族）

在洱源县西山区白族村寨中，流传着祭猎神的风俗。每年九月至十月间，是守山护林人打猎的最好时候。

猎人祭猎神都在家里举行，在垛木房的墙壁上安放一个猎神台，用竹篾编成，点上灯。猎神下面摆一张桌子，主人宰一只母鸡煮熟了供上，再炒一碗瘦肉摆着。

传说，西山的猎神共有三个，都是女的。而且是山神的老婆。有一次，猎人在山坡上开荒种苞谷，苞谷苗刚出土，鸠鸡和斑鸠就把苞谷连苗带种子刨出来，猎人东追西打，鸠鸡和斑鸠钻到灌木丛里躲起来了，猎人刚走，它们又飞出来，真拿它们没办法。苞谷开花吐穗，野猪又来啃苞谷，连吃带拱，猎人急得哭了。

后来，猎人到山神跟前祭祀祈祷，杀了一只母鸡，请山神保护他的庄稼。祭过山神，猎人回家睡觉去了，他做了一个梦，看见山神的一个老婆用扣子下在苞谷周围，立刻就套住了一只鸠鸡和一只斑鸠。山神的另一个老婆用箭射击到跑得飞快的鹿子，山神的第三个老婆抬火枪打着了很大的野猪，从此，猎人种下的苞谷荞子保住了。

猎人醒来后，回想梦中的事，明白了猎神就是山神的三个女人，就在墙壁上供下了竹箭、鸡血浸的火绳，每逢出猎前或猎获野物后，都要恭恭敬敬地祭一次猎神。这个风俗一直流传到现在。

天穿日

（台湾客家人）

客家人过年过到元月二十号。这一天是天穿日，客家人很重视这一个日子。我们一年到头辛苦都没有关系，天穿那一日一定要休息。

天穿的意思就是天穿了洞，也就是天有破洞，所以才会有一个陨石变成孙悟空的说法。女娲娘娘炼石补天穿的日子，就是在元月二十号，所以叫作天穿日。我们过年要做年糕，在天穿日用油煎了供拜女娲娘娘。

俗话说：“有赚没赚，得要行到天穿；有呷没呷，得要行到月半。”女孩子也可以藉天穿日穿耳洞。

播种祭和祖灵祭的由来

（赛夏族）

我们以前住在台中的一条溪河边上，那里的水是红色的。可是常有山洪暴发，河床有时在一天变化好几次，族人常常因为来不及躲避山洪而被水冲走。于是大家决定往东北迁移，有些人定居在虎子山，有些人定居在大湖乡一个叫作“妈莫”的地方。

“妈莫”这地方已有泰雅族人居住，赛夏族人来了以后，两族的人就互相防备。当时在这里居住的，还有道卡斯族人，赛夏族和道卡斯族是好朋友。

那时候赛夏族人常因土地问题和泰雅族人发生战争。可是赛夏族人少，常常战败被杀。后来道卡斯族看不下去，指责泰雅族人说：“赛夏族人那么少，你们为什么常常欺负他们？这一片土地是大家的，大家共同拥有，如果你们再欺负他们，那么我们也要打你们了。”泰雅族人听了不服气，就和道卡斯族人比武力。泰雅族人做了两个稻草人，放得远远的，对道卡斯族人说：“我们大家用箭来射稻草人，谁射中了谁就算赢。”道卡斯族人说好。于是由泰雅族人先射，他们把弓拉得饱满的，一射就射中了稻草人，强劲的箭势还把稻草人冲倒在地上。接着换道卡斯族人射，道卡斯族人一箭射出，则不仅也射中了稻草人，而且还让稻草人着火了。这让泰雅族人承认道卡斯族人比较厉害，答应以后不会欺负赛夏族人了。

后来道卡斯族的长老对我们说：“你们赛夏族人没有宗教信仰，又经常要到危险的山上打猎，所以应该要祭祖，这样你们的祖先才会保佑你们。”道卡斯族人教导我们在不同的季节做不同的事：春天的时候种稻，并且举行祭天、祭祖的仪式，祈求丰收。秋天采收完毕，也要祭天、祭祖，感谢丰收。等农事都忙完了，再到山上去打猎。春天的祭天、祭祖就是“播种祭”；秋收之后的祭祀就是“祖灵祭”，这些祭祀的仪式都是道卡斯族人教我们的。

玛麦的传说

（哈尼族）

远古时候，有个叫大沙的山寨，住着一位四十多岁的阿皮，头年死了丈夫，二年又死了独生儿子，害得她孤苦伶仃，举目无亲。更可怜的是，她老是想着自己的儿子没有死，早晚有一天会回到大沙来。她走到塘子边，听到青蛙“哇哇”叫，以为是儿子在叫她；她爬上山坡，听到老鸹“呱呱”叫，以为是儿子在喊她。每天收工的时候，她总是望着山头上的白云喊：“娃儿哟，你在哪里呀？娃儿哟，你几时回来呀？”

哎！阿皮真是太想儿子了，她太想有个儿子了。

有一天，阿皮在山坡上种荞子，又听到有娃娃的哭声。她问同伴："是哪个背着娃娃来啦？"同伴们说："没有呀！"她又问："你们听到娃娃哭没有？"同伴们回答："没有呀！"阿皮指着一座山岩子说："你们听，是娃娃在哭。"有个年轻的姑娘忍不住笑起来："阿皮哟，怕是你想儿子想得癫迷啰！"阿皮不顾大家笑她，径直向岩子脚奔去。

阿皮来到岩子脚，只见满地都是鸭嘴草，连人的脚迹都没有，哪是娃娃敢来的地方？正要往回走，忽然从头顶上传来娃娃的哭声。她抬头一看，在又高又陡的石崖上，长着一棵小岩桑，岩桑上挂着一只小白猴。说来奇怪，那小东西一见阿皮抬头，就叫起来："阿妈呀，快救救我吧！要是你救了我，我愿意做你的儿子。"

"我怎么救你呀，我爬不上这陡崖子。"

"你用领褂接着，我跳进领褂里。"

阿皮连忙脱下领褂，抓着四角，正对着小岩桑。只听"噗"的一声，果然有个东西落下来。捧起一看，不是一只小白猴，是一个又白又胖的男娃娃。阿皮真是太高兴了，她一面往回跑，一面大声喊："我有个儿子了！我有个儿子了！"

阿皮回到家，第一件事就是给儿子取个名字。她想这娃娃是个没有阿爸的儿子，就叫他玛麦吧。从此以后，她到山箐里割草，就把玛麦背在背上；她到山坡上去种荞，就用芭蕉叶搭个凉棚，把玛麦放在里面乘凉。母子二人，真是形影不离，相依为命啊！

玛麦从小就看着阿妈辛勤劳动，长到七岁就帮阿妈做活计，所以，他最懂得劳动的艰辛、粮食的金贵。可是，母子两个辛辛苦苦劳动了一年，收下的荞米还不够吃半年，遇上天旱地涝，就只好到山上去找山芋野果充饥。有一天，玛麦坐在地头想：这山荞的收成太微薄了，我要寻找一种籽粒饱满，结得又多的粮种，给大沙的百姓解决粮荒。听说天神那儿保管着各种各样的粮种，他真想去找天神要。可是天神住在天上，自己没有翅膀，上不了天呀！

事情真有点儿凑巧，就在玛麦长到十八岁那年，在大沙的山坡上出现了一匹小金马。这匹小金马很贪嘴，一时，就把山坡上的庄稼吃了一大片。这一下，可把大沙的百姓惹恼了。大伙拿起叉棍包围小金马，可这小金马扎实厉害，不光跑得快，跳得高，还能从这架山跳到那架山，好像生着翅膀一样。大伙围了几天几夜，谁也拢不了它的身。

一天，玛麦发现了小金马住的山洞，他天不亮就躲到了洞口上头。日头一出山，小金马从山洞里出来了，玛麦纵身一跳，正好骑在小金马的背上。那小金马拼命地蹦，使劲地跳，想把背上的人甩掉。可是玛麦的力气特别大，两条腿紧紧地夹住马背，就像蟒蛇缠着人身一样，任怎么挣也挣不脱。小金马被激怒了，它长嘶一声，两肋突地长出两只翅膀来。它从一座山跳到另一座山，一连跳了十座山、百座山，怎么也甩不掉背上的骑士。等跳过九百九十座山的时候，小金马再也没有力气跳了，只好在一座山坡上躺下来，喘着粗气说："玛麦，玛麦，我算服你了。现在你说吧，你叫我做什么我就做什么。"

玛麦问："你从哪里来？"小金马回答："我本是天神马厩里的一匹小马驹，因为怕套笼头拴缰绳，从此受管束，才悄悄跑到人间来的。"玛麦高兴地说："那好，你就带我上天吧，我要去找天神讨粮种。"

小金马驮着玛麦飞到了天上，天神很客气地接待了玛麦。玛麦对天神说："人间的粮种太少了，种一年山荞还不够吃半年。请天神赐给我一些粮种吧，我要为大沙百姓解除粮荒。"天神说："粮种由我的十二个女儿保管着，她们一个人保管着一种。不过我这儿有个规矩，不管谁来选粮种，先要拉开我的千斤铁弩，并用它射死天上的九只鹫鹰。"玛麦说："好吧，就让我来试试吧。"

天神把玛麦带到一棵大龙树下，只见龙树上挂着一架一拿多长的铁弩和一只箭筒，箭筒里只有九支弩箭，跟天上飞着的鹫鹰的数目一样多。玛麦取下铁弩用力一拉，差不多拉了个满月。接着从箭筒里取出箭来，一连射出九支，只见九只鹫鹰一只接一只，都坠落到山箐里去了。天神看后，连声称好，赶忙把玛麦带进他的后园。这后园里摆着很多瓦钵头，每只钵头里种着一种庄稼。天神笑着对玛麦说："现在你可以自由挑选了！"

玛麦左挑右选，最后选中了黄灿灿的稻谷，他说："我就喜欢这种粮种。"说话间，不料那钵金色的谷种竟化成了一个非常漂亮的姑娘。她的名字叫稻谷仙姑，是天神中最小的，也是最后一个未出嫁的姑娘。原来天神叫玛麦用弩箭射鹫鹰，就是为她选佳婿哩。其实，在玛麦拉铁弩射鹫鹰的时候，稻谷仙姑早就躲在一边看真了，而且打心里喜欢他了。现在，她微笑着对玛麦说："既然你选中了我，就要依我一个条件。"玛麦问："什么条件？"稻谷仙姑说："谷种是天神阿爸给我的嫁妆，你要想得到粮种，就要先娶我做妻子。"玛麦想：百姓等着谷种，阿妈需要我奉养。我是来要粮种的，又不是来相亲的。他正要说不同意的话，小金马急忙在他耳边说："你先答应她，不过你也向她提个条件，说娶亲的事可以考虑，但是要先教会我们怎么种稻谷。"玛麦照小金马的话说了。

稻谷仙姑说声"好"，就把玛麦带到一个泥塘边，顺手从衣袋里抓出一把谷种撒进塘子里了。不一会儿，满塘就长出了绿茵茵的秧苗。接着，她唤来一群仙女，把塘里的秧苗拔出来，分栽在另外几块泥塘里，又很快长出了沉甸甸的稻穗。这时候，稻谷仙姑对玛麦说："现在该同意跟我结婚了吧？"玛麦又想，今年又是一个大旱年，大沙不知有多少人要饿死，我怎么能躲在天上跟她结婚呢？他正要说拒绝的话，小金马又在他耳边说："你还是答应她，不过，你想法让稻谷仙姑睡着了，然后就赶快出来，我在这里等你。那谷种我自有办法带走。"

当晚，天神很隆重地给自己的女儿办了喜事。原来稻谷仙姑是十二个姑娘当中酒量最大的一个，碰上她心情愉快的时候，更是要饮个痛快。玛麦劝她喝了九罐最醇的米酒才把她灌醉。他把她抱上床以后，就悄悄从新房里溜了出来，连忙走到塘子边。这时,小金马刚刚吃完最后一块稻谷,见玛麦来了,它抬起头来说:“我把稻谷仙姑白天种的几块谷子全部装进肚里了,到了人间,我马上把它吐出来。”玛麦一听,非常高兴,骑上小金马就往人间飞奔。

话说稻谷仙姑酣睡了一阵,渐渐苏醒过来。一看玛麦不在身边,就知道是小金马带着他逃跑了。她翻身下床,从墙上摘下她的神剑,向小金马飞驰的方向投去,只见一道白光很快追上了小金马,“嚓”一声,小金马的双翅被削断了。可怜的玛麦和小金马就从天空坠落到大沙的山坡上,砸出一个洼塘来。小金马的肚子摔破了,谷种撒在洼塘里。父老乡亲们把玛麦和他的马葬在龙树下以后,一时间,天昏地黑,雷雨大作,洼塘很快灌满了水。不久,洼塘里长出了肥壮的秧苗,秧苗又抽出了丰满的稻穗。人们看到稻谷不仅收成多,而且好吃,就开始种起了稻谷。至于移植栽插,开山造田,引水灌溉,那当然是以后的事情哕！不过,直到今天,每年五六月间,哈尼人还保留着“祭玛麦”的习俗,用这种仪式来纪念这位为人类谋幸福的英雄。

清明节

很早以前,晋国有个大清官,名叫介子推。他一辈子爱民如命,不贪图荣华富贵。有一年,一伙权奸密谋害死晋国公子重耳,欲扶另一公子继位,介子推知道后,就保着重耳离开了晋国,到处流亡。

有一天,他们在一座大山里迷了路,几天几夜没吃上东西,晋公子重耳饿得头昏眼花,再也走不动了。在这荒山野沟里,谁也找不到吃的,重耳坐在一条破席上,绝望地仰天长叹:“重耳一死事小,恐怕将来晋国的百姓就难康乐了。”介子推一听这话,想到重耳苦难中还不忘百姓,只有尽心辅佐。他咬咬牙,跺跺脚,跑到背静处把自己腿上的肉割下一块,用火烤熟送给了重耳。重耳接过,狼吞虎咽,片刻吃了个精光。重耳问:“哪来的肉？还有没有?”介子推把裤腿向上提了提说:“肉从腿上来,公子喜吃,臣愿再把这个腿肚割下奉君!”重耳望着介子推的腿肚,感动得流着泪说:“你这样待我,我将以何报答你?”介子推说:“我不求公子的报答,但求公子不忘我割肉奉君的一片丹心。你我君臣流亡在外,饱经风霜,深知民间疾苦。但愿日后你多思治国之方,做一个清明的国君。”

晋公子重耳在外流亡了十九年,晋国忠胜奸败,迎他回去做国君。在回国的途中,车将至国都,他望着那条和他流亡做伴的破破烂烂的席子,倒有点不称心,信手用剑挑下车去。车后边的介子推拾起那条烂席,深思了一阵,悄悄地回家去了。

重耳当了国君,把流亡期间跟随他的人都封赏了,却忘记了介子推。有人在重耳面前替介子推叫起屈来,重耳猛然想起旧事,心里很觉惭愧,马上差人去请介子推上朝受赏。差人去了几趟,介子推只是不来。无奈,重耳便亲自去请。当重耳来到介子推的家时，只见门闭锁扣，问起邻人，方知介子推不愿见他，背着老母躲进了绵山，于是重耳便让他的御林军上绵山搜索。人在前山搜，介子推背着老母去后山；人在后山搜，介子推背着老母去前山。山高路险，树木丛杂，怪石林立，一两个人藏进山里，就像针落海底，米落沙滩，搜来搜去连个影子也没见。这时，有人献计说，不如放火烧山，三面点火，留下一方，大火起时，介子推会自己走出来的。于是，重耳下令火烧绵山。满山枯木干草，遇火便着，风吹火旺，满山通红，烟云遮天，前山后山，左山右山，眼看就烧光了，终不见介子推走出绵山。火熄后，只见介子推背着老母靠着一棵烧焦的大柳树死去了。重耳望着介子推的尸体跪拜一阵，又放声大哭起来，哭了一阵，移尸安葬，发现介子推的脊梁堵着柳树树洞，洞里好像有件什么东西，掏出看时，原来是一片衣襟，衣襟上用血写了几行字：

割肉奉君尽丹心，
但愿主公常清明。
柳下做鬼终不见，
强似伴君做谏臣。
倘若主公心有我，
忆我之时常自省。
臣在九泉心无愧，
勤政清明复清明。

重耳看罢，把介子推的血书衣襟折叠好藏入袖中，然后把介子推和他的母亲分别安葬在那棵烧得焦枝糊皮的大柳树下。为忌烟火，就把这一天定为寒食节，晓谕全国，寒食一日。

第二年，重耳领着群臣去绵山祭奠，先在山下寒食一日，第二天素服徒步，登山致哀。行至坟前，只见那棵死柳复活，千万条嫩丝随风曼舞。重耳心有所动，望着复活的老柳树，像看见介子推一样，敬重地走到跟前，珍爱地掐了一丝，编了一个圈儿戴在头上。群臣们见主公戴柳，便也学着折柳插头。君臣们戴柳祭扫后，重耳就把那棵复活的老柳树赐名为清明柳。把这一天定为清明节。

重耳把介子推的血书衣襟经常袖在身边，作为鞭策自己执政的座右铭。他勤政清明，把国家治理得很好，后来成了五霸之一，就是有名的晋文公。百姓们能安居乐业，对死谏有功的介子推非常感激，为此，寒食、清明成了全国百姓的隆重节日。每逢过节之时，人们喜爱清明柳，有的用柳条编帽戴，有的把柳条带回家插在门头，有的把柳枝插在门前沟边。谁知清明柳挨土就生根，迎风长枝杈，插在哪里，活在哪里，年年行祭，年年插柳，没几年，绵山柳满坡，村村柳成荫。

清明节戴柳插柳的风俗代代相传，直到今天。

盖房为何门框底下压两块砖

石敢当有一次上山打柴,看到有个老百姓娶媳妇,抬着花轿,吹吹打打的。他发现有四个鬼在后边跟着。石敢当就追上去了,鬼看见石敢当来了,就闪到一边去了。他刚要走,那鬼就又跟上了。石敢当不放心,想:我干脆跟着花轿看看到底上哪去? 最后跟到娶媳妇的门口,石敢当才离开。他刚离开,这四个鬼接着就往门口拥。他一看,还不行呢,想:我也不能光在这里呆着,打不了柴禾我也没得烧,他就拣了两块砖,咋呼说:

"我拣它两块砖,放在这门口,就代表我石敢当。"

说完,他就走了。那四个鬼到门口一看那两块砖就不敢进去了。打那以后,泰安县谁家盖房子,就在门框底下压上两块砖。

石傢什

(白族)

在云南鹤庆朵美乡境内,有一塘热水,这塘热水分别从形似一具男性生殖器和形似一具女性生殖器的石缝中冒出,人们称它"石傢什"。传说,不怀孕的妇女,只要在女石傢什中洗个澡,再赤身裸体地在男石傢什上坐一坐,就会有喜,来年准会生个胖墩墩的娃娃。老辈子讲,这是人王夫妻在当年造人种时留下的东西了。

传说,古老时代,人类没有生育能力。这样,大地上的人死一个,就少一个。天长日久,大地上的人类快绝种了,只剩下植祖一个孤老妈妈。老妈妈眼看着自己的光景也不长了,若自己一死,人类就从此绝了。她想着想着就痛哭起来。

植祖的哭声,惊动了老虎。当老虎问清了她痛哭的原因后,安慰说:"这事值不得伤心,若你怕人种绝了,把你的肚子借给我。我为你一月装一次崽,满一年,你肚子中就有十二个崽子。到那时,我用爪子把你的肚子撕开,取出崽子,你不就有了后代了吗?"

植祖的头摇得像货郎鼓:"使不得,使不得! 我的肚子借你装崽,生下的不是人类,我要它干啥?"说着说着,她又痛哭起来。

植祖的哭声,惊动了白鹤。当白鹤问清了她痛哭的原因后,劝慰说:"这事值不得伤心,若你怕人种绝了,把你的肚子借给我。我一月给你装九个蛋,满一年,你肚子中的一百零八个蛋就会变成崽。我用嘴撕开你的肚子,你就会有后代了。"

植祖的手摇得像风吹荷叶:"使不得,使不得! 我的肚子借你抱蛋,生下的崽不是人,我要它干啥?"说着说着,仍不停地痛哭。

麻蛇、蜜蜂、蚂蚁、蚯蚓都来安慰植祖,愿借她的肚子给它们传种,植祖都谢绝了。

植祖的哭声把人王公和人王婆吵醒了。这人王公和人王婆是天地分开时,用黄泥捏人和万物的祖师。他俩造出了人类和万物后,就睡觉歇息了。他俩这一觉,足足睡了九万九千年。当他俩问清植祖痛哭的原因后,宽慰说:“我的孩子,你不必伤心。人类没有了,我们自己再造。我俩眼睛看不见了,再不能用黄泥巴造人了。可还有你能造人!这样吧,你脱光衣裳,在阿婆的胯缝里泡一泡,再到阿公的胯根上坐一坐,你就会生出人种来。”

植祖按照人王公和人王婆的吩咐去做。脱光了衣裳,先在人王婆的胯缝里泡了一泡,又到人王公的胯根上坐了一坐,后来,她果真怀孕了。过了一年,她生下了三十六对男女娃娃。这些娃娃成人后,植祖又叫他们去人王婆的胯缝里泡,到人王公的胯根上去坐。后来,这些娃娃都怀孕了。到了一年后,女人们都生下了娃娃。男子们怀的娃娃没出路出生,在他们的肚子里又蹬又撞,痛得他们哭天嚎地。植祖看着自己的男娃受苦,心中不忍,去跟山神要来化胎药,给男娃们吃了。胎化成血水屙出,他们才万事大吉。

植祖怕自己的儿孙为怀孕受苦,就不再教他们去人王公和人王婆求种。教他们互相成婚交配生育儿女。因男人们吃过化胎药,从此,就不会再怀孕。所以,直到如今,生儿育女,都成了妇女们的事。

千万年后,人王公和人王婆化作了两座大山,他俩的生殖器变成了石头。

有一年,鹤庆府官的小姐去热水塘里洗澡。她看到水中露着的石傢什好玩,就去上边躺了一躺、坐了一坐,不久,就怀孕了。这可不得了,一个黄花闺女千金小姐,不成亲就怀娃娃,传了出去该有多丑。爹妈又打又骂,左审问右审问,姑娘也说不清。还是招呼小姐的丫头心眼多,把小姐去热水塘洗澡,坐石傢什的事给主子一股脑说了。老爷听了,半信半疑,便叫丫头去试了一试。丫头洗澡回来后不久,果真也怀孕了。从此,这事就传开了。后来,人们就把热水塘边的石山称做人王山,把石傢什尊做人种神。

狗头帽

从前,有个叫常善的小伙子,住在山上,父母早亡,三十岁那年才娶上媳妇。小两口互敬互爱,勤劳俭省。因为住在山上,就靠采集草药过活,日子还算不错。可是两人结婚多年,还没得一子半女。两口子为此事也很着急,常常去庙里烧香磕头,给送子娘娘许愿,让赐给他们个孩子。

有一天,常善采药走到半山腰,听到路边草堆里有呼哧呼哧的喘气声。他过去一看,见是一只受了伤的小黄狗。那黄狗茸乎乎的,让人看了就喜欢,可是小狗的一条后腿也不知咋被砸断了。常善是个善心人,他把小黄狗抱起来,擦去狗腿上的血,脱下自己的袜子把狗腿包上,就带回家去了。

常言说,“猫狗一口”。从此以后,常善家里也算添了一口。夫妻俩高兴极了,每天都像对待孩子那样喂养那只小狗,又是洗伤口,又是上草药。不多久,小黄狗的腿就养好了,吃得胖乎乎的。狗通人性,一点不假。人对狗好,狗对主人也就忠诚。小黄狗慢慢长大了,它白天跟着主人上山采药,夜里为常善家里看门。

有一天,黄狗从山上衔回来一个大石榴,跳到常善媳妇跟前,把石榴往地下一吐,摇头摆尾,“汪、汪、汪”叫个不停。常善媳妇看看这个大石榴,心想:人们都说石榴多子多福,今天狗把它衔回来,这是个好兆头。她顺手拾起这个大石榴吃了。

果然,没过多久,常善媳妇就生下了一个虎头虎脑的胖小子,这一下,夫妻俩高兴得见天合不住嘴。孩子生下来以后,就特别喜欢他家的黄狗,夫妻俩忙的时候,也就把孩子跟狗放在一块,让狗带着孩子玩。

一天夜里,山中起了怪风。常善两口子劳累了一天,正搂着儿子睡得迷迷糊糊,忽然听到了一声接一声的敲门声,老黄狗也在门外“汪汪”直叫。常善忙披衣坐起,问道:“谁呀?”

“我是个过路人,天黑路远,走不到家了,您行行好,让我在您家住一晚吧!”

常善开了门,看到一个满头白发,衣衫破烂,拄着拐棍的老太婆站在门外,就让她进屋,给她安排了睡的地方。两口子刚要睡着,老黄狗就又在门外“汪汪”叫开了,还用劲撞着屋门,想要进屋。常善媳妇说:“是不是门外太冷,叫狗也进屋卧吧。”常善听她说得有理,就又开了屋门。门一开,黄狗就钻了进去,卧在了他们的床边。

五更时分,两口子又被一阵“叮叮咣咣”的声音吵醒。他们坐起掌灯一看,吓了一跳。原来,他们的老黄狗正和一条大灰狼咬架。老黄狗的脖子已被大灰狼咬断,弄得到处都是血。那大灰狼也皮肉开花,可是两只前爪已扒上了他们的床沿,两眼放着绿光,张着血盆大口,正要去吃他们的孩子。要不是老黄狗在后边死死咬住它的尾巴,孩子早就没命了。常善两口子一看事情紧急,摸出扁担就朝大灰狼打去,不几下,就把大灰狼打死了。两人再去看看老太婆睡的地方,哪里还有人,只有一根玉米秆、一把乱麻和几块乱布。两口子顿时明白是咋回事了。原来,老狼精要吃他们的孩子,可白天又不敢进他们的家,就在夜里找根玉米秆当拐棍,找把乱麻当头发,找几块烂布当衣裳,装成可怜的老太婆,住进了他们家,想在半夜里吃掉孩子。老黄狗看出老太婆是老狼精变的,就也撞门进屋。当老狼精现出原形,要吃孩子的时候,老黄狗就和它打了起来。

老黄狗死了以后,一家人心里都很难过,特别是小孩,因和老黄狗玩惯了,整天哭着要狗。常善两口子一来感激老黄狗的救子之恩,二来哄哄孩子,就照着老黄狗的样子,精心缝了一顶狗头帽。把帽子往孩子头上一戴,孩子觉着这帽子很像他的老黄狗,就再也不哭了。

后来,人们见他们做的这种帽很好看,孩子们戴上活泼可爱,暖和实用,也都仿照着做开了。所以,直到现在,特别是在山区和农村里,还可以看到不少孩子们戴这种狗头帽。

凤凰帽的传说

(白族)

相传很久很久以前,在洱源凤羽鸟吊山脚下,住着一位美丽、勤劳、纯朴的白族姑娘,名叫玉莹。她每天上山砍柴,以打樵为生,养活着年老眼瞎的母亲。

有一天,玉莹上山砍柴,口渴了,在一道陡崖前寻泉水喝。忽然,崖洞中飞出一只巨大凶猛的羊雕,张开黑黑的翅膀,血盆大口中露出一排獠牙,伸出锋利的双爪向她直扑过来,她顿时吓呆了。

正在这时候,忽听"嗖"的一声响,一支利箭飞来,不偏不倚正好射中大雕的胸膛,凶恶的羊雕哀鸣一声滚落山涧。玉莹得救了。她惊喜地举目一望,只见一个英俊的白族小伙子手握弓弩正微笑地望着她,说:"姑娘,刚才你受惊了吧?"玉莹感激地点点头,羞愧地笑了,脸上浮现出两朵红云。小伙子走过来又问:"为什么一个人上深山砍柴?"玉莹直爽地告诉他,自己打柴买米,养活老母。讲着讲着,她对小伙子产生了爱慕之情,这小伙子十分同情姑娘的遭遇,讲了自己在深山密林牧羊打猎度日,也深深地爱上了这勤劳美丽的姑娘。玉莹红着脸说:"阿哥,为感激你的救命之恩,愿与你结发为妻。"说着咬断自己一绺头发,打上个结塞进牧羊人胸口;牧羊小伙子也咬断自己一束头发,打上结子藏进姑娘的心窝……

临别时,牧羊人从身上取下一把弯刀,赠给玉莹。他们相约一个月后,小伙子收拾好茅屋,盖好新房,就下山来接她母女。

玉莹拿着牧羊人送的弯刀砍柴,锋利无比,说也怪,砍起柴来如割菜,片刻就砍好一大挑,挑在肩上不觉重,走起路来脚生风,不一会儿就回到家里。玉莹把上山碰到的经过一五一十告诉了母亲,老母十分高兴,同意了女儿的婚事。

第三天,王莹上山打柴迷了路,走着走着,走到树林深处,她正坐在一块石板上休息,忽然听到林间百鸟齐鸣,只觉得眼前红霞升腾,彩云飘逸,万道金光中,一对五彩孔雀朝前引路,百鸟簇拥着一只神奇美丽的凤凰向她走来。凤凰来到她跟前,便问孔雀:"这是谁家的女子,怎么一个人来到深山密林?"孔雀做了回答后,凤凰非常喜欢玉莹,命令孔雀把一顶凤凰帽戴在玉莹头上,送给姑娘。接着继续往前走了。

玉莹得了金光闪闪的凤凰帽,欣喜万分。这顶凤凰帽真美:两瓣七彩鱼尾形的帽帮缝合成凤凰鸟一样的帽身,红的火喷喷,绿的玉莹莹,白的白生生,黄的黄灿灿,帽顶插着两朵凤冠似的红绣球,整个帽檐镶着金闪闪的铜古丁,奇目生辉。

戴着凤凰帽，玉莹找到了路，打了柴下山来，走到山脚一个水塘边喝水，她看着水里倒映的身影，美丽的凤凰帽，想到不久将和牧羊人过着新的生活，不由得愉快地唱起歌来。

却说这天下午，南诏国王打猎路过山脚，听见优美的歌声，循声寻来，遇见水塘边美丽的玉莹，便起了歹心，不由分说，命令兵丁把玉莹抢回王宫，非要威逼成亲不可。

玉莹哪里愿意，她哭红了眼睛，闭口不答应。国王就下令把她关进牢房，让她考虑三天，若同意了第三天就举行婚礼；不同意，便立即处死。玉莹在牢房中悲愤痛哭，她思念双目失明的老母亲，思念自己的心上人。

第三天，玉莹终于想出一个计策，假装答应国王的要求，在王宫举行了隆重盛大的婚典。国王和玉莹双双吃交杯酒时，玉莹偷偷把毒药放在国王的酒杯里，国王中毒立刻死了。宫中一片混乱，玉莹趁机从后宫花园逃跑出来，回到家中。一进家门，金光闪闪的凤凰帽把母亲的双眼照亮了，老母亲看见女儿似鲜花一样，高兴万分，跟着她一起上山。

半路上，刚巧遇到牧羊人来接她们，牧羊人赞扬玉莹纯洁坚贞，机智勇敢的行为。从此，玉莹和牧羊人在深山密林里牧羊打措，过着自由、幸福、美满的生活。

从此，美丽的凤凰帽就成了白族姑娘勤劳勇敢、淳朴善良、忠贞不渝的象征。

重阳登高

很早以前，汝南县里有一个人叫桓景，父母双全，妻子儿女一大家，守着几亩薄地勤劳耕作。日子虽不算好，半菜半粮也能过得去。谁知不幸的事儿来了。汝河两岸害起了瘟疫，家家户户都病倒了。轻的不能起床，重的丢了性命。尸首遍地没人埋。这一年，桓景的父母也都病死了。

桓景小时候听大人说：汝河里住着一个瘟魔，每年都要出来到人间走走。它走到哪里就把瘟疫带到哪里。桓景病好后，决心访师求友学本领，战瘟魔为民除害。听说东南山中住着一个名叫费长房的大仙，他就收拾行装，起程进山拜访。

桓景进了山，千峰万峦，不知仙人住在哪里。但他不怕苦累，翻了一座又一座山，过了一条又一条河。那天他正往前走，忽然看见面前站着一只雪白的鸽子。那鸽子不住地向桓景点头。桓景不知何意，便也向鸽子致意。那鸽子忽然飞起，飞了两三丈远落下，还是不住地向桓景点头，桓景走近时，那鸽子又飞。他明白了，便随着鸽子向前走，又翻了几座山，到了一处地方：苍松翠柏中间有一座古庙，庙门横匾上写着“费长房仙居”五个金字。那鸽子丢下桓景，在庙院上空欢叫盘旋。桓景来到门前，黑漆门紧闭。他诚诚恳恳地跪在门外，一点也不敢动。他跪呀跪呀，一直跪了两天两夜。第三天，大门忽然开了，只见一位白发老人喜眯眯地说：“弟子为民除害心切，快跟我进院吧。”桓景知道这是费长房大仙，又拜了几拜，就跟着师父进去了。

费长房给桓景一把降妖青龙剑。桓景早起晚睡，披星戴月，不分昼夜地练开了。那天桓景正在练剑，费长房走到跟前说：“今年九月九，汝河瘟魔又要出来。你赶紧回乡为民除害。我给你茱萸叶子一包、菊花酒一瓶，让你家乡父老登高避祸。”仙翁说罢用手一指，古柏上的仙鹤展翅飞来，落在桓景面前。桓景跨上仙鹤向汝南飞去。

重阳登高

桓景回到家乡，召集乡亲把大仙的话给大伙儿说了。九月九那天，他领着妻子儿女、乡亲父老登上了附近的一座山。把茱萸叶子每人分了一片，说这样随身带上瘟魔不敢近身。又把菊花酒倒出来。每人呷了一口，说喝了菊花酒不染瘟疫之病。他把乡亲们安排好，就带着他的降妖青龙剑回到家里，独坐屋内，单等瘟魔来时交战降妖。

不大一会儿，只听汝河怒吼，怪风旋起。瘟魔出水走上岸来，穿过村庄，走千家串万户也不见一个人，忽然抬头见人们都在高高山上欢聚。它蹿到山下，只觉得酒气刺鼻，茱萸异香碎腑，不敢近前登山，就又回身向村里走去。只见一人正在屋中端坐，就吼叫一声向前扑去。桓景一见瘟魔扑来，急忙舞剑迎战。斗了几个回合，瘟魔战他不过，拔腿就跑。桓景“嗖”的一声把降妖青龙剑抛出，只见宝剑闪着寒光向瘟魔追去，穿心透腹把瘟魔扎倒在地。

从此以后，汝河两岸的百姓再也不受瘟魔的侵害了。人们把九月九登高避祸，桓景剑刺瘟魔的事，父传子，子传孙，一直传到现在。

文身的故事

（高山族）

居住在台东长宾东面海边一带的人们，下海捕鱼来做食物。

但是，海里有一种蛟龙，常常来侵袭人们，把人们咬伤或者吃掉。但人们为了生活，不得不冒险下海捕鱼。

一天，有个老大爷看到蛟龙把人咬伤了，难过地说：“凶恶的蛟龙伤人，我们不要下海捕鱼了，上山去打鹿和麂子作食物吧。”但是人们从海边到山上去，路远难行，也捕不到麂子和鹿。

老太婆叹息说："我们去挖芋艿吧，用芋艿来做食物。"可是，芋艿生长在石头穴缝里，挖芋艿也不容易。

有一个青年人，决心要除掉蛟龙。他拉开弓箭射蛟龙，但浑浊浊的水中看不清蛟龙，一条也没有射着。

这天，青年蹲在海边礁石上窥测蛟龙行踪，突然见几个男孩在海边游泳。他们身上都画着黑色和红色的斑纹，像五色斑斓的水蛇一样在海水中游来穿去。十分奇怪的是，有条蛟龙在这群孩子中间游来游去，就是不吃他们。

后来，孩子们上岸来，青年走过去好奇地问他们："为什么蛟龙不咬你们？"

"因为蛟龙和我们是朋友，我们经常来海中游泳，所以它不吃我们。"一个男孩说。

"因为我们身上画了花纹，蛟龙身上也有花纹，蛟龙把我们看成同伴了，所以不吃我们。"另一个男孩说。

为了解蛟龙为什么不吃身上绘有花纹的人，青年第二天也在身上画了红色和黑色的花纹，决定下海去，看看蛟龙是否来咬自己。

他妈妈见了，忙阻拦说："哪有蛟龙不伤人？千万别去冒险送死了，我的孩子。要是蛟龙把你咬去了，我去哪里寻你！"

青年说："为了替乡亲们寻求战胜蛟龙的办法，我一定要去试一试。我带着刀，如果蛟龙来伤，我就杀它。请妈妈放心！"

这天，青年满身画着彩纹下海去了。果然，青年身上画上花纹后，海里的蛟龙就没有来伤他。他在海水中游了好久，蛟龙在他身边过来过去，就是不伤他一根毫毛。有时到他身边闻一闻就走了。青年高兴极了，终于为乡亲们寻找到了防避蛟龙的办法了。

青年回到社里，把这件事告诉了乡亲们。开始人们还不相信，也都先在身上画了花纹，下海去试验，结果都很灵。从此，人们采取了文身来防蛟龙的办法，年长日久，一代一代相传，文身便成了一种习俗。

雷王收租

（瑶族）

那是很早以前的事了。那时候，天和地离得很近，近到什么样呢？你不见竹子往上长时总偏着头？就是那时留下的习惯，竹梢一直便碰到天上，不偏点行吗？

那时，天上住的是雷王。他长着一双灯笼眼，眨起来闪耀着绿光；脊背上长着一对翅膀，抖起来扇动着风暴；两只脚又大又厚，走起路震响着轰轰隆隆的雷声；手上拿着板斧和凿子，这里劈劈，那里戳戳，迸溅的就是电光。

地上住的是人。人的头领叫布伯。布伯会种田,也会打猎,还会很好的武功,在众人眼里是个仗义的好汉,要不怎么能推举他当头领?

当时有个规矩,人们每年都要给上天供奉些香火,只要供了,就会风调雨顺,就能多收粮食,过好日子。那些香火供给谁?还不是雷王呀!雷王是天上的大神,掌管着地上的风雨。

有一年,雷王在天上闲得无聊,便转悠到下界来了。布伯见是天上的大神,不敢怠慢,东凑西借,给他摆了一桌山珍海味,还上了陈年老酒。雷王吃得饭饱酒足,起了贪心,绿着眼睛说:

"我每年都给你们送风下雨,哪能白送白下?今后我要收租。"

布伯说人们还很穷,饶了大伙吧!雷王不依,头摇得晃晃荡荡。看看犟不过去,布伯想了想,便对雷王说:

"交就交吧!你要庄稼的上头,还是要下头?"

雷王想自己住在天上,高高在上,就说:"当然要上头。"

布伯答应他秋天来收租。雷王走了,布伯对大伙说,今年全都种芋头。

众人种了芋头,芋头长得不错,全部长在土里头。秋天来了,雷王按时来收租,布伯指着地上的枝叶,请他拿走。雷王一看上了当,想发火,可是自己有言在先,说不出嘴,只好吃了这个哑巴亏。临走时他对布伯说:

"明年我不要上头了,我要下头。"

布伯很爽快地答应了。雷王走后,布伯对大伙说,明年全部都种稻谷。

众人种了稻谷,稻谷长得不错,谷穗沉甸甸压弯了梢头。秋天来了,雷王按时来收租,布伯指着稻根,请他拿走。雷王一看又上了当,想发火,还是没办法出气,心一横说:

"明年我上头、下头都要!"

他想,这么一来肯定布伯要求饶,那后头的事就好商量了,或许还能多分些稻谷。没想到,布伯又爽快答应了。雷王走后,布伯对大伙说,明年全都种苞谷。

众人种了苞谷,苞谷长得很大,壮硕硕的穗子挂在腰身。秋天来了,雷王按时来收租,布伯指着梢、根,请他拿走。雷王看一眼苞谷,再看一眼梢和根,鼻子都歪到了一边,气哼哼回了天庭。

小兄妹误放雷王

(瑶族)

雷王收租吃了亏,十分忌恨人们,好长时间不下雨,硬要旱死庄稼,饿死大伙儿。

布伯一看不好,就变个法让雷王下凡,将他捉住了。大家把他关在了谷仓里,逼着他赶快降雨。雷王在天上威风凛凛，横行霸道，哪里受过这份委屈？谷仓低矮阴暗，连身子都放不开，连阳光都看不见。就这么独个关着也罢，还清静点，谁料到那么多人来看他，指指戳戳，骂骂咧咧。

这个说，这就是那个霸道的雷王，一看就不是个好东西。

那个说，关这东西干啥？还得养着，干脆一刀斩了，吃肉。

雷王听得头皮都发麻了。哎呀！要不逃出去，怕会丢了性命。

凑巧这天布伯夫妇出去办事，临走时对伏依兄妹说："雷王本事很大，千万不要借给他斧子，也不要给他水喝。"

伏依兄妹点点头答应了，布伯放心地走了。哪知，事情就坏在了这两个孩子手里。

雷王见布伯夫妇走了，就叫伏依兄妹过来。他们不过去，雷王就挤眉弄眼地引逗两个小孩子。他从嘴里吐出舌头，那舌头血红血红，好长好长，一伸一缩，一吞一吐，吸引了兄妹俩。雷王一看迷住了他们，接着又来了个绝活，吹口气，吐出一团蓝火苗；再吹口气，又吐出一团绿火苗。蓝火苗、绿火苗在眼前跳着舞着，两个小孩看得拍起手来。

表演到热闹处，雷王借机闭了嘴，收了火苗，眯着眼问两个小孩：

"好不好，小兄妹？"

伏依兄妹抢着说："好，好，好看极了！再来一次。"

雷王咂巴着嘴说："渴死了，渴死了，让我喝口水再给你们来个好看的。"

伏依兄妹都说："没水，河水干了，泉不流了，让你喝什么水？"

雷王苦苦哀求："泊池的水也行，喝一口，润润舌头，再给你们看个新鲜花样。"

兄妹俩急着要看雷王的表演，早忘了父母的嘱咐，就找了个碗舀了点池水端过来，可是碗塞不进笼子里去。雷王让他们递一根麦草秆。这还不现成，伏依从草垛上抽了一根跑过来，雷王伸手接过，对准碗里的水一吸气喝上了。

喝一口，凉丝丝的，喉咙湿润了。

喝两口，美滋滋的，身上长劲了。

第三口刚咽下去，雷王全身的血脉鼓荡开了，双腿一蹬，一跃而起，"稀里哗啦"，谷仓塌了。雷王跑出去了，一下子蹦了好远。

伏依兄妹吓得大哭大叫。

雷王返身过来，冲他俩一笑，左手一招，来了一团云；右手一招，来了一股风。他登上云团，风一吹，飘回天上去了。

山民斗大神

（彝族）

很早以前，天上住着神，地上住着人。天很高，地很厚，离得很远。好在，天和地中间有一根铜柱连接着，神可以从铜柱下到地上，人可以从铜柱爬到天上。

那时候，天上有位大神，他权势很大，天上的事他管，地上的事他也管。地上的人日子过得很苦，大神却还要他们上贡粮钱，供自家人吃喝玩乐。

这一年，大神又下到了人间收贡。他的派头很大，下坐要金凳，喝水要金碗，吃饭要金勺，穷苦人家哪里能招待得起他呀！听说收贡的大神来了，人们都拖儿携女躲到深山里去了。他走一家，没人；再走一家，还没人，禁不住一肚子火气。他怒气冲冲爬上山头，高声喊叫：

“山林里的人都听着，赶快回家上贡，不然，我就放洪水淹死你们！”

躲在树林里的父老乡亲吓得大气不敢出一口，哪里敢出来呢！可是，不出去也不行呀，天神降下灾祸那不全完了嘛！正在左右为难，山林中走出了一个年轻小伙，他叫伍午。伍午走到大神前，先施一礼，恭敬地说：

“神爷，人们都去准备上贡的钱粮了，请您老人家宽限些日子。”

那大神听了，气哼哼地说：“不行，不能宽限！”

伍午再三恳求，大神才说：“要宽限也行，你得给我养好这头黑牛。”

说完大神不见了，伍午眼前出现了一头又高又大的公牛。公牛通体黑得像墨，唯有两只眼睛闪闪发亮，又亮得让人害怕。这黑牛冲着伍午一仰头，张开血盆般的大口就向伍午要草吃，还要吃刚割下来的嫩草。伍午割多少，黑牛吃多少，那个口大得像是一个填不满的无底洞。伍午不敢停歇地干着，割下的草还是赶不上它吃。一天下来，伍午腿酸背疼，太阳落山，倒地就睡着了。看看忙碌不过，第二天，伍午的大哥、二哥也来帮手。三个人忙得不敢直腰，还是填不满这个无底洞。兄弟三人就这么整天割草喂牛，累也甘心，只要不让乡亲们遭殃受难。

自从黑牛来了，寨子里晚上经常出怪事。不是这家的鸡舍好端端塌了，就是那家羊栏突然间破了，还有的田里青嫩的庄稼苗被踩得一团稀烂……乡亲们奇怪，伍午也奇怪，他决心弄个明白。

这天夜里，伍午悄悄蹲在寨口的大树下，一动也不动地瞅着。一更过去了，平平静静；二更过去了，平平静静；三更过去了，平平静静。他有些累了，几乎要睡着了，又强睁开眼瞅了一下。就在这时，他看见那头黑牛大摇大摆朝寨子里走来，原来是它作怪。伍午轻手轻脚跟在黑牛后面。黑牛进了村，便钻进了一家猪圈，头一拱，两只利角顶塌了猪栏。圈里的猪受了惊吓，踢踢踏踏地跑了。伍午早有准备，提前放出了自家的黄牛。这时，黄牛冲上去对准黑牛猛地一顶，黑牛没有防备被顶破了肚子，疼得大叫一声就往山上逃跑！

黄牛紧追黑牛，吓得黑牛跑得更快了。天黑路险，黑牛跑得风快，来不及转弯，蹿下悬崖，跌死了。

伍午看得清清楚楚，黑牛从悬崖上摔了下去。可是，第二天清晨，他和乡亲们下到沟底，没看到黑牛，却看见那个来催贡的大神跌死在了石头上。

大神死了，没有人再压榨勒索了，人们过上了太平日子。

浑沌开窍

很早很早的时候,大地上有南北中三个国家。

三个国家各有一个帝王。南海国的帝王叫倏,北海国的帝王叫忽,中土国的帝王叫浑沌。

倏和忽管辖的地盘都是大海。大海一刻也不平静,每天晚上涨潮,早晨退下去。这活动量就够大了,可是大海还嫌不够,还要扬波、掀浪、卷涛、起澜,时常澜起涛卷,波浪滔天。白昼黑夜和大海耳鬓厮磨,两位帝王也有了海水般的性格,特别喜欢活动,一刻也不愿意平静。

倏最喜欢奔跑,一口气能跑出万里去。

忽也喜欢奔跑,一口气也能跑出上万里。

浑沌和倏、忽就大不相同了。他管辖的是中土大地。中土无海,土地连绵。虽然也有高山,也有深沟,那高山比浪尖还高,那深沟比波谷还低,但是,这都是凝固的,平静的,一动也不动。浑沌和这样的大地朝夕厮守,喜欢像大地一样宁静、安详。

如果说,浑沌的日子还有一点微波的话,那就是他要在自己的宫中招待倏、忽这两位大帝。前面说过,南海大帝和北海大帝都喜欢活动,南海大帝喜欢向北跑,跑累了,恰好到了中土大地;北海大帝喜欢向南奔跑,跑累了恰好也到了中土大地。

中土国成了二位大帝相逢欢聚的地方了。

中土大帝浑沌虽然不喜欢闹嚷,却是个老实厚道的热心肠,有朋友从远方来了,哪能不盛情款待呢!下榻,让他们住金碧辉煌的宫殿;就餐,让他们吃美味可口的山珍。当然,每次光临还少不了有大型歌舞欢迎嘉宾。

南海大帝玩得非常开心。

北海大帝玩得开心非常。

二位大帝时常在中土聚会,时常烦劳中土大帝。日子久了,心里都过不去,就想为中土大帝做点好事。做什么呢?送人家东西吧,自己有的,人家也有;划点地盘给人家吧,人家没有贪心,还嫌土地多不好管辖。二位合计来合计去,只有在他的脸面上打主意了。

原来,这中土大帝长得有头有脸,却没眉没眼,准确地说就是没有七窍。七窍是人脸上的七个孔洞,即眼睛、耳朵、鼻子和嘴。有了这七个小洞,人才能看得见,听得着,说得出,要不怎么会有耳聪目明的说法?中土大帝缺了这七窍就木木讷讷的,看不见,听不着,说不出,所以被众生唤作浑沌。要是能让浑沌有头有脸,有眉有眼,那可是对他最大的厚爱呀!

二位大帝将心思说给中土大帝,浑沌不喜不悲,是啊,多少年都是这么个样子,不是也过得不错嘛！可是，又不好冷淡朋友的一片热心，只好点点头，算是同意了。二位大帝赶忙行动，找来凿子、锤头，开始了打凿七窍的工程。

一窍凿通了，浑沌看见了忙碌的倏和忽。

二窍凿通了，浑沌看清了倏和忽身处的殿堂。

三窍凿通了，浑沌听见了叮叮当当的开凿声。

四窍凿通了，浑沌听清了殿外的兽吼鸟鸣。

五窍凿通了，浑沌可以呼吸空气了。

六窍凿通了，浑沌可以闻到香味了。

二位大帝忙得手不停，脚不闲，腰也酸了，背也疼了，可是看见中土大帝在他们的努力下，一天天聪明灵动了，高兴极了！他们加快速度，继续开凿。

七窍凿通了，大功告成了。浑沌可以吃饭了，可以说话了，还可以唱歌。他放声一曲，感谢二位大帝的恩情。然后，高兴地放声大笑。

哈哈哈……笑声越来越高，浑沌兴奋不已。

哈哈哈……笑声越来越高，浑沌气绝身亡。

愚公移山

很久很久以前，北方有两座大山。一座叫作太行山，一座叫作王屋山。太行山很高很高，有人说高过了万丈；王屋山也很高很高，高过了万丈。两座大山肩并肩紧挨在冀州的南面、河阳的北面，一下绵延出去700余里，好巍峨呀！

站在远处望去，白云从峰尖飘过来，日头从山顶落下去。

白云生处有人家，愚公和他的子孙们就生活在这里。这一年，愚公已是九十岁高龄了。他头发白了，胡子白了，连眉毛也白了。他是个开朗和善的老头，胡须中长满了故事，绕膝的小孙子、小孙女最爱依在身边听他讲前朝往事。只要爷爷眉毛一抖，就会让他们的笑声响彻山岭峰峦。

这一天，爷爷的眉毛不抖了，皱在一起，拧成个疙瘩。孙子们问他有什么心思，爷爷指指门前高耸的两座大山对他们说：

“山这么高，路这么险，来来去去一点也不方便。爷爷攀上爬下，苦累了一辈子，难道让你们也过这种日子吗？”

孙子们的眉毛也拧在一起了，都在动脑筋，想办法，思来想去，忽然有一个开了口：

“那就把山搬走吧！”

愚公笑了，拧起的眉毛舒展开了，笑着说：“好孩子，爷爷正是这个心思！”

当天夜晚，一家人坐在窑洞前听愚公说明了移山的打算。大家在山里攀高爬低，苦累极了，听到移山没有不同意的，纷纷摩拳擦掌准备大干一场。唯有一位老婆婆有点犹豫，她是愚公的老伴，已经发谢齿脱，说话也走风漏气了。她说：

“老头子，你这么大的岁数了，能有多大力气？我看挖掉门前那个馒头大的小山头也不容易，怎么搬得走太行山和王屋山呢？再说，挖下来那么多石块泥土，往哪里放呢？”

愚公笑着还没回答，大家七嘴八舌开了口。

这个说：“人多力量大，我们大伙一起干。”

那个说：“渤海大着呢，把石头泥土填到那里去！”

孙子们也嚷着：“干吧，干吧，我们也添一份力气！”

老婆婆见儿孙们劲头这么足，放心了，不再说什么，事情就这样定了。

第二天清晨，太阳还没有出来，愚公一家就干了个热火朝天。镢头叮当，簸箕嚓嚓，挖的挖，铲的铲，担的担，孩子们挖不动，铲不起，就用手搬起石头往簸箕里装。他们一边干，一边说说笑笑，工地上好不红火热闹！

愚公移山

工地上的红火热闹惊动了邻人，听说挖山修路，都说是造福子孙后代的大好事，一个个赶来了，干开了。有个名叫京城的人年前去世了，老婆一个人带着孩子过日子，听说了，也过来干活。她后头那个刚刚长出嫩牙的小宝宝，也一摇一晃捡石块。大家被他逗乐了，劲头更大，工地上更红火热闹了！

工地上的红火热闹惊动了远处的人，黄河岸边有个老头名叫智叟，听说有人带着家人移山，把头摇得拨浪鼓一般，不信。这一天，他起个大早上路了，要去实地看个究竟。到了地方一看，还真是这样，他大吃一惊，瞪大眼睛在忙碌的人群中找到了愚公，鄙夷地说：

“嘻嘻，你怎么能干这样的傻事呢？像你我这一把年纪的人，拔一根山上的茅草都很吃力，怎么能搬走山呢？快罢手吧！”

愚公听了智叟的话，长长叹口气，指着工地上搬石头的孤儿寡母说：“你这个人真不明事理，还不如这寡妇和幼子。要知道，我虽然干不了重活儿，可我有儿子呀！儿子死了，又有孙子，子子孙孙没有穷尽，而山是不会再长高了，为什么挖不掉呢！”

听听愚公铿锵有力的话语，看看大家埋头苦干的样子，智叟不敢再说什么，低下头，悄悄溜走了。

愚公说这番话的时候，不光是智叟听见了，还有个听到的——山神。山神是主管这太行山和王屋山的神仙,他来无踪,去无影,在青松下枕石睡觉,在溪流边饮水食果。睡醒了,听枝头莺叫;吃饱了,看碧空燕舞。不料,愚公带着人们竟挖开了山。原以为,干不了几天,累了,苦了,他们就停手不干了,也损坏不了大山的几根毫毛。听了愚公的一番话,他吃惊不小,看来这些人还真要干到底,那不把他的家园给毁了?

这么一想,山神不敢悠闲了,腾空而起,驾着云絮,乘着长风,跑回天宫,慌忙报告给天帝,请他老人家赶紧治罪。天帝从宫中探头往下一看,可不,愚公和子孙邻人挖得热汗直流,却毫不松劲。他不但没有责怪愚公,反而大受感动,非常敬佩人们的雄心和毅力。他对天宫的神仙说:

"你们要是有人的这股劲,天下地上的事情就都办好了!"

各路神仙不敢吱声,都有点脸红。天帝接下说:"夸娥氏,你那两个儿子力大无比,就让他们辛苦一趟,把太行、王屋两座山挪个地方吧!"

天帝下了命令,哪个敢不听!两个大力神翻着跟头来到人间,待晚上人们睡了就动手背山。

愚公带领众人劳累了数日,山已削去了一块。看着山一点点矮了下去,人们无不欣喜。这天夜晚,大家早早休息了,因为明天还要继续大干。公鸡的叫声唤醒了人们,大家纷纷下炕,抄起农具向外奔出,出门抬头一看都傻了眼,哪里还有山呢?家门前成了平坦坦的原野,一眼看不到边。此时,一轮红艳艳的太阳正从远处冒了出来,天地间好宽广呀!

众人兴奋地呼喊起来,高喊着朝太阳跑去。

牛郎织女的故事

传说天上有个织女星,还有一个牵牛星。织女和牵牛情投意合,心心相印。可是,天条律令是不允许神仙们私自谈情说爱的。织女是王母娘娘的孙女,王母娘娘为了阻断织女与牵牛的爱情,便将牵牛贬下凡间,又令织女不停地织云锦以作惩罚。

一天,几个仙女向王母娘娘恳求想去人间碧莲池一游,王母娘娘那日心情正好,便答应了她们。她们见织女终日苦闷,便一起向王母娘娘求情让织女一同前往,王母娘娘也心疼受惩后的孙女,便令她们速去速归。

话说牵牛被贬之后,落生在一个农民家中,取名叫牛郎。后来父母离世,他便跟着哥嫂度日。哥嫂待牛郎非常刻薄,他们与牛郎分了家,却只分给牛郎一头老牛和一辆破车,其余的都自己独占了。

从此,牛郎和老牛相依为命,他们在荒地上披荆斩棘,耕田种地,盖造房屋。日子过得倒也充实,一两年后,牛郎凭借自己的辛勤劳动建起了一个小小的家,勉强糊口度日。可是，除了那头不会说话的老牛以外，冷清清的家只有牛郎一个人，难免显得寂寞。牛郎并不知道，原来那条老牛是天上的金牛星下凡，专门来帮助他的。

有一天，牛郎没有活干，正在家里休息。老牛突然开口说话了，它对牛郎说："牛郎，今天你去碧莲池一趟，那儿有些仙女在洗澡，你把那件红色的仙衣藏起来，穿红仙衣的仙女就会成为你的妻子。"牛郎见老牛口吐人言，又惊又喜，问道："牛大哥，你会说话了？"老牛点了点头，说："按我说的快去吧！"牛郎便悄悄来到碧莲池，躲在一旁的芦苇里等候仙女们的来临。

不一会儿，仙女们果然翩翩飘至。她们一个个脱下轻罗衣裳，纵身跃入碧莲池的池水中。牛郎趁她们不注意，迅速从芦苇丛里跑出来，拿走了红色的仙衣。仙女们见有人来了，忙乱纷纷地穿上自己的衣裳，像飞鸟般地飞走了，只剩下那位穿红色仙衣的仙女因为没有衣服无法逃走，她正是织女。织女见自己的仙衣被一个小伙子抢走，又羞又急，却又无可奈何。这时，牛郎走上前来，对她说："你若答应做我的妻子，我便把衣服还给你。"织女听完牛郎的话，大吃一惊，她定睛一看，发现牛郎正是自己日思夜想的牵牛。织女惊喜交加，便含羞答应了他。牛郎轻而易举得到了一个美丽的妻子，兴奋不已。二人高高兴兴地回了家。

他们成亲以后，男耕女织，相亲相爱，日子过得非常美满幸福。不久，他们生下了一儿一女，十分可爱。牛郎织女满以为能这样厮守终生，白头到老。可是，这件事还是被王母娘娘知道了，她怒不可遏，马上派遣天兵天将捉织女回天庭问罪。

这一天，织女正在做饭，牛郎匆匆从地里赶回来，眼睛红肿地告诉织女："牛大哥死了，他临死前说，要我在他死后，将他的牛皮剥下放好，有朝一日，披上它，就可飞上天去。"织女听完，顿时一惊。她知道，老牛就是天上的金牛星，只因替被贬下凡的牵牛说了几句求情的话，也被贬下天庭。它怎么会突然死去呢？织女让牛郎好好剥下牛皮，埋葬了老牛。

正在这时，天空狂风大作，天兵天将从天而降，不容分说，押解着织女便飞上了天空。

快到南天门的时候，织女听到牛郎的呼喊声："织女，等等我！"织女回头一看，只见牛郎披着牛皮，担着一双儿女，正往这里赶。慢慢地，他们之间的距离越来越近了，织女可以看清儿女们可爱的模样了，孩子们都张开双臂，大声呼叫着"娘"，眼看牛郎和织女就要相逢了。就在这时，王母娘娘驾着祥云赶来了，她拔下她头上的金簪，往他们中间一划，霎时间，一条波涛滚滚的银河横在了织女和牛郎之间，牛郎无法跨越。

织女望着天河对岸的牛郎和儿女们，直哭得声嘶力竭。他们的哭声，孩子们一声声"娘"的喊声，是那样撕心裂肺，催人泪下，连在旁观望的仙女、天神们都觉得心酸难过，于心不忍。王母娘娘见此情此景，也被牛郎织女的坚贞爱情有所打动了，她同意让牛郎和孩子们留在天上，但只准他们在每年七月初七跨过银河，在鹊桥上相会一次。

从此，牛郎和他的儿女就住在了天上，隔着一条天河，和织女遥遥相望。在秋夜天空的繁星当中，我们至今还可以看见银河两边有两颗较大的星星，晶莹地闪烁着，那便是织女星和牛郎星。和牛郎星在一起的还有两颗小星星，那便是牛郎织女的一儿一女。

牛郎织女相会的七月七日，成千上万只喜鹊飞来为他们搭桥。鹊桥之上，牛郎织女团聚了！织女和牛郎深情相对，搂抱着他们的儿女，有无数的话儿要说，有无尽的情意要倾诉啊！

传说，每年的七月七日，如果你用心在葡萄架下葡萄藤中静静地听，可以隐隐听到仙乐奏鸣，织女和牛郎在深情地交谈。

后来，每到农历七月初七，姑娘们就会来到花前月下，抬头仰望星空，寻找银河两边的牛郎星和织女星，希望能看到他们一年一度的鹊桥相会，乞求上天让自己能像织女那样心灵手巧，祈祷自己拥有称心如意的美满婚姻和美丽爱情，并由此形成了“七夕节”，也叫“乞巧节”。

灶王爷和灶王奶奶

有一年人间大旱，庄稼颗粒无收，老百姓们过着食不果腹的日子。

玉皇大帝在天上看到了，十分着急，就派王母娘娘到人间视察灾情。玉帝疼爱的一个女儿哭闹着也要跟母亲到凡间去。这个女儿貌美又聪明，深得玉帝的宠爱。她从小娇生惯养，发起脾气来，能搅得天庭不得安宁。王母娘娘没有办法，只好同意带她到人间。

来到人间后，公主兴奋极了，觉得样样东西都是那么新鲜有趣。有天晚上，她瞒着母亲偷偷地溜出门看夜景。这时，老百姓都已关门睡觉了，只有一户人家还亮着灯。她觉得好奇，便悄悄地走了进去，只见一个小伙子正在灶前烧火，热得满头大汗。这小伙子长得很英俊，看起来也非常本分老实。

公主一下子就被吸引了，她心里想：“我要是能和这小伙子结为夫妻，过上幸福美满的生活该多好啊！”想着想着，她便走进了灶房。公主告诉小伙子，自己是个流浪儿，吃百家饭、穿百家衣长大，现在孤单一人流落到此，看到他家灯还亮着就想进来讨口饭吃，找个地方睡。

小伙子心地非常善良，他觉得这姑娘十分可怜，就让她在家里留宿，还给她做了一些好吃的。

接下来的几天，公主便留在小伙子家帮小伙子烧火做饭。

王母娘娘要回天宫了，公主却恳请母亲让她再逗留些日子。王母娘娘拗不过女儿，只好自己先回去了。

过了一段时间，玉帝仍不见女儿回来，就派天兵天将到凡间寻找。此时公主已经和小伙子私订终身，结为夫妻了。

玉帝得知自己心爱的女儿嫁给了一个以替人烧火做饭的凡人，气得浑身发抖、大发雷霆，决定给自作主张的女儿一点颜色看看。于是他就罚公主永远留在人间，让她跟那穷小子受罪。

王母娘娘听说后，忙去为女儿求情，玉帝也不忍心自己最疼爱的女儿受太大的罪，便改口说："那小子不是整天忙着烧火吗？那就让他们在人间当灶王爷和灶王奶奶吧，看她知不知悔改！"从此以后，小伙子和公主便成了"灶王爷"和"灶王奶奶"。

灶王奶奶看到人间生活困苦，就常常找借口回天庭，给老百姓带回一些吃的用的。玉帝本来就对女儿下嫁耿耿于怀，知道这些后更加恼火，一气之下就下旨命女儿和女婿每年只能在腊月二十三这天回一次天宫。

有一年，人间发大水，田地被淹，庄稼尽毁。眼看就要过年了，百姓却穷得连锅都揭不开了，灶王爷和灶王奶奶急得要命。好不容易挨到腊月二十三，灶王爷和灶王奶奶早早地准备好包袱，天还没亮就迎着灰蒙蒙的月光往天宫赶了。

见到玉帝后，灶王奶奶立即向玉帝讲述了人间的苦情。谁知玉帝根本没听进去，反而嫌弃起一身炭灰的穷女婿来，要他们住一晚就回人间。灶王奶奶又伤心又失望，哭了整整一个晚上。第二天，灶王奶奶就让灶王爷先回家收拾，准备过年，自己则继续留在天宫想办法。

腊月二十四这天，灶王奶奶正在扎扫帚，准备带回凡间扫尘灰，玉帝派人来催她，让她赶紧离开天宫回凡间。灶王奶奶说："催啥？就要过年了，家里还没有豆腐呢，等我明天做好豆腐再说！"

腊月二十五这天，灶王奶奶正在做豆腐，玉帝又派人来催她回家，她说："催啥？就要过年了，家里还没肉呢，等我明天割了肉再说！"

腊月二十六这天，灶王奶奶刚割完肉，玉帝又派人来催，她说："催啥？家里穷得连只鸡也养不起，等我明天杀了鸡再说！"

腊月二十七这天，灶王奶奶正在杀鸡，玉帝又派人来催，她说："催啥？我还没准备路上吃的干粮呢，等我明天发面蒸好馍再说！"

腊月二十八这天，灶王奶奶正在蒸馍，玉帝又派人来催，她说："催啥？过年得喝酒，等我明天打了酒再说！"

腊月二十九这天，灶王奶奶正在打酒，玉帝又派人来催，她说："催啥？一年忙死忙活的，连顿饺子都还没吃呢，等我明天包好饺子再说！"

到了大年三十这天，玉帝大动肝火，命令灶王奶奶必须立即回去。灶王奶奶想了想，觉得东西都准备得差不多了，也该回家过年了，于是赶紧把这几天准备好的吃的用的用包袱包好，带回凡间救济百姓。可东西实在太多了，灶王奶奶一直收拾到天黑才离开天宫。

这时，凡间家家户户都点烛燃香，等着灶王奶奶带吃的回来。灶王奶奶一到，家家户户都放鞭炮庆祝。灶王奶奶把从天上带回的东西分给了大家。

人们得到了食物，家家户户都欢天喜地地吃起了团圆饭。因为灶王奶奶回来得迟，人间就把三十的团圆饭称为"年夜饭"。

从此，灶王爷和灶王奶奶更受老百姓的爱戴了。

为了感念他们的恩德，百姓们从此便在每年腊月二十四打扫房子，二十五做豆腐，二十六割肉，二十七杀鸡，二十八蒸馒头，二十九打酒，大年三十包饺子。渐渐地，这些就成了凡间过年的习俗。

后来，玉帝看到小两口在人间深受敬重，心里颇有些嫉妒，就把灶王爷指定为凡间的御使，要灶王爷定期向他上报各家各户的功过得失，再根据报告对人间进行赏罚。

玉帝原本企图以此来制造灶王爷与老百姓间的矛盾，可老百姓因此更把灶王爷看成是自家的保护神了。玉帝最终也完全接受了这个穷女婿。

妈祖的传说

相传妈祖信仰起源于宋代，妈祖姓林，名默。北宋建隆年间，在福建省莆田县的湄州岛上，住着一户姓林的大户人家。

林员外和妻子王氏已四十有余，平日行善积德，育有一男五女。夫妇俩担心只有一个儿子难保香火延续，非常想再要一个男孩。夫妇俩每天焚香祷告，祈求菩萨再赐给他们一个儿子。

南海观音被林氏夫妇的诚心所打动，托梦给王氏说："你家历来行善积德，应该得到福报，因此我将赐你一个孩儿。这个孩子以后将有济世救民之能，你们要好好抚养他长大成人。"不久后，王氏真的怀孕了。

王氏即将分娩的那天傍晚，西北方突然出现了一道七彩霞光，直射入屋中。伴随着一阵轰鸣声，一个女婴降生了。因为生下的是一个女孩，夫妇俩开始时未免有些失望。但是这孩子出生时伴随着七彩霞光入室的异象，再加上她模样生得乖巧可爱，员外和夫人对她仍是十分疼爱。

奇怪的是这孩子到了满月还不会哭，林员外便给她取名叫林默，人们都唤她"默娘"。

时光飞逝，一眨眼，默娘就长成了一个少女。她不仅出落得美丽动人，而且心地善良、乐善好施，深受大家的喜爱。默娘十三岁那年，家里来了位名叫玄通的道士。此人神通广大，不但医术高明、能治百病，而且有呼风唤雨、移星换斗之术。

"我想收默娘为徒弟，教她法术和医道。"玄通道士对林员外说。

林员外犯难了，他说："这孩子可是我的命根子，若是她跟你去了，那我……"

玄通道士笑着对林员外说:“看来您是担心我会把默娘带走。放心,别人学道要到远离尘嚣的深山幽谷里,默娘却不必。默娘仍然住在家里,我每天来贵府教她就是了。”从此,默娘便拜玄通为师,学习医道和法术。她天资聪颖,又勤奋刻苦,在玄通的教导下进步很快。她还能触类旁通、举一反三,并常有新奇的想法,令师父甚为称奇。

一年后的一天,玄通把默娘叫到自己面前,说:“徒儿,你天资聪颖,我的本事你已经学得差不多了,是师父该走的时候了。记住,以后你要用这些本领造福人类。”

玄通走后,默娘谨记师父教诲,平时除了刻苦修炼之外,还常常入深山采药,救助生病的百姓。她运用玄通教她的法术降妖除魔,尽自己所能,为百姓除害。

两年后的秋天,林员外和儿子驾船渡海北上经商。突然海上掀起了狂风恶浪,船只受损,父子俩双双被掀翻到海里。此时,正在家织布的默娘突然像生了病似的眩晕起来,额头上渗出豆大的汗珠,两眼紧闭。林夫人见状忙摇着她喊道:“女儿,女儿!你这是怎么了?”

默娘醒来,失手将梭子掉在了地上,大哭道:“娘,爹爹得救了,哥哥却淹死了!”林夫人莫名其妙,嗔怪她胡言乱语。

几天以后,有人来报:“林员外和公子在海上遇险,老爷被救,可公子没能救上来。”林夫人惊愕不已,丧子之痛令她一下子晕了过去。

休养了几天后,默娘陪着母亲乘船前去海上寻找哥哥的尸体。她们驶入深海,突然发现前方海面上聚集了一大群鱼。众人都十分惊讶,而默娘早已知道这鱼群是奉水神之命前来帮助她的。她默默地祈祷了一会,鱼群就把她哥哥的尸体托到了船边。

此后每当默娘诞辰之日,都会有鱼群在当夜环游湄州岛,直到黎明才散去。当地渔民知道这鱼群是因默娘而来,到了那一天谁都不去捕鱼,后来,当地人干脆把这一天定为“休渔日”。

默娘二十三岁的那一年,湄州西北方向出现了两个妖怪——千里眼和顺风耳。他俩神出鬼没,时常祸害百姓。百姓对他们深恶痛绝,但又十分惧怕,于是便请求默娘去惩治这两个妖物。

为了引诱这俩妖物出现,默娘带着村中的妇女们一起上山劳动,大伙在山上等了十多天。千里眼和顺风耳终于出现了。当他俩靠近时,默娘大声呵斥道:“你们两个妖孽,为非作歹,残害百姓,罪不可赦!”二妖见是默娘,非常害怕。他们正要夹着尾巴逃跑,默娘挥舞起手中的丝帕,顿时狂风大作。那俩怪物见逃不掉,便折回身来举起手中的斧子朝默娘砍去。

默娘一看他们手中有斧子,心里有点害怕,脸上却镇定自若地朝他们笑道:“我一个弱女子,手中所持的也不过是一块小小的丝帕而已,而你们两个妖怪七尺之身,竟然拿着大斧子来和我斗,即便赢了,怕也是要遭其他妖精耻笑的吧?”众人附和着哈哈大笑了起来。

那俩妖怪见被一群村妇耻笑，恼羞成怒，居然赌气丢下了铁斧。默娘抓住机会，口里念起咒语，调用天雷来轰千里眼和顺风耳。二妖见中了计，慌忙去捡地上的斧子，可是斧子突然被一道天雷劈得粉碎。二妖只得狼狈逃跑了。两年后，二妖再次卷土重来，在海上作祟。默娘决定再不姑息他们，她默念神咒，呼风唤雨，使二妖无处躲避，只得心服口服地认输。这次，他们诚心实意地跪在默娘面前，表示愿意永远听从她的号令，于是默娘便收他俩为将。从此，千里眼和顺风耳常伴默娘左右，帮助她扶危济贫。

默娘二十八岁那年，在重阳节的前一天对家人说："我的心向往洁净，不愿再生活在这凡尘世界里了。明天是重阳佳节，我想去攀登高山。今天，我预先和你们道别。"家人都以为她只是说说而已，并没有多想。

第二天早上，默娘焚香诵经后，告别了家人，独自一人去攀登湄峰了。当她爬到峰顶时，天空突然浓云密布，接着一道白光直冲云霄，光影闪过，默娘便不见了踪影。

人们为了纪念帮助老百姓去祸消灾、降妖除魔的默娘，都尊敬地称她为"妈祖"或"天上圣母"。

直到现在，福建、台湾等地仍修有许多妈祖庙，用来祭祀这位救苦救难的女海神。也有很多人前来拜祭，祈祷平安。

老子出世

在中国历史长河中，春秋战国时期出了不少名人，老子便是其中的一个。他的思想深深影响着一代又一代的后人。

话说春秋时期，鹿邑城东十里有个村庄，叫曲仁里。村前有条蜿蜒的赖乡沟，沟水清凌凌，两岸有许多李子树。沟边住着一户人家，这家有个闺女，芳龄十八，模样俊俏，聪明伶俐，是父母的掌上明珠。这闺女脾气倔强，她为了照顾父母，决定终身不嫁，一生守在二老身旁，安心攻读诗书，侍奉爹娘。

一天，这闺女到赖乡沟洗衣裳，在石头上搓了一阵，举起棒槌正要往下捶，忽然看见水面上漂着一枚模样怪异的李子，她放下棒槌伸手把李子捞起来。只见这枚李子长得就像两只连在一起的耳朵，闺女很好奇，便一口咬了下去，没想到这枚李子酸甜可口，好吃极了。这闺女顾不上仔细品味，几口就吃完了。

刚吃完李子，她就感觉肚子里翻腾难受起来，直想呕吐，可又吐不出来。她刚想站起来回家，忽然肚子里传出了声音："娘啊，请再忍耐一会儿，等孩儿坐正了就不难受了。"她红着脸，小声对着肚子问："你是谁？咋钻到我肚里了？"

肚里的声音又传了出来："你刚才吃下李子，怀上了我，我是你的孩子呀。"

"我的孩子？天啊，你都已经会说话啦！既然如此，那你快出来吧。"

“不行，很多问题我还没考虑清楚，还不能出来呀！”

“那你要等到什么时候才出来呢？”

“要等到东方的天长严实了，牵骆驼的人来了，我才能出去。”

转眼过了十个月，孩子还没有降生，这闺女害怕了。她偷偷跑到一个僻静的地方，小声问肚里的孩子：“儿啦，别人怀胎十月就生了，你都过了十个月了，咋还不出来呢？”

肚里的孩子问：“天长严没有？”

“天没长严，牵骆驼的没来。”

“时间不到，我不能出来。”

就这样，母子俩经常隔着肚皮说话，可孩子一直不肯出生。整整过了九九八十一个年头，这闺女变成了白发苍苍的老太太，她觉得自己活不了几年了，真的不能再等下去了。这天她走进自己的屋子，坐在床上，问肚里儿子说：“我的儿呀，整整八十一年了，你还不该降生吗？”

儿子又问：“天长严了没有？牵骆驼的来了没有？”

“你为什么老问这两句话呢？到底是啥意思？”

“娘啊娘，天机不可泄露，反正天不长严，牵骆驼的不来，我就不能出去。”

又过几天，老闺女想：反正天就剩了一点没长严了，今天我干脆骗孩子说天长严了，牵骆驼的来了，把孩子给哄出来。主意拿定，她坐在床上，对着肚子说：“孩子，快出来吧，天长严了，牵骆驼的也来了。”话音刚落，肚里的孩子就顶开母亲的右肋，拱了出来。咦，原来是个小孩模样的白胡子老头，连头发眉毛都是白的。

母亲右肋流血不止，儿子见牵骆驼的没来，知道是母亲骗了他，一时慌乱无措，哭着说：“母亲大人，牵骆驼的没来，我无法撕下骆驼皮补在您身上，这样血流不止您会没命的，这该如何是好呢？”说着，双膝跪地，给母亲磕了三个响头。母亲说：“别伤心了，我不埋怨你。你是娘吃了李子怀孕生下来的，那枚李子长得像两个耳朵，以后你就叫李耳吧。”因为李耳出生时就是老头模样，后来人们就把李耳称为老子。

降妖除魔石敢当

有这么一个传说，泰山石家村有一个后生，叫石敢当，他家境贫寒，靠打柴为生。石敢当自幼喜欢舞刀弄棒，勇猛过人，日夜苦练并练出一手好枪法。

有一年六月，倾盆大雨一连下了七天，汶河水暴涨，冲破大堤，泰山周围的土地汪洋一片。石家村也被洪水冲毁，村子里的人和牲畜都没能幸免。整个村子只剩下上泰山砍柴而躲过洪水的石敢当一个人。洪水退去以后，石敢当站在山头上向下俯视，只见山脚下不再是原本繁盛的村庄了，而是变成没有人烟的沼泽。

石敢当从此到处漂泊，四海为家。善良的泰山之神——岱岳姥姥见他无家可归，就收留了他。于是他便住在泰山脚下的一个破庙里，总算又有了一个能安身的家了。他白天上山砍柴，晚上就帮岱岳姥姥做些家务，非常努力，深得岱岳姥姥的疼爱。

石敢当好打抱不平，方圆百里的恶霸流氓们几乎都被他修理过一两次，从此，再也没有人敢在那里为非作歹了。石敢当真正成了远近闻名的英雄。

泰山脚下有一个叫作南高的小镇，镇上有一户姓张的人家，前几年做生意发了财，如今日子过得很红火。可是不久前发生了一件离奇的事，弄得张家人心惶惶、不得安生。

原来，张家有个女儿，年方二十，长得超凡脱俗、美艳动人。可是邪门的是，这一阵子，每当太阳落山的时候，就会从西南方吹来一股妖气，刮开女孩的门，钻进她的屋里去。女孩如被妖魔缠身，整日疯疯癫癫，请了很多大夫都没治好。这样天长日久，女孩就变得面容憔悴，异常瘦弱。

张家就这一个女儿，张老爷甚是疼爱，眼见女儿日益憔悴，真是心急如焚。他贴出告示，说有谁能降妖镇魔，就可以分得张家的一半财产。倘若是未婚的男子，还会将女儿嫁给他。那些贪图张家财产和垂涎小姐美色的人一个个信心十足地前去降妖，却没有一个能活着回来，不是被妖精吃了就是被妖精吸尽精气身亡了。

这事传到了石敢当的耳朵里，他认真考虑后，便赶到张家，胸有成竹地表示能为张家小姐驱邪。张老爷答应了他的请求。石敢当得到同意，便立即安排起来。他吩咐张家仆人找来十二童男和十二童女，分别给男孩和女孩一个鼓和一面锣，还用棉花搓成了一条很粗的灯芯，又准备了一盆香油和一口锅。

这天天一黑，石敢当就把张家小姐请入别室，把灯芯插到香油盆里点着，做成一个盆灯，又用锅把盆灯扣上。一切就绪后，石敢当穿上张家小姐的衣裳，静待妖精出现。不过几时，西南方向来了一阵妖气，一阵旋风过后，妖精破门而入。说时迟那时快，石敢当伸脚一踢，踢翻了锅，盆灯被踢到了妖精身上，香油浇了它一身，顿时燃起了大火。十二童男、十二童女听到响声一起敲锣打鼓。只见妖精化作一股轻烟逃跑了，从此再没出现。帮张家小姐赶走了妖精后，张老爷非常感激，便把女儿许配给他了。

事后，此事被人们传得神乎其神，都说他会念咒驱鬼，有通天本领，石敢当的名声越传越远。

一天夜里，石敢当睡得正香，突然听见有人叫门。他翻身起来开门一看，原来是一个老头牵着一头毛驴站在院里。老头跪在他面前哀求："石老爷，请您救救我儿子吧，他怕是被狐狸精给缠住了。"石敢当一听，不敢怠慢，骑上驴就跟着老头走了。

走了大约一个时辰，他们来到一座深山里，四周荒芜一片，没有人家。石敢当问："老人家，您家在哪里呀？怎么还没有到呢？"只听老头突然话音一变，恶狠狠地说："到了，我现在就送你回老家！"

石敢当一听，心想："不好，准是以前被自己打败过的狐妖鬼怪寻仇来了。"想着便从驴背上跳了下来。

那老头继续说道："大胆石敢当，上次差点死在你手里，我今天是报仇来了！你休想逃出这里，明天午时就来杀你，你等着受死吧！"说完老头和驴都不见了，原来这老头就是上次没被烧死的妖怪。

石敢当站了一会儿，心想："总不能站在这儿等死，我四下看看，也许能找到出路。"于是他就摸着黑向西北方向走去。

石敢当走了几里路，见前方有一间小屋亮着灯光。他心里平静了许多，于是走过去敲了敲门，只听里面一位老妇人应道："进来吧。"

石敢当推门进屋，见一位老妇人正坐在屋里纺棉花。老妇人抬头看看石敢当，说："这不是大英雄石敢当吗？你怎么会来这里呢？"

石敢当把事情的来龙去脉仔仔细细地说了一遍。老妇人说："你可上当了，这山叫皮狐山，那老头是只老狐狸精。还好你碰上了我，要不真的很难活着走出去。"老妇人说着，把石敢当的右手拿过去，在他的手心里画了个"十"字，嘱咐道："你好好攥着，等遇到危急情况时再打开。现在，你放心回到原处去吧！"

原来，这老妇人是泰山上的另一位神仙——碧霞元君，她是特地为搭救石敢当而来的。

石敢当又回到了老头消失的地方。此时天已大亮了，只见四面八方拥来了成群结队的狐狸，它们一齐向石敢当围了上来。石敢当镇静地坐在石头上，紧攥着右手，丝毫不动。

到了午时，已经有成百上千只狐狸围在了他周围。那只老狐狸精一脸得意地向他逼了过来……这时，石敢当突然张开了手，手上的"十"字一下子发出了耀眼的光芒，那光芒像千万把刀剑齐齐射向狐群，不计其数的狐狸当场毙命，那些侥幸没死的都撒腿逃跑了。老狐狸精也当场一命呜呼。从那以后，那些狐妖鬼怪只要听见石敢当的名字就吓得躲起来了。

石敢当名声大噪，人们仰慕他的威名，天南地北来求救的人络绎不绝，石敢当应接不暇。可是，石敢当这样天南地北地跑，根本无法照顾家人。他见泰山的石头很多，就想到了一个好办法：他找来石匠，让石匠把自己的名字刻在石头上，再把这些刻了名字的石头送给来找他除妖的人，让人们将石头挂在墙上。

直到今天，山东人在盖房子垒墙的时候，还常常会先刻上"泰山石敢当"几个字砌在墙上，以求镇妖避邪。

刘海救蟾结姻缘

话说千百年前，一条大蟒蛇盘踞在黄山顶上。它原是北斗星君的宠物，后来因为偷吃了禁果，被贬下凡间。这条蟒蛇在凡间无恶不作，残害生灵。它常常吞食过路的人和牲畜，搞得人心惶惶，渐渐地，人们都不敢到这里来了，方圆几十里都看不到一个人。

黄山脚下住着一户姓刘的人家，刘老汉和妻子都死于那条蟒蛇之口，留下了一个八岁的孩子，名叫刘海。

刘海自从父母双亡后就只得靠打柴为生。他天生长得秀气俊俏，心地也非常善良，人又老实。打柴换来的钱他除了维持日常生计之外，多出的都给了村里的孤寡老人，故而深受乡亲们的喜爱。虽然日子过得很清贫，但刘海觉得非常快乐。

日子过得很快，转眼间刘海已年过二十了。乡亲们虽热心地为他张罗过娶妻的事，但因为他家里一贫如洗，没钱没地，没有人肯嫁给他，所以他一直都是孤身一人，暂住在山脚下的一座破庙里。邻里街坊看着小伙子可怜，心肠又好，有空就帮他洗洗衣服，打扫打扫屋子，刘海很是感激他们。

有一天，刘海上山打柴，回来的路上渴了，就到溪边取水喝。突然间，他发现有个东西在眼前晃动，再仔细一瞧，原来有只金色的小蟾蜍正伏在绿色的荷叶上晒着太阳，懒洋洋地睡大觉呢。

这时，山上突然刮起一阵黄风，顿时遮天蔽日。刘海深知大事不妙：一定又是那条可恶的蟒蛇出来害人了！果不其然，凶狠的蟒蛇已经张开血盆大口向那只金蟾扑了过去。勇敢的刘海顺手抓起柴刀，飞快地蹿到大蟒蛇面前，挥刀就砍。大蟒蛇见势不妙，就丢下小金蟾，卷起一阵腥风逃走了。

小金蟾见刘海救了自己，心存感激，就一直跟在他的身后。刘海也不管它，径直走到一棵大树底下，坐下来乘凉。那小金蟾蹦蹦跳跳地跟了过来，跳上了刘海的膝头。

刘海捧起小金蟾，开玩笑地说：“小金蟾啊小金蟾，你为什么一直跟着我啊？如果你是一位姑娘那该多好啊，那我就让你一辈子都跟着我，做我的娘子，哈哈！”

小金蟾似乎心领神会地向刘海点头，从嘴里将一颗龙珠吐在了刘海的手里，随即便跳到水里消失了。

刘海以为这龙珠是金蟾为答谢救命之恩而送给自己的礼物，也没有多想，便拿着龙珠，背起柴火高高兴兴回家了。

原来，这金蟾是南海龙王的女儿，名叫巧姑，自幼生活在水底龙宫。这一天，她随父亲到北海龙宫赴宴，在回来的途中因为疲劳就睡在荷叶上了，没想到差点命丧蛇口，幸亏善良的刘海出手相救才幸免于难。巧姑从那以后就对刘海念念不忘，她的脑海里时常浮现出刘海的音容笑貌，她发现自己已经深深地爱上了这位救命恩人。可是因为上次赴宴遇险，父亲把她看得很紧，不许她踏出龙宫半步。

后来，巧姑思念刘海心切，终于瞒着父亲偷偷地溜出了龙宫。她还是来到那条山中小溪，变作金蟾爬上荷叶，向与刘海分别的地方眺望。她非常想念刘海，真希望刘海能立刻出现在她面前。可巧那一天刘海因为要帮人伐木盖房，也来到了溪边。刘海伐树累了，便走到溪边喝水，忽然发现地上有一串金钱。

"唉，这是谁把金钱丢在这儿了？"刘海喊了几声，没有回应。刘海心想："这钱定是别人丢的，我可不能拿这不义之财。"于是扛起伐好的树木准备回家，谁知那串金钱竟然"叮叮"地响了起来，真是怪事儿！

其实这钱是巧姑故意放在他眼前的，她手里握着串着金钱的丝线。眼看刘海要走，巧姑便在水下牵动丝线，使那串金钱响了起来。刘海感到很奇怪，便聚精会神地端详着金钱，呆呆地出神。

就在这时，那只凶恶的大蟒蛇猛然从背后向刘海扑来。见此情形，巧姑急忙从水中跃出，奋不顾身地跳向他的背后，引导他转过身发现已经扑到面前的恶蟒。刘海立时反应过来，抽出砍柴刀，迎面一挥，恶蟒被砍成了两段，成了刀下之魂。

见小金蟾在危急中救了自己的命，刘海十分感激，正要好好谢谢它，谁知等他回头一看，不由得大吃一惊：身后突然多了一位漂亮的姑娘，正在含羞带怯地朝他微笑呢！刘海忙向那姑娘问道："你是……刚才的小金蟾怎么不见了呢？""我就是那小金赡。你不是说要我一辈子跟着你，做你的娘子吗？"巧姑羞涩地说，"从今以后，我就为你做饭缝衣，永不分离，好吗？"

刘海听罢，想起了小金蟾赠他龙珠的事，这才恍然大悟，喜出望外，连忙说："好，永不分离！"

于是，两个人收起柴刀，扛起伐好的树木，高高兴兴地回到村子，从此过上了幸福的生活。

田螺姑娘

有一个小村庄，村里有一个年轻人。他从小父母双亡，孤苦伶仃，家里十分贫寒，因此，到二十多岁了一直没有娶到妻子。这个年轻人善良、勤劳，又能吃苦。他每天天不亮就起床，到田里去干活，直到太阳落山才回家。

一天，他在水田里干活时，无意中捡到一个特别大的田螺。这个田螺既漂亮又稀奇，他非常喜欢，就把它带回家，养在了水缸里。有一天，年轻人干完活从田里回到家，惊奇地发现桌子上摆满了香喷喷的饭菜，茶壶里还有烧开的热水。他四周瞧了瞧，不见有人，出门寻找，也没有人。

年轻人觉得非常奇怪，但他还是坐在桌旁美美地享用起了这桌饭菜。一连几天，他每天从田里回到家，都能见到满桌的好饭好菜，而且破旧的屋子里也被收拾得整齐干净，一尘不染。年轻人以为这是隔壁李大嫂帮忙做的，心中充满感激。

这天，他吃过饭便来到李大嫂家登门道谢。可是，当李大嫂听了他的话后，非常纳闷地说："我没做过呀！我倒是常常听到你家厨房里有做饭炒菜的声音，还以为是你在做饭呢。"年轻人这下更感到奇怪了。

第二天，年轻人还像往常一样扛着锄头下田去了。可他并不是真的去干活，而是偷偷跑回家了，躲在门外准备一探究竟。快到中午时，水缸的盖子竟然自己慢慢掀开了，从水缸里走出了一位非常漂亮的姑娘。奇怪的是，她身上的衣服并没有因为沾水而有稍微的湿润。她的皮肤白皙，面色红润，明眸善睐，美艳动人，宛若天仙。

姑娘先是麻利地收拾屋子，又擦又扫，不一会儿屋里就变得一尘不染了。然后，她开始清洗年轻人换下来的脏衣服。说也奇怪，被她洗过的衣服很快就干了。姑娘收下衣服，又一针一线地把衣服上的破洞仔细补好。

做完这一切，姑娘开始熟练地做起饭来。一通煎炒烹炸，香喷喷的饭菜很快就摆满了一桌子。饭菜做好了，她又把碗筷摆放好。一切准备好了，她就轻轻掀开水缸盖子，躲进缸里去了。这个天仙一样的姑娘到底是什么人呢？为什么会帮我做家务，又怎么会住在水缸里呢？年轻人怎么也想不明白。第二天中午，姑娘正在专心做饭时，年轻人突然走了进来，姑娘一见又惊又羞，赶紧掀开水缸盖子，想要藏进去。年轻人赶紧走过去拦住了她。他低头往水缸里一看，发现里面漂着一个田螺的空壳。

难道这姑娘是这个田螺变成的？年轻人想到这里，便把空螺壳捞了出来，想看个究竟。可是这个螺壳太滑了，一下子掉到了地上，摔碎了。

姑娘看见螺壳碎了，伤心地哭了起来。年轻人不明所以，一个劲儿地追问，姑娘没有办法，只得把实情告诉了他。她边哭边说："我是一个田螺精，多年前不小心被渔翁捕到，他把我拿到集市上去卖，整天地风吹日晒，我已经奄奄一息了。就在这时，一个小男孩来到集市，看到我被放在太阳下晒得很可怜，就从渔翁手里买下了我，把我放回到了稻田里。那个小男孩就是你的前世啊！今生又让我遇见了你，你把我放在水缸里养了三年，我这么做，是为了报答你的恩情啊！可是，现在我的螺壳已经碎了，我再也不能变回田螺了，以后不知道该去哪里呢？"

年轻人听了十分感动，同时也被这善良而美丽的田螺姑娘深深地吸引了。他诚恳地说："田螺姑娘，你如果不嫌弃我家里穷，就留下来吧，我愿意照顾你一辈子！"

田螺姑娘听了年轻人的话，红着脸点了点头，答应了年轻人的请求。于是，二人结为夫妻，从此过着幸福美满的生活。

煮海治龙王

话说在很久以前，舟山西南面有一个金藏岛，岛上遍地埋着黄灿灿的金子。东海龙王为了独吞金子，竟不顾人们的死活，派兵将水漫金藏岛。

金藏岛东边有座纺花山，山上住着一位纺花仙女。纺花仙女一向体恤百姓，她目睹东海龙王的滔天罪行，心中愤愤不平。于是她手拿神笤帚，朝海面轻轻一拂，漫上山来的滚滚潮水就立即向后退去了。金藏岛上幸存的男女老少，都纷纷逃往纺花山避难。

纺花仙女决定带领众人一起来制伏龙王，她对大家说："若要保住金藏岛，大家要帮忙一起纺花织渔网，下海斗龙王！"大家听了这话都来纺花织网，男女老幼齐上阵，整整织了七七四十九天，终于织出了一顶九九八十一斤重的金线渔网。

大家齐心协力，很快便把渔网织好了，可该派谁下海去斗龙王呢？这时，海生拍着胸脯说："我去！"海生只有七八岁，乳臭未干，怎会是龙王的对手呢？但纺花仙女却乐呵呵地说："下海斗龙王，贵在有胆量，就让我们的小海生去吧！"说完给海生穿上一套金线衣，又向他传授了斗龙的秘诀。

海生穿上金线衣后，遵照纺花仙女的嘱咐说了声："大！"只见他越来越大，一下子变成了一个力大无穷、顶天立地的巨人。然后，他毫不费力地拿起那顶金线渔网，大步奔下纺花山，"扑通"一声跳进了大海，乡亲一个个目瞪口呆。

说也奇怪，海生游到哪里，哪里的潮水海浪就为他让路。原来，海生穿的金线衣是纺花仙女特地为他编织的避水宝衣！

不一会儿工夫，海生来到海中，他取出金线网往下一抛，说声："大！"那网便铺天盖地撒向大海。第一网收起来，就擒住了东海龙王的护宝将军狗鳗精。海生听纺花仙女说过，只要擒住狗鳗精，就可以得到煮海锅；有了煮海锅，就能保全金藏岛。他开心极了，命令狗鳗精快快交出煮海锅！金线网越缩越小，为了活命，狗鳗精只得乖乖地带海生到东海龙宫的百宝殿去拿煮海锅。

百宝殿金光万道，奇珍异宝堆满大殿，海生看都不看一眼，他径直拿到煮海锅，急匆匆赶回纺花山。海生和大家一起按照纺花仙女的指点，在海边支起煮海锅，舀来一勺东海水煮起来。煮呀！煮呀！煮得东海龙王实在忍不住了，终于乖乖地浮出了水面，后面跟着一帮气喘吁吁的龙子龙孙、虾兵蟹将，直喊饶命！

"赶紧把大水退去，把金藏岛还给我们。否则，我就煮烂你这个海龙王！"海生大喝道。东海龙王听罢连连点头，急忙下令潮退三尺，浪息三丈。

金藏岛终于又露出水面，重见天日了。大家开心得都跳了起来。

谁知，等海生端起锅，熄了火，东海龙王又突然涨潮鼓浪，一个浪头将煮海锅卷得无影无踪了。

"你这可恶的龙王，不守诺言，卑鄙无耻。"海生气得直跺脚。这一脚非同小可，跺得地动山摇！所有埋藏在地下的金子，都被海生跺了出来，纷纷飞向海岸，落在滩头，眨眼之间，便成了一道金光闪闪的大海塘，任凭潮涌浪翻，金塘纹丝不动。

从此以后，东海龙王再也不敢来兴风作浪了，黎民百姓也可安享太平，而"金藏岛"也被人们改称为"金塘岛"了。

叶公好龙

很久以前,有个人到叶地继承了父亲的封邑,人们便称他叶公。

叶公不讲吃,不讲穿,单单爱好龙。他认为龙能上天入地,腾云驾雾;能呼风唤雨,变更世事,因此崇拜得五体投地。为了表达他对龙的崇拜之情,他将府宅做了一番装修。

首先请来木工,将廊柱、门窗都刻上了龙;

接着请来画师,将花板、墙壁都画上了龙;

而后请来铜匠,将门环、锁扣都换成了龙。

这还不足以表达他对龙的一颗爱心。每有客人,必然谈龙,谈起龙他就眉飞色舞,指手画脚。而且,若要听说哪个地方有龙的图画、龙的雕刻,不论远近,他都要去看;不论贵贱,他都要买来。

叶公爱龙的事,附近的人知道了,都夸他志趣高雅。

叶公爱龙的事,天下的人知道了,都夸他志向远大。

消息从人间传上天去,真龙知道了,好不感动。自古至今,历经了多少世事,多少代人,从没听说有对自己这么崇拜的人呀!

这一天,真龙接到天帝让他行云播雨的命令,刮着风,打着雷,到了人间。龙下了一阵雨后心想,何不趁机去叶公家里看看,到底人们说的是真是假。

叶公好龙

又刮一阵风,又洒一阵雨。趁着暴风骤雨,真龙来到叶公的府院里,嗨呀,龙可真多呀!廊柱上、门窗上、墙壁上、家具上处处都画着龙、雕着龙,真龙兴奋了,决计要会见一下这位虔诚的叶公。

又刮一阵风,又洒一阵雨。趁着和风细雨真龙钻进叶公的屋舍中,他摇头晃脑,吞云吐雾,笑哈哈咧着大嘴。叶公听见动静,走出厅堂观看,不看还好,一看大惊失色,吓得倒在地上,手中雕龙的酒杯摔了,脚上绣龙的鞋子掉了,身上画龙的长袍脏了……真龙见他这般模样不禁开怀大笑,笑声震得叶公双耳轰鸣,好半天才张开口喊叫:

"不好了,龙来了!"

真龙听他这么一叫，心顿时凉了，什么不好了，说是爱我，其实是害怕我呀！他马上翻个跟斗出了门庭，腾云驾雾去了个无影无踪。

河伯游北海

河伯是管理黄河的神。

这年秋天，河伯比哪一年都高兴。这是因为，这个秋天多雨，雨多，黄河里水就大。

下第一场雨时，黄河水长了一寸。

下第二场雨时，黄河水长了一尺。

下第三场雨时，黄河水又长了一尺……

雨一场接一场地下个不停，水一尺接一尺涨个不止。滔滔河水早就舒展开了身姿，漫溢上了河岸，肆意横流开来。黄河顿时阔大了好多好多，阔大得连河伯从来也没见过这么阔大。他游荡到北岸，远望南岸，高大的屋舍矮小得如同鸽子窝；他游荡到南岸，回望北岸，刚刚在河滩上吃草的黄牛矮小得如同一只只蚂蚁。河伯看着浪涛滚滚的河水，可激动啦，蓦然觉得黄河是天下最为壮阔的水流，能管理天下最壮阔的水流，真是三生有幸，当然也就无限荣光。

无限荣光的河伯决定出去游走，借机炫耀一下自己。

河伯跳着舞，唱着曲，顺流而下，一日千里，很快就来到了北海。

一到北海，河伯舞不跳了，曲不唱了，眼睛瞪得不能再大了。这北海水天相连，漫无边际。他腾空而起想看到边沿，哪里找得到呀！他驾着云雾，往前旋飞，飞了好长时间，往下看还是滔滔水浪，不见有岸。河伯飞累了，也没找到海岸，只好返身回来。这时候，河伯没了先前的得意，他明白了天下最壮观的流水不是黄河，想想先前的自高自大，真有些惭愧。

河伯刚在海边站定，就听见有人叫他，回头一看是海若。他走近几步，拱手赞扬海若：

“你可真了不起，主宰这么博大的北海！依我看，北海是天下最壮阔的流水，你就是最光荣的海神了！”

海若听了，连连摇手，谦虚地说：“河伯过奖了，北海哪里是最壮阔的流水呢！据我所知，天下还有东海、西海和南海，哪一个也不比北海小，北海和它们相比只能是个小弟弟！”

河伯听得好新鲜，越听越觉得自己渺小。他诚恳地对海若说：

“真是不比不知道，一比吓一跳。老实说，没有见识北海时，我还以为黄河是天下最壮阔的流水呢，一见北海，我自惭形秽，才知道黄河太渺小了。开始，我真以为北海是天下第一了。听你这么一讲，我才知道，还有比你这儿更大的海洋呀！”

海若说:“是这样,所以人们常说,山外有山,天外有天。在这个世界上,谁也不应该自满自足,自高自大。”

相思树

古时候有个不知廉耻的国君宋康王,他贪图美色,听说手下人韩凭的妻子何氏长得漂亮,就派人抓来给自己当嫔妃。

韩凭跪地苦苦哀求放了妻子,宋康王不仅没有动心,反而大为恼火,将韩凭押解到青陵台工地,和万千民夫一块搬石填土,遭受牛马劳苦。他一边干活,一边牵挂着落入虎口的爱妻,饭吃不下,觉睡不着,没几天就消瘦了许多。

发配走韩凭,宋康王去讨何氏的欢心。哪知何氏是个很重情义的妇人,无论他说什么好话,何氏都不理不睬,总是愁眉紧锁,说多了更是泪水滴滴哒哒。宋康王只好从长计议,慢慢感化她。

何氏住进后宫,天天冷冷清清,一想起去青陵台受苦的夫君就泪水不断。哭了几天,转念想光哭有什么用,就把宋康王送来的那些珠宝转送给侍候的下人。下人和韩凭很熟,十分同情他们。何氏就写了一封信托他转交丈夫。

何氏的信没有字,其实是两幅画。两幅画画的是同一条河流。第一幅画上的河两边各有一个黑点,另一幅画上的两个黑点都到了河中间。

韩凭看了画,抱头痛哭,滴水不进,当天夜晚便悬上了房梁自杀了。

韩凭死后,监工在他身上搜出了这两幅画。宋康王一看可气坏了,这河边那两个黑点好像是人,是说他们两人难以相见。这一幅上两人见是见了,只是到了河里。这像是说,河深海深也隔不断他们相见的决心。

气归气,宋康王还是到后宫来见何氏,没想到何氏完全换了一副容颜,她笑对着宋康王说:

“韩凭死了,我心已了,没有牵挂了,咱们成亲吧!不过,我要去青陵台上风光风光。”

宋康王喜出望外,连忙接言:“美人啊,我早就等你这句话了,那我们就在青陵台上成婚!”

成亲这天,宋康王一早过来迎接何氏。何氏没有穿他赐予的婚裙,却穿了一件素雅的淡装。宋康王问时,何氏只说喜欢这件衣裙。于是,各乘一轿,威风凛凛,前往青陵台。

晴空万里,景色宜人。宋康王欣赏着美景自有说不出的喜悦。何氏独坐轿中却暗暗垂泪,透过帘角,她看到路人指指戳戳,像是对她说三道四。她想说:你们哪里知道我的心思!可这话怎么能说给他们呢,只有暗暗以泪洗面。

青陵台到了。宋康王眉飞色舞地登上台去,何氏紧依身边,脸上也挂着笑意。

一旁里弦乐齐奏，锣鼓声起；两侧里佳丽如云，彩旗飘舞。

宋康王健步前行，何氏柔步相随，大臣们欢声奉迎。

突然，何氏一个箭步飞跑过去，跨到台边。宋康王转眼看时，何氏已飞跃而起，向台下跳去。台边的侍卫伸手一抓，揪到了衣裙，但那件素洁的衣裙是何氏用药水浸泡过的，一触即碎，飘散成万千碎片。众人看时，像是千万只素洁的白蝴蝶上下翻飞。

何氏却坠下台底，追随丈夫去了！

宋康王气得嘴歪眼睛斜，好个大胆的泼妇，竟敢这么扫我的威仪！他恶狠狠地说：

“把他们夫妻各葬一坟，既然他们恩爱难分，就让他们自己走到一起吧！”

相思树的由来

于是，韩凭的坟墓旁边又堆起了一个土冢，那就是何氏的坟墓。

过了几天，两个坟头各长出了一棵梓树，树木勃发向上，生机盎然。长着长着，树枝合抱在一起，绿叶扭结成一体，分不清哪是东枝，哪是西叶，连土里头的根脉也相互缠绕，不分你我了。人们把这两棵树称为“相思树”。

没过几天，绿茵茵的树上落了一对鸳鸯鸟。每天，太阳一出来，它们便栖在树梢，颈脖相交，亲密无间；天一黑，它们就飞走了。

这一对鸟飞到哪里去呢？飞到了宋康王宫中，每晚都在窗前叫着骂他。宋康王命人驱赶那扫兴的鸟。赶到东，那鸟飞到西，边飞边叫，叫嚷得他心烦意乱，睡不着觉。

宋康王渐渐面黄肌瘦，卧床难起，不久便病死了。

来丹借神剑

魏国有个名叫黑卵的大力士，因为个人怨恨杀死了丘丙章。

丘丙章有个儿子叫来丹，决心要给父亲报仇，不杀黑卵誓不为人。可是这仇并不好报。黑卵是有名的大力士,别说力气有多大,单说个头长相,就令人吃惊:身高丈余,膀阔腰圆,竖起来像一座铁塔,倒下去如一根横梁,是个少见的壮汉。还有人说他,皮硬如铁,刀枪不入,有一次上战场,敌人飞箭猛射,他竟甩了衣服,裸露胸膛,冲了上去。一支支利箭射在他的肢体上,纷纷落地,他却一点也没有受伤。这黑卵真是个极不寻常的英烈好汉!

再看来丹,除了复仇的决心大,什么也大不起来。他个头不大,连五尺也高不过去;身单力薄,一股大风就能刮上半天空去。他自从有了报仇的念头,每日鸡叫起床,练习舞剑,但是不知要舞到哪一年才能有了斩杀仇敌的力气和功夫?

来丹心里急呀,常常为此焦虑不安,彻夜难眠。过了好些日子,他体格不仅没有健壮,反而更瘦了。

好朋友申他见来丹这样子,也为他忧虑,担心这么下去,不但报不了仇,反而会把他的小命搭进去。这可怎么是好?

申他忽然想起了孔周。孔周是卫国人。卫国是个不大的国家,经常遭受大国的欺辱侵扰,不时就有强兵进攻,逼着割城让地。可是,自从孔周出面后,再没有敌人前去侵犯。孔周传言,家中得到了殷代帝王的宝剑。这宝剑锋利无比,削铁如泥,取人头就像割草那样容易。最为可贵的是,其中有把飞剑,若是敌兵众多,取出飞剑,只要说句“杀死”,那剑就会离手而去,直往敌阵飞杀,剑过处一个个兵士都成了没头的木桩子。头颅呢?一个个西瓜般滚落在地上,简直就是神剑嘛!

那一年,是来了一国军队。卫国根本就没出兵,孔周一个人去了,不,还领了个四五岁的孩子。敌兵蜂拥而来,孔周岿然不动。等他们走近了,孔周厉声高喊着,将神剑的威力告诉了他们,然后说:

“身佩神剑,再看尔辈,如同蚁蛆,打败你们,根本不用我费吹灰力气。现在,我就把神剑交给这个孩子,只要他一声令下,神剑出鞘,你们就全没有命了。”

说着,不慌不忙将神剑交给孩童。孩童接过剑,口中念念有词:“神剑出鞘,人头落地,尸横遍野,血流成渠!”

然后,抬起头厉声喊道:“不怕死的上来吧!”

前面的听到喊声,不仅没有向前,反而向后退了。突然间,敌人仓皇溃逃,如潮水退去,败不成军。

从此,孔周和他的神剑威震天下。若是得了神剑,来丹还怕报不了仇吗?

申他将这想法对来丹一讲,来丹喜出望外。二人相随着来到卫国,拜见了孔周。来丹声泪俱下的一番诉说,感动了孔周,他答应借给来丹神剑。孔周说:

“我有三把神剑。一把叫含光,看上去无形,舞起来无影,杀人如割草;一把叫承影,说没形看上去有影,说有形却不是完整的宝剑,眼睛一眨,人头落地;另一把叫宵练,白昼有光无形,夜晚有形无光,说声杀,飞动而起,立即可以将人杀死。你们要哪一把?”

不用说,来丹知道自己力量不敌黑卵,近他不得,当然要宵练。孔周真是慷慨之士，便将宵练借给了他。

来丹得了神剑，直奔黑卵家而去。时值暗夜，黑卵睡得死沉，鼾声惊得来丹身肢发抖，他定定神说："神剑出鞘，取黑卵首级，一、二、三……"话音未落，剑已飞进屋里，鼾声停了片刻，剑已飞出来了。

来丹正要接剑，忽觉背后有响动，一看是黑卵的儿子从另一个屋子跑出来了。来丹将手一扬，神剑又向他飞去。神剑过处，那小子已倒在地上。来丹不敢久留，收了剑，往外就走。

没走几步，背后有了响动，地上那小子爬了起来，跑进屋去，就听父子俩说：

"刚才我喉咙好疼，不知为啥？"是黑卵说话。

"是来丹捣乱，他不知有啥魔法，没动手弄了我一跤。"这是那小子的声音。

来丹这才发现，或许是神剑太快了，掠过身体，伤口又粘合了，根本杀不死人。

汤王求雨

汤王打败夏桀，登上了君王的位置，本想让天下过上五谷丰登的好光景，哪料，天下竟然出现了大旱。大旱一直持续了七年，旱得寸草不长，河流断水，连山上的石头都快被太阳晒得熔化了。人们的痛苦状况就可想而知了！

汤王让史官占卜，史官卜了一课，说："上天要人做牺牲，才肯下雨。"

先前祭天求雨，都是以牛呀、猪呀做牺牲的，如今要人做牺牲这可如何是好？汤王因为这事犯愁！大臣们却不以为然，夏桀的时候天天杀人，咱只让一个人去当牺牲还不行吗？

汤王说："不行，我们是子民的父母官。父母会疼爱每一个儿女，父母官要仁爱每一个子民。"

不行？不求雨那大伙不是一起被渴死了吗？

谁也想不到汤王会做出这么个决定，他要去做牺牲。

这可惊动了天下！家人劝说，汤王不听；大臣劝谏，汤王不听；子民求告，汤王不听。他一个心眼要为祈雨献身了。

求雨的日子很快到了。这天，汤王穿了一件洁白的衣服，身边放着一捆容易着火的白色茅草。他披散着头发坐在马车上，拉车的也是一色的白马。白马拉着汤王朝殷族的神社桑林走去，沿途看见的子民无不为之泪流满面，这么爱民的君王就要为求雨献身了，大家怎么不为他揪心！

车子来到桑林，这里围观的人更多了，众人都泪流不止。汤王下了车，走到祭坛前，双膝下跪，高声说：

"上天啊，我一人有罪，千万不要累及子民，请下雨吧！"

说完，大祭师剪下了汤王的长发，又剪下了他长长的指甲，放进烈火燃烧的祭盆中。然后，汤王低垂着头朝祭坛走去。

祭坛是由木头搭成的，木头下面全是柴草。汤王上到坛顶，解开随身的白茅草，跪在上头，对天祈祷。只等时辰一到，祭师就用祭盆中的火点燃柴草，那么，汤王随着那熊熊烈焰就要化为牺牲了！

这时候，蓝天像洗过的一样明净，没有一朵白云。头上的太阳放出火辣辣的光芒，晒得人头皮发麻。众人的心揪得更紧了，祭师宣布时辰已到：点火！祭坛边一片哭声。哭声中，祭火点燃了，烈火干柴，冲天烧起，就要烧着汤王了！

突然，长空一声雷响，乌云笼罩了祭坛，没让人们看清云是从哪里来的，倾盆大雨哗哗倒下，很快浇湿了柴草，浇灭了祭火。汤王得救了！

大雨向周围飘散，大地一片泽润，天下子民得救了。

从那个年头起，汤王成了子民心中的雨神，现在走进山西南部，还可以看到不少纪念汤王的神庙。

李冰斩蛟治水

秦朝的时候，蜀郡那个地方经常遭水灾，洪水一来，淹了百姓的庄稼、房舍。不少人家妻离子散，流落他乡。

这一年，来了一位名叫李冰的郡守，决心要根除洪灾，兴修水利。可是，当地百姓对他的主意总是摇头，他们约定俗成的习惯是给江神娶媳妇，以求平安。

这年多雨，自从李冰上任，几乎没有见过几回太阳。阴多晴少，雨水增多，江河狭窄，洪水随时都有发生的可能。李冰一心筹划疏渠理水，郡中小吏却不断鼓捣给江神娶亲。入乡随俗，李冰下令给江神送亲。

这一来，乡村里鸡飞狗叫。官吏沿门挨户搜罗美女，可谁家乐意让亲骨肉白白送死？不少人家早有提防，将女儿藏进深山老林的远亲家中去了。姑娘没有搜捕到，还闹得家家户户不得安生。

李冰闻知，当即下令把自己的女儿送去，不要再在民间选美求亲。命令传出，万民欢呼。

到了给江神送亲的那天，江岸上人山人海，水泄不通。大家都来看郡守怎样将亲生女儿送进水里。李冰说到做到，果然让自己的女儿梳洗装扮好了，坐了新娘的席位，准备送给江神。观看的人虽然很多，却都不言不语，要看这戏怎么演下去。

江岸上张灯结彩，供奉着江神。司仪宣布时辰到，李冰走上坛去，面对神位，往杯中一一斟酒，然后，举起杯来，要和江神碰杯共饮：

“江君大神，我很荣幸能攀附龙族，与你结成亲家，请显露尊颜，让我敬奉一杯薄酒。”

李冰说过，神座寂然，没有一点动静。他端着杯，又说：

“江君大神，莫非嫌下官少礼。那么，先喝为敬，我先干了这一杯。”

李冰一饮而尽，神座上的酒杯依然清清亮亮，毫无动静。他顿时转怒，厉声申斥：

“江神既然这么看不起下官，那就别怪我不仁义了，我们拼个死活吧！”

说着，李冰抽出腰间的宝剑，奋臂一抡，人剑全不见了。

忽然，有人手指江对岸的山上，万千目光齐瞅那边。那边一头黄牛和一条蛟龙翻飞搏杀。那蛟龙身长体壮，长尾一扫，尘灰飞扬，张开大口就朝黄牛扑去。黄牛不笨，轻身一闪，躲过蛟龙的扑杀，后退几步，瞪圆眼睛，高扬利角，就向蛟龙刺去。蛟龙灵巧，回体一甩，身子飘到了一边，不用说，发力过猛的黄牛闪空了，差点跌倒，朝前多跑了数步才稳住了身体。

众人看得入神，却见神坛上显出了郡守，大汗淋漓，衣服湿透了。这是怎么回事？众人都有些纳闷。郡守走向坛边的弓箭手，喘息着对他们说：

“江神功力太大，战得我浑身疲困，你们要给我助威呀！”

弓箭手都很纳闷，怎么帮助呀？又听郡守说：“那头黄牛是我，蛟龙是江神！”

说完，李冰喝口水又不见了。

转眼间，对面山头的黄牛又和蛟龙拼杀在一块。那黄牛四蹄翻腾，奔出云雾；蛟龙紧紧追赶，钻出云雾。不待蛟龙扑来，黄牛回身又钻进了云雾，蛟龙扑了个空，环绕回身慢了许多，弓箭手看得真切，一起放箭，射中了蛟龙。蛟龙坠地砸起一个火团，燃成了一道云烟钻进江中。

江神战败，再也不敢兴风作浪，为害百姓，当然更不敢讨娶民女为妻了。

李冰请工匠造了三个石人，安放在江心，命令江神：水枯不能低于石人的脚背，水涨不能淹过石人的肩膀。接着，又和百姓编竹笼，装石头，在江中横卧一条百丈长堰，人唤金堤。从金堤左右缺口流过的水进入郫江和捡江，浇灌千里沃野。从此，古蜀郡成了闻名远近的米粮川。

少年郎筑城墙

那时候天下像个大西瓜，你分一块，他分一块，分了好多块。有个叫刘渊的人，也切了一块，当了皇帝。

当了皇帝就要有个都城呀，刘渊就把都城造在平阳，建起了金銮宝殿。那时候天下还不太平，烽火四起，战争不断，住在宫殿里若没有个城墙，晚上睡觉也合不实眼。刘渊皇帝就下了命令，修筑城墙。

这可苦坏了天下百姓，建造金銮宝殿几乎把大伙的血汗都榨干了，再修筑城墙那不是干骨头还要煎四两油吗？命令一下，官兵们抓民夫，运砖石，闹腾得村村鸡飞，寨寨狗叫，人们哭声遍野，苦不堪言。

偏偏这年秋雨连绵，软塌塌的地上，堆不住土，摞不起砖。刚刚堆起一锨土，雨一淋，流了；刚刚摞上一块砖，水一冲，塌了。苦苦折腾了半拉个月，城墙垒了还没有半人高。西面有人争天下，东面有人夺皇位，刘渊一看城墙修得太慢，着了急，贴出一张皇榜，招募能人领工修筑。

皇榜贴出，刘渊眼巴巴等着贤人志士，盼他早日到来，把城墙修好。等了好几天，没有人敢揭皇榜。这一天，侍卫好不容易带进个揭了皇榜的人，刘渊一看却气傻了眼，揭榜的竟是个十三四岁的少年！虽然长得英俊潇洒，可他毕竟是个小娃娃呀，靠这么个黄嘴小儿怎么能把城墙修筑起来？刘渊正要发怒，却听少年郎说："小民愿立军令状带工筑墙，七天筑不成，任由皇上诛杀！"

刘渊一想，不就七天么，修不成也误不了大事，看看这小子到底有什么能耐，就同意了他的请求。

少年郎领命，来到城边工地，掏出令旗一展，把正在泥水中挣扎的人们放了回去。

少年郎放走民工的消息被侍臣报告给皇帝，刘渊十分恼火，想立即抓来那小儿问罪，转眼一想，自己初来平阳，立足未稳，人家军令状上的工期未到，杀了他岂不冒犯众人！因而，他按下怒气，只派人出去悄悄打听这个小儿的出身根底。

打探的人很快回来了，少年郎可不是个平常人，他的母亲是个孤老太婆，他是老太婆在一场大雷雨后捡回来的。刚捡来时是个大大的龙卵，孵了七七四十九天，竟孵出了个眉清目秀的孩童。这孩子才四岁就长成个英俊少年，前来揭榜筑城墙了。这让刘渊心生疑虑。

一连五天过去了，眼看工期就要到了，工地上静悄悄，这少年郎到底要什么把戏？

就在这天夜里，狂风大作，飞沙走石。护夜的卫兵迷迷糊糊看见，风沙中盘旋着一条龙，上下翻飞，绕着城边来回蹈舞。天明看时，一道城墙将金銮宝殿、大街小巷围了个严实。

早有人报进宫去，刘渊皇帝带着大臣前来观看。远远看见了高高大大的城墙，非常壮观，刘渊好不欣喜。近前却见这城墙上宽下窄，分明是筑颠倒了，不免嗔怒，天下哪有这样的城墙？

传来那小儿问话，少年郎一见刘渊即磕头谢罪，答应重新筑过。这天夜里，大风又起，刮得和昨晚一样凶，一样猛，只是沙石少了些，时辰短了些。天明看时，那城墙竟然颠倒过来了。这一回，刘渊大惊，派人前去捉拿这个惑乱民众的妖魔。

少年郎听到马蹄声，拐进村巷，跑出村庄，朝西猛跑，官兵们随后就追。

就这样飞跑，官兵们要追上少年郎很难。但是，眼前是一座高山，雄峙的吕梁山挡住了去路，就是长着翅膀也难以飞越过去。很快官兵的马队赶到了，眼看少年郎无路可走，官兵跳下马来抡剑砍去。就在手起剑落的一霎间，少年郎不见了，地上爬行着一条小龙，长长的身体如同蛇一般，正朝山脚下的石洞中钻去。官兵愣住了！这一愣那龙只剩下个尾巴还露在外头。这时，跳出一员大将，手中的利剑一扬劈了下去，咔嚓一响，鲜血飞溅，龙的尾巴断了。可是晚了，那龙钻进了深洞，只留下了一尺来长的尾巴。

鲜血从洞中汩汩流出，流个不止，流着，流着，变成了清水。从此，吕梁山下便有了一股清流。人们都说那少年郎是神龙下凡，替大伙修筑城墙，又将生命化作了清流，所以，把那清流的源头叫作龙子泉。

两个养龙的人

一、师门

古时候有个帝王名叫孔甲。孔甲喜爱龙，就在御花园的水潭中养了两条龙。给孔甲养龙的人名叫师门，身高过丈，长发垂地，两只眼睛像夜明珠般的闪闪发光，只是夜明珠晚上才有光亮，而师门这两只眼睛白天、黑夜都亮光灿灿。

师门初来时，孔甲要他展示一下养龙的技术。他大步来到潭边，双手一拍，水中冒出一串串水花，还有“咕咕”的响声。师门说：

“这是龙在说话，要出水门了。”

话音一落，两条龙跃出了水面，挨着潭边旋舞，旋舞了几圈，发出“突突”的声响。师门说：

“龙要腾空。”

转眼间，一条银龙已飞到高空，另一条龙紧跟而上，在天空畅游欢腾。欢腾了一会儿，发出“哧哧”的声响。师门说：“龙要降落。”

说话间，飕飕风响，天上一片明净，两条银龙都钻进水潭里去了。孔甲见师门精通养龙技术，可高兴啦！

师门不光养龙，还会驯龙。自他进宫，两条龙肢体矫健，精神抖擞，每逢表演，花样众多，醉人眼目。

孔甲常常喜不自禁，手舞足蹈，甚至，比比画画，指指点点，只恨自己无鳞无爪，不能升空与龙共舞。从此，他一刻也不愿意离开龙，哪里还问国家大事呢！他干脆在大潭边建了座观龙亭，随时登亭观看表演。

这一来可苦坏了两条龙，龙有龙体，龙有龙力。龙力靠龙体，发力需休息。别看龙表演得轻松自如，那可需要耗费精力呀！若是休息不够，精力不足，表演也就难得轻松自如。

这天夜晚，风轻月明，星稀天高，正是赏龙的好时光。孔甲领了嫔妃早早登上了观龙亭，准备大饱眼福。师门却愁眉不展地禀报：

“龙体困乏，难以旋舞，请大王明日观赏。”

原来，这天上午看了下午看，孔甲这已是第三次看龙腾舞了。师门知龙如子，龙确实困乏了；师门爱龙如命，再这么折腾，伤了元气，龙会累死。因而，他才直言相告。

孔甲却不以为然，大声训斥师门，命令马上表演。师门再三劝说，孔甲不仅不听，反认为他丢了自己的脸面，把师门推出去斩了！

二、刘累

杀了师门，刘累给孔甲养龙。

刘累长得个小腿短，尖嘴猴腮，却巧舌如簧，能把死人说活了。据说祖上是帝王的后代，却因招摇撞骗，被发落到蒲山密林当了樵夫，以栽树卖柴为生。到了刘累时个小力衰，肩不能挑担，手不能抡斧，没有糊口的力气，只好靠三寸不烂之舌混饭吃。他从密林中逮了几只红屁股猴子，称它们是灵人，游走耍闹弄两个小钱糊口，比要饭体面些。

有一天耍猴，刘累碰上了豢龙氏。豢龙氏是养龙的大师，看见刘累有点心计，把猴子指拨得团团转，就动了怜悯之心，收他为徒，教他养龙。刘累心眼灵动，很快就学会了几招。只是聪明反被聪明误，几招到手，刘累心满意足，不再动脑琢磨其中的奥妙，整日察言观色，讨好师傅，把豢龙氏哄得乐呵呵的。

刘累进宫养龙和师门大为不同，他的心压根就不在龙身上，而是设法博得孔甲的欢颜。

孔甲早上要看龙，他马上把龙唤出来；孔甲午间要看龙，他马上把龙唤出来；孔甲夜晚要看龙，他马上把龙唤出来。

孔甲成天乐呵呵，笑哈哈。刘累成天笑哈哈，乐呵呵。

有一天，孔甲玩厌了，对刘累说："把龙身边那些水雾弄散吧！"

刘累马上遵旨去办，找了个大风车，唤了十来个小伙子，摇动风车，风"呼呼呼"刮了起来。飘在空中的那些水雾，被风吹淡了，扯碎了，忽悠忽悠飘走了。这一飘让空中舞蹈的两条龙措手不及，扑嗒一下跌到水潭里，好半天，躺在水面动不了。

连续摔跌了几次，两条龙病了，没精打采的。过了几天，雌龙死了。

这可把刘累吓坏了，怎么向孔甲交代呢！凑巧孔甲受了风寒，感冒了，刘累赶紧给他煮了碗龙肉汤端去，孔甲吃得美滋滋的，一高兴，饶了刘累。

这一难关就这么搪塞过去了。

如果刘累知过就改，把雄龙照顾得好些，可能下面的故事会是另一番情节。只是，刘累心中只有孔甲的脸色，根本没有注意雄龙的冷暖饥饿和劳累。结果，没过多少日子，雄龙也死了！

刘累抓耳挠腮一夜难眠，也想不出个好办法，只好趁着黎明前的黑暗溜出宫去，穿密林，钻荆棘，逃到很远的地方，重操旧业，耍猴糊口去了。

游船渡江

周代的时候出过一个游乐王——周昭王。他喜欢出宫游走玩耍，根本不问天下子民的生死。

那一年，有大臣报告，南方越棠国捕到了几只野鸡，颜色洁白，一根杂毛也没有，可好看呢！他们准备敬献给大王，只是路途遥远，需要一段时间才能送来。周昭王听了，那雪白可爱的野鸡似乎就在眼前欢跳，还冲着他舞蹈呢！他连觉也睡不安稳了。

第二天一早，周昭王便亲自前往越棠国迎接野鸡。他带着文武大臣、宫娥嫔妃浩浩荡荡上路。这一路过山看景，渡河戏水，周昭王乐得连嘴都合不拢。这可苦坏了楚国的百姓，周昭王经过这里，大队人马要吃要住，还要吃山珍海味，住金玉宝殿，可不是件小事。百姓们早早就忙活上了，忙得自己的光景都过不成了，不就为了那几只白得如吊丧般的野鸡嘛。

周昭王南去后，人们心里气愤不平，都想给这昏王点颜色看看！很快楚国人想好了主意，专门给周昭王打造了一只华美的游船，静等着他早日返回。

过了些日子，楚国人眼巴巴把大王盼回来了。络绎不绝的御驾排列了好长，中间簇拥着周昭王和他心爱的白野鸡，还有几只野兔。据说那野兔是因为大王远道迎鸡，费心劳体，额外贡献的。周昭王停车歇息，掀开帘幔，让百姓观看那洁白无瑕的宝鸡、玉兔。不看还好，看了的百姓都撇撇嘴说："还当是啥稀罕物哩，就那么个玩意呀！咱那弓箭下不知射杀了多少！"可是，当面谁也不敢说这话，都夸："好看，稀少！"

周昭王听了，美滋滋的。这时，楚人的头领上前说："大王一路辛苦，楚民新造了一只游船，请大王乘坐过汉水。"

周昭王看了游船，顿时心花怒放。这船好大好大，顶他来时那只木船好几只；这船好美好美，画龙雕凤，还插满了五颜六色的旗帜。一见这船，早忘了他的木船，立即登了上去，来渡汉江。日光明丽，汉江水碧。上船后风平浪静，白鹭在船头船后翔舞，天鹅在云端天边飞行，周昭王心神愉悦，特别满意楚国人的一片热心。

船到江心，水急浪大，颠上落下，落下颠上。几个回合，"哗啦"一响，精美的游船散成了块块木板。原来楚人造船没有用钉用榫，只用了点胶。船到江中，水一浸泡，粘胶化开，便散开了。不用说，周昭王和随从臣妃全泡进大浪滔滔的江水里了！楚人本想摆弄摆弄周昭王，没想到这一下竟摆弄成了水中鱼鳖。其实连鱼鳖也不如，鱼鳖到了水里活泛着呢！而周昭王四肢乱动，无济于事。车夫手大臂长，还识点水性，扑棱了好一会儿，找到了大王，把他拖上了岸，一看，早死了。

周穆王奇遇

一、宫中逢化人

这一天,周穆王宫中来了一个技艺高超的化人。

化人盛气凌人,见了周穆王不下跪,不施礼,神气活现,弄得周穆王很不是滋味,开口问:

"你有什么本事?这么狂傲!"

化人得意地说:"本领不算高,人人办不到。火中不伤发,空中掉不下!"

周穆王摇头不信,要他当面试过。

很快宫前燃起一堆大火。化人毫不怯阵,大步一跨,跳进了熊熊烈火。周穆王及众臣,听见那火燃烧得"噼噼啪啪",都揪着心,以为化人命要完了,都喊:"快出来吧!"

化人却说:"火中温暖,再躺一会儿。"

过了好一会儿,火势更猛,烈焰冲天,穆王及众臣又喊:"英雄快出来吧!"

化人只说:"刚才休息了一会儿,我再洗个焰火澡!"

洗澡还有用焰火的!周穆王及众臣十分吃惊,更吃惊的是约莫过了一个时辰,那化人才从火中跳出。大家看时,毛发完美,皮肤白嫩,不仅没有烧伤,反而真像洗了澡似的。

不待周穆王说什么,化人一跃飞上了高空。起初还双腿不时弹动,像是用力支撑身体,后来干脆躺倒卧直,身下无依无凭,连云彩也没一丝,竟睡得安安稳稳。周穆王看得目瞪口呆,大臣们连连说:"神功,神功!"

化人落地,周穆王连忙邀进宫中,酒席款待。

酒过三巡,化人面色红润,言语更快,指说穆王:"你虽贵为人君,可住所、用品却很粗陋,难比俗人。"

周穆王听了不服气,摇摇头有些疑惑。那化人随口说:"大王到我处一游。"

话音刚落,周穆王就觉得身轻如纸,随风飘起,忽忽悠悠离了地面,两旁高山峻岭匆匆闪过,目中茂林修竹晃晃向后。不多时,飘入一座宫殿,殿中山是金的,金光灿灿;水是银的,银波荡漾。这么博大,这么开阔,哪里是宫殿,分明是另一个世界。化人请穆王到宴客厅小坐,座椅是珍珠镶嵌,几案是玛瑙制成,侍者递上一碗热茶,茶中闪耀着琥珀光色,端起来抿一口,甘甜冰凉,穿肠过肚,直透指尖发梢,当下觉得眼睛也是亮亮的。

化人一击掌,对面墙上大幕开启,一队仙女飘裙舞带从天而降,长袖一甩,风卷云絮;歌喉放展,音韵飞扬。不知是风香,歌香,还是仙女的体香,立即客厅里香味四溢，浑身如浸进温泉中沐浴一般。周穆王如痴如醉，连客气夸好也给忘了。

过了一会儿，周穆王身体摇了摇，又坐在自家的宫殿和化人对面叙谈了，再看眼前景物都是些烂泥朽木，哪里敢与化人家比呢！他又觉奇怪，怎么转眼光景，说走就走，说回就回？问身边的侍臣："我去过哪里？"

侍臣说："大王没有动身，只是打了个盹。"

周穆王更惊奇这位化人的本领了，翘指夸誉："神功，神功！"

二、旅途遇偃师

周穆王出游来到一个地方，天色已晚，只好进城安歇。国中长老摆了盛宴招待，席间，请出一位名叫偃师的艺人参拜周穆王。连日奔波，景色雷同，周穆王很是烦闷，对偃师不以为然，心想这凡夫能有什么能耐？不料偃师却说：

"听说大王光临，小人赶制了一个真人，愿在席间献丑。"

人还能制？周穆王疑惑不解，就说："带上来看看。"

偃师走出殿去，很快带着一群舞女进来。舞女拥围着一位白面书生，眉清目秀，英俊潇洒，只是不语。舞女长袖甩开，环绕周围唱起歌来。书生也随舞女吟唱起舞，和谐圆润，成为席间的舞魂。

一曲唱完，一舞跳罢，众舞女散去。只有那书生不走，前来向周穆王施礼，敬酒，周穆王高兴，痛痛快快喝了个满杯。

一杯酒下肚，那书生走向随驾的美女，举杯敬酒，眉来眼去，暗送恋情。这美女是赤乌国王敬献给天子的，周穆王宠爱十分，哪能容忍这等粗野的举动，他猛然将酒杯摔在地上喝道：

"来人，给我拿下这泼皮！"

几个武士进账，举手架住书生要走。一旁里蹿出了偃师，跪地求饶：

"大王息怒，息怒，容草民剥了这厮。"

说着，将书生推至殿中，撕开衣衫，露出了五脏六腑、骨节筋络。偃师说他是个假人。

说着，摘了肝脏，书生眼睛看不见了，不辨东西，在殿中乱撞；摘了肾脏，书生腿柔脚软，站立不稳，更不能走了；摘了心脏，书生顿时倒地，伸开四肢，没了气息。

偃师说："这虽然是个假人，却与真人没有两样。"

周穆王转怒为喜，连声夸道："巧夺天工，巧夺天工！"

当下传令，又命偃师整好假人，重新表演。

偃师听命，将摘下的心肝肾脏和眼睛一一装好，再披上衣衫。书生容光焕发，仍如先前。舞女重又上殿，书生步入其间，歌声唱起，舞蹈跳起，殿中喜色赛过初时。周穆王对国中长老说：

"奇观，奇观，我走遍万水千山，也没有见过这样的人。偃师，不简单！你这小国就叫偃师国吧！"

子羽渡河

春秋时期，鲁国有个名叫澹台灭明的人，字子羽。他长得不好看，额头突出好多，小眼睛深深凹陷下去，人们很看不起他，他也有些灰心丧气。如果就这么下去，我们绝不会知道他这个名字了。说起来澹台子羽算是幸运，他遇上了一位千年难逢的好老师。这位老师就是大名鼎鼎的孔子。

孔子见了澹台子羽，不像别人那样，他仔细观察了澹台子羽的言行，不顾别人的反对，收为弟子。有人跑来对他说："子羽面目可憎，不可教化。"

孔子摇摇头说："怎么能以貌取人呢？"

从此，澹台子羽成为孔子的学生。他很珍惜这难得的学习机会，发愤努力，刻苦读书，老师教的道理都能熟记于心。孔子因材施教，发现子羽喜欢武功，就鼓励他练习击剑。子羽每日鸡一叫就起床，披衣练剑，天色亮了，又和众弟子一起读书作文。后来，子羽不仅学识高超，而且武功过人，成了鲁国有名的豪杰勇士。

这一天，澹台子羽要渡黄河，早早被一个人知道了，这就是河伯。河伯是管理黄河的神仙，当然能掐会算。子羽还没有动身，河伯就算准了他渡河的时间。为啥河伯这么关注子羽？其实，河伯不是关注子羽，而是关注子羽携带的美玉。那块美玉被称为白璧，通体无瑕，光洁温润，是远近闻名的宝贝。据说，有个国家要用几座城市交换这块白璧，澹台子羽还不干呢！河伯听了这事，暗暗打开了小算盘，要是自己能得到这宝物，再和龙王相会就有了炫耀的资本。因而，不等子羽到来，河伯就做好了夺宝的准备。

澹台子羽如期来了，他自然不知道河伯的祸心。船到黄河中流，无风无浪，却波涛翻卷，难以前行。子羽觉得奇怪，走出船舱，面对浊浪发问：

"无风起浪，何人作怪？"

话音刚落，浪涛中就蹿起一条蛟龙，瞪着血红的眼睛喊道：

"小子识些好歹，交出白璧留你一条小命！"

澹台子羽明白了，这肯定是河伯派手下的人打劫。他毫不畏惧，淡淡一笑，厉声说：

"要白璧可以，只是应以礼相取，若是武力要挟，绝不相送。"

蛟龙碰了一鼻子灰，立即大怒，搅动河水，浪涛更大了，几乎要把木船掀翻。船上的人吓得战战兢兢，面如土色。子羽见状，告诉大家：

"大伙不要怕，安然坐好，待我与这恶魔决斗。"

说着，纵身一跃跳入河中，瞅准蛟龙，挺剑就杀。蛟龙以为吓唬一下就会震慑住他，哪里料到子羽会砍杀过来，慌忙躲闪，已经迟了，被利剑刺中腹部，顿时鲜血直流。它回头来想咬子羽，还未咬到，又被刺中一剑，惨叫一声，死了。叫声惊来了另一条蛟龙，那厮恶狠狠扑来，要与兄弟报仇。子羽沉着应战，几个回合斗下来，把它搅得头晕目眩，难辨东西，瞅个空隙，一剑刺去，杀死了它。

黄河复又波平浪静，子羽上船，和大家一起划向对岸。上岸后，子羽解下白璧，对河伯鄙夷地说：

“财宝是身外之物，生不带来，死不带去，多也无用。我就将白璧送给你。只是君子爱财，取之有道，今后千万不要使这种下作手段！”

边说边将白璧扔进黄河。

说也奇怪，白璧落水，并不下沉，一挨水面，就又弹转回来，落入子羽的手中。子羽说声，我是真心相送，又扔了下去。可是，白璧还是又弹了回来。一连三次，次次落水都弹到了子羽手中，这是为什么？

原来，河伯听了澹台子羽的训教，十分懊悔，这样夺取人家的宝物实在内心有愧。因此，子羽再三相赠，河伯也不好意思收留。

子羽见河伯执意不要，顺手将白璧掷于一块石头上，摔得粉碎，随口说，我先前挺剑相斗，不给你宝玉，并不是因为吝啬，而是身外宝物，易引杀身之祸。说完，轻松而去。

懂鸟语的公冶长

公冶长不是神仙，是个普通人，却有比神仙还神奇的本领。他能听懂各种鸟的叫声，你说神奇不神奇！对别人来说，听见鸟声是叫唤，对于公冶长来说，那却是说话。说话，就是表达自己的心思和见闻，鸟也一样。

有一次，公冶长在家读书，窗户外有只黄雀叫唤。他一听是喊自己的名字，便放下书走到了院里。高高的椿树梢有一只黄雀叽叽喳喳，冲着他说：

公冶长，公冶长，
村南死了一只羊。
你吃肉，我吃肠，
快快去取莫彷徨。

公冶长跑到村南，麦地里果然躺着一只羊。他扛回家里，煮了肉，美美吃了几天。

公冶长

肉刚吃完，丢羊的人从公冶长门口过，透过门缝看到了挂在墙上的羊皮，推门进来，一把抓住公冶长，气哼哼地将他拉到鲁君那里告状。

公冶长说明情况,鲁君不信,人怎么能听懂鸟语呢!正在这时,窗外树上有鸟叫了。鲁君问他,这鸟说什么?公冶长一听,对鲁君说,白莲河边撒了米,鸟是呼叫同伴去吃哩!

鲁君马上差人快马直奔白莲河边。不多会儿,差人回来禀报:"主公,真是奇怪了。白莲水边坏了一辆车,撒了不少谷子,一伙麻雀啄食呢!"

鲁君睁大眼睛奇怪地看着公冶长,这人看上去和别人没有什么不同的地方,怎么能听懂鸟说话呢!奇怪归奇怪,还是放了公冶长。

公冶长没出宫门,忽然停了脚步,侧耳听鸟叫哩!听着听着,大叫一声不好,返身就往殿里跑,跑进去气喘喘地对鲁君说:

"主公,快派兵,齐人打过来了!"

接着,把鸟说的话告诉鲁君:

公冶长,公冶长,
齐人出兵侵我疆;
沂水上,小山旁,
快快派兵去护防。

鲁君哪敢不信,立即派兵前去守卫。将士刚到,齐兵就前呼后拥奔过来了。齐兵没想到水畔山旁早埋伏了鲁兵,大摇大摆毫无准备。突然,鲁兵山呼海啸般呐喊着扑了过去,齐兵急忙撤退。哪里退得及呢,被鲁兵杀得大败,丢盔弃甲,死伤无数。

鲁兵得胜回朝,鲁君奖赏功勋,当然没有忘了奖赏及时发现敌情的公冶长,封他做官,当个大夫。

不过,公冶长不喜欢做官,他回到家里,继续求学深造,学问不断见长,品德也不断见长。孔子很欣赏他的才德,把女儿嫁给了他。

张良遇仙

秦朝末年,有位年轻人刺杀秦始皇没有成功,闷闷不乐地隐居在下邳。

有一天,他出屋消闷,随兴走来,不知不觉走到了一条河边。河上有座桥,他走在桥上,看桥下河水曲折回转,蛇行向前。

这时,桥上响起脚步声,侧身看时,来了一个老头。这老头够老了,头发是白的,胡子是白的,眉毛也成了白的,可是,听听那脚步声还蛮有精神的。

老头径直朝年轻人走来,几步走到了他的跟前,看见他瞅着自己,脚一扬,一只鞋飞出桥栏,跌落在河滩上。老头看着鞋子,对年轻人说:

"小伙子,给我把鞋拾上来。"

年轻人心情郁闷,本来就没好气,分明看见他是故意将鞋踢下去的,实在不想去捡。又一看，老头年纪确实太大了，他就转下桥去，一步一步下到河滩捡了鞋子，又一步一步爬上桥来。

走到老头身边，年轻人还在气喘，老头却往地上一坐，翘着脚尖说："小伙子，给我穿上。"

年轻人真想抬手把鞋子再扔下桥去，又一想捡都捡上来了，穿就穿上吧，他忍着火气弯下腰给老头穿上了鞋。

老头站起来，跺跺脚，扬长而去。年轻人看着老头，觉得他的举止有点怪诞。眼看就要下桥了，老头忽然又转过身来，对年轻人说：

"你可以教化，五天后一早，我俩在这儿见面。"

见面干什么？年轻人张口要问，话还没出唇，老头甩开大步远去了。

这事弄得年轻人莫名其妙，他不清楚这老头是个什么人，也不清楚老头约他见面要干什么，但是沉思再三，还是觉得见面后再说。

五天过去了，年轻人起了个大早，匆匆来到桥上。桥上朝霞辉映，老头已站在霞光中了，见了他，老头生气地指责：

"同老人约会，竟然迟到，这像什么样子！"

说着，转身而去，就要下桥了，又说，"五天后早上再会吧！"

年轻人觉得这老头更怪了，千琢磨，万思考，还是难以将他看透，熬过五天，这夜不待天亮他直奔桥上。

赶到时，晨光熹微，桥上刚有点亮色，可是那老头已站在亮色中了。见年轻人又迟到了，他厉声呵斥：

"怎么又晚了，太不像话！五天后再见吧！"

年轻人又讨了个没趣，下定决心，这一次无论如何也要早到。他扳着指头算过五天，这日夜幕降临就往桥上走去。

天黑透了，夜暗身凉，年轻人来到桥上静心等待。

夜过半了，凉风添寒，年轻人待在桥上耐心等待。

过了子时，响起了脚步声，有人来了，走近一看，哈呀，是那位老头。老头见年轻人早到了，笑嘻嘻地说：

"我说你可以教化嘛！"说着，从怀中掏出一卷书送给年轻人："读了这部书你可以为君王统领三军，也就大有出息了！"

年轻人伏地拜谢，一抬头，老头早不见了。

这部书是《太公兵法》，这位年轻人就是后来辅佐刘邦夺得天下的谋士张良。

柳毅传书

相传唐朝时，书生柳毅从湘江边上的家乡远道来京都长安参加科举考试。他原指望皇榜高中，鱼跃龙门，体体面面当个官员，哪料，皇榜张贴出来一看，竟是名落孙山。他当时心情沉闷，无人可以诉说，出了京城，忽然想到有个同乡好友现在洛阳居住，便径直往那里赶去。

到了洛阳地界，看见空荡荡的田野里只有一位女子放羊。这女子长得容貌秀丽，却愁眉紧锁，痴痴望着远方，像是在等待什么人，要诉说自己的心事。柳毅落第后心情忧伤，但从这女子的眉宇间看出，尘世间还有比自己更不幸的人呢！他不由得走上前去探问，一问，走进了一段曲折美好的故事。

柳毅关切地问那女子：

“你这么忧愁，是有啥心事吧？”

那女子见他温厚慈善，忍不住哭了起来，哭泣着向他诉说实情，没想到这弱小女子竟是洞庭湖龙君的女儿，父母做主把她许配给了泾水龙君的次子。嫁过来后，她一心和丈夫过日子，可丈夫却是个浪荡公子，酗酒赌博，什么坏事都干。她好话劝说了多少，都如秋风过耳，说给婆婆，婆婆不仅管不了他，还惹恼了他。丈夫时常打骂虐待她，还让她干下人的活，在野外独自放羊。那女子对柳毅说：

“洞庭湖不知道在哪里？我望酸了眼睛也看不见父母亲人，你能不能帮帮我，给我家人送封书信？”

她说着泪流如雨。柳毅听得心头发酸，陪着流泪，龙女要自己送信，哪里能推托呢！他马上答应了。

问清了进宫的暗号，接过了龙女的头簪和书信，柳毅心头沉甸甸的，这信要是送不到岂不误了她的大事！他无心再去洛阳看朋友，干脆直接往洞庭湖奔去。

到了洞庭湖边，柳毅用头簪对过暗号，一位武士破浪而出，将他领进龙宫。龙王和蔼地问柳毅：“龙宫深潜，你远道前来定有大事吧？”

柳毅向龙王说明来因，拿出龙女的信双手呈上。

龙王看着信满脸泪痕，负疚地说：“老夫错了，错了，没有察看、打听就将小女许配给那泾水小龙，苦了我的女儿！”

龙王流着泪让一个侍者将信送进内宫，回头又问柳毅一些事情，正说着，听见内宫传出伤心的哭声。龙王打住话，对侍者说：

“快进去告诉她们，莫要痛哭，以免惊动了钱塘龙君。”

侍者进去，柳毅问龙王：“钱塘龙君是谁？”

龙王说：“他是我的小弟，曾当钱塘龙君，因为性情暴烈，得罪了天帝，被革职了。”

话音未落，爆出巨大声响，震得天开地裂，宫殿颠簸，烟气云雾翻卷着涌来。云烟中腾舞着一条两眼喷电的赤龙。它一甩尾，飞旋而去，柳毅早吓得倒在地上。龙王命人扶起他，柳毅缓口气说：

“书信已送到，请龙王送我出宫回家。”

龙王哪能让他这么离去，忙安排酒席，感谢不已，也为柳毅压惊。

过了不多会儿，和风轻拂，彩云飞扬，在悠扬的鼓乐声中过来一队仪仗，无数佳丽。中间一位貌美无比，戴着珍宝，穿着锦衣，风姿绰约，正是托柳毅送信的那位龙女。龙女喜中含悲，举步轻盈，一会儿红云掩映，一会儿紫气缭绕，缓缓进入宫中。龙王长舒一口气，对柳毅说："受苦的小女儿回来了。"

龙王说完，随龙女一同走入内宫。待了一会儿，龙王出来了，还拉着一位青衣龙君。龙王介绍说："这位就是小弟钱塘龙君。"又介绍柳毅给他的小弟。

钱塘龙君拱手行礼，说："谢过义士送信大恩。"

柳毅起身还礼，想着刚才他喷电射火的厉势，心里总怯怯的，又听他说，这番怒闹泾水，不仅救出了龙女，还吃了那虐待龙女的小孽种。柳毅暗暗吃了一惊，泾水小龙有再大的过错，也不应生吞活吃呀！龙王兄弟连连敬酒，柳毅举杯应酬，冲淡了自己的心事。

敬过酒，龙弟趁着酒劲，蹲在柳毅面前说："恩人啊，我看你仁义温厚，我那侄女，性情善良，就将她许配给你吧！"

柳毅听了一怔，自己是布衣凡人，龙女是贵人仙体，家境这么悬殊，岂不让她跟着受苦？想到此委婉辞谢道：

"龙君错啦！君子救人从不让人感恩图报，如我娶了您的侄女，岂不让世人冷眼小看！"

龙弟听了柳毅的话，慌忙赔礼。龙王再三请柳毅宽心谅解。

第二天，柳毅回家，龙王一家依依不舍地将恩人送出宫来。龙女当众跪拜柳毅，含情脉脉地说："但愿日后还能和恩人相见。"柳毅告别上路，走远了回头一望，看见龙女仍然站在宫殿前痴望着他。

回到家中，柳毅父母万分欣喜，孩儿虽然没有考中，但总算历尽千辛万苦回到家了。柳毅安心种田，闲余读书，整日侍奉着双亲。儿子年龄不小了，父母就给他张罗了一门亲事，柳毅点头遵从，将那家姑娘迎过门来。从此，男耕女织，相亲相爱，日子过得衣食充足，太平安乐。

有天夜晚，洗浴后更衣，柳毅盯住妻子若有所思。妻子问他看什么，他说：

"你怎么像是那位龙女呢？"

妻子奇怪地一笑，说："我本来就是龙女呀！"

柳毅惊喜地说："那你为啥不早说呢！"

妻子低下头，娇羞地说："那年你不是回绝了叔父的提亲嘛！"

柳毅对妻子解释："那年回绝亲事，不是不喜欢你，是因为怕担施恩图报的名声。再说，你是龙族，我是凡人，也不愿攀高结贵呀！"

两人相拥夜话，只觉天长夜短，转眼拂晓，龙女收拾东西和柳毅前往洞庭湖拜见父母。龙王夫妇热情招待女儿、女婿。过了些日子，龙王分封他们去南海居住。夫妻安住幽谷，光景过得清闲而舒美。

八仙过海

话说蓬莱仙岛牡丹盛开时，那真是难得一见的美景，白云仙长邀请八仙及五圣共享盛举。神仙们赏过花，品尝了白云仙长珍藏的各种珍馐美味后，依依不舍地离开了蓬莱仙岛。

八仙一行走到东海边，正要施仙法腾云过海。吕洞宾突然制止道："驾云过海，不算仙家本事。咱们不如用自家的拿手本领，踏浪过海，各显神通，岂不妙哉？"

众仙自从成了神仙以后，能施仙法的时候就施仙法，自己的真本事还真是很久没有用了。听吕洞宾这么一提议，个个都表示赞同，都想展示一下各自的神通。

铁拐李走在最前面，他转身对众仙说道："那就让我第一个过海吧。"众仙做了一个请的动作。

铁拐李定定神，胸有成竹地面对大海站好。只见他把手中的拐杖轻轻抛入东海，那拐杖便像一叶小舟，浮在水面上，铁拐李跃身跳上拐杖，借着风势，顺顺当当地到达了对岸。

紧接着，汉钟离站了出来，他摇着手中的芭蕉扇说："看我的。"只见他把芭蕉扇往海里一扔，再盘腿往上一坐，不一会儿便渡过了东海。

张果老这时笑眯眯靠近海边站好，说："他们不过是借风力水流过海，我的法术可比他们高明。"只见他掏出一张纸来，折成了一头毛驴，纸驴四蹄落地后，仰天一声长叫，便活了过来。张果老跨上毛驴背，悠闲地骑着毛驴踏浪而去。张果老倒骑在驴背上，扬扬得意地向众仙挥挥手，一会儿就到了对岸。

接着，吕洞宾以箫管为舟、韩湘子以花篮为船、何仙姑拿竹罩当船、曹国舅用玉版作舟，陆续渡过了东海。

七位仙人到了对岸，左等右等却不见蓝采和的身影。七仙以为蓝采和在海中央落了水，于是大声朝海面呼叫起来。

这时，东海龙王的蟹将军浮出水面，他怒气冲冲地说道："喊什么喊，你们这群无聊的神仙，刚才在水面上兴风作浪，惊扰了龙宫，你们的同伴已被龙太子捉了。你们还在这里大声嚷嚷，是不是也想一起下去受惩罚。"

原来，刚才八仙过海时，惊动了东海龙王的太子，他派虾兵蟹将抓走了蓝采和，还抢去了他的拍板。

吕洞宾见蟹将军如此狂妄，又急又恼，他对着东海大声喊道："龙太子听着，赶快把蓝采和送上来，否则，休怪我不客气！"

太子听了，勃然大怒，冲出海面大骂众仙。吕洞宾拔出宝剑就砍，太子带领虾兵蟹将与七仙打斗起来。七仙运用神力，将龙王太子和他的虾兵蟹将打得七零八落，龙王太子眼见形势不妙，自己就要输了，倏地一下便潜入了海底。铁拐李哪肯放走他，拔出腰间的火葫芦，把东海烧成了一片火海。

龙王正在宫里打盹儿，突然感觉非常热，他见水晶宫完全变成了火球，吓得魂不附体，忙问出了什么事。太子只得老老实实地讲出了事情的来龙去脉。龙王自知理亏，立即下令放了蓝采和。八位仙人告别了东海，逍遥自在地回他们的仙山去了。

孟姜女的传说

秦朝的时候，有一户姓孟的员外在自家院子里种了一棵瓜秧，瓜秧顺着墙爬到隔壁姜员外家院子里结了一个瓜。这个瓜长得不似一般的瓜，瓜皮非常光滑，阳光下还闪着五彩的光芒。这个瓜的个头也非常大，似能装下一个两三岁的小娃娃。等到瓜熟了，孟姜二家却因为这个瓜归谁发生了争执。孟员外说瓜是自家种的，结了瓜当然是自己的，姜员外却说这瓜既然结到他家就应该属于他。两家都想要这个瓜，争执不下，最后两家决定平分，一人得一半！

当他们劈开这个大大的瓜，顿时惊呆了。瓜里面居然有个又白又胖的小姑娘。孟、姜两家都没有子嗣，他们想："这一定是上天赐给我们的孩子！"于是两家一起认下这个女儿，并给她取名为"孟姜女"。孟姜女长大成人后，方圆十里的乡亲们谁都知道她是个清秀可人，聪明伶俐的好闺女。加上两家人家境富裕，让她从小受到了良好的教育，知书达理的孟姜女更加惹人疼爱了。两家人视她为掌上明珠，一心想给她找一个门当户对的好夫婿。

这时候，秦始皇开始到处抓壮丁修长城。有一个叫范喜良的书生吓得从家里跑了出来。他跑得又渴又累，刚想歇脚，找点水喝，忽听见一阵人喊马叫和咚咚的乱跑声，他来不及跑了，就跳过了旁边一堵垣墙躲了起来。这堵垣墙里面就是孟家的后花园。这会儿，恰巧赶上孟姜女跟着丫鬟出来逛花园。孟姜女冷不丁地看见丝瓜架下藏着一个人，吓得刚要喊，范喜良就赶忙钻了出来，上前打躬施礼哀告说："小姐，小姐，别喊，别喊，我是逃难的，快救我一命吧！"

孟姜女细细打量，见范喜良长得挺俊秀，是个白面书生模样，就悄悄地带着他去见孟员外了。孟员外盘问清楚范喜良的来历，见他忠厚老实，知书识礼，就答应把他暂时藏在家中。范喜良在孟家藏了些日子，老两口见他一表人才，举止大方，又是书香门第，就与姜家商量着招他为婿。女儿也对他倾心仰慕，一口便应了婚事。给范喜良一提，范公子也求之不得，这门亲事就这样定了。

那年月，兵荒马乱，三天两头抓民要夫，定了的亲事，巴不得立刻办好。四位老人一商量，择了个吉日良辰，请来了亲戚朋友。摆了两桌酒席，欢欢喜喜地闹了一天，俩人就拜堂成亲了。可是天有不测风云，人有旦夕祸福。小两口成亲还不到三天，突然闯来了一伙官兵，不容分说，就生拉硬扯地把范公子给抓走了！

范喜良被抓走以后，孟姜女度日如年，她焦急地等了整整一年，却没有得到丈夫的任何消息。

孟姜女实在放心不下，就一连几夜为丈夫赶做好几件寒衣，准备亲自去长城寻找丈夫。孟家姜家四位老人知她思夫心切，拦也拦不住，就答应了。孟姜女打整了行装，辞别了四老，踏上了寻夫的行程。孟姜女一直不停地往北走，穿过一道道的山，越过一道道的水。饿了就啃口干粮，渴了就喝口溪水，累了就坐在路边歇歇脚儿。

孟姜女风雨无阻，一路向北走着。一路上，她受尽磨难，常常食不果腹露宿在荒野破庙，面临着被野兽吞噬的危险。她在路上淋了雨，病得奄奄一息，幸亏得到好心人的照顾才捡回一条命来。人们劝她回去等消息，但孟姜女执着地要亲自去寻找丈夫。

终于，孟姜女来到了长城脚下。她向修长城的苦工打听范喜良的下落，问了许多人都打听不到丈夫的消息，可她一点儿也不气馁，坚持寻访下去。皇天不负有心人，孟姜女终于在一个苦工的口中打听到了范喜良所在的位置。孟姜女千恩万谢，兴高采烈地去见丈夫。可等她到了工地，找遍了也没看见范喜良的影子。孟姜女失望地问工地上的每一个人："范喜良在哪里?"大伙你瞅瞅我，我瞅瞅你。都低着头谁也不吭声。孟姜女一见这情景，心里明白丈夫一定是凶多吉少。她瞪大眼睛追问道："范喜良究竟在哪里呢?"大伙见瞒不过，只好告诉她："范喜良上个月就已经累死了！"

孟姜女顿时如五雷轰顶，她不敢相信这是事实，看到大家一言不发，孟姜女又哭诉着问道："尸首呢?"

大伙说："这里每天都有很多人死，大伙埋不过来，监工都叫人把尸首都填到长城里头了！"

大伙话音刚落，孟姜女跪倒在长城上，失声痛哭起来。她哭得凄惨万分，哭得成千上万的苦工，个个低头掉泪；哭得日月无光，天昏地暗；哭得秋风悲号，海水扬波……孟姜女哭了很久很久后，忽然，只听"哗啦啦"一声巨响，长城如天崩地裂似的一下倒塌了一大段，露出了一堆堆白骨来。原来，孟姜女对丈夫的爱打动了上天，天帝也责怪秦始皇太过暴戾，让百姓妻离子散，便弄塌了那段长城以示对秦始皇的警告。孟姜女见自己的行为感动了上天，越是觉得悲痛，哭得更厉害了。

这时候，秦始皇正带着大队人马来巡察边墙。秦始皇听说孟姜女哭倒了城墙，立刻火冒三丈，暴跳如雷。他率领三军来到城墙崩塌之处，要亲自处置孟姜女。可是他一见孟姜女年轻漂亮，立刻被她的花容月貌给迷住了，想要霸占孟姜女。但孟姜女视秦始皇为不共戴天的仇人，宁死不从。秦始皇不停派人去劝说，威逼利诱，用尽了办法，却始终说不动孟姜女。最后，秦始皇只好亲自去劝说。孟姜女一见秦始皇，恨不得一头撞死在这个无道的暴君面前。但她转念一想，丈夫的大仇未报，怎能白白地死去呢！她强忍着愤怒听秦始皇说遍了花言巧语，却始终一言不发。

秦始皇以为她默认了，兴奋不已，于是又说道："你开口吧！只要依从了我，你要什么我给你什么，金山银山都行！"

孟姜女故意说道："金山银山我不要，只要你答应三件事，我便依你。"

秦始皇见孟姜女接了话，不禁喜出望外，于是大方应承道："莫说三件，就是十件百件我也依你。你尽管开口？"

孟姜女头一仰，眼含泪光地说："头一件，得给我丈夫立碑、修坟，用檀木棺椁装殓。"

秦始皇一听，忙说道："这没问题，说第二件吧！"

"这第二件，要你给我丈夫披麻戴孝，打幡抱罐，跟在灵车后面，率领着文武百官哭着送葬。"

秦始皇一听，立马不悦。他心想：我堂堂一个皇帝，岂能给一个草民送葬呀！"这件不行，你说第三件吧！"

孟姜女说："第二件不行，就没有第三件！"

秦始皇转念一想，不就是送葬吗，装装样子而已，也没什么大不了的。就答应她道："好！我答应你，第三件呢？"

孟姜女说："第三件，我要你陪我逛三天大海。"

秦始皇说："这有何难！好，全都依你！"

秦始皇立刻派人给范喜良立碑、修坟，采购棺椁，准备孝服和招魄的白幡。出殡那天，范喜良的灵车在前，秦始皇紧跟在后，披麻，戴孝，真当了孝子了。等到发丧完了，孟姜女对秦始皇说："现在，你陪我出海吧，游海回来我就与你成亲。"秦始皇激动不已，当即命人备好大船出海。等到船行到海中央，孟姜女走到船边上，突然泪流满面地大声喊道："夫君，孟姜女随你来了！"喊完便纵身跳进海里去了。

秦始皇一见慌了神，忙招呼左右道："快，快，赶快给我把她救上来。"

可是话音未落，大海就"哗——哗——"地掀起了滔天大浪。秦始皇觉得奇怪，这大浪怎么来得这么巧呢？原来，龙王爷和龙女都同情孟姜女，一见她跳海，就赶紧把她接到龙宫。随后，又命令虾兵蟹将，掀起了狂风巨浪。秦始皇幸亏逃得快，要不就被卷到大海里去了。

虎斑花仙

很久很久以前，有一座无名的怪山。怪山顶上开了一朵花，而且是一朵又大又香的鲜花，众人都说这是虎斑花。

众人说得有点道理，因为这虎斑花是由老虎带来的。那年，山上跑来一只老虎。这老虎头大眼亮，浑身的斑纹锦簇放光，在山上西瞅瞅，东转转，转到半山腰的一块草地上不走了。它伏在那儿只顾用前爪扒土，扒呀扒呀，扒出了一块低洼的土地，然后站起身来，抖抖土，甩甩尾，大吼一声，走了。

老虎走后，下了一场春雨。老虎扒出的那块洼地上拱出了一棵绿苗，绿苗长大，爆开了一朵五彩斑斓的花。这花的颜色像是虎皮的斑纹，人们都说是虎斑花。

山脚下住着位老花匠，祖祖辈辈靠养花卖花过光景，这一日闻到一股扑鼻的清香，便顺着花香寻去，不多时就找到了这朵不寻常的花。一看见，老花匠便迷上了这朵仙花，天天都要抽个空往山上跑，跑来了，不是整枝，就是施肥。那仙花没有辜负老花匠的一片好心，长得很卖劲。不多日，花株长成棵小树，花朵开得比磨盘还大，花须翘出了一尺多长。花瓣五光十色，分外招眼。那花的香气散发得更远了，不仅山顶山脚能闻到，连方圆几十里的平原上也香遍了，赶来看花的人络绎不绝。

一般人看过，饱饱眼福，走了。有一个人居然要把这仙花挖到他家里去。仙花开在山上是大家的，要是挖回去，可就成了他家私有的，众人赏花到他家去那多不方便呀！这个人可不管别人方便不方便，因为他是这个地方的县太爷！

县太爷应该好好给老百姓办事，父母官嘛！这个人却利用权力只给自己办事。别的不说，就说这花吧，他爱花却从不种花，到处抢花。谁家有了好花，他只要看上眼就命令衙役抢回家去。他那个后花园万紫千红，都是家家户户搜刮来的好花。众人眼睁睁看他把花抢走，敢怒不敢挡，只能在背地里暗暗骂他是只花狼。

花狼下令挖走那朵虎斑花，还要老花匠去县衙给他养花。

老花匠不敢拿鸡蛋碰石头，只好答应了。他将那棵虎斑花栽在花园中间的花坛上，这是花狼选的位置，说是众星捧月，先前那些花都是星星，唯有这朵虎斑花是月亮了。栽是栽上了，还浇了水，施了肥，虎斑花瓣却一片片脱落，落成了光杆杆，好在周边的叶子还绿着，总算没有死掉。花狼看看虎斑花还活着，吩咐老花匠好好养护，明年花季他要摆花宴。老花匠明白，这是要哗众取宠，显摆自己的阔气

冬天过去了，春天来临了，花园里的花都长满了绿叶、枝杆，唯有虎斑花只长出了几个小小的叶芽。

眼看花宴的日期就要到了，那虎斑花就是不开，花狼可急坏了。他跑到花园里一跳好高，冲着老花匠嚷道：

“老东西，这花要是三天内不开，我要了你的老命！”

老花匠又气又怕，不知如何是好，思来想去，不如偷偷溜走。夜深人静，他准备翻墙逃跑，走前悄悄来到花园，他不忍心离开虎斑花，要看它最后一眼。站在花前，老花匠动情地告别：

“我侍候你这么长时间，今天不得不走了，要不，我要把性命撂在花狼手里了！”

说完转身要走，就听见有个姑娘接上了他的话：“老人家不要走，你放心待着，我有办法。”

说话的是一位花衣女子，老花匠心想莫非这就是虎斑花仙？正要问，她一闪身，不见了。老花匠不走了，回去安歇。

一觉醒来，天色渐亮，老花匠穿衣时就闻见一股扑鼻的清香，赶紧跑到花园，远

远就见虎斑花开了，开得比在山上还要大，还要美，还要香。

花狼听说虎斑花开了，颠达着山羊胡子来观看，一看乐得合不上嘴，连声说："好花，好花！天助我也，明天的花宴可脸上有光了。"乐得一天往花园里跑了四五趟。

第二天，县里的绅士、财主全来赏花，花狼领着大伙朝花园慢慢走去，一路上春风得意，指指点点。他走到花前，顿时脸色大变。那花开败了，花落叶枯，一副衰相，有什么看头！花狼气坏了，指着老花匠说：

"老鬼，老实说你搞的什么鬼！不说就动大刑！"

老花匠只好将碰见虎斑花仙的情形如实说了。花狼听了，嘿嘿一笑，真有花仙那该多好，我就少一位美貌的小娘子呀！他换副笑脸，对老花匠说：

"你给我把花仙唤出来，我重赏你！要是唤不出来，小心判你个死罪。"

老花匠只好答应。夜深人静，他独身来到花园，站在虎斑花前，真不知怎么说好。谁知，没等他开口那花仙却说了话：

"老人家不要为难，你告诉县太爷，我可以嫁给他，让他明天花轿迎亲吧！"

老花匠抬头，见花仙仍然一身花衣站在面前，正要说话，那仙女又不见了，只好回去向花狼转告虎斑花仙的意思。

不用转告了，花狼早知道了。花狼鬼心眼不少，早就藏在了花园里。花仙子的话亲耳听见了，他可高兴坏了。天一亮，就命令衙役赶陕准备花轿迎亲。

花轿到了花前，虎斑花开得仍很鲜亮，却不见那位花仙娘子。衙役们慌得在花丛中四处乱找，哪儿也没有花仙的影子。花狼气极了，蹦蹦跳跳，对衙役喊：

"给我把这花烧掉，看看这女子出不出来！"

衙役忙捡些枯树枝，点着火，不一会儿熊熊大火燃烧开来。大火冲天，烈焰乱窜，直往花狼和衙役身上扑，而那虎斑花却一点也烧不着，仍然开得光彩鲜亮。

看花狼娶亲的人来了不少，没有看上新娘上轿，却看到了花狼身陷火海，逃也逃不出来。大火烧呀烧呀，烧了好半天才熄灭，众人跑过去一看，花狼和衙役们早成了一团灰烬。

灰土中间的虎斑花开得仍然很鲜。众人奇怪地观看，突然那花不见了，眼前亭亭玉立着一位美貌仙女，一身五彩的纱裙，随风飘动。仙女朝大伙点点头，笑着飘向天空，渐渐和白云融为一体了。

白莲花传奇

智凯玛是个孤儿，无依无靠，光景过得十分清贫。好在他自小就学会了挖野菜，摘野果，还学会了捡柴、烧火、做饭。白天，智凯玛忙着干活，黑夜闲下来喜欢在月光下给乡亲们吹笛子。

智凯玛吹笛子常常坐在大湖边。大湖离他住的茅屋不远，湖面很大，碧水连天。湖边绿草丛生，鲜花盛开，经常散发着迷人的清香。

那是个夏天的夜晚，刚刚下过一场暴雨，白天的闷热消散了，湖边吹来轻风，送来阵阵凉爽，人们三三两两来到湖边溜达。月亮穿过淡淡的云彩，撒下朦胧的光泽，湖面上的涟漪依稀可以看见。智凯玛来到湖边又吹起了笛子。今天心情真好，他吹了个欢快的曲调，吹得淡淡的云彩也散了，头上月光明朗，水中的涟漪也看得真真切切了。忽然，湖水的涟漪上荡漾起一朵粉白的莲花。莲花中间站出一个白裙绿衣的姑娘。她满面娇羞，侧着头倾听智凯玛的笛声。乡亲们屏气敛神，唯恐惊动了她，吓跑了她。湖上好静，静得四处空阔，好像只有那醉人心魂的笛声。大伙就这么静静听着，悄悄看着，直到夜深雾浓才逐渐散去。那朵粉白的莲花和花蕊中的仙女也沉回了水里。

白莲仙女来听智凯玛吹笛的消息传开了，第二天，湖边多了两个人，一个是湖官，一个是鬼头。他们都是听说了湖边的奇景赶来的。湖官管着湖边的大小事。鬼头是湖官手下的小头目，鬼点子特别多，却什么坏事都干。伴随着智凯玛的笛声，昨天的一幕又出现了，看见这奇景，湖官小眼睛一眨，下令把这白莲花抢到自家去。

鬼头带着一伙恶棍划船直扑过去，眼看就要接近白莲花了，仙女一闪身没影了。船划得快，莲花漂得快，任鬼头那帮歹人怎么拼命划桨也追不上，一个个累得狗喘气似的。白莲花漂着漂着，转个弯向岸边浮来，不偏不倚到了智凯玛跟前。智凯玛弯腰伸手，将白莲花捧在了胸前，鬼头一伙划过来气得大眼瞪小眼。

湖官见智凯玛不费吹灰的力气就得到了白莲花，十分气恼，可又不能发火，堆起笑容说：

“好后生，你给我采到了白莲花，谢谢！”

一边口里称谢，一边伸手来夺。智凯玛转过身去，扭头说：

“这是我的花，怎么能给你！”

湖官讨了个没趣，怒火中烧，可是，周围这么多人眼睛中都闪射着愤怒，他只好变个笑脸，发问：

“是你的花，怎么没有花仙呢？”

鬼头一伙爬上岸来，都给湖官帮腔：“是呀，你的花仙呢？”

智凯玛说：“我当然有花仙！明天我就去找回来。”

第二天，太阳刚刚露脸，湖上金辉闪耀，智凯玛抱着白莲花，沿着湖边的小河朝前走去，他去找花仙了。

走啊走啊，智凯玛走了很久很久，一直没看见白莲花仙。他走得实在累了，刚要坐下休息，一串笑声响进了树林。透过树叶，智凯玛看到了一群漂亮的姑娘。她们每人戴一朵白莲花欢欢喜喜做游戏。智凯玛顿时明白了，这些姑娘就是白莲花仙。只是，哪一位是听他吹笛的花仙呢？

智凯玛掏出竹笛，吹了一首快乐的曲子。曲子一响，姑娘们的游戏停了，都静静地听着。有一位姑娘撒腿跑了过来，一直跑到了他的面前。这位姑娘白裙子，绿褂子，这不正是湖上那位仙女吗？笛声停了，智凯玛盯着姑娘动情地说："我可找到你了！"

姑娘红着脸说："我每天都在这儿等你来呀！"

智凯玛说："你跟我一起回家吧！"

姑娘点点头，却说："白莲花是父亲的女儿，你要带我走，先得让他同意。"然后摘下手上的戒指给了他说，"有了困难，它会帮助。"

智凯玛收起戒指，几个花仙一个也不见了。他往前走去，找到了一位白胡子老先生，他就是白莲花仙的父亲。

智凯玛见了老先生，施过礼就说，他想带白莲花仙回家。老先生听了哈哈一笑，说：

"我女儿有人喜欢是好事，可是，我还要看她喜欢不喜欢你。"

老先生将他领到一座房屋前，对他说："房子里有我的四个女儿，我让她们每人伸出一只手，你若认对了哪只是白莲花仙的手，就把她带回去吧！"

白莲仙子

说着，就见房子里伸出了四只手。没想到智凯玛一眼就认出来了，这令老先生有些惊喜！其实，还是白莲花仙自己泄漏了秘密，屋里伸出的三只手都戴着戒指，只有一只没戴。白莲花仙不是把戒指给了他吗？智凯玛当然一认就准！

老先生很满意，就为一对新人举行了婚礼。婚后，幸福的新郎新娘返回了故乡。

智凯玛带回了白莲花仙，湖边的人没有一个不感到新奇，都挤到他的屋里观看，夸赞他是个好后生，讨了个好媳妇。

鬼头也挤进屋里来了，这家伙是来找茬的："众人都说你是个神人，给自己讨了个仙女媳妇。那你也给寨子里办点事，月亮脏了，你去给擦干净！"

鬼头走后，智凯玛在屋里走来走去，怎么也想不出上天的办法。白莲仙女悄悄告诉他，她有办法。

白莲仙子对众人说，鬼头要智凯玛上天走一趟，请乡亲们帮忙搭座台子，捡些柴火。乡亲们都尽力帮助，很快台子搭成了，柴火捡够了。

这日，天气晴朗，万里无云。智凯玛登上台子，端坐在正中间，白莲仙子点着柴火，烈焰冲天而起，映红了大半个天空。不一会儿，柴火着完了，不见了智凯玛，白莲仙子告诉大伙，智凯玛去了天宫，把月亮擦净就回来了。

夜里，月亮上果然有个阴影，白莲仙子说那就是智凯玛在擦月亮呢！

第二天，智凯玛把月亮擦净回来了，穿戴一新，满面红光，手里拿一块亮灿灿的宝石，说是星星。湖官和鬼头拥挤在人群中赶来了，一见智凯玛从天上回来了，还得了个宝贝，他们也想上去。

湖官和鬼头恳求白莲仙子，让他们也上天见识见识。白莲仙子见他们升天心切，就说：

"好吧，那你们就一块升天吧！"

湖官和鬼头登天的台子搭好了，比智凯玛那天的台子要阔气得多，他们有权有势嘛！

时辰到了，白莲仙子点燃了柴火，浓烟滚滚，火光暗淡，熏得湖官和鬼头眼睛都睁不开。他们坐不住，站不稳，跌跌撞撞在火中乱跳。这时候，大风刮起，风助火势，烈焰熊熊燃烧。不多时，柴火烧完了，湖官和鬼头不见了。

这两个恶鬼也能升天求仙？众人大惑不解。

不过，等了一天不见他们回来，再等一天不见他们回来。众人忽然明白了，湖官和鬼头化成了灰烬，永远不会回来了。

翠微娘子

古时候，有一位跛脚老翁，是个远近闻名的医生。他医术高明，手到病除，救治的人多得数不清，人们都说他是位神医。

神医老翁有两个儿子，大儿子是二月生的，叫作仲春；二儿子是十一月生的，就叫仲冬。仲春已经娶了媳妇，是个大户人家的闺女。仲冬还没成亲，神医老翁就患病去世了。仲冬在家要住，要吃，少不了要麻烦哥哥、嫂嫂，将来娶媳妇还要花一笔钱呀！哥哥、嫂嫂想独吞家产，就找个借口把他从家中赶了出去。

仲冬无亲无故，在哪里安身呢！再说，父亲行医一生，留有很大的四合院，还有不少的钱财，这样把他扫地出门，实在咽不下这口气呀！

仲冬激怒了，找了一把尖刀，磨得又快又亮，只待夜幕降临就闯进家去，结果了狠毒的哥嫂。天终于黑了，仲冬捏着尖刀一步步逼近了大门口，眨眼之间就能出了这口恶气！没想到门前站着一位白头老翁。仲冬看不清是谁，连忙藏了刀子，就听老翁说：

"畜生，你要干啥？"

这不是父亲的声音吗？仲冬慌忙跪在地上。只听父亲又说："男子汉大丈夫难道没有成家立业的本事？竟因为一点家产骨肉相残，羞耻啊羞耻！”

听见父亲训教，仲冬伤心极了，悲愤得痛哭流涕，什么话也说不出来。父亲也知道仲冬受了委屈，抚摸着他的背，宽慰说：

“儿子，不要难过了。西面几百里外有位翠微姑娘，我曾经给她治过病，你去找她吧！”

仲冬擦去眼泪，抬起头，哪里还有父亲的影子！这事和做梦一样，不知是真是假，到底有没有个翠微姑娘，又没有个县名村落，到哪里去找？可不去找，眼下就没有办法活下去，他还是打定主意去找。

第二天一早，仲冬上路了，谁也不清楚他去了什么地方。他记着父亲的话，一直往西走，逢山爬山，遇河过河，一连走了七八天，估计离家有几百里路了，天也黑了，他才停下脚步向村里人打听。可真凑巧，他一问竟问到了翠微姑娘的仆人。

仆人领着仲冬进了大门，穿亭过廊，来到一个小院。只见屋里屋外，灯火辉煌，如同白天一样。进到屋里，他觉得脚下温暖软和，不像砖石，借着亮光看见是毛毯铺盖着地面。毛毯上山水秀丽，花开枝头。仲冬更为惊奇，看来这翠微姑娘确实不是凡人。

翠微姑娘迎出帘帐，见了仲冬大大方方地说：

“可把你盼来了！先前阿翁不嫌我愚丑，拿宝玉作为聘礼，要娶我当儿媳妇。我等了你好多年了。”说完就安排和仲冬举行成亲仪式。

婚礼也不复杂，却请到了地方上的名流来主持。姑娘挽着仲冬并肩而立，就有音乐奏起。悠扬的笛声绕了几个弯，牵动了柔婉的琴声，顿时使人犹如置身于玉宇琼阁，神魂怡美。拜过天地，拜过高堂，夫妇二人对拜后，又奏一段音乐，就婚完礼成了。

婚后，娘子要随仲冬回家乡去住，路途遥远，这不得累坏了她？仲冬正忧虑，娘子伸手往田间一指，远远跑来两头毛驴，他忙扶娘子上去，自己也骑了一头。顿时，驴跑如飞，耳旁风响，田园闪闪后退，村落忽忽过去。勒驴歇脚时，嗬！已跑了好几百里。不远处有一座城，仲冬觉得眼熟，擦擦眼睛细看，已到了家乡的老城外面。他对娘子说：

“到家了，这地方清静，咱就住这城外边吧！”

仲冬和娘子一起下了驴，见路边有一座房屋，就朝那儿走去。房屋很破旧，风吹雨淋，顶棚倒塌了，只有四堵墙还直立着。他正要退出来，娘子却说：

“这房能住，你去买点吃的，我来收拾一下。”

仲冬觉得饿了，去粮市上买了米面，又路过菜市买了萝卜、白菜。他回来时，哪里还认得出房屋，模样完全变了，成了少见的高大院落。里头陈设华丽，床榻几案应有尽有，还来了两个丫鬟，和娘子嘻嘻哈哈说笑。他也不好意思问这些都是怎么搞的，只掏出米面蔬菜请丫鬟去做饭。饭很快做好了，吃得味道香美。

就这么，仲冬和娘子热热火火过起了光景。

不知不觉过了一年，哥哥嫂嫂听说仲冬发了大财，盖了大院子，就派丫鬟前来打探。仲冬见了丫鬟讥笑道：

"哥嫂把我扫地出门了，怎么会又想起我？"

说着话，火气来了，弄得丫鬟脸上也有些不好看。娘子在旁边劝说：

"你不要生气，过去的事就让它过去了，人非圣贤，谁能没有过错？哥哥嫂嫂明白错了，回心转意要和我们好，咱还能记着这点儿过错不放吗？"

丫鬟回到家里，向老大夫妇说明了老二家的情形。过了两天，哥哥嫂嫂来看老二夫妇了。他俩进得院来，大开眼界，真是人间仙境，比丫鬟说的还要美好多，见了弟弟、弟媳少不了满口夸赞。老二夫妇将他们迎进客厅，立即捧茶上菜，一道道菜上来，一杯杯酒下肚，喝得淋漓痛快。也许是多喝了几杯的缘故，老二突然掏出一把尖刀，"咣当"一声扔在地上，激动地说：

"哥哥、嫂嫂看好了，如果不是老父的忠告，这把刀早结束了你们的性命！"

说着一脚踢开尖刀，讲了事情的原委。哥哥、嫂嫂吓得面无血色，不敢多吱一声。旧事讲完，老二又说：

"我妻子是神仙，比我宽怀，多次劝我消解和哥嫂的仇恨，我哪能再记着过去的事情！如今，妻子要神游四方，我将随她远去，我的这些家产就送给你们了。"

哥哥、嫂嫂大受感动，真不知说什么好，就听弟媳对老二说：

"时辰到了，我们动身吧！"

二人当即携手出门，家人已备好马匹。老二夫妇告别哥嫂，跳上马背，飞奔南去，不多时便消失在远处的田野中。

独头男儿

这个娃娃实在是可笑，没有胳膊，没有腿，连身子也没有，就一颗圆鼓鼓的脑袋。听起来就怪吓人的，所以，一生下来就被爸爸、妈妈扔在了荒山野岭。

偏偏独头娃娃不该死，被一位上山捡柴的老妈妈拾了回来。

一进村，看见独头娃娃的人都劝老妈妈说："扔了吧，抱那么颗肉团会拖累你的！"老妈妈不听，抱回家里。

转眼过了几年，和独头娃娃一年出生的孩子都能帮父母亲干点活了，他还要老妈妈抱来抱去。可老妈妈一点也不嫌弃他，对他照顾得无微不至。这天，老妈妈抱着独头娃娃上山地除草。山路很远，到了地里没干咋会儿，天晌午了，要做午饭，老妈妈抱起独头娃娃回家，就听他说：

"妈妈，你回去做饭吧，我给咱家除草！"

老妈妈虽然不放心，可经不住孩子的再三恳求，便答应了。匆匆忙忙做好饭，老妈妈来到地里一看，傻眼了，独头娃娃还躺在草丛中，地里的草却除得干干净净，比她平时干得还好呢！

从此，地里的农活老妈妈不用干了，儿子都干得清清爽爽。她家的庄稼长得比谁家的都好，光景过得一天天富裕了。

有一年，不知因为什么事情，天神要来讨伐地神。这是件可怕的事情，过去天神和地神打过多次仗，地神没有一次打胜的。这回天神火气还挺大，扬言要废了地神，连他的妻子儿女也不放过。地神害怕了，向天神讨饶，天神不理不睬。地神没有办法，就把大伙召集到一起开会，他告诉大家：

"我有七个漂亮的女儿，谁要帮助我打败天神，我就把一个女儿嫁给她！"

这是天大的好事。人们都知道地神的女儿一个比一个漂亮，赛过九天的仙女，谁不想娶她当妻子呢？可这是打仗，是要命的事，对手又是法力无边的天神，这是好赢的吗？所以，地神说了半天，等于唱了独角戏，没人敢应声参战。

后来，有人应了，这一应却让众人大吃一惊，因为应战的竟是那个没手没脚的独头娃娃。

独头娃娃离开后，老妈妈心急如焚。她吃不下饭，睡不着觉，瞪着眼睛盼儿子回来，盼了一天又一天，竟然把一双眼睛盼瞎了。

这日，天神冲杀过来了。地神披挂上阵，两位战成了一团，直打得狂风呼啸，尘灰飞扬。忽然，地神觉得手中的长戈空飘了，定睛看时，天神早溜走了。

天神溜到哪里去了？地神找了半天，才看见空中飞着一只老鹰，鹰爪下抓着一个女孩，那女孩就是他的小女儿呀！

那就是天神，抓了地神的小女儿，兴冲冲地往前飞奔，准备回去拜堂成亲。忽然，天神背后凉飕飕的，还没看清是什么飞来，前面已有一只飞龙拦住去路。不由分说，飞龙就向老鹰扑来。龙身极长，老鹰前也躲不过，后也躲不过，被龙爪狠狠抓了一把，两只翅膀透了风，漏了气，一头栽了下去。飞龙急速下降，拦住老鹰，夺了它爪下的女孩就走。那老鹰不敢再追，败回天庭逃命去了。飞龙抱着地神的小女儿落在地上，形影全无，只见漂亮的女儿怀里抱了个独头娃娃。

独头娃娃战胜天神，救出了女儿，地神欣喜地出宫迎接。回宫坐定，他把七个女儿叫在一起说：

"我曾经说过，谁帮我打败天神，我就将一个女儿嫁给他。现在独头娃娃打败了天神，你们谁愿意嫁给她呀？"

六个女儿看看没手没脚的独头娃娃，都不愿意嫁给他，只有小女儿娜拉说："阿爸既然许了愿，我就嫁给他吧！"

就这么，娜拉嫁给了独头娃娃，抱着独头娃娃回到婆婆家里，一进门，娜拉就甜甜地叫了一声："妈妈。"

老妈妈可高兴啦，眼泪都流了出来。从这天起，一家三口和和睦睦过起了光景。不用说，家里出力受累的活儿都是娜拉去干。丈夫没脚没手干不了，婆婆眼睛看不见没法干，只有娜拉独自干。娜拉真好，干多少活儿也没有一点怨言。

过了些天，赶街的日子到了。娜拉要去街市上买东西，独头丈夫想和她开个玩笑，摇身一变，变成了个风华正茂的小伙子。

娜拉走到半路，迎面来了一个风流倜傥的好小伙。好小伙见了娜拉定定瞅着，说："你真漂亮呀！我们俩郎才女貌，是天生的一对呀！"

娜拉红着脸说："我有丈夫了，你快走吧！"

说完转身就走，小伙子又追了上来，无论他说什么，娜拉理也不理只顾埋头赶路。小伙子碰了个钉子，独自走了。

娜拉气冲冲地返回家中。进门就喊丈夫：

"气死我了，有个小子死皮赖脸地纠缠我！"

丈夫应声出来了，竟然就是半路上碰见的那个漂亮小伙。娜拉一见怒火中烧，指着他的鼻头训斥：

"你怎么这么无耻，竟然跑到家中扰害良家女子！"

那小伙却不动声色，让她发过火才说：

"夫人你看清，我就是你的郎君呀！"

娜拉惊奇得瞪大了眼睛，仔细看时，这熟悉的眉眼和说话的腔调与独头丈夫一模一样呀！原来，这漂亮小伙就是独头娃娃。他从路上赶回家却无法再变成原来的样子了，瞎妈妈收拾屋子，把他那个头壳扫进火塘烧了。

不过也不用往回变了，他找到了一位心地善良的妈妈，又找到了一位忠贞贤惠的妻子，她们都有一颗金子一般的心，和她们生活在一起还有什么不舒心呢！

打这儿起，他们一心一意过日子，庄稼种得年年丰收，日子过得非常富裕。小两口对老妈妈照顾得体贴入微。听说九月九日太阳出来前的露水珠能明目治病，夫妻俩摸黑走进深山，采集了一大壶。这露珠还真灵验，老妈妈洗过几次，眼睛放出了亮光。她又看见了这个多姿多彩的世界，看见了英俊潇洒的儿子，还有她那没见过面的俊俏媳妇。老妈妈幸福地笑个没完没了，每天的时光都在欢笑中度过。

元宵节的由来

元宵节是从西汉年间兴起的。说到由来，还有这么个故事。

故事和一个聪明人有关系，这个聪明人叫东方朔，是汉武帝刘彻宫中的智谋大师。他时常献计逗乐，弄得汉武帝笑呵呵的。

这年腊月，下了一场鹅毛大雪，遍地银白，无事可干，汉武帝在宫中闲得无聊。东方朔想让皇帝乐一乐，就跑到御花园来摘梅花。一入园门，却听见里头有抽泣声，仔细听时，又没有了。转过一块奇石，背后走出一位宫女。东方朔上前问她，为什么哭泣。宫女不敢说哭，怕皇帝知道了责罚。东方朔再三宽慰，她才说，自从进了宫，就没有回去过。如今又要过年了，想起了父亲母亲，不由得暗暗落泪。东方朔听了很为同情,劝导几句摘了梅花走了。

转眼过了新年,长安城里来了一位卦师。众人求财算命,卦师说:

“眼看天火就要焚烧京城,大祸临头了,你们还求什么财呀!”

众人磕头救助,问他有什么保命的办法。卦师说,正月十三火神化妆成一位穿红袄的姑娘,骑着头紫色毛驴来城中看地形,你们苦苦哀求,她会宽恕的。

果然如卦师所说,十三这天,日头刚上房顶,火神骑着毛驴就进了城。一街两巷的百姓立即跑上前去,跪了一地,将红袄姑娘和毛驴围在中间,不少人已经双目流泪,泣不成声。

红袄姑娘动了心,摆手扔出一帖,说:“念及你们可怜,我就饶了大伙,请将此帖转呈皇帝。”

众人抬头,红袄姑娘骑着毛驴颠达着远去了。这边早有人将帖子转进宫中,汉武帝一看,吃了一惊,火神正月十五要烧皇宫,连忙叫来东方朔商量对策。

东方朔遇事不慌,两只眼睛一眨,就有了主意,他说:

“火神要烧皇宫,我们来个以假乱真。命令全城百姓处处张灯结彩,闹得和宫中一样红火热闹,看他如何下手!”

汉武帝一听,这确实是个办法,就传令正月十五全城挂灯,附近村民也可以进城观灯。

皇帝下了令,哪家敢不听,众人都行动起来,扎竹框,糊布面,赶到十五,大大小小的灯笼挂满了街巷。夜幕降临,灯火一点,真不知哪里是街巷,哪里是皇宫。

那位哭泣的宫女也做了一盏,而且将自己的名字“元宵”也扎在灯笼上。夜色一暗,观灯的人流如潮。东方朔对汉武帝说,我们不要待在宫中,去民间赏灯消灾吧!汉武帝一出宫,文武大臣以及宫女都相随出去了。元宵也夹杂其中走上街头,走着走着,她看见了自己扎的那盏灯。仔细一瞧,灯下观赏的人中站着父亲、母亲。她可高兴啦,挤过人群,跑到灯下,和父母团聚了,亲切地说了不少话。

十五的夜晚平平安安过去了,皇宫无灾无难,汉武帝直夸东方朔的主意好,而且下令以后年年挂灯。后来,众人听说了这一切都是东方朔有意安排的,是为了元宵和家人团聚,于是就把这天叫作元宵节。

天女散花

开创天地的盘古有两个儿子、一个女儿。盘古开天辟地以后,大自然被创造了出来,但盘古却因耗尽心力而即将走到生命的尽头。

奄奄一息之际,盘古叫来自己的三个孩子,吩咐大儿子管理天上的事,称玉帝;小儿子管理地上的事,称皇帝。

“父亲,那我呢?”小女儿摇着父亲的手问。

盘古望着秀丽端庄的女儿，眼神中透露着慈祥，说："你做花神，掌管百花好吗？"

小女儿兴奋得连连点头。

"你看，这就是百花种子，现在我把它交付给你。但是，要育出百花必须得有足够的虔诚、耐心，还有毅力，这可不是件容易的事，你能做到吗？"盘古意味深长地说。

小女儿坚定地望着父亲说："父亲，您就放心吧。"

盘古勉强支撑起自己虚弱的身体，嘱咐道："你要往西走二万二千二百二十二里，从那儿的净土山挑一担净土回来，铺在天石之上，只有这净土才能使百花种子生根发芽。然后你还要从东边四万四千四百四十四里外担回真水浇灌净土，这样才能让百花的幼苗破土而出。接下来，你还得往南走六万六千六百六十六里，那儿有一潭善水，你取一担善水回来浇灌花苗，花苗才会长出花蕾。最后，你还得再往北走八万八千八百八十八里，那儿有一潭美水，你取回一担美水滋润花蕾，百花才会盛开。你要用这些花儿为你大哥的天庭和二哥的江山增添秀色，明白了吗？"

盘古说完便闭目而逝。已经成为花神的女儿含泪捧着父亲留给她的百花种子，坚定地说："父亲，我不会令您失望，一定培育出百花。"

告别了二位哥哥，花神踏上了漫漫路途。她先往西走了二万二千二百二十二里，抵达净土山，挑回一担净土铺在天石之上，把百花种子撒进了土里。然后，她不畏艰险，勇往直前，又向东走、向南行、向北赶，依次取回了真、善、美三潭的清水，精心培育百花。

在花神的精心呵护照顾下，花儿争相怒放，一时间五彩斑斓、芳香扑鼻。花神高兴地将百花盛开的喜讯传给大哥玉帝。玉帝听后十分开心，说道："妹妹，你历尽千辛万苦，终于完成了父亲的嘱托，培育出了百花，将这百花撒向天地，天地一定会花团锦簇，生机盎然啊！"

花神说："培育出百花并用它们装点天地既是我作为女儿对父亲的承诺，也是妹妹该为哥哥们做的事啊。现在百花已培育出来，还需要哥哥相助，将这百花撒向人间呢！"

玉帝欣然应允。他挑选了一百位仙女，对她们说："朕要封你们为百花仙子，归花神所管。现在你们去采百花，谁采到哪种花谁就做哪种花的仙子。采完花之后，你们就跟随花神去将百花撒向人间吧。"

众仙女领命后，在花神的引领下来到百花丛中。她们手托花篮，往来穿梭，各自采着自己喜爱的花。按照她们各自选定的花儿，她们分别被封为荷花仙子、牡丹仙子、菊花仙子……

花神带领着采花完毕的众仙女，一手挽着花篮，一手抓起花朵，将百花纷纷扬扬地撒向人间。

百花飘落到九州大地上，立即生根发芽，之后开出了鲜艳的花朵。从此人间便有了百花，山河变得更加绚丽多姿了。

月老牵线定姻缘

唐朝的时候，有一个叫韦固的少年，他出身于书香门第，却性格豪爽，喜欢四处游历，增广见闻。

有一天，他游览到了宋城，晚上投宿在一家旅店。当夜月明星稀，韦固闲来无事，便去后花园里散步。走着走着，韦固突然发现有位老人背着个锦囊，手捧一本厚书坐在花下，正借着月光专注地翻看着，满头的白发在月光下泛着银光。

韦固好奇地端详着老人，只见他慈眉善目、鹤发童颜，衣着打扮不同于普通人。

韦固觉得奇怪，便上前深深地施了一礼，恭敬地问道："老人家，您在如此昏暗的月光下看什么书呢，怎么会如此着迷？"

老人笑着对他说："这是《婚牍》，天下男女的姻缘全记在这上面。"

韦固心想，这老头定是信口开河。这时，他又看见老人背后的锦囊制作精美、流光溢彩，忍不住又问道："那您的锦囊里装的是什么呢？"

老人从锦囊里拿出一条红绳，说："这是专门联结姻缘的红绳，它并不是根普通的红绳，只要我把它系在一对男女的脚上，不管他们是什么出生来历，也不管他们之前相隔多远，最后总能结为夫妻。"

韦固不以为然地笑着问道："那您能查出哪家的姑娘将来会成为我的妻子吗？"

老人询问清楚韦固的名字和籍贯后，便在书中翻查起来。韦固本只是开个玩笑，想逗逗老人，可见他如此认真，便忍不住朝那书上瞄了一眼，只见上面记满了各种稀奇古怪的符号。正在他疑惑之时，老人已经合上书，笑眯眯地站起身来，说："虽说天机不可泄露，但我们能遇见也算有缘，就破例一回吧。你的妻子就是这宋城城北卖菜的陈大嫂的女儿，所谓姻缘天定，你好好珍惜吧！"

韦同觉得奇怪，刚想要追问下去，老人已化作一阵清风，不见了踪影。

韦固回到房间后怎么也睡不着了，心中疑虑重重，越想越觉得蹊跷。不等天亮，他就起身向城北奔去，迫不及待想见见这"天定"的妻子。

韦固来到市场，天刚蒙蒙亮，四周空无一人。他在清晨的大街上来回踱步，反复回想着昨晚的奇遇，心中越发疑惑。就在这时，一个农妇背着一筐菜走了过来，韦固忙上前打听，不想此人正是陈大嫂。韦固按捺住激动不已的心，问她："您有女儿吗？"

陈大嫂指了指自己身后一个三岁左右、面黄肌瘦、长相丑陋的女孩，说："这就是我的独生女。"

韦固一见，顿时如被浇了盆冷水，头也不回就走了。

回到旅店，韦固越想越气，心想："我出身高贵，气度不凡，将来定会出人头地、飞黄腾达，这样一个低贱、丑陋的女子怎么配得上我呢？那老头肯定是故意戏弄我，什么天定姻缘，我才不相信他的鬼话！”

他越想越气，愤怒已冲昏了他的头脑，他决定杀了这个女孩，看这天定的姻缘还怎么成真。

决心一下，韦固急忙唤来一个心腹仆人，道：“你快去城北市场，杀了卖菜的陈大嫂的女儿。”

仆人听了大惊，但看到主人正在气头上，怕多言必迁怒于自己，只好硬着头皮去了。

到了市场，仆人见小女孩虽相貌丑陋，但十分乖巧，委实可怜，顿时动了恻隐之心。但他又怕主人怪罪，只好把心一横持剑向她刺去。一剑下去，正中那女孩的眉心。

陈大嫂见女儿无缘无故被刺，鲜血直流，吓得大声叫嚷起来。仆人一下子被吓得丢下宝剑，落荒而逃，根本无暇顾及究竟有没有伤到女孩的性命。

而韦固这时在旅店里也慢慢冷静下来，意识到自己如此草菅人命，必会铸成大错，后悔之余又怕被官府查到，于是随便收拾了一下行装便急忙离开了宋城。

十四年过去了，韦固已经成为一名战功赫赫的武将，渐渐忘却了年轻时犯下的罪过=这时的他风华正茂，前途不可限量，但令众人不解的是，他一直未曾娶妻。这么多年来，媒人也替他说了不少门亲事，可不知为何对方总是在最后关头变了卦。经历了几次挫折，韦固也无心娶妻了，他将全部精力都放到了带兵打仗上。

终于，韦固在年近三十时得到相州刺史王泰的赏识，娶了他的掌上明珠为妻。妻子美貌非凡，又知书达理、温柔贤惠，韦固十分满意。不过令他奇怪的是，妻子的眉心总是贴着一朵红纸剪成的小花，就连沐浴、就寝时也不摘下，这让韦固十分好奇。

一天，韦固终于忍不住问起了其中的缘由。没想到妻子竟抽泣起来，半晌才恢复了平静，说道：“其实我不是王大人的亲生女儿。我出身贫寒，生母靠在宋城卖菜为生。后来父母双逝，路过此地的王大人看见我孤苦无依，便收留了我，并把我当亲生女儿般疼爱，我才得以有今天。”

拭干泪水，她又用气愤的语气说道：“我三岁时，有一天正在市场上陪母亲卖菜，突然冲过来一个狂徒，冲我刺了一剑就跑了。幸好只是伤到眉心，留下一道疤痕而已。为了掩盖，我便一直拿一朵红花贴在上面。”

韦固听罢惊得目瞪口呆，顿时明白了面前的妻子就是当年自己想要杀死的小女孩。原来十四年前月下的老人所说的全都是真的，这段姻缘真是命中注定的！

韦固羞愧地把事情的前因后果向妻子讲述了一遍，恳求她的原谅。妻子虽说很意外，但还是原谅了他的年少鲁莽。夫妻二人感叹不已，更加珍惜这天定的姻缘。

渐渐地，这件事在宋城传开了，人人都惊叹不已。后来，人们便把当年韦固留宿的旅店命名为“订婚店”，把韦固所说的“月下老人”尊为主管婚姻的神仙，并专门为他修建了庙宇。

龙女拜观音

在观音菩萨身边，有一对金童玉女，金童叫善财，玉女叫龙女。龙女原是东海龙王的小女儿，生得眉清目秀，聪明伶俐，深得龙王的宠爱。龙女放弃龙宫的生活，来到观音身边，其实还有一段感人故事呢。

一天，龙女听说人间正在玩鱼灯，异常热闹，就吵着要去观看。龙王捋捋龙须，摇摇头说：“那里可不是你龙公主去的地方啊！”龙女恳求了半天，龙王始终不依。龙女嘟起小嘴巴心里想道：“你不让我去，我偏要去！”她等到深夜大家熟睡之际，便悄悄溜出水晶宫，化身成渔家少女，踏着朦胧月色，来到闹鱼灯的地方。

观音

龙女来到一个小渔镇，只见小镇的集市上到处是鱼灯，各式各样的鱼灯漂亮极了，龙女一下子就被吸引住了。龙女东瞧瞧、西望望，越看越高兴，她情不自禁地挤进人群，高兴得有些忘乎所以了。龙女随着人群来到一个十字路口，这里的鱼灯比之前看到的更好看，更有趣，龙女看得出了神，呆呆地站在那里忘了走。

就在这时候，不知是谁猛地从阁楼上泼下半杯冷茶来，不偏不倚正泼在龙女头上。龙女猛地一惊，还没来得及反应，她就感觉到身体的异样。

原来，变成人形的龙女只要一碰到水就会立刻变回原形。龙女没有办法控制自己的身体，她看着自己从脚往上渐渐变成了鱼，焦急万分。一旦她完全变回原形，就会招来狂风暴雨，致使凡间遭难，而且很可能触怒龙王，被逐出龙宫。龙女惊得花容失色，不顾一切地挤出人群，向海边狂奔而去。刚刚跑到海滩，只听见“哗啦啦”一声，龙女就变成一条很大很大的鱼，躺在海滩上动弹不得。

正巧，海滩上来了一瘦一胖的两个捕鱼小子，看到这条光灿灿的大鱼，一下子惊呆了。“这是什么鱼呀！怎么会搁浅在沙滩上呢?”胖小子胆子小，站得远远地说，“从来没有看过这种鱼，怪吓人的，快走吧！”

瘦小子胆子大，不肯离去，边拨弄着鱼边说：“这么大一条鱼，扛到街上去卖，准能赚笔大钱！”两人嘀咕了一阵，胖小子虽然害怕，但还是被说服了，在瘦小子的带领下,战战兢兢地抬起大鱼,上街叫卖去了。

那天晚上,观音菩萨正在紫竹林打坐,刚刚发生的这一幕被她看得一清二楚。观音菩萨不忍心看着龙女被宰了卖掉,决定救出龙女,于是便对站在身后的善财童子说:“你快到镇上去,将这条大鱼买下来,送到海里放生。”善财两手一摊,说道:“菩萨,弟子哪有银两去买鱼呀?”观音菩萨笑着说:“你从香炉里抓一把去就是了。”

善财抓了一把香灰,踏上一朵莲花,飞也似的直奔镇上。这时,两个小子已将鱼扛到街上,看灯的人一下子围了上来。称奇的、赞叹的、问价的,唧唧喳喳,议论纷纷,可是谁也不敢贸然买这么一条大鱼。有个白胡子老头说:“小子,这条鱼太大了,你们把它斩开来零卖吧?”胖小子一想,觉得老头说得有理,于是向肉铺借来一把肉斧,举起来就要斩鱼。

突然,一个小孩子叫开了:“快看呀,大鱼流眼泪了。”胖小子停斧一看,大鱼果然流着两串晶莹的眼泪,吓得他丢掉肉斧就往人群外面钻。瘦小子可不惧怕,他捡起肉斧,正要斩下,却被一个跑得气喘吁吁的小沙弥阻止住了:“手下留情,这条鱼我买下了。”众人一看,十分诧异:“小沙弥买鱼做什么?难不成是要开荤还俗?”小沙弥见众人冷语讥笑,不觉脸红了,赶紧说:“上天有好生之德,我买这条鱼是去放生的!”说着,掏出一把碎银,递给瘦小子。接着,小沙弥又掏出一些碎银,说:“你帮我把鱼送到海边,这银子就归你了。”瘦小子欢喜地收下银子,与胖小子一起照原路把大鱼扛回海边。

三人来到海边,小沙弥叫他们将大鱼放到海里。那鱼碰到海水,立即打了一个水花,往大海深处游去,游到中途又掉转身来,望了望小沙弥然后不见了。瘦小子见鱼游走了,摸出碎银,要分给胖小子。不料摊开手心一看,碎银变成了一把香灰,被一阵风吹得无影无踪。转身再找小沙弥,也不知去向了。

再说东海龙宫里,自从不见了小公主,宫里宫外乱成一团。龙王气得龙须直翘,海龟丞相急得满头大汗,守门的蟹将军吓得口吐白沫,玉虾宫女们吓得跪在地上直打哆嗦……一直闹到天亮,龙女回到水晶宫,大家才松了口气。龙王瞪起眼睛,怒气冲冲地呵斥道:“小孽畜,你胆敢冒犯宫规,私自外出!老实交代,到哪里去了?”

龙女一看龙王动了怒,知道自己犯下大错,便将自己的遭遇一五一十地讲了一遍。龙王听了,脸上黯然失色。他怕此事让玉皇大帝知道了,自己会落个“教女不严”的罪名。他越想越气,一怒之下,竟将龙女逐出了水晶宫。

龙女被父王赶出宫后伤心极了,一时之间又不知该到哪儿去,心里十分害怕。

第二天,她哭哭啼啼来到莲花洋。哭声传到紫竹林,观音菩萨一听就知道是龙女来了,她吩咐善财去接龙女上来。善财蹦蹦跳跳地来到龙女面前,笑着问道:“龙女妹妹,你还记得我这个小沙弥吗?”说着他就变成了小沙弥的样子。龙女连忙揩掉眼泪,红着脸说:“原来你就是小沙弥呀!你是我的救命恩人呢!”说着就要叩拜。

善财一把拉住了她，说道："走，跟我去见观音菩萨，是她让我来接你的。"善财和龙女手拉手走进紫竹林。龙女一见观音菩萨端坐在莲花台上，俯身便拜。观音菩萨见龙女不仅长得清秀可人，而且特别乖巧伶俐，非常喜欢，便留她在自己身旁。还让她和善财一起住在潮音洞附近的一个岩洞里，这个岩洞就是后来的"善财龙女洞"。

龙女成了观音菩萨的侍从后，龙王便后悔了，他思念女儿，经常派人来叫龙女回去。但龙女依恋普陀山的优美风光和观音菩萨身边自由的生活，根本不愿回到禁锢她的水晶宫去。

观音送画

在人们眼里，观音菩萨是最受爱戴和敬仰的菩萨。她不辞辛劳，一刻不停地救度众生。传说观音菩萨有千手千眼：千手，可以救大千世界受苦的众生；千眼，可以普照大千世界有灾难的众生。人们都非常尊敬她。

有一年，杭州城瘟疫暴发，正巧那一年是灾荒之年，老百姓们贫病交迫，生活十分凄惨。

一天，杭州西湖边停了一艘华丽的大船，船头坐了一位非常美丽的女子。

不一会儿，船边便围满了人。人们议论纷纷，都在猜测她的来历。那女子见围拢来的人越来越多，便站起来说道："小女子无德无能，如今杭州城正遭受着巨大的灾难，小女子有心无力，但也不愿坐视不理。今天，小女子愿意出卖自己来换得解救苦难百姓的银两。岸上的人，只要谁能用钱掷中我，我就住到他的家里去。"话音刚落，岸上的人就炸开了锅。一个个摩拳擦掌，跃跃欲试。

岸上有钱的老爷公子们个个都想将这天仙一般美丽的女子带回家，他们争先恐后地拿出随身带的值钱物件抛掷出去，一时间，铜钱、黄金、白银、珍珠、翡翠……各种各样值钱的东西纷纷向船头的女子投去，不一会儿工夫就堆满船头。

奇怪的是，成百上千的东西扔过去，都掉到船头，却没有一个东西落在那个女子的身上。开始还兴致勃勃、信心十足的人们渐渐地都失去了兴趣，没有人再扔东西过去了。

这时，那女子微微一笑，合掌向岸上的人致谢道："感谢大家的慷慨解囊，我会把这里所有的钱都施舍给穷人，助他们早日脱离苦海。你们可是做了件大善事呢，老百姓必会感激你们的。"说完，那女子作了一个揖便回船舱去了。岸上的人们还没明白过来，那豪华的船就在大家视线里消失了。

这个消息在整个杭州城不胫而走。说也奇怪，那天晚上，那些因为没钱医病而眼睁睁等死的穷人们都在床头发现了一小袋银子和一些治病的药材；饿得奄奄一息的人们半夜醒来，居然发现身旁放着香喷喷的食物。百姓们开心极了，他们纷纷俯身叩谢菩萨的大恩大德。

第二天，那条船又出现在西湖边。人们再次围拢来，突然间，那条船上霞光万道，灿烂光明。接着，一位法相庄严的女菩萨走了出来，她合掌微笑地看着众人，大家纷纷跪倒参拜。

菩萨说道："我是观世音菩萨，来到这里是为了启发和唤醒大家的仁心。同情、怜悯是最高贵的情操，帮助他人，是最神圣的责任，扶助弱小，是人们义不容辞的天职。昨天，你们的表现十分值得赞扬，大家都将得到幸福。"

停了一会，菩萨又说道："我说过，只要谁能用钱物掷中我，我就住到谁的家里去，虽然你们没有人掷中，但我不会食言，我将我的画像送给你们，这样也算是住到你们家里了吧。"

说完，观世音菩萨拿出自己的画像分发给人们。她的诺言实现了，她真的住到了每一位出钱为善的人的家里。

众人既感动又欢喜，不约而同合掌，感谢观世音菩萨。

三戏海龙王

东海上有个岛，岛上有个村庄叫鲁家村。很久以前，这个村子里住着十几户姓鲁的庄稼人。他们依山傍海的种着一些碗头地，在海里捉些沙蟹鱼虾，勉强过着日子。岛上天旱少雨，为了向龙王求雨，人们只好杀猪宰羊，作为贡品献给龙王。倘若龙王高兴，赐一点雨水，种田人就能得到一点好收成。可是这样年年供猪献羊，贫困的小村庄是难以承受的。这一年又遇大旱，人们生活不下去，便陆续离乡背井，外出谋生，最后只剩下鲁大一家。

这天，鲁大的老婆对他说道："鲁大呀！我们已经没办法在这里生活了，所有人都逃到外地去了。"

"不！我们不能离开这里。"鲁大说，"马上要开春下种了，季节不能错过。"

第二天，鲁大来到龙王庙，只见庙堂破旧不堪。端坐在上的海龙王，全身上下布满蜘蛛网，供桌也破了，当中有一个像头一般大的洞。鲁大走到龙王像跟前，作了个揖说："龙王呀！看看你如今门庭冷落，香火全无，满身灰尘也无人打扫。落到今天这个田地只能怪你不通人情。要是你能下一场大雨，让我今年秋天丰收，我许你一场大戏。你不稀罕人家用全猪全羊供奉你，我就供你一个活人头，你看好不好？如果好，我们一言为定，今天就降雨。"

龙王庙内，这天当值的是蟹精。他听了鲁大一番话，不敢延迟，忙回水晶宫向龙王禀告。龙王听完之后沉吟起来："这世间什么山珍海味我没吃过，可这活人头我倒真没尝过，值得试一试。况且这几年弄得我庙宇不整，又断了香火，应该趁此机会兴旺起来。"于是，他招来风婆、雷公，带了虾兵蟹将到鲁家村来布雨。

再说鲁大回到家中整理农具。将近中午，突然听到一声惊雷，倾盆大雨随即而来。这雨势好似东海潮涨万顷浪，天河决口水倾泻。

雨过天晴，鲁大趁着土地湿润耕耘播种。龙王为了尽早尝到人头滋味，暗中派虾兵蟹将在鲁大田中帮忙施肥除虫。禾苗长势喜人，到收获季节，稻谷一片金黄，如碎金铺满地。鲁大一家兴高采烈地收割翻晒。龙王也喜滋滋地直等着人头上供。

到了该上供的日子，鲁大提了一把扫帚来到龙王庙。龙王见他空手而来，心里正疑惑，只见鲁大作揖道："龙王呀！我们有约在先，我许你一场大戏，一个活人头，今天我带来了，请先看戏，再尝人头。"

说罢，鲁大便手执扫帚，在庙内手舞足蹈，前翻后滚好一番戏闹，弄得庙内尘土飞扬。龙王正想发怒，转而一想：算了，可能是村里人都离开了，他请不到戏班子，胡乱代替，反正看不看戏不打紧，还是等着尝人头吧！

鲁大舞毕，便丢开扫帚，笑嘻嘻来到供桌前面说道："现在请龙王品尝人头！"

说着，便趴到供桌下面，把头从供桌的破洞里钻出来。龙王见供桌上突然冒出一颗人头，好不惊奇，想吃，又不知如何下手。四面一看，连把刀子也不见，想想只有用手撕。于是，龙王伸出一双枯瘦如柴、指甲三寸长的龙爪，向鲁大的头抓去。鲁大一见，连忙把头一缩，笑眯眯地从桌底下钻了出来："龙王啊！我已完成了我们的约定，给你看了戏，也尝了头。我们互不亏欠，望来年再照顾照顾。"

说完，鲁大拿起扫帚，扬长而去。把龙王气得龙眼圆睁，龙须倒竖，说道："好你个穷小子，胆敢捉弄大王，还想要我来年照顾呢？好，我定照顾得你颗粒无收。"他吩咐蟹精道："到来年，鲁大的田里只准其长根，不使其结果。"

第二年，鲁大刚巧种了番薯，多亏蟹精尽力，番薯长得似大腿。龙王听闻鲁大又获丰收，便叫蟹精下次只准肥叶不使其壮根开花。可巧鲁大这次种了大白菜，那蟹精又把大白菜养得像小谷箩一般。

龙王两次报复未逞反被鲁大得了许多好处，气得暴跳如雷。一旁的龟丞相禀道："大王息怒，我们何不派兵直接将鲁大捉来，岂不省事。"

龙王一听，拍案称好。龙王叫来蟹将交代一番，便急忙打发他启程了。

再说，鲁家村这一年已是另一番景象，外出的乡亲们都已陆续回乡。这蟹精来到鲁大门前时，鲁大夫妇正在厨房里商量家务。只听见鲁大说："叫阿大提蟹去，煮熟了好吃。"

其实，鲁大的意思是叫大儿子下海去捉沙蟹，蟹精听了却大吃一惊："不好！原来他们早已知道我要来，准备捉住我当下酒菜啊！"吓得他连窜带爬，逃回水晶宫，把经过添油加醋地向龙王禀告一番，说鲁大是个神人，未卜先知，早有准备，要不是自己逃得快，恐怕早已没命了。

龙王闻言，将信将疑。龟丞相在一旁说："大王不必着急，下官陪同大王亲自前去，便知分晓。"

傍晚,龙王与龟丞相出了海面,施了一个法术,隐身来到鲁家村。龟丞相提议道:"大王,我从前门进去,你从后门围截,这样鲁大就插翅难逃了。"

这时,鲁大刚耕田回来,把从田沟里捉到的一只乌龟扔给门前玩耍的孩子,自己进屋去了。正准备吃饭时,一位邻居在门外高声叫道:"鲁大叔,你家门口的大黄跑了!"

原来,鲁大家拴在后门口的大黄牛挣断牛绳跑了。鲁大听到后,连忙朝门口叫道:"阿大,把乌龟交给阿小,快拿根绳来,跟我到后门抓大黄去。"

这一番话却把龟丞相和龙王吓坏了。原来,他们把"大黄"听成了"大王"。前门的龟丞相一听,鲁大要把自己交给阿小,还要到后门去捉大王,暗想还是溜之大吉为妙;后门的龙王一听,前门的乌龟已被捉住交给阿小,鲁大和阿大拿着绳子来后门捉拿自己,吓得顾不得龟丞相的死活,没命地逃回龙宫去了。

龙王和龟丞相在海边相遇,两人相互埋怨,暗中又各自庆幸。从此,龙王再也不敢与鲁大为难了,鲁家村收成也一年比一年好起来。

东海龙王塌东京

话说在千百年以前,玉皇大帝把地面上大大小小的山川湖海分给一个个小王来管理。其中,敖广被封为东海龙王,妙庄王被封为东京大王。那时的东海还不到现在的一半大,靠西的大洋都是东京辖地,两地毗邻,一直相安无事。

经过千百年以后,东海龙王敖广的子民们已多了不知多少倍,东海日益变得拥挤起来。于是,敖广便有了扩张地盘的想法。可是,北有北海,南有南沙,都有玉帝的界碑,界碑上还盖着玉玺印,分毫挪动不得。唯有东海与东京的壤界,因海陆分明,玉帝没有立碑。东海龙王偶掀风浪,东京就会有千百亩土地塌陷,顷刻间变成沧海。那妙庄王坐拥广阔的土地,根本不在乎这千百亩土地。尽管东海龙王接二连三地掀了几次风浪,妙庄王都没有理会。但敖广终究还是不敢太过分,怕惹怒了妙庄王,告到玉帝那里,自己必定受罚。

一日,龙王巡察西界,在镇西将军七须龙王处痛饮灵芝仙酒。两人推杯换盏说东道西,居然凑出一个吞并东京的计策来。

回去以后,东海龙王一反常态,与妙庄王亲近起来,还不时派人送些奇珍异宝、琼浆玉液到东京。并将美艳动人的女儿送给妙庄王做了妃子。妙庄王迷恋于龙女的美色,渐渐疏于朝政。

没过几年,因为朝政荒废,治理无方,东京辖内盗贼横行,百姓叫苦不迭。东海龙王得知这一消息,好不欢喜,急忙去玉帝那里告状,请求玉帝下旨塌掉东京,澄清玉宇。

玉帝听完敖广的一席话,顿时怒不可遏。玉帝心想:我将唯一的陆地分给妙庄王管理，没想到他如此辜负我的一片苦心，真是罪不可赦。于是，玉帝当即准奏，派遣神兵大臣去东京抓捕妙庄王。正在这时，一旁的吕洞宾开口阻拦道："东京地大人多，如果只因妙庄王管理不善就鲁莽地将东京全部塌为东海，岂不冤屈了个中善者？"

敖广生怕玉帝改变主意，抢白道："目前东京辖内盗贼横行，人们已经丧失了道德理智，哪还有什么善者好人？"

吕洞宾朗声说道："龙王你终年居住水晶宫，从未涉足陆地，不知你凭什么敢下如此断言？"

敖广一时语塞，脸涨得通红。吕洞宾又对玉帝请命道："请玉帝下奏准许老朽即刻下凡，去东京实地考察一番，看是不是如龙王所说，人人良心泯灭，无可救药了。倘若的确如此，玉帝再下令沉陷东京也不迟。"

玉帝觉得吕洞宾所说有理，当即授封吕洞宾为检察大臣，下凡到东京体察民情，三年后回天庭复命。

吕洞宾领命，摇身一变，变成一个老者模样，悄悄来到东京。他在一个僻静处变化出几间茅屋，屋里放着几个大油缸，门口挂了块招牌，上写"不过秤油店"，门口还贴了副对联，上联为"铜钱不过三"，下联为"香油可超万"，横批为"心安理得"。凡是来买香油的人，吕洞宾一概收三个铜钱，至于舀多少油，悉听买主自便。这种油店真是闻所未闻！

很快，这件事便传遍了东京的大街小巷，人们纷纷赶到"不过秤油店"来买油。有的提只大油瓶，有的捧只大瓦罐，有的端着大茶壶，有的甚至挑来两个水桶，只恐来晚了就赶不着这等便宜了。吕洞宾只管悠闲地坐在厅前收每人三个铜钱，别人打多少油走他都不管不问。为什么他会这么大方呢？原来，他的油缸是连通长江的，那油都是他使仙法变出来的，只要长江水不干，他油缸里的油就打不完。

一晃三年期限就要到了，吕洞宾发现东京人果然个个都贪得无厌。他们仗着油便宜，一天到晚提着大缸大罐来买油，有的甚至驾着马车来拖油。可油买回去以后，根本吃不完，他们就拿油来喂猪，要多浪费有多浪费。有一天，吕洞宾正要打烊，却见一个小姑娘提着一满瓶油走进店来。吕洞宾纳闷地问道："小姑娘，你不拿空瓶来舀油，倒拿一满瓶油来做啥？"

姑娘答道："老伯伯，刚才我用三个铜钱换了一满瓶油，心里好高兴啊！可是拿回家后母亲却责怪我太贪心了！看，她在瓶肚上做了记号，要我把记号以上的油还给你。"

吕洞宾道："你母亲在瓶肚上做了记号，你就在路上随便把油倒掉一点算了，何必大老远跑这里来还油呢？"

"母亲说我太贪心，我自己想想也很羞愧，您一个老人家这样卖油，要亏大本的呀！"姑娘说着，咕噜噜倒回大半瓶油到油缸里。

吕洞宾心头一阵发热，心想：我在这里开了三年油店，还从来没见过如此正直淳朴的人。他向姑娘问了姓名,知道姑娘名叫葛虹,父亲早年死于疾病,家中只有母女俩相依为命。于是,他从墙上摘下一个葫芦瓢交给葛虹,说:“小姑娘,这个葫芦瓢给你,你将它放在门前,用草席盖起来。以后,你每天都去城门口看看那两座石狮子,倘若哪天你看到石狮子头上出血了,说明会有大祸临头了,到那时你立刻回去找葫芦,它会告诉你该怎么办。”

葛虹回家以后,把卖油老人的话对母亲说了。葛母将信将疑,但还是叫女儿依言照办,每天都到城门口去看那石狮子。

再说敖广回东海以后,立即派七须龙到东京监视吕洞宾。七须龙扮作一个屠夫,在东京城门口住了下来:一连好几天,七须龙都看见一个小姑娘急匆匆跑到城门口,仔细看石狮子的头,又急匆匆地回去了。于是,他便悄悄地跟踪起小姑娘来。

有 天早晨,他再也忍不住了,就走到葛虹面前,问道:“小姑娘,我看你大天到城门口来看石狮子,这是为什么呀?”

葛虹生性淳朴善良,毫无防备之心,于是将缘由实话实说了。

再说吕洞宾为什么要葛虹每天去看石狮子是否头上出血呢?原来,这对狮子是玉帝安排的镇城之物。有这对石狮子在,无论人间遇到什么灾难,都能保证东京城安然无恙。玉帝若准旨塌东京,必先召回这对狮子,然而要让这对石狮子离开城门,必得让狮子闻到血腥味。这是天机,连东海龙王和妙庄王都不知道这个秘密。

那七须龙听了葛虹的话,暗暗高兴。他心想,自己来东京就快三年了,只知道吕洞宾一直在赔本卖油,却始终不知道他葫芦里卖的什么药,何不趁此机会试探他一番呢。

当天下半夜,七须龙杀了一头猪,盛了一碗猪血,悄悄来到城门口,哗的一声将猪血泼在两座石狮子的头上。那时天刚蒙蒙亮,葛虹又来到城门口,她一看石狮子满头是血,还腾腾地冒着热气,顿时惊恐万状。再一看,那对石狮子竟然活动起来,呼啸一声直冲长空而去。葛虹慌忙往回走,只听背后轰轰隆隆,城门已经倒塌,她一路跑,背后的土地便一路塌陷。等到葛虹跑回家,周围已是波涛汹涌了。

葛虹见到母亲,正不知所措,猛想起卖油老人给它的葫芦瓢。说也奇怪,她一揭开草席,那葫芦瓢就渐渐变大,一会儿就变成了一只小船。葛母赶紧拿了一些干粮和水及一些日用品,和葛虹一起坐上了船。小船颠簸在汪洋大海之中,漂呀漂呀,不知漂了多久,忽听得一棵千年古樟上有人喊救命。

葛虹用手作桨,向大樟树划去。葛虹见树枝上坐着的正是那卖油的老人,连忙喊道:“老伯伯,别怕,我来救你!”

吕洞宾故意说道:“你的船太小,哪里还容得下我?”

葛虹道:“老伯伯,你放心到船上来,我自有办法。”

她把小船划到樟树下,双手攀住树枝,让老人在船上坐好,然后用脚一蹬,小船荡了开去,而她自己却落在水里了。葛虹用左手攀着船舷,右手划着水,艰难地在水里游着。

原来，吕洞宾是有意试试葛虹的人品。他见葛虹如此舍己为人，心里暗暗高兴没有看错人，当下施展法术，将葛虹救到船上。此时，潮水越涨越高，小船一直驶到了高山顶。三人上岸后，吕洞宾对葛虹说："快把带的杂物放到地上，越多越好！"

葛虹按照吩咐在地上支起锅灶，放了瓶盏碗碟。放好以后，又铺开席子，想让老人和母亲歇一会，可回头一看，那老人已不见了踪影。

风浪越来越大了，四周都成了汪洋大海，唯有葛虹母女落脚处和放家当的地方没被淹没。

后来，那只葫芦船变成了一座岛，也就是后来的舟山岛，而母女俩休息的席子则变成了后来的岱山岛，放包袱的地方成了衢山岛，放锅碗瓢盆的地方成了许许多多小岛山。

塌东京的波浪平息后，敖广的子子孙孙逐渐占领了舟山海域大大小小的潭穴。

妙庄王失去东京以后，终于认识到自己的错误。他请人去天庭求情。玉帝念他是多年老臣，就在海面上涨起一块小岛给他居住，这就是后来的崇明岛。

民间有这样的一种说法：若妙庄王想夺回东京，必须再等三千年。

哪吒闹海

商纣王时期，陈塘关总兵李靖有两个儿子，大儿子叫金吒，二儿子叫木吒。后来，李夫人又怀了身孕，李靖夫妇欣喜不已。然而，胎儿在殷夫人肚子里待了三年多还没有生出来，众人都说这个胎儿一定是天上的神仙下凡，李靖高兴极了。当胎儿待足了三年零六个月后，终于出来了。

谁知，一朝分娩，生下来的竟是一个圆滚滚的肉球。肉球落地的一刹那，房里一团红光，满屋异香。肉球在地上滚来滚去，从里面传出一个小孩的声音："父亲母亲，快放我出来！"

李靖大吃一惊，没想到盼了这么久，没有生出一个神仙，倒出来一个妖怪。他气得咬牙切齿，当即拔出宝剑将肉球一劈为二。霎时，只见那被劈开的肉球放射出万丈红光，里面蹦出一个小孩儿来。只见他面如敷粉，右手套一金镯，肚腹上围着一块红绫，金光射目。小孩儿起身走了出来，笑呵呵地来到李靖面前拜道："孩儿见过父亲大人。"然后又径直走到李夫人面前拜道："母亲大人为我受累了，请受孩儿一拜。"

在场的人都惊讶不已，他们议论道："这小孩刚一出生便会跑会跳，会说会笑，不是神仙便是妖怪。"

李靖对此甚感不快，心想这孩子生得不正常，倘若是妖怪，将来必定会祸害人间，于是便想将他杀死，以绝后患。

李夫人爱子心切，三年才生下这般可爱的孩子，不忍心自己的亲骨肉刚落地就死在亲生父亲的手下。她苦苦哀求李靖，以性命担保这个孩子绝不是妖魔鬼怪，并答应会好好管教孩子，不让他日后有半点差错。

李靖心中虽有不忍，但更加担心这孩子是个妖怪，等他长大想杀就难了。于是便趁夫人不备拔出宝剑向孩子刺了过去。

眼看小孩即将命丧剑下，太乙真人突然从天而降，喊道："剑下留人！"他对李靖说道："这孩子生得聪明伶俐，我想将他收为徒弟，赐名'哪吒'。由我来教导他，李大人尽管放心。"说罢，他送给哪吒一个乾坤圈和一条七尺混天绫，然后就飘然而去了。李靖见太乙真人做了哪吒的师父，之前的顾虑都消除了，从此便打消了杀他的念头。

陈塘关外就是东海，东海龙王敖广有一个儿子，名叫敖丙。敖丙仗着自己是龙太子，到处兴风作浪，祸害百姓。每到丰收时节，百姓都盼望晴天，以便顺利收割谷物。敖丙却偏偏要在这个时候呼风唤雨，使得狂风大作、大雨滂沱，于是百姓们辛苦了一年的劳动成果就白白地付诸东流了。

百姓虽有怨言，但又无可奈何。每月十五，百姓都要用十头肥羊、五头肥猪、十坛美酒来供奉他。即便如此，敖丙也不买账，依然在人们收割之时故意降下大雨致使庄稼颗粒无收。

这还不算，敖丙还威逼百姓筹钱建了一座龙王庙，庙建成后，东海龙王要求每逢初一、十五必得人人前来参拜，一年到头香火不可断，否则就水淹陈塘。老百姓对龙王和敖丙的行为极为痛恨，但却敢怒不敢言，只得每月都来龙王庙烧香。虽然人们谨小慎微，好好地供奉着龙王，可那敖丙闲来无事时仍会带一班虾兵蟹将蹿上岸来，调戏妇女、欺凌弱小，无恶不作。百姓深受其害，但因龙王父子势力太大，只好忍气吞声，没有人敢站出来与他们作对。

这天午后，李靖一家都在午睡，没人陪哪吒玩耍。烦闷的哪吒便拿着师父赐给他的两件宝贝偷偷溜出了家门，蹦蹦跳跳地赶往海边。

"大海真美，海水如此干净，何不洗个澡呢？"一来到海边，哪吒便迫不及待地跳了进去。"这水里面可真舒服啊！"他一会儿游泳，一会儿和鱼儿们戏水，玩得十分高兴。

一眨眼，日已偏西，哪吒起身准备回家。这时他发现混天绫脏了，便弯腰在水里洗了起来。这七尺混天绫是一件宝物，又被太乙真人施了法，力量了得。哪吒将此宝放在水中，把水都映红了，摆一摆，海水翻滚，摇一摇，乾坤动撼，连水晶宫也随之剧烈震颤摇晃起来。

龙王正坐在龙椅上打盹儿，猛地被摇晃得摔了下来，忙大声喊道："龟丞相，发生什么事了？"

龟丞相拖着笨重的龟壳晃晃悠悠地来到龙王面前，带着媚笑说道："龙王息怒，海水翻滚如此剧烈必有蹊跷，待我派人上去一探究竟。"

虾兵奉命来到岸上察看，见一个小孩正在海里洗一条红绸带，就大声呵斥道：

“何方妖孽,竟敢在这里胡闹?”

哪吒一看,原来是一只小虾,便说:“我是陈塘关总兵李靖之子哪吒。我为何不能在这里玩耍,这是你家的吗?”

虾兵吹胡子瞪眼地说:“你这小毛孩,简直不知天高地厚!这里是东海龙王的地盘,看我如何收拾你!”说着便挥叉向哪吒扑去。

哪吒顺势一闪,虾兵扑了个空。哪吒随即将手中的混天绫向它一缠,那虾兵便一命呜呼了。

龙王闻听此事,大怒不已。敖丙说:“父王莫气,待孩儿上去和他会会。”

那敖丙平时骄横跋扈惯了,一上岸就摆出一副趾高气扬的架势,根本没把哪吒放在眼里。可是没几个回合,敖丙就败下阵来。他急忙命手下们一哄而上,自己则准备伺机逃走。

哪吒发现敖丙要逃,便抛出混天绫,从背后缠住了他。敖丙被混天绫一缠,立刻原形毕露,变成了一条小白龙。

哪吒笑道:“原来是条小白龙啊!你整日兴风作浪,祸害百姓,看我不扒了你的皮,抽了你的筋,为陈塘关百姓出口气,顺便给爹爹做条龙筋腰带!”说完他一跃骑到龙背上,用乾坤圈不停地砸敖丙的龙头。敖丙哪受过这份罪,疼得他嗷嗷直叫。哪吒哈哈大笑,三两下便把那龙筋抽出,将敖丙的皮丢在海里,高高兴兴地回家去了。

龙王见龟丞相手捧一张龙皮站在殿下,顿感头晕目眩,一时间老泪纵横,发誓要割下哪吒的头来为自己的爱子报仇。

龙王请来了西海、北海、南海龙王,一起兴兵来到陈塘关,狂妄叫嚣:“若是不把哪吒交出来,就水淹陈塘关!”

这时李靖方才得知哪吒闯下这等大祸。他立即向龙王赔罪,恳求龙王看在自己的面子上放过哪吒和全城百姓。那龙王异常愤怒,怎肯善罢甘休。李靖迫于无奈,只好大义灭亲,他怀着满腔怒火,将哪吒带到城门前,拔出宝剑,准备砍下儿子的头颅向龙王谢罪。

李夫人在一旁竭尽全力阻拦,李靖怒道:“这个逆子不知天高地厚,得罪龙王、牵连父母不说,连陈塘关这些无辜百姓也要遭殃,你还替他求情,小心我连你一起处罚!”

跪在一旁的哪吒平静地说道:“父亲母亲,孩儿不孝,闯下大祸,连累父母和众乡亲。孩儿死不足惜,愿死后割肉还母,剔骨还父,以报答你们的养育之恩。”说完便自刎于城门前,全城百姓无不为之涕下。

为了纪念为民除害的哪吒,陈塘百姓特意为他修建了一座哪吒庙。

后来,哪吒的魂魄被太乙真人救得。太乙真人以莲藕做骨骼,以莲叶做肌肉,以莲花做魂魄,使哪吒起死回生,成了神仙。玉皇大帝封哪吒为“哪吒三太子”,专门惩奸除恶,替天行道。

许仙与白娘子

清明时节，杭州的西湖春光明媚，花红柳绿，多彩的云霞反射在清澈如镜的湖面上，绚烂无比。游船忙碌，掀起满湖波纹。这般良辰美景吸引了西湖底下的两位姑娘，她们悄悄地探出头来，一幅大自然的图画，吸引得两位姑娘怡然沉醉了。

为何她们会从水里冒出来？原来，她们本不是人，是两个修成人形的蛇妖。这两个蛇妖是因为羡慕人间的多彩，才化名白素贞和小青，结伴到西湖边游玩的。

两姐妹玩得正高兴，忽然天色骤变，霎时间下起了倾盆大雨，白素贞和小青被淋得无处藏身。两人正发愁呢，突然发觉头顶上多了一把伞，转身一看，只见一眉目清秀，神态端庄的年轻书生撑着伞在为她们遮雨。似乎是天定的姻缘吧，白素贞和这书生四目相对，竟不约而同地红了脸，萌生了爱意。

雷峰塔

小青聪明伶俐，早把一切都看在了眼里，她笑着说道："多谢恩人帮忙，请问恩人尊姓大名？"那书生忙作揖道："我叫许仙，就住在这断桥边。"白素贞和小青也赶忙还礼并做了自我介绍。从此，他们三人常常一起结伴游玩，白素贞和许仙的感情越来越好。不久，他们结为夫妻，开了一间叫作"保和堂"的药店，小青也留在店里帮忙。三个人在杭州城里过得很开心，白素贞和小青爱上了人间生活，再也不愿回山洞修炼了。

白素贞乃是千年蛇妖，法力高强，看病的本领更不在话下，什么样的疑难杂症她都能药到病除。凭借超凡法力，她治好了许多奇难杂症，甚至起死回生，救回了好几条人命。保和堂的美名不知不觉就传了出去，人们纷纷慕名来找许仙和白素贞看病。经白素贞的手，治好了很多病人，而且保和堂给穷人看病配药分文不取，所以人们将白素贞亲切地称为白娘子。

就在保和堂生意日益兴旺，远近闻名的时候，妙手回春的神医也引起了一位僧人法海的关注。法海是杭州金山寺的方丈，也是一名得道的僧人，专门替天行道，与人间的一切狐妖鬼怪为敌。法海听说保和堂无病不能医，猜想一定有古怪，便来到保和堂，想一探究竟。

这天，法海来到保和堂前，正好看到白娘子在给人治病。他法眼如炬，一眼就看出白娘子并非凡人，他发现眼前这个清秀佳人居然是个千年蛇妖。他哪里容得下世间有妖魔鬼怪的存在。当天，他返回金山寺，便思索着如何降伏这千年蛇妖。

一天，他趁白素贞出诊时，把许仙骗到金山寺中，然后运用他的法力，把白素贞由蛇幻化成人的过程在许仙面前重现了一遍。许仙无论如何也不相信自己美丽善良、贤良淑德的妻子是千年蛇妖。他连连摇头不肯相信，挣脱着要下山回家。法海说道："出家人不打诳语，老衲降妖除魔不计其数，从来没有看走眼过。施主若不相信，日后大祸临头，可别怪老衲没有提醒你。"许仙一听，非常气愤，他说："我娘子心地善良，救人无数。对我更是情深义重，就算她是蛇妖，也不会害我。臭和尚，你别白费心机了，我不会离开我娘子的！"法海见许仙完全听不进去他的话，恼羞成怒，便把许仙关在了寺里。

话说保和堂这边，白娘子出诊归来，天已经快黑了，可家里却不见许仙的身影。白娘子询问掌柜的，掌柜的只说许仙一早就出去了，却不知道去了哪里。白娘子心急如焚，与小青四处寻找许仙。可是直到第二天天亮，还是没见到许仙的踪影。白娘子掐指一算，呀，不妙，原来许仙被金山寺的法海和尚扣留下来了。

白素贞早听说过法海与妖为敌，从来不讲情面，但她救夫心切，还是冒着被收伏的危险去金山寺找法海了。见了法海，她恳求道："老禅师既然知道我的来历，自然也会知道我的为人，我们夫妻恩爱，救人无数，从没害过人。你身为得道高人，该慈悲为怀，请你放出许仙，大恩大德，永世难忘！"

法海毫不同情，怒道："这里是佛门圣地，孽畜即刻滚开，今生今世休想再见许仙一面。若是执迷不悟，休怪老僧无情。"

法海坚信人妖不能共存，定要拆散他们。无奈之下，白娘子只好动用法术。只见她拔下头上的金钗，迎风一摇，立刻便掀起滔天大浪，向金山寺直逼过去。法海眼见水漫金山寺，连忙脱下袈裟，把袈裟变成一道长堤，拦在寺门外。大水涨一尺，长堤就高一尺，大水涨一丈，长堤就高一丈，任凭波浪再大，也漫不过去。

白娘子的法力不在法海之下，但因为有孕在身，法力大减，渐渐落了下风。法海见白素贞露出破绽，便取出金钵，要将白娘子收进去。就在这时，突然天地间冒出万道金光，阻挡了法海的金钵。原来，白娘子腹中胎儿是文曲星下凡，正是这胎儿阻挡了金钵的法力。可是白娘子还是受到了影响，她已无法控制大水，令水回落。这时候，滚滚大水席卷而来，淹没了整个杭州城，百姓死伤不计其数。王母娘娘也被惊动了，她斥责白娘子不顾民生疾苦，引来大水摧毁了杭州城，也嗔怪法海冥顽不灵，间接祸害了杭州百姓。于是，王母娘娘下令待白娘子生下孩子，便由法海将她收服并压在雷峰塔下，永世不得出来。而法海也将受到永世不得升天为仙的惩罚。

白娘子生下孩子以后，就被法海收去压到了雷峰塔下。许仙没了妻子，万念俱灰，干脆剃发做了和尚。

后来，白娘子与许仙的孩子许士林高中状元，他知道自己的身世以后，发誓一定要救出母亲，让一家团聚。他撼天震地的孝心最终感动了王母娘娘，放出了白娘子。而法海也被这浓浓的亲情所感染,不再盲目与妖为敌。王母娘娘看到他的改变,也收回成命,让许仙与白娘子、法海一起升天做了神仙。

董永与七仙女

孝昌县的西溪河边有一户姓董的贫寒人家。他们一家人勤勤恳恳,日子过得还算舒心。他们家的儿子董永憨厚老实又非常孝顺,令老两口十分欣慰。

然而,好景不长,这样平静和美的生活就被打破了。有一天,董永的父亲下地劳作时不小心被一条毒蛇咬伤了。村里人把他抬回家,还没来得及医治,他就毒发身亡了。董永眼看着辛苦了一辈子的父亲还没有享一天福就被这飞来横祸夺去了性命,心中悲痛不已。为了让父亲尽早入土为安,他不得已只好去向邻村的财主傅老爷借银子买棺材来安葬父亲。

贪心的傅老爷见董永长得壮壮实实,人也是老实巴交的,于是便想让董永成为自己家的长工。他对董永说:"要想借钱不难,但我看你也没办法还钱,除非你到我家来做长工抵债,否则就别指望我借给你一文钱。"憨厚老实的董永一心只想借到钱好好殓葬父亲,想都不想便答应了。傅老爷见计谋得逞,高兴不已,迅速拿出银子交给董永,并叫他办完丧事尽快来上工。董永谢过傅老爷,拿着银子回家了。

这一切都被玉皇大帝的七个女儿看在了眼里,大家虽都为董永抱不平,但也气他实在太过呆傻。姐妹们气气也就罢了,但谁也没想到,年纪最小的七仙女却被这个小伙子的孝心感动了,对他动了凡心。

这天,董永收拾好包袱,准备到傅老爷家去上工。临走前,他来到父亲的坟前磕了三个头,然后便神情哀伤地向傅老爷家走去了。

七仙女十分同情董永,便鼓起勇气对六个姐姐说:"我要下凡去帮助董永,怎么能让这么孝顺的人受这种欺负呢?"

六个姐姐听了大吃一惊,她们提醒七妹私自下凡是触犯天条的,被玉帝和王母娘娘知道了一定会被打入天牢,永远不能出来。大家都劝七仙女不要干傻事,但善良而固执的七仙女决心已定,谁也说服不了她。

大家没有办法,只好答应尽力帮七仙女隐瞒。大姐从怀里掏出一支玉笛递给七仙女,说:"如果遇到困难,就吹响这支玉笛,我们会立即飞到你身边帮助你的。"七仙女谢过了六个姐姐,俯身向九重天下的人间飞去。

七仙女来到西溪边,却不知该怎样帮助董永。这时她抬头看见了旁边一颗老槐树,七仙女灵机一动,施了个法术,在槐树上敲了三下,又在地上跺了三下,只听"腾"的一声,从地里钻出了两个白胡子老头——一位是土地公公,一位是住在这棵老树里的槐树精。

七仙女把董永卖身葬父的事和自己想要帮助他并与他结成夫妻的愿望告诉给

土地公公和槐树精，希望他们能帮助自己。两个老仙虽知七仙女这样做是触犯天条的，但见她一片善心，还是决定成全她的愿望。

这时，董永正好走到西溪边。七仙女勇敢地走上前去，向他表明了自己的心意。可是董永觉得自己出身寒微又身无分文，而且还要去给财主当长工，根本给不了七仙女幸福，便推说没有人媒物证，拒绝了她。

七仙女见董永要走，着急地说："我愿意跟你同甘共苦。决不后悔，就以槐树为媒，土地为证。"

董永始终觉得自己配不上她，于是故意出了个难题给七仙女，叫她打消念头。他说："除非土地爷现身作证，老槐树开口说话。否则，我万万不会答应的。"

谁知他话音刚落，老槐树干巴巴的树皮就皱成了一张脸，嘴巴张开，用低沉的声音说道："你们俩是前世的姻缘，今生由我来给你们做媒成婚。"

土地公公也从地里跳了出来，笑呵呵地说："我来当你们的证婚人。"

董永惊得目瞪口呆，回过头来看七仙女，见她正笑吟吟地看着自己。董永心想，这一定是上天可怜他，赐给他这个貌美如仙的妻子。于是，董永在老槐树下高高兴兴地与七仙女拜了天地成了婚。

董永带着新婚妻子来到傅老爷家上工。傅老爷看见董永忽然带来个妻子，心下疑惑。同时一想，这一下多了个吃闲饭的人，岂不是吃亏了，便不肯收留七仙女。董永和傅老爷争执了起来，三言两语过后，财主贪心又起，趁机刁难说："如果你们能在一个晚上织出十匹云锦，三年长工就改为百日；但如果织不出来，三年长工就得延长到六年。"

董永听了又气又急，正要与他争辩，七仙女却拦住了他，并答应了傅老爷的条件。董永在一旁急得直跳脚。

到了晚上，财主一家都睡着了，董永却在为那十匹云锦犯愁，坐在房里不住地唉声叹气。七仙女安慰他说："董郎不必担心，我自有办法，你只管歇息吧。"

董永做了一天工，实在累了，躺在床上翻来覆去一会儿就沉沉睡去了。等董永睡熟后，七仙女来到院子里，她吹响了大姐给的玉笛，笛声传到六个姐姐那里。不一会儿，她们就从天庭赶了来。听了小妹的倾诉后，姐妹们一齐动手，几个时辰就把财主给的乱丝织成了十匹精美绝伦的云锦。

第二天一早，董永看见码得整整齐齐的十匹云锦，简直不敢相信自己的眼睛。夫妻俩高高兴兴地把云锦交给了傅老爷。傅老爷没有办法，只得答应缩减他们的工期。

一百天很快就过去了，董永带着七仙女离开了财主家。他们终于自由了！夫妻俩的心情非常愉快。在回家的路上，他们又途经那棵老槐树。在树下歇息的时候，七仙女羞怯地告诉董永自己已经有了身孕，董永听了欣喜若狂，发誓回家后一定努力劳动，让七仙女过上安稳幸福的日子。

自从七仙女私下凡间以后，她的六个姐姐想尽办法帮她遮掩，可是纸终归包不住火，最终还是没能瞒过玉帝和王母娘娘。原来，玉帝和王母娘娘对七个女儿疼爱有加，每隔一段时间一定要和七个女儿一起聚会谈心。这天早上，仙殿上已摆好各种珍馐美味，玉帝和王母娘娘等着七位仙女一起来分享。不一会儿，六位仙女都来了，唯独缺了七妹。王母娘娘便问道："你们的七妹为何到现在还没来，她到哪里去了？"其他六位仙女见隐瞒不下去了，只好将七仙女私自下凡的事告诉了玉帝和王母娘娘。玉皇大帝听后勃然大怒，当即派天兵天将下凡捉拿她。

正当董永和七仙女夫妻俩憧憬着未来的美好生活时，突然天昏地暗，狂风大作，一位凶神恶煞的天将骤然降临。这位天将正是奉旨前来捉拿七仙女的，他要她午时三刻必须回天庭，否则就祸及董永，将他碎尸万段。七仙女无奈，只好答应了。她痛苦地将真相告诉了董永，让他好好照顾自己，说等来年春天桃花盛开的时候在这老槐树下把孩子交给他。董永听了，悲痛欲绝，他紧紧地抓住七仙女的手不让她走。七仙女自知惹恼了玉帝，后果不堪设想，只得狠下心含泪挥别，缓缓地飞上了九重天……

后来，人们将董永的故乡孝昌改名为"孝感"，以纪念董永感天动地的赤诚孝心。董永和七仙女的故事也成为一段佳话流传下来。

梁山伯与祝英台

炎炎夏日，一个俊朗清秀、文质彬彬、身着藏青色长衫的书生正急匆匆地走在路上。他叫梁山伯，家住会稽县的梁庄。因他满腹诗书，待人谦逊有礼，所以闻名乡里。

山伯的父母都是普通百姓，他们非常希望山伯有朝一日能金榜题名，光耀门楣。百里之外有一个红罗书院，从那里出来的读书人大多科举及第，仕途顺畅。望子成龙的山伯父母便让山伯到红罗书院拜师学习。梁山伯遵从了父母的愿望踏上了求学的路途。

冒着烈日赶了半天路的山伯，抬眼望了望头顶火辣辣的太阳，心里想：在这么热的天气赶路可真难受，得找个阴凉地歇歇脚才好。这时，他看见了不远处的一座凉亭，于是赶紧加快脚步，向凉亭赶去。

来到亭子边，山伯看见亭前立有一块石碑，上面刻着"曹桥"二字。山伯精神一振，心想："赶了好几天的路，终于赶到曹桥了，前面的路不远了。"想到这里，山伯快步走入亭内，打算好生休息一番。这时，亭内早有一名书生坐下，他见山伯进亭休息，连忙起身施礼。两人见彼此都是书生打扮，便互道姓名，攀谈起来。交谈后才知道原来他们都是要到红罗书院去拜师求学的。

山伯在亭子中遇到的这位书生其实是个女儿身。她叫祝英台，家住离梁庄十八里远的祝庄。祝英台出身于官宦人家，父亲是个员外。英台自幼聪明伶俐，人见人夸，可她并未因此而骄傲自满，反而一心向学，满腔抱负，期望自己能像男子那般考取功名。

英台非常向往红罗书院，为了能到那里求学，她苦苦央求父母。一向顽固的祝员外没能抵挡住英台的软磨硬泡，只得无奈同意让英台女扮男装，前往书院求学。

曹桥偶遇，梁山伯与祝英台一见如故，相逢恨晚。有道是知音难觅，两人遂互问年庚，结为兄弟，结伴到红罗书院读书。

说来也巧，入学以后，山伯和英台恰巧分住一屋。二人虽同吃同宿，但生性憨厚的山伯却一直未发现英台女扮男装的秘密。

日月如梭，春去秋来，眨眼间三年飞驰而过，学年期满，该是打点行装，拜别老师，返回家乡的时候了。同窗共读整三载，祝英台已经深深爱上了她的梁兄。而山伯却一直没有发现英台是女儿身，他想到二人将要分别，便执意要送"好兄弟"一程。

这时候，英台眼看离别在即，便借物吟诗，诗中处处向山伯暗示自己是女儿身。然而一向聪明的山伯在这方面却愚笨不堪，并没有领会英台的心意，还只当是要和他切磋诗词。无奈之下，英台只好说："我家中有个九妹尚未婚配，想嫁与梁兄为妻，不知梁兄意下如何？"

听到这话，山伯惊喜不已：一来自己可以娶英台的九妹；二来可以和英台一道回祝家。一路上，两人虽各怀心事，但仍旧谈笑风生，心情十分愉快。

回到祝家，英台先留山伯在书房等候："梁兄，你在这里稍等片刻，我去叫九妹来。"说完赶忙回房去换上了女装。

当英台身着女装，迈着碎步，姗姗走到山伯面前时，山伯不禁眼前一亮，再细看一番，诧异地说："原来九妹与英台是双生子呀！"

英台觉得既好气又好笑，红着脸说："英台即九妹，九妹即英台。"

山伯听了，愣愣地盯着面前这个眉清目秀的脸庞，一时痴了，直看得英台面颊绯红。

山伯当即赋诗一首以表爱意，英台也随即和诗倾诉衷肠。两人心心相印，难舍难分。

可惜，天不遂人愿。书房里的二人正情意缠绵，而此刻在客厅那边祝员外正和媒婆商量着女儿的婚事呢。

"北马庄马太守的儿子马文才人品极佳，生的一表人才，而且满腹学问。马家家境殷实，有钱有势。您要是和马家结了这门亲事，祝小姐一定是富贵一生啊！"媒婆眉飞色舞地说。她当然知道，那马秀才实际上就是个纨绔子弟。

祝员外听媒婆讲的天花乱坠，心动不已。

"什么，父亲要把我许配给马家？"英台一听贴身丫鬟传来的口信，立刻瘫坐在椅子上。她六神无主，心乱如麻，团团转了几圈后，当即做了决定："不行，我要让父亲知道我与山伯的情义！"

“小姐，您先别急——”丫鬟想阻止她，可英台已经快步向父亲房里跑去了。

“父亲，我已与梁山伯私订终身。这辈子，我非他不嫁！”英台跪在父亲面前说。

祝员外听到此话，脸色霎时变得铁青。他抖着手，抓起桌上的茶碗就要朝英台砸去。

祝夫人忙按住他的手说：“老爷，这可使不得啊！”

祝员外怒骂英台：“好大胆的丫头，竟瞒着父母私订终身，不知羞耻，亏你还是知书达理的人，真是有辱祝家的门风……”

“老爷，您别气坏了身子啊！英台一时糊涂，等我来归劝她。”祝夫人一边劝解祝员外，一边给英台使眼色，让她下去。

英台却坚持跪在那里。她流着泪，嘴里不住地念叨：“我不嫁，我不嫁……”

愤怒的祝员外将英台锁在了房中。

山伯此时并不知道英台的处境。他兴冲冲地回到家中，想等到准备好聘礼后就立即前去祝家提亲。谁想第二天他突然接到英台托人带来的一封书信，说她即将被逼嫁到马家。

这一消息犹如晴天霹雳，顿时打击得梁山伯失魂落魄，犹如坠入万丈深渊。他跌跌撞撞地跑到祝庄找祝员外求情，让他成全他们的婚事，可是他连祝员外的面都没见着，便被家仆赶了出去。

回家后，山伯不吃不喝，不久就一病不起。家人请大夫来诊治，终不见效。他终日昏昏沉沉，在病榻上不住地叫着英台的名字，此情真叫人肝肠寸断。

一个阳光明媚的午后，病恹恹的山伯突然觉得自己精神了许多。他知道这是回光返照，自己的生命已经走到尽头了。他挣扎着坐起来，对一直服侍自己的小书童说：“我死之后，一定要把我葬在北马庄官道的西侧，墓碑上用黑、红两色刻上‘梁祝’二字。”

书童含泪答应了。当天半夜，梁山伯便带着无尽的遗憾与留恋离开了人世。

山伯的死讯传来，英台悲痛万分，恨不得马上追随他而去。

不久，马家敲锣打鼓，抬着大红轿子前来迎亲。面无表情的英台坐在闺房里任由丫鬟们为自己梳妆打扮，然后扶进花轿。

当花轿行至北马庄的官道时，突然狂风大作、飞沙走石，轿夫们被吹得东倒西歪，只得把轿子放下。英台下轿，看见山伯的坟墓，顿时泪如泉涌，她脱去嫁衣，一身素服朝山伯的坟墓奔去。

英台来到山伯坟前，很安静地跪了下去，手抚着墓碑道：“祝庄一别，竟成永别！你我长亭有约，誓同生死，我们永远不分开。”

突然，山伯的坟裂开了！还没等人们反应过来，英台就迅速跳进了墓中。墓随即合上，恢复如初。

一切都静止了，一条美丽的彩虹横贯在美丽的天上，两只绚烂的花蝴蝶翩翩盘旋在坟上，越飞越高，越飞越远，是那么的自由、幸福。

麻姑献寿

麻姑是一位象征吉祥与长寿的神仙。她的形象源于南北朝时期中国北方的一位姓麻的少数民族姑娘。

麻姑的父亲叫麻秋,早年在集镇上替人养马为生。麻姑的母亲在一场战乱中被官兵抢去,从此再也没有回来。麻秋失去了妻子,性情一直很坏。麻姑因为长期与汉人做邻居的原因,从小就向汉人学了一手好针线活,等到年龄稍大一点儿就常为有钱人家做针线活挣点儿小钱。

一次,麻姑做针线活得了一个桃子,她回家的时候,看见路边围着一圈儿人,就好奇地走过去。一位身着黄衣衫的老婆婆躺倒在地上,奄奄一息。边上有几个人说:“老婆婆是饿的,如果吃点东西,也许会好的。”可是,谁也没有拿出东西给老婆婆吃。那时兵荒马乱,田地都荒芜了,粮食很珍贵,谁愿意将自己的粮食给一位素不相识的人呢?麻姑看不过去,就从怀里拿出那只桃子,蹲下身扶起老婆婆,用桃子喂她。桃子又甜又大,老婆婆吃了很快缓过劲儿来。

老婆婆开口说:“孩子,谢谢你,你能不能再给我喝点儿粥?”

“好呀,我就回去帮您煮去。”

麻姑回家就生火煮粥,把街上遇到的情况告诉了父亲。父亲麻秋恶狠狠地说:“这种老家伙,饿死算了!你给她吃桃子,已经是她很大的福分了。我们家的粮食本来就不够,你竟自做主张煮粥给她,实在是不像话!”父亲不让麻姑为老婆婆送粥,并把她关进了后屋不许外出。

半夜里,麻姑仍惦念着街上黄衫老婆婆的情况,她听到前屋的父亲已呼呼入睡,就从锅里舀了一碗粥,快步来到街上,但街上除了狗吠声,哪儿还有老婆婆的踪影。麻姑很焦急,到处寻找老婆婆。月光下,只见原来老婆婆坐的地方,有一颗桃核,麻姑拾了起来。

这时父亲麻秋醒来了,发现女儿不在家中,便找到街上,气急败坏地把麻姑拖回家,狠狠地打了一顿。

第二天晚上,麻姑刚睡下,就看见穿黄衫的老婆婆朝自己笑盈盈地走来了。老婆婆抚着麻姑的头说:“孩子,谢谢你!亏你有一片善心。那桃子果然是好东西,我吃了已经足够益寿延年了,你放心吧。”说完就飘然而去。

早上起床,麻姑把收藏好的桃核在自家的院子里种下,一年后,就成了一棵大桃树。奇怪的是,这棵桃树在正月里就开花,三月里就结出又大又红的桃子,许多人都来看热闹。三月正是青黄不接的时节,麻姑就用桃子接济附近一些饥贫交迫的老人。更奇怪的是:吃了麻姑送的桃子,那些老人不仅能几天不吃饭不觉得饿,而且原来身上的小毛病也都好了。

集镇上的老人见麻姑这样善良能干,私下都说她是天仙下凡,就称她每年三月的送桃是“麻姑献寿”。

后来,麻姑的父亲从了军,因为作战勇敢,几年后被封为征东将军。

麻姑虽然做了高级将领的女儿,但还和往常一样和邻里们相处在一起,一点儿也没变。父亲麻秋很不满意女儿还和这些穷人们来往,觉得丢了自己大将军的面子。他听说麻姑所种的那株桃树后,更加不舒服,就命令手下把桃树砍了,还烧了原来的房子,硬逼着麻姑住进了将军府。

一天,麻姑感到烦闷,就由丫鬟陪着,走出府外散心,看见集镇周围在大兴土木。许多民工在辛苦地劳动,就问丫鬟是怎么回事。

丫鬟回答说:“这是老爷抓来的俘虏和拉来的劳工,将军要筑城与外族人打仗。小姐你看,老爷在那儿监工呢!”

顺着丫鬟指的方向,麻姑看见父亲正在用鞭子抽打着从他面前走过的劳工,嘴里不停地喊“快!快!”

麻姑实在看不下去,走向前去劝说:“爹爹,你让他们也喘口气吧,他们又不是牲口!”

但是,麻秋两眼一瞪,说:“去,去!女孩儿家懂什么!”

麻姑看见民工伤病很多,非常同情他们,常常瞒着父亲从将军府拿些药来给民工们医治,有时还为民工们缝补衣物。

得知民工们做夜班很辛苦,一直要做到鸡叫才能休息,麻姑曾多次要求父亲多给民工一点儿休息时间,结果却遭到父亲的严厉呵斥。麻姑明白求父亲是没有用的,她决定另想办法。

一天夜晚四更天,麻姑悄悄地来到鸡窝旁,轻轻地学公鸡叫:“喔,喔,喔——”鸡窝里的公鸡也昂着头,跟着啼叫起来。集镇上的其他雄鸡听见了,都跟着“喔,喔,喔——”啼叫起来。做夜班的民工们听见鸡叫,就可以提前收工回家了,他们兴奋地大叫:“收工啦!”一连几天都是这样,民工们都还不知道公鸡早啼是麻姑帮的忙。

开始时,麻秋还没注意,后来,他觉得有什么地方不大对头。他派人暗中监视麻姑,终于证实了自己的怀疑。麻秋很恼火,一定要惩治女儿,就叫人先把麻姑锁进闺房内。

麻姑被锁在闺房,想逃出去,但一点儿办法也没有。这时,一扇窗户打开了,麻姑一看,竟是穿黄衫的老婆婆。老婆婆说:“孩子,我们又见面了,你和你父亲的缘分已尽,还是跟我走吧。”原来,这位穿黄衫的老婆婆是梨山老母,上次她吃了麻姑的桃子是普通桃子,留下的却是仙桃核,让麻姑去接济贫困老人。她觉得麻姑是位善良的姑娘,所以这次来解救她,并带她去修道成仙。

从此,麻秋再也没见到过自己的女儿。不过,麻姑跟随梨山老母修道成仙后,每年三月,经常送桃给贫困的老人吃,不少人还遇见过她哩。

钟馗捉鬼

据说，唐玄宗皇帝在骊山巡视士兵操练之后，回到宫中闷闷不乐，染上了疟疾，就躺在床上昏昏睡去，做起梦来。

他梦见一个小鬼，一只脚打着赤脚，另一只脚穿着鞋，腰上还吊着一只鞋，别着一把竹扇子，下身穿了一条红布兜裤。小鬼偷走了杨贵妃珍爱的香袋和玄宗珍贵的玉笛，并在寝宫内奔跑嬉闹，拍拍玄宗的头，捏捏玄宗的鼻子，故意戏耍玄宗。

玄宗恼羞成怒，大声斥骂，问他到底是什么人。小鬼笑着说："我叫虚耗，虚就是说偷盗人家的财物如同儿戏，耗就是使人减喜添忧，把好事变成坏事。"

玄宗怒不可遏，刚想下令武士前来捉拿，忽然看见一巨鬼闯进来，他头顶破帽，穿着蓝色的袍子，系角带，蹬朝靴，不费吹灰之力，一把抓住小鬼，先挖出他的双眼，然后把身子折成两段，从头部开始咔嚓咔嚓整个儿将那小鬼吃下肚里。

玄宗大惊失色，忙问："你是何人？"

那巨鬼向玄宗作了个揖，说道："我是钟南县的进士钟馗，因为在武德中参加殿试落第，无颜回去见家乡父老，就撞死在殿前的石阶上。高祖听说后，赐予我绿袍并厚葬，臣铭刻在心，因此帮助圣上除去虚耗妖孽。"

钟馗说完，玄宗便醒了，疟疾也不知不觉地好了。玄宗非常高兴，赶忙叫来画家吴道子，依照梦中形象为钟馗画像。吴道子身手不凡，如亲历梦境般地画完呈上御殿。玄宗看完画像，连连赞叹，立即下旨，晓谕天下：钟馗力大无比，能驱魔鬼，镇妖气，全国百姓在除夕之夜务必张贴钟馗画像。

此后，为了避邪，人们在除夕之夜都要张贴钟馗画像。

雷神

一天中午，董某正在睡觉，梦见几个模样丑陋、怪异的鬼靠近床边，他们议论说："这个男人的嘴巴长得很尖，和雷神长得有点儿像，正好顶替生病的雷神。"说完就不容分说将一把斧头塞进董某的衣袖，带着他到一座豪华的宫殿。大殿上坐着一位仪态庄严的贵人，一看他那浑身上下的打扮，就知道是个高官显贵。

贵人说："某地有个媳妇对婆婆很不孝顺，经常侮辱和打骂她，天神决定派雷公去惩罚她，但是雷公生病了，不能前去执行。我的手下一致推荐你代替雷公，你带着神符马上启程吧。"

董某接过神符，刚一走出宫殿，就觉得全身轻飘飘的，原来脚下已升起团团乌云，所经之处电光闪闪，他自己竟变成了真正的雷公。

按照天帝的指示,他一会儿就飞到那个村子的上空,土地神早已等候多时,带他前往那家。还在半空时,董某就看见那个恶媳妇正在殴打她的婆婆,引来许多村民围观。董某走到那媳妇身边,取出斧头朝她击去,顿时发出惊人的响声,媳妇应声倒地毙命。围观的村民吓得目瞪口呆,统统跪倒在地。

董某办完公差后回去禀报,天帝很想挽留他,打算封他个一官半职,可他谢绝了。当天帝问他想要些什么时,他回答说别无所求,只希望能上学读书。天帝说:“那好办,明年你就能上学。”

这时他从梦中醒来,回忆起刚才的事情,感到十分奇怪,就把梦中的故事告诉了家人,又亲自前往那个村子进行调查,村中果然有一名妇女被雷击死,并且被雷击的时间恰好就在他做梦时。第二年他也果然实现了愿望,进入学堂继续读书。

杜康造酒

相传,杜康是黄帝手下一位有名的臣子,曾负责粮食生产的事情,由于年年风调雨顺,粮食越打越多,杜康就把丰收的粮食堆放在山洞里。虽然杜康很负责任,但时间长了,山洞潮湿,粮食全霉坏了。黄帝非常生气,撤了杜康的官职,但仍让他保管粮食。还说如果再使粮食霉坏,就要处死他。

杜康由一个大臣降到保管员的位置,心里非常难过。但他一想到好多大臣都有发明创造,便下定决心要保管好粮食。

“粮食不能再放到山洞里,可又放到哪儿去呢?”杜康实在想不出更好的保管方法了。一天,他在树林里偶尔发现几棵枯树,树身里边空洞洞的,十分干燥。杜康突发奇想,如果把粮食装到树洞里,也许就不会霉坏了。他将这个想法同大家一商量,众人都点头同意。大家把树林里枯死的大树一一进行了掏空处理,几天后把所有的余粮全部装进了树洞。一晃两年过去了,这些装在树洞里的粮食一直没有翻晒,也没有来得及吃掉,它们在风吹、日晒、雨淋下,已经慢慢发酵了。

一天,杜康到树林里查看粮食保管情况,突然发现一棵装粮食的树洞周围躺着几只山羊、野猪和兔子。他十分惊奇,还以为这些野兽都已经死了,正要靠近,突然一只野猪从地上爬起来逃窜而去,紧接着山羊、兔子也跳起来跑了。

杜康正在纳闷,又发现有两只山羊走过来。他连忙躲在一棵大树背后,想看个究竟,只见两只山羊不停地舔食着树洞的表皮,一会儿就摇摇晃晃起来了,走了不远就躺倒在地。杜康忙跑过去绑住两只山羊,详细查看洞口。一看可把杜康吓坏了,原来装粮食的树洞已裂开了口,一些很清的水正不断地往外渗,山羊、野猪、兔子就是舔食了这种水才睡倒的。杜康一闻,这渗出的水有一股特殊的芳香,不由得舔尝了一口,觉得虽有些辣涩,但醇美而香冽。他又尝了几口,越尝越想尝,喝着喝着就觉得天旋地转,刚向前走了两步,便如同山羊和野猪那样昏沉沉地倒地而睡了。

他不知睡了多久,醒来时被绑着的两只山羊已跑了一只,另一只正在拼命挣扎。杜康只觉得精神焕发,浑身是劲,一脚就把正在挣扎逃跑的山羊踩死了。他顺手取下腰间的葫芦,接了一葫芦浓香的水带回来。

回来后,杜康把他经历的奇事向其他人述说了一遍,并拿出葫芦让大伙品尝,人人都觉得这水很好喝,也都觉得这事儿很奇怪。有人建议赶快将这件事报告黄帝,有人却不赞同,说:“杜康降职,就是因为粮食霉坏了。现在把粮食装进大树洞里,又变成了水,黄帝知道后,非严惩他不可。”杜康却对众人说:“事到如今,不论是福是祸,绝不能瞒着黄帝。”他于是提着葫芦去汇报情况。

黄帝听完杜康的陈述,又品尝了杜康带来的浓香水,立刻召来各位大臣商议此事。众人意见不一,但一致认为这水是粮食所变,绝非毒水。黄帝这次没有怪罪杜康,而命他继续观察这件事,又让他的大臣仓颉给这种水命名。仓颉脱口而出:“此水香而醇厚,饮耐得神应起名叫‘酒’。”黄帝和众臣一致同意用这个名字,我国远古时候的酿酒业,就从此开始了。后人为了纪念杜康,尊他为酿酒始祖。

如今,在陕西白水县有个康家卫村,村边有一条绵延二十里的大沟,人们叫它杜康沟,沟的尽头是一眼泉,泉水甘洌醇美,源源不断地流进沟里。据说杜康当年就是用这条沟里的水酿成了酒。泉水在沟中汇集,然后沿着沟底向东而流,汇入白水河,因此白水河又叫杜康河。

沉香救母

有一年,王母娘娘大摆蟠桃宴庆祝寿诞,并邀请了天上的各路神仙来拜寿,三圣母和殿前金童也在其中。席间,两人不过相视一笑,没想到却引来了众神仙的非议!

“庄严的蟠桃盛会岂容得他们这种轻薄行为?”众仙议论纷纷。

玉帝知道后,雷霆震怒,把三圣母贬到了华山西岳庙旁的雪映宫修道;金童则被贬为凡人。

金童托生在一户姓刘的人家,取名叫刘玺。刘玺聪明过人,年少时即通读诗书,年纪轻轻便中了秀才。

这一年,皇帝开恩科,刘玺进京赶考,路过华山。他早就听说三圣母十分灵验,遂进庙求签,卜问前程。不巧的是三圣母外出赴宴,刘玺连抽三把空签,只得失望而去。

三圣母赴宴归来,掐指一算,知道金童的凡身曾来向自己问卜,于是化作凡人前去追赶。刘玺一见到三圣母,便有种似曾相识的强烈感觉。二人相谈甚欢,刘玺情不自禁地爱上了三圣母,三圣母也对他倾心爱慕,于是两个人私订终身,结成夫妻，从此过上了恩爱和美的生活。

一天，三圣母的哥哥二郎神杨戬闲来无事到太上老君府中游玩，太上老君送给他几个仙桃。二郎神驾云来到华山西峰北面，边吃桃，边扔核，没想到一枚桃核恰好打在齐天大圣孙悟空的头上。

孙悟空正在保唐僧往西天取经，途经华山地界，忽然感到有东西打在脑门上，一怒之下便一个筋斗云腾上半空，想找那个砸他的人算账。他见杨戬正在那里一边吃桃一边向下界扔桃核，不由得大怒道："你这个害人精，自顾自地吃桃，却拿桃核伤人，看我怎么收拾你。"

杨戬一瞧来人是孙悟空，便满不在乎地嘲笑他道："我当是哪路大仙呢，原来是你这猴头。你不好生保护唐僧去西天取经，干吗跑到这里来撒野？"说罢放声大笑起来。

孙悟空听了这话，知他故意用言语激自己，气得咬牙跺脚，一时又不知道从何骂起。这时，他忽然想起途中听说关于三圣母与凡人通婚的事，便讥讽道："你家的丑事辱没了仙家名誉，你还有脸在这里撒野！"

杨戬被这一席话说得云里雾里，完全摸不着头脑。虽心中疑虑，还是装作不可冒犯地怒道："仙家的事，岂能容你在这里胡说八道！"

孙悟空也被激怒了，他把民间流传的歌谣给杨戬唱了一遍："天上三圣母，配了凡间人，如今身怀孕，羞煞众家神。哈哈！"

杨戬满脸涨红地辩道："你胡说八道，血口喷人！"

"是不是胡说你回去一问便知，现在哪位神仙不晓得？"孙悟空解了气，丢下这么一句话就下去追赶师父去了。

杨戬羞愧难当，提起他的三尖两刃刀，匆匆地向雪映宫奔去。他发现那猴头所言非虚，三圣母果然做出辱没仙家名誉的丑事，不禁暴怒不已。他逼迫三圣母交出她掌管的宝物宝莲灯，并把她压在了华山底下，让她永远不能出来。

可怜的三圣母在华山底下受尽苦难，终于生下了一个男孩，起名叫沉香。为了保护沉香，她写了一封血书，交给丫鬟灵芝，让她把孩子送往洛州刘玺那里。原来，刘玺和三圣母成婚后不久就进京参加科考，结果考取了进士，被皇上派去做了洛州知县。

沉香长到十来岁时，在一家书院读书。一天，秦国舅的儿子秦官保讥笑沉香没有亲娘，是个私生子。沉香大怒，失手打死了秦官保。沉香见闯出大祸，吓得六神无主，只好急忙跑回家去，向父亲说了闯祸的根源。刘玺听后，惊诧不已，他现在才知道，原来沉香没有母亲这么受欺侮，这么痛苦。无奈之下，他将沉香的身世之谜向沉香和盘托出。沉香多盼望有一个疼自己、爱自己的母亲啊！以前，他一直以为自己的母亲死了，现在知道母亲尚在，只是被关了起来。他又悲又喜，发誓一定要救出母亲。

后来，沉香在孙悟空的指点下，知道想要救出母亲，必须先将宝莲灯拿到手，便来到二郎神的藏宝阁偷了钥匙，悄悄潜入密室，与护灯的侍卫巧妙周旋，终于夺回了母亲的法宝宝莲灯。此灯乃天界法器，法力无边。宝莲灯有灯无芯，要想点燃此灯，必须有百分百的真心。成功抢灯之后，沉香便踏上了寻母之路。

二郎神得知沉香偷走了宝莲灯，非常恼火。他担心沉香得到宝物法力大增，后患无穷，当即派兵一路追赶，并令哮天犬幻化成一位老奶奶，试图骗取宝莲灯，但都没有得逞。

沉香在寻母的途中经过了鬼城、荒漠、古堡，遭遇了雪崩、地裂、沙暴等重重险阻，但小沉香在困难与挫折面前丝毫不惧，从未放弃救母之志，最终成长为一名英勇的少年。

孙悟空为沉香的执着所感动，把白龙马借给沉香，让沉香骑着它去火湖炼制神斧。在大家的帮助下，沉香历尽磨难终于在火湖铸成了神斧。

沉香提着神斧来找二郎神，誓与他决一死战。沉香救母心切，越战越勇，令二郎神难以招架。二郎神见势不妙，便使出毒计，用暗器打伤了沉香，企图夺回宝莲灯。沉香中了暗器后体力逐渐不支，又连连被二郎神用三尖两刃刀刺伤，生命危在旦夕。就在这千钧一发之际，宝莲灯似乎感受到沉香救母的真心，突然发出金光，照进沉香体内，与沉香合为一体，产生了无穷法力，终于打败了二郎神。

云开雾散，大地回春，沉香劈开华山，最终救出了母亲，母子终于相会。两人抱头痛哭一番，回到洛州与刘玺团聚。从此，一家人过上了安定幸福的生活。

借尸还魂

八仙中的铁拐李本名李玄，原本是一个眉清目秀、文质彬彬的书生，一心想考取功名，但是，一连考了多年，却总是名落孙山。从此，他看破红尘，离家出走，四处学道访仙。

铁拐李——那时他还叫李玄，在一座深山的幽谷里找到一座岩洞居住下来，但几年过去了，李玄自感收效甚微。一天，他在沉睡中梦见一位仙人对他说："修道成仙可不是读书写字，没有名师的指点，仅靠自己的勤奋，要想自学成仙，恐怕是事倍功半，甚至是徒劳无功。"

醒后，他猛然想起华山上的太上老君李耳乃是同族，如果能去拜他为师，必能得道成仙。

李玄当下就直奔华山。在莲花峰，迎面走来两个道童，这两个道童问他："你是李玄吗？"

李玄觉得很奇怪，客气地回答说："两位道兄怎么知道我的姓名呢？我们可是素不相识呀。"

两个童子说："你千里迢迢跑到华山来，不就是想寻访太上老君学道吗？我们

铁拐李

就是他老人家派来接你的。”李玄听了又惊又喜,便随同两位童子一起来到太上老君隐居的草堂。李玄上前拜见后,老君问他为何事而来。李玄将自己的苦恼向他说了一遍。太上老君说:“学道其实可以没有老师的,也没有天生的缘分可以利用,而是要找出好的办法,但仍然得靠自己。你只要专心去修行,总会有成功的一天。”

大约是考虑到李玄的诚意,太上老君虽嘴上说学道不需要老师的指点,但还是传授了李玄几招,李玄当即牢牢地记在了心中。

经过指点后,李玄信心大增,他回到了原来修行的地方,继续潜心修炼。他经常一打坐就是一天,还时时到高旷之处呼吸,吐故纳新。久而久之,渐渐有了收获,达到了形神分离的境地。

一天,李玄在山上散步,忽然之间,他听到一阵美妙的仙乐从空中传来。他急忙抬头一看,只见空中祥云飘飘,霞光万丈,一对仙鹤从远处飞来,而太上老君则站在一朵如絮的白云上。

李玄见了,倒身跪拜。太上老君说:“你苦心修炼,道术大有长进,实属不易,我要到各地出游访仙问友,想带你同去,以激励你学道,你十天后神驰我处,我们一同出发,千万不可失约。”

听到太上老君亲自邀请自己与他一同到各地出游,李玄心里非常高兴。转眼十天过去了,他准备神往老君处。出发前,他对徒弟杨子说:“我现在去赴太上老君师祖之约,神魂离去,但肉身却留在家里,你要悉心看护,千万不可大意让鸟兽叼去,要是过了七天还不见我的神魂归来,你就将我的肉身焚化。以七天为期,千万记住!”

说完,李玄盘膝而坐,运用神功,一瞬之间,他的神灵已经出窍,向老君飘然而去,而他的肉身却留在家里,保持打坐的姿势。

杨子遵照老师的要求,寸步不离地看着他的肉体。

到了第六天的时候,杨子的叔叔突然来找他,说是他的母亲病危,临死前想见他最后一面。杨子听后恸哭不已,既想回家探母,又想看守师父的肉体,十分矛盾。但经不住他的叔叔在一旁再三催促,他只得说:“师父的神魂已出游,临行前叮嘱我小心看护,限期七天,如今已到了六天,我现在走了谁来看护?”

杨子的叔叔根本不相信杨子的话,认为他在胡说八道,从没见过有谁死了六天还能还魂的,不由分说拉着他就要走。

杨子想想不妥，走了半路不肯走了，他的叔叔说：“那就赶快将你师父的肉体火化掉，便同我一起回家吧，回去晚了，你就见不到你老娘最后一面了，难道你想做个不孝之子吗？”说完，就叫杨子一起动手，搬来柴草，将李玄的肉体火化了。

李玄和老君一起神游回来，与老君告别，老君赠他一偈：“辟谷不辟麦，车轻路亦熟。欲得旧形骸，正逢新面目。”

李玄听了，也不明白是什么意思。等他的神魂回到洞中，却怎么也找不到自己的肉身，也不见了弟子杨子的身影。

李玄大吃一惊，急忙出洞寻找，找了好久，在一座山坡看见一堆焚烧后的骨灰，他这才明白自己的肉体已被火化了。

这样，李玄的神魂无处可去，他只得另想办法，否则永远也只能做一缕青烟似的游魂了。仓促间，突然发现不远处有一具乞丐的尸体，便不顾一切地将自己的魂魄附在那尸体上。

等他起来走到河边一照，才发现自己衣衫褴褛，蓬头垢面，更严重的是，有一只脚还是跛的，只得手拄拐杖踽踽而行。

李玄从此从一个英俊的书生变成了乞丐，他的名字也就成了铁拐李，真名李玄反倒没几个人知道了。

田螺姑娘

晋安县有一人，名叫谢端，从小失去父母，又没有其他亲人，被左邻右舍喂养大。长到十七八岁时，恭敬谨慎、知书达理、严于律己，非法之事一概不沾边。谢端孤苦伶仃、一贫如洗，左邻右舍都可怜他，计划帮他找一房好媳妇，只是没有合适的人选。谢端早出晚归，尽力耕作田地，一天也舍不得休息。

后来，谢端在农田旁的小河边见到一只大田螺，像能盛三升水的水壶一样大，谢端认为这是奇异之物，拿着它回到家中，放在瓮中。收藏了十几天后，谢端每天早晨到农田里干活，回来时就能发现他家中桌上已摆好了饭菜，好像是专门为他做的。谢端还以为是邻居在照顾他，也不放在心上。可连续几天都如此，谢端不好意思，就去向邻居致谢。邻居说：“我压根儿就没做什么，为什么要谢我呢？”谢端还以为邻居没有明白他的意思，也就不再啰唆。

可是，连续几天仍是如此，谢端就直截了当地问邻居，邻居笑着说：“你自己偷偷娶了媳妇，藏在家中为你生火做饭，怎么能说是我干的呢？”谢端这下越发奇怪了，不知道这其中的缘故。

有一天，谢端为了弄清楚，鸡一叫就上工去了，天刚亮时又悄悄返回来，蹲在篱笆外偷看家中的一切。只见一位非常美丽的少女从瓮中走出，来到灶台点燃炊火。谢端急忙进门，径直到瓮边观看那个田螺，但见只剩一个空壳子。于是谢端径直走到炊台问那少女："这位姑娘是从哪里来的，为什么要给我做饭？"少女吃了一惊，十分惶恐，想转身跳回瓮中，已被谢端拦住了去路，只好回答说："我是银河中的仙女，天帝怜悯你从小没有父母，又恭敬谨慎，自我约束，所以让我暂且为你收拾家做饭。计划十年之中，让你富起来，等你娶上媳妇后，我就该回去了。可是你却偷看我，阻拦我恢复原形。事情已经暴露，我不适合再留下来，该回去了。即使如此，你以后的日子也会好起来的。你要靠辛勤耕作和捕鱼来维持生活。我将这田螺壳留下，你可用它储米，就不用担心缺少粮食了。"谢端请求少女留下来，可少女却怎么也不肯。这时，天空中忽然飘起了小雨，少女飘然而去。

谢端特意为少女立了一个神位，一遇到节日便去祭祀。他的生活虽还谈不上大富贵，但已小康。于是就有一个乡里的人将女儿嫁给他，他本人最后还做了令长一类的小官。

摇钱树和聚宝盆

从前，在东海上有一个小岛，岛上住着三个兄弟：老大已经娶了媳妇，有了孩子；老二、老三还是单身汉。哥三个分了家，自己过自己的，都耕种山上的小块儿土地，种些番茄、蔬菜，过着穷日子。

一天傍晚，老大夫妇俩从地里干完活，回家正在做晚饭，忽然屋里有人大喊："救命啊！救命啊！"是谁在喊呀？老大夫妻俩到处搜寻，一个人影也没有。老大仔细听了听，声音是从海边拾来的半篮子海螺里发出来的，他老婆也很奇怪，仔细一听，真是海螺在叫喊呢！老大的老婆说："你听听，这海螺喊得多可怜哪，咱们别吃它了吧。"老大点了点头，提着这半篮海螺，把它倒回海里去了。

这半篮海螺是天上十八罗汉变的。他们犯了佛门的清规，如来佛生气了，罚他们化作海螺流落在人间，叫他们尝尝这挖肉剥壳，油煎火煮的苦。谁料到他们来到这个小岛，让好心的夫妇俩放了生，逃过了一场大难，这真是天大的好运气呀！海螺们决定送一份厚礼给老大一家，表示感谢。

第二天早晨，老大夫妇俩早早起来收拾家务。老大推开柴门，一下子呆了：一棵挺高的大树立在门前，密密的树杈上挂满了黄澄澄的"果子"。老大走过去轻轻一摇树干，那"果子"扑啦扑啦地掉了一地。拾起来一看，哪儿是什么"果子"呀，都是黄金铸成的金锞子，掉在地上叮当乱响。更奇怪的是那"果子"落一颗长一颗，不管有多少落到地上，树上总是一颗也不少，还是满满的一树。老大正在目瞪口呆，突然听见老婆的叫声"他爹，快来！地上滚满银元宝啦！"老大跑到后门口一看，又呆了：院子中央的圆盆子里满满的，银元宝一个劲地骨碌骨碌地往地上滚。老大的老婆捡起一个又跳出来一个，捡起一个又跳出来一个，怀里多得抱不了了，只好放在墙根下。墙脚边已垒起一大堆白晃晃的银元宝，盆子里还是往外滚银元宝。老大把前门口那棵树的事,也跟老婆说了,他老婆说:“啊呀!这是不是传说中的摇钱树和聚宝盆呐?”“摇钱树?聚宝盆?没错,没错!”这夫妇俩瞧着这么多的金银财宝,真不知怎么处置才好了。

老二和老三听说后一起跑来了,眼睛看着黄澄澄的金锞子、白晃晃的银元宝,他俩差点儿没昏过去。老二说:“大哥,您可发大财啦!”老三说:“大哥发了财,我们兄弟也可以沾光了,都该好好享享福!”这弟兄俩高兴得什么似的。可是老大并不那么想,他说:“你们别太高兴啦,这些金子银子,既不能当吃,又不能当衣,咱们也没啥用,还是回去好好干活!”老大说完,挑起水桶走了。

老二和老三一起嘀咕着走回家去。老二说:“我们这个老大哥就知道干活,有了金银财宝不知道享受,真是个呆头鹅!”老三眼珠子咕噜噜转了几转,把嘴凑在二哥耳朵上:“咱们不如把它偷过来吧。”“啊,嗯嗯……”弟兄俩嘀嘀咕咕地商量了好半天。

到了半夜,老大一家子都睡熟了,老二和老三带了杠子、箩筐、绳子,悄悄溜进了老大的家。他们先去偷那棵摇钱树。弟兄俩抱着大树使劲拔,可那树纹丝不动。他们俩喘了一会儿气,老三说:“拔不动摇钱树,咱们去抬聚宝盆吧!”“好!”这哥俩又来偷聚宝盆。他们在聚宝盆上系好了绳子,穿上杠子,憋足了劲往起抬,可怎么也抬不起来。弟兄俩累得热汗直流,就是抬不动。老三问老二:“宝贝搬不走,这可怎么办呢?”老二说:“咱们搬不走宝贝,就抬一筐金锞子、银元宝走吧,那也够我们享用一辈子的了。”说着,俩人赶紧动手,装了满满一箩筐金子银子,抬起筐就走。他们俩一瘸一拐地把筐抬到海滩上,放在事先预备好的一只木筏子上,也不顾东海风大浪高,划着木筏,连夜往县城跑。

他们在海上飘呀,飘呀,飘了三天三夜,终于到了县城,找了个僻静的地方上了岸。这时候,他们已经饿得一点儿力气也没有了。老二对老三说:“你守着这筐金银,我到街上买点吃的去。”说着,从筐里摸出一锭银元宝塞进怀里,又对老三叮嘱了几句,就朝大街走去了。

老二上了大街,进了一家最大的饭店,叫来最好的酒和菜,一个人自斟自饮,吃得津津有味。他一边吃一边想:要是这一筐金银都归我一个人那多好啊!想着想着,他想出一条毒计。他吃饱喝足后,又买了一些饭菜,还到药店去了一趟,然后提着饭菜去找老三。这时候,老三守着箩筐也在琢磨,他心说:“二哥心黑,分起金银来我准吃亏,倒不如趁早把他收拾了算啦!”他想出一条鬼主意,拾起一块大石头藏在身后,眼巴巴等着二哥回来。过了好一会儿,老二回来了。他喷着酒气,打着饱嗝,假装亲热地跟老二说:“弟弟呀,我把你的饭送来,有酒有肉,保你满意!”老三也不答话,看看老二走近了,举起石头,用尽力气向他头上猛砸。一下子,把老二脑袋砸开了花,脑浆迸射,倒在地上死了。老三把老二的尸首丢进海里,收拾利落了,才觉出来实在是太饿了,一看二哥带来的一包好酒好肉,高兴了,心想:反正这筐珠宝是我的了,等我吃饱后再好好想想如何花它,就坐下打开包又喝酒又吃肉。一眨眼的工夫，就把老二带来的酒肉饭菜吃得个一干二净。心里别提多美了。他正要进城去享福，忽然觉得肚子疼得厉害，疼得他躺在地上直打滚。一会儿，老三就断气死了。原来刚才老二到药店买了一包砒霜，悄悄倒在酒里了。喝了有毒药的酒，还能不死吗？

第二天早上，老大发现老二、老三不见了。自己院子里还有好些脚印、筐印。他知道了，准是两个弟弟贪图富贵，瞒着他偷了金子、银子偷偷走了。他越想越伤心。这天晚上，他躺在床上怎么也睡不着，想了好久，对老婆说："要不明天我去把摇钱树刨喽，把聚宝盆砸喽！"他老婆惊奇地问："那是宝贝呀，砸它干啥？""这样的宝贝我们不需要，还害得我们兄弟不和，倒不如换一个称心的家什，能帮我干点活。"第二天一早，老大照例到前门去挑水。打开门一看，吃了一惊：摇钱树不见了，变成一张渔网摊在地上。那密密的枝杈变成了一孔一孔的网眼，粗粗的树干变成了结实的网绳。老大正看得出神，屋后传来他老婆的叫声："快来看哪，多好的一条船哪！"老大跑到屋后一看，原来聚宝盆也变了，变成了一条崭新锃亮的捕鱼船，船上篷、舵、橹、篙样样俱全。这下老大可开心啦！跟老婆、儿子一起把船推到海边，带上网，天天出海打鱼。从这以后，东海上就有了捕鱼这个行业：老大一家就是东海上的第一代渔民。老二和老三抬的那一筐金银呢？嘿，也不知上哪儿去啦！

湛卢剑

一口宝剑从剑匣中飞出来，离开吴国，顺着江水的波浪，来到楚国。一天，楚昭王一觉醒来，猛然发现床头有一把熠熠生辉的宝剑。楚昭王十分惊奇，忙问手下是不是有人故意放在这里的？众人都说，自他睡觉后，一直没有人来过。楚昭王百思不得其解。就召集善于相剑的风湖子来加以询问。风湖子一看那口宝剑即面露喜色，对昭王说："这是湛卢剑啊！恭喜你了大王，我听说越王元常曾经让有名的铸剑师欧冶子铸造了五把宝剑，其中之一就叫湛卢剑。湛卢剑集合了五金的精华而成，又兼有太阳的光华和天地间的灵气，是无价之宝。拔出剑来就可发出万道神光，佩带上剑能使人威风百倍，它还可以化解敌人的武力，敌人只要一见到剑，就不由得心惊胆寒。可是，一旦国君干出缺德的事，这把剑便会自动离开无道的昏君而去投奔有道的明主。如今吴王不仅杀害国君，而且图谋攻占楚国，所以湛卢剑便背弃他而来到您的身边，这说明您是有道的明君呀。"楚昭王听后，十分高兴，于是将这把湛卢剑奉为宝贝。

钱王射潮

钱塘江的潮水总是非常凶猛，潮头很高，两岸的堤坝总是被冲坏，一年到头总是修修补补。居住在两岸的人民为了阻挡潮水,可谓煞费苦心,花了大量的人力和物力,但仍然没有更好的效果。

五代十国时期,一个叫钱瑀的人统治江浙一带,因其勇猛无比,都称他为钱王。

钱王治理杭州的时候,各项事情都做得顺顺当当,有声有色,但钱塘江却令人头痛不已。潮水一天来两次,每次大堤刚修好,浪头就将大堤冲得七零八落,根本没有办法能把海堤修筑起来。

钱王手下的人只好报告钱王说:“钱塘江里潮神总跟我们作对,每次等到我们辛辛苦苦把海堤修得差不多的时候,他就施展法术,兴风作浪,鼓起潮头,把我们的海堤给冲坍了。这个海堤我们还是不修了吧,修来修去,白费力气。”

钱王听了勃然大怒,厉声喝道:“如此可恶的家伙,你们为什么不把他拖上来给宰了?”

手下人慌忙解释道:“大王,我们没办法杀他。您想想,他是个潮神,住在大海里面,跟海龙王在一起哩!我们没法去找他。而等到他出现的时候,他总是翻起潮水,波浪滔天。我们这些肉眼凡胎的人,既看不到他,更没办法捉拿他,哪怕就是坐着铁打的船,载着一万名官兵去杀他,只要一碰到潮头,也会给吞没了的。”

钱王听了更加生气,大吼道:“难道就真的没有办法制伏他,而任由这个小小的潮神胡作非为吗?不行!”

钱王静下来,仔细想了一想,说道:“好吧,我自己去降伏他好了。到八月十八这一天,给我聚集一万名弓箭手到江边,我倒要去看看这个潮神到底有多厉害!”

八月十八是潮神的生日,这一天的潮头最高,水势更是排山倒海。这一天潮神一定会骑着白马跑在潮头上面。

八月十八日到了,钱瑀在钱塘江边搭起了一座高台,一大早就到台上观看动静,等待潮神到来。可是,不知为什么从当地挑选出来的一万名精锐的弓箭手,却没有一下子全部到来,拖拖拉拉、陆陆续续地,令人恼火。

钱瑀自然很生气,就令人传他的口令,要求弓箭手必须尽快赶来,否则按军法从事。

这时,他手下的一名将军,前来禀告道:“大王!弓箭手跑向江边来时,要经过一座山,这个地方山路十分狭窄,只能容得下一个人经过,弓箭手只能一个人一个人地过,因此来得晚了。”

钱瑀是个急性子,一听说这事立刻骑上马就向那座山奔去。到了山前一看,果然如此。

钱瑀走到山顶向四下观望了一下,只见这山的南半边有条裂缝。于是他把两只脚踩在山的裂缝处,用力一蹬。只听轰隆隆一声巨响,这山竟然给他一下蹬开了,中间出现了一条宽宽的道路。那些将士在山下欢呼起来。没多久,全部弓箭手就通过这条大路,到江边聚齐了。

钱王再次来到江边台上的时候,一万名精兵早就排好阵势,个个雄赳赳、气昂昂地拿着弓箭，望着江水。

钱江沿岸的百姓，受尽了潮水灾害，今天听说钱王要射杀潮神，个个都欢呼雀跃，争着观战助威，真是家家闭户，人人出动，几十里路长的江岸，黑压压地挤满了人。眼看时辰快到了，钱瑀双手叉腰，对着江水大声喝道："喂，潮神，你听好了！如果你答应今后不再兴风作浪，冲垮堤岸，危害百姓，我就放你一马，饶你不死！否则，就别怪我不客气了！"

钱瑀的声音很大，人们听得一清二楚。

岸上的百姓以及弓箭手听了，都欢呼起来，欢呼的声音如同雷鸣一样。大家神色紧张地面对江水观看动静。

可是，狂妄自大的潮神并没有理睬钱瑀的告诫。一会儿，江海相接的远处有一条白线在飞速滚来，白线越来越快，越来越猛，浪头越来越高，等到近时，巨浪翻滚着直向钱瑀所在的高台冲来。

钱瑀忙大喊一声："放箭！"话音一落，岸上万箭齐发，直射潮头。围观的百姓们跺脚拍掌，大声呐喊助威。一万支箭射出了，接着又是一万支箭，霎时间，箭像雨点一般射向浪头。

在万箭齐发的强大威力下，潮头竟然不能再向岸边移动半步，刚才那气势汹汹的架势，一下子消失得无影无踪。

钱瑀绝不给潮神喘息的机会，又下令："追射！"

一时间，又是万箭齐发，那潮神这时才知道钱瑀的厉害，只得弯弯曲曲地向西南逃去，消失在天水尽头。

人们在钱王所站的台子处建成了六和塔，而钱塘江的潮水只要一到六和塔边就成为强弩之末，没有更大的冲劲了。而在六和塔前，江水弯弯曲曲地向前流，像个之字，所以人们又把这条江段叫作之江。

在钱瑀怒射钱塘潮之后，海堤终于得以造成。百姓们为了纪念钱瑀这次射潮的功绩，就把江边的海堤，叫作"钱塘"。

二月二龙抬头

玉皇大帝命太白金星给四海龙王传旨：人间百姓钩心斗角、纷争不止，三年内点雨不降，以示惩戒。

一年后，人间一片荒凉，河流干涸、庄稼草木枯死，饿死渴死的人遍地皆是。幸存的人跪在烈日下苦苦求雨。天上神仙虽然可怜人间百姓，可谁也不敢违抗玉帝旨意。天河里的玉龙听到百姓的哀求，于心不忍，便去求玉帝开恩。玉帝不但不听，反而斥责玉龙说："你身为天神，不但不惩罚可恶的凡人，竟然为他们求情，你居心何在？"

玉龙悻悻退回天河。百姓的求救声绵绵不绝地传入耳中,玉龙再也忍不住了,它张开大口,喝足天河里的水,对着人间便洒了下去。

“苍天有眼,终于将雨了。多谢上天!多谢上天!”百姓的感谢声传入了玉帝的耳朵。玉帝勃然大怒,下令追查违旨降雨的神仙。玉龙挺身而出,抗争道;“玉帝,天上神仙也难免有私心杂念,更何况人间百姓。玉帝不能因为少数不仁不义之人的恶举,就得惩罚施加于所有凡人。天上神仙不也有从人间修炼而来的吗?能说人间都是恶人吗?”

玉帝闻言气得浑身发抖,他大怒道:“玉龙,你不但违抗我的旨意,还对我出言不逊。我要让你在人间受千秋之苦,到金豆满地开花时方能解脱。”

玉帝派太白金星把玉龙压在一座大山下。太白金星于心不忍,便给人间的长者托梦,让百姓设法找到开花的金豆,解救为百姓受苦的玉龙。

凡间的人们四处寻找开花的金豆。找啊找啊,一年过去了,还是没找到开花的金豆。这一年二月初二,一位老太太背着一袋玉米去赶集。走到半道,听到身后几个小孩在喊:“捡豆豆喽。满地都是金豆豆,拣了豆豆爆米花。”老太太回头一看,自己的口袋有个洞,玉米撒了一路,远远看去,真得像金豆。老太太心里一亮,跑到集市上告诉人们怎样让金豆开花。人们一传十,十传百,中午时分,家家户户都把炒好的玉米花供在田间路上。然后大家一齐跪在地上祈祷道:“金豆满地开花,玉龙应当解脱,请上天大发慈悲。”

正在灵霄殿饮酒作乐的玉帝听到人们的喊声大吃一惊,忙带众仙到天门向下观望,果然人间开满了金灿灿的花。这时太白金星也在旁边劝诫说:“玉帝,要是我们不履行诺言,天下老百姓还会信我们、敬我们吗?”玉帝想了想,便派太白金星去释放玉龙。

压在玉龙身上的大山被搬掉了,它抬头长啸一声,腾云而起,张开大嘴,将肚中的水全洒向了人间。人们看见玉龙抬头摇尾的雄姿,在雨中欢呼雀跃起来。玉龙降完雨又回到地上,俯首感谢百姓恩德。一位剃头匠看见玉龙头上的杂草泥土,心疼地说:“不是你降雨救百姓,我们早就旱死了。老头我给人剃了一辈子头,今天就给玉龙剃剃头吧,好让玉龙精精神神地回到天上当神仙。”

以后的每年二月初二,妇女一边唱歌一边炒玉米花。在“二月二,龙抬头,大仓满,小仓流”的歌声中,男人们带着儿子去剃“龙头”。

玉皇大帝、王母娘娘的故事

太白金星在天际巡视一周,见到了人间的许多怪事:大雨刚歇,山林骤然起火;庄稼长势正好,突然间降下了霜雪;正准备入土为安的死人忽然在棺材里大喊开门……太白金星叹息着返回天宫,迎面碰见了太上老君,老君不住地摇头叹气。太

白金星上前询问,老君道出了原委:

“我炼了三年的丹药,今天是最后一天了。一大早,火龙与雨龙就让我给他们评理,一个要降雨,一个要烧山,到底谁先谁后,我怎么能说得清?他们二位刚走,天时官醉醺醺地来问我春、夏、秋、冬怎么定?我还没说什么,阎王爷来请我赴宴,说最近人间没少供钱。我把他们一一打发走了,转身一看,我的炼丹炉早凉了。你说说,我……这……唉!”

“真该有人管管喽!”太白金星说道。

“对!你这个主意不错!我现在就去和众位神仙商量。”太上老君高兴地说道。

两位老神仙召来诸神仙一商量,大家都赞成。众神仙一致推选太白金星担当选主的大任。太白金星考虑一番后说道:“让我去选头儿也行,大伙得答应我三个条件:第一,我不选神仙;我要选个凡人来领导大家;第二,我选头儿的标准是善良、聪明、有办法管理大家;第三,将来无论是谁当了天帝,当好当坏与我无关,希望大家不要怪我。”众神仙一听他的条件也不算过分,便答应了。

太白金星下到人间后可傻眼儿了,到哪儿去找合适的人呢?人间好人、坏人、不好不坏的人,太多了。太白金星沮丧地坐在河边犯起愁来。

“大爷,您要过河吗?”猛不防有人问话了。转头一看,是个浓眉大眼的小伙子。太白金星没哼声。“大爷,深秋的河水冷,我背您过吧!”太白金星一听,乐了,忙点头说好。小伙子脱了鞋,背他过了河。“大爷,过了河您慢些走!”小伙子说完走了。

太白金星站在原地愣了半天,恰巧迎面过来一个中年汉子,他忙上前问道:“刚才那个小伙子叫什么?”“他呀,大名鼎鼎的张大善人呐!他背您过河了吧?这前山后水只要想过河,又怕河水的人,哪个没经他背过?您老也别心里过意不去,为什么叫他张大善人?原因就在这里,他是善人,是好人!”

太白金星更乐了,“我就要找个好人善人。”太白金星摇身一变,变成了一个又老又脏的乞丐,来到了张善人家。太白金星哼哼呀呀靠在张家大门口装病。一会儿,张善人出来了,一看他病恹恹的样子,二话不说,扶起他就进了家门。张善人一面伺候太白金星躺在热炕上,一面派人去请郎中。

郎中为太白金星把过脉后说:“他的病难治啊!年老体虚,集百病于一身,需每日服用千年人参汤方可调理过来,否则三日不出就一命呜呼了!”

“快去药铺买人参煎药。银两不够,把前街的铺子当了。”张善人马上吩咐家仆去买药。

“少东家……”

“快去吧,别啰唆了!”

“唉,造孽呀。金山银山被败到这个地步了,还不罢休。折腾光了,你上天当神仙去吧。要不然,西北风也会被你喝光!”家仆嘟嘟囔囔走了。张善人又烧水为太白金星洗脸洗脚。

七天过去了,张善人再也买不起千年人参了,急得他要卖唯一的栖身之所。太白金星一看他的确心地善良,便乐呵呵地说:“小伙子,别为我倾家荡产了。我这病是吃人参太多了的缘故。打我懂事起便人参不离口,一直吃到六十三岁。后来这几年没得吃了,才落到这个地步。你那七个千年人参,不仅救了我的命,也治了我的病。从今往后,我再也不吃人参了。”张善人见老头红光满面,精神矍铄,也放心了。

“张善人是个好人,就是不知道他聪明不聪明?”太白金星又开始犯愁了,他决定再观察一番。

一天,镇上的媒婆来为张善人送信:“王庄上的王员外有位千金,年过二十了还没婆家。媒人都快把王府门槛踏平了,王小姐就是不松口。王员外急得没办法,只好贴出告示,公开招亲,为王小姐选个天下独一无二的人。张善人,你早该成家立业了,快去碰碰运气吧。”张善人笑着说:“王家小姐很特别呀!”“当然了,人长得美,性子也古怪,连名字也很不一般,叫王母。你说这大姑娘家怎么取了这么个名字?!张善人,我可第一个给你报的信,你别误了。我还得去告诉别的小伙子去,我先走了。”媒婆说完一扭一扭地走了。

几天后,张善人还真去招亲了,太白金星也跟着去凑热闹。一到王庄,远远地就看见披红挂绿的彩楼下人头攒动,热闹非凡。太白金星挤到人群一看,不少天神也下凡来招亲了。

日上三竿时,王小姐派人传出话来:选夫要选本领非凡的,有本事的就上台一一展示一下。话音刚落,一个大汉跳上了台,一手提刀,一手拎一头直蹬蹄的大肥猪。大汉手脚麻利地按猪、杀猪、煺毛、开膛、解肉,不到一顿饭工夫,一头活猪成了肉摊上的肉块。

“好——”人群中发出一阵喝彩声。

“好什么好呀!”一个愁眉苦脸的人走上了台,他脱下一件破衣服,往猪肉上一盖,口中念念有词一番,只听破衣服下有猪哼声,紧接着,破衣服一掀,一头大肥猪摇晃晃满场子找食吃。

“啊呀,真神啊!”人群中发出一声惊呼。太白金星暗暗一笑,心想,起死回生对于药仙公来说是小菜一碟。

“看我的!”一个庞然大物飞上了台。一个身壮如牛的小伙子双手举着一头大犍牛绕场子走了起来。三圈过后,小伙子满脸涨得通红,汗不住地往下流,只好放下牛大口地喘气。

“真是神力呀!”人们又一声赞叹。

“谁说他是神力呀?”一个精瘦精瘦的小个子一步一步走上场。只见他两只手的食指上转着两个大石碾子,一个碾子足有三百斤。小个子面不改色,就像在转两个小手帕。太白金星“嘿嘿”笑出了声,药仙公尝药尝出的苦脸没改色,大力神黑塔似的身材倒缩小了。这帮仙人呀,令人又气又好笑!

展示本领的人一个接一个上了台,直到太阳西斜时,才没人再上台了。王小姐又派人上场问道:"还有展示本领的人吗?"太白金星推推张善人说:"你不准备露一手?"…"露就露吧"。张善人上了台。他向场下的人抱拳施了一礼说:"我本来是来看热闹的,看了诸位仁兄的表演,我不得不上台来。我实在不忍心让才貌双全的三小姐下嫁给这些无能的人。"

"臭小子,有什么能耐?口气这么大!有本事拿出来让我们见识见识!"场下的人愤怒地喊了起来。

"我没什么本事。大家看新鲜、瞧热闹也腻了,我只说一句话:刚才那些人,有的配当我的手下,有的跟班都不配,比我强的人,不在这些人当中。"

"什么?滚下去!臭小子!"众人大喊起来。

"慢着!"仪态万方的王小姐从彩楼上下来了,他郑重地对场下所有人说:"这位公子才是真正有本事的人。大家请回吧!"

太白金星拉住下场的张善人说:"你怎么就被王小姐看上了?"张善人笑着说:"他们那些人没有脑袋,不用脑子的人最没本事!"太白金星恍然大悟道:"你真是个聪明人呀!"

接下来,太白金星又要试探张善人的治仙才能了。

"我有个老朋友,道行非常深,许多人想炼长生丹都失败了,唯有他炼十炉有九炉成。你说,要想让他服气你,你采取什么办法?"

"很简单!让他炼不成长生丹,再让他炼成长生丹。"

太白金星倒吸一口凉气,暗道:"这个方法真绝!"他又继续问道:

"要给人间降雨了,风神说先刮风,雨神说先下雨,争来争去二神打了起来。你怎么处理这事?"

"好说,告诉他们,我要午睡了,等我睡醒了,再决定谁先谁后。"

"那怎么成啊?"

"怎么不成?他们想知道让谁先让谁后,就得等我睡醒,这样他们就不会打斗下去了。然后呢,让风神独自出去一趟,一会儿再让雨神出去,再过一会儿再让二神一起出去。如此反复下去,风中有雨,雨中有风,哪能分出谁先谁后呢?"

"妙啊妙啊!天帝啊,我终于找到你了。"太白金星激动地倒身就拜,弄得张善人莫名其妙,经太白金星解释才明白。张善人想了想说:"让我当天帝也行,我有三个要求:第一,我要与王小姐成亲了,带她一块儿去;第二,神仙们得保护我;第三,把神仙们的拿手绝活告诉我。"太白金星说,得上天与诸神商量,张善人答应了。

太白金星与众神仙一说张善人的条件,大家都同意了。太白金星匆匆赶往人间报告喜讯。天上一顿饭的工夫,地下已是十年光景。太白金星找到张善人后才发现,王小姐已生下七个女儿。不管怎么说找位天帝不容易,太白金星准备接他们二人上天。王小姐一听说要上天,死活不肯丢下七个女儿与后院的桃树、鸡狗猪牛。无奈,太白金星只好将他们连家搬上天。

张善人上天后太白金星才知道他真名叫张玉皇。后来张善人就被称为玉皇大帝，他的妻子称王母娘娘。七个女儿成了七仙女。他家后院的桃树发展成了蟠桃园，就连鸡狗猪牛也成了天界仙物。

玉皇大帝做的第一件事就是制定天规。许多神仙曾经下界想让王母娘娘招亲，玉皇大帝便规定神仙不准成亲生子；原来天时地令没有专人管，玉帝规定了各位神仙的职权与责任；以前阴曹地府管理混乱，玉帝重新选派了阎王，督令新阎王制定了地府规矩。这下，天宫秩序井然。王母娘娘也时常利用自己的寿诞，摆摆天后的威风。劳苦功高的太白金星被封为钦派特使，在每天的傍晚和黎明时分到天边巡视一番。

太上老君的传说

女娲造第一个人的时候非常用心。她选了许多地方的泥土都不满意。后来在一个僻静的地方发现一块非常奇特的土，仔细一瞧，原来是盘古肺脏所变的。

女娲造出许多人后，发现第一个人喜欢清静，不喜欢嬉戏打闹，认为他比较稳重，就派他管理人间事物。这个人觉得这项工作太麻烦，便选拔了一部分德才兼备的人来分管人间具体事物，自己则躲到昆仑山上清静去了。

一天，一位天神匆匆忙忙跑来对他说："不好了，如今人间的周天子昏庸无能，天下诸侯你争我夺争斗不止。天下百姓流离失所、苦不堪言呐！"这人一听，慌了，忙跑下昆仑山察看人间情景。一看，果真如天神所言。他害怕女娲的怪罪，便准备下界拯救众生。

他投生到陈国的一个小户人家。一出生便满头白发，他指着母亲身旁的李树说："那是我的姓。"因为他的耳朵特别大，母亲给他取名耳，字聃。他一出生便老态龙钟，人们都叫他老子。

老子向人们宣扬：天地各有其道，人亦有人道。任何人干任何事都不能违背这个道。只有人人遵循这个道，天下才会太平，人们才会安居乐业。渐渐地，老子的名声传遍了天下，但能接受他的思想的人实在太少了。就连当时的大圣人孔子也不接受他的思想。因此，老子感到心灰意冷，决定回到天上。

老子驾着一头青牛拉的薄板车，一直向西走去。在函谷关下，老子给守关小吏尹喜留下一部《道德经》后，出关升天了。

老子回到天宫，自己修建了一所兜率宫，召了两个童儿，开始炼制丹药。他自号太上老君，在天宫里不受任何神职，逍遥自在地过起了神仙生活。

五百罗汉的来历

丝绸之路，活跃着许多商人与佛教徒，也活跃着一大批强盗。从丝绸之路经过的每一个人，心里都装着梦想与恐惧。

这一天，丝绸之路上又走来一批驼队。足足有一百匹骆驼，每匹骆驼身上都架着鼓鼓囊囊的大口袋。一看骆驼上那五十个面目憔悴的人，便知道他们经过了长途跋涉，才来到这里的。

老子

远处扬起了弥天的沙尘，骆驼上的人都露出了惊恐的神色。沙尘渐渐袭来，五百名骑着快马的蒙面人把驼队团团围住。驼队中走出一位二十多岁的年轻人，施礼对为首的蒙面人说："久闻黑夜丁丁哥带领的五百个勇士的大名。听说黑夜丁丁哥只要钱财不要人命。我们五十人从印度带着这些经书长途跋涉而来，除了少量吃喝费用，并无多少钱财，请各位高抬贵手放行吧！"

"经书？好东西呀！经书也值钱，留下来！"为首的蒙面大盗笑哈哈地说。

年轻人一听，挥了挥手，示意随从把随身携带的东西都留下。

五百个强盗走后，年轻人愤愤地原路返回。他是印度王子尼斯，此次到中原传教收徒，不料经书半道被劫。他回到印度后，跪在佛祖面前哭诉起来："佛祖呀，强盗太可恶了，连经书也抢！"

佛祖微微一笑，说道："他们良心未泯，还是可以点化的。抢了经书，说明他们与佛有缘。我去教化他们。"

佛祖又带了五十个随从，一百匹骆驼出发了。途经丝绸之路时，又遇到了五百个强盗。

佛祖问道："除了经书，还想要金银财宝吗？"

"当然想！"

"那么跟我来。"

佛祖带着五百个强盗来到一个山洞前。为首的强盗黑夜丁丁哥让佛祖在前面带路。进了山洞，耀眼的金光刺得众强盗睁不开眼。

"这里的金山银山够你们五百人享用五百年，可是你们与金钱有缘吗？"佛祖说完，洞口轰地合上了。黑夜丁丁哥跑过去用力推了推门，纹丝不动。

"老和尚，快放我们出去！要不然我杀了你！"黑夜丁丁哥用刀指着佛祖恶狠狠地说。

"放下屠刀，立地成佛！"佛祖缓缓说道。

这时，洞内的金山银山全变成了金光闪闪的经书。黑夜丁丁哥若有所悟地放下刀，扑通跪在佛祖面前恳求道："求师傅收我们为徒吧！"

从此，五百个强盗便在洞内研习经书。几百年后，五百个强盗修炼成佛，成了著名的五百罗汉。

孙悟空出世

哎——

风大我不怕，

浪大我不怕，

鱼呀虾呀一网一网捞。

爹呀娘呀保佑我，

天呀地呀保佑我，

风大乘风浪大破浪，

独行海上我不怕呐。

茫茫大海上，一叶轻舟飘然前进。船上一个年轻的小伙子放声唱着渔歌。他那被海风吹红的脸上洋溢着坚毅与自信，粗壮的手臂一上一下轻松地驾船前进。小船的后舱内，一蹦一蹦的大鱼不停地挣扎着。

渔船渐渐搁浅在岸边了。渔人跳下船挽好船，坐在一块巨石上沐浴着海风，仰望着天空。歇了一会儿，他又跳回船上，把捕到的鱼装入鱼篓。然后背着鱼篓，唱着渔歌上岸走了。

天上飘着一朵巨大的白云，渔人走远了，白云慢慢缩成一小团恋恋不舍地飘走了。

第二天，年轻的渔人像往常一样，早早地打鱼回来了。他轻快地跳上岸，想休息一会儿。那块属于他的巨石上赫然坐着一位白衣姑娘。姑娘黑黝黝的眼睛盯着年轻的渔人。二人四目相对，随即都羞涩地低下了头。

渔人背着鱼篓匆匆忙忙地走了，他能感觉到背后有双火热的眼睛在追随着自己。

第二天，年轻渔人出海归来，那个白衣姑娘仍旧坐在巨石上。第三、第四天……很长时间过去了。年轻渔人捕鱼归来不再匆匆而走，他与白衣姑娘并肩坐在巨石上一起看海。

“我在天上天天能听见你的渔歌。”

“我在这儿天天能看见你躲在白云后的身影。”

两人低头交谈着。暮色袭来，白衣姑娘轻飘飘地飞上了天，渔人背着鱼篓一步一步向岸上走去。

这样的日子持续了一段日子。一天，白衣姑娘愁眉苦脸地说：“七妹私自下凡与董永成亲，王母娘娘非常震怒。我怕我们的事被她发现，她会加害于你。”

年轻的渔人激动地说：“我不怕！七仙女有勇气下凡，你为什么不敢？”

白衣姑娘低头不语，半晌才低声说："难啊！"

"海上常常刮起骇人的大风，大浪比房子还要高。面对这样凶险的大海，我从来没有害怕过、退缩过。我与大风斗争，与大浪搏击，每次我都能平安归来。这片海上，只有我一个渔人。我不怕强风劲浪，所以我捕的鱼最多、最大。"年轻的渔人陶醉而又坚决地说。

他的勇气鼓舞了白衣姑娘，她含着眼泪坚定地说："明天你在这里等我。我愿与你结为夫妇。"

第二天，渔人早早地等候在海边。天空阴云密布，海上暗潮狂涌。不一会儿，电闪雷鸣，倾盆大雨狂泻。海浪凶狠狠地扑向海岸。

"回去吧，别等死了！"雷声中传来恶狠狠地吼声。

"不！你们吓不走我！"坐在巨石上的年轻人毫不畏惧地说。

"凡夫俗子，竟敢勾引天上仙女。你若识相，趁早逃命，否则……"又是一声炸雷。

"哈哈，死我也要死在这里！"

天像是要塌下来似的，海像张着大嘴的魔鬼，海水渐渐漫上了岸，海边岩石时隐时现。年轻人坐在巨石上纹丝不动。

"我不会屈服，我不会向你们低头！"水漫到了年轻渔人的胸口。

"无情的天，无情的海，我的人死了，我的心不死；我的心死了，我的灵魂不死；我的灵魂死了，我的精神不死。等着吧，反抗的精灵会诞生的！"年轻的渔人用尽最后的力气喊出这句话，一个巨浪打来，他消逝在了茫茫大海中。

一夜的狂风暴雨后，天和海又恢复了平静。原来海边的巨石时隐时现浮在海水中。

天上缓缓飘来一片白云，轻轻落在了巨石上。"不——你不能死，是我害了你呀！"白衣姑娘站在只露出一点的巨石上悲痛欲绝。

天色暗了下来，暮色与大海会合了。不再流泪的白衣姑娘恨恨地说："无情的天，无情的海，等着吧，反抗的精灵迟早会诞生。"

日子一天天过去了，这片无人的海上，海水涨了又落，落了又涨，那块巨石始终有一块在吸收着天地日月的精华。终于有一天，一声惊天动地的巨响后，巨石崩裂了，一个石猴从中一蹦而出。反抗的精灵诞生了，这只石猴就是大闹天宫的齐天大圣——孙悟空。

龙王的来历

五代时期，灵隐寺内有位法号超的高僧。一日，他正在房中入禅。忽然窗外雷声滚滚，门窗随声而开，一位仪表端庄的男士翩翩而入。他恭敬地对超大师施礼说：

“弟子就住在七里之外的地方。久闻法师大名，特来拜见。今有一事相求，请大师帮忙。富阳县的百姓利用冬闲在麓山下采石，无意中毁坏了龙室。众龙一怒之下赌誓说一年不下滴雨。如今才三个月便井枯田干，草衰苗死。听说法师道高德望，希望法师屈驾前去替民祈雨。我们会永远记住您的大恩大德的。”

超大师忙扶起跪在地上的来人说：“为百姓兴云降雨，你的法力足可以办到。”来人答道：“弟子只能兴云，却降不了雨，望法师大发慈悲救救百姓吧。”超大师点头答应了。

超大师动身向南方走去，五天后来到了赤苧山，这儿那儿念咒为民请雨。

这天夜里，一群人来找超大师讲法。大师便滔滔不绝讲了起来。这群人听大师讲完法后，恭敬地退了下去。第二天夜里，超大师梦见几条龙盘绕在窗口对自己说：“我们意气用事，一怒之下竟发誓一年不降滴雨，昨日听法师讲法，我们深感惭愧。多谢法师教诲，我等明日晡时便降大雨。”

第二天，超大师赶到临泉寺，请人禀告县令，在江中放置一艘大船。一切准备就绪，超大师便在船上高声诵起《海龙王经》。不一会儿，天降大雨。这一年富阳县雨水充足，农业获得了大丰收。

从此以后，各朝皇帝都设坛供龙，求龙赐予吉雨。宋徽宗年间，因天下大旱，祭龙求雨成功，徽宗便诏令天下，封青、赤、黄、白、黑五龙神为王爵，专管人间行云布雨。自此，龙王在民间有了崇高的地位。

南极仙翁的来历

女娲娘娘捏泥人捏得太累了，她决定捏完这个泥人好好休息一下。好不容易捏完了，她头一垂睡着了。

“丑八怪！大头人！”第二天，女娲被一阵嬉笑叫骂声吵醒了。她揉揉眼睛向远处一看，一群孩子围着一个头朝地、屁股撅得老高的孩子起哄。那个孩子努力把屁股向下一压，站了起来。女娲一看他的样子，吃了一惊：那个孩子身体四肢与其他孩子一样，只是额头大得惊人。那个大脑袋和小身子比起来，真是头重脚轻。大头孩子涨红着脸，摇摇晃晃哭着向女娲跑来。

“女娲娘娘，您为什么把我捏成这个样子呀？呜呜——”大头孩子哭着问女娲娘娘。女娲娘娘无言以对，暗怪自己昨天累得糊涂了。过了好一阵子，女娲安慰大头孩子说：“你别哭了，我让你比他们寿命长些，好吗？”

“寿命长管什么用？他们总是在嘲笑我！”大头孩子哭着跑开了。

大头孩子渐渐大长了，伙伴们依旧嘲笑他，并给他取名叫“大头怪”。

“我要离开他们，离开白眼与讥笑。”大头怪独自一个进了大森林。

“这里真好啊！饿了有野果，渴了有山泉，我在这儿生活一辈子多好！”大头怪怡然自得地在森林中生活着。日子久了，觉得有些寂寞。一天，他听到森林中有人在大喊大叫，便兴奋地循声过去。

“哎呀，快看！快看！一个大脑袋怪物。快！抓住他！”大头怪还没来得及和那个围着兽皮的人打招呼，那人便既惊恐又惊喜地冲他大喊起来。眨眼工夫，十多个围着兽皮的人手持枪棒，向他恶狠狠地冲过来。大头怪大惊，抱着脑袋没命地向森林内跑去。

“为什么他们也把我当怪物看？”大头怪痛苦地靠在一株大树上向天大喊道。森林也不再是他的乐园了，他决定走出森林，去寻找新的天地。

大头怪走啊走啊，走了很久很久才走出森林，来到了一个绿草如茵，河水清澈的地方。“这个美丽的地方一定不会有嘲笑我的人了。”大头怪躺在草丛中，边采食手边鲜花，边美滋滋地想道。

南极仙翁

大头怪在这里住了很久。一天早晨，他照例到河边洗脸。“妈呀——怪物！”一声尖叫，大头怪看见一个穿粗布衣服的女子惊怒万分地跑了。“唉，这里还是有人嫌弃我呀!"大头怪伤心地想着,一步一步离开了这个美丽的地方。

大头怪走了很久很久,远远地看见许多高高低低的房子,他好奇地走了过去。

"快来看呐,这人多奇怪呀,额头比屁股还大!"正当大头怪看着这些穿着花花绿绿衣服的人时,有人高声喊道。眨眼工夫,大头怪被围了个水泄不通。胆子大的人还伸手摸他的大脑门,"哎!是肉长的。"人群中发出一阵哄笑。"咱们把他抓起来,给皇上送去,不赏个一官半职也会赏金千两。"大头怪从人们的笑声与议论声中听到了侮辱的声音,他愤怒地大喊一声,人们抱头四处逃散。大头怪趁机逃离了这个是非之地。

"为什么?为什么?"大头怪向苍天质问道。苍天只是回答他"为什么!为什么!"

"我要到一个没有人烟的地方去,我要到一个没有讥笑与恶意的地方去!"大头怪擦干了眼泪,坚定地向前走去。他经历了一场场大雨的洗礼;蹚过了一条条死亡的泥沼;跋涉过了充斥着风与沙的荒漠;闯过了被冰与雪包围的大山。终于,大头怪来到了一个除了自己的足迹外再无其他痕迹的地方。这里既有皑皑白雪,又有暖暖的春风,既有悄无声息的死寂,又有生机盎然的喧闹。大头怪徜徉在这个有绿草有鲜花,有清泉有古木的地方,不禁心旷神怡。

"咕噜噜",他的肚子开始叫唤了。他张目四望,不远处的山崖上,有株古松,枝头结满了棕色的松果。大头怪一鼓劲儿,跑到了崖下。松树下有块突兀的岩石。岩石顶端立着一只浑身雪白,朱顶墨尾的鹤,岩石下卧着一只赭底白点的鹿,它们温和地瞅着大头怪。大头怪心中一热,向崖上爬上去。

"我还没吃过这么好吃的松果,真好吃!"大头怪一连吃了七七四十九枚松果才罢口。吃饱了,他依偎在梅花鹿温暖的身体旁美美地睡着了。

大头怪在崖上一直把这棵老松树的松果吃光,吃了整整八十一天,与鹤鹿同眠了八十一天。这天,大头怪想下崖活动活动,他轻轻一跳,便轻飘飘地飞落下地。

大头怪在这没有人烟的地方住了很多年,他吃遍了这里的草、花、果子。仙鹤常常飞出山采一些种子,梅花鹿用角掘坑种下去。不久,大头怪便有新鲜东西可吃了。

有一天,仙鹤与梅花鹿突然变成了两个眉清目秀的小童儿。他俩向大头怪徐徐一拜,说道:"仙翁,你来南极已有几百年了,也该出去散散心了。明日王母娘娘在天宫举办蟠桃大会,咱们也去凑个热闹吧。"

"这……"大头怪胆怯了。

"礼物我们已经准备好了。咱们的桃子吃不完,送王母娘娘几颗桃子,她一定很高兴。"鹿童子说道。鹤童子又接着说:"仙翁,您是担心您的样子,是吧?您现在是鹤发童颜,笑容可掬,尤其是您这个大脑门儿,独一无二,天地的灵气全集中在那儿了。"听两个童子一说,大头怪答应了。

第二天一大早,鹿童子从桃树上摘下一颗硕大的仙桃让大头怪托着,随后与鹤童子一前一后拥着大头怪向天宫飞去。

"南极仙翁前来为王母娘娘祝寿！"鹤童子响亮的报号，使人声鼎沸的蟠桃会一下子静了下来。王母娘娘与众仙吃惊地看着这个手托仙桃的大头怪。眼亮的神仙一眼就看出大头怪寿命长得惊人，眼拙的神仙吃惊地发现大头怪带来的仙桃比王母娘娘的蟠桃好许多倍。

王母娘娘对这个不速之客的到来非常高兴，忙命人摆座倒酒。席间，王母娘娘笑着对大头怪说："你的寿真大呀，比太白金星的寿都大！"从此，天宫里的人称大头怪为"南极仙翁"或"老寿星"，大头怪这个名字渐渐被遗忘了。

哼哈二将

纣王的督粮将郑伦，是西昆仑度厄真人的徒弟。武王伐纣时，商朝军队屡屡战败，纣王便调郑伦到两军阵前任大将。

郑伦有一绝技：每次两军对垒时，他把鼻子一哼，宛若巨钟敲响，震得人耳鼓发麻。与此同时，他的鼻孔中喷出两道白光，被白光击中的人马上失魂落魄，不知人事。郑伦用这一绝招在两军阵前屡建奇功，令周朝大将极为畏惧。

后来，周将中有个叫郑九公的大将，也是个身怀绝技的异人。他不仅破了郑伦的绝招，还把他生擒了。郑伦在武王与军师姜尚的感召下，投降了周朝。

一日，郑伦与商又一大将陈奇对垒。只听陈奇"哈！"一声大喊，一道黄气直喷向郑伦。周军中有人对郑伦大喊道："快躲！快躲！黄气围人，魂魄自散。"郑伦忙躲身闪开。

两员大将，一个哼一个哈，战得不可开交。二将各有异术，各施绝招，让两军将士看得眼花缭乱，目瞪口呆。末了，二将不分胜负各自回营。观战的两军将士都为他俩的勇武叫好。

后来，郑伦被商将金大升杀死，陈奇被哪吒与黄飞虎打死。

周灭商后，姜子牙封神，特封郑伦与陈奇为护法，称哼哈二将。直到现在，许多寺庙的门口都塑着他们二人的神像。二神身高两丈有余，愤怒相对，一个鼓鼻，一个张口，瞠目龇牙，凶猛狰狞，令人生畏。

千里眼和顺风耳

在与世隔绝的深山里，一个瞎眼的老婆婆带着十个儿子生活在这里。

一天，十个儿子带着老娘到山腰耕地。老婆婆坐在田埂上听着儿子们哼哧哼哧的干活声，心疼地直叫唤。十个孝顺的儿子怕母亲寂寞，不停地给她说山里的新鲜事物。

“娘,我听到远处传来人的哭喊声,还有责骂声。”大儿子顺风听了听,对娘说道。

二儿子忙站直了向那个方向眺望,“娘,我看见山上许多人被驱赶着修城。看样子他们又累又饿,可是凶狠的官吏还在用皮鞭鞭打他们。”

老婆婆混浊的眼里流出了泪。“可怜的人,要是有人帮帮他们就好了。”老婆婆抹着眼泪说道。

“娘,您别难过,我去帮他们。”三儿子安慰完母亲便出发了。

三儿子走后,大儿子和二儿子天天向母亲和弟弟们汇报他的行踪。

“娘,三弟到山上了,他真有劲。他一个人就能干几百个人的活。”二儿子边看边说。

“哎呀,不好了,我听见有人在说:‘等长城修好了就把那个大力士砍了,省得他闹起事来无人能挡。”’大儿子着急地说。

老婆婆一听急哭了,四儿子忙安慰她说:“娘,别难过。我去把三哥替回来。”说完四儿子动身走了。

几天后,三儿子回来了。

“娘,我听见刀砍在钢上被‘当当’挡回去的声音。”大儿子说。

二儿子看了看又说:“娘,官兵们用刀砍四弟的头,刀刃都砍卷了,还砍断了许多刀呢。”

“哎呀,我又听见那个坏家伙说:‘砍不死的话,就打断他的腿。’大儿子着急地说。

“别急,我去换回四哥。”五儿子安慰家人说。

几天后,四儿子回来了。

“娘,他们用大棍打五弟,打折了一大堆木棍。五弟一点伤都没有。”二儿子高兴地对家人说。

“娘,那个坏家伙又准备从山崖上把五弟推到海中喂鱼。”大儿子又听见有人在商量毒招。

“娘,我去换回五哥。”六儿子走了。

几天后,五儿子回来了。

“哈哈,娘,他们把六弟推下海,那海太浅了,只没六弟的小腿。”二儿子向母亲描述着。

“娘,六弟在喊您呢。他说他在海里给你抓了许多鱼,就是没办法拿回来。”大儿子又把弟弟的话转述给母亲。

“娘,我去接六哥回来。”

七儿子跳起来走了。

几天后,七儿子用自己的大草帽把鱼兜回来了。一家人又团聚了,老婆婆吩咐儿子们把鱼炖了好好吃一顿。一大锅鱼还没炖热，家里的柴烧完了。八儿子不慌不忙坐在院子里，从脚上挑出一根刺，足有碗口粗的一棵树。他把刺放进灶膛，一会儿鱼便炖好了。嘴馋的九儿子揭起锅盖就先尝一口。这一口汤喝下肚，锅里什么也没有了。小儿子一看鱼汤肉都没了。"哇"地大哭起来。他的眼泪真够多呀，像瓢泼大雨似的，一会儿工夫便汇成了一条河。河水滚滚地流出大山，一直向远方流去。

"别哭了，别哭了，有人喊救命。"

大哥忙止住小弟的哭声。

"十弟呀，你再哭，老百姓就要遭殃了。哭到这个程度正好，那个大坏蛋被卷到大海里了。"二哥也制止弟弟说。

就在这时候，天上飘下一个白胡子老头，他笑呵呵地对老婆婆说："玉皇大帝派我到人间选两位天将，我看你这十个儿子都不简单。他们叫什么名字？"

老婆婆对老头说："我这十个儿子分别叫顺风耳、千里眼、大力士、钢头、铁骨、长腿、大头、大足、大嘴、大眼。他们的名字就是他们的本事。"

"呀，这可就难办了。"老头犯难地说："他们都很有本事，可是我只能带两位上天呀。"

"带两个弟弟去吧。""不！带两个哥哥去吧。"兄弟十个互相推让，吵成一片。

"大家别吵了。我出个主意大家看怎么样？"老头对众兄弟说："让顺风耳和千里眼先跟我去，我再和玉帝商量一下，随后再让你们去，行吗？"

众兄弟都赞成，顺风耳和千里眼就随老头上天当天将去了。不久，老婆婆和其他兄弟也都上天当神仙去了。

和合二仙

山路回转八十一道弯处，有户小人家正在办喜事。哥哥寒山娶到了山里最美的姑娘，喜得合不拢嘴。弟弟拾得忙里忙外却是满面戚色。

太阳跌落在山坳里时，贺喜的人们才开始散去。弟弟拾得不知躲到哪儿去了，哥哥寒山只好撇下新娘子亲自恭送客人。当客人都散尽时月亮已升到正当头了。寒山兴冲冲地走向新房，刚到门口就听到里面传出嘤嘤的哭泣声，一个男子在小声说着话："我们虽为异姓兄弟，但情同手足。你我虽然心心相印，但我怎能夺兄之妻呢？哥哥为人宽厚，你安心跟他过日子吧。我……我永远尊你为嫂……嫂子……"一个人的哭声变成了两个人的哭声。

夜静悄悄的，月亮已经西斜。"哥呀，你说'兄不知弟心枉为兄'，你可知'弟不知兄心枉为弟'呀？"一声划破夜色的长呼从山路回转八十一道弯处传来。

大山沉睡在夜色中，只有睁着眼的月亮看见曾有两个人先后转过了山路的八十一道弯，走出了山。

“冬——冬——”姑苏城外的寒山寺传来了浑厚的晨钟声。钟声惊醒了太阳、惊醒了鸟儿，也惊醒了附近的居民。当阳光穿过树梢洒在山路上时，山中的寂静已被络绎不绝的香客打破。

“快走几步，寒山寺的寒山大师今日亲自讲经，参拜的人很多，去晚了没地方站了。”

“听说这寒山大师潜心修炼五十年，佛法无边呐。”

“听寒山大师讲经，可保合家团圆，美满幸福呀！”

“寒山大师主张万事以和为贵，夫妻和、兄弟和、邻里和、主顾和、朋友和，听他讲法，受益匪浅啊。”

香客们的议论声让一个风尘仆仆的和尚听得泪流满面。

寒山寺的佛殿上香烟袅袅，唱经声悠扬动听，须眉兼白的寒山大师闭目端坐在法座上准备讲经。

“师傅！”一个小沙弥飞奔而来，“寺外有一扶桑拾得寺的师傅求见。”

“拾得寺?！快快请进来。”寒山大师一惊，忙吩咐弟子道。随即他起身向外走去。只见他面露悲喜之色，快步走出，未到寺门又折身回来，口中喃喃自语道：“拾得，拾得，远道而来，饥肠辘辘。”寒山大师回身取了一食盒又快步走向寺门。

寺外一衣衫褴褛的老和尚手持一枝盛开的红荷缓缓走来。

“拾得，拾得……果真是你！”寒山大师喜极而泣。

“我的荷花终于开了。我终于找到了寒山………”

“哈哈——”二僧相拥大笑，继而像顽童似的手舞足蹈。众香客、僧众都呆了。

“……今天，我和扶桑拾得寺高僧拾得大师一起讲经……”恢复常态的寒山大师宣布道。

香烟缭绕的寒山寺内回荡着两个充满和谐与友爱的声音。香客听得入迷了，僧众听得心静了。人们仰望着两位高僧，食盒与荷花在阳光下散发出阵阵异香。渐渐的，人们的眼睛花了，满天金光不知是太阳光还是二僧身上的佛光。

“看呐，大师升天了。”

“盒(合)仙！荷(合)仙！”

在人们的惊呼中，二僧徐徐升上了天。天空缥缈地传来二僧的声音：“合家和气，和气合家……”

四大金刚

南天门原来是由各路神仙轮番把守的。虽说众仙尽职尽责，天庭没有丝毫危险，但是玉皇大帝心里很不舒服。你看，太上老君站南天门了，一个颤颤悠悠的老头儿;哪吒一站,一个乳臭未干的毛孩子;牡丹仙子站那儿了,众神还以为她要选意中人呢。堂堂天庭,竟然如此没有威严,能不叫玉皇大帝心烦呢?幸好吕洞宾主动请命,要下凡去寻找合适的南天门守将。

吕洞宾到了人间,一边游山玩水,一边寻找人间威武之人。一天中午,吕洞宾登山累了,就在道旁的石头上打盹了。迷迷糊糊中听见几个人在吵吵闹闹。一睁眼,身旁有四个大汉在争吵:"武状元肯定是我的。""我功夫最厉害,应该是我。""是我!""是我!"

见四人吵得不可开交,吕洞宾忙上前劝架:"我看四位壮士个个身强体壮,威猛无比。不如你们分别展示一下身手,让贫道给你们评判一下,如何。"

"好!我先来!"其中一个接口道。只见这人挽起袖子,握紧右拳,慢慢运气,"嗬!好大的拳头,真像个大铁锤。"吕洞宾心里暗暗叫奇。

"呀——嗬!"那人大喊一声,右拳往地下一砸。"忽突"一股山泉喷涌而出。

"好功夫!好!壮士如何学得这么一手好功夫呀?"吕洞宾竖起拇指边夸边问。那大汉笑笑说:"我的先祖住在一个干旱地区,吃水要到五十里外的地方去挑。先祖苦于吃水难,就在自家后院挖井。一挖就是十八年,水没挖出来,人就渴死了。从此,我家世代以打井为生,到我这一代已是第四十八代了。四十八代人就琢磨出这么一手。"

"嗯!叫你见识一下我的本事。"第二个大汉站了出来。他紧了紧腰带,走到一棵两人抱不拢的松树旁。"嘿",那棵松树竟被他连根拔起,大汉一把拉下腰带,麻利地将树拴在腰上,来来往往走了几步。"好功夫!你这功夫又是从哪学来的?"吕洞宾又吃了一惊,同道。

"我家世代是农民,先祖在一片荒地上垦荒,没有乘凉的地方,活活被太阳晒死。临终前他嘱咐儿子,今后要随腰别一棵树以供乘凉,后代别的树要一代比一代粗。到我这一代,腰里就得别这么粗的一棵树了。凭我这功夫,还得不了武状元?"第二个大汉说道。

"小菜一碟,看我的!"第三个大汉轻蔑地说。只见第三个大汉手脚并用,像旋风一样地忙舞起来。眨眼工夫,几个人面前堆起了一座高不见顶的大山。"我的先祖喜欢看星星。有一次,他在院子里垒了几块土坷,想伸手去摘星星,结果土坷倒了,先祖摔倒在地,不久就去世了。他临终前嘱咐家人,一定要把土坷垒高点才能够得着星星,否则就会被摔死。从那以后,我家就世代垒山。"

"有什么了不起的!"第四个大汉说道。只见他倒背双手,后退两步,一腿向前一踢,"嗖——"眼前的大山一下飞得无影无踪了。"我的先祖常年奔走在外,人送绰号'飞毛腿'。一次,先祖被一块小石子儿绊倒,从此再没站起来。以后,我家世代走路小心脚下,脚下有什么,我踢飞什么。这样的山,我踢飞几座了。"

吕洞宾看得目瞪口呆,半晌才缓过神儿,他拍着手对四个大汉说:"啊呀呀,贫道今天大开眼界了。论功夫,你们四人都能当武状元。只是武状元就一个,你们四人势必会争得鱼死网破。我实在不忍心你们斗得你死我活。这样吧,我带你们到天上当神仙吧。”

玉皇大帝对吕洞宾带回的四个人十分满意,马上封他们为“四大金刚”,把守南天门。从此,各路神仙一到南天门,看见那四个威风凛凛的卫士,再散漫的仙人也马上整装肃容了。

济公的故事

烟香袅袅,仙雾弥漫的东方极乐世界,如来佛祖慧眼微闭,轻启朱唇,一阵缥缈如歌的声音便飘向了极乐世界的角角落落。

“……伏虎罗汉不守佛家戒律,酒后误事,贬下凡间重新修炼。待修成正果,方可重返佛殿……”

一、与佛有缘

佛乐悠扬的国清寺佛堂里,人到中年的李员外夫妇虔诚地叩拜佛祖,以求早日得子。李夫人拜过如来佛祖,又拜十八罗汉。当她走到十五罗汉伏虎罗汉像前时,觉得伏虎罗汉似乎对她眨了一下眼,又做了一个鬼脸。李夫人一惊,觉得腹中好像被什么撞了一下。

此次烧香拜佛挺灵验,李夫人怀孕了。令人奇怪的是十一个月过去了,李夫人还没有落胎的迹象,急得李员外又去国清寺求佛保佑。他拜完了如来佛祖,又拜十八罗汉。当他拜到十五罗汉伏虎罗汉时,伏虎罗汉“轰”的一声倒地,摔得粉碎。

心怀忐忑的李员外辞别方丈回家。刚进大门,就听仆人高呼:

“恭喜老爷,恭喜老爷!夫人生了一个公子。”

李员外中年得子,欢喜之情不必言说。李公子满百天时,李员外大摆宴席庆祝,并请国清寺方丈为儿子取名。这个孩子在“抓周”的时候不抓笔,不抓钱,只抓着方丈的一串念珠死死不放。方丈连说:“阿弥陀佛”,为这个孩子取名“修缘”;意为修采的佛像。

李修缘生得眉清目秀,且聪慧过人。李员外一心盼望儿子将来能金榜题名,光耀门庭,所以修缘五岁时便送他进了私塾。

李修缘十二岁的时候,父亲带他到国清寺烧香拜佛。李修缘拜了如来佛祖又拜了十八罗汉。当他拜到十五罗汉伏虎罗汉时像中了邪似的,呆呆地站了很久。

自从国清寺回来,李修缘像变了一个人似的,四书五经再也看不进去了。他把母亲的经书背了个滚瓜烂熟,还常常一个人偷偷地往寺里跑。李员外一见儿子如此,暗地里唉声叹气。

李修缘十六岁的时候留书一封,说自己出门求佛去了,一去便再无音信。

白发苍苍的李员外夫妇思子心切，日日以泪洗面。一天晚上，李夫人做了一个奇怪的梦：

伏虎罗汉笑嘻嘻地对她说："从哪来到哪去。"转眼又变成一个邋遢和尚，摇着一把破蒲扇，拖着一双破鞋似疯似癫地唱："和尚法号道济，得道即成仙，成仙即济世。"疯和尚唱完转身就走，那背影又变成了李修缘……

"儿啊——"李夫人张口刚要喊，只听身旁的李员外大喊一声："修缘我儿，别走。"夫妻二人同时惊醒，原来两人做了同样的梦。良久，李员外老泪纵横地安慰夫人："我儿与佛有缘，随他去吧。"

二、飞来峰

四月的杭州城异常热闹。游山玩水的、烧香拜佛的、做买卖的，都趁着这个春暖花开的季节出动了。

城门外朝阳的城墙根下，一个衣衫褴褛的脏和尚靠着城墙"呼呼"地打着呼噜。脏和尚的脖子后面插着一把破蒲扇，脚下拖一双磨得没后跟的鞋，脚下倒着个酒葫芦，几块啃剩的狗骨头上爬着几只苍蝇。路过的行人一经过脏和尚旁，纷纷掩鼻快步走开。稍远处几个顽皮的小孩不时朝脏和尚扔几个小石头，口中还唱着儿歌：

苍蝇来，野狗来，
这里有个秃头汉，
钻他的鼻，脱他的鞋，
看他怎么来把太阳晒。

脏和尚对不时落到身上的小石头和耳边时高时低的儿歌声丝毫不理会，照样晒太阳，睡大觉，打呼噜。

忽然，脏和尚打了个激灵，一翻身坐起来，口中嘟囔着："大事不好，大事不好，快！快！"随即爬起来就往城外的一个村子跑去，他的破鞋随即发出了"啪嗒啪嗒"的声音，惹得那几个孩子哈哈大笑。

"不好了，天竺国飞来了一座大山，快逃命吧，大山飞来了。"脏和尚疯疯癫癫地满村子跑，满村子叫。

"济癫和尚犯病了。"村里的人都笑他。

"老奶奶，快到山下去躲躲吧，午时三刻有山要飞来了。"

"我活了一百零八岁，牙换了两茬，还没听说过这么新鲜的事。"

"老爷爷，快下山躲躲吧……"

"笑话，我祖宗八辈住在山上，没见山挪过一寸。山会飞？哈哈！"

"……大嫂，赶紧收拾收拾，带孩子快走吧……"

"我一胎生了三个胖儿子，谁也不信，你这疯话谁信呀。"

脏和尚费了半天口舌，没有一个人信他的话，急得他趿着破鞋原地转圈。

"滴答"一阵喜庆的唢呐声吸引了脏和尚，山上来了一队娶亲队伍。脏和尚一拍头:“嘿！有了!”他几步赶上去拦住迎亲队伍,二话不说掀开花轿背着新娘就往山下跑。

“不好了,疯和尚抢新娘了,快追啊!”不一会儿,全村的人闻风出动。帮忙的,看热闹的,全追着疯和尚下山去了,就连那个一百零八岁的老太太,也拉着重孙的手追着看热闹去了。

脏和尚趿着破鞋,背着新娘在前面跑,后面一大队人在追。脏和尚不时回过头做个鬼脸,喊几句:“追呀,快追呀！追上了和尚就万事大吉了。”后面的人累得气喘吁吁的,被他一挑逗,气得哇哇大叫,撒腿又狂追过来。

脏和尚又跑了一阵,回头看看山上的村子,已经模糊了,这才停下脚步,放下了新娘。后面追赶的人“呼”得围过来,举起了手中的家伙。就在这时,只听“轰隆隆”一声巨响,人们被震得跌倒在地,半天缓不过神来。

“我们的家！山!”一个人叫了起来,众人回头一看,一座山耸立在眼前,原来的村庄一点影子也没有了。

好一会儿,人们才反应过来,忙跪地向脏和尚道谢。“活佛在世,请受我等一拜。”“道济师傅,谢谢您的大恩大德!”“济公活佛,我们永世不忘您的救命之恩。”“道济师傅,请恕我等有眼无珠。”……

等众人再抬头时,脏和尚已不见踪影。几天后,整个杭州城的人都知道灵隐寺有个济公活佛,灵隐寺的后山有座“飞来峰”。

三、狗腿子

济公左手拎个酒葫芦,右手拿条煮熟的狗腿,趿着那双破鞋,边走边吃,口中还哼哼几句佛经。

“跟少爷我要钱？去打听打听少爷我是谁。”一个阴阳怪气的声音传入济公的耳朵。济公循声望去,是从茶楼那边的人群中传来的。

济公忙揣起狗腿,挂好酒葫芦,“啪嗒啪嗒”地颠过去。拨开人群,看见一个十二三岁的小姑娘正趴在一个老头儿身上哭泣,老头儿的小腿鲜血直流。“哎哟哎哟”,老头儿口中发出痛苦的呻吟。地上,有一把摔断了弦的柳琴。

“我家少爷听你唱小曲是看得起你,想要钱？找财神爷去!”一个贼眉鼠眼、门牙外露的家伙喷着唾沫星子指着地上的一老一少说,“再不走,爷放狗吃了你。”

一个脑袋胖得像大冬瓜似的阔公子,一手牵着一只牛犊般大小的狗,一手摇着一柄镀金的纸扇,站在旁边“嘿嘿”冷笑。

“原来是一对恶主仆。”济公摇摇蒲扇,朝狗一点,那狗“唔唔”怪叫几声,倒地打了几个滚,站起来时,一条后腿便软耷耷地吊了起来。

那对恶主仆一愣,也不明白怎么回事,忙牵着一瘸一拐的狗溜走了。

济公摇摇蒲扇,向老头儿的腿一点,血马上不见流了。老头儿站起来跺跺脚,一点事都没有。围观的人连声叫奇,谁也不知道是怎么回事。

半个月后，城里贴出一张告示：钱庄钱少公子的左小腿长了个疮，不能动弹，疼得死去活来，广求神仙救治，报酬丰厚。

济公趿着破鞋，敲开了钱家大院的门。

"钱公子想保命还是保腿？"济公笑嘻嘻地问钱老爷。

"保命！保命！当然了，能保命保腿更好。"尽管济公浑身酸臭，钱老爷求医救子心切，还是凑到济公身旁满脸堆笑。

"真不愧是钱庄老板，会算账！这样吧，我满足你的要求。钱公子的这条坏腿先锯掉，以保命。再找个人腿换上去，腿也就有了，怎么样？"济公一边摇扇子，一边搓着身上的污垢。

"好说，好说，我这就去找腿。"钱老爷乐得满屋子转。当他眼光落在门口那个贼眉鼠眼的家丁身上时，他眯着眼睛说："钱贵，老爷我和少爷对你怎么样啊？"那家伙一听，"扑通"跪倒在地，连声求饶。

"好好，就换他的。"济公拍手直叫好。

济公摇摇蒲扇，一点钱少爷的腿，那条小腿自动落地了。再一点钱贵的腿，"嗖"地一下飞到了钱少爷的腿上。钱贵坐在地上哇哇大哭，济公笑了笑，又一点院中那只大狗的腿，大狗那条软耷耷的腿一下接到了钱贵的断腿上。济公用扇子一摇，墙角的土卷成了一个泥棒，接在了狗腿上。

"啊哈，我的腿好了。"钱少公子在地上乐得直蹦，"钱贵，走，陪少爷我看戏去。"

"啪嗒，啪嗒"，济公走到院子里，拍了拍狗脑袋说："记住了，以后撒尿要抬起后腿哟。"

钱少爷带着钱贵一摇三摆地来到了街上。

"嘻嘻，你瞧钱少爷那腿，一条粗得像水桶，一条细得像麻秆儿。"街上的人对钱少爷的那条腿指指点点，议论纷纷。

"妈妈，那人的腿毛茸茸的，像狗腿。"一个小孩尖着嗓子叫了起来。

钱少爷主仆在路人的嘲笑中灰溜溜地打道回府了。济公看着他们主仆二人狼狈的背影，哈哈大笑，扬长而去。

第二天，大街小巷的小孩们都在唱一首儿歌：

恶狗叫，抬腿尿，
一蹦一跳真不妙，
一腿粗，一腿细，
还有一腿全是毛。

四、尾声

"听说了吗？秦桧死了。是被济公活佛施了法术，害疮痛死的。"

"我的一个远房老弟亲眼看见济公把一个大肉瘤安在了一个恶霸的头上。"

“我儿子在府里当差，看见衙差的板子打在济癫身上，却听见内堂里太太痛得哇哇乱叫。那个济癫真是神了。”

“听一个老和尚说，道济是天上伏虎罗汉下凡，专门打抱不平，济道救世。现在，他又被如来佛祖招回去做罗汉去了。”

“怪不得这么久没看见他晒太阳了。”

河边，几个洗衣妇边洗衣边闲聊着。远处，灵隐寺里的诵经声在荒野里久久回荡着。

财神

山脚下有棵千年古柏，古柏下有间四面透风的茅草屋。屋里住着一个穷汉，叫赵公明。他养着一只鸡，一条狗。这只鸡两眼都瞎了，这条狗只有一前一后两条腿。这两个动物不能自己觅食，只能靠主人喂养。

每天早上，赵公明出去找饭吃，鸡和狗在家看门。天黑以后，赵公明才回来。他一进门，就歉疚地对鸡和狗说：“我今天给赵员外家担了二十担水，管家赏了我十个馒头。回来的路上，我碰见一家逃难的人家，孩子饿得哇哇大哭。我心一软，就给了他们七个馒头。就剩三个了，你一个，他一个，我一个。”

一家“三口”吃了饭就睡觉。第二天一大早，赵公明又出去了。晚上他一进门，又愧疚地对鸡和狗说：“我今天卖了十斤草药，赚了一两银子。刚出药铺就看见一个小姑娘在门口哭哭啼啼，一问才知道是母亲病了，没钱买药。给她买了两包药，一两银子就花光了。回来的路上，拣了几个白薯，咱们就凑合一顿吧。”

赵公明天天出去挣钱，天天都把钱接济别人了，每天晚上回来只能带回一口救命饭。好在鸡和狗知足，有了多吃一口，没了少吃一口，从不叫唤。因为鸡和狗吃得食物太少，从来不拉屎撒尿。

有一年年三十，赵公明很晚才回来。他什么吃的也没带回来，他十分愧疚地对鸡和狗说：“唉，穷人太多了，没办法……叫你们跟着我饿肚子，我……唉！我要是有钱，我就会都送给穷人，叫他们有钱看病、有钱穿衣、有钱吃饭。咱们也不用饿肚子了。”

第二天早上，赵公明一睁眼就觉得自己的茅草屋金光闪闪，原来是鸡屁股和狗屁股上各吊着一串银锭和金锭。赵公明取下金锭、银锭掂了掂，足有四十两。赵公明揣着金锭出去了。

晚上，赵公明兴冲冲地回来了，带回了饺子、牛肉、点心、酒。他高兴地招呼鸡狗吃饭，一边吃一边说：“今天这点金子和银子可帮了百姓大忙了。西河上的桥塌了，官府征税修桥，许多人家拿不出钱，大过年的哭哭啼啼。我拿这些钱替他们交了税，足足交了八十四家的税。回来的路上，我还琢磨，这晚上吃什么？冷不丁一个人迎面过来，抓住我就叫‘恩公’。原来是十年前我救过的一个小伙计。当年他在绸布庄当学徒，掌柜诬陷他偷了柜上十吊钱，要绑起来剁三个手指头，可巧我卖柴卖了十吊钱，就替他还了。没想到十年后这小伙计发了，当东家了。这顿饭菜呀，就是他送的。来，今天多吃点。想不到真有善报。”

第二天早上，赵公明又看见鸡屁股和狗屁股上吊着金锭和银锭。赵公明又把这些钱拿出去帮助穷人了。以后，鸡和狗每天都屙金锭和银锭，赵公明每天都拿出去接济百姓。他自己还是住破茅屋，和鸡、狗还是饥一顿饱一顿。渐渐地，百姓都知道了赵公明的大名。不过，他也招来了一些贪财者的嫉妒。一天夜里，赵公明的茅屋火光四起。等人们赶到山下，除了灰烬，没有赵公明的尸骨。以后，许多穷人总是在困难的时候能得到意外的帮助。日子久了，人们都说赵公明是神仙。

赵公明还真成仙了。那只鸡和那条狗就是玉皇大帝派来超度他的仙鸡和仙狗。那晚赵公明的茅屋被贼人放火烧着后，仙鸡和仙狗就带着他升天了。玉皇大帝见他心怀百姓，不贪求钱财，就正式封他为财神，仙鸡和仙狗也变成了一对可爱的童男童女，叫招财、进宝。

人间的百姓不时得到财神赵公明的救济，就在他原来的破茅屋外建了一个庙，把他供奉起来。

赵公明刚开始只给穷人送钱财，后来发现有些穷人是好吃懒做，不务正业才穷困潦倒，而有些富人家财万贯是靠自己的聪明才智挣来的。所以，赵公明就改变了原来的做法，穷人也送，富人也送。人间老百姓摸准了这个道，家家都挂像敬他，求他送财。财神爷赵公明呢，年纪越来越大了，腿脚越来越不灵便，耳朵越来越聋，眼睛越来越花了，所以总难免送错财，不送财。玉皇大帝念他一片善心，也不怪罪他，一直让他当着财神爷。

灶王爷

王母娘娘十分宠爱自己的小女儿。这个小姑娘仗着母亲，在天宫里整天东游西荡，搞恶作剧，捉弄仙人。

有一天，这个小姑娘悄悄溜进玉皇大帝的御膳房，把正在炖补汤的仙火灭了，又略施小计，让汤锅不断地冒气。玉皇大帝喝汤的时候，觉得不对劲儿，命人掐指一算，原来是小女儿搞的鬼。一怒之下，玉皇大帝把小女儿贬下凡间，让她重新修炼。

小姑娘到了人间，觉得一切都那么新鲜，便整天四处游玩。一个大雪纷飞的晚上，小姑娘迷路了。她跌跌撞撞闯进了一个有亮光的后院，一个小伙子正趴在灶前烧火。一看一个陌生姑娘进来，忙把她让到火前，又是端水又是热饭。又冷又饿的姑娘觉得有一股从未有过的温暖包围着自己，她喜欢上了这个小伙子。

这个小伙子叫张奎,自幼父母双亡,长大后一直在一个厨班子烧火。二人互生好感,结为了夫妻。从这以后,夫妻二人一起给别人烧火做饭。日子虽然过得清贫,但也甜甜蜜蜜。小姑娘再也不思修炼了,专心致志和丈夫烧火做饭。日子久了,二人烧火也烧出了技术,什么菜要什么火,用什么柴,烧多长时间,怎样控制火候,真是一绝。许多有名的厨子都喜欢请他们为自己烧火,都说张奎夫妇烧火做出的饭与众不同。

话说王母娘娘思女心切,悄悄下凡看望女儿。当她看见女儿粗衣破衫,正灰头土脸地趴在地上烧火时,心疼地大哭起来。

回到天宫,王母娘娘求玉帝放女儿回来。玉皇大帝一听女儿不但不专心修炼,还私自与凡人成亲,勃然大怒,声称要与女儿断绝关系。王母娘娘天天在玉皇大帝面前哭哭啼啼,哭得玉帝心烦意乱,便答应自己腊月二十三过寿时让女儿女婿上天呆一天。

玉帝过寿这一天,各路神仙纷纷前来祝贺。南极仙翁给玉皇大帝送来一对千年雪熊的熊掌。玉帝大喜,忙命厨师去炖,准备与众仙好好品尝。几炷香的工夫过去了,熊掌仍然没炖烂。急得玉皇大帝找了太上老君又找太乙真人,诸位神仙的神火都用遍了,熊掌还没炖烂,玉皇大帝很是懊恼。这时,张奎主动前来请命,他们夫妻二人负责烧火炖熊掌。

不到一刻钟,熊掌端上来了,众神一尝,绵如豆腐。“哪位仙人功力如此深厚,这么短的时间就炖好了熊掌?”众神仙奇怪地问。

“是……是我的小女婿。”王母娘娘见玉帝不吭声,忙接话回答。

“令婿是何方神圣?道行不浅哪。”有神仙穷追不舍地问。

“是……是……”王母娘娘结巴了一阵儿,急中生智,脱口说道:“是人间的灶王爷。”

“噢,怪不得呢?”诸位神仙纷纷奉承道。

玉皇大帝寿辰过后,张奎夫妇执意要回到凡间,王母娘娘留他们不住,便哭着说:

“女儿啊,以后每年你父王过寿时你都要回来和娘住几天,行吗?”

从那以后,张奎夫妇每年的腊月二十三都要上天为玉皇大帝祝寿。渐渐地厨师们也摸准了张奎的习惯,每年的腊月二十三都封灶打扫房子,好让他干干净净、放放心心地去给老丈人祝寿。

土地爷的传说

许多凡人修炼成仙后纷纷跑上天宫享清福去了,只有一个神仙留在了地上。这位神仙叹息着说:“都说天上人间无两样,修炼成仙都上天,分明是贪图享受、忘祖忘本，这样的神仙都是道貌岸然的伪君子。小老儿我就不和他们争仙位了，留在人间当我的土地神仙吧。"他自称"土地"，常年游走在人间。

土地爷在人间帮人们认天时，识地理，让人们安安稳稳地耕地、造房、烧陶制器，偶尔也管管人间的不平事。日子久了，土地爷也不把自己当神看，百姓也不把他当神看。人们偶尔遇到了这个灰不溜秋的小老头儿，亲热地招呼一声："土地爷！""哎——"小老头乐呵呵地答应一声。

有一天，这个慈眉善目的老头儿怒气冲冲地走出了家门。有人奇怪地问：

"土地爷，您怎么了？要去哪儿啊？"

"我要上天评理去，岂有此理？！"土地爷气呼呼地说："人在地上够苦了，天上的这些兔崽子还不断地降灾降祸，太不像话了。"

土地爷念叨几句，脚下便生出一团云彩，托着他升上了天。

"呔！小老头儿，站住！天宫宝地，岂容你随便乱闯？"刚到南天门，守门的天兵便喝住了他。

"去向玉帝通报一声，说土地老儿要见他。"

"哎哟！你这土头土脸的小老头儿，口气还真不小。你是哪路神仙？就凭你这土了吧唧的样儿，还想见玉帝？你不怕脚下的泥弄脏灵霄宝殿？"天兵天将根本不把他放在眼里。

"嗯！我成仙的时候你们还没转世呢。现在反倒对我评头论足了？让开！"土地爷一怒，挥动拐杖向天兵天将打去。天兵天将一躲，"冬"的一声打在南天门上，南天门应声而开。

"不好啦！狂徒擅闯南天门啦！"众天将直着嗓子喊了起来。喊闹声惊动了正在宝殿上打瞌睡的玉帝。玉帝被打扰了觉，一肚子不高兴，不问青红皂白便命众路神仙出动去拦截。各路神仙率数万天兵天将将土地爷团团围住："大胆土地，竟敢擅闯天宫，还不快束手就擒！"

土地爷一见黑压压的天兵天将，笑呵呵地说："这么多人打我一个？有本事下来斗斗。"说完一按云头，落到地上无影无踪了。

"跑了？快找！跑哪儿去了？"天兵天将急了。

"他是土地，土即他，地即他。"九曜星君说道。

天兵天将一听，忙跳到地上乱刨一通。刨了几下，地上露出了金光。"金子！都是金子！"天兵天将高兴地举起金子大喊起来。话音刚落，手中的金子一软，变成水哗哗地流在了地上。一刹那间，地上变成了汪洋，天兵天将都泡在了水中。天兵天将忙施法术浮上水面。刚浮起来，水哗得又没了，半空中的天兵天将"啪嗒啪嗒"都掉在了地上。手忙脚乱爬起来，脸上、身上都是泥。

"哈哈，小的们，可认识我？"土地爷笑呵呵地看着地上狼狈不堪的天兵天将。

半空中的神仙一见天兵天将败下阵来，纷纷按云落地。土地爷用拐杖在地上捣了两下，霎时地动山摇，刚站稳脚跟的众路神仙站立不住，跌倒在地。众仙只好

土地爷

驾起祥云返回天空。土地爷又用拐杖在半空晃了两晃，云层也摇晃了起来，众仙又在云端人仰马翻。

面对土地爷的神威，众路神仙领着天兵天将灰溜溜地回去向玉皇大帝报告去了。

“玉帝小子，我今天来不为别的，只问一句话，你是干什么的？你身为群仙之首，理应管理好众位天神，让他们循规蹈矩，各司其职。你倒好，放任他们滥施淫威，今年连降暴雨，明年滴水不降；一会儿狂风大作，一会儿冰雹满地；今天一场瘟疫，明天一阵地动天摇。人间百姓够苦了，夏受日晒，冬挨寒冻；上有皇帝要敬，下有家小要养；前有阎王老子管，后有官吏豪强压。你们在人间吃得苦忘了？你们修仙时的誓言忘了？玉帝小子，快开门！”南天门外，土地爷气得一蹦一蹦地骂。

灵霄宝殿上，众神战战兢兢不敢吭声，玉帝抖抖索索不知如何是好：

“快！快去找佛祖！”玉皇大帝终于找到救命草了。

不一会儿，佛法无边的如来佛祖来到了南天门。“土地，你为人间百姓请命，也不能羞辱众神，谩骂玉帝啊。神有神的世界，人有人的活法，各有天命，各有劫数啊。”佛祖企图用佛法来平息土地爷与玉帝间的干戈。

“佛祖，我一直认为你的心最仁慈，你的善最博大，今日才知你也不过是面善心不善，满口慈悲为怀，实则心如铁石的冷血动物。天上神仙与人间无赖一般嘴脸啊！”土地爷痛心地说道。

如来佛祖心中一怒，不露声色地一挥手，土地爷便被扫入了太上老君的炼丹炉。七七四十九个时辰后，炼丹炉打开了，可怜的土地爷被烧成了一尊泥塑。他不说话，不走路，只是对所有人笑呵呵的。

土地爷被抛回了人间。百姓们得知土地爷遇难，伤心万分，纷纷建庙设案供起了土地爷的泥像。就连穷乡僻壤、孤陋村社也建了土地祠，设立了土地神位。虽然土地爷没有以前的神力了，但人们相信他的在天之灵一定会保佑老百姓的。

城隍爷的传说

一、杭州城隍爷

明成祖朱棣对近侍说：“这个周新，真是个‘生面冷铁周公’！刚直、廉明，这样的大臣正是朝中栋梁。不过，这样的人也极易树敌。朕准备派他出任浙江按察使，会同都察院体察民情，监察官员。希望江南水乡的柔美也能软化一下这块生铁硬石。”

周新到了浙江，惩处贪官污吏，铲除豪强恶霸，深得百姓的赞赏。不过，也成了权富们的眼中钉、肉中刺。

这一年，锦衣卫指挥使纪纲派属下千户到杭州以缉拿反朝廷要犯为名，大量拘捕无辜百姓，然后从中索取贿赂。一时间搞得杭州城乌烟瘴气。周新闻知此事勃然大怒，下属劝他说：“千户乃锦衣卫指挥使的心腹，锦衣卫指挥使又是皇帝跟前的大红人，得罪不起呀！算了，睁一眼闭一眼吧。”

“不行，如此违法乱纪之徒，岂能让他亵渎大明律法，怎容他胡作非为祸害百姓？”周新下令捉拿千户，千户闻风而逃。

不久，周新赴京上呈公文。行经涿州时，又听说千户在此作威作福，大肆捕人索银，周新怒发冲冠，命人将千户抓捕，关入了涿州大牢。涿州府衙畏惧锦衣卫权势，私自将千户放了。千户连夜赶回京城，添油加醋地向纪纲禀告了周新的行径。纪纲大怒，向明成祖参奏周新扰乱锦衣卫搜捕反朝廷的罪犯，还将前往执行任务的官员打入大牢。明成祖一听，拍案骂道：“周新如此胆大妄为！”

明成祖命旗校前去逮捕周新。旗校也与锦衣卫相互勾结，抓到周新后对他百般折磨。到京城时，周新已是体无完肤。周新蹒跚地走上金銮殿，仆倒在明成祖脚下凛然问道："皇上，您任我为按察使，命我查奸惩罪。我奉您的旨意擒拿奸恶之徒，有什么错？您为什么要治罪于我？"

明成祖闻言大怒，说："周新，你竟敢指责朕？你……你太放肆了！拉下去，砍了！"

不一会儿，监斩官捧着周新的人头上殿复命，并向明成祖禀报道："罪臣周新临死还口出狂言，高呼：'生为直臣，死当作直鬼！'"明成祖一听周新的遗言，有些后悔自己的草率，他知道周新生性刚直，断不会做出什么损害朝廷的事。

一天中午，明成祖在殿内午休，忽然看见太阳前立着一个穿红袍的人。明成祖一惊，喝问道："你是谁？"红袍人躬身一拜，答道："臣浙江按察使周新参见皇上。上天念我忠诚刚直，死后封我为浙江城隍神，继续帮皇上惩奸罚贪。"明成祖惊恐万分，翻身坐起，周新不见了。明成祖越想越后悔。本来明朝就有崇尚城隍神的传统，明成祖下令，在杭州城外为周新修建城隍庙。

杭州城的百姓听说周新当了杭州城的城隍爷，喜不自禁，争相奔告。有人就此写了首诗赞扬周新：

威灵赫耀浙东西，正直无私莫与齐。

寒铁至今称冷面，生前死后庇南黎。

二、北京城隍爷

兵部员外郎杨继盛在金銮殿历数权臣严嵩十大罪状，令众大臣既敬佩，又担忧。果然，没几天，杨继盛被捕，关入了诏狱。

杨继盛的一位好友，买通狱吏，悄悄去探望他。

"杨大人，严嵩权倾朝野，党羽爪牙遍布，连皇上也怕他三分，你怎么敢当朝弹劾他呢？"

"我身为朝中大臣，岂能对奸臣弄权、皇上受蒙蔽的事视而不见、充耳不闻呢？"

"诏狱是锦衣卫的管辖范围，其残忍歹毒人人皆知，多少忠良惨死在这里呀！杨大人……"

"什么也不用说了！"

"杨大人，我这里有几粒蛇胆，万一……你可服下止痛。"

"我的胆不比蛇胆吗？多谢了！"

几天后，杨继盛便被折磨得体无完肤，不成人形。接连几夜，看守听不见牢内有任何声响，以为杨继盛死了，便掌灯前去查看。看守被眼前的情形吓呆了：杨继盛正在用碎瓷碗片，将臂上腐烂的肉一层一层往下剐。直剐得臂上的肉没了，只剩筋骨相连。杨继盛又用手将筋上坏死的肉膜一一扯去。他满头大汗，脸上的肌肉不停地在抖动着，但他一声不吭，脸上镇定坚毅的神情令神鬼也敬畏。看守双腿颤得挪不动，灯芯晃了一下，火星溅下来吱吱响，也不觉得疼。

三年后，杨继盛被害。临刑前，他悲壮地高呼：

浩气还太虚，丹心照千古。

生平未报恩，留作忠魂补。

杨继盛死后，天下人都为之动容。北京城的百姓为他修庙塑像，拜他为文天祥之后的又一个城隍爷。

三、上海城隍爷

上海的城隍庙里最早供的是汉朝的大将军霍光。

相传，洪武二年，上海的代制（官名）秦裕伯是个大孝子。他的孤母病重，临终前有个遗愿，想看看金銮殿是什么样的。这可难坏了秦大人，幸好这秦大人为官清廉，深得民心。百姓感念他的恩惠与孝心，要帮他为母亲仿建一座金銮殿。附近金山庙的长老听说此事后，便让出一座偏殿，让百姓在庙中修殿，这样一来，既省钱又省工。不久，秦大人母亲的遗愿实现了。

不料，这件事被一个豪强听说了。这个豪强曾被秦裕伯重罚过，一心想报复，便利用这件事大做文章。豪强到京城用重金贿赂了朝中大臣，说秦裕伯意欲谋反，私建金銮殿。皇上一听，龙颜大怒，立刻派钦差大人前去问罪。

钦差大人到了金山庙偏殿一看，愣住了。金碧辉煌的大殿内供着汉朝大将军霍光的金像。金山庙住持出来解释说："本地庙宇道观甚多，所供神佛也不少，唯独缺少护城神。故本地百姓有钱出钱，有力出力，在本庙供了一尊城隍神。"钦差一听，把谎报情况的豪强痛打四十大板，充军发配边疆了。秦裕伯自然无事了。

秦裕伯对金山庙住持和上海百姓的救助之恩感激涕零，发誓要报答救命之恩。后来，秦裕伯被调任陇州任知府。临行前，他对前来送行的百姓说："生不能报诸位的恩，死也要报！"后来，秦裕伯死在了陇州。

三百年后，也就是顺治十年，海寇不断扰民。沿海县衙州府无能，不敢与海寇交锋。为推卸责任，总兵向巡抚诬告乡民通贼，致使无法彻底剿灭海寇。巡抚大怒，下令将被诬陷而被关押渔民一个不留地杀了。就在这时，一个人飘飘然来到巡抚面前说："我是此地代制秦裕伯，渔民深受海寇骚扰之苦，你不去剿寇却在此杀戮百姓，是何故？"此人说完便不见了，巡抚以为是神灵降临，吓得忙将在押渔民释放回家。

后来人们听说此事后，感念秦裕伯的大恩大德，便把他的像也供在了由金山庙改作的城隍庙里。

城隍庙里还有一位城隍爷，他是江南水师提督陈化成。一八四二年六月，英国舰队进攻吴淞口。陈化成亲自登上炮台指挥作战，接连击沉八艘敌舰。激战中，两江总督牛鉴先与东炮台守将不战而逃。陈化成孤军作战，最后与八十多个部下壮烈牺牲。上海人民为纪念这位抗英英雄，把他也供在了城隍庙内。

因此，其他各地城隍庙内只有一位城隍爷，只有上海一庙三城隍。

月下老人的传说

月亮初升，朦胧的月光穿过树丫照在龙兴寺内，悠扬的诵经声传过暮色飘散在寺院上空。与白天长安城内的喧闹相比，寺院内的安静与祥和让人心境轻松、平和。赶考书生韦固在寺里久候朋友不至，便在寺的后院四处走走，放松一下整日温书诵经的身心。

“千里有缘一线牵，月下老头配姻缘。”一个滑稽的声音传来，韦固觉得很奇怪，便循声走过去。跨院里的石桌旁坐着一个小老头，正借着月光边看书，边摇头晃脑地反复说着那句话。

“公子，是来配姻缘的吧。”老头头也不回地问道。韦固本来不想打搅老头，这一问让他不得不上前搭话：

“老先生是相面测字的吧？”

“我这样子像算命瞎子吗？”老头回过头问。

韦固这才看清老头面貌，白头白眉白须却有张胖嘟嘟的娃娃脸，胸前还吊着一个大布兜。

“老先生，恕晚生眼拙，您是……”韦固疑惑地说。

“告诉你吧，小老儿我专管人间男女的婚配。”老头得意地说。

“这婚姻大事全靠父母之命，媒妁之言，您……”

“没有我小老儿牵线搭桥，父母媒妁都白搭。看我这一口袋册子，记载了从古到今所有人间姻缘。你看看，八十岁的姜子牙娶马家六十八岁的老姑娘还是我牵的线呢。”

看着小老头煞有介事的样子，韦固觉得很可笑。正要告辞，老头拉住了他：“你不信？”又从怀中的布袋中抽出一根红线说，“别小看我这根线，我只要用它把一男一女的脚一系，不管他们是相隔千里，还是老幼丑俊、富贵贫贱，将来一定是夫妻。嘻嘻……”

“老先生真会开玩笑。”

“你还不信啊。我告诉你，十天后，你会在城门口遇到一个瞎眼老太婆，她牵着的那个小丫头就是你的媳妇，十四年后与你拜堂成亲。千里姻缘一线牵，月下老人配姻缘。哈哈……”

韦固告别老头儿，悻悻地回到了客店。再有两日就是科考之日，韦固埋头读书，把这事也就淡忘了。

十天后，韦固趁放榜的空当准备和友人到城外游览一番。

“老太婆，别求人了，这世道好人少。要是不嫌弃，我叫花子这儿有两块干馒头，嚼两口填填肚子吧。”

"谢谢大哥,谢谢!我们祖孙二人千里投亲,不料遇到劫匪,身上细软被洗劫一空。一路乞讨到长安,这长安城这么大,我到哪儿去找我儿子啊。老天啊,你干吗让我瞎了一只眼,还不如趁早把我收去吧。我可怜的孩子啊……"

城门口的墙根下,一个老乞丐正在安慰一个哭天抢地的老太婆。老太婆拉着一个三四岁的小女孩。祖孙二人衣衫褴褛,污秽不堪,令人掩鼻而过。那个小女孩的脸脏得看不出本来面目,只有一道道泪痕,她抱着那块黑乎乎的干馒头啃了两口,啃不动,嘴一张大哭起来。韦固一看到这一老一少,突然想起那个老头的话,心一下子沉了下去,兴致全无。

几天后,韦固在茶楼听见几个人在闲聊。

"听说了吗?昨晚街后破庙里发生血案了,好几个乞丐,都挨刀了。"

"死了几个?"

"不知道。听说有个三岁的小女孩额头被刺了一刀,有个瞎眼老太婆哭得死去活来。"

"估计是没命了。"

韦固听后,心骤然踏实了。

一晃十几年过去了。韦固科举及第,在宦海中起起落落漂浮了十多年。一日,韦固应邀到相州刺史王秦家做客。席间,刺史关注地询问韦固的家室,韦固叹口气说:"东奔西簸十四年了,还是孑然一身。说媒的不少,总是机缘不凑巧。年近而立了,说起来真是惭愧呀。"

"韦参军(官职)如不嫌弃,我有一侄女,年方十七,虽不是美若天仙,但也温柔贤淑,想许配与你,不知意下如何?"王刺史笑哈哈地说。

"这……"韦固没有心理准备,一时语塞。

"韦参军是有所顾忌吧?你我都是豁达之人,叫我侄女出来见一面吧。"

王刺史的侄女果然温婉可爱,尤其是眉间贴着一朵小花,于羞涩中透出一种柔媚。韦固一见中意,婚事便定了下来。

新婚之夜,韦固越看新娘越喜欢,眉间那朵小花更是吸引他:

"娘子,你这朵花真是一绝。"

"唉,这也是无奈之举呀。我三岁那年随祖母到长安寻找叔父,在一间破庙里遭人劫杀,眉间被刺了一刀。幸好命大,不过眉间落下了疤,只好用这个办法来遮掩一下。"新娘羞涩地说。

"什么?!"韦固大吃一惊。

"相公,怎么了?"新娘惊慌地问道。

"真是月下老人牵红线,一世姻缘天注定呀。"韦固感慨万分。

韦固与夫人相敬如宾,和和美美地过了一辈子。月下老人为他们牵红线的故事慢慢地传扬开了。

神女瑶姬

瑶姬是西王母的小女儿。她自幼跟仙人学道,有一身变幻莫测的神奇法力。

瑶姬喜欢四处游玩。秋天的一天,瑶女轻飘飘地驾着彩云在天空遨游。来到巫山上空时,她被巫山秀美的风景吸引住了,秀挺的峰峦,幽美的林壑,真是个人间难得的胜地。瑶姬一会儿变成翩翩飞舞的白鹤,飞翔在巫山的云层中;一会儿又变成一条游龙,盘绕在巫山的山峦间;一会儿又变成软绵绵的巨石,随风变幻出各种各样的模型。

瑶姬流连徘徊在巫山久久不愿离开。她决定在巫山建自己的宫殿,长久地留在这里。瑶姬在石林间发现一块巨大而平整的崖石,她略施法术,一座华丽威严的宫殿便建成了。

一天傍晚,瑶姬遨游归来,在山下遇到一个面色黝黑、身体强壮的汉子。愁眉苦脸的汉子一见瑶姬便恭敬地向她施礼。好奇的瑶姬与这个汉子交谈起来。这个汉子就是到巫山治水的大禹。大禹愁苦而又焦急地对瑶姬说:

"混浊的大水吞噬了无数人的生命,幸存的人们痛苦地挣扎在滔滔大水中,真叫人痛心啊。"

"治水很不容易吧?"瑶姬问道。

"不容易,太不容易了。地下是汹涌的水,天上是狂暴的飓风,治水的人们不断被狂风卷入水中。唉,我无力制止大风,只有满心的焦虑与痛楚啊。"

瑶姬被大禹治水的精神深深感染了。大禹匆匆告别而去了,她还沉浸在遐想中。

第二天,瑶姬派一个侍女给大禹传授了祛风制怪的法术。大禹学会法术,制止了大风,带人开始开凿巫山水道。

瑶姬好几次看见大禹和治水的人们弯着腰不停地凿击着坚硬的山壁。中午的日晒不怕、黑夜的寒风不怕,裂口淌血的手脚不停地在凿山击石。瑶姬长叹一声,召来了自己的侍臣。这些侍臣都是有神奇本领的神人,他们用自己的神力轰劈巫山,终于在巫山中间凿开了一条水道,上游的洪水顺着水道倾泻而下。

大禹亲自到瑶姬的宫殿向她致谢。

"水道凿通了,你也该休息一下了吧?"瑶姬和蔼地问大禹。

大禹笑着摇了摇头,说:"不!洪水还没有彻底平治。我还需赶到其他地方去治水。"

"你长年在外治水,你的家人不想念你吗?"

大禹久久没有说话,最后才说出一句:"洪水还没有彻底平治啊!"

瑶姬也沉默了。突然她兴奋地说:"我这儿有几卷天书,可能里面有治水的策略。”瑶姬命侍女取来一个红玉匣子，打开翻看了一下，从中取出一卷递给大禹说：“希望你早日治水成功。”

大禹拿了天书谢了又谢，告辞而去。

瑶姬继续留在巫山过她的神仙生活。她喜欢变幻成一座秀挺的山峰，长久地伫立在巫山上看日出日落，看白云听渔歌。她的十一个侍女也陪着她欣赏巫山的美景。

许多许多年过去了，人们行船三峡时，还能看见瑶姬和她的侍女们站在巫山上眺望着远方。人们感谢她帮大禹治水，也陶醉于她秀美的身影。

海神娘娘

海边有户姓林的渔家新增了一个女婴。渔妇王氏奇怪地对丈夫林愿说：“他爹，生这个丫头一点都没觉得疼，只是迷迷糊糊中好像观音菩萨说：‘龙女，你想下凡拯救渔民的愿望可以实现了，今日你就降生到海边人家去吧。后会有期！’”

林愿安慰妻子说：“快躺下吧，那是你疼糊涂了。唉，这个丫头八成是个哑巴，刚生下眼睛就滴溜溜转，就是不哭。穷人家的孩子命苦啊，叫她林默吧。”

林默正如她爹所言，五岁了不会说话，每天跑到海里像条鱼似的游来游去。一天，家里来了个化缘道士，指着林默说：“这个小姑娘真是俊秀呀！”

“光俊秀有什么用呀，不会说话才叫人揪心。”林默爹叹气说道。

“我不信，这么灵秀的小姑娘怎么不会说呢？小姑娘，你叫什么？”道士拉着林默问道。

“我叫林默。”

“你家里有些什么人啊？”

“阿爹、阿妈、阿哥、阿姐，还有我。”

林默响亮的回答让家人大吃一惊。道士笑呵呵地直起身对林父道：“我说她会说话，她就会说话嘛。这么可爱的小姑娘成了哑巴多可惜呀。渔家，你真有福气呀。”

道士说完扬长而去。

林默长到十多岁时，便会看天行船、下海捕鱼。母亲心疼她年幼，让她天天在家织布补网。一天上午，正在织布的林默突然坐在织机旁呆呆地一动不动。只见她双眼圆睁，额头上渗出了密密的汗珠。林母一见女儿这个样子，忙抓住她的手大叫起来：“孩子，孩子，你怎么了？哪不舒服？孩子，孩子，怎么了？”

林默打了个激灵，愣了愣，突然扑到母亲怀里大哭起来：“阿妈，阿哥回不来了。”林母愣了一下，说：“你说什么胡话呀！你看这天，哪像起风起浪的天呀。是累了吧，回屋休息一下。”林默不作声，只是一个劲儿地淌眼泪。

傍晚时分,林父和大女儿拖着破船回来了。一进屋,大女儿便扑到母亲怀中大哭起来:“阿妈,阿哥……阿哥他……他被浪卷走了……”

林母怔了半天,才号啕大哭起来。林父抹着眼泪说:“本来海上风平浪静,突然掀起巨浪,一个浪头就打翻了我们的船。水上漂来三根木头,本来我们都有救,谁想……一个大浪过来,就卷走了,卷走了……风也停了,浪也止了,就是没找到孩子的尸……尸骨。”

沉默了一天的林默突然坚定地说:“明天我一定找回阿哥的尸首。”

第二天,林默随父亲出海了。她在海中时浮时沉,像一条矫健的游龙,看得船上许多渔民连声称赞:“真像是龙女啊。”林默在深海里没有找到阿哥的尸体,便上船对父亲说:“阿哥可能漂到岸边了。”众人又向岸边划去,果然发现了她哥哥的尸体。

以后,林默每天站在海边看看,告诉人们明天能不能出海。刚开始,有些人不相信她的预言,贸然出海打鱼,最后都遇到海风海浪,还有人船毁人亡,死无尸骨。慢慢地,人们都称她“龙女”或“神姑”。

一次,林默告诉人们可以出海,可是中途突然黑云遮天,海风肆虐,巨浪滔天,许多渔人被风浪卷走,踪影全无。幸免的渔人们哭哭啼啼来找林默。林默闭目沉思一会儿说:“这是海怪在捣乱,明天我们去捉它!”

第二天,林默带着渔民出海了。船行到深海时,突然狂风大作,渔船像一片树叶一样被海浪颠簸着。远处,一个满脸竖须的人站在一条大鱼身上哈哈大笑。林默闭目念几句咒语,向那人抛出一道符。那人一见道符,慌忙调转鱼头一下沉到了海中。海面马上平静下来。渔人们欢呼起来,林默严肃地说:“别高兴太早了,大家快把网撒下去。”果然,不大工夫,海面又动荡起来,一个巨大的漩涡出现了,渔船眼看就要被吸进去了。林默又向漩涡中抛出一道符,漩涡乱转了几下突然变成一股黑浪飞了起来。黑浪没飞多高就被渔民的大网罩住了,众人这才看清楚,原来是一条巨大的黑鱼。黑鱼口吐人言:“神姑饶命呀!我愿听从神姑的调遣。”

“放你不难,只要你能改邪归正,从此不再兴风作浪,祸害渔民就行。”林默说道。

“一定!一定!再不害人。饶命!饶命呀!”

“还有,以后你要保护出海捕鱼的渔民,让他们免遭海难。”小小年纪的林默,说话一点都不软。

“一定照办!”大黑鱼可怜巴巴地答道。

从此,人们更是把林默视为“神姑”。林默长到十六岁时,前来提亲的人络绎不绝,林默都一一推辞了。父母见她态度坚决,也不好强求,暗地里长吁短叹。

林默二十八岁的时候,有一天,她独自出海,一去再没回来。有的渔人说看到林默浑身放光,缓缓升上了天;有的渔人说林默跟一个道人走了;还有的人说林默在海边化作了一块巨石,守望着出海的人,总之人们都用一个美好的结局来安慰林默的家人。正在林默一家沉浸在悲痛之中时，林默五岁时见过的那个道人飘飘而来，“林默非同常人，好人自有好报，吉人天相，她自有她的来处与归处，大家还是节哀吧。既然她心怀苍生，就会永远保佑大家的。”道士说完又飘飘而去。林默家人细想她以前的种种神奇举动，便心有所悟地止住了悲声。

海边的渔人还是照常出海捕鱼。一次海上起了风暴，出海渔人的家人心都提到嗓子眼儿了。傍晚，捕鱼的渔船意外地回来了。船上的人绘声绘色地向人们描述了这次奇遇：海上狂风巨浪凶狠狠地扑向渔船，想要一下子将船击得粉碎再吞噬。渔船上的人只有闭着眼等死了，就在这时，黑压压的海上金光闪闪，香气袅袅，林默站在雪白的云端，口中念念有词，不一会儿海上的风浪像被制伏了似的，只是怒吼翻腾，就是不敢向渔船扑来，我们趁机驾船返回。一路上，风不停浪不住，就是不敢把我们怎样。

后来，许多出海的人都有相似的奇遇。渔民纷纷传扬：林默当了海神娘娘，专门保护出海的人们。于是海上的人们为林默建了海神庙，塑像供奉，每只出海的渔船上，都摆上林默的神像。说来也真神，出海时或海上起风浪时，人们只要向神像祈祷一番，便能平安无事。

关公出世

一个偏僻的村落里有一对夫妻，膝下无子，整日求神拜佛盼望得子。一天夜里，村妇梦见一条龙伏在自己脚下哀求说：

“我是天上的火龙，天帝命我放火烧城，我不忍心，只在城门放了把火。不料被天帝识破，现在我要被贬下人间受罚，求老妈妈收留我。”说完，一声霹雳，火龙不见了，村妇也从梦中惊醒了。屋外狂风大作，大雨哗哗地下个不停。

天亮了，雨也停了。村夫一开家门，屋檐下有个红布包裹，里面一个浓眉大眼的孩子睁着眼睛瞅着他笑。村夫十分惊异，忙唤来妻子。村妇一看这个孩子，打心眼里就喜欢上了。她抱起孩子高兴地对丈夫说：“哎呀，这是老天赐给我们的孩子。我们总算没白烧香拜佛。”

夫妻俩中年得子，欢喜之情不必细说。村妇想起晚上的梦，便给孩子取名：龙儿。这个孩子从小身体强壮，很少哭闹。长到十几岁时便成了一个身体魁梧，相貌堂堂的男子汉。他喜欢舞枪弄棒，打抱不平。

一天，父亲让龙儿到城里卖柴。走到半路，遇到一对哭天抢地的老夫妇：“女儿啊，你让爹娘怎么活呀！”龙儿奇怪地上前询问。老太婆一把鼻涕一把泪哭诉道：“我们一家三口逃荒来到此地。街头行乞时一伙人抢走了我的女儿，我们到县衙报官，还没把话说完，就被衙差乱棒打出了县衙。好心的人悄悄告诉我们，抢人的人是县太爷的小舅子。天呀，你看看这世道。”

龙儿一听，气不打一处来，他对二老说："你们放心；我去替你们出气。"

龙儿到了城里，很快就卖了柴。他径直走到县衙门口击鼓喊冤。

"你有冤快说，老爷我还没睡够。"敲了半天鼓，县官才睡眼惺忪地升堂问案。

龙儿强压怒气，把路遇老夫妇的冤情叙述了一遍。

"哈哈，你告我的小舅子！你敢告我的小舅子？"县太爷哈哈大笑起来。

"大人，王子犯法与庶民同罪。"龙儿说道。

"内弟、内弟！"县官转身冲后堂喊起来。

一个肥头大耳的阔公子踱了出来。"内弟，这个小子要告你，要我治你的罪。"县官媚笑着说。

"告我?！你到京城打听打听我胡大少的大名。谁敢告我？姐夫，你跟他啰唆什么！"

众衙差一齐上来轰龙儿，几个人也推不动龙儿。龙儿怒目直视县官和内公子。

"哟，你还想站这儿找死啊？"内公子一边说一边从桌上抽出一柄宝剑晃了过来，"看看你的肉结实，还是这剑锋利。"

看着内公子的不可一世，龙儿大喝一声，一把夺过宝剑，反手刺向了内公子。内公子哼了一声倒在了地上，血从胸口汩汩地往外冒。县官扑到内公子身旁，指着龙儿颤抖着说："你……你……你反了。快……快来……"不待他喊完，龙儿挥剑向他颈部砍去。县官的人头咕咚落在地上，一股黑血直喷向龙儿。

"杀人啦！抓住他！"衙差边喊边往门外跑。龙儿此时也意识到闯大祸了，夺门而出，向城门跑去。等他跑到城门口，许多关兵堵住了城门，一见他就呐喊着围了过来。龙儿一见不好，转身又向城里跑去。

龙儿东躲西藏，一直到天黑他也没逃出城。又累又饿的他跌跌撞撞跑到了河边。一位老太太坐在岸边的石头上对他说："小伙子，过来！"龙儿迟疑地走了过去。"坐下！"老太太的口气非常生硬。龙儿依言坐在了她身边。她从怀中掏出一把梳子，按着龙儿的头就给他梳起了头。

"快！那边有人！"远处的桥上传来官兵的喊声。龙儿一急，想起身逃跑。老太太用力一按，他乖乖地坐在了地上。老太太紧紧地扎起他的头发，他觉得眼睛也快被头发拽得竖起来了。"噌噌噌"老太太又从他头上扯下三绺头发，唾了口口水，往他脸上一按，又随手"啪"地打了他一巴掌。

龙儿觉得鼻子里缓缓流出了什么，用手一摸，是血。"去洗洗脸。"老太太又命令道。龙儿只好趴在河边洗起了脸。

"老太婆，见到一个浓眉大眼，白脸高个的小子了吗？"官兵气汹汹地跑到岸边问道。老太太摇了摇头。

"还有一个人，问问他！"随即，龙儿被人从后颈上提了起来，他忙摇了头。"走！继续追！"

官兵走远了，龙儿回头找老太太，哪有人影，地上有件衣服，有个饭钵，里面放着几个馒头。龙儿不管三七二十一,抓起馒头大嚼起来。吃饱后,龙儿靠在桥墩旁等天亮。

睡梦中的龙儿被一阵嘈杂声吵醒。原来天亮了,河岸上来来往往的人打破了宁静。龙儿俯下身边洗脸,边思索出关的策略。突然他被水中的自己吓了一跳,脸如红枣,双眉入鬓,凤眼斜立,三绺长须飘在胸前。他用水使劲搓脸,怎么搓也搓不白,用手揪胡须,就像是生根似的。他明白是神人在暗中救自己,不禁又喜又悲。喜得是无人认识自己了,悲的是自己有家不能回,有亲不能认。他长叹一声,向关口走去。

"姓什么?"关兵问道。

龙儿看见关口写着"潼关"二字,便顺口说:"姓关。"

"叫什么?"关兵又问道。

龙儿抬头看见空中飞过一只鸟,掉下一根羽毛。鸟儿丝毫不介意,追着一朵随风见长的云飞走了。龙儿答道:"名羽,字云长。"

"走吧!"关兵放行了。

龙儿长舒一口气,望了望家乡方向,转身向相反方向大步走去。

阎王的故事

没有白天没有黑夜的地狱总是黑漆漆的一片。众鬼们游荡来游荡去全凭一双蓝森森的鬼眼。在这里,谁是恶鬼,谁是冤鬼,谁该投生转世,谁该受苦听差,全在狱帝的一句话。

阎王

“老死鬼，听令！”打着哈欠、伸着懒腰的狱帝招呼门外听差的鬼。一个老得不像样的鬼颤颤巍巍地进来了。“去，照生死簿上的记载，去阳间把这个叫阎王的家伙勾来。”狱帝随手翻了一下生死簿，指了一个人，吩咐道。

“狱帝，这阎王的阳寿还未到呀。”老死鬼小心翼翼地提醒说。

“你是狱帝还是我是狱帝？谁说了算？”狱帝不耐烦地嚷道。

“这阳寿未到就把人家的命给勾来，要是追究起来不好办呀！”

“玉皇大帝在天宫里逍遥自在，哪有闲心管这事。只有我狱帝才心甘情愿、兢兢业业地呆在这个黑咕隆咚的鬼地方。唉，境遇不佳呀，我连人间的狗皇帝都不如。快去快去！别啰唆了。”

“狱帝，这阎王只有三十多岁呀！”

“老死鬼，你竟敢违抗我的命令？！好！你投胎转世的事再推后五十年，叫你老死鬼当个老死的鬼！滚出去！红眼鬼，听令！”狱帝气汹汹地大吼起来。

红眼鬼揣了令牌，化作一个红眼后生来到了阳间。转悠了大半天也没找到阎王的住处，不禁抱怨起来：“这狱帝也真是，生死簿上也不写明这阎王是何方人氏，家住何方。叫我跑断腿也找不到呀。”恰巧前面走过一个捂着眼睛的老头，红眼鬼忙迎上去问道：“你知道阎王家在哪儿吗？”

“知道，知道。我正要去找阎王治红眼病呢。”老头一边走一边说。

红眼鬼一听乐了，心想“我就是害红眼病丢了命，才到地狱过那种永不见天日的日子。我先让阎王帮我治好了眼，再勾他的命。这样我下辈子就不会是红眼人了。”于是他对老头说：“大爷，我也是找阎王看眼病的，你带我一起去吧。”

红眼鬼跟在老头后面到了阎王家。阎王看了看他的眼睛说：“你这红眼病由来已久。以前你一定是眼红人家有钱呀，运气好呀，相貌俊什么的。你这红眼病不要紧，先是眼热，后是眼急，眼睛慢慢地就变红了。我家有个地窖，里面有数不尽的金银财宝，绫罗绸缎，还有许多美女。你进去呆五个时辰，只要不睁眼看一眼，你这红眼病就好了。要不然，你的眼永世万代就红下去了。”红眼鬼咬了咬牙进了地窖。

狱帝等不及红眼鬼交差，又命秃头鬼去催命。秃头鬼和红眼鬼一样，转悠了大半天也没找到阎王家。急得他站在那儿不停地拍自己的光头：“这要是再找不着，狱帝一发怒，我投胎转世的机会又没了。哎呀呀，该怎么办呢？”正一筹莫展之际，看见一位包头帕的小媳妇。他忙凑上去问道：“大姐真漂亮！你知道阎王家在哪儿吗？”

“知道，知道！我正要找他去治秃头病呀。你说我这年纪轻轻，就掉了头发，多难看呀。兄弟也是治秃头病吧？我带你去吧。听说阎王治这病是一绝。”小媳妇絮絮叨叨地说。

到了阎王家，阎王一看秃头鬼的样子就说：“兄弟，你这病可得抓紧治了，要不然下辈子甚至下下辈子也是一个秃头。弄不好头上会长疮流脓，直至头皮烂完，痛痒而死。”

秃头鬼一听吓得直冒汗,心想:“上辈子就被秃头害惨了,下辈子千万不能再当秃头了。我先让他治我这秃头,然后再勾他的命也不迟。”想到这儿,“扑通”跪倒在阎王面前求救。

阎王摸了摸他的秃头说:“你以前肯定是假扮和尚谋财害命,后来被人把头发一根一根地拔掉,流血流黄水一年多,结疤长疮五年多,最后导致一毛不长。我家后屋有个佛堂,你在佛祖像前跪五炷香工夫,口中说‘我有罪,请佛祖恕罪。’再把这顶黑狗皮帽子戴上,到时候你的头发就会像这狗皮帽一样乌黑稠密。”

狱帝左等右等等不回二鬼;又派罗锅鬼去催促。罗锅鬼转到太阳落山也没找到阎王家。正急得原地打转,听到有人说话了:“大哥,是找阎王看腰病的吧,兄弟我也是。唉,这穷人家出身,从五岁就开始上山背柴,三十刚出头,就像六七十的老头似的直不起腰了。”罗锅鬼定睛一看,身后一个猫着腰的人,这个又哼哧哼哧地说:“跟我走,我能找到他家。大哥,你别急,瞧你急得眼都蓝了。听说阎王给扎一针,这腰就能直起来了。”罗锅鬼一听就开始盘算了“这么快就能治好病,我也治一治。就是当鬼也当个挺胸抬头的鬼,看谁还敢笑话我!”

到了阎王家,阎王看了看罗锅鬼的后背说:“你这罗锅不是长年弯腰干活造成的,你是干偷鸡摸狗、啰唆上梁的勾当的。你长年缩手缩脚,弓腰探脑地蹲墙角、蹲窗下、蹲大梁,所以就成了这样。后院有个鸡笼,你蹲进去,等到五更鸡叫时,你用力伸腰挺胸,你的罗锅就没了。”

“扎一针不行吗?我还有要事要办呀!”罗锅鬼着急地说。

“你的‘锅’和别人的‘锅’不一样。你要是不想下辈子直起腰杆做人的话,请便!”阎王淡淡地说。

罗锅鬼心想:“我在阳间的钱财都被官府没收了,也没有人给我烧纸钱。没钱贿赂狱帝,我下辈子还是个罗锅。五更回去交差也行。到时候把责任往红眼鬼和秃头鬼身上一推就行了。”想到这儿,罗锅鬼钻进了鸡笼。

三更已过,狱帝还不见三鬼回来交命,急得团团乱转。“要是五更还没有把人命勾来,这阴阳就失衡了,这可就大事不妙了。”狱帝想到这里,决定亲自出马。

狱帝骑着千里驹眨眼工夫就到了阳间。转悠了好长时间也没找到阎王家,恰巧看见前面村子里有户人家还亮着灯,狱帝准备进去随便勾一命回去完事。

狱帝刚进门就听见有人对自己说:“是找我阎王治病吗?”

狱帝一听大喜,心想踏破铁鞋无觅处,得来全不费功夫,便大喝一声:“阎王,本帝特来索你性命,快快拿命来!”

阎王淡淡一笑,指着一头猪说:“狱帝别急,让我把‘万里哼’喂饱了,我骑着它随您即刻就到地府了。”

狱帝一听阎王有匹“万里哼”,心动了,他对阎王说:“本帝用这匹千里驹换你的‘万里哼’如何?到了地府,本帝让你早点投生到一户好人家去,怎么样?”

阎王低头想了想说:“行!不过,我这头‘万里哼’只认衣服不认人,你得和我换换衣服。”

狱帝说：“行行行！这‘万里哼’和鬼一样，只认衣服不认脸，不像话！等我将来调教调教他。”

阎王和狱帝换了衣服，阎王跨上千里驹，闪电般地飞驰而逝。狱帝骑上阎王的那头猪拍一下屁股，猪挪一步，气得狱帝大骂：“畜生！不光认衣服，还认屁股！到了阴曹地府，看我怎么收拾你！快！快跑！”

狱帝骑着猪好不容易挪到了鬼门关。只听众鬼不耐烦地嚷嚷道：“怎么才到呀！再晚一刻钟五更一到，咱们都吃不了兜着走。”

狱帝一听，大骂道：“该死的东西，连本帝都不认识了？敢对我大喝小斥?！你们都反了！我是你们的顶头上司。”

“哟哟，这家伙有毛病呀！”众鬼哈哈大笑着说道：“我们头儿早在里面了，老死鬼这会儿在阳间已经‘哇哇’大哭了。”

“别跟他啰唆了，头儿早吩咐过了，涿州王婆家那只老母猪还等着临产呢。快快！早点交差。听说这头儿从今儿起要整顿地府了。回去晚了，好事说不准也误了。”

“我是狱帝呀！你们这群只认衣服不认脸的浑蛋！看我怎么收—”狱帝的声音没了。

森严的大殿上第一次点起了磷火，在火光的掩映下，众鬼终于看清了上司的脸：浓眉暴眼，黑脸爹须，好不威严凶猛。

“我刚才说的话大家听清了吗？”阎王端坐案前，威风满面地问。

“听清了，阎王爷。”众鬼齐声恭敬地答道。

“听清就好，以后咱们按章办事，大家下去要各司其职。如有违者，严惩不贷！”

从这以后，阎王便成了地府说话管用的头儿了。

判官的传说

唐太宗正在睡梦中，忽然被两个小鬼将魂勾走。在通往地府的路上，唐太宗问询原因，一小鬼不耐烦地说：

“泾河老龙曾求救于你，你口中答应了，却眼睁睁让魏徵把老龙给杀了。老龙到阴曹地府把你给告了。判官命我们来抓你问话。”

“二位，我李世民阳寿就到此了？”太宗急得问小鬼。

一个小鬼见他衣着华丽，媚笑着说：“您的阳寿到没到我们也不知道。只有生死判官最清楚。”

“判官？生死判官？二位，我确实不知阴曹地府官职之分，能赐教一二吗？”

“地府的阎王爷权力最大，和人间的皇帝差不多。接下来是判官，判官有掌刑前判官、掌恶簿判官、掌善簿判官和掌生死簿判官。其中，掌生死簿判官地位最高。”唐太宗边听边走，不觉已到了地府。只见地府阴森可怖，鬼火闪烁，唐太宗不禁吓起一身鸡皮疙瘩。

“臣崔珏叩见吾皇万岁、万岁、万万岁！”突然有人对唐太宗行大礼。太宗吓了一大跳，定睛一看，地上俯着一人：头顶软纱帽，身着圆领红袍，满脸硬扎扎的黑胡须，左手按簿，右手执笔，正是山西长子县令崔珏。

“崔爱卿，你这是……”太宗疑惑地问崔珏。

“微臣生前承蒙皇上赏识，死后被封为阴曹掌生死簿的判官。”崔珏起身后恭敬地答道。

“噢，你就是掌生死簿的判官？朕问问你，朕的阳寿还有多少？”太宗问道。

崔判官翻开生死簿一查看，上面写着：“南赡部洲大唐太宗皇帝注定贞观一十三年。”二人同时吃了一惊，“就在今日呀！”

唐太宗不停地长吁短叹，崔判官略一思索，对太宗说，“皇上勿烦，容臣想个办法。十殿阎罗有话问您，您先去回话。微臣不宜在此久留，皇上，请！”

唐太宗忐忑不安地来到阎王面前。

“大唐天子李世民，你答应救泾河老龙，为何食言？”

“阎王爷，朕在梦中受泾河老龙之托，有心救它。可朕根本不知魏丞相会在梦中杀龙呀！”

阎王沉吟片刻，吩咐小鬼道：“去！把崔判官请来，本王想知道这个大唐天子到底是个什么样的人？”

不一会儿，崔判官来了。他对阎王爷说：“这个大唐天子勤政爱民，深得百姓拥护。下官不时收到人间为皇帝增寿的祈祷。”

阎王爷看了看太宗，说：“这么说，你这个皇帝不错呀！崔判官，顺便查一下他的阳寿。”

“启禀阎王，生死簿上记载着：‘南赡部洲大唐太宗皇帝注定贞观三十三年。’”

“他阳寿还长着呢，放他回去吧。泾河老龙本来就身犯死罪，何必再拉扯他人呢！”阎王说完，恭敬地送太宗出了阎罗殿。

走到鬼门关，唐太宗对崔珏说：“多谢崔爱卿为朕增寿二十年。”崔珏摆摆手说：“这全是皇上恩典万民积的阴德。”

后来，崔判官救了受金兵追踪的南宋康王赵构，赵构即位成了宋高宗后，特地在临安府为崔判官修建了一座庙。从此，崔判官在民间名声大振。

孟婆与迷魂汤

“牛头、马面，最近人间情形怎样啊？”阎王爷召见二鬼问话了。

“阎王爷,人间可有意思啦。前几日李庄一个刚满百天的小孩儿突然老声老气地说‘我活了六十岁了还用人抱着?快放我下来!那个孽子在哪儿?看我不打断他的腿。’之后就整天大骂他那个不肖之子。”马面乐不可支地说。

“还有啊,一个三岁的小姑娘拉着一个三十岁的大汉哭叫‘夫啊,奴家想死你了。咱家宝仔还好吗?’”牛头慢声慢气地说道。

牛头、马面正在喋喋不休向阎王爷描述人间的“趣事”时,黑白、无常闯了进来。一进大殿,二鬼便嚷嚷道:“阎王爷,这还了得?你前脚在生死簿上注明阳寿已到,我们后脚赶去勾魂时就变成增寿了。害得我们兄弟二人白跑腿。”

阎王爷瞪大眼睛惊问道:“这是怎么回事?”

“有些投胎转世的家伙到了阳间后,大肆渲染阴间是多么阴森可怕,要受多少人间罕见的酷刑,要经历多少苦难,阳间的人一听都害怕了。他们整天烧香拜佛,求仙访道,各路神仙一高兴,赏他们几年阳寿,送几粒仙丹。还有的人给阴间的鬼吏送点好处,但求歹活,也不求好死呀。”黑白、无常气咻咻地说道。

“哎哟,这可非同儿戏呀!”阎王爷也犯难了。

“阎王爷,今天我们兄弟俩可是一个魂也没勾来呀,明天怎么算投生的鬼数呢?”黑白、无常二鬼问道。

阎王爷手忙脚乱翻开了生死簿,查看一番后说:“长安城内有一孟姓女子,本王念她自幼饱读经书,心悯苍生,一生向善,守身如玉,本想多赐她几年阳寿,可如今……算来她也九九八十一岁了。六十古来稀,她也算差不多了。去勾她的魂吧。”

黑白、无常领命出去了。不一会儿工夫二鬼空着手回来了。

“阎王爷,我们在长安城外的山上找到一位姓孟的老太婆。这个孟婆说再有一天工夫她就功德圆满,修炼成仙了。我们兄弟二人问她以前的事,一问三不知。更奇怪的是她每说完一句话就喝一口黏稠的红汤,一喝完就把刚才说的话忘了。问她原因,她说‘不忘前事,怎有来世?’我们兄弟二人见她如此古怪,不敢贸然行事,特回来向阎王禀告。”

阎王爷更犯难了,不停地搔脖子捋胡子。

“有了!黑白、无常,速去勾孟婆的魂来。”阎王突然高兴地拍案叫道。

不一会儿,黑白、无常带着孟婆的魂回来复命了。阎王爷高兴地拉着孟婆走到后堂,众鬼只听见二人嘀嘀咕咕,不知所云。

几炷香工夫过后,阎王爷笑哈哈地出来说:“牛头、马面,速去挑选几个相貌姣好,勤快伶俐的女鬼,交由孟婆管理。近日孟婆准备在投生路上开店卖红豆汤。快去筹备!阎罗十殿的转轮王,请俯耳过来。”

几天后,转轮王押着几个投生鬼前往“生门”。这几个鬼个个枯瘦如柴,无精打采。“快来吃啰,热乎乎的红豆汤。”路边一个“孟婆店”的招牌下一个老太太带着几个俏丽女子站在一个热气腾腾的大锅旁吆喝着。众鬼一听吆喝,“呼”地拥了过去,“给我一碗,饿坏了。”“快给我一碗!”“投生也要当个饱肚子汉。”……

眨眼工夫投生鬼呼噜呼噜喝光了孟婆的红豆汤。抬头正要道谢,原来和蔼的孟婆和俏丽的女鬼成了几个僵立的骷髅鬼了,投生鬼们一惊,而后就什么也不知道了。

转轮王押着浑浑噩噩的投生鬼继续向前走去,只听见身后孟婆唱道:"迷魂汤肚里转,不知前生吾为谁。前生来世各不同,了无牵挂活一世。"

汉钟离成仙

东汉大将钟离章的夫人临产了。产婆、丫鬟忙出忙进准备物品。就在众人忙乱的当儿,"冬冬",一阵沉重的脚步声传来,一个身高数丈的人进了后院。巨人二话不说,推开产房的门,猫着腰进去了。门外的丫鬟、产婆缓过神,一齐冲进了产房。

屋里静悄悄的,哪有巨人的影子。众人又拥到夫人床前。夫人大汗淋漓地闭目喘息,一个大得像三岁孩子的婴儿一声不吭地蹬着腿,瞪着眼睛看着床前的产婆、丫鬟。众人面面相觑,心知这个孩子非同常人。更奇怪的是这个孩子不哭不闹不吃奶,七天就会说话。

钟离章喜得异子,欢喜与疑惑兼有。这个孩子人小做事却很有分寸,年纪不大,就会权衡轻重。钟离章给他取名"权",意思是他心中就像有杆秤,会盘算。

钟离权成年后身高丈余,相貌堂堂,不严自威,很有大将的威武风度,深得皇帝的喜爱。有一年,边境不安,钟离权主动请缨,皇帝欣然应允,命他带十万兵马出发。可是当朝大司马梁冀却说:"钟离将军威名在外,只带少量精兵即可,其余兵马还是充到其他将领麾下为好。"皇帝顺口准奏了。

钟离权带兵出发了。途中他才发现自己的部下是一些老弱病残的士兵。随行将领都知道是大司马故意作梗,阻止他抢头功。钟离权却满不在乎,认为以自己的威猛,取胜不成问题。晚上安营扎寨时,部将劝他多布哨位,以防敌人偷袭。钟离权却说:"行军一整天,将士们困乏不堪,夜间再消耗人力,明日怎么作战?"

半夜,钟离权的两万人马睡得正酣,敌军呐喊着杀入了大营。士兵们来不及抵挡便纷纷丧命。钟离权慌乱中夺了一匹战马落荒而逃。

天亮时,钟离权逃到了山中,在树林中转来转去迷了路。就在四处寻路时,一个异族和尚路过此地。钟离权忙上前问询,和尚只说了一句:"跟我来。"七拐八绕走了一会儿,一个小村庄出现在眼前。和尚说:"你到东华生先住处吧。"说完转身离去。

一会儿,一位身着白鹿皮衣,手持青藜拐杖的老翁出来。他一见钟离权便吃惊地问道:"钟离将军,你怎么不在和尚那里歇脚?"钟离权大吃一惊,问道:"老丈怎知我是钟离权,又怎知我遇到和尚了?"老翁笑着说:"我还知你出身不凡。你的带兵作战本领也太差了。”钟离权知道遇到奇人了，便跪拜说：“请老丈指点。”老翁扶起他说：“你乃奇人转世，仙班中有你的一席之地。你要是诚心修炼，仍可重返仙班。”

钟离权一听，忙拜老翁为师。老翁传他养生之诀、炼丹之道和一些法术后，钟离权便开始潜心修道了。

几年过去了，钟离权已修炼到一定程度了。一天，他想起往事，重重地叹了口气。老翁笑着问：“还不死心啊？”钟离权说：“我真不甘心啊。人人都说我天生是将才，怎么会如此无能，出师即败？”

“你要是不甘心，再去试试。现在是晋朝，你去做一名守关大将吧。”老翁说完，略施法术，钟离权便成了一个边关大将了。钟离权将自己的名字改为“金重见”，意为钟离权再现了。钟离权的部下一见他的打扮，都窃笑。钟离权梳着两个像丫鬟一样的大髻，袒胸露腹，大腹便便，整日摇着一把大蒲扇在军帐中踱来踱去。钟离权可不在意属下的讥笑，他一心只想施展自己的将才。不久，战事来了。踌躇满志的钟离权精心部署了作战计划，没想到敌方根本不按他预想的方式行动，结果钟离权又是大败。

与上次一样，钟离权仓皇逃命。就在他心灰意冷之际，耳边响起了师傅的声音：“心死则心静，心静则得道。”

钟离权羞愧地回到山中，全心全意修炼，终于功德圆满，得道成仙了。

铁拐李的传说

一、铁拐李成仙

书生李玄弃功名学道几年后小有成就。一日，他对弟子说：“我准备到华山拜见太上老君，你在观中守着我的尸魄，千万别让狼虫虎豹吞食了。如果我七天之内返不回来，你就把我的尸魄焚烧了。”

李玄交代完弟子，便元神出壳，只留魄守着尸壳走了。

弟子尽心尽力地日夜守护着李玄的尸壳，不敢有丝毫怠慢。守到第六天时，弟子的邻人风风火火上山来找他：“你娘不行了，非得见你一面才肯咽气。”弟子急得坐立不安，不知如何是好。

“快回去吧。你娘就这么一个心愿，误了再也补不回来。你修道有的是时间和机会。”邻居催促道。

弟子让邻居先回去，自己随后下山。弟子又在山上守到第七日的中午，还不见李玄还魂，便放火焚烧了尸壳，匆匆下山去了。

黄昏时分，李玄才飘飘然然回来。他在不停地叨叨着一句话：“欲得旧形骸，正逢新面目。”这是太上老君临别时让他参悟的一句话。李玄一路揣摩，也不解其意。回到道观，他一边思索着这话的含义，一边寻找自己的尸魄。

“咦！到哪儿去呢？”转了几圈，李玄还没找到自己的尸壳，不由得急了起来，“时辰一到元神还还不了尸，那便永世成游魂了，得道成仙、投胎转世都成空了。”李玄急得忘了想老君的话了。找来找去，在后堂发现一堆灰烬。

“徒儿，你为什么不多守一时呢？你害惨为师了。”李玄急得团团乱转。

眼看时辰已到，李玄懊丧地在山野里游荡。突然他看见树下有具乞丐的尸体。尸体已经开始腐烂，发出阵阵恶臭。李玄掐指一算，人死没过七日，于是迫不及待地附魂于臭尸上。

李玄还魂后站了起来，觉得不对劲，施展法术一端详自己，倒吸一口凉气。原来身材伟岸、相貌不凡的自己成了一个黑脸蓬头、卷须巨眼，右腿瘸拐的丑恶乞丐。李玄正要脱壳而出，身后传来太上老君的笑声。

“李玄，你悟出了‘欲得旧形骸，正逢新面目’呀。恭喜你，你离仙门不远了。”听了太上老君的话，李玄恍然大悟，但他还是有些接受不了。太上老君已看透他的心意，又说道：

“道行不在于相貌。我赠你金箍束发，铁拐拄跛足，药葫芦施法。你想想，得道成仙后还受模样的限制吗？”

李玄听了也不再计较相貌了。他就以这个新面貌继续修炼，终于成了一位异相仙人。老百姓们习惯了他的这副尊容，都称他为“铁拐李。”

二、狗皮膏药

王掌柜的膏药远近闻名，许多人不辞辛苦前来买这种驱风祛寒，治疮疗疔的神药。王掌柜的生意虽然红火，但是却没有一点架子。老的少的、贫的富的、从不另眼相看。他还乐善好施，所以名声非常好。

有一年，王掌柜带着膏药去行医。走到一座破庙前，一个乞丐靠在庙门口不停地呻吟。王掌柜走上前询问，乞丐指指小腿。王掌柜一看，小腿上有个指头肚大小的疔疮，破了头。天气热，疔疮流着脓，还散发出一股臭味。王掌柜忙取出一贴膏药给乞丐贴上，说：“放心吧，过两天就好。”

几天后，王掌柜又在城门口遇到了那个乞丐。王掌柜问乞丐腿怎样了，乞丐苦着脸指了指腿说：“贴了膏药更疼了，不但不好，疮更大了。”

王掌柜揭开膏药一看，果真是疮更大了。王掌柜又取出一贴药力更大的膏药给他贴上去，说：“这一回肯定会好得快，放心吧。”

又过了几天，王掌柜在采药回来的路上又遇到了那个乞丐。不待王掌柜说话，那个乞丐便大骂起来：“人家都说你的膏药是神药。神个屁！你瞧瞧我这腿。原来我还能拖着病腿走街串巷讨口饭吃，现在我挪都挪不动了。这破膏药害得我两天没吃一口饭了。”

王掌柜凑上去一看，那疮口烂得有碗大，脓血泥土裹在一起恶臭扑鼻。更不堪忍受的是疮口生了蛆，白芽芽的蛆在脓血里蠕出蠕进。

王掌柜低头沉思一会儿，背起乞丐就走，“你这腿我一定要治好。走，到我家我专门给你配副药。”

刚进王掌柜的家门，一条大黄狗狂吠着追了上来。王掌柜呵斥了几声，狗不但不后退，还咬着乞丐的腿不放。王掌柜一急，顺手抄起门闩向狗头打去。黄狗闷嗯一声倒地死了。

“哈哈，今天有烤狗肉可吃了。”乞丐一见狗死了，高兴地叫了起来。

王掌柜安顿乞丐在后院剥狗烤肉，自己到厨房去熬药。一炷香的工夫，王掌柜配好了膏药。乞丐在后院已把死狗收拾利索了。乞丐坐在院中，一边吃烤狗肉，一边割了块狗皮捂在膏药上。

不大工夫，乞丐吃饱了。他伸手连狗皮带膏药一起揭了下来。奇怪！碗大的疮口好了。

“王掌柜，谢谢你的狗肉，我走了。”乞丐说完，拄着一支铁拐，一瘸一拐地走了。

王掌柜吃惊地看看走远的乞丐，又看看扔在地上的狗皮膏药，恍然大悟。他冲乞丐的背影高喊道：

“多谢仙人赐药！多谢仙人赐药！”

从此以后，王掌柜的狗皮膏药更神了。人们都知道是铁拐李赐的神方。

吕洞宾成仙的故事

一、吕洞宾得道

唐都长安城内人来人往异常热闹。吕洞宾垂头丧气地躲在一间小酒店的角落里自斟自饮。他怎么也接受不了又一次落榜的事实。

“人人都说我吕洞宾天生异相，出生之日满院异香，满天仙乐；落地之时五行八字占尽天时地利，初生相貌便与众不同。况且三岁便能熟背诗书、出口成章，怎么六十有四了，还是个屡试不第的穷秀才?！老天呀，你真是捉弄人！”吕洞宾满腹委屈无处诉说，只能用一盅又一盅的酒来麻醉自己的愤愤不平。

“贫道可否与你同座?”一个白发白眉白须白袍的老道站在吕洞宾面前。

“请便！”吕洞宾不耐烦地说。

“我看你酒喝多了，该睡一觉清醒清醒了。”老道说完，吕洞宾便一头倒在桌上呼呼大睡起来。

迷迷糊糊中的吕洞宾仿佛又回到了自己十八岁赴京赶考时的情形中。自己周围站着许多贺喜的人，自己高中状元了。皇帝的赏识与赐婚，宰相的招赘与让位，顷刻之间，高官厚禄、美眷豪宅纷至沓来。眨眼之间，自己又是儿孙满堂、权倾朝野的老宰相了。吕洞宾觉得这一切叫人不敢相信又沉醉眷恋。“我这一生没白活呀！”吕洞宾刚想由衷地说这句话，一声“圣旨到！”让他惊起一身鸡皮疙瘩。“……贪赃枉法，有辱圣恩……家产充官，女眷充奴，男肆充军……吕洞宾流放……”一道圣旨就把他曾经醉心的一切都夺去了，让他一个白发苍苍的老头置身于风雪弥天的边陲野地。

吕洞宾

“天啊，荣华富贵五十年，到头来就像一场梦呀！”吕洞宾仰天长呼。

“人生就像一场梦！”吕洞宾听到的是另外一个人的声音。他忙揉揉眼睛，四下张望。

“你醒了。”吕洞宾看见一个老道笑眯眯地对自己说话。

人声嘈杂的长安城，猜酒行令的小酒店，酒壶栽倒的酒桌，吕洞宾意识到自己还在原地，刚才的那一切只是一场梦。

“五十年就在一瞬间，得与失都不值得喜与悲。人生就像那场梦，到头一场空。早点醒悟吧。”老道缓缓的话语像一阵清爽的风，吹散了吕洞宾郁积心中的那股怨气。他的心像一泓碧水一样平静、透亮；他仿佛卸下了前半生所有的重负，浑身无比的轻松畅快；他好像看到另一个前所未有的世界在召唤他。

“多谢道长指点。我吕洞宾脱胎换骨了。”吕洞宾对老道躬身一拜。

“洞空生死、贫富、悲喜、得失非一时之念，一时之功，潜心修炼几世，方可成正果。”老道说完便飘然而逝。

从此以后，吕洞宾抛弃诗书礼乐之书，断决功名利禄之念，潜心修炼去了。

二、吕洞宾捉鬼

宋代的某一年，皇宫中闹鬼。大白天鬼就现形，掳走妃嫔，抢走金银。皇帝吓得斋戒求神保佑。

一天夜里，皇帝恍惚中看见门外进来一个道士，他身后跟着一位身着金甲，长须红面的武士。道士对皇帝说：“这是你所封的崇宁真君关羽，他来帮你捉鬼。”

话音刚落，那个武士手中便抓了一个青面獠牙的恶鬼。只见他双手一分，鬼便被劈成两半，武士双手一折，鬼又被折成四折。片刻工夫，鬼便支离破碎，武士捡起鬼的碎肢，张口便吞。三下五去二，恶鬼便被武士吃了个精光。

那武士对吓得魂飞魄散的皇帝说：“我的兄弟张飞是因为我而被杀。现在他已托身转命到相州岳家为子,希望陛下将来重用他。"

皇帝抖抖索索地说:"多谢二位仙人相救。敢问道长仙号?"

"贫道吕洞宾,号吕纯阳,人称纯阳子。"

一阵冷风吹来,皇帝打了个激灵。寝宫内静悄悄的,宫女侍卫的鼻息声隐约可闻,眼前空无一人。"难道是梦一场"皇帝疑惑地自语。

几天后,有人来报:"相州岳家新近添一男丁。说是梦见神仙昭示,是张飞转世,故取名岳飞。"皇上这才相信那晚的一切不是梦,于是传令各处供奉吕洞宾的道观,封吕洞宾为"妙通真人"。

三、吕洞宾剃头

阳春三月,吕洞宾来到人间天堂——杭州城。

桃红杏粉,柳绿草荣,吕洞宾兴致高昂地准备到西湖一游。走到城南城墙下时,一株老柳树的新枝不停地从吕洞宾脸上拂过,还捎带拽掉了他几根胡须,吕洞宾一痛一惊,掐指一算,"哈哈"大笑起来。他拍拍这株柳树的树干说道:"凡人不知你知,凡人不老你老。凡人自在你烦恼,还想成仙乐逍遥!"说完便扬长而去。

不知已是午时,吕洞宾信步走到西湖边的小茶摊上歇脚。

"哎? 真奇了怪了,快看那老头儿的头发。"几个游人的议论声吸引了吕洞宾。茶摊不远处有个剃头摊,一个小伙计汗流满面地给一个老头儿剃头。小伙计第二刀还没剃完,第一刀剃过的头皮处又长出了新发。小伙计急得左一刀右一刀,剃来剃去老头还是满头白发。

吕洞宾暗笑:"不潜心修炼,跟小孩子逗乐。看我的。"他踱过去对小伙计说:"手艺不到家,看师傅的。"说完从胸中摸出一把剃头刀,"刷刷"几下,老头儿便成了一个大光头。"看你还长不长了?!"吕洞宾大笑道。

"三千烦恼丝已尽,不就可以乐逍遥了吗?"老头儿说道。

吕洞宾一愣,随即笑了起来:"我被骗了。既然三千烦恼丝已尽,理应逍遥自在。走吧!"

吕洞宾快步走到城南,城墙根下的老柳树像秋风过后的老树,光秃秃的,一片叶子也没有了。吕洞宾拍拍柳树干,说道:"何时修得一年四季枝繁叶茂,我何时来度你升天。"说完大笑而去。

张果老的传说

一、佯死

"哀家老了吗?"武则天端详着铜镜中的自己,问梳头宫女。

“不老不老，十八岁的姑娘也没有您这么细腻光滑的皮肤。”宫女讨好地说道。

“满口胡言！哀家眼角皱皱巴巴，两鬓也不似当年乌亮了。”武则天半怒半愁地说着，手在铜镜上摸索着。“哀家宏愿未了，怎么能老呢？”

“启禀天后娘娘，奴婢听祖父说起过当世有位奇人，他有长生不老术。”身后一位女官搭话道。

“噢？快仔细说给哀家听听。”武则天精神一振，忙说道。

“此人叫张果老，住在中条山。人们见他总是倒骑在驴背上，拿着一本唱本，边走边看边哼。他骑的那头驴是头纸驴，休息时一叠，放在箱子中。赶路时给纸驴洒点水，马上就变成活蹦乱跳的真驴了。听说，某一年有个人被冤入狱，被判了斩刑。临刑前一天，犯人家属要翻案，说江南某地有物证和人证。这张果老自告奋勇去找证据。第二天午时三刻之前，张果老找回了证据。后来有人算了算，从此地到彼地，来回一万多里路，张果老一天一夜工夫就取回来了，人们不相信。案子拖一年，经查实，张果老确实去江南取过证据。案子这才算了结。不说别的，日行万里的小毛驴就够神了。”

“这张果老是神还是怪，不能道听途说呀。”

“天后娘娘，据说，这张果老原本是民间一个卖水果的小贩子。有一年外出贩水果，途经荒野，在一座破庙里偷吃了别人的一锅何首乌精煎的汤，就成仙了。”

“既然如此，派人去请他来，哀家倒要见识见识这位仙人。”

“天后娘娘，此人性情怪癖，不好请。先皇太宗曾派人请过他，他一拍驴屁股，就跑得无踪无影了。”

“这好说。他走得了人，走不了庙。我一定要请他入宫。”

武则天派了心腹，带了厚礼去恒州请张果老出山。半个月后，使者风尘仆仆地回宫了。

“启禀天后娘娘，臣等去晚一步，张果老先臣先一日死了。”使者战战兢兢地禀告。

“什么？死了？真死了？”武则天又急又惊又气地问道。

“确实是死了。臣到的那天，因天气炎热，尸体已经腐烂了。地上满地黑水，人一近前，臭气熏天；两只脚正爬满了黑乎乎的苍蝇，挥之不去；两鼻孔已生蛆，白蛆不停地蠕出蠕进……”

“好了，好了，哀家听够了。”武则天掩口挥手喝止了使者。

半个月后，有个地方官向武则天禀告：“臣的下属前几日在中条山又遇到张果老了。他没死，要不要臣把他请来？”

“不用了。既然他不想来也不必勉强。激怒了他，咱们斗不过他呀。”武则天叹了口气回绝了。“神仙可不好惹呀！”

二、酒量一斗

唐明皇执政时也闻张果老的大名，便派人千方百计地把他请到了皇宫里的集贤院。

一日，唐明皇宴请张果老。席间，唐玄宗不断向张果老敬酒。几杯过后，张果老推辞说："小臣实在是酒量不行，我有个弟子，酒量大得惊人，一次能喝一斗酒。"

"快快有请。"唐明皇兴高采烈地说。

张果老一挥手，屋檐上飞下一个小道童，年约十五六岁，唇红齿白，彬彬有礼。唐明皇命他入座，张果老忙说："他是我的弟子，应当站着。"

唐明皇高兴地叫人上酒。一会儿工夫，小道童已喝了一斗酒。张果老见状，忙对唐明皇说："童儿年幼酒量有限，请皇上不要让他过度饮酒，以免失礼呀。"

唐明皇哪里肯听，一个劲儿地命人斟酒。小道童喝得面红耳赤，站立不稳，"通"的一声跌倒在地。"哧哧"小道童的头顶喷涌出一股酒。"啊？哈哈！"众人先是大吃一惊，继而大笑起来。

"这个童儿的把戏真有意思。"唐明皇笑得直流眼泪。"咦！人呢？"唐明皇揉了一下眼睛，又奇怪地问。

那个醉倒的小道童不见了，地上只有一樽金樽。

"皇上，这金樽是集贤院的，容量恰好是一斗呀！"集贤院的大臣端详了地上的金樽，小心翼翼地向唐明皇禀告道。

"真是神仙呀！"半晌，目瞪口呆的唐明皇才缓过神。

三、他是混沌初分时的白蝙蝠精

唐明皇对张果老的仙术又惊又喜，又怕又奇。一天，他招来宫中的术士叶法善问道：

"朕听说修炼成仙也要有一定的机缘。这张果老一个卖果子出身的人，怎么就能得道成仙呢？他到底是什么来历呀？"

叶法善抬手掐算了一下，又低头沉思了一会儿，一脸惶恐地说："小臣实在是不敢说呀！"

"咦！为什么？"唐明皇兴致更浓了，非要叶法善说，"朕恕你无罪，快说吧。你不想抗旨杀头吧？"

叶法善为难地跪倒在地："皇上，臣说了就没命了呀！"

"哎呀！朕命最好的御医为你保命。快说！"

"要臣说也行。臣死了，皇上得散发赤足去求张果老救臣。"

"好说，朕答应你。"

"盘古开天辟地，混沌初开时，天地间出现了一只白蝙蝠。这只白蝙蝠吸取了天地间最原始的精气，后经多少代的辗转，托生成人的就是张果老呀！"

叶法善话音刚落,"扑通"一声向后栽去。只见他七窍流血,四肢僵硬,一命呜呼了。

"张大仙人,朕求你救救叶法善吧。"披头散发,光着脚的唐明皇拜在张果老身旁,低声请求道。

"叶法善这小子多嘴多舌,天机岂可泄露?要是不惩罚他,怕他以后还会不知天高地厚地胡言乱语。"张果老闭着眼说。

"这全是朕的错,是朕逼他说的。请仙人饶他一命,相信他以后不敢再泄露天机了。"唐明皇又拜了几拜。

"好吧,随我来。"张果老站起来带着唐明皇来到叶法善尸体旁。只见张果老口含清水,念念有词,然后一口喷到叶法善脸上。顷刻,叶法善睁开了眼。

"真乃神人!朕要人把张仙人的画像挂在集贤院,赐号'通玄先生'。"

张果老在通贤院住了几年后,向唐玄宗告老还乡。张果老死后,弟子打开棺材,发现没有尸体。后来听说他成了八仙之一,上天了。

韩湘子的传说

一、韩湘子种西瓜

皇帝过寿,大宴群臣。大臣们为了讨好皇上,挖空心思献礼祝寿。就在君臣极尽欢畅之时,殿外跑来一个小太监:

"启禀皇上,宫外有个道士求见,说是特来为皇上祝寿。"

皇帝思量一下,觉得能突然来到皇宫内的人一定不是普通凡人,便宣见。一会儿,一个眉清目秀但衣衫邋遢的年轻道士走了进来。

"请问道长如何称呼?"皇帝问道。

小道士略施一礼答道:"我无道号,俗名韩湘子。"

"你有何礼物要送与朕?"

"皇上什么都不缺。我也没什么新奇玩意送给皇上,就要个小把戏,给皇上开开心吧。"

"你有什么戏法叫朕开心?"

"我给皇上献一颗大西瓜吧。"

"大西瓜?隆冬季节送西瓜?"皇上和大臣们都吃了一惊。

韩湘子叫人拿来一个小花盆,从怀中取出一包瓜子,拈出一粒种了进去,然后他用宽大的袖子罩住花盆。一会儿工夫,他的袖子里渗出阵阵白气,气中带着浓郁的花香,整个大殿都弥漫着香气。韩湘子把袖子一收,一盆叶绿枝盛开的西瓜秧呈现在众人面前。更叫人称奇的是,这盆西瓜秧结出一颗又大又圆的西瓜。

“哎呀，道长真是神仙呐。”半晌，皇帝才由衷地说出这句赞叹的话。

“多谢皇上赐吉言，告辞了。”韩湘子说完，挥袖飞出大殿，向天空徐徐飞去。

原来，韩湘子修炼多年，就差皇上的封赐。皇帝一句“真是神仙”，成就了韩湘子飞天成仙的功业。

二、韩湘子度韩愈

韩湘子年轻时一心修道，不思学业，叔父韩愈多次斥责他不务正业。有一年，韩湘子外出探亲，一去不回，二十年杳无音信。

突然有一天，韩湘子回来了。他蓬头垢面，衣衫褴褛，韩愈一见他这个落魄样子，心生怜悯，也没责怪他。休息几日后，韩愈劝韩湘子重新振作精神，好好攻读，以求取一官半职。韩湘子唯唯诺诺答应了。不料韩湘子只埋头看了两天书便旧病复发。白天一个人躲在屋里呆呆地坐几个时辰，然后到外面喝得酩酊大醉，回来便说一些奇奇怪怪的话。睡到半夜兴致来时，爬上屋顶对月吹笛。笛声虽然清脆婉转，怎奈夜深人静扰人美梦。

一日，韩湘子在外喝得大醉，在柴堆上睡了五天才醒过来。忙于朝政的韩愈听说了韩湘子不成器的行径后，气冲冲地找来韩湘子教训道：“街头市井，凡张口吃饭的人都有一技之长。你自小聪慧过人，我巴望你能学有所成，有所作为，没想到你不务正业，到外面浪荡，一浪就是二十年。如今你已年过不惑，以为你能明白事理，没想到你……你说，你到底有什么安身立命的本事？”

韩湘子不慌不忙地说：“我有一技，叔父不知呀。”说完走到廊下，指着一棵白牡丹说：“下次它就不会开白色牡丹了。希望叔父能明白我的所作所为。”

没过几日，廊下那株白牡丹开花了，不是往年的白花，而是碧色花朵，花瓣中间又是五色相交。韩愈疑惑地问韩湘子：“这些年你到底干了些什么？”

青山云水隔，此地是我家。
终日餐云液，清晨啜落霞。
琴弹碧玉调，炉炼百硃砂
宝鼎有金虎，芝田养白鸦。
一瓢藏造化，三尺斩妖邪。
解造逡巡酒，能开顷刻花。
有人能学我，共同看仙葩。

韩湘子没有正面回答，只是吟了一首诗。韩愈听了，不屑一顾地说：“旁门邪道的东西，有什么值得学习？我跟你学，我也变成不人不鬼的怪人了。”

韩湘子摇了摇头，叹了口气说：“叔父你怎么不明白呢？也罢，日后你自会明白的。”

第二天，韩湘子不辞而别。仆人在整理花圃的时候发现碧色牡丹上又出现了几行字，并向韩愈禀告。韩愈走近一看，花瓣上有两行紫色字迹：

云横秦岭家何在，

雪拥蓝关马不前。

韩愈揣摩不出何意，也就没放在心上。

这一年，韩愈劝阻宪宗迎佛骨，遭到贬谪。韩愈被贬往潮州任刺史。赴任途中，天降大雪，道路难辨，马立于山下驻足不前。韩愈身陷茫茫雪地，进退不得，心中无限惆怅。就在这时，有一人顶风冒雪走来，韩愈的随从高声问道："前方路人，你可知此处是何地？"

"蓝关！"那人答道。

韩愈一听"蓝关"二字，心中一动，仔细打量答话人，正是侄儿韩湘子。回想起花间留字，韩愈明白了韩湘子的意思。

"叔父，是跟我走还是让我送你走？"韩湘子问道。

韩愈长叹一声说道："人各有志，人各有好，你还是送我一程吧。"

韩湘子牵着韩愈的马默默地向前走去。第二天，天气放晴，走到分手的路口，韩湘子欲言又止。韩愈知道侄儿的心意，便说："我作诗一首，就算我对你的回答吧。"

一封朝奏九重天，夕贬潮阳路八千。

欲为圣朝除弊事，肯将衰朽惜残年。

云横秦岭家何在，雪拥蓝关马不前。

知汝远来应有意，好收吾骨瘴江边。

韩湘子听了韩愈的诗说："既然如此，侄儿就此告辞了。叔父保重！"

韩湘子一心想度化韩愈，岂料韩愈无心修仙。后来韩愈在潮阳驱鳄鱼时，韩湘子暗中施法相助，也算报答叔父养育与教诲之恩。

何仙姑的传说

南海郡的大山里，有户人家降生了一个女婴。人们都说孩子的出生很怪异，降生时满屋子紫色的云雾，一生下来头顶就有六根彩色的头发。不过，女婴的父母并不把她当异人看待，别人怎么抚养孩子，他们就怎样抚养，只是给她取了个带有神味的名字：何仙姑。

何仙姑十四五岁的时候，常常看见山下的溪水中有光闪闪的石头，很奇怪。大人们说那是云母，没什么稀奇的。

一天晚上，何仙姑梦见天上飞下一个仙人，他对溪水中白白流走的云母非常惋惜地说："这么珍贵的仙药就这样被水冲走了，真可惜！"何仙姑听仙人说云母是仙药，很认真地纠正说："那不是仙药，是云母。我爹说这溪水里一直有云母，一点也不稀罕。"仙人笑着对他说："小姑娘，凡人肉眼是不会识仙药的。这种仙药吃了会身轻如燕,长命百岁。”何仙姑试着捡起一片云母放入口中,甜丝丝的,像糖。

“真好吃!”何仙姑边吃边高兴地说着。“孩子醒醒,你说什么呀!”何仙姑被母亲摇醒了。

第二天,何仙姑在河边洗衣服,水中光闪闪的云母随着溪水慢慢流走了。她想起昨晚的梦,捞起一片云母放入口中,果然甘甜无比。以后,她每天到溪边捞云母吃。时间长了,她果然行走如飞,貌美如花。

“孩子,张家又来提亲了。你也不小了。”母亲絮絮叨叨地说。

“娘,我说过多少遍了,我不嫁人。”何仙姑对母亲说道。

“男大当婚女大当嫁,你要当一辈子老姑娘呀。”

“娘,山上的果子红了,我去采果去了。”何仙姑不搭母亲的话茬,说完轻快地跑出了家门。

晚上,何仙姑提着一篮山果回来了。

“孩子,这果子是从哪儿采来的?附近山上没有这种果子呀。”父亲奇怪地问。

“我是在五岭山采的。”

“什么?五岭山?五岭山远在千里之外呐!”父亲更奇怪了。

“就是千里之外的五岭山。路途还不算太远。”何仙姑轻松地说道。

晚上,何家老两口又在唠叨女儿的婚事。何母焦虑地说:“女大不由娘啊,女儿的婚事你也该管管了,哪有这么大的姑娘不出嫁的事呀?”

何父沉思一会儿说:“这丫头出世时有人说她不一般,我不信。现在不由我不信了,她不是一般人啊。由她去吧!”

以后,何家老两口对何仙姑的婚事闭口不提了。

很多年过去了,何家老两口也去世了。何仙姑独自一人行走于山间野地,人们惊诧她的容貌还像十几岁的姑娘一样艳丽。有人发现她常食云母,也偷偷效仿。后来更多人知道了这个秘密,山下溪水中的云母很快被捞得一干二净,可是没有一个人能像何仙姑一样身轻如燕,青春长驻。

何仙姑常年行走山中,对草药也有了解,所以,不时给山里的百姓治病。渐渐地山外的达官贵人也听说了何仙姑的大名,常常进山请她治病。

一次,一个富人请何仙姑为他久生不下的夫人接生。何仙姑一看产妇,便说:“这是你家作孽所致呀。你家有个丫头,本来天生短命,注定转世为你子,结果被你夫人毒打致死。现在夫人难产,正是丫鬟冤魂所致。”何仙姑为产妇烧了一符,产妇很快生下了孩子。是个死去的男婴,满身鞭痕。富人夫妇后悔不迭。

朝中主簿大人突患怪症,请遍名医也没治好,只好请来了何仙姑。何仙姑一把脉,便说出了症结所在:“大人在判案时收贿,致使犯人含冤而死。现在人犯冤魂不散,定要让你折寿而死。”主簿大人一听,忙烧香祈祷悔罪,并尽可能地补救罪过。不久,主簿病好了,不过他没活几年便死了。

何仙姑的大名越传越响,连武则天也听说她的大名了。武则天对她的驻颜之术很感兴趣,便命人接她入宫。使者陪她走到半路,她突然失踪了。使者命人四处查访,未果。

后来,有人看见她随铁拐李飞上了天,成了八仙中的一员。

曹国舅的传说

一、曹国舅成仙

曹大国舅的轿子要经过闹市了,前方的差官敲着锣在前面开道,路上行人纷纷避让。

“大人,我冤枉啊!”一个女子哭喊着抢到国舅的轿前。“走开走开!申冤到衙门去!”差官粗暴地拉走了喊冤的女子。

曹大国舅听那女子叫得凄厉,便命差官带她到轿前。那女子哭哭啼啼跪到轿前,开始哭诉自己的冤情:

“民妇张氏,与夫一道进京赶考。不料被当朝曹国舅骗入府中。那曹国舅逼我夫把我让给他,我夫执意不肯,曹国舅便命人毒打我夫,并将他吊死。民妇死不屈从于他,他便将民妇锁入柴房。前日竟命人将民妇投入井中,幸亏枯井水浅,民妇未被溺死。又得一位老伯相救,才逃离死地。大人啊,那曹国舅人面兽心,丧心病狂,求大人为民妇做主啊。”

曹大国舅一听此言,便知是二弟所为。他又羞又气,命人将喊冤女子带走。那女人见他一言不发,气愤地喊道:“你们官官相护,狼狈为奸,你们食天下百姓之粮,却害天下百姓之命,天理何在!别人都说包大人铁面无私,执法如山,原来也是缩头乌龟,贪赃枉法,人面兽心!”

曹大国舅一听,知她喊错了冤,但一想她说的话,更觉羞愧,便派人将她送到开封府。

曹大国舅回到府中,心乱如麻。曹二国舅不久前伙同强盗杀了一个珠宝商抢了一颗宝珠,被包拯打入死牢。在皇后娘娘的苦苦哀求下才从铡刀下逃脱一死。时隔不久,又闹出杀夫夺妻的乱子。

“唉,我曹家何德何能居高官、享厚禄?不就仗着姐姐是皇后吗?唉,何处清静?!”曹大国舅满腹惆怅。

“哥哥,你得救我啊!”正心烦着,曹二国舅哭丧着脸闯了进来,“哥哥,一个贱妇到包黑子那儿把我告了。那个包黑子你也知道,被他揪住了死路一条。你帮我向姐姐和皇上求个情吧。哥呀,求求你了。皇上和姐姐都说你天性纯善,他们都喜欢你。你的话他们一定听。哥,发发善心,救小弟一命吧。”

曹大国舅更烦了,他斥责弟弟说:“你作恶多端,罪有应得。”

曹二国舅可怜兮兮地说：“哥，你心如菩萨，连鸡狗的命都不忍心要，同胞弟弟，你忍心让他死吗？”

曹大国舅痛心地说：“你的命是命，他人的命是草菅；怜你是慈悲，怜其他人就不是慈悲。这道理能讲通吗？我是善人吗？”

“哥，看在死去爹娘的分上，看在你我兄弟的分上，你就帮帮我吧。”

曹大国舅昏昏沉沉地走出家门，跌跌撞撞地走进了山里，他不知自己身处何地。他仰天高呼道：“天啊，我向往清静，偏偏生在官宦之家，名利之场；我一心向善，却有骄纵不法之弟，你让我何以立身，何以面世？”

就在曹大国舅痛苦不堪之时，一个玉面长须的道人站在他身后说：“清静无为，修身养性，一切都是身外之物。”

曹国舅沉思良久，才似有醒悟地躬身说道：“多谢师傅指点。”一抬头，那道人已无影踪。

曹国舅就此隐居到山洞里潜心悟道。几年后，四处寻他的家仆在山中见到了曹国舅，家仆告诉他二国舅已经服法，皇后娘娘十分想念他。曹国舅淡淡一笑，对家仆说：“我知道了，你回去吧。”家仆走后，曹国舅继续闭目修心。

很多年过去了，曹国舅已修炼到了数月不食的地步。一日，钟离权和吕洞宾来到山中问他：“听说曹国舅潜心修养，不知你修养什么东西。”

“养道。”曹国舅微笑着回答。

“道在哪里？”钟离权问道。

曹国舅笑着指指天。

“天在哪儿？”吕洞宾问道。

曹国舅又指指心。

“心即天，天即道。你可以恢复自己的真面貌了。”钟离权和吕洞宾见曹国舅终于悟出了道，修炼成了，高兴地向他祝贺。二人说完，粗衣简帽的曹国舅又回复到了曾经当国舅时的衣着打扮了。“你的外表仍然是曹国舅，但你的内心已是心怀苍生的仙家世界了。”

曹国舅随着钟离权、吕洞宾徐徐飞上天，到仙班报到去了。

二、聚宝坑

曹国舅成仙后，也在人间做些惩恶扬善的好事。

有一年，曹国舅到京城外的县邑体察民情。一路上饥民到处都是，一问才知是租税多得吓人。曹国舅心里很不是滋味，暗自思忖解救办法。

“国舅爷，终于见到您了！”一声尖叫打断了曹国舅的思绪，回头一看，原来是京城首富佟善人。此人面善心不善，爱财如命，勾结官府，欺压百姓。是地方一霸。看到他，曹国舅计上心头。佟善人小跑几步追了上来，满脸媚笑着说：“国舅爷，这些年您到哪儿去了？太后四处派人打听你的消息，我也暗自替你担心呀！这下可好了，看到您依然风采不减当年，我就放心了。”

曹国舅笑着说：“出去云游了几年，跟几个老道学了些腾云术、聚宝术什么的。”

“聚宝术？那一定是了不起的本事吧？”佟善人两眼放光，急切地说。

“没什么了不起的，对我来说没多大用。就是一个宝能生许多宝的小把戏。”曹国舅满不在乎地说。

“国舅爷，走走走！几年没见了，到寒舍喝杯酒，叙叙旧。”佟善人拉着曹国舅就走。曹国舅假意推托一番，便跟着到了佟府。

曹国舅还没坐稳，佟善人便凑过来说：“国舅爷，厨房正在准备酒菜。能不能让我先见识一下您的聚宝法？”

曹国舅丝毫没有推辞，说：“行！你先命人挖一个三尺见方，六尺见深的坑。”

佟善人喜滋滋地命人挖坑去了。不大工夫，酒菜端来了。曹国舅也不客气，大吃大喝起来。吃了一半，家丁满头大汗跑来说：“老爷，坑挖好了。”

“好，好！”曹国舅不待佟善人张口，便接过话头说：“佟员外，请！”

曹国舅从口袋中取出一文钱扔到坑里，然后跳到坑里一个一个地往出捡铜钱，一会儿工夫便捡出一小堆。曹国舅跳出坑，拍了拍手说：“别小看这一文钱，能生出你几辈都有花不完的钱。”

“哎呀，真是神了。”佟善人激动得围着土坑来回转。家丁丫鬟听说家里有聚宝坑，都跑来看稀奇，连佟善人六十岁的老妈妈也由人扶着出来看热闹。

“儿啊，让娘看看你的聚宝坑。”老太太颤巍巍地走到了坑前，“哎哟”老太太脚下一不留神，滑进了土坑。

“儿啊，娘拾到一文钱。嘿！这坑底还有一个。”老太太连着拾了几个，坑底总是还有一个。高兴得老太太直叫唤：“真是聚宝坑啊，这钱什么时候能拾完”

“只要拾，什么时候也拾不完。”曹国舅说完转身又回去喝酒了。

“儿啊，拉娘上去吧。”老太太在坑里叫唤着。

佟善人伸手把老娘拉了出来，刚转过身想说话，坑里又传来老娘的叫唤声：“儿啊，拉娘上去吧。”佟善人以为老娘不小心又掉进坑了，伸手又把她拉了上来。刚转过身去，又听到老娘在叫唤：“儿啊，拉娘上去吧。”佟善人又回头边拉边说：“娘，您老不能站稳点吗？”佟善人又转身要走，身后又传来叫唤声：“儿啊，拉娘上去吧。”佟善人头也不回不耐烦地说：“快拉老夫人上来，扶好了，别让她再滑下去了。”

佟善人喜滋滋地跑回客厅，对正在自斟自饮的曹国舅说：“国舅爷真是神人啊。聚宝坑还能生其他东西吗？”

“能！怎么不能？放什么生什么。”曹国舅的话让佟善人乐得心花怒放。

“老爷呀，这老夫人拉了一个又一个，现在拉出十几个老夫人了，坑里还有老夫人。”一个家丁气喘吁吁地跑进来说道。

“什么？十几个老夫人？”佟善人一下子从椅子上蹦了起来，他转向曹国舅说：“国舅爷，这……这该怎么办呢？”

曹国舅为难地说:"怎么办呢?不把老夫人拉上来,聚宝坑就放不进其他东西了。"

佟善人咬了咬牙,挥挥手说:"拉!继续拉?"

到了掌灯时分,家丁还在不断地往外拉老夫人。佟府所有的房间都安置了几个老夫人。这些老夫人一会儿要茶,一会儿要点心,一会儿要养神,一会儿又要丫头捶背。丫鬟忙不过来,老夫人们便大骂丫鬟懒惰,骂着骂着又开始哭:"孽子啊,老娘含辛茹苦把你拉扯大,现在你却把娘撇在一边,连个端茶送水的人也不派。哎哟,我命苦啊。"一个老夫人哭不要紧,上百个老夫人都在哭闹,吵得佟善人头都要炸了。佟善人不得不求曹国舅想办法:

"国舅爷,快帮我想个办法吧。这么多老娘吵得我烦死了。再这么拉下去,我这佟府也装不下了呀。"

"这……这……"曹国舅搔搔头,无奈地说:"我只学了聚宝术,这还原术还没学过。要不,我去请几个朋友帮忙吧。他们都是法力无边的大神仙,连我也不敢得罪他们,他们来了,你可要恭敬些。"

佟善人一个劲儿地点头。曹国舅闭目念念有词,一会儿,天上徐徐飘来七位仙人。其中一位手持荷花的仙女说:"曹国舅的求助,我们知道了。我们每人可以帮你还原掉十七个娘,你只需答应我们每人一件事。"

"好说好说,别说一件,十件事也答应。"佟善人忙不迭地答道。

"第一,免除往年拖欠田租。"

"第二,减免今年田租。"

"第三,返还高利贷所得。"

"第四,开仓放粮济困。"

"第五,不准压榨长工、奴仆。"

"第六,不再与官府狼狈为奸。"

"第七,今后一心向善。"

仙人们依次说出了自己的条件。佟善人迟疑不决,要是答应的话,自己五成的家产都没了;不答应吧,这么多老娘光送葬也送不起呀。

"佟员外,你看这事儿……"曹国舅满脸无奈地说:"请神容易送神难啊!"

佟善人最后咬咬牙,说:"行!我答应!"他命人将该烧的契约烧了,该返还的钱算好,该放粮的数量计划好。大半夜过去了,佟善人才将这些事交代布置完毕。众位神仙低头念了几句咒语,老太太们的吵闹声一下子全没了。只有坑中还有一个老太太在叫唤:"儿啊,拉娘上去吧。"佟善人一把拉上老娘,坑中再无人叫唤了,只有一文钱。

"这一个我们就没办法了,你自己处理吧。"七位仙人说完徐徐飞走了。

"佟员外,聚宝坑成普通土坑了,不会有麻烦了。我告辞了。"曹国舅笑哼哼地告别气得半死的佟善人,随七位仙人飞走了。

蓝采和的传说

"捡钱喽捡钱喽!"一群孩子跟在一个流浪汉身后边跑边喊。

这个流浪汉很怪异。一身破破烂烂的蓝布衫,腰系一条宽三寸多的木质腰带,脏得乌黑发亮。他一脚穿一只破靴子,一脚赤足,走起路来疯疯癫癫,口中哼哼唧唧唱着歌。身后拖一长绳,绳上穿着一串铜钱,人在前面走,钱在地上"哗哗"响。没走几步,铜钱便从绳上不时地脱落。身后这群孩子边喊边弯腰捡钱。很奇怪,这铜钱像长着腿似的一蹦一蹦,孩子的手刚伸过去,铜钱便蹦出去了。一弯腰一蹦,孩子们乐得有这么有意思的游戏,起劲地跟在后面捡。流浪汉似乎并不在意铜钱散失,自顾自地哼唱、走路。孩子们的小屁股撅了多少次也没捡到一个铜钱,只见铜钱一蹦一蹦,忽然蹦到了一个乞讨老太婆的碗中。

蓝采和

流浪汉深一脚浅一脚地走到一个酒楼下,伸手拽过穿钱的绳子,取下铜钱掂了掂,便跨进了酒楼。身后的孩子也一哄而散。

太阳西斜了,流浪汉才摇摇晃晃地走出酒楼。天空飞飞扬扬地下起了雪,流浪汉哼着歌向城门走去。

第二天天晴了。城门大开,行人冷得缩着脖子小跑着进进出出。阳光照在城墙根下,那个流浪汉躺在雪地上呼呼大睡,人来人往的嘈杂声对他没有一点影响。

城门口驶进一辆马车。马车上坐的老太太突然尖着嗓子对赶车的小伙子说:"孩子,你看那个乞丐,就穿那么一件破单衫,这么冷的天还直冒气。"

"姑姥姥,这叫傻人自有傻福,冻不死!您没见他夏天往单衣里填棉絮,一点汗都不出。"小伙子一点也不奇怪地说。

"啧啧,还是年轻人的身体好!"老太太边呵手边羡慕地说。

"姑姥姥,您没听说过傻子不操心,人老心不老。这个傻子呀,我爹穿开裆裤时,他就那个样儿,到我儿子穿开裆裤时,他还那个样。见过他的人都说他定在那儿不老了。"

“敢情那是个仙人吧?”

“仙人?!他要是仙人,天下求仙访道的人都吓跑了,仙人活在那种分上还不如猪狗呢。我看呀,是傻人多受傻罪。”

马车入城走远了,流浪汉翻了个身,睁眼看了看太阳,爬起来,哼哼唱唱,似狂非狂地出了城。

正午时分,流浪汉已到了另一个城镇。在热闹的街市上,他拍着三尺长的拍板,如醉如痴地唱着:

踏歌蓝采和,
世界能几何?
红颜一树春,
流年一掷梭,
古人混混去不返,
今人纷纷来更多。
朝骑鸾凤到碧落,
暮见桑田生白波。
长景明辉在空际,
金银宫厥高嵯峨。

他的歌声异常动听,一会儿工夫周围便围了许多人。他唱完歌,围观的人便起哄说:

“你的歌唱得不好!”

“各位父老乡亲,这位是我的师傅。他唱得比我好,我们大家听他来一段怎么样?”流浪汉指着那个起哄的人说道。那人脸一红,挤出人群溜了。围观的人又围着他取笑起来。别人问什么他答什么,语言幽默风趣,逗得人们笑得前仰后合。人们纷纷解囊投钱。

流浪汉把铜线穿在身后的绳子上,边唱边晃着走了。

有些行商的人在各个地方见过这个怪异的流浪汉。人们不知他叫什么,就取他常唱的那首“踏歌”中的词称他蓝采和。

蓝采和后来游走到濠梁,在一座酒楼上喝得醉醺醺的。暮色降临时,他在酒楼上狂歌乱舞,嘹亮的歌声直冲云霄。周围的酒客对他指指点点,他全然不顾。唱着唱着,天空传来了笙箫声,一群白鹤随着他的歌声翩翩起舞。蓝采和兴致更高了,他高唱着,舞蹈着。忽然他轻飘飘地升了起来,在半空中和着笙箫与白鹤共舞。边舞边飞,最后消逝在越来越暗的夜空中。

酒楼上的酒客看呆了,直到天幕中星星闪烁了,他们才恍然醒悟,嚅嚅地说着:“蓝采和升天了!”

八仙闹海

一年一度王母娘娘的蟠桃盛会上，八仙载歌载舞为王母祝寿。王母娘娘大喜，赐了八仙许多酒，八仙直喝得东摇西晃，才乘兴而归。

八仙飘飘荡荡降在东海边上，一边醒酒，一边观赏东海的景观。海风徐徐吹来，水面泛出层层微波，休息片刻，八仙顿觉神清气爽，酒意全无。吕洞宾雅兴大发，建议众仙畅游东海。汉钟离提议说："今日咱们各显神通，驾宝游海怎么样？"众仙齐声叫好。

铁拐李率先取下药葫芦，往海中一抛，葫芦马上变成了大如官船的大葫芦。铁拐李跳上葫芦先走了。汉钟离把手中的芭蕉扇往水中一丢，一张大如苇席的扇子铺在了海上。汉钟离腆着大肚子，轻轻地跳上扇子，然后侧身躺在扇上打起了瞌睡。吕洞宾把宝剑抛入海中，纵身跳上剑，剑划开水面向前蹿去。张果老的小毛驴下了海，扑腾扑腾跑得不比地上慢。何仙姑把青荷放入水中，青荷一下子铺了方圆数丈，何仙姑站在上面，宛如出水芙蓉。韩湘子玉笛到了水中，不仅可以当船，水击笛孔时还有音乐响起。蓝采和的大花篮入水后滴水不漏，篮中的鲜花随着海风飞落到了海面。众仙笑他是散花的仙女。曹国舅见众仙已下海，不慌不忙地将自己的玉板排开放在水面上，像一只竹筏似的。

众仙在东海上载歌载舞，好不快活。天上的飞鸟被他们吓跑了，水中的鱼虾被惊走了，海面也被他们搅得翻腾不安。

众仙正游得欢畅，一只大海龟挡在了他们面前。铁拐李等人围着海龟评头论足。只听见曹国舅在后面大喊："好大的海蜇！你们肯定没见过这么大的海蜇！"众仙头也不回地说："你这国舅爷肯定也没见过这么大的海龟。"

突然，海龟向下一沉，便无踪影了。众仙大为扫兴，便相互招呼着回山。这时众仙才发现曹国舅不见了。

"不好！我们中计了！"吕洞宾一跺脚说道。铁拐李随即说道："这海龟来得突然去得突然，必定有诈。对了，还有曹国舅说的大海蜇。"

"一定是东海老龙搞的鬼！找他算账去！"韩湘子大喊道。

"不可轻举妄动。伤了和气大家都不好办。"汉钟离制止道，"我们分头打探一下，待会儿在岸上会合。"

一个多时辰过后，众仙在海岸上会合，又少了一个吕洞宾。何仙姑急的直骂："吕老道是不是看上哪个王八夜叉了？"又等了一个多时辰，吕洞宾还没回来，众仙知道出事了，忙商议对策。铁拐李思索良久，对众仙说："我亲自到海底探查一下，你们在此候着，不可轻举妄动。"

铁拐李摇身一变，变成一只老蟹，向海底游去。迎面碰到洋洋得意的墨斗鱼和蚶，铁拐李便上前打招呼："二位有什么喜事呀？"墨斗鱼翻了翻黑眼睛说："我立大功了！那八仙在海上逞能，龙太子和龟丞相看上了曹国舅的阴阳玉板，我施黑阵帮他们二位抓住了曹国舅，夺了玉板。龙太子封我当元帅了。"蚶扭动着腰肢说："我变成了美女，把那个吕洞宾迷得神魂颠倒，轻而易举就让我生擒活捉了。龙太子说要立我为妃呢！"

铁拐李一听全明白了，便假意悻悻说道："唉，我去巡海误了立功机会，要不然我也能立了小功。恭喜二位，今后多关照小的一下。"

墨斗鱼与蚶活灵活现地走了。铁拐李躲在僻静处又变成东海龙王敖广的样子，大摇大摆走进了龙宫。龙太子正和龟丞相搂着水蛇美女饮酒作乐，他们一见龙王回来了，慌忙站起来结结巴巴地问："父王，您……您施完雨了？"

"施雨施雨！施个屁！那八仙到玉帝面前告了我一状，玉帝大动肝火，要降我的职，幸亏众神求情，我才回来。都是你们两个惹的祸！"假龙王气呼呼地说。

龙太子委屈地说："父王，不是你想要那几块玉板吗？怎么反倒怪起孩儿了？"假龙王不耐烦地摆摆手，说："不说了！快去把曹、吕二仙放出来。"

曹国舅与吕洞宾一见假龙王，破口大骂，假龙王不理他俩，对龙太子与龟丞相命令道："快去把二仙的法宝取来，放他们回去。"

龟丞相一听这话起了疑心，龙太子张口说："父王，玉板和宝剑是您放的，我们怎么知道在哪儿呢？"铁拐李一听，慌了，忙掩饰说："唉，今日事多，我忘了！"只听龟丞相哼哼冷笑几声，说："恐怕你连龙宫的宝库在哪儿也不知道吧？"铁拐李干脆现出原形，拉起二仙便跑。

龟丞相一见三仙跑了，忙对龙太子说："太子，千万不能让他们跑了。他们上玉帝那儿告状，我们不但得不到宝物，还会遭到贬斥的。快派兵杀死他们，让他们死无对证。"龙太子一听，带着虾兵蟹将就去追三仙。

其他五仙在岸上等得焦急，突然看见海浪翻滚，暗潮狂涌，知道海底发生了打斗。众仙正准备下海查看，只见铁拐李带着曹国舅和吕洞宾浮出了海面。随即海底出现一个大漩涡，漩涡转了几下，一条张牙舞爪的龙蹿出了海面，恶狠狠地扑向众仙。韩湘子忙吹起玉笛，腾舞在半空的龙太子觉得天旋地转，双眼发直，铁拐李趁势劈头一拐打去，龙太子"扑通"落在海中不动了。虾兵蟹将拖起龙太子沉入了海底。

天色已黑，八仙准备休息一晚，明日再去龙宫索宝。

第二天天刚亮，八仙就被惊天动地的雷声和海浪声惊起。只见天空黑云压顶，海面巨浪滔天。一个炸雷响过，天空传来东海龙王愤怒的吼声："大胆的野仙，竟敢打死我龙儿，今天我要将你们碎尸万段。"

"呸！不要脸的老龙，你见财忘义，竟敢囚禁仙人，掠夺法宝，快还我们法宝！"吕洞宾也对天怒吼道。

东海龙王指挥着四海水族向八仙冲去。汉钟离用力扇动芭蕉扇，阵阵飓风把水族们刮得东倒西歪。铁拐李打开药葫芦，里面呼呼地喷出几股真火，东海霎时成了火海，众水族吓得四处逃窜，连东海老龙王的龙须也被燎掉了半截。东海龙王见势不妙，慌忙逃回水晶宫。

东海龙王知道八仙不会善罢甘休，还会来索宝，便与其他龙王商量，决定来个恶人先告状。

东海龙王跪在灵霄宝殿上一把鼻涕一把泪地向玉帝哭诉道："玉帝呀，八仙在东海兴风作浪，打死不少水族，我儿前去阻止，反被打死。我去找他们评理，又被烧掉了胡须。玉帝呀。为我做主啊。八仙目中无人，欺人太甚，实则就是对您的蔑视呀！"

玉皇大帝一听，勃然大怒，命令殿前四大天王："命你们带天兵十万，协助东海龙王将那八个妖道拿回天庭问罪！"

八仙正在岸上商量如何索宝，突然看见天兵天将气势汹汹而来，没等他们开口，只听领兵的托塔李天王一声大喝："八个妖道，你们目无天规，杀生闹海，罪大恶极，速速束手就擒，随我上天受罚！"众仙一听此言，七嘴八舌地向李天王辩解。李天王不耐烦地打断他们，命他们上天，吕洞宾与铁拐李大怒，拒不听命于他。李天王一挥手，天兵天将涌了过来。双方各施法术，斗得天昏地暗。

张果老见众仙形势不妙，忙招呼蓝采和："我去找太上老君，你去找孙大圣。快！"

不一会儿，孙悟空提着泰山赶来了。他听了蓝采和的讲叙，早就怒不可遏。来到海边一看，东海老龙王站在云端看着六仙渐落下风，直拍手叫好，不由怒火中烧。他大喝一声："老龙王，我把你的龙宫填平，看你再贪心害人！"说完，便把手中的泰山向下一抛，眼看就要落入东海了，突然一股神力将山推到了海边。众仙一看，如来佛祖到了。

原来张果老去找太上老君，太上老君见事闹大了，忙去找如来佛祖。如来佛祖对跪在脚下的众仙与东海龙王说道："东海龙王贪财惹祸，实属不该；八仙闹海，杀了龙太子，也有过错。依我之见，将曹国舅的玉板分两块给东海，大家从此恩怨两销，怎么样？"

八仙与东海龙王一致同意。众仙谢过如来佛祖，各自驾云而去。

夜叉女与送子娘娘

夜叉国的女夜叉们都喜欢一个叫诃梨帝母的夜叉女。因为她容貌端庄秀丽，大家都叫她欢喜。

一天，欢喜到野外挤羊奶。途经芳园时，遇到五百个装扮华丽奇特的人。他们一见欢喜，高兴地说："看你的样子，真是与佛有缘。今日独觉佛在王舍城中设会讲法。一块去看看吧,说不准你能立地成佛!"

欢喜既高兴又担忧地说:"我身怀有孕,不合适吧。"

"有什么不合适的?快走吧,我们修炼多年,一看你就能成佛。"

"真的?"欢喜高兴地跳了起来。这一跳,她顿觉腹内绞痛难忍。她知道自己的孩子保不住了,她向那五百人呼救。

"唉,真是自找麻烦!咱们快走吧,去晚了听不到独觉佛的讲法了。"五百人扬长而去。

欢喜痛苦地伏在地上,恨恨地说:"没有半点慈悲心肠,也想成佛?我恨你们!"

很长时间过去了。欢喜挣扎着爬起来,拎着奶桶,跌跌撞撞向前走去。她用一桶奶换了五百庵没罗果,虔诚地贡给独觉佛。她在独觉佛像前恨恨地说:"我的孩子还没来得及看看这个世界,就走了。这全是王舍城人的无情虚伪所致,慈悲的佛啊,您要是有灵,就保佑我吧。我来生一定投生王舍城,我要吃尽城中人的子女!"

欢喜的恶愿终于实现了。她后来转生为王舍城娑多夜叉长女,成了犍陀罗国的王妃。她生了五百个儿子,这五百个儿子都是以吃小孩为生。王舍城的百姓慑于王威,不得不将自己的孩子敬送到王宫。

佛祖听到王舍城中百姓的哀号,决心点化欢喜。佛祖略施法力,便将欢喜的一个儿子藏了起来。欢喜不见儿子,急得哀哭不止。她焚香向佛祖求饶:"大慈大悲的佛祖,是您在惩罚我吗?求您放了我的儿子吧!"这时佛祖开口了:"你有五百儿子,还这么怜惜这一个儿子,更何况那些只有一两个孩子的人呢?"

"佛祖,让我自己来赎罪吧,求您大发慈悲,放了我的孩子吧!"欢喜继续向佛祖乞求道。

"你与我佛有缘。如今你的冤孽也该结束了。佛法无边,回头是岸!"

欢喜幡然悔悟,皈依了佛门。一日,欢喜诵经中间突然长叹一声道:"我的孩子吃什么呢?"佛祖微笑着说:"别担心!到了吃饭的时候,他们只要听到我呼你和他们的名字,他们就会饱了。你静心涌经吧!"

欢喜一边流泪,一边说:"儿是母亲心头肉,今日我才明白,天下母亲的心是一样的。从今往后,我一定要保佑所有的母亲与孩子,让他们幸福的生活。"

从此,欢喜这个夜叉女便成了妇女儿童的保护神。民间百姓为她立庙塑像,称她为送子娘娘。

罗刹女遇佛

海风卷着海水狠狠地拍打着海岸。海边突起的一块岩石上一个老僧在闭目打坐。强劲的海风撕扯着他的衣衫,狂妄的海水一次次想把他拖走,盘旋头顶的几只苍鹰几次想把他当成死尸来啄食。他岿然不动,像生根在海岩上的石雕。

忽然，他睁开了眼，穿过茫茫水雾，他看见了颠簸在浪尖上的一叶小舟。他挥挥手，那叶小舟便向他驶来，完全没有大海中小船的软弱与渺小之气。

小船靠过来了，上面躺着一个奄奄一息的男子。老僧摩挲了几下他的额头，他缓缓睁开了眼，渐渐有生气的眼神突然间充满了恐惧与希冀交织的亮光，他猛地拉住老僧，颤声说道："救救我！救救我！她们追来了，她们要吃了我。"

"别急，慢慢说。"老僧缓缓说道。

男子慢慢地道出原委：

去年，我带着五百名壮年男子出海谋生。我们的船在海上漂泊了许多天。有一天中午，我们来到一个小岛边。听到上面传来年轻女子嬉戏欢笑的声音。我们上了岸，转过几丛灌木，看见许多漂亮娇媚的姑娘在追逐打闹。正在惊愕之际，一个雍容华贵的女子向我们走来，她热情地说：

"欢迎远方的贵客。请到敝宫一坐。"

我们被带进了一座华丽的宫殿，大殿已摆好几桌丰盛的饭菜。我们落座后，那个女子说：

"我是罗刹女王，我有五百个妹妹。她们正当妙龄，个个热情多情，让她们陪客人饮酒吧。"

话音刚落，一群美艳少女翩翩而至，她们大胆地坐在我的同伴身边，陪他们喝酒聊天，唱歌跳舞。那个罗刹女王坐在了我的身边，盛情相邀。我们被她们的美貌与多情迷住了，罗刹女王趁机对我说：

"我们这些罗刹女都未婚配，今日有幸结识贵客，也算有缘。不如我们共结连理，在我们罗刹岛上生活吧。"

我和同伴一商量，就答应了。我们在岛上整日游山玩水，吃喝玩乐，日子过得十分逍遥自在。十个月后，罗刹女们为我们生下了孩子。从这以后，她们像变了一个人似的，对孩子不理不睬，对我们冷冰冰的。她们整日结伙出去不知干什么，留我们一群大男人在家看孩子。我很纳闷，也很苦恼。

一天夜里，罗刹女们又出去了，我一个人在后山闲逛，忽然听到地下发出阵阵呻吟声。我觉得奇怪，循声走去，发现是从一口井中发出的。探身一看，这井只有一尺深的水，水下好像有什么通道。我硬着头皮跳了下去。井下果真有通道。顺着蓝莹莹的路走了一段，一股血腥与腐臭味扑鼻而来。再走几步，就被什么东西绊倒了，低头一看，是人的断胳膊断腿，我不由地大喊起来。"你也是罗刹女的丈夫？"我听到一个沙哑的声音，吓了一大跳。仔细一看，原来这里是个巨大的牢笼。铁笼中除了人的残骸，还有一些瘦如骷髅的人。

"你们是谁？"我壮着胆子问他们。他们说："过去是罗刹女的丈夫，现在是罗刹女的食物。过不了多久，罗刹女们会找一批新的丈夫，那时你就和我们一样了。到时候，你就会看到罗刹女的真面目是多么可怕。唉，不知又有多少男子会被她们变幻出的美人模样迷惑呀。"

我害怕极了,向他们求救,他们告诉我要趁罗刹女没有找到新丈夫时赶快逃跑。逃跑过程中,无论发生什么事,绝不要回头。只要回头,就再也逃不了了。

一天夜里,我带着五百个同伴趁罗刹女外出未归时乘船逃离了罗刹岛。船驶出没多久,就听见罗刹女在后面呼喊我们。我告诉同伴,千万别回头,一回头就逃不了了。罗刹女的呼唤异常凄惨,还听到孩子在她们怀中哇哇大哭。罗刹女王呼唤我的声音更是让人心碎。我拼命大喊:“不要回头!不要回头!”提醒自己也提醒同伴。同伴们最终经受不起“妻离子散”的考验,先后回过了头。我听见同伴们一个个哀号着消失了,我不敢回头,拼命向前划船,努力想摆脱罗刹女王在耳边的哭诉、呼喊。

我划呀划呀,渐渐听不见罗刹女王的呼喊声了……

老僧听着男子充满恐怖的声音,连声叹息:“罪过!罪过!”

老僧看见海天连接处滚过一团黑云,自语道:“还是追来了。”

“快逃吧,罗刹女会吃人的。”男子尖叫道,挣扎着爬上岸,拉着老僧要跑。

“该来的躲不了。”老僧一动不动,又闭上了眼睛,任凭男子怎样催促也不动身。

那团黑云很快罩了过来,白茫茫的大海霎时黑暗阴森。黑云里伸出一个长着绿毛的怪物头,张着血盆大口,露出白森森的獠牙,瞪着铜铃大的绿眼睛扑了过来。

“你终于来了。”老僧仍然微闭双眼。

“哈哈——,拿命来!负心汉、老不死,你们一个也别想逃。”罗刹女王猖狂地狞笑起来。

“你吃过多少人的眼睛了?”老僧闭目问道。

“哈哈,总共九千九百九十九双了,怎么样?”

“等你吃够一万个人的眼睛时,你就再也无法变幻成人形了。你将永远无法迷惑人、吃人肉。住手吧,苦海无边,回头是岸。”

“胡说八道。我不仅要吃一万个人的眼睛,还要吃一万零一个,以后还要吃更多的。哈哈!”

老僧摇摇头,叹口气说:“唉,你要不相信,吃我的眼睛试试。”说完,老僧伸手抠出自己的双目递了过去。

罗刹女王接过眼珠一口吞了。

“你试试还能变成人形吗?”老僧不紧不慢地说道。

只见那团黑云扭来扭去,翻上翻下折腾了好半天还是一团黑云。最后黑云忽地团在老僧脚下大声求饶起来:“请佛祖饶恕,恕罗刹女有眼无珠。佛祖饶命呀,饶命呀!”

那老僧身上散发出道道金光,刺得那男子睁不开眼。再睁眼时,只见眼前一个双耳垂肩、口若丹珠,鼻若悬胆的雍容和尚,他手中握着一团黑线。他轻启丹唇说道:

“年轻人,快去救你的同伴去吧。罗刹女已被我收回佛殿了。快去吧!”

大海出奇的平静，雍容和尚徐徐向西飞去。男子驾起船，向大海深处驶去。

女寿星麻姑的传说

“咕咕呜”，雄鸡啼叫，已是五更天了。大山沉浸在朦胧的亮光和嘈杂喧闹声中。

“快！快点！就地休息，太阳露头马上开工！”一阵吆喝声夹在工具的碰撞声和乏力痛苦的呻吟声中传来。

原来后赵的君主石虎要在山上建一座石城，派征东将军麻秋监工。麻秋为了赶工期邀赏，命民工们昼夜筑城，只有雄鸡啼鸣到太阳出来这段时间才允许他们休息片刻。

麻秋的女儿麻姑年方十七八岁，喜欢外出游玩。麻秋在山上筑城，麻姑便自由自在地四处玩耍。一天，麻姑来到大山下，口渴难挨，便到附近一户人家讨水喝。一进院就看见一个小孩“哇哇”地哭闹不休，一个白发老太婆一个劲儿地哄他，怎么哄也哄不乖孩子。老太婆突然脸上现出恐惧的神色，压低嗓门说：‘麻胡来了！麻胡来了！’小孩一怔，止住了哭声，张口想哭又不敢出声。

麻姑看了觉得又奇怪又可笑。等老太婆给她端来水后便问老太婆“麻胡”是什么。老太婆慌忙摆摆手说不是什么。麻姑眼珠子一转，笑嘻嘻地对老太婆说：“婆婆，我家侄儿好哭，一哭起来吵得左邻右舍不得安宁，能不能把您的妙法跟我说说？”

“什么妙法呀？全是胡话！”

“婆婆，要是您的家传妙法，我就不多问了。”

“姑娘，哪是什么家传妙法，村子里的人都这么吓唬小孩子。”老太婆不好意思地说。

“那为什么不愿意告诉我呢？”麻姑奇怪地问。

老太婆左右看了看没人，压低声音说：“姑娘，我跟你说了你千万别外传，否则我家老小都会没命的。”

麻姑更奇怪了，只听老太婆说道：“这麻胡就是征东将军麻秋。此人凶残暴虐，小孩子都知道他杀人如麻，杀人不眨眼。所以呀，小孩只要哭闹不止，大人一说‘麻胡来了！麻胡来了’！小孩就不敢再哭了。姑娘，很灵验的，你回去试试。”

“什么？”麻姑不禁惊叫起来：“真的？他真的这么可怕？”

“姑娘一定不住这附近，也不常出门。如今这麻秋就在山上监督筑城呢。他不让民工们休息，只有鸡鸣后让睡一会儿。山前的张家，两个儿子都被征去筑城。大儿子被活活累死，小儿子筑城时打了会儿瞌睡，那个天杀的麻秋竟命人用石头将他活活地砸死。唉！”

麻姑怎么也不相信疼爱自己的父亲竟然是这样一个恶魔似的人。她慌忙走出这户人家,匆匆向山上奔去。老太婆在后面喊道"姑娘,你千万不能上山呀!你一上山,你的家人就会被麻胡埋入石城的。姑娘,姑娘,你可不能学孟姜女呀!"麻姑不顾老太婆的劝阻,径直走上了山路。

麻姑躲在半山腰的一块巨石上,偷看山上筑城的人。筑城的民工摇摇晃晃,面无表情,一个民工走着走着,"扑通"倒在地上不动了。

"报告将军,他昏睡不起了!"

"拖到后山喂狼,让他睡个够!"

麻姑听到了父亲熟悉的声音,不过声音里缺少平日的爽朗,而是充满了恶气。麻姑在山间呆呆地坐到天黑。山风夹着阵阵寒气渗入衣服,麻姑耳边不断传来粗暴的吆喝声和民工的惨叫、呻吟声。麻姑心乱如麻,自己心目中慈祥和蔼的父亲竟然这样没有人性。山上的夜那么长那么冷,麻姑不敢上山也不敢下山,迷迷糊糊地睡着了。

"咕咕呜——",山下传来鸡叫声,紧接着山上传来喊声:"收工!收工!"麻姑醒了,大山沉浸在一片寂静中。麻姑又冷又饿,再也睡不着了,好不容易熬到东方泛红。几声粗叫声又打破了清晨的静谧:"起来!起来!上工!上工!"间或传来皮鞭抽打声和惨叫声。

太阳渐渐升了起来,失魂落魄的麻姑跌跌撞撞下了山。

"哎哟,姑娘,你总算下来了。我老太婆的心悬了一夜。没事吧?姑娘,你家什么人在山上修城?我看你的打扮,不像一般人家的女子。你……你到底怎么了?有人欺负你了?"

麻姑摇摇头不语,只是一个劲儿地流泪。老太婆见状也不再说什么,出去端了碗粥给麻姑吃。麻姑吃了粥,倒头便睡,一睡睡到太阳落山才醒来。

"姑娘,我看你也是遭罪人。天黑了,你就在我家将就一晚上吧。我儿子儿媳常年在外做买卖,家里就我们祖孙二人,也不缺你睡的一张床、吃的一碗饭。"

麻姑沉默了一会儿,对老太婆说:"婆婆,我不会在您家白吃白住的。"她从手腕上褪下一个金手镯,放在老太婆手中说:"我想在您家住一段时间,直到城修完,我爹下山。行吗?"

老太婆看了看手镯,答应了,说:"这东西太贵重,我受用不起,你收好,将来说不定会有用的。"

半夜时分,麻姑悄悄起床,来到鸡舍,学起了鸡叫,窝里的鸡一听到有鸡叫,跟着叫了起来。不一会儿,远远近近的鸡都开始叫了。

麻姑在山下住了两个多月,每天半夜起来学鸡叫,比平日鸡叫提前了几个时辰。

山上的麻秋觉察到鸡叫不对劲儿,便派人下山去打探。没几天,探子回来报告说,是麻姑小姐在学鸡叫。麻秋一听,气得暴跳如雷,恶狠狠地说:"去!把她给我抓上山来，这个不孝之女，不给她点颜色她还以为自己是神仙。如果她不听话，你们给我就地痛打她一顿，再给我拖上山来。”派去抓麻姑的官差，跟麻秋在山上没少吃苦头，心中早就怨恨不已。官差来到山下，偷偷向麻姑通风报信，等麻姑逃跑后才带人闯入老太婆家抓人。

麻姑学鸡叫的事很快在全国传开了，百姓们纷纷祈祷上天保佑这位善良的姑娘。

几年后，有人说看见麻姑从“仙姑洞”走出来，一路向人们施礼道福，当许多人闻讯赶来看麻姑时，麻姑从城北的石桥上冉冉升上了天，她美丽的容颜让所有观望她的人痴迷。

当人们对成仙的麻姑议论纷纷时，有一位学识渊博的老头儿不屑一顾地说：“麻姑本来就是天上的神人。”在人们的请求下，老头儿讲起了麻姑的故事：

汉桓帝时，东阳县有个叫蔡经的修道人。他修道数十年，已有一定道行，能让自己肥胖的身体在三日内变得形销骨立。一天，蔡经邀请师傅王方平到家中做客。

席间，王方平派人去请麻姑赴宴。两个时辰后，空中马嘶箫鼓，一辆彩车从天而降。车上下来一个年方十八九岁的姑娘。蔡经的家人无不为她的美貌惊诧。

蔡经听到麻姑对王方平说：“我们有五百多年没见面了。刚才我巡视蓬莱岛时发现那里的水又浅了一半。咱们有幸相见以来，我已经看见东海有三次变成桑田了。”蔡经闻此言大吃一惊，心想，仙人的长生不老之术真是了不得。麻姑看起来只有十八九岁，却是成仙这么久的仙人。我得加紧修炼，一定要早日成仙。

蔡经一边听二人谈话，一边端详麻姑。他看见麻姑的手指甲有四寸多长，不禁觉得背痒，心中想到：要是让她搔搔后背，该多舒服呀。刚想到这儿，就觉得有几个人用鞭子在抽打自己。只见王方平和麻姑满脸怒气。王方平斥责蔡经：

“麻姑是仙女，你竟敢想入非非？该打！”

麻姑对王方平说：“你这个徒弟修炼不到家。凡心杂念还没断掉。”王方平惭愧地说：“是！是！麻姑，别跟一个凡夫俗子一般见识。”

蔡经已被隐身人鞭打得满地打滚，他不住地向二人求饶。

“麻姑，我看对他的惩罚差不多了。”王方平向麻姑求情道。

麻姑笑着答应了。麻姑与王方平直到天黑时才离开蔡经家。

麻姑在天上众多的神仙中也非常有名。有一年的三月三，王母娘娘召开蟠桃会，各路神仙纷纷前去祝寿。麻姑在绛珠河畔用灵芝为王母娘娘酿制了寿酒。王母娘娘品了寿酒后高兴地对众仙说：“真不愧是女寿星酿的酒，真是绝好的寿酒呀！”从此，天上各路神仙都称麻姑是“女寿星”。

“哎呀，原来麻姑是女神仙呀，怪不得心肠那么好！”

“我们把麻姑塑成像，求她保佑我们长命百岁吧。”

“给老奶奶做寿，送麻姑像多吉利呀！”

……

听了老头儿的故事，人们议论纷纷。以后，麻姑就成了有名的女寿星，得到了更多人的尊敬与爱戴。

彭祖长寿的秘密

天帝正在睡午觉，隐隐约约听到有人在啼哭，便问侍者："谁在啼哭，扰得人心烦意乱。"

"是您的孙子彭祖。"侍者小声答道。

"哭什么哭，叫他进来。"天帝烦躁地说。

一个瘦小的孩子进来了，抽抽搭搭地说：

"打扰祖父午睡，彭祖该死。"

"彭祖，你因何啼哭？"天帝一看他哭得可怜，心顿时软下来了。

"祖父你也知道，我和五位兄长在娘胎里呆了整整三年，要不是我娘用刀割开腋窝，我们不知还要在娘胎里呆多久。一出世我没见过父亲，娘才抚养我们三年就去世了。自小我就身体瘦弱，再加上多年颠沛流离，身体更是虚弱不堪。现在我才九十九岁，就病病歪歪。我怕自己活不长了，所以伤心欲绝。呜——呜——我命苦啊——呜——"彭祖越说越伤心，最后竟号啕大哭起来。

"乖孙子，别哭了，爷爷再赏你一百年的阳寿。你回去好好调养身体去吧。"天帝怜悯地说。

"谢谢祖父。"彭祖擦了擦眼泪，磕了几个头，爬起来乐颠颠儿地走了。

一百年过去了。

天帝在睡午觉，一股肉香不停地往鼻子里钻。天帝吸了吸鼻子，问侍者："哪儿来的香味？"

"是您的孙子彭祖带来的。"侍者答道。

"让他进来。"天帝挥了挥手，又吸了一下鼻子。

"彭祖打扰祖父午睡，该死！"跪在天帝面前的彭祖俨然一个唇红齿白的美少年。

"你带什么东西来了？怎么这么香！"天帝又吸了吸鼻子。

"彭祖谨遵祖父教导，悉心调养身体，现在身子骨硬朗多了。前几日，彭祖调制出一种鸡汤，味道鲜美，香气四溢，特地拿来孝敬祖父。"彭祖边说边从怀中掏出一个小罐。

"快拿来让我尝尝。"天帝喜笑颜开地说。

天帝接过小罐，掀开盖儿，一股更浓郁的香气溢了出来。喝了一口，果真鲜美无比。天帝连喝带吃，一罐汤没了。

"乖孙子，你掉什么眼泪啊？"一边抹嘴，一边啧啧称赞的天帝看见彭祖满脸泪痕,奇怪地问。

“彭祖今年一百九十九岁了,估计阳寿快到了。想到以后再不能给祖父调制鸡汤,便伤心不已。”彭祖唏嘘着说。

“噢,再赏你一百年阳寿。”天帝沉思了片刻又缓缓说道:“彭祖,要知足啊。”

“多谢祖父。”彭祖磕了个头,爬起来喜滋滋地走了。

一百年过去了。

八仙参加完王母娘娘的蟠桃盛会,醉醺醺地往回走。走到半道,口渴难挨,四下寻找,也没发现泉眼。又走了一段,忽然闻到一股甜丝丝的清香,吸一口,清凉沁脾。众仙压下云头一看,一个精致清幽的院落,院中放置一张供桌,桌上有一盆青翠欲滴的汤。众仙不管三七二十一,下去稀里呼噜地喝个精光。

王母娘娘

“真清爽啊!”曹国舅抹抹嘴说,“也不知何人供奉?”

话音刚落,桌下钻出一个俊秀可人的公子哥,“小人彭祖,叩见仙人。此汤是小人用十八种药泡制了九十九年而成,生津止渴,清热解毒。小人不敢独享,特意拿出来敬献诸位仙人。”

“哈哈,有所贡就有所求吧?”铁拐李笑哈哈地问道。

“小人彭祖,虚活二百九十九岁,正值青春年少,还未品尝人间甘苦就阳寿已到,实不甘心,故求诸仙帮忙。”

“好说,好说,我这儿正好有十粒仙丹。这是太上老君用七七四十九种仙药调配,煨了八八六十四天,用三昧真火炼了九九八十一天才炼成,吃一粒能增寿十年。在王母娘娘蟠桃宴上,我敬了她十杯酒才得到这么几粒。全送给你吧,谁让我们喝了你的汤。吃人家的嘴软嘛!”吕洞宾爽朗地说。

“多谢多谢!”彭祖躬身一拜。

又一百年过去了。

牛头、马面奉阎王之命前去勾魂。途中,二鬼你一言我一语闲聊起来。

“马兄你说,咱们天天如此奔波,辛苦了几辈子了,从未吃过凡人的供奉,真是冤啊。”

“唉,阎王爷都吃不上供奉,何况咱们这勾魂鬼。”

“二位慢走,下来歇歇脚,喝杯水酒。”二鬼冷不丁被这声招呼吓了一跳。循声看去,一个玉面朗目的年轻人站在月下,小庭院里摆着一桌酒菜。他笑吟吟地请二鬼上座。

“在下彭祖。素闻两位在阎罗殿劳苦功高，特备薄席一桌，略表敬意。”彭祖的几句话令二鬼异常高兴。

一番客套后，二鬼手忙脚乱地大吃起来。眨眼工夫已是酒干盘尽了。

“彭祖，难得你对我二人如此款待。说，有什么要求尽管说，只要我二人能办得到。”二鬼边打嗝边问。

“二位，您看我这相貌，像是快要死的人吗？”彭祖哭丧着脸说。

“不像，不像，凡是要死的人都得过我们这一关。”二鬼摇摇头。

“我只有三百九十九岁，刚尝到做人的滋味，阳寿就要到了，我舍不得死呀！求二位替我想想办法，我实在是无人可求了”。彭祖眼巴巴地瞅着二鬼。

二鬼你看看我，我看看你。半晌，马面对牛头说：“老弟，你看这样行不行？我们把生死簿上彭祖的名字捻成线，穿在生死簿上怎么样？”

“好！就这么办！”牛头想了想，点头答应。

从此，彭祖逍遥自在地活了一个一百年又一个一百年。

有一天，阎王爷查看生死簿，发现一件怪事：有四十九个女子自称是彭祖的媳妇，有一百零八个男女自称是彭祖的子女，可生死簿上就是没有彭祖的名字。

阎王爷决定亲自去探查一番。他变成一个老头，每天晚上在河边用竹篮打水。一天，一个五十开外的男子奇怪地问他干什么。阎王爷说：“听说修炼到能用竹篮打满一篮水的程度，就可以长生不老。”

“哈哈，我彭祖活了八百八十八岁，从没听说过竹篮能打得起水。”那人笑得直不起腰。

“你真是老寿星啊。有什么秘诀吗？我拜你为师吧！”阎王爷试探着说。

“我没什么秘诀。只不过是阎王爷的生死簿上没我的名字。”彭祖洋洋得意地说。

“你胡说！凡是怀胎出世的人，阎王爷的生死簿上都有名。我看你一定是个孤魂野鬼，投不了胎，转不了世，在这儿骗人！”阎王爷有意激彭祖。

“谁说我是孤魂野鬼！我的名字当了生死簿上的线捻儿了。”彭祖一急，吐出了真话。

“原来如此。”阎王爷自言自语道。

“小孩儿，明儿是我大喜的日子，来喝喜酒啊。”彭祖拍拍阎王爷的肩，乐呵呵地走了。

第二天，彭祖就死了。临死前彭祖还叹息道：“我平时不注意养生，年纪轻轻就要去见阎王爷了。”

三只眼的马王爷

王母娘娘的蟠桃盛会热闹非凡，众路神仙饮酒吃桃献艺好不快活。一只白乌鸦扑扇着翅膀飞到了满面春风的王母娘娘耳边哑着嗓子嘀咕道：

“众路神仙的坐骑呆在南天门外还算规矩老实，只有那个龙马天驷大发牢骚。说什么‘神仙多是贪酒好色的伪君子。他们去向徐娘半老的王母娘娘献殷勤，却让我们这些坐骑站在南天门外灌风饮露。’”

“可恶！”勃然大怒的王母娘娘拍案而起，把众位兴致正浓的神仙吓了一大跳。“龙马天驷目无天规，竟敢口出狂言侮辱本座和诸位仙家。立即打下凡界，永世受人奴役。”

好端端的一个蟠桃会被多嘴的乌鸦搅得不欢而散。龙马天驷也成了人间新的成员，人们尊称它为“马王爷”，对它爱护有加，不舍得像用驴一样地使唤它。

有一天，马王爷跟人来到了赵州城。进了城，看见城南人头攒动，人声鼎沸，马王爷也挤过去看热闹。

一座新石桥上站着一个工匠模样的壮汉，只听他对众人说：“大家放心过吧。我鲁班向大家保证，我建的桥，水冲不垮，雷打不动，山压不塌。”

“小伙子，先别夸口。你这桥能承得了我这糟老头和我这头瘦驴吗？”人群中走出一个牵驴的小老头，驴背上驮着五座假山。

众人一看老头儿的样，哄笑起来。鲁班笑着说：“没问题！请！”

老头轻轻跨上驴背，一拍驴屁股，小毛驴“嗖”地蹿上了桥。

“啊？——”随着众人的惊呼，石桥发出了“咯吱吱”的呻吟声，整个桥身晃动着往下沉。“不好！”鲁班一惊，纵身跳下桥，双手一举，稳稳地托住了下沉的桥身。鲁班咬牙托着桥，他的双手也陷入桥身一寸。

“小伙子，你造的桥很不错！”老头站在桥的另一头笑哈哈地说道。

鲁班上了桥准备和老头儿搭话，老头儿不待他张口一拍驴屁股，扬长而去。透过飞卷而起的尘土，鲁班倒吸一口凉气：老头儿的驴屁股上驮着的是五岳，泰山最显眼地吊在最后。

“我鲁班愧为鲁人，我有眼不识泰山呀！”鲁班仰天长叹一声，悔恨地用手抠出左眼往地上一抛，恨恨地大叫道。

马王爷在人群中看到这一幕，心中暗笑：凡人的眼睛怎识仙人?！你抠了眼也是凡人一个。哼，你不要，我要！马王爷紧走几步，上前拾起了鲁班的眼睛，往额头上一摁，又赶路了。

马王爷乐颠颠地走了一程，忽然听到身后有人喊“停步”。回头一看，鲁班风风火火地追过来了。“马王爷，刚才我一时糊涂抠了一只眼。我想通了，请还给我吧。”鲁班上气不接下气地请求道。

“既然抛弃了，岂有收回的道理？你若能把泼在地上的水收回来，我就还给你。”马王爷回敬道。

鲁班呆呆地站在原地，半天无话可说。马王爷长啸一声，扬蹄疾驰而去。

“傻瓜，我马王爷有三只眼多么不容易，怎么会像你一样傻？”马王爷边跑边暗自得意。

“马王爷，你若不还我眼睛，我鲁班就凭一只眼让你有受不完的苦。”马王爷没有理会鲁班的警告，继续向前飞奔。没多久，鲁班做出了马鞍、马嚼子、马镫、马笼头、马车等许多驾驭马、驱使马的工具，三只眼的马王爷后悔莫及。

茶神陆羽

整个山都笼罩在薄薄的晨雾中。山上寺院的门“吱呀”一声开了，一个挑水和尚走出了寺院。他轻快地跃下石阶，来到了山下的河边。

“哇哇”一阵清脆的婴儿啼哭声传入和尚的耳中。大清早哪儿来的婴儿？和尚奇怪地循声走过去。“呼啦啦”，一只水鸟惊飞而去，一根羽毛轻飘飘地落地。一个冻得通红的男婴在湿润的草地上哭着。

“阿弥陀佛！善哉善哉！罪过，罪过呀！”和尚闭目合手念叨着，看着可怜的孩子，和尚无奈地抱起了他。

住持听了和尚的叙述，叹息道：“救人一命，胜造七级浮屠，留他在院中吧。你去厨房端些米汤来。”住持为这个男婴取姓陆，意为岸边拾到的，取名羽，字鸿渐，意为被水鸟庇护过。

陆羽在寺中渐渐长大，他长得黑瘦滑稽，但很有灵气。陆羽在寺中当过烧火的小沙弥，挑过水，打扫过寺院，砍柴种菜挑粪，什么苦活累活都干过。寺中和尚欺他无父无母，常常欺负他。陆羽十几岁的时候不堪忍受师兄弟的虐待，跑出寺院，浪迹江湖了。他先后当过优伶，做过伶师。尽管他的表演诙谐滑稽，很有表演天赋，但陆羽一心渴望成为一个文人。经过艰苦的自学，陆羽的文学修养日高，并且结交了颜真卿、张志和等文豪。

陆羽的大名渐渐在长安城内传扬，皇帝派人请他出仕，他作了首诗答复：

不羡白玉盏，不羡黄金罍

亦不羡朝入省，亦不羡暮入台，

千羡万羡西江水，曾向竟陵城下来。

陆羽喜欢饮茶，茶术极高。他常年游历于名山胜水间，采茶、制茶、品茶，乐在其中。

一次，他的朋友皇甫曾去看望他，他为朋友泡制了一杯青茶。皇甫曾喝了一口，清香沁脾，回味悠长，当即写诗赞道：

千峰待逋客，春茗复春生。

采摘知深处，烟霞羡独行。

在友人的鼓励下，陆羽决心将自己的茶术写成著述，以传后世。他隐居在深山中，专心著述。历经曲折，陆羽终于完成了专著——《茶经》。

陆羽去世后，许多经营茶叶的商人把陆羽的陶像供在茶室内，祈祷茶神保佑自己生意兴隆。

天女散花

玉皇大帝苦恼地对妹妹花神说："地仙们一回到天宫就不愿意回到人间。他们成群结队地在仙林的花丛中嬉戏喝酒。有的仙人还悄悄把仙花摘下来藏在袖中。仙花虽然长开不败，但摘了就要等千年才开。责怪他们吧，显得我这玉皇大帝小气，不责怪他们吧，我实在不忍心看你的辛苦结果被他们损坏呀。"

"兄长不必烦心，地仙们不愿回到人间，是他们留恋你和仙花，他们偷采花是因为人间没有花，他们又十分喜爱花的缘故。干脆我送他们一些花种吧，让人间也仙花盛开，美似仙林奇苑。"花神笑着劝慰玉皇大帝。

玉皇大帝着急地说："我也想过。可是这些仙花开一千年才谢，一千年才结果，一千年才落子。三千年过后，他们才能得到花种。这花子种下地，发芽一千年，生根一千年，生长一千年，这才能开花。我怕那时人间有花了，天宫却没花了。"

花神低着头在花间走来走去，想着解决办法。许久，她坚定地对玉帝说："兄长放心，我一定要种出一年之内就能开花结果的花种子。"

花神拨开云雾，仔细寻找到了一个深不可测的地陷，她纵身轻飘飘地跳了下去。这个地陷真深啊，花神算了算，足足下飘了一万一千一百一十一里，双脚才着地。这是当年盘古倒下的地方。花神在泥土里，石缝里仔细地找啊找，寻找能变成花草的、盘古的汗毛。盘古的汗毛一部分变成了草木，一部分被花神带到天宫，变成了仙花。现在再找遗留的汗毛，真是难极了。五天过去了，花神找到一百根汗毛。

"听说西方有座净土山，它可以使种子快速发芽，西方的风沙再大，我也要把它取回来。"花神决定到西方去挑选生土。她挥动衣袖，飞啊飞啊，向西飞了三万三千三百三十三里，才来到净土山。花神担了满满两挑土飞回了地陷处。四十五天过去了，汗毛发芽生根了。

"听说东方有个真水潭，用它浇花，花枝会长得飞快。东方的暴风雨再肆虐，也挡不住我。"花神挥动衣袖，向东飞去。飞啊飞啊，飞了足足六万六千六百六十六里，才到了真水潭。花神装了两瓶真水飞回了地陷处。浇了真水的花种，三十六天后就长得枝壮叶肥了。

“听说南方有个善水湖，善水浇灌过的花苗会很快绽放出花骨朵。南方的太阳再毒辣，也无法阻止我。”花神又决定去取善水。她挥动衣袖，向南飞去。飞啊飞啊，向南飞了足足九万九千九百九十九里，才到了善水湖。花神装了两罐善水回到了地陷。受善水滋润的花枝，二十七天后便绽放出了花苞。

“听说北方有个美水海，用美水浇花，花苞会很快开出艳丽的花。北方的冰雹再严酷，也冻结不了我的热情。”花神再次向北飞去。飞啊飞啊，飞了十万八千里，才到了美水海。花神装了两大坛美水飞回了地陷。饱吸美水的花苞，在十八天后绽放了。

一百根汗毛长成了一百种花，开出了一百种姿态不同的花。“真美啊！”“真香啊！”花神幸福地闭上眼，想在花间美美地睡一觉。

“明年的人间就会变成美丽的大花园了。”花神兴奋地难以入睡，一转念，她又想到：“为什么要让人间等到明年才有花呢？我应该让这些盛开的鲜花今年就开在人间，让它们在人间开花、结果。”

想到这里，花神的劳累感顿消。她挥袖飞回了天空。

“太好了！太好了！妹妹辛苦了！”玉皇大帝听了花神的汇报高兴得直拍手，“我派一百位仙女去采花，一人采一种，再让他们把花撒向人间。”

一个风和日丽的日子，碧蓝的天空飘荡着轻柔的乐声，一百位衣袖飘飘的仙女回旋在天空，她们的衣服与篮中的花朵一色。她们优美地挥舞着手臂，朵朵鲜花飘飘忽忽地撒向人间。

“天女散花啰，天女散花啰！”早从地仙处得知消息的人们跳着、喊着。花儿飞向了山、飞向了水；落入豪门宅院，也落入了寻常百姓家；繁华喧闹处有花，荒凉清幽处也有花。花儿就像“天女散花”的声音一样，飘落到了人间每个角落。

五岳的由来

玉皇大帝正在和王母娘娘商量女儿天灵选夫的事。

王母娘娘说：“这么多神仙中，到底选谁为婿最合适？”玉皇大帝摇摇头说：“我看，就从我的这五个保驾天将中选一个吧。”

“干吗把范围定那么小？为女儿选个相貌好、有本事的女婿，你脸上也有光呀！”王母娘娘说道。

“我那五个保驾天将个个相貌堂堂，威风凛凛，论法力，个个都有一手绝活，怎么不配做我的女婿！”

“好好好！五个中选谁？谁最合适？”

“这……”争论了一番，玉皇大帝又拿不定主意了。“到底选谁最合适呢？五个人各有所长呀！”

正在犯难之时，一个天官匆匆忙忙跑进来禀报：“玉帝，不好了！人间有难了！东方出了水怪，西方出了风魔，南方出了火妖，北方出了冰兽。这四大妖怪扰得人间大乱，凡人的哭喊声惊天动地呀！”

玉皇大帝一听，忙命人去召诸神仙商议此事，王母娘娘悄悄对玉帝说：“派你的护驾天将去吧，看他们谁的本领最大就选谁为婿。”玉帝一听，正合意，转念一想，又为难了，四方有难，五位天将，怎样派遣？王母娘娘又说：“把他们召来，让我先比较比较。”

一会儿，五位天将一齐上殿了，的确是威风凛凛的天将。王母娘娘端详了一会，悄悄示意玉帝：那个略显单薄的天将留下吧。于是玉帝派其他四位分别去除妖了。

留下的这位天将叫山高。他明白玉帝的用意，便上前对玉帝说：“如今东南西北都有天将去除妖把守，这中原地区可就空虚了。”

玉帝满不在乎地说：“四方有怪，所以才派人去，中原地区风平浪静，会有什么事?!”

山高高声说道：“如今四方有怪，那是明害，难保中原不会突然出现暗害。如果现在不及时布置，恐怕妖怪会乘虚而入。到时候，问题就大了。”

玉帝听了，觉得有道理。正要派天神，山高抢先说道：“小将愿意去中原候命。”玉帝不假思索地应允了。

为了比较几人的能耐，玉帝和王母娘娘到南天门观望众天将战妖魔。

东方的大海里，一头巨大的水怪正疯狂地吞噬着海上的渔人和渔船。只见一位天将挥动斩怪剑，向水怪冲去。水怪一见天将来了，放下渔船，气势汹汹地扑了过来。天将后退几十里，水怪以为他胆怯，更是气焰嚣张地冲过来。突然，天将把剑往地下一戳，水怪一头撞在宝剑上，“砰”地血肉横飞，瘫在了地上。怪物的尸体立刻被天将用一座大山压了起来。玉帝看得直拍手叫好，给这座新山取名为“东岳泰山”。

玉帝又向西方望去。风魔裹挟着沙石向中原恶狠狠地扑来，风过之处一片荒芜，没有一点生机。只见天将将手中束魔绳“呼呼”地抖动起来，霎时风魔被束魔绳团团围住，向前不得。它裹挟的沙石哗啦啦地落在地上，一会儿工夫便堆成了一座山。山越堆越高，风魔越来越虚弱，最后一头栽倒在地，再也无力动弹了。天将扬手移来一大片树，压在风魔身上。风魔也被制伏了。玉帝哈哈大笑，封这座山为“西岳华山”。

玉帝又向南方观望。只见一个巨大的火球在地上飞来飞去，所经之处都变成了一片火海。天将高擎一把烂泥，瞅准火妖投了过去。软乎乎的一摊泥，迅速罩住了火妖。被泥浆罩住的火妖拼命挣扎，泥浆随着它的挣扎升高、膨胀。最后，泥浆被撑成了一座大山，火妖不动了。玉帝又高兴地封这座山为“南岳衡山”。

玉帝又转向北方。只见一个雪白的大头兽在空中飞来飞去，它哈出的气把飞鸟、走兽瞬间冷冻成冰坨。那名天将怀抱一个大葫芦，对准冰兽便念起了咒语。大头冰兽的头被吸得变长变细，缓缓进入了葫芦，只留一条细尾巴在外面乱摆。天将背起葫芦便向中原走去。玉帝看着冰兽在葫芦里努力往出挣，头又被卡在葫芦颈上出不来的样子，忍不住大笑起来。天将背着葫芦走了一阵，干脆把冰兽留在外面的尾巴也塞进葫芦，然后又把葫芦口向下，埋在了地上。天将离开不久，地下的葫芦开始涨大。涨！涨！涨！最后也涨成了一座大山。玉帝马上封这座为"北岳恒山"。

"真精彩！我的天将本领怎么样？"玉帝洋洋得意地问身旁的王母娘娘。

"你是看热闹还是选女婿？"王母娘娘不高兴地问。

"选谁呢？"玉帝又为难了，起身准备回灵霄宝殿。他刚起身，天忽忽地晃了起来。

"玉帝，快看！中原又出怪了！"天官大喊道。

玉帝忙定神向下看去，只见中原大地突然升起一座山。山像怪物似的张牙舞爪直向天空蹿来，玉帝吓得浑身哆嗦，说不出话来。就在这时，山高天将出现了，他从山怪顶上一掠而过，面目狰狞的山马上不再向上升了。山高天将挥动宝剑在山上飞来蹿去，令人眼花缭乱。玉帝与众天神呆呆地看着山高天将，不知他在干什么。一会儿，山高天将停了下来。

"啊呀！"众仙不由地发出了惊叹。原来可怕的山怪已被山高天将修整成另一副模样了。山被分为两支，上下分为三端。两架山上出现了像老头儿、像金童、像玉女、像白鹤的许多山峰。"这山真俊美呀！"

玉帝半天才缓过神，他高兴地对众仙说："山高天将真不简单啊，文武双全。这山就叫作'中岳嵩山'。"玉帝又回头笑着对王母娘娘说："就选他吧。"王母娘娘气哼哼地拂袖而走，丢下一句'："雕虫小技！"

山高天将最终也没成玉帝的女婿。私自下凡的神仙把这段故事带到了人间，女皇武则天在嵩山祭天时，封山高天将为"天中王"，封玉帝之女为"天灵妃"，将他们配为人间仙侣。

鲤鱼跃龙门

大禹治水时，顺着黄河水飘到了山西与陕西的交界处。一座大山挡住了水的去路，滚滚而来的黄河水被迫回头。层层巨浪反扑上游，上游两侧的良田瞬间被淹成一片汪洋。

大禹请来神，把这座大山一劈为二，中间留出了一道水道。黄河水畅通了，此处水患解决了。大禹的助手应龙兴奋地一跃上矢，在两山间快活地回旋着。大禹看到这个情形,高兴地说:“这两堵峭壁就像为应龙打开的两扇门,就叫它们‘龙门’吧。”

鲤鱼跃龙门

龙门开在山上,黄河水从龙门流向下游时,就像是黄色瀑布从天而降,向几十丈深的山下泻下。其力量、其气势可想而知。

龙门下游,水势渐缓,一些小山沟内蓄积了一定量的河水,形成了清澈的小溪。小溪中慢慢生长出了鱼呀、虾呀之类的小生命。这里没有天灾,也没有人祸,小生命们自由自在地在这里生活。一条快活的小鲤鱼,在水中一蹦一跳。每当它跃出水面时,它便体会到开阔与自由的滋味。“如果能跃上高高的天空,那该多好呀!”小鲤鱼常常望着蓝天幻想着。

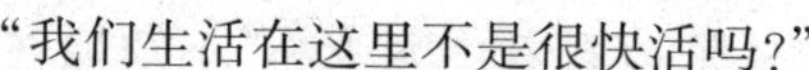

“我们生活在这里不是很快活吗?”

“别蹦了,再蹦你也离不开水,成不了龙!”

同伴们总是这样劝解和嘲笑它。

一天,一只老海龟从下游来到了这里。它的见识真广,上到天宫,下到地府,包括人间的许多事,它都能说出个子丑寅卯。有一天,老海龟向大家讲述了应龙与龙门的故事“……应龙在天上飞舞的样子真是威风极了。它伸一下爪子,就拢来一片乌云;它摆一下尾巴,云层便翻滚起来;它一扬龙头,大雨哗哗地下了起来……”小鲤鱼听得浮想联翩:“我要是能到龙门上看看,死也值得!”

第二天,小鲤鱼逆流而上,没游多远,它便被水流冲了回来。第三天,它又向上游去,又被冲了回来。第四天、第五天……一年过去了,它终于游出小溪,进入了河道。像当初一样,没游多远,它便被大水冲到了河滩上。沙砾擦掉了它的几片鳞,它忍住疼痛,努力向水中蹦去。当它重新回到水中时,已是遍体鳞伤了。它的血在河水中没留下一丝痕迹。

“你呀,再蹦就没命了。没见过你这种不知天高地厚的小东西!”连见多识广的老海龟也这样讥讽它,其他鱼虾的冷嘲热讽更不用说了。小鲤鱼缩在石缝中默默地承受着这一切。接连几天,它无精打采地躲在暗处独自忍受伤痛。

“不行,我不能就这样放弃!”当小鲤鱼再次想象应龙威风凛凛的样子时,它又燃起了信心之火。

小鲤鱼天天逆水向上游。失败了再来;受伤了,养好再练。几年过去了,小鲤鱼已不是小鲤鱼了。它比自己的小伙伴足足长出半尺。瞧它的身姿,看它的鳍,多么健壮！终于，它游到了龙门下。

滚滚黄水像是从天而降，落到龙门下时溅起数丈高的浪花，发出惊天动地的轰鸣。看着这一切，鲤鱼兴奋地直蹦。

“龙门多高啊！应龙在比龙门还高的天上飞舞，多么了不起。我一定要跃上龙门瞧瞧，一定！”鲤鱼遥望着龙门，眼里闪烁着无限憧憬与坚定。

老海龟与同伴们仍然不时地嘲讽它几句。经历了无数次失败后，鲤鱼早已不在意这些了。它天天游到龙门下，试着向龙门跃上去。一次次跃起，一次次跌落，再一次次跃去。鲤鱼蹦得越来越高了。有一次、它几乎看见黄河水是怎样涌向龙门的了。可是，它还是跌了下来。它溅起的浪花，几乎赶上黄河下泻激起的浪花了。它受伤了，湍急的河水拼命想吞噬它。“我不能放弃！我快看到希望了！我的梦想要实现！”鲤鱼心里对自己喊着，它奋力挣扎拼搏着。终于，它留下来了。

又是一年春暖花开的季节。上游的融雪使黄河更加雄壮，龙门上急泻而下的黄河水比往年更有力。鲤鱼又一次游到龙门下。“我一定要跃上去，这一次失败了，我恐怕再没机会了。”

它瞪着双眼，用尽全身力气，努力向上一跃。没有了平日那种沉重感，它觉得腾腾水雾把自己轻轻托着，徐徐上升。终于看见了，黄河水从上游奔流而来，气势开阔雄浑，到了龙门“轰”地坠了下去。龙门下腾起的水雾那样磅礴、动人心魄。“我终于看见了！”鲤鱼幸福地大喊起来。

“孩子们，快来看呐！”老海龟蹲在一块突兀的巨石上向水中的鱼虾大喊道：“快看呀，鲤鱼跃龙门了！鲤鱼跃龙门了！”

老海龟伸长了脖子。它看见鲤鱼跃上了龙门，天空飘来一团云彩将它稳稳地托住。一团红火忽地裹向了鲤鱼，它的尾巴着火了。它又像痛苦又像兴奋地挣扎着，挣扎着。云与火中渐渐伸出一个龙头，紧接着龙爪、龙尾伸了出来。火渐渐熄灭了，一条巨龙在龙门上飞舞盘旋着。风来了，云来了，雨也来了，龙在风雨中那样优美地舞着、舞着。

从那以后，每年的三月，无数鲤鱼从江河湖海中，纷纷游到龙门下，争先恐后地向龙门上跃。老海龟伏在突兀的岩石上静静地看着，默默地为它们祈祷着。

猫吃鼠的由来

“鼠老弟！鼠老弟！”猫一阵风似的从外面跑进来，激动得声音都变了调。

“什么事？看你这样子莫非喜从天降了？”刚从米仓中跳出来的老鼠灰头土脸的，它用嘲讽的口气问道。

“告诉你一件天大的喜事，玉皇大帝要选十二个动物给人当生肖。玉皇大帝悄悄地向我许诺，他给我留个位子。这下，我就可以扬眉吐气了，让那些平时瞧不起我的猪啊、狗的对我刮目相看。”猫得意扬扬地说。

“有我的位子吗？我这个月喝了三三九篓油，吃了四四一十六升米，啃了五五二十五根椽子；钻了六六三十六个面口袋；打了七七四十九个洞，瞧我这身体，身强力壮，膀大腰圆。”老鼠一边说，一边瞪大眼睛、腆起肚子，想引起猫的注意。

“啊唔，好累呀！我得好好睡一觉，养足了精神，明天上天庭排生肖。鼠老弟，明儿一早早点叫醒我，我这觉一睡就忘了时间。”猫打着哈欠，伸了伸懒腰，懒洋洋地躺在了正好晒着太阳的窗台上。

“猫大哥，到底有没有我的位子呀？”老鼠着急地蹿到猫头旁，拉了拉它的胡子。

“嗯——，好像有吧。有——呼——”猫已经开始打呼噜了。

“不行，我得亲自出去打探打探消息，这只老猫靠不住。”老鼠从门洞悄悄地钻了出去。“该找谁去打听消息呢？”老鼠四处走了走，“对！去找牛大伯，它最老实，不会说谎。”

“牛伯伯，今天休息了？”老鼠在野地里找到了老黄牛。

“明天玉帝召开生肖大会，我好好休息一下，养养精神，好在生肖大会上露露脸。”牛悠闲地说。

“恭喜您呀。”老鼠满脸笑容，眼珠子一转，又问道：“您看，我能去参加吗？”

“噢，听说玉帝原来打算邀请你去，可是猫说你好吃懒做，专干偷摸骗盗的勾当，没资格参加。所以玉帝就取消了你的名字。”心无城府的老黄牛无意中把猫“出卖”了。

“好你个老猫！当面和我称兄道弟，背地里却贬低别人，抬高自己。嗯！等着瞧！”老鼠恨得牙齿咬得格格响。

第二天，天还不亮，南天门前就聚集了一大批等待开会的动物。南天门一开，动物们“轰”地向前拥挤过去。老鼠个小力薄，被挤在了最后，只能趴在地上，穿过眼前鳞次栉比的腿脚，从腿缝中遥看灵霄宝殿上的玉皇大帝。只见玉皇大帝睡眼惺忪，斜靠在宝座上抱怨动物们：“你们着什么急？半夜三更就到南天门吵吵嚷嚷，害得我一晚上没睡踏实。好了，安静一下，十二生肖大会开始。”

灵霄宝殿顿时一片寂静。

“先说明一点，无论谁当选了生肖，谁落选了，谁排前了，谁排后了，一律不准吵闹，否则，立即赶出宝殿，永世不得翻身。”玉皇大帝先给众动物抛了个杀手锏。“经过诸神的考察和推荐，决定下列动物为十二生肖代表：鸡、狗、猪、牛、兔、马、羊、龙、蛇、虎、猴、猫。”

落选的动物灰溜溜地低着头，敢怒不敢言。紧接着玉帝开始宣布动物排次：

“老牛呢，身强力壮，劳苦功高，忠厚老实，排第一位，大家没意见吧？”

“没有——”

“兽中之王老虎排第二，同意吗？”

“同意——”

“玉兔伴嫦娥仙子久居广寒宫,受委屈了,居第三。”

“老猪,排十一位。不怕脏,不怕死,很好。”

“猫,安安静静,不多嘴多舌,知足常乐,我最欣赏,排十二位。”

“如果大家没什么意见,退朝吧。”玉皇大帝直打哈欠。

“慢着——”大家听到一声好像从地下传出来的尖叫。众动物忙低头看、回头找,好一会儿,才在队伍的最后,发现灰不溜溜的老鼠。

老鼠拨开众动物的腿,从后面挤到玉皇大帝面前。它面无惧色地说:“玉帝老人家,有件事我要说明一下。”

玉皇大帝和众动物满脸惊讶之色。“你说!”玉皇大帝发话了。

“我和猫是好兄弟。昨天晚上,猫哭着对我说:‘兄弟,我那天一时贪杯,酒后失言,在玉帝面前说了你的坏话,现在我后悔极了。为了弥补我的过失,我决定让你代替我去参加生肖大会。你一定要答应,要不我就没脸活在世上了。’所以,今天我是来代替猫参加生肖大会的。”

“既然这样,你就取代猫的位置,排行十二吧。”玉皇大帝直犯困,想早些退朝。

“不行,要排我得排第一!”老鼠大言不惭道。

“就你个小不点,还想排第一,做梦!”猴子一蹦一跳的嚷嚷起来。

“对!”“就是!”……其他动物也跟着吵了起来。

“大家不要着急,听我把话说完。”老鼠一副镇定自若的样子,颇有大将风度。“大家觉得牛最大,是吧。可地下的人都说我比牛还要大。不信,大伙跟我瞧瞧去。”

玉皇大帝无奈,只好率众动物下凡去评定。

田间劳动的人们一看天上下来的牛这么大,都说:“好大的牛啊。”

老鼠眼珠滴溜溜一转,跑到牛腿旁,顺着牛腿爬到牛身上,然后站在牛头上大喊一声:“我来了!”

田间的人一看这只老鼠比刚才的那只牛还高半头,惊呼道:“好大的老鼠呀,比牛还大!”

老鼠洋洋得意地说:“玉帝,您听见了吗?”

“好吧,就封你做第一生肖吧。其他生肖往后推一下。”玉帝没办法,只好宣布老鼠为第一。

老鼠哼着小曲,乐得一颠一颠地回了家。猫刚刚睡醒,它问老鼠:“天亮了吗?我该去参加生肖大会了吧?”

老鼠往草垛上一躺,跷起腿自顾自地说:“真热闹啊。龙骗了公鸡的犄角,排了第五,公鸡的脸都气红了;猴子等不及天亮,坐在火上把屁股给烧红了;马为了取得毛驴的支持,与毛驴成了亲……”

“什么?你去参加生肖大会了?”猫一急,后腿一蹬,蹦到了老鼠面前。

“我去了,我排生肖第一呢!”

"你为什么不叫醒我？你误了我的大事。"

"猫哥,你睡糊涂了？昨天你跟我说,你把位子让给我,你在家看门,让我放心地去参加大会。怎么眨眼工夫你就变卦了?"

"什么？你可恶!"

平日温顺的猫气得全身的毛都立了起来,它伸出两只前爪,死死抓住老鼠的脖子,哑着嗓子说:"我吃了你。"

"你吃了我,我也是第一生肖。"老鼠气若游丝地说。

"可恶的臭耗子!"从今以后,我与你世代为敌！猫双眼圆睁,前爪一用力,老鼠四腿抽搐几下,断气了。

从此,猫只要见了老鼠,就气得"呜呜"直叫,并以老鼠为食。

火神助成汤大败夏桀

成汤王是殷王主癸的儿子,身高九尺,白白的脸孔,脸形上尖下广,头发浓密,脸颊的两旁长着须髯,看起来确实是仪表堂堂、气概不凡。

汤王不但相貌好,心地也很好。有一次,他到郊野去打猎,看见有一个人正在那里四面张网,网罗天上的飞鸟,口里还念念有词地祝祷道:

从天上落下来的,
从地底钻出来的,
从四面八方来的,
都掉进我的网!

汤王说:"唉,不行呀,这么一来飞鸟都会给你网光了,除了夏桀谁肯这么干呢?"就叫那人把张好的网解去三面,只留一面,另教他念一首祝词道:

先前蜘蛛作网,
如今人们学它榜样。
自由的鸟儿们啊,
想朝左就朝左,
想朝右就朝右,
想高飞就高飞,
想低翔就低翔,
可就别自己找死,
偏偏来碰在我的网上!

汉水以南有很多小国,听说汤王的仁德,大家都心悦诚服,纷纷来归附汤王,一下子就有四十国之多。

可是夏桀还一点儿也没有觉察到他身边的严重威胁,还照样昏天黑地地玩耍作乐,任性胡为。他甚至把宫苑里养的老虎放到热闹的市场上去,看人们惊骇狂奔,以之娱乐。臣下如有敢于谏诤他的胡行乱为的,他马上就把他们定罪,罪重的就被杀掉。后来定罪和被杀的人太多,汤王听了心里难过,就派人去哭吊这些无辜的受害者。

夏桀恼怒汤王这种行为,便用了谗臣赵梁的计策,下道诏书,说了一些好听的言辞,把汤王召到京都来。

汤王来到京都,夏桀便把他关在夏台的重泉里。夏台是夏王朝特地修造的一座监禁重要囚犯的监狱,又叫钧台。重泉又叫种泉,是监狱里的地下水牢。汤王在这座阴森黯惨的牢狱里,吃尽了苦头,差点儿把性命都丢了。

后来总算汤王国里派来了人,带来大量的财物和宝贝,送给夏桀,夏桀这才把汤王释放了。

释放了汤王以后,夏桀又命大将军扁带领兵马去攻伐岷山。岷山是西南的一个小国,哪里禁得起强大兵力的攻打,不久就被打垮了,这个国家只好献出两个美女,用来乞降。

两个美女一个名字叫琬,一个名字叫琰。夏桀得到她们,非常宠爱,把她们的名字雕刻在最好的玉石上,佩戴在身边,行坐不离地瞧着。

夏桀原先宠爱的那个妃子妹喜,因年纪大了,失去了过去的美丽,便被他抛弃在洛水旁边的一座冷宫里。妹喜气愤不过,就暗中派人去结交伊尹,把她从各方面探听到的国家的机密情况,都告诉给伊尹知道。伊尹这时得到汤王的重用,做殷国的宰相,正想帮助汤王夺取天下,得到妹喜的情报,自是高兴非凡。便经常派人去问候妹喜,送给她礼物,借此与她保持联系。

通过妹喜的帮助,汤王发动大军,统领天下诸侯,坐在插着军旗的战车上,庄严而又威武地前去征伐夏桀。先前归顺过来的费昌替他驾了车子,汤王手里拿着一把大板斧,伊尹也坐了车子跟随在他的后面。

当时有三个诸侯韦、顾和昆吾,都是夏桀的同党,伊尹和汤王就定计,首先把他们一个一个地消灭了,然后军锋直指夏桀。

夏桀见汤王打来,慌了手脚,一面派遣料难获胜的几个兵将前去迎敌,一面赶紧用鸿鹄的羹,玉铉的鼎,来飨祀天帝,希望依靠神的福佑,打败敌人,保住江山。哪知道才打了不过两三仗,夏桀的一个大将叫作夏耕的,就在险要的关隘上掉了脑袋。

夏耕是镇守章山的一员大将,右手拿着戈,左手拿着盾,威风凛凛地站在关口上。不料汤王一来,一刀就砍掉了他的脑袋。断头的夏耕,从地上爬起来,发觉自己脑袋没有了,心里着慌,回身就跑。这一跑一直跑到巫山,才停下脚步,找一个僻静的地方去躲避他的罪恶,从此再也不敢出来了。

汤王的军队所向无敌,很快就逼近了夏桀的京城。有一个大神,奉了上帝的使命,来告诉汤王说:“上帝命我来帮助你作战,如今城里已经是兵荒马乱了,你赶紧带领军队去攻城，看见城的西北角上大火燃烧起来，就朝那里进攻。我一定帮你打一个大大的胜仗。”

说完，转瞬不见了。汤王回想那神的形貌，仿佛是人的脸，野兽的身子，有些像火神祝融。正在疑惑不定，忽然有人进来报告说：

“夏城西北角上大火燃烧起来了！”

汤王走出帐幕一看，果然看见高城的上空，燃烧起一片大火，把漆黑的夜空映得通红。汤王知道准是火神祝融干的无疑，赶紧下令攻城，连新投降的夏桀的军队也都使用上。不多久，这座平时看来好像是固若金汤的城池，转眼就被汤王的大军攻破了。

夏桀慌慌张张，带着他平时喜爱的几个宠妃，其中也有妹喜，逃出混乱的京城，直向鸣条奔去。鸣条，在现在山西安邑县，离夏桀的都城有好几百里。汤王就选了最好的战车七十辆，带着六千个抱着必死决心的战士，昼夜兼程前进，一直把夏桀追到鸣条。

两军相逢，夏桀的军队还不等交锋就崩溃了，人马自相践踏，除逃散和伤亡以外，所剩无几。

夏桀只得检点残兵，带着妹喜和宠爱的妃妾，驾着几只破船，划进一条神秘的江，顺流南下，这样一直就逃到了南巢。南巢据说在如今安徽巢县，它的附近，有一个大湖，就叫作巢湖。

跑到南巢以后，上了年纪的夏桀，精神颓丧已极，不久就郁闷地死掉了。临死的时候，还恨恨地向人说：

“我真后悔不把成汤那小子杀死在夏台，以致落得今天这个下场！”

五丁开山

开明帝九世的时候，蜀国有弟兄五人，号称“五丁力士”，或简称“五丁”。他们力气之大，连山都搬得动，万钧重的东西，也能轻轻举起。每逢国君死了，便叫他们去搬一块大石头，长有三丈，重有千钧，立在坟墓前面作为标志，如今我们见到的石笋就是当时五丁立的。蜀国石笋很多，所以称为“笋里”。

周显王时候，蜀王开明十二世据有褒斜谷和汉中一带地方。有一次在褒斜谷打猎，和秦惠王遇见了，惠王拿了一箱金子送给蜀王，蜀王也回赠给惠王许多珍异罕见的东西。惠王回去一看，这些东西都变成了泥土，不禁大为恼怒。群臣却都祝贺惠王说：“泥土，这是上天赠送给我们的好礼物呀，它预兆着王将要得到蜀国的土地。”惠王这才转怒为喜。

既然说是将得到蜀国的土地，就得想点儿办法。于是便做了五头石牛，放在秦国和蜀国的边界上，让它们每天都从屁股后面拉出一些金子，向人们宣传说：“牛拉金屎。”秦惠王又派遣兵士一百人专门护养着这些石牛。蜀王和贵戚近臣听说这桩奇事，心里高兴，就派使臣去向惠王请求石牛，惠王慨然应允。可是这么庞大笨重的东西怎么搬运呢？蜀王便令五丁力士去凿山开路，费了很大力气，才把几头石牛搬运到蜀国的国都来。搬来以后，才知道上了当，石牛并不拉金屎。蜀王恼怒，又叫人把五头石牛送回秦国去，表示绝不上当受骗。并且还嘲讽秦人说：“东方的牧牛儿，懂得什么！”秦人听了也不生气，只是笑笑说：“我虽然牧牛，却想得到蜀国的土地做我的牧场呢。”

惠王知道蜀王好色，又应允嫁送五名美女给蜀王，蜀王便派遣五丁带领人马去迎接秦国送来的五名美女。回来时，刚刚走到梓潼这地方，就看见一条大蛇，正在朝着一座山洞钻去。力士当中的一个，赶紧跑上前去，两手抓住蛇的尾巴，一个劲儿往外拖，企图把它弄出来杀死，以免人民受害。蛇的力量过大，一个人还拖它不动，弟兄五个都去帮忙拖，一边拖一边大声呐喊，声音响震山谷。忽然妖蛇作怪，只听得轰隆一声巨响，地震山崩，刹那间，把五个为民除害的壮士和秦国送来的五名美女以及随从人等都压死了。一座大山分为五座峰岭，峰岭上各有平整的石头。蜀王闻知此事，万分伤痛，于是亲自登山凭吊，并且将这五座山命名为“五妇冢”。还叫人凿穿山上的平石，在上面建造了“望妇堠”“思妻台”，而把他平时引为骄傲的蜀国的五个壮士完全忘记了。只是人民至今还把这五座山叫作“五丁冢”。

龙马负图

洛阳东北孟津老城一带，在远古时代是一片水草丰盛的地方。那时生活在这里的人们，全靠树上的野果和水里的鱼虾充饥。后来，伏羲来到这里，教人们制造农具，开垦荒地，种植五谷。人们有了粮食后，生活才算有了保障。

伏羲在这里住了一段时间，看到这里的人民已经学会耕作，便到别处去教人们耕作了。他走后不久，图河里出现了一个妖怪。它头似龙，身似马，满身的鬃毛卷成无数个旋涡。人们按它的形状，就叫它龙马。据说这龙马是水中蛟龙变的，凶猛无比。它跑到哪里，哪里就平地生水。它在这里出现不久，便弄得这里七里八河（方圆七里的范围内有雷河、孟河、位河、陈河、西里河、东里河、郑河、图河），洪水横流，冲坏了人们开垦的田地，淹没了人们种植的五谷，还使不少人葬身在洪水中。人们恨透了那匹龙马，便自动组织起来与龙马搏斗，又有不少人被那龙马囫囵吞食了。

正当这里的人们处于生死存亡的时刻，伏羲乘坐六龙，身披胡叶，飘然而至。他听了人们的哭诉，看了被龙马糟蹋的田地，心里非常难受。他来到图河边，冒着被龙马吞食的危险，赤手空拳与龙马搏斗。说来也怪，那匹作恶多端、凶猛无比的龙马，见了伏羲却一反常态，顿时变得温顺善良起来。它摇着尾巴，咴儿咴儿叫着，驯服地偎依在伏羲的腋下，并用舌头去舔伏羲的手臂。伏羲见龙马归顺，就让人们找来一根绳索，把龙马拴在一棵半截树上，又选了两块高地，围了篱笆，把龙马圈养在里边。

伏羲降服了龙马，发觉龙马身上的鬃毛的旋涡非常奇怪，认为其中必有奥妙。于是，他让人们专门筑了一个高台，把龙马牵上去。他日夜守在龙马身边，面对着龙马身上的旋涡，认真地端详起来。他一直在这个高台上，坐了八八六十四天，终于根据龙马身上旋涡的形状，研究出了“乾、坎、艮、震、巽、离、坤、兑”这套八卦图，人们叫它“伏羲八卦”。八卦互相配搭，又可变为六十四卦，这是伏羲研究八卦用了六十四天的象征。

龙马归顺以后，在伏羲的感召下，悔恨以往的过错，决心为民办些好事，就利用自己深识水性的特长，替人们疏通河道，消灭伤害人畜的狼虫虎豹。这样，人们便能够更好地在这里休养生息，繁衍后代了。

“龙马恰为天地用，图河先得圣人心”。后世人们为纪念广施恩德的伏羲，和虽有过错但能以功补过的龙马，就在当年伏羲降伏龙马的图河故道上，修建了一座寺院，名叫负图寺，寺前高竖两通大碑，一通上刻“图河故道”，一通上刻“龙马负图”。在寺内雄伟的伏羲殿内，供奉着伏羲和龙马的塑像，每日香客不断，烟火缭绕，钟磬长鸣。当年伏羲拴龙马的那个地方，后人叫它马庄（桩）；当年伏羲面对龙马研制八卦的那个高台，后人叫它八卦台；先后圈养龙马的那两个地方，后人就叫它前圈和后圈。

牲畜的来历

（傣族）

远古时代，地上没有动物，只有天边才有动物。布角人的祖先知道天边有动物，就派两人，一男一女去把天边的动物赶到地上来。男女二人都是布角人中的佼佼者，他俩忍饥挨饿，历尽千辛万苦，终于到了天边。他们把动物往回赶，不知翻过几重山，渡过几条河，才把动物赶回到寨子前。男的因受不住饥饿的煎熬，先跑回寨子来吃饭，等吃了饭再去赶。哪知待他回到寨子前，他赶来的动物全跑到山中去了，就成了今天的虎、狼、象、鹰等等。女的因为忍着饥饿，一直把赶来的动物撵到寨子里，全成了现在家中驯养的牲畜猪、牛、马、羊、狗、鸡了。由于这些牲畜是妇女赶来的，所以性情温顺，而那些被男人放跑的动物，性情就凶猛暴烈。从此后，地上就有了动物，因为牲畜是妇女赶回来的，所以她们不杀生。

鸡、鸭、鹅的由来

（苗族）

古时候，鸡、鸭、鹅住在天上。那时候，天上住着雷公和尖子，他俩本是天神造就，日月星辰哺育大的，分不清谁大谁小。

后来，雷公与尖子为了分家，论起排行来，谁大谁就留在天上，谁小谁就下凡去。两兄弟都想留在天上，争着当哥子。争来争去，各不相让，最后红了脸，打了起来。雷公仗着有一对铜铃，可以呼风唤雨，不把尖子放在眼里，尖子诡计多端，自有办法对付雷公。两兄弟打来打去，都发了火，雷公掏出铜铃，要发洪水淹死尖子。尖子灵机一动，忙喊道："雷公，慢点，慢点。你我说不说也是兄弟，你真要放水淹我，请看兄弟的情分，等我三天，等我把栽在凡间的葫芦瓜亲口尝一尝，听说这种瓜比什么都好吃。这样，你就是发水淹死我，我死了也心甘情愿。"

雷公心想：不答应他，他说我不讲兄弟情分，答应嘛，这时间又太长，怕这家伙要花招。说道："好嘛，看在弟兄分上，我等你三天。"

雷公忘了，天上三天是地上三年。尖子下到凡间，种下葫芦瓜，一年就结了瓜，长了三年，瓜长得可以装下人了，尖子就把葫芦掏空，钻进葫芦里。

雷公在天上等了三天，就摇动铜铃，只听轰隆隆、轰隆隆，四海龙王应声而来，一时间暴雨倾盆，雷公整整摇了七七四十九天铃，摇得腰酸背痛，暴雨整整下了七七四十九天，地上洪水都涨到天边了。雷公心想，这下尖子肯定淹死了，不会有哪个来同我争高低了。他召来鸭子，命令它到洪水中看看尖子到底淹死没有。鸭子拍拍翅膀就去了。鸭子下到水中，见个大葫芦漂在水面上，尖子躲在葫芦里睡大觉，就赶忙回来，一五一十地对雷公说："尖子还没死，他正在水面上睡大觉。"

雷公听了大发雷霆，不等鸭子讲完，一脚朝鸭子踩去，鸭子躲不及，嘴壳被雷公踩了一下，扁了，从此，鸭子就成了扁嘴。

雷公又召来公鹅，叫公鹅去看看，到底鸭子说的是真还是假。公鹅慌忙去了。

等公鹅回来，雷公问它："尖子死没死？"

"还没有死，他在水上睡觉呢。"公鹅还没说完，雷公气得脸青面黑，一脚朝公鹅踢去，正踢在公鹅脑门上，立马起了个大肿包。从此，公鹅头上就留下了一个大包。

雷公又喊来公鸡，要它去看看尖子到底怎样了。公鸡见鸭子和鹅都遭了惩罚，很害怕，它本来就怕下水，走到水边，玩了一会儿，就回来胡乱对雷公说："雷公公呀，尖子他尸首都看不见，恐怕早就被鱼吞了。"

雷公听了，转怒为喜，露出满口金牙，捏着公鸡的嘴说："公鸡呀公鸡，你这张嘴真讨人喜欢，我真高兴听你刚才说的话。"公鸡又把那胡编的话说了一遍，雷公一高兴，用力捏着公鸡的嘴。公鸡痛慌了，一犟，嘴就被雷公捏尖了。雷公哈哈大笑，赏给公鸡一顶冠子、一件五彩袍。

这时，尖子划着葫芦来到天边，大声对雷公说："雷公呀，你放水也不先通知我一声。本来我种了好多葫芦，选了几个好的，都掏空了，准备送几个给你装酒喝，哪晓得洪水一来，我只好坐上这一只葫芦，其余的都留在地上了。"

雷公听了，心里一动，又见尖子坐的葫芦确实好，就说："老兄呀，你准备给我的葫芦像不像你坐的这样？"

尖子说："我准备送你的葫芦比这个好多了，这个是我慌忙中乱坐的一个，好的我都留在地上了。"

雷公说："等我退了水，同你一道去拿，好不好？"尖子说："只要你看得起，你想要拿几个就拿几个，反正我栽得多。"

于是，雷公退了洪水，同尖子来到凡间。到了凡间，雷公问尖子："你说的大葫芦在哪里？"

尖子说："老兄，这葫芦三年才长一个，哪里会有多的送你！"

雷公听了说："你为什么哄我呢？"

尖子说："我不哄你，你怎么会退洪水呢？"

雷公知道上了尖子的当，无话可说，一气返回天上，见了鸡、鸭、鹅，把气出在它们身上，于是把鸡、鸭、鹅全都赶下凡来，从此，地上才有了鸡、鸭、鹅。

牛神被罚

天地初分时，牛是天上管草籽的神，叫牛神。这一天，牛神来到住所，看到仓库里的草籽东一筐，西一箩，乱糟糟的，想收拾一下。谁知，他收拾草籽的时候不小心倒掉一筐，草籽纷纷落到人间来。结果，人间到处长满了杂草。粮田杂草丛生，粮食歉收，饿死了不少老百姓，荒野白骨成堆，非常凄惨。

玉皇大帝不知道世上为什么会这样，就派一个天神去查访。这个天神到人间一查，查出了是牛神把草籽倒到人间，回去向玉皇大帝启奏。玉皇大帝大发雷霆，就把牛神贬到人间去专为农民耕田，还罚他每天吃杂草两担，将功赎罪。牛神觉得自己并不是故意将草籽倒下去，感到很委屈，不想到人间去，但又不敢抗旨。正当他在犹豫的时候，玉皇大帝喝令二名天将将他押到南天门，天将一巴掌拍下去，牛神跌到人间，跌落了上牙。所以牛至今是没有上牙的。

牛来到人间，因为玉皇大帝罚它一天要吃两担草，心想两担草慢吞细嚼白天肯定吃不完，只好白天先把草囫囵吞下去，到了晚上吐出来再重新细嚼。因此，牛吃草要反刍。

马的来历

（纳西族）

很古很古的时候，天上的排神居住在罗过排子坡上，禅神居住在论启禅子坡上。他们养了一对神鸡，排神养的是一只公鸡，禅神养的是一只母鸡。公鸡脖子有三拃长，尾巴有三步长，脚爪有三柞长。公鸡与母鸡白天一同在精肯司美柯（地名）寻找食物，晚上在恒依窝金河源头栖息。过了一段时间，母鸡就在它的窝里下了好几对鸡蛋，一对是银的，一对是金的，一对是绿松石的，一对是墨玉的，一对是铜的，一对是铁的，一对是木的。天上的神鹰来给它抱蛋，抱了三天三夜孵不出来；东神来给它抱蛋，抱了三天三夜也孵不出来；云神来给它抱蛋，抱了三天三夜也孵不出来；风神来给它抱蛋，抱了三天三夜也孵不出来；石神和水神来给它抱蛋，抱了三天三夜还是孵不出来。它们就把蛋扔到海里去了。这时左边刮起了白风，右边刮起了黑风，海里波涛澎湃，浪花把蛋冲上了岸，砸在海边的岩石上。蛋破裂了，出现了一团团闪闪灼灼的东西，好像是各种颜色的马，从水里奔跳出来。

一对白色银蛋里出现了白马，一对黄色金蛋里出现了黄马，一对绿松石蛋里出现了花马，一对墨玉蛋里出现了黑色的高头大马，一对铁蛋里出现了黑蹄马，一对铜蛋里出现了枣红色的灵巧善跑的快马，一对木蛋里出现了犏牛、牦牛样的马。这样，各色各样的马儿出现了，它们在水里生活，一天天壮大成长。

一天又一天，马儿慢慢从水里爬上岸来，它们看见人类居住的大地上，有各种各样的东西，感到十分新鲜、好玩，就下决心去向地上的动物学习，增长自己的本领。它们看见山骡（野兽名）在山上跑，它们也学山骡跑；它们看见马鹿在高原上跳，它们也学马鹿跳；它们听到老鹰的叫声，它们也学老鹰叫；它们看到铁很坚固，就在脚上套上一副铁蹄。这样，它们就可以在陆地上生活了。

这一群红的、黄的、黑的、棕色的马儿，到了陆地上，它们各自分了家，有的变成了驯服的骏马，有的变成了不受拘束的野马。野马住在居里坡上，骏马住在吉古坡上，还有牦牛住在老趣阁里，各自生长，互不打扰。后来日子久了，它们互相争吵、争斗起来了。先是野马认为比骏马好，骏马呢，也认为自己不比野马差，结果，它们决定来个比赛，见个高低。它们俩走到米丽达吉海边，去看映在水里的影子，比谁的头颅好看。它们看见骏马的头像青蛙一样映照在水里，而野马的头一点也看不见，野马垂头丧气，只好一声不响。

它们又决定赛跑。先在平原里比赛，骏马跑得快，一直跑到天与地交界的地方，野马只跑到地边上，它认输了。第二次决定上坡比赛，骏马一口气跑上了坡头，野马只跑到坡脚下，它又输了。第三次比赛，骏马已翻过了崇山峻岭，野马只在坡间徜徉，这次它又认输了。在三次比赛中，骏马获得胜利，趾高气扬，非常骄傲。

冬天来了,白雪漫漫,高山上的青草已经枯死了。马儿没有吃的,它们都跑到竹林里去啃竹子。竹林里的竹笋已被獐子吃光了。骏马跑得快,啃着青嫩的竹尖;野马跑得慢,来到竹林里,没有可吃的了,只好扒竹根来充饥。它气愤地诅咒骏马:"烂皮的东西呀!你不要骄傲,但愿有沉重的驮子压在你的背上,擦烂你的脊梁。"骏马不理睬,吃饱了竹尖就跑到牦牛住的地方老趣阁山沟里喝水,牦牛见了很生气,跑下山来要撞骏马,却误把野马撞了三下,野马骇得连跑带跳地逃到高山上去了。

这时,牦牛肚子饿得扁扁的,慢腾腾地在雪地里走着。骏马看见了牦牛这种样子,不禁"嗨嗨"地笑了一笑。牦牛抬头一看,以为是被它撞跑了的马儿,恼羞成怒,向骏马扑来,使劲地朝马儿撞了一下,骏马只是踢一下后脚就逃跑了。

骏马跑到山坡上,遇见了野马,就与野马商量,要去找牦牛报仇。野马说:"牦牛头上的角像是两把利刀啊!与它打仗,好比去送死。"

骏马说:"既然牦牛这般厉害,人能驯服它,人就比它厉害了,我们何不投靠人去?夏天人会拿小麦来给我们吃,冬天会拿谷子来给我们吃,还会喂一些盐巴,晚上冷了,会把我们关在房子里,像火一样温暖。"

野马说:"我看,世界上比人坏的没有了。夏天不会拿小麦喂你,冬天不会拿谷子喂你。不会给你住在温暖的房子里,人饿了还会吃你的肉,冷了会剥你的皮做衣服,我不愿意去投靠人,我要去喝高山上的泉水,要吃高山上的青草。"

骏马气愤地诅咒说:"你怎么不听我的劝告呀!不去投靠人,你在山上想喝泉水吗?泉水到冬天会冰冻,喝不到水,会把你渴死。你想吃高岩上的青草吗?青草会被严霜扎枯,吃不到青草,会把你饿死。愿你的脊背不驮就烂,愿你的蹄子不跑就裂!"

野马也愤愤地诅咒说:"唯愿你变成人骑的东西,变成过河的桥梁,变成驮尸骨的家伙(古时死人送葬是用马驮运)。"

从此,骏马与野马就在居里坡下分开了,野马跑到高山上自去找野草吃,骏马就下山到平原里投靠了人。人很好地喂养马,冬天喂谷子,夏天喂小麦。晚上给它住在温暖的房子里,早上把它拴在棕树上。

有一天骏马挣脱了缰绳逃跑了,人们带了弓箭和猎狗到山里去寻找,他们一边走一边学着马叫。马儿藏在密林里,一听见"嗨嗨"的叫声,它也"嗨嗨"地应了三声。这样,人们就把马找了回来。人们问马道:"马儿,你为什么逃跑呀?"

马说:"我昨夜做了一个噩梦,脖子上被一条青蛇缠住,嘴里被铁环套住,用火来烧,头上挨雪打,肋上被凿子来凿,尾巴上拖了棘刺,身上长了一棵青树,一只老鹰栖息在树上,一只老虎在树下睡觉,所以我害怕得逃跑了。"

人们笑着说:"马儿呀!这不是噩梦,而是得了一个吉祥的梦兆啊!不是青蛇缠你,而是要给你带上攀胸;不是雪来打,而是要给你头上擦酥油;不是火来烧嘴巴,而是要给你挂上三绺染红的牦牛尾巴;不是用铁环套你,而是要给你上嚼环;不是凿子来凿肋巴，而是给你挂马镫；不是你身上常青树，而是给你配马鞍；不是老鹰来栖息，而是要给你插上鹰的翅膀；不是树下睡着老虎，而是要给你垫火皮褥子。这是一个好梦呀！你不要害怕！”

于是人们用杜鹃木削成了精致的鞍子，鞍头用银镶，鞍尾用金饰，用绿松石做攀胸，用墨玉做后鞧，用黄金做马镫，白海螺做嚼环。马身不清洁，用黄金梳子梳；马蹄不圆，用白铁凿子修。打仗时，青年们带上弓箭，骑上骏马，飞也似的奔赴战场；打猎时，人们骑上骏马翻山越岭，去寻找野兽。从此，骏马在人们生活中成了不可缺少的朋友了。

黄帝造车轮

大家都知道，黄帝战蚩尤时，造了破雾指方向的指南车。可这车轮是咋造的呢？这还得打王母娘娘点化黄帝那儿说起。

传说那天玉帝和王母娘娘云游中天时，远远看见黄帝一个人闷坐在风后岭的山坡上。玉帝问：“夫人，你看那不是贤弟吗？”王母道：“正是，他正在为指南车跑得慢上愁呢，待我点化点化他吧。”说着王母娘娘冲着风后岭方向打起哈欠，吹起仙气来。

的确，黄帝和蚩尤交战时，眼看快胜了。蚩尤喷出漫天雾气，使黄帝的兵马迷失了方向，乱了阵营。黄帝想法儿造了个指方向的，就是后来人们说的指南车。说是车，当时形状是一块长方形木板，上面有一木人，右手总指南方。打仗时，这木板绑在一只训练好的熊精身上驮着跑。有了这器械，黄帝就不怕蚩尤喷雾了，接连打了两次大胜仗。可就在第三次交锋时，驮着指南人的熊精被敌方乱石打死了，几个兵士抬着木板急跑时，你拥我挤太慢了，使这次战役失利。黄帝正为这事大伤脑筋。所以一个人坐在那儿，闷着头想呵想呵，也没想出个好办法来，急得他出了一身汗。

这时，黄帝忽觉背后凉风呼呼地吹来，怪舒服哩。风越来越大，“嗖”的一下，黄帝戴着的那树枝扎成的帽子被吹落在地上，顺着风，骨骨碌碌地朝山下滚去。黄帝一看，急忙追过去，帽子越滚越快，如同精灵的飞环，比人跑步要快得多，黄帝怎么撵也撵不上。撵着撵着，黄帝顿时开窍了：“这圆圆的帽子滚得这么快，要是在指南人的板下也安上两个轮环转动起来，不也就跑得快了吗？对！”想到这里，帽子也不追了，他急忙跑回营寨，马上命令工匠截了两个木轱辘，加工设制，安在板下。果真，人推也好，兽拉也好，灵活方便，跑得又快。黄帝站在上面，顺向指挥，一时军威大振，再和蚩尤交锋时，这指南车立了大功。

后来，人们模仿着指南车的轱辘也安在其他木板上，就有了最原始的车。

甯封子为陶正

黄帝的时候,有个名叫甯封的人,家住在沮河沿岸的一个“聚落”。他母亲是个捏陶泥坯的,甯封三岁时就跟着母亲来到窑场。他最爱学着妈妈的样儿捏各种各样的盆盆罐罐。母亲看他聪明好学,就教会了他捏制各种陶坯的手艺。年复一年,星移斗转。甯封长大成人了,部落里就派他专门从事烧陶。

甯封子受母亲的感染,对工作很负责,他专心专意地捏呀烧呀,可是烧出的陶器总觉得不满意,不是粗糙笨拙,就是形体不正。甯封子说他对不起部落的人们,每天除了上窑场工作,就躲进自己的泥屋里,不跟外人接触,连妻子问他,他都不理。他就这么闷闷不乐地呆在屋里,每天都是妻子把部落分配的饭食,用陶钵给他端回来吃。甯封吃着,想着,食不甘味。妻子看他一心扑在制陶上,累得人都又瘦又黑,吃过饭就叫他躺在草席上歇一会儿。说来也怪,往日里甯封根本睡不着,今天身子一倒,就呼噜呼噜地进入了梦乡。他梦见自己脚踩着五色的彩云,去了一万个国家,各处的人们送给他很多很多的陶器,那些陶器可好看了,样式别致,有尖底的,有圆的,有方的,还有带盖的,并且画了彩色的花纹和各种各样的图案,简直使人眼花缭乱,只当到了天宫。甯封高兴地笑了,笑出了声,也笑醒了。他连忙把自己的梦告诉了妻子。妻子也兴奋地说:“好呀,你还不如到外面转转,多看一看别的部落的陶器,或许就能制好了。”甯封子正有此意,听了妻子的话,就赶紧收拾行囊。部落首领知道了甯封的打算,送给他一匹马,甯封骑着马就出发了。

甯封一去两年。妻子盼呀盼的,总算把他盼回来了。他拉回来一车陶器,整天钻在这些陶器堆里,看呀比较呀,描呀画呀,又取来砂泥盘一盘捏一捏,没头没尾的。这一天,天还没明,他就叫醒妻子,两个人摸黑来到窑场和砂泥。泥一和好,甯封就坐在草席上盘陶坯。他一会儿盘一会儿捏,妻子端来饭也没吃。太阳都直射头顶了,他还在干着。妻子嗔怪地给他戴了一顶竹篱,又端详着男人捏的一大堆陶坯,高兴地说:“好呀,真好呀!”甯封逗趣地说了一句:“比我梦见的还好看哩!”

一个一个的坯子制成了,放在草棚下阴干。快干了,妻子就蹬动转轮,甯封拿着陶坯在转轮上磨。磨光后,甯封又和妻子用赭石在坯子上画图案。他们不再重复画过去简单的图形和直线条。甯封的妻子特别心灵手巧,天上飞过一只小鸟,叽啁地一叫唤,她就几笔画出一个飞动的小鸟;地头跑过一只梅花鹿,也没跑出她的手,让它静站在陶盆的壁上。她想起了男人们捕鱼的渔网和捕回的鲤鱼,也画在陶盆上。快到收获季节了,想象收获后全部落的人们在广场的欢庆场面,她就在陶钵上画了一圈手拉手舞蹈的人,有男有女,活泼热烈,连甯封都称赞她画得好。后来他们又画出一套变形的图案,好像不太像,却很传神,也有生活情趣。他们还在陶罐上用指甲捏出棱形排列的指甲纹,拿绳子印出一排排的斜纹,有时也给陶罐做了儿圈的堆纹、蛇纹。最有意思的是罐盖的把手,他们把盖把捏成各种动物的形象,鸟头上刺着锥纹,小兽顽皮地站立着,还有张大嘴呼叫的人头。

一日日的辛苦,几年的心血,甯封终于制出了非常美观的陶器。这些既好看又实用的陶器,不光本部落的人喜爱,交换到外部落,也很受欢迎。部落首领把甯封制的陶罐献给了黄帝。黄帝看到这样浑圆而又精致的陶罐,仔细地欣赏着上面的彩色图案,连声说:"好,好! 天下竟有这样的人才!"立即派人把甯封请到中宫。黄帝详细地询问了陶罐的制作情况,就委派甯封子为陶正,专门管理全国的制陶。

制陶器与种棉花的起源

很久以前,有个老婆婆,丈夫死了,她和儿媳妇在一起过日子。儿媳妇待婆婆很凶,只让她吃馊饭坏菜,穿破烂衣服,而自己却肥吃肥喝,穿好的,戴好的。

老婆婆的命很苦。一天,她走到屋前一棵大树底下哭道:"老当家的,我的生活这样苦,这可叫我怎么活下去呀?"

话刚说完,就听树旁有声音说:"老婆子,别苦恼,好日子还在后头呢! 你用这树下的红泥做碗,想吃啥,碗里就有啥。"

老婆婆用树下的红泥做了一只碗,并用火烧得很结实。果然,她想吃什么,碗里就有什么。一天,她正在吃饭,忽然被儿媳妇发现,冷不防把碗夺了过去。她一看,饭里有鱼有肉,就冷笑一声说道:"好哇,这么好的饭菜,从哪儿偷来的?"

老婆婆无奈只好告诉她:"这是只宝碗,你想吃什么,碗里就会有什么。"

儿媳妇听了把碗里的鱼肉往地下一倒,说:"好哇,有了这样好宝贝瞒着我! 这回该我享受了,给我来一碗龙肝凤髓!"

话刚说完,碗里就立时出现无数条小长虫,吓得她"哎哟!"一声,倒在地下,把碗摔了个粉碎。

冬天到了,儿媳妇守着火炉穿着皮袄,可是她却让婆婆穿着夹衣,并把她撵到冷屋去受罪。老婆婆感到日子没法过,就又到那棵树下哭道:"老当家的,我的生活这样苦,可怎么熬下去呀?"说完,只听树旁又有人回答说:"老婆子,别苦恼,好日子还在后头哪! 这棵树的周围有很多白花,你采回去,夹到衣衫里就不会冷了。别叫儿媳妇看见!"

老婆婆采了许多白花,把它夹到衣服里,果然特别暖和,哪怕大风大雪,胸前背后都像有一个太阳似的,再也不哆嗦了。

有一天,媳妇因为怕冷,躺在床上不起来,叫婆婆给她烧水做饭。她看见婆婆不但不冷,反而头上冒热气,就把婆婆叫过去问道:"老东西! 你的衣服怎么厚厚的? 偷了什么东西夹到里面去了?"

老婆婆悄声说:"这是宝贝衣服,穿上它就特别暖和。"

“好哇，你又瞒着我，赶快给我脱下来！我得享一享这个福。”媳妇说完，上前就把婆婆的衣服扒下来穿在自己身上。她刚笑眯眯地说了句“好暖和”，那衣服却越收越紧，一直嵌到皮肉里，痛得她在地下直打滚。等到她站起来，已经变成了一只狗。这只狗爬起来“忽”的一下向老婆婆扑去，这时候老婆婆再也不怕她了，就用棒子把她赶出门去。

恶狗被赶走了，老婆婆又用树下的红泥做了一只碗，用白花絮了一身衣服，日子过得很幸福。从那以后，许多人都跟她学做泥碗和种白花。据说制陶器和种棉花就是这么起头的。

龙窑的来历

传说古时候太湖里有一条浑身墨黑的乌龙，长大以后，玉皇大帝就召它到天上去专管耕云播雨的事体。哪个地方干旱了，乌龙先到太湖喝足了水，再向那个地方喷。乌龙喷出来的水就是雨。但有一个地方，玉皇大帝却不准乌龙去喷水，这地方就是太湖西面丁山、蜀山一带。因为这地方的老百姓不敬天帝，所以玉皇大帝要惩罚他们。

乌龙上上下下，东奔西跑，忙着喷雨。经过丁山、蜀山上空，看见底下的田地干得都裂了大缝，没有一点绿颜色，老百姓死的死，逃的逃。乌龙心里很同情，想去降雨，又不敢同玉皇大帝讲，就去同海龙王商量。海龙王听了直摇头，说：“少管闲事吧，触犯了天条可不得了！”可是，乌龙不听海龙王的劝阻，瞒着大家，吸足太湖水，一口喷到了丁山、蜀山。

哪晓得玉帝的耳目众多，要瞒是瞒不住的。玉帝派天兵天将去捉拿乌龙。乌龙不服，与天兵天将格斗，打得天昏地暗。最后乌龙寡不敌众，被乱枪戳得浑身是伤，从天上掼到地下，头朝下，尾朝上，恰好跌落在丁山白宕的一座小山坡上。

当地百姓因为亲眼看见乌龙倒挂到太湖里去吸水，晓得喜雨是乌龙降的，非常感激它。这天，忽见乌龙掼在地上，鲜血直淌，浑身是伤，就关切地问它这伤是怎么来的。乌龙便把触犯天条的事讲了一遍，临死前叫大家把它的尸首埋葬，说日后必有用处。乌龙死后，百姓很悲痛，就按照它的遗愿，挑来很多土，把它掩埋了。

不知过了多少年，葬龙的土堆上出现了许多洞口。人们从洞口钻进去一看，里面全是空的，乌龙的尸骨不见了，成了一条长长的地道。一些老年人记起了从前的传说，告诉大家：“这些洞口是当年天兵天将在乌龙身上戳出来的伤口。乌龙死前说过，埋它的地方日后必有用处。”大家就想了：究竟有什么用处呢？有人就提出：把它当作窑烧陶器怎么样？大家一听，都说这是好主意，不妨试试看。后来一烧，果然不错，陶器烧得又多、又快、又透、又省柴。

从此，人们烧陶器就放到龙肚里去烧，把这个地方称作乌龙窑。后来，当地人又照乌龙窑的样子造了许多窑，都叫作龙窑。龙窑筑在土坡上，龙头朝下，龙尾朝上。龙嘴是烧窑点火的地方，大家称为“龙嘴头”；龙身上的大伤口作为装窑、开窑的进出口，称为“户口”；龙身上的小伤口是烧窑时添加柴草的地方，叫作“鳞眼洞”，靠龙头的第一对鳞眼洞叫作“龙眼”。

当地用龙窑烧陶的历史已有一千多年。现在它已经被先进的隧道窑代替了，但是龙窑的故事还在流传。

向帕召讨文字

（傣族）

在那遥远的年代，人世间没有文字，人们只得靠刻木结绳来记事，用千千万万颗麻亮和豌豆来记数。后来，木块越来越少了，草绳也越来越少了，麻亮和豌豆更是少得不够用了，人们整天为这件事犯愁。

这时，人们听说智能无边的帕召从天上来到了人间，于是，大家都去找帕召讨求文字。汉族带着纸去了，傣族带着贝叶去了，哈尼族带着牛皮去了。他们翻过一座又一座高山，穿过一片又一片森林，蹚过一条又一条河流，不知走了多少月，也不知过了多少个热天和冷天。一天，满怀希望的人们终于来到了帕召传经的神山上，拜见了帕召，一起跪下向帕召索讨文字。仁慈的帕召一一满足了人们的愿望和要求，立即在纸上写下了文字，交给汉族；在贝叶上写下了文字，递给傣族；在牛皮上写下了文字，拿给哈尼族。接着，帕召嘱咐道：“我写给你们的文字是同一种文字，你们拿回去记事记数吧。”

人们分别拿了写着文字的纸、贝叶和牛皮，一齐向帕召深深拜谢，然后，欣喜若狂地离开了神山，向家乡走去。

不久，人们来到了一条大河边，河流又宽又长，水势又汹又猛，要过河只有凫水。为了把文字尽快地带回自己的部落，他们都毫不犹豫地纵身跳入滔滔的波浪中，向对岸游去，游啊游啊，人们精疲力竭地泅到了河边，爬上了岸。汉族一看，他带的纸被河水浸湿了，帕召写在纸上的字变了形，弯弯曲曲像鸡爪似的。傣族的贝叶和哈尼族的牛皮，不但不怕水浸，被水一泡，反而变得有模有样了。

人们抱怨了一阵，又继续往前走。许多天后，来到了一座荒山上，这时，大家才发觉带在身上的干粮都吃完了。别无办法，只好找些草根树皮充饥。可到后来，所走的路越来越艰难，经过的山地越来越荒凉，什么吃的东西也找不到了。人们忍饥挨饿，继续一步步往前走，走着走着，人们走不动了，一个个倒在地上，望着蓝天流泪：难道辛辛苦苦讨来的文字，就要连同我们一起被埋葬在这陌生地方吗？为了活下去，向人们传播文字，哈尼人不得不把唯一可以充饥的牛皮献了出来，让大家烧吃了。所以哈尼族的文字没能传下来。

讨文字的人们终于回到了自己居住的地方。那刻在贝叶上的文字,因不怕水湿,又不能烧吃,才把帕召写给的文字原样保存下来了,使傣族有了绣花似的文字。那写在纸上的文字,虽然是帕召送的同一字体,但因为被水浸湿了,变了形,于是出现了傣文和汉文两种不同的文字。不过,许多汉文仍然与傣文读音相同,如傣族的"托腐"与汉族的"豆腐",只有"托"与"豆"有点不同,那是因为写在纸上的"托"字,被水浸湿变了形,成了鸡爪形的"豆"字。现在傣文与汉文读音相同的字很多,就是这个原因。

有了文字的傣族和汉语,都没有忘记无私的哈尼人,深深记得他们献牛皮的恩德。

贝玛阿波吃文字

(哈尼族)

头人率领哈尼来到诺马河边,准备歇歇脚,养养气,就渡过河去。可是那时正是雨水很多的七月,大雨一连下了十天,原来清得像晴空一样的河水,变得像牛打过滚的塘子一样浑,波浪也像小牛小羊样蹦跳起来。哈尼在河边等了十天,还是不见河水落下去,头人阿波只好传下话,要先祖们过河。

哈尼的头人生着三个人的心、七个人的脑,样样事都想得很周到。过河以前,他把人马分做几队,老人有人牵,小娃有人背,牛马猪羊有人吆。样样安排好了,只有先祖留下的字书,没有想好该怎么办。

哈尼先祖的字书是智慧神的嘴巴和眼睛,天上大神们的事,地上人间的事,海里龙神们的事,都像大田里的秧棵一样,整整齐齐地栽在那里。那是一件传世的宝贝,平日间都放在贝玛阿波那里,他走东背到东,走西背到西,吃饭的时候放在桌子上,睡觉的时候放在枕头边,片刻都不离开。这样要紧的宝贝交给哪个背过河都不放心,头人阿波还是交给贝玛,嘱咐的话说过三遍,叫他一定要好好把字书背过河去。贝玛阿波点头答应了。

贝玛跟着大队下到诺马河里,最深处的河水只淹齐他的磕膝头,他就对头人开玩笑,哈哈笑着说:"头人阿波呀,你在水里忙前忙后的干哪样,这样浅的水都害怕,你还怎么带领蚂蚁样多的哈尼呀!"

没有想到,他嘻嘻哈哈的声音惊动了睡在水底的河神。河神晓得哈尼先祖的字书是件宝贝,就派三个波浪神去抢:"阿尼,我们只会天天在这里踹着,扎实憨罗,赶紧去把那些书拿来,让我们瞧瞧,也变得聪明起来!"

三个波浪神来到水上,头一个像水牛一样吼着跳着去抢。贝玛阿波见了,晓得事情不对,赶紧把字书从背上拿下来,紧紧地抱在胸口,任波浪神再吼再跳也不给它摸着。波浪神脚跳酸了,嗓子叫哑了,也没有抢着,只好回去了。

第二个波浪神说:“哼,有这样的怪事?”就像老虎一样,一纵老高,“噢噢”地吼着扑过来。贝玛阿波赶紧把字书扛上肩头,用胸膛抵住波浪神的手,波浪神跳得脚瘫手软,“呼呼”地喘着粗气,也萎头耷脑地回去了。

第三个波浪神是大哥,力气最大,声音最响,老石崖也耐不住它一捶,吼起来像天上打雷。它见弟兄们抢不着,气得脸发白,手发抖,“轰——”一下飞起来,好像老龙打架一样朝贝玛阿波扑过来。贝玛阿波害怕了,赶紧放大声音问头人:“阿波搓摩,波浪神老实恶了,咋个办?”

头人阿波也望见了,急忙对他喊:“喂,你不会拿嘴咬住字书,两只手和它打嘛!”

贝玛阿波一听有道理,忙把字书咬到嘴里,用两只手和波浪神打起来。两个打了七架,一个打不赢一个,打到第八架,贝玛阿波手软脚软了。

波浪神见他没有了力气,就使力扑过来,手刚刚要够着字书,贝玛阿波一急,张开嘴巴,“咕噜”一声,把字书吃进肚子里去了。波浪神气得直叫:“老贝玛,你把字书吐出来!”

“吐出来就被你抢掉了,我会这样憨吗?”

“你不吐也要叫你吐!”波浪神伸手一拉,把贝玛阿波拉倒在水里,“咕——咕——咕——”,灌了他一肚子水,波浪神不知道字书被水一泡就会化掉。

这样一来,哈尼先祖传下的字书就化在贝玛阿波肚子里,后世的哈尼再也见不着了。但是天上地下的事情,都装在贝玛阿波肚子里,他变成了最聪明最能干的人。过六月年、十月年的时候,他会唱过节的哈八;抬死人、嫁姑娘的时候,他会唱抬死人、嫁姑娘的哈八;栽秧种田的时候,他会唱栽秧种田的哈八;他的嘴会把字书里的本领教给后人,使人们也变得聪明起来。

彝文字的来历

(彝族)

古时候,有家彝族,就两娘母。儿子长到六七岁,阿姆喊他出去放猪,自己下地做活路。从此,儿子每天吃过早饭就把猪吆出去放,下午,她家的猪回来完了,儿子没有回来,直到夜深了才回来。阿姆以为儿子在后头耍,只要猪没有打失,也就没有多问。可是,一连好多天都是这样子,阿姆有点担心,还是忍倒,没有问清儿子在哪儿耍。

有天晚上,阿姆在屋里等了很久,儿子还没有回来,心头很着急:他为啥还不回来?到底做啥子去了?等呀等,等到半夜过了才见儿子转来。阿姆生气地问他:“你跑到啥子鬼地方去啰?”儿子说:“阿姆,我这几天有点事情。”阿姆不相信这么大点娃儿有啥子事情,喊他说来听。儿子说:“阿姆,你不要担心,等几天你就晓得啰。”阿姆冒火了：“不行，从明天起，不准你出去了。”儿子急得心慌，赶紧求他阿姆：“你要是怕我跑丢，拿个线圈来，把线一头拴在我脚上，线圈你逮倒起。你有事找我，就跟倒线找起来；没得事就千万不要来找。”阿妈听儿子说得有理，只好答应了。

第二天，儿子吆起一群猪出门，阿姆真的拿根线拴在儿子脚上，自己把线圈揣起。下午，太阳快要落山时，她家的一群猪照常乖乖地回到圈里，儿子还是没有跟着回来。阿姆实在想弄清儿子到底做些啥子，就带着线圈，一边收线，一边跟倒找起去。

收呀收，走呀走，阿姆理着线钻进一个人烟无迹的老林里，黑黝黝地怪害怕人，不敢走了。这里明明是野兽起窖窖的地方，自己那么小的儿子根本不会来这儿，那么这根线又是咋个回事！她想来想去没得主意，天快黑了，只得理起线又走。来到一条水沟边，听见有响声，她把细一看，看见儿子和一群雀鸟坐在一块大石头上。她很奇怪，就躲在半边看他们在做啥子。

石头上，坴奴戈补箐鸟正在说话；雏阿合鸟在下面写字，听一句，写一句；乌鸦在一旁磨墨；啄木鸟在半边造纸。儿子紧紧挨倒坴奴戈补鸟坐起，竖起耳朵专心地听它说，嘴巴跟倒在小声地念。

阿姆这才晓得儿子跑到这里来学文字的，心头一喜欢，忍不住吼起来：“我的好儿子呀，你在这儿学文字啊！”她这一吼，把那些雀鸟一下吓飞了，只剩下儿子坐在石头上。儿子急死了，埋怨阿姆：“你为啥这个时候来啊！我给你说过，没得事就不要来找我。你看，还剩下两篇字没有教！”阿姆真失悔到住：“是呀，该怪我！该怪我！”儿子直顾叹气：“真可惜！真可惜！”

从此，彝族就有文字了，可惜的是不完全，所以，毕摩的经书上，始终空起两篇纸没有字。

傈僳族没有文字

（傈僳族）

在远古时代，大地上生活着人类，有语言，但没有文字，做什么事情都凭脑子硬记。有的过了的事情往往记不清楚。还有些人良心不好，相互欺骗，闹得人类很不好过。

为此，天神想了个办法，并定了吉日。在吉日里通知生活在大地上的各种民族，领取各自不同的文字，而且把字教会。于是，天神把文字写在不同的物体上，有的字写在石板上，有的字写在粑粑上，有的字写在皮子上……按顺序领给人。

领着写在石板上的文字，就一直流传至今，成为有文字的民族。领着写在粑粑上的文字，在回来的路上因饿肚而在半路上吃掉了，就成了没有文字的民族。

傈僳族的祖宗克达布扒，就领到一本写在獐皮上的文字。他刚回到家，獐皮掉在地上，被狗吃掉了。克达布扒伤心不已，来不及传教给别人，傈僳族的獐皮书就失传了。

贝叶信

（傣族）

贝叶信，在傣族人民中有着悠久的历史，流传很广。贝叶经书，也是从贝叶发展起来的。

古时候，有一个勇敢善良的傣族青年，为了要让乡亲们摆脱灾难与黑暗，告别了未婚妻，准备到太阳的家乡去寻找幸福和光明的种子。临走时，他和未婚妻约定，每到一个月，他就给她写一封信来。这样，不管他走到天涯海角，在家的未婚妻都能知道。要是书信中断，就意味着他在途中遇到了灾难和不幸了。

勇敢的青年走了，身边带着一只金鹦鹉，作为跟随他远行的伙伴和送信的使者。开始的头四五个月，青年的情书写在野芭蕉叶或其他树叶上，由金鹦鹉衔着，飞回家乡交给他的未婚妻。然后，金鹦鹉又衔着他的未婚妻的回信飞回途中，交给青年。一年又一年的时间过去了，青年在森林里越走越远，天还是没有尽头，太阳依然居住在遥远的地方。但他毫不气馁，继续朝着太阳升起的方向走去，整整走了十年，这以后，他和未婚妻的书信中断了。因为写在野芭蕉叶和其他树叶上的信，不等金鹦鹉飞到家乡，叶子就在途中干枯、破碎了，鹦鹉只好返回去和青年做伴。

书信中断以后，他们俩都十分伤心。未婚妻以为青年死了，天天在家哭泣，为他祈神滴水。小伙子由于书信送不到未婚妻的手里，感到十分烦恼和忧伤。一天，青年走到了一片温暖的森林，那里有河流和湖水，有平坝和山岗。平坝上长着许多香蕉和菠萝，山上开着各种各样的野花，蝴蝶纷飞，鸟儿啁啾。他已经筋疲力尽了，就到一棵矮小的贝叶树下乘凉。正当他靠着树干休息的时候，发现一条很细的小虫在贝叶面上缓慢地蠕动着，小虫爬过的地方，留下一条弯弯扭扭而又清晰的线路，很像是人在野芭蕉叶和其他树叶上写下的字迹。

“难道小虫也在贝叶上写信？”青年想着，便站了起来，拉过贝叶来仔细观察，原来小虫子正在聚精会神地用它那一对像针尖般细的小黑牙啃吃着贝叶丝哩。这时，他又发现，在树上枯干而垂挂了好几年的贝叶，凡是曾经被小虫爬过的，仍保持着清晰的线路。青年摘下布满线路的干贝叶，用手使劲揉搓、摩擦。但不管他怎么揉搓、摩擦，干贝叶都磨不烂。青年从中受到了启示。他想，要是我用它来给未婚妻写信，再长的时间也能完整地送到未婚妻手里呢！他为这个发现而惊喜起来，急忙割下一片贝叶，用刀尖在叶面上刻下心里想说的话，把它交给金鹦鹉送走。时间一个月一个月地过去了，不见鹦鹉飞回来，青年就在山上栽树种花，耐心地等着。

转眼,他栽下的小树发芽了,花树也开花了。他整整等了一年零十五天,金鹦鹉终于衔着书信回来了。青年把信拿来一看,在他写的那片贝叶的背面,清楚地刻着未婚妻的回信。勇敢的青年没有找到幸福和光明的种子,却意外地发现了贝叶的秘密。他心中感到十分高兴,就把贝叶的种子带回家乡,把它撒遍平坝和村寨周围。从那以后,傣族青年男女互通书信和情诗,就学着那青年和他的未婚妻那样,都用贝叶来刻写,表达他们心中的爱情。

从此,用贝叶写信写书,就在傣族群众中传播和应用起来。

洛龙歌布曲鸟

(彝族)

有一天,阿苏拉吉出门,在路上碰见一个叫麦尔都惹的人。这人曾经做过他的徒弟,所有本领都是从他那里学来的,念经、作法都是和他一样。但两人分别了十多年,见面时都不认得了。

两人坐在路旁休息,各人说各人的本领。麦尔都惹很自负,阿苏拉吉便向他说:"年轻人,想来你的本领很强,但你若真有本事,你把对面的山用咒语念垮吧!你念垮了,我能把它念还原。"

麦尔都惹说:"老爷爷,你先念吧!你念垮了,我来念还原。"

于是,阿苏拉吉开始念咒了。他一念完,山就垮了。麦尔都惹再一念,山又还原了。阿苏拉吉心里一惊,心想:这年轻人真有本事,跟我一样。那青年人也想:这老头真有本事,跟我一样。想着想着不觉起了嫉妒心。当阿苏拉吉上马时,他在他身后念咒说:"这该死的老头子,你死时应该是马在一边,鞍在一边,人在一边。"

阿苏拉吉听了还嘴说:"小孙孙,你将被披毡蒙着头死在路旁。"

两人的咒都应验了,因此,两人都死了。一个是马背上跌下来死的,死时,果然马在一边,鞍在一边,人在一边;一个是在大风雪中蒙着披毡,被巨大的飞石打死的。

阿苏拉吉生前制了许多彝文,他死了以后,再没有人认得这些字了。因此,他死后心里一直很不安,就变成了一只洛龙歌布曲鸟,飞到他的哑巴儿子拉吉格楚那里去。

拉吉格楚生来不会讲话,看见鸟在他身旁飞着,他就跟着它走。走到一个森林中,鸟高声唱歌,又吐出丝丝的血滴在阔叶上,阔叶上立刻现出了笔画美丽的字来。拉吉格楚很喜欢,摘下树叶,在上面照样画着。从此,每天鸟一来,他就跟着它到林中画着,有时深夜也不回家。

他上山放猪,常常猪回来了,他却留在山上几天几夜不回来。他妈妈不放心,问他他又说不出话来。于是妈妈暗中用一个羊毛线团扎在他身上。当他放猪没回来时，妈妈便顺着羊毛线去找，终于在一个大树林子里找着他了。

她看见一只彩色的鸟儿站在树上，嘴里吐着一丝丝的血，每一丝血滴在树叶上都变成了字，拉吉格楚正照着那些字在树叶上专心地画着。

妈妈以为他贪玩，就大声地喊道："娃娃呀！你怎么贪玩得连家也不回呀！"

她这一喊，鸟一惊就飞走了，但拉吉格楚也开始说话了。他向妈妈说："阿姆呀！你为什么这时来？你来晚一点多好！阿爸的书还有三篇没抄完呢！"

从此，拉吉格楚说话了，并且能够教众人认识他父亲遗留下来的字。但由于有三篇没抄完，因此，现在彝文有些不够用。

铜鼓的来历

（壮族）

铜鼓是怎么来的呢？老辈人讲是这样来的。

我们壮家的开天辟地老祖布洛陀，造了天地和人以后，就在天上安家了。为了照看子子孙孙方便，布洛陀把我们壮家人安排住在高山大岭上。高山大岭离天近得很，他把头低一点，就能看见子孙的日子是好是歹了。

开初，壮家人日子过得蛮不错。早晨，天上金鸡一叫，太阳出来把山山岭岭烘得暖暖和和的。人们在太阳底下高高兴兴、安安然然地耕种收割，串歌圩，找相好；晚风一起，月亮又把山山岭岭照得银粉刷亮，凉凉爽爽的，人们在月亮底下欢欢喜喜、快快乐乐地纺织裁缝，吹木叶，闻香香……反正，要多快活有多快活。在太阳、月亮和人们都睡觉了的时候，还有许多星星瞪着亮闪闪的眼睛，守卫着天上和人间。有了星星守卫，天上十分太平，人间也十分安乐。所以，人们对星星也特别亲密。

后来，人多了，布洛陀嫌天地小了，就把天加大加高，把地加宽加厚，把山岭削低削小。这样一来，天和地离得远了，山岭也跟着离天远了。白天，山岭上下的一些旮旯角落，太阳照不到了；夜晚，月亮照不到的旮旯角落就更多。在太阳和月亮睡觉的时候，给天上人间作守卫的星星，也难得看清那些黑旮旯角落了。久而久之，这些长年阴黑的旮旯角落，就生出了毒虫恶兽和妖魔鬼怪。这些毒虫恶兽和妖魔鬼怪，白天不大敢动，一到夜晚就猖狂得不得了，四处乱窜，时常闯进村寨伤害人畜。人们一追，它们又溜进旮旯角落里躲起来。它们看得见人，人看不见它们，硬是无法收拾它们。人们不得安乐了，就托风大哥上天去求布洛陀，把星星摘下来安在地上。只要星星把旮旯角落都照亮，毒虫恶兽和妖魔鬼怪无法躲藏，人们就平安了。

布洛陀知道后，就到地上来了。他对人们说："大家的灾难我已知道了。大家说吧，要我帮忙做点什么呢？"人们齐声说："大地上样样都好，就是缺少星星。"又说:"你把天上的星星摘一些下来安在地上,我们就得安宁了。"布洛陀想了想,笑着说:"我们自己动手造吧。"人们听了,十分高兴,都要求布洛陀马上动手做。

布洛陀带领人们挖来三彩泥,做成一个个两头圆大、中间小的模子,又采来好看的孔雀石,再砍来火力最猛的青冈柴烧炼孔雀石。烧炼孔雀石的火好大呵!把天都烤红了,把地都烧烫了。眨眼工夫,三天三夜过去了,孔雀石都变成了金光灿灿的熔浆。布洛陀领着人们把金光灿灿的熔浆,倒进三彩泥模子里。又眨眼工夫,人们面前堆着一个个两头圆大、中间小、有四只耳朵的金光闪闪的东西。这些东西上面有刀箭、斧凿、鱼叉、耕织、狩猎、航行、游戏和占卜等许多图案;它一头封顶一头空,封顶上边是一个又大又亮的星星。大星星周围还有许多小星星。人们眼鼓鼓地望着这堆金光闪闪的东西,都不知叫什么名堂。

布洛陀笑眯眯地拎起一个来,拳头照它封顶上的大星星一擂,它就"抛曼抛奔""抛曼抛奔"地大响起来。响声像雷一样,震得四山打抖,那些躲在旮旯角落里的毒虫恶兽和妖魔鬼怪,被震得头昏眼花,肝裂胆破,个个东奔西逃,跑得脚不沾地。人们看见毒虫恶兽和妖魔鬼怪东奔西逃,高兴地围着布洛陀和金兴闪闪的东西唱起歌跳起舞来。布洛陀一边擂着金光闪闪的东西,一边大声说:"这东西叫阿冉,它就是地上的星星!它会帮你们杀死毒虫恶兽和妖魔鬼怪,保护村寨;它会领着你们唱歌跳舞;它身上有许多图案,还会教你们学本事。有了它,你们就可以安居乐业啦!"人们听了,欢喜得两脚跳起八丈高。

布洛陀回天上去了,人们就按照他的嘱咐,从铜鼓身上的图案,学会了高超一点的耕种、纺织和打猎本事,学会用孔雀石来炼就刀斧箭叉。哪里发现毒虫恶兽和妖魔鬼怪,人们就擂响铜鼓;人们要唱歌跳舞了,也擂响铜鼓;人们庆祝节日了,又用铜鼓盛糯米饭、肥牛肉和甜美酒……铜鼓的用处多,壮家人太爱铜鼓啦!不久,千山万岭上的家家户户、村村寨寨,都照布洛陀造的铜鼓的样子,造出了千千万万铜鼓。铜鼓越造越多,多得像天上的星星一样。壮家人安乐了,就唱歌来赞颂铜鼓:

天上星星多,
地上铜鼓多;
星星和铜鼓,
给我们安乐!

这歌,就一直流传到今天。

箫的来历

我国有种乐器,叫箫,吹起来很好听。据说,第一个做箫的人,是舜呀!

上古时候,舜刚刚长大成人,就被黑心的后娘赶了出来。舜有家回不去,四处流浪。这一天，他走到泰山脚下，见这里风景好，就到村里给长老打了个招呼，住下来开荒种地。

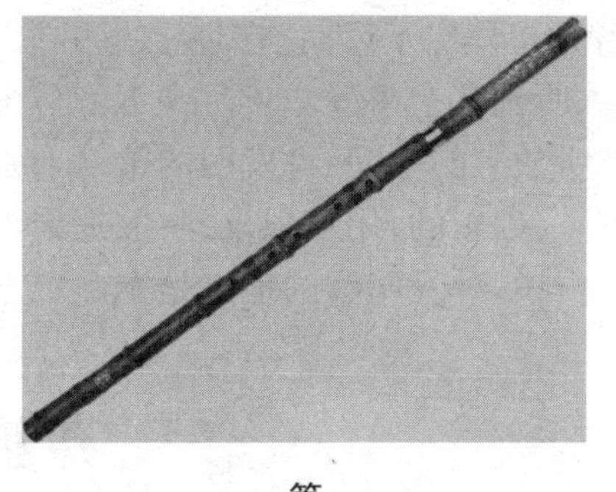

箫

当时，泰山脚下的人常为鸡毛蒜皮的小事争啊闹呀。到庄稼成熟季节，山边村子里的人便进山来。他们不由分说，把熟了的庄稼全给抢走了。舜呢，没说啥话，还照料他种的瓜果。等瓜果熟了，山边村子里的人又来把瓜果抢了。舜没办法，摇了摇头，往深山里挪几里，再开荒。但过些时儿，成熟的庄稼又被哄抢了。

一天，舜挖了几片小荒地，在竹林边歇歇儿。他摆弄着小竹棍儿，想起了小时候做的竹喇叭和柳皮喇叭。他砍了节竹筒子，仿着小竹喇叭做了个大竹喇叭。吹一吹，声音不算多好听吧，总算有了个营生儿。

又一天，舜在竹林边歇歇儿，捡了一条虫打几个眼儿的竹棍儿，做成了喇叭儿。一吹呀，好听极了。“叮咚叮咚”“淅沥淅沥”的。舜很高兴，又砍了一截好竹筒，打了几个洞儿。吹呀吹呀，忘记了累，心里也不烦了。就这样，舜带着这根竹喇叭儿，干活累了吹，睡觉前也吹，有空儿就吹。

庄稼又熟了，山下村子里人又来抢。舜知道自己没法儿拦，只好坐在一边，吹竹喇叭。舜一吹呀，那些抢庄稼的慢慢停下来了。停停，干脆放下手中的东西，一齐围到舜跟前，听舜吹。舜呢，也没理睬，照样吹呀吹。那些人都瞪着眼，张着嘴，听得入了迷。舜一不吹，抢庄稼的人说：“喂！你这位大哥，本来这儿是我们的，不论谁种我们都收。你今天吹的东西怪好听哩。从今后我们不收你的庄稼了。”舜说：“想收你们还收吧，山上的野果我拾了一洞，也够吃了。”大家说：“不收了。你收收吃吧。大哥，你下山吹吹这东西，叫俺村里人都听听吧！”舜一听，他们喜欢听自己吹喇叭，就答应跟他们一块儿下山。

舜来到村子里，两户人家正在打架。舜想解劝，一个人拉着他，说：“你管这事干啥。走，咱到屋里吹那玩意儿去。”舜进屋里，喝点茶，就吹响了竹喇叭。他这一吹，屋里屋外围了好多人。打架的人也不打了，他们都静静地听舜吹，个个儿都露出高兴的样子。舜吹呀吹，他们听呀听，听个不够，个个儿入了迷。舜要走了，他们拉着不让他走，还要他吹。舜说：“我把这东西给你们留下来，你们自己学着吹吧。”舜把竹喇叭儿留给了他们，又教会他们咋吹。

第二天，人们成群去找舜，要学这玩意儿。舜趁着这个时候给他们讲好多道理：有事莫吵，细商量啊；有气慢慢消，莫闹呀；有火慢慢息，莫怒呀。又给他们做了好多喇叭儿。

人们常听舜讲道理，跟舜学吹竹筒子，性子慢慢儿改了，很懂礼仪，也不打架了。有个人问舜：“大哥，这玩意儿真好，又能消闷解愁，又能熄火儿消气儿。它叫啥名呢?”舜想了想,就在地上写了个“箫”字,说:“它是竹子做的,应该是竹字头儿,人听到就会肃静。竹字头下就写个肃,合起来的字音就念它‘消’吧。”

听故事的要问:舜发明的箫真有那么大用处吗?那可是。历史上还有个叫张良的人,山东的,用一根箫,吹散楚霸王八千子弟兵呢。

据说,舜发明箫的地点是泰山。直到现在,泰山吹箫的人还很多。

芦笙的来历

(苗族)

听老人们讲,在很古老、很古老的时候,天下还没有好多人,我们的祖先才有十二个。他们勤劳勇敢那是没得讲的,可惜不像现在人那样会唱、会吹又会跳,每天闲下来只是听喜鹊“唱歌”,看蛤蟆“跳舞”。有一次,蛤蟆同蚱蜢追赶打闹,跳累了,蛤蟆坐在田坎上歇气。忽然听见天上隐隐约约传来很好听的声音,抬头仔细一看,又像有很多人影在晃动。它觉得十分稀奇,就一跳一拐地跳进屋去,告诉老祖公固迪老人。固迪领着大家出门一看,都迷住了,决定派人上天去接他们下来,唱给大家听,跳给大家看。固迪就派喜鹊去接。喜鹊既高兴,又发愁,它说:“去是去,可我连一件衣裳都没有呢。”固迪就叫人给它缝了一件花衣(直到现在还穿在身上哩),喜鹊才高高兴兴地飞上天去了。

喜鹊飞到天上,“咔咔咔”地唱了许多歌,嗓子都哑了,没有人理睬它,就飞回来了。它对固迪说:“天上在过年哩,后生吹芦笙,姑娘踩歌堂,热闹得很,他们不肯来。”听了喜鹊的话,大家对天上更加向往了,但又没有什么办法,只好你看我,我瞅你。后来觉得蝉唱歌唱得最好听,派它去接一定会来。蝉说:“我的肚子大,肠子重,飞不到天上。”固迪说:“那你先把肠子掏出来,用石头压住,交给公鸡看守好,回来再装进去。”蝉听了固迪的话,把肠子交给公鸡看守着,就欢欢喜喜地飞上天去了。

蝉到了天上,见那么多人只顾吹呵,跳呵,没人注意它。只好等到他们吹累了,跳累了,坐下来歇气时,飞到一把芦笙上,抖开金色的翅膀,“郎郎嘞——”地唱起来。蝉唱道:“郎郎嘞——,天上人间一样美,天上过年吹芦笙,哪比人间日子甜,郎郎郎郎嘞——,我来请大家下凡去……”天上的人听它唱得很好听,又听说人间比天上还好,都想下凡去看看。他们就将年(粑粑)做一头,芦笙做一头,叫蝉挑着,跟着它下来。来的人很多,像河里放木头那样,个个争着朝前挤,过天桥时把桥也踩断了。结果那些会吹会跳、打扮得又好看的都过不了桥,来到人间的只是一些看热闹的人。

蝉带着天上的客人来了。固迪赶忙领着全寨人到寨头去迎接。他们用牛角斟酒敬客人,用手抓大块大坨的肉,送到客人的嘴里。这时,蝉也觉得肚子饿了,它想吃东西，才记起肠子不在肚子里，就跑去找公鸡。东找西找，半天也没有找到。原来公鸡早把蝉的肠子吃掉了，看见蝉回来，躲了起来。后来大家都来找，才从刺蓬里找到公鸡。固迪听到公鸡做了错事，骂道："馋鸡饿狗！"公鸡挨了骂，羞得满脸通红(一直红到现在)。从那时起，蝉的肚子也就变得空空的了。

固迪他们只顾喝酒，"年"和芦笙放在屋里，不见哪个来理会它们，一气就回到天上去了。等固迪他们想到吹芦笙、踩歌堂热闹热闹时，连芦笙的影子都不见了。真是闹了个狗咬尿泡，空欢喜一场。后来决定去请固伞平(即平师傅)、固外西、固外努(即天公西、天公努)自己造芦笙。

造芦笙要竹子，就翻山越岭砍来了一大扛，剔去枝桠备用，固外西捉来一只鸭子，叫平师傅用木头照样子做成芦笙模子。他说："鸭子的头就是芦笙的嘴，鸭子的身子就是芦笙的把，还要照鸭子的尾巴翘一点。做好模子，再凿上几个洞洞，好插竹管子。"做好这些以后，固外努又为没有铜片发愁。他讲了铜片的形状后，有人到田里捉来了一只盖脸虫。固外努一看很是高兴，马上取下它的薄壳，安在芦笙嘴上。就这样，苗家的第一把芦笙制造出来了。

到试吹芦笙的时候，大家都来围看。固迪一吹再吹，使尽了气力，结果都像吹火筒棒一样，发不出一点好听的声音来。大家都觉得很扫兴，把眼睛都盯着几个师傅看。固外努说："那是我们造芦笙还没同天上的人讲呀！"于是叫固迪捉来一只白公鸡，在地上放一碗米，点燃三根香树枝，叫固迪跪在地上，请求天上的人送声音来。固迪刚求完，就听天上雷声隆隆响了起来。固外西马上把这个声音捉住，想放进芦笙管里去。可是管子太小，放不进去，他就随手放进一个大竹筒里。拿起竹筒一听，就能听见轰隆轰隆的响声(传说那就是现在的莽筒)。他从这里得到启发后，捉来一只公鹅，等它一叫，就把声音装进大芦笙管里。又请蝉来唱歌，把它的声音放进小竹管里。于是固迪一吹，就吹出了各种各样动听的声音。这样，苗家的第一批芦笙就吹响了。后来有了白铜，芦笙嘴上那片盖脸虫的薄壳，换上了白铜片，芦笙吹出来的声音就更加动听了。

口弦琴的传说

(赫哲族)

口弦琴，赫哲话叫空康吉。它是我们那尼傲从上辈传下来的乐器。它有中指那么长，能弹喜调，也能弹悲调，还能用它对话呢！年轻的姑娘和小伙常常坐在大树下、大江边，互相弹口弦琴，用琴声来表达彼此的爱情。

说起口弦琴，在上一辈老人中间流传着这么一个故事。那是在很早以前，一年春天，可怕的瘟神降到了人间，黑龙江边有一个城里的老百姓全都病倒了。先死的人还没有埋，后死的人又倒毙在地。

有一个老人到这个城里来串门，进城不见鸡飞，不见人影，没有狗叫，没有人声，走进城东头一家小马架，只见炕上躺着两个人，地上趴着一个人，走近一摸，都没有气了。他接连走了几家，都是这样，有的人死在水缸边，有的躺在灶洞旁。

老人一家又一家地找，最后只找到一个吃奶的女孩子。她的妈妈死了，她一边哭一边还啃着她妈的奶头呢！老人抱起了这个小女孩，离开了这个可怕的城市。

日子过得快如水，一晃过去了十六个年头，小女孩长大成人了。一天，姑娘问老人："好爷爷！别人家孩子都有爹娘，我怎么没有呢？"

老人说："有，有！以前你小我没说，现在该告诉你了！"就把十六年前看到的情景，讲给姑娘听，一面讲，一面深深叹息。姑娘听了以后，哭成了泪人。

姑娘一连哭了好几天，嗓子也哭哑了。这一天，她的泪珠掉在鱼叉上，发出一阵阵嗡嗡的声音，十分悦耳好听。等老人回来，姑娘把这事告诉了他。老人照着鱼叉的形状给姑娘做了一个口弦琴，放到嘴边轻轻一弹，发出了清脆悦耳的声音。姑娘用它又能唱歌，又能说话，高兴极了，便天天弹这口弦琴。

奇妙的琴声传到了额图山顶，被山洞里的熊神听到了。他觉得这声音实在太美妙了，就乘姑娘睡觉的时候，把口弦琴偷去了。

没了口弦琴，姑娘又伤心地哭了。老人安慰她说："孩子，我听说在额图山上有个宝洞，里面住着山神、虎神和熊神，人世间什么东西，被他们使用以后，也就变成了宝物啦。口弦琴如果是他们偷去的，也是个宝了，要是能找回来，用它一弹，说不定还能救活你死去的父母呢。"

姑娘说："爷爷，我决定去把那口弦琴找来！"

老人说："上那座山可不容易，山上有老虎、黑熊。再说那宝洞门口还有一个石头老人看守着。"

姑娘说："只要我能和父母见上一面，就是死了也心甘情愿！"

老人见姑娘这般坚定，就答应了。

第二天，老人把姑娘送到了额图山下。姑娘向那云遮雾绕的额图山顶爬去。她爬山费了多大力气，那就不说了，不过当她找到那个宝洞，天已经黑了。姑娘偷偷地溜进了洞里，听到里面有说话的动静，就躲在暗处细听。

洞里面，山神、树神、虎神和熊神正在那里喝酒玩乐。喝到高兴时，山神说："我们弹口弦琴跳舞吧！"

树神连声说："好，好！"说着，他从一个金盒子里拿出了口弦琴，弹了起来。那声音一会儿像百鸟齐鸣，一会儿又像万马奔腾；一会儿像泉水潺潺，一会儿又像春风阵阵。乐得山神、虎神和熊神使劲地跳呀跳呀，直累得趴在地上不想起来，不一会儿一个个都睡着了。那树神弹着弹着，也疲倦了，伏在桌上打盹。

这一切，姑娘在暗处都看得清清楚楚。她轻轻走上去，拿起口弦琴塞在怀里，又悄悄溜出了宝洞。刚到洞门口，那石头老人说话了："姑娘，你知道吗？不管是谁，到宝洞里拿了一件东西，三天以后都会变成石头的！你还是赶紧把口弦琴丢掉吧!”

姑娘哭着说:“好心的石头爷爷!谢谢你的好意。为了救活乡亲,为了看一眼双亲,我自己变成石头也心甘情愿!”

石头老人被姑娘的话感动了,说:“那你就骑着这只石头天鹅快走吧!天亮以前到了你出生的那个城,你弹起那口弦琴,那里的人就会复活了!”

姑娘向石头爷爷跪下,拜了几拜,骑上了一只石头天鹅。天鹅顿时变成了活的,驮着姑娘飞了起来。

耳边的风声阵阵,大约过了一袋烟工夫,风停了。姑娘睁开眼一看,来到了一个沉寂的城市。城里到处都是尸骨。

姑娘看天快要亮了,赶紧照着石头老人的话,弹起了口弦琴。她一家一家地走,一条街一条街地弹,凡是姑娘弹着口弦琴到过的地方,死的人都复活了,死的狗又叫了,死的猫又跑了,死的鸡又飞了。

村里的男女老少活过来以后,都觉得很奇怪,还以为姑娘是天上的神仙,下凡来救大家的命,纷纷向她磕头作揖。

姑娘向大家讲了自己的遭遇,乡亲们才明白是怎么回事。姑娘的父母听了姑娘的话,这才跑上前来,认了女儿。

全村的人高兴地在一起又唱又跳,尽情庆贺,热闹了三天。到了第三天晚上,眼看就要和刚见面的双亲永别了,姑娘的心里十分伤心。她对父母说:“让我去把抚养我的爷爷,接到这里来一起住吧。”她父母说:“好呀,你早去早回!”

姑娘出了村,弹起口弦琴,引来了天鹅。她骑上天鹅飞到了老人这里,把自己上山拿到口弦琴,救活了城里人的经过一一说了。最后,她对老人说:“爷爷,我送你上我的双亲那里去住,让他们不要为我伤心。这个口弦琴交给你,你要把它保存好呀!”

“孩子,你放心!我一定把口弦琴保存好,让它给我们世世代代带来欢乐和幸福!”

两人骑上了天鹅,便向那个城飞去。飞到离城不远的地方,天就亮了。姑娘赶快下了天鹅,陪着老人往城里走去。还没走上几步,她的脖子发硬了,身子变麻了。她刚说完一句“爷爷,你们多保重!”就变成了石头人。

从此,空康吉一直流传了下来。每当人们弹起欢快的口弦琴尽情欢乐的时候,老人们会讲起这个故事,想起那个让人难忘的石头姑娘。

古希腊神话

欧律诺墨:开天辟地的混沌之神

在希腊神话之中,创世之说很多。下面的这个混沌之神的故事就是其中的一个,也是流传比较广的一个。

太初茫茫之时,世界处于一种杂乱无序的"混沌"状态:太阳尚未出世,月亮也没诞生,大海、陆地、天空纠结在一起,混作一团——陆地尚不坚固,海洋还未起波,天空也没有光明。可是在这一团混沌之中,大海、陆地、天空彼此冲突着,冷热软硬干湿轻重互相斗争。斗争到了一定时候,逐渐地,变化出现了,这些原始物质开始分化:大地和天空被一道地平线分割为二,陆地和海洋互相区别,清虚之气和浑浊之气开始脱离。

欧律诺墨

世界乱糟糟的面貌改变了,形成了初步的秩序,彼此能够和谐相处了:轻的部分上升为瓦蓝的苍穹,在最高的地方找到了它们的安身之处;沉重的部分聚集在一起,成为沃黑的大地;大地和天空之间是无所不在的空气;回旋流动的水泛起了波涛,将陆地环绕了起来;而在地下的最底层,则是一个最为黑暗的地方,叫作塔耳塔洛斯。

就在天地分开形成海洋陆地的时候,从一片混沌之中出现了开天辟地的天神欧律诺墨。她长发飘飘、赤身裸体,在天地尚未形成的宇宙混沌之中,找不到任何立足之点,于是她用手一挥,划分出天空和海洋。她立在叠浪起伏的波涛之上翩翩起舞,并顺着一股强劲的南风,向前方飞过去。飞到爱琴海上空,女神欧律诺墨渴望能够控制自己的方向,就在急速旋转之中,随手抓住了擦肩而过的北风。一阵揉搓,北风在她充满神力的手中变成了一条河流似的蜿蜒盘旋的大蛇俄菲翁。这个时候的大蛇俄菲翁浑身冰冷、僵硬。女神欧律诺墨抓起大蛇一阵狂舞，大蛇在她的手中弯来折去，获得了热量。它的身体变得暖和了，就慢慢地新陈代谢，见风就长，皮肤渐渐地变为燃烧的火焰色。它盘绕起身体，在女神的胸脯上纠缠了一圈，扭动着身子和女神结合。有孕的女神摇身变成了一只白色的轻捷的鸽子，在波涛上伏窝，七七四十九天之后产下了一枚光闪闪的宇宙卵。女神命令这只大蛇在这枚卵上盘旋七次，随后宇宙卵一声轰响，裂成两半裂为两半的宇宙卵在波涛之上翻滚了一阵之后，万物都诞生了：日月星辰、大地山河、草本植物出现在世界上。随后，女神又创造了一对巨人，一男一女。

完成了创世业绩之后，欧律诺墨带着俄菲翁在希腊的奥林匹斯山上安家。他们两个过了一段安稳的日子之后，俄菲翁就不满足了。他自恃功高，以为创世是他一个人的功劳，他才是真正的创世主，女神应该听从他的命令。这让女神欧律诺墨十分恼火，两个人就搏斗起来。在剧烈的打斗之中，欧律诺墨眼疾手快，一腿后撩，脚后跟踢中俄菲翁的头。不一会儿，俄菲翁的头肿成了一个葫芦包。他的牙齿也被踢掉了，从空中落到了地上。斗输了的俄菲翁只能接受失败的结果，被发配到了大地上最黑暗的洞穴——塔耳塔洛斯居住。他跌落的牙齿落入了尘土之中，并慢慢发育成长，成为大地上的第一批人类。这群人类始祖都从土里生出，生活在女神为他们创造的世界里。

该亚：大地女神

很久很久以前，该亚是人们一直崇拜的大地女神。和天庭的主宰众神之父的宙斯相比，她更像是神灵家族之中和蔼可亲的老祖母。

根据古希腊传说，该亚是大地的化身，是从混沌之神欧律诺墨中分离出来的。她一出生，就陷入了浑噩的沉睡之中。她的酣睡之地是奥林匹斯山上一块光秃秃的大石头。她躺在上面一丝不挂，胸脯宽广，双腿叉开。一阵暖风在她双腿之间盘桓片刻，该亚就怀孕了。虽然遭到了暖风的骚扰，该亚却仍然沉睡如泥。在昏睡之中，怀胎十月后的该亚一连产下了三个孩子：天神乌拉诺斯、老海神蓬托斯和时序女神。

刚生下孩子的该亚体质虚弱，仍然神志不清。她的第一个孩子天神乌拉诺斯迎风就长，很快就长成了一个高大的年轻人。他的皮肤颜色随心情而变，可以变出蔚蓝、乌黑或者苍灰之色。他蹦蹦跳跳地在山水之间游玩着，登上了山顶，借着天生的千里眼，他看见了双腿叉开的大地女神该亚。他一阵冲动，该亚又怀孕了。

醒来的该亚感觉到了肚子疼痛。她在地上来回地滚动着，一直转了十二圈，生下了十二个提坦神（又称泰坦神，都是巨大的意思）之后，疼痛才停止。她的丰满的乳房微微地有些胀疼。这十二个提坦神，一生下来就高大健硕。他们咿咿呀呀地爬到了母亲身边，没长牙齿的小嘴巴大张着，本能地摸索吮吸着。这群提坦神之中，最聪明的就是小儿子克罗诺斯。他最先摸索到该亚的乳房处。他含住乳头，一伸一缩地吮吸起来。白色的乳汁流进了嘴里，克罗诺斯满足地发出了幸福的吱吱呜呜之声。这个时候，其他的几个孩子纷纷地伸过头来，要去够那黑泥色的乳头。于是，他们互相争斗起来。他们力量相当，智慧一般，只有喝了乳汁的克罗诺斯，力气大增，其他孩子被他打得鼻青脸肿，倒在一边。克罗诺斯吃饱喝足后，离开母亲四处玩乐，这时候才轮到了他那些嗷嗷待哺的哥哥姐姐们。

孩子们慢慢长大了。十二个孩子之中，克罗诺斯年纪最小，却是最为勇敢而又最有智谋的一个。

这个时候，他们的父亲乌拉诺斯已经战胜大地女神该亚，成为宇宙的主宰，该亚则成为他的王后。这对夫妻又生下了独目巨人和百臂巨人。他们刚生下来就力大无比，乌拉诺斯非常害怕他们会对自己的地位构成威胁，就把他们藏在一个秘密的黑暗之地。作为母亲的该亚非常愤怒，就唆使儿子克罗诺斯阉割了乌拉诺斯。

该亚可以说是一位最受人崇拜的女神。人们在发誓赌咒时，她的名字是最为神圣的，而且，她还被作为一个收成的赐予者被人四处祭祀尊敬。此外，她还被认为是人类的始祖，又是死人的归宿之地，因为死人都一律是埋葬在地下的。

希腊人对该亚的崇拜随着希腊社会由母系氏族进入父系社会发生了一些变化。在母权社会之中，该亚是核心神祇，受到广泛崇拜，而天神乌拉诺斯就没有这个福分。但是随着男性在日常生活之中地位越来越高，天神乌拉诺斯逐渐成长为万事之父，该亚地位下降，成为神族之中年迈而不起决定作用的女神。因为该亚是大地的化身，而大地则是人们的衣食父母、立足之地，所以，尽管天神的主宰者更换了几次，可该亚崇拜还是延续了下来。

乌拉诺斯：第一代天神

天神乌拉诺斯是大地女神该亚的儿子。他出生不久就成长为一个面貌英俊的少年。后来，他又与母亲该亚结婚，并成为天地之间的主宰。乌拉诺斯登上了天神的宝座之后，他就对他所统治的疆域进行了一番改造。首先，他将宇宙分成了许多部分，然后进一步塑造了地球。在山林茂密的地方，他用他的权杖划出了潺潺的泉水；在一望无际的平野，他用脚一顿，出现了一个巨大坑洞，水流涌出，成为波光粼粼的池沼湖泊。雨水从天空降落下来，汇成小溪河流，奔向浩瀚的大海。原野伸展，山谷下陷，峰峦耸立，树木生长……世界变成了与今天类似的样子。接着，他又煞费苦心，让地球上出现了不同的气候带：当中最热的就是热带地区；而两端白雪飘飘、冰雪覆盖的地方，则是寒带；夹在寒热之间的温带地区，气候温和，寒暑交替。

在天神乌拉诺斯的统治之下，宇宙变得井然有序：日月交替，星星闪光，鱼翔大海，兽跑南山，昆虫啾啾，百鸟朝凤。而作为主宰者的天神，他和地母该亚生下了一大群儿女。地母该亚两次分娩。第一次她生下了十二个提坦神；第二次生下的，则完完全全是一批怪物，身材高大顶天立地就不说了，力气也大得吓人。其中一个怪物身高臂长，一生下来就是一只独眼，倒竖在额头上，闪闪发出绿光，眼睛上一道又横又直的眉毛，仿佛毛笔画上的。他的样子已经够丑了，可是比起他的三个兄弟来说，他简直可以算得上是一个帅哥。他的三个弟兄比他还高出一倍有余，脖颈上顶着五十个脑袋，而双肩上一共长出了一百只毛茸茸的巨手。他们与人争斗时，头上的百只巨眼发出了火红的怒焰，五十张大嘴吼声震天，一百只巨手张牙舞爪，威势凶猛，锐不可当。

天神乌拉诺斯能够预知未来，他察觉到了一种危险：自己的众多孩子之中，那最优秀的一个必然会推翻他。因此，天神乌拉诺斯对孩子又恨又怕。他偷偷地观察这些孩子，尤其让他感觉害怕的就是这些怪物。他利用这些怪物四肢发达、头脑简单的弱点，把他们引诱到一个秘密的洞穴里，偷偷地把他们关闭起来。这件事情激怒了地母该亚。她找遍他们宫殿的附近孩子可能游玩之处也没找到，嗓子也喊哑了，却没有任何回应。问起乌拉诺斯，他就吱唔过去，花言巧语逗地母该亚开心。

地母该亚找不到她的怪物孩子，就只能更加警惕地守护在这些提坦神身边。他们虽然年纪比怪物弟弟大，可还在摇篮里呀呀学语。对这些手无缚鸡之力的婴儿，乌拉诺斯也不能放下心来，又一个个地把他们偷走，藏在另一个秘密的黑暗之地。只有提坦神中最小的克罗诺斯，由于地母该亚最喜欢他，看护得紧，才没让乌拉诺斯得逞。相反，由于乌拉诺斯最近行踪诡秘，该亚对他产生了怀疑。一天，乌拉诺斯趁该亚不在克罗诺斯身边，蹑手蹑脚走到摇篮边，四面瞅了瞅，见没人，便将孩子抱起来转身就走。这个时候，暗自庆幸的乌拉诺斯根本不知道，自己中了该亚的圈套，她正躲在一边秘密观察着呢。乌拉诺斯一走，该亚就悄悄跟在他身后，一直跟到了乌拉诺斯偷藏提坦神的地方。那是地下一个黑暗的洞穴。乌拉诺斯把克罗诺斯扔下，匆匆离去。该亚在这个地方做了一个标记，急急返回宫殿中。她看到了空空的摇篮，痛哭起来，乌拉诺斯假惺惺地在一边滴下了几颗眼泪。

该亚看穿了乌拉诺斯的诡计，却又没法与之直接相斗。她斗不过残忍蛮横的乌拉诺斯，只有偷偷背着他去看望孩子。那里有克罗诺斯，还有其他的提坦神，可是怪物们却不知道被囚禁在什么地方。孩子们在幽禁的黑暗之地慢慢长大了。当最小的儿子都已经过了十八岁生日的时候，该亚觉得时间到了。她把事情的前前后后都告诉了儿子们，希望他们了解真情以后，能够推翻乌拉诺斯。她找来了灰色的火山石，磨成了一把大镰刀。

她告诉孩子们："孩子们，打倒你们罪恶滔天的负心父亲。这个家伙太可恨了，他害怕你们夺权，就抛弃你们，把你们关在这暗无天日的地方！"

她的儿子个个都很有力，可是却不自知，他们害怕乌拉诺斯。只有小儿子克罗诺斯毫不畏惧，他推开前面沉默不语的哥哥，走到母亲跟前，握着她的手说："母亲，我听你的,我们是应该把这个恶棍赶下天庭的,但怎么对付那个老家伙呢?”

该亚摇了摇手中的大镰刀,说:“孩子,有了这个,你就可以去和他一拼高下了。”

克罗诺斯犹豫了一下,摇了摇头说:“母亲,光凭力气,我不能百分之百地确保胜利。我们何不这么办呢?”他附在该亚的耳朵边,说了一通。该亚听了很高兴,连连点头。

该亚返回宫殿,对着水池细心地打扮起来,她涂上了香粉,穿上了最美丽的衣服。今天的该亚特别美丽,不但没老,岁月的沧桑反为她添上了一番成熟风韵。夜色很快降临,巡视天庭回来的乌拉诺斯见到妻子,眼前不由一亮。两位天神在寝宫之中卿卿我我,吃饱喝足之后,就上了床。乌拉诺斯满怀激情,俯卧在该亚的身上。这个时候,早在床下埋伏多时的克罗诺斯冲了出来,他左手抓住父亲,右手那把锋利的大镰刀轻轻一挥,就把父亲阉割了。受伤的乌拉诺斯连衣服都来不及穿上,光身往外冲去,可是克罗诺斯的哥哥们已经包围了四周。他们尽管害怕父亲,却不愿意自己的母亲和弟弟有生命危险。无路可逃的乌拉诺斯如同丧家之犬,又被克罗诺斯抓住。克罗诺斯扣住他腰部的要害地方,用力一甩,乌拉诺斯就从天上掉了下去。身负重伤的乌拉诺斯坠落之时,他的伤口滴下了鲜血,溅落在地上,变成了后来的复仇三女神。经过九天九夜,乌拉诺斯坠落到了地下最黑暗的洞穴——塔耳塔洛斯里,永世都不能翻身。

乌拉诺斯的统治结束了。克罗诺斯和他的哥哥们又把怪物弟弟救了出来。在奥林匹斯众神会议中,大家一致推选克罗诺斯成为新一代的主神。就这样,克罗诺斯时代开始了。

克罗诺斯:第二代天神

十二提坦神之一的克罗诺斯推翻了乌拉诺斯之后,成了第二代天神。他能够战胜父亲,是他兄弟姐妹帮的忙。可是,当他登上王位后,却患上了和父亲一样的毛病,担心他的兄弟们窥觑宝座。他知道自己的力气比不上弟弟独目巨人和百臂巨人,于是他找了一个借口,把他们关闭在地下最黑暗的洞穴——塔耳塔洛斯里。可是光囚禁了他的怪物弟弟,他还不放心。他比父亲更为多疑残忍,为了杜绝流言蜚语,他又把提坦神们也给关进去了,只把姐妹中最为漂亮年轻的瑞亚留在了身边。她成了他的妻子。

消灭了所有的潜在敌人,应该说他的地位已经相当巩固了。可是他和父亲一样,有预知未来的能力,也预测到自己将来会被儿子中最为优秀的一个推翻。克罗诺斯食不知味,睡不安寝。怎么才能杜绝这种可能性,永保王位呢?克罗诺斯也曾想和父亲一样,把儿子们囚禁起来。可是前车之鉴,父亲的教训,他是不会忘记的。

而且，天下最理想的监狱不过就是塔耳塔洛斯，他关在那里的兄弟姐妹难保不挑拨鼓动自己的儿子来反抗他。

克罗诺斯绞尽脑汁，却没有想到一个妥善完美的办法。把孩子究竟关在什么地方呢？这个问题搅得他不能安宁。一天吃午饭时，因为过于焦虑，他的舌头不小心被烫了一下。他疼痛得来回转圈。这时他的脑海中灵光一闪：是呀，还有比肚子更安全的地方吗？如果把孩子关在肚子里，他有再大的本事也跑不出去了。这样一来，自己的王位不就高枕无忧了吗？

于是，从瑞亚生第一个孩子开始，克罗诺斯就坚守在旁边。瑞亚把刚生下来的孩子细心包好，交给了克罗诺斯，让他抱抱，克罗诺斯却把包好的小孩子放进嘴里，一口吞吃了。瑞亚大哭，可是克罗诺斯却放心地狂笑起来。就这样，瑞亚每生下一个孩子，还没有仔细看上一眼，这个孩子就进了克罗诺斯的肚子里，前前后后，已经有五个了。俗话说十指连心，一连五个，都被残暴的丈夫吞进了肚子里。瑞亚虽然毫无办法，却再也不能忍受了。所以当她再一次怀孕的时候，她决定要有所行动，挽救这个即将诞生的小生命。这个幸运的孩子就是后来的第三代天神宙斯。

宙斯出世的时候，瑞亚强忍着生育之苦，把一块石头包了起来。这块石头是她准备多时，放在枕边备用的，和婴儿大小不差。当克罗诺斯闻讯赶来，瑞亚就把石头递给了他，那个残暴的天神看也不看就一口吞下，然后大笑三声扬长而去。

瑞亚吊着的心放了下来。虽然骗过了丈夫，可是孩子交给谁抚养呢？她想起了小时候捉迷藏时在克里特岛上发现的一个山洞。于是，她将宙斯送到了洞里，并请了两位女神看护他。小婴儿面色红润，很招两位女神的喜欢。她们精心照料他，每天都用母山羊阿玛尔菲亚的奶水和蜂蜜喂养他。为防万一，瑞亚还派了一些武装的卫士守卫在山洞前。每逢小宙斯哭叫的时候，他们就用长矛击地，发出一片响声，以掩盖宙斯的哭声。

宙斯在两位女神的细心呵护下，长成大人。瑞亚一看是时候了，就把事情的前前后后告诉了宙斯。宙斯又伤心又难过，他决心拯救自己的兄弟姐妹，并且推翻父亲克罗诺斯的残暴统治。

宙斯想了一个巧计，煎了大罐的药，由瑞亚端给生病的克罗诺斯吃。喝下那罐药后，克罗诺斯肚子疼痛起来。他弯下腰，大口地呕吐着。呕吐物中，先是一块大石头，随后是破布。他大吃一惊，意识到了问题的严重性。接着，他吞下去的五个儿女都被他吐了起来。说也奇怪，这五兄妹在父亲的肚子里不但毫发无损，而且都长成了大人，像宙斯一样高大健壮。兄弟们一出来就联合宙斯，一起反抗父亲。双方斗得天昏地暗，却一直没有分出胜负。战争僵持了十多年之久。

克罗诺斯找来朋友帮忙。其中一个就是自己的堂兄，非常聪明的普罗米修斯。他看到双方僵持不下，就建议说：天神呀，我看还是把你的兄弟们从地底下放出来吧。如果有他们帮助你的话，你就赢定了！可是克罗诺斯担心兄弟们怀恨在心，会倒打一耙，帮助宙斯。他拒绝了。

俗话说:得道多助,失道寡助。普罗米修斯看到克罗诺斯不但不听劝告,对待兄弟和孩子还是这样残酷无情,于是,他就站到了宙斯这一边。宙斯正为战争不能取胜着急,就求教于这位聪敏的堂叔。普罗米修斯告诉宙斯,应该解救那些被关押在地底的叔叔伯伯们,有他们的帮助,胜利才有把握。于是,宙斯到了地底,释放出独眼巨人和百臂巨人。独眼巨人送给宙斯一些礼物:雷霆,闪电,霹雳;送给宙斯的一个哥哥哈里斯一顶可以隐身的帽子;送给另一个哥哥波塞冬一支三叉戟。而脾气暴躁的百臂巨人则直接参战,加入宙斯阵营。他们要惩罚他们的兄弟克罗诺斯。在得到了独眼巨人的宝物和百臂巨人的帮助后,宙斯率领大军,开向奥林匹斯山。

双方短兵交接,一场恶战开始了。战斗开始不久,局势偏转。克罗诺斯的部队根本不是对手,开始节节败退,而克罗诺斯也斗不过百臂巨人。克罗诺斯刚抛出一块石头,三个巨人,三百只手就抛出了三百多块石头,仿佛是一场石雨呼啸而来,他只好返身逃跑。这时正埋伏在上空的宙斯投出了闪电、巨雷。一时间雷电大作、风雨交加、海水沸腾、森林起火,整个世界都在颤抖之中。可怜的克罗诺斯失败了,被宙斯用铁索锁拿起来。宙斯以其人之道还治其人之身,将他打入了最黑暗的洞穴——塔耳塔洛斯。洞穴又深又黑,一道又高又厚的大门紧紧地堵在门口,洞门外还有一只嗅觉灵敏的三头巨狗。独眼巨人和百臂巨人则在洞穴外严密地巡逻。此时,就是插上双翅,克罗诺斯也飞不出这个黑暗之地。

克罗诺斯的残暴统治结束了,神界进入了宙斯时代。

宙斯:第三代天神

宙斯是第二代天神克罗诺斯的儿子,他是第三代天神。在希腊神话中,宙斯被尊称为"众神之父""万王之王"、我们后面讲到的大多数神和人间英雄都是宙斯的兄弟姐妹或者儿女后裔。他既是整个希腊神话中的主角,也是奥林匹斯山的十二主神之首。

在希腊,尽管宙斯是人们崇奉的最高天神、众神和万民的君父,但他也有自己具体的职责。他首先主宰着整个天空,而他的主要武器则是独眼巨人送给他的雷霆、闪电和霹雳,所以他不仅能抛掷闪电、霹雳,制造雷霆,还能呼风唤雨。宙斯的另外一项本领则是家族遗传的,那就是预知未来。他通过托梦,制造雷电,或借助于禽鸟的飞翔和树叶的沙沙声来宣布人们的命运。

这位第三代天神有着不凡的仪表,他最经典的形象就是高高地坐在主神的宝座上,五官端庄,头发卷曲,长着大胡子,左手持权杖,右手持雷锤,脚下还盘踞着一只神鹰,表情十分威严。宙斯可不是空有其表的天神,他主宰驾驭着自然界的一切,使四时更迭井然有序;他不仅主宰着天庭,还统治着包括人、神万物在内的整个世界。大自然的一切都归他所管,甚至连人间的善与恶都由他说了算。在第三代主神们所居住的奥林匹斯山，宙斯的宫殿前摆着两个特殊的罐子：左边的罐子里装着“善”，右边的罐子里装着“恶”。当有凡人降生的时候，天神宙斯就会从两个坛子里分别取出等量的“善”和“恶”赐给这个凡人，所以，大部分的人在刚出生的时候既说不上善，也说不上恶，都是善恶参半的。但是，宙斯也有忙得没有心情的时候，就随便从两个罐子里抓些“善恶”赐给这个人，所以就有了生性更善良或者凶恶的人。

当然，宙斯的权利也不是无限的。在很多情况下，他也得听从命运女神的安排，没法随心所欲地对一个人的命运做出改变。爱神的力量也是宙斯无法左右的，所以即使是宙斯本人，也常常被爱神的金箭射中，不由自主地爱上一个女神或者人间的美貌女子。当然，由于宙斯生性风流，所以发生在他身上的爱情故事简直数不胜数。

他先后娶过七位女神做妻子。他的第一位正式的妻子是第一代智慧女神墨提斯。墨提斯本来是不愿意嫁给宙斯的，就幻化成各种动物到处躲藏，但是她最后还是没有摆脱宙斯的追逐，只好与他结为夫妻。两个人结婚之后，宙斯从天父乌拉诺斯和地母该亚处得到预言：墨提斯生下的孩子将会比其父亲还要强大。这本来也是家族的命运，但宙斯很害怕，于是将怀孕的妻子墨提斯一口吞下了。但是，不久之后从他的脑袋里生出了一个女神，那就是新的智慧女神雅典娜。而被宙斯吞掉的妻子墨提斯后来一直生活在宙斯的腹中，为宙斯提供智慧。宙斯的第二位妻子是正义女神忒弥斯，忒弥斯是提坦神族中的一员，是宙斯的姑妈。宙斯与她生下了时序三女神和命运三女神。宙斯的第三任妻子是海洋女神欧律诺墨，这是他的堂姐，他与这位堂姐生下了美惠三女神。宙斯的第四任妻子是丰产、农林女神得墨忒耳，得墨忒耳是他的姐姐，与他生有美丽的珀耳塞福涅，后来被冥王哈里斯抢去做了冥后。后来，宙斯又娶了第五位妻子记忆女神摩涅莫绪涅。摩涅莫绪涅也是他的姑姑，她与宙斯生下了九位缪斯女神。暗夜女神勒托是宙斯的堂姐也是他的第六位妻子，她与宙斯生有太阳神阿波罗和月亮与狩猎女神阿尔忒弥斯。赫拉是宙斯的第七位妻子也是最后一位妻子，她本是宙斯的妹妹，代表着女性的美德和尊严。赫拉在宙斯取得统治权后成了宙斯的妻子，并与宙斯结合生下战神阿瑞斯、火与工匠之神赫菲斯托斯和青春女神赫柏。众神在奥林匹斯山为宙斯和赫拉举行了盛大的婚礼。从此之后，赫拉就成了宙斯的正式妻子和第三代天后。

宙斯在与美丽端庄的赫拉正式结婚之后，并没有改掉好色的毛病，依旧到处寻花问柳。不管是天上的女神，还是地上的美貌女子，甚至是人间的美少年都没有逃脱他的纠缠。宙斯与很多凡间女子有过私情，并且生下了很多人间的子女，这些子女大多成了半人半神的大英雄或者是绝世美女。比如大力士赫拉克勒斯就是他与人间女子阿尔克墨涅所生的孩子，而引起了特洛伊战争的美女海伦也是宙斯在人间的女儿。与宙斯的好色无度形成绝配的是天后赫拉的善妒，她对于宙斯婚后的外遇非常不满，经常利用自己的神力报复丈夫的情妇和他的私生子。赫拉曾经将宙斯的情妇卡利斯忒和她的儿子变成熊；在赫拉克勒斯出生时就放出大蛇想咬死他，之后又令他发疯，杀死妻儿，因而他要完成十二项劳动赎罪。

总之，天神宙斯的特点可以概括为两方面：其一是比较公正威严，这也是他作为第三代天神能够维持奥林匹斯山稳定的一个重要原因。宙斯虽然威力强大，但很有民主作风，能尊重别的神和人的自由选择，除了恋爱以外，很少利用自己威力无穷的神力营私舞弊。他为天庭和人间制造的法律和制度都比较严明，并且能够按照神律和人间制度的规定主持正义。其二是好色。宙斯结婚七次，招惹人间女子无数，并且生下了无数的孩子。并且，宙斯在恋爱中坑蒙拐骗，始乱终弃，无所不用其极，很多被宙斯招惹过的凡间女子都在宙斯的好色和赫拉的嫉妒报复下遭到了悲惨的结局。但是，宙斯又不是完全无情的，面对自己的情人和在凡间的后代遭受的来自赫拉的报复，他大多会亲自出面营救或者派别的神灵去引导拯救他们。所以，宙斯在人间的后代大都成了当时的大英雄，在人间建功立业，造福人类。

宙斯时代的十二主神

宙斯在战胜自己的父亲之后，他给全体兄弟姐妹分授了领地。这样，每位神祇都有了一个自己统治的王国：波塞冬主管海洋；哈里斯统治地狱；得墨忒耳掌管农田以及上面生长的树木和花朵；赫斯提亚掌握人们用来取暖的火，是炉灶和火焰女神。至于宙斯自己，娶赫拉为妻，则主宰天空，成为众神和人类之王。自此，天界之间的争斗才相对平静下来。

这些天神们都居住在著名的奥林匹斯山上。那是一座耸立在马其顿地区的雄伟高山。据说，那里是世界最美之地：四季如春，没有严冬，丽日朗照之下，万木竞秀，百花争妍，蝴蝶在花卉上飞舞，鸟儿不分昼夜地啾啾歌唱……可是，景色虽美，天神之间却一直争斗纷扰，没有个停息。宙斯获胜之后，奥林匹斯山获得了多年来少有的安宁。可是，这安宁完全是相对而言的。与人类一样，众神现在不争斗了，可是每天都有说不清的纷争和烦恼，连宙斯都避免不了。

一天，赫拉生下一个驼背的丑孩子，宙斯非常生气，竟然抓住孩子的一条腿，把他扔下了奥林匹斯山。孩子飘荡空中数日，终于落到里木诺岛上。他在那里渐渐长大。由于这次坠落跌坏了腿，他走路蹒跚，再也不能行动自如了，而这个孩子就是人世间不曾有过的最优秀的铁匠赫菲斯托斯。跛足驼背的赫菲斯托斯几经周折，还是返回了奥林匹斯山。可是，他太丑了，一直是众神的取笑对象。相比之下，其他神祇都很漂亮，尤其是海神波塞冬，头发乌黑，浓眉下一双亮眼闪着灵光。

战神阿瑞斯也是宙斯和赫拉之子。他天生好斗，总爱和其他神祇争吵不休。而友善可爱的神祇莫过于爱神阿佛洛狄忒了。她外表年轻，娇嫩如同少女，实际上，她却比其他神祇出生还早。她的出生，可以追溯到宙斯还没出生之时。那时候，克罗诺斯正在与天公乌拉诺斯搏斗。难解难分时，克罗诺斯的镰刀伤了天公的手。天公疼痛得抖动手臂，几滴血滴进了大海。浪花立即被乌拉诺斯的鲜血染红了。顷刻，海水四流。湛蓝的海水深处，一个肌肤雪白的姑娘破浪而出。她就是爱神阿佛洛狄忒。她如此美丽，仿佛白昼闪烁的光芒，粉红的面颊犹如桃花，美丽的大眼里，湛蓝的海水正在起伏。爱神阿佛洛狄忒是最受众神喜爱的神祇。

众神之中，另一位女神也很有名，她叫雅典娜，是智慧女神。她非常热爱人们，是大地上美好事物的庇护神。她教妇女们纺线和织布，同时她还教男人们耕耘土地。她是神祇之中最助人为乐的一个，喜欢把所有技术传授给人们，把一切美好的事物都告诉人们，连她的父亲宙斯也为她的聪慧与博学感到骄傲。可是当初，光辉闪耀的雅典娜是从宙斯头颅中降生出来的。那时，宙斯还没娶赫拉为妻，才刚刚娶了他的第一个妻子墨提斯。她是第一代智慧女神，是理智和知识的化身。但有一个预言，说墨提斯生下的孩子将比宙斯还要强大，宙斯害怕自己也落到父辈们的下场，于是也仿效父亲，吞食了怀孕的妻子，从此他变得异常博学。可过了不久，他的头疼痛得难以忍受。过多的知识涌进了头脑，沉甸甸地让他难以承受。他用双手挤压头颅，以减轻痛苦。但疼痛不断加剧，越来越重，以致宙斯失掉了自制而大声呼喊起来："赫菲斯托斯，拿锤子来，砸开我的头！"

赫菲斯托斯不知所措："让我来打你吗？父亲，你在说什么呀？！"

宙斯大声吼道："如果你爱我，如果你还想继续享受现在的生活和自由，你就这么办！否则，我要把你赶下奥林匹斯山，关到塔耳塔洛斯地狱中去。"

赫菲斯托斯无可奈何地说："诸神为我见证，是他命令我这样做的。"于是举起他那油光闪闪的重锤，朝宙斯的头打去。整个世界都震动了。伴随着这声锤打，宙斯的头裂开了一个口子，一个女孩大喊了一声，跳了出来。这个女孩全身披着闪闪发光的盔甲，头戴战盔，手持盾牌和长矛，她就是宙斯钟爱的女儿雅典娜。

宙斯的另一个孩子赫耳墨斯则是星神迈亚所生。他是众神的使者，为了尽快地传递信息，他长有一双翅膀。他还是商业的庇护神，一只手握有贸易的标志——一根木棒，上面盘绕着两条蛇。他还被称为幽灵的带路者，因为他把死者的灵魂取走，送入地狱。所以古人常在死者的脊背上画上赫耳墨斯的头像或小型的象征他的图像。

宙斯的另外两个孩子是由暗夜女神勒托所生的，即著名的双胞胎兄妹，阿波罗和阿尔忒弥斯。赫拉由于妒忌他们的生母——温柔的勒托，因而虐待他们。宙斯把太阳授给了阿波罗，而把月亮交给阿尔忒弥斯。当她的哥哥驾驭着光芒四射的太阳车，把阳光洒满大地时，阿尔忒弥斯正躲在可爱的群山之中狩猎或与同伴们玩耍。傍晚时分，她登上那银光闪烁的月亮车，驱车出巡。阿波罗为她边弹琴边唱歌，而阿尔忒弥斯则静悄悄地穿越浩瀚无垠的太空。

另一个经常与阿尔忒弥斯混淆的夜神是艾思蒂娅，即三面神。这样称呼她，是因为宙斯赋予她在空中、陆地和海洋活动的能力，而且古希腊的戏剧中一直用三个面孔的形象扮演她。在奥林匹斯山和其他地方,还有很多其他神祇,如九位缪斯女神,她们是宙斯和记忆女神摩涅莫绪涅的女儿,是艺术和科学的庇护神,也是阿波罗的密友;美惠女神,她们把美丽和欢乐散布给周围;还有三位命运女神,她们是宙斯和正义女神忒弥斯之女,主掌人的命运。此外,还有河川神、森林神、海洋神、山神及其他各种把整个世界变得富有生气的神祇们。

但是最重要的神祇一直是奥林匹斯山上的十二位,即天神宙斯、天后赫拉、谷物神与农神得墨忒耳、灶神赫斯提亚、冥神哈里斯、海神波塞冬、神使赫耳墨斯、太阳神阿波罗、月亮女神与狩猎女神阿尔忒弥斯、智慧女神与战争神雅典娜、火神与工匠之神赫菲斯托斯和美与爱的女神阿佛洛狄忒。在奥林匹斯山上,除了住着众神之外,还有半神人,即神祇们在陆地上的后裔。他们生活得很好,为人正直,疾疾恶如仇,扶弱济危,为了正义他们甚至准备献出生命。众神把他们带到自己的身旁,使他们生活得幸福,让人们对他们羡慕不已。有时众神也降临人间,来到人们之中,给予帮助,然而他们的降临,也常常并非是好事。

普罗米修斯

在一个晴朗的天气,普罗米修斯来到了蓝天之下、大海中央的大地上。当时,大地上鲜花朵朵,野草丛丛,鱼翔浅底,鸟儿筑巢,万物一派蓬勃,却没有统治地球的人类。普罗米修斯降落到大地上,他是古老的神族的后裔,是地母该亚和被宙斯推翻废黜的乌拉诺斯的后代。

普罗米修斯知道在大地上蕴藏着天神的种子,因此,他来到了河边,抓起一大团泥土,捧水浇在上面,再揉搓几下,泥巴变得软硬适宜。接着,他按照天神的样子用这些泥巴,捏出了很多小泥人。捏完之后,他打量着这些无生命的形体,陷入沉思:怎样才能让他们具有生命呢?

普罗米修斯

普罗米修斯只见过那些奔跑的动物,因此他摄取了狮子的勇猛、狗的忠诚、马的勤劳、鹰的远见、熊的强壮、鸽子的温顺、狐狸的狡猾、兔子的胆怯和狼的贪婪,杂糅混合,一一注入泥人的胸膛。这样一来,泥人便能像动物一样活动了。不过,他们还缺少神的灵气。诸神当中雅典娜是他的朋友。当她发现普罗米修斯束手无策时,便飞身下来,对着这些泥人吹了一口长气，于是这些泥人获得了理智，成了真正的人。

第一代人被造出来了，却孩子似的乱跑。世上的一切，激起了他们的好奇，却引不出他们的思考。他们根本不知道怎么使用天神赐给他们的这一切。他们有眼睛却不知道用来看东西；他们有耳朵，却什么都听不见。他们住在洞穴里懵懂无知，就像梦中的幽灵一般：星辰的运行让他们茫然，四季的划分他们不会利用，即不知道制造工具，也不懂伐木建房。

还好有伟大的普罗米修斯，他当了第一代人类的老师，教他们计数、写字、观察星象、建房耕田、创造艺术。他还教会了人们驯化动物、驯养牲口，还教他们把骏马套上缰绳，成为在陆地上代步的工具。他还发明了帆和船，用于在海上捕鱼航行。总之，凡是对人类有用的，能够使人类满意和幸福的，他都教给他们。

在普罗米修斯的教育之下，人类变得聪明智慧，这引起了奥林匹斯山上天神宙斯和诸神的注意。于是，诸神要求人类敬奉天神，服从神祇；而作为交换，他可以保护人类，赐福他们。

不过，宙斯非常狡猾，他在赐福人类的同时，有所保留。他这么做，原因很简单：他不满普罗米修斯，怀疑他造人是为了和自己作对。同时，他又害怕人类强大起来，无法控制。后来，诸神和凡人的代表在希腊聚会商议确定诸神和人类的权利和义务。普罗米修斯作为维护人类利益的代表出席了聚会，他希望诸神不要因为凡人是自己创造的而为难人类，提出太苛刻的条件。

在聚会上，凡人需要先向众神献祭，这让刚刚开始耕种放牧的人类苦不堪言。他们希望减少供神的祭品，这个时候，普罗米修斯发挥出他作为提坦神的智慧了。他以人类的名义宰杀了一头公牛，分成碎块摆成两堆，然后找到宙斯，请宙斯选择人类应该把哪堆献给神祇，哪一堆留给自己。其实，这两堆一堆全是好吃的牛肉，只是上面盖着牛皮和牛骨；而另一堆则是全是牛骨头，只是上面浇上了烧过的牛油，冷却之后把里面的骨头包裹起来了，看起来又饱满又有光泽，分外诱人。宙斯果然上当，选择了第二堆。可是当他和众神揭开那板结的牛油之后，却发现那里面全是骨头，一点肉都没有，宙斯明白了过来，愤怒地对普罗米修斯说："提坦巨人的儿子呀，仁慈的朋友，你的分配好公平呀！"

为了报复欺骗众神的普罗米修斯，宙斯拒绝给予人类他们最需要的东西——火。没有火烧烤食物，人类只好吃生的东西；没有火来照明，在无边的黑暗中，人类度过了一个又一个漫长的夜晚。

看到自己创造的人生活得如此痛苦，普罗米修斯非常难受。他决定盗取天火，为人类所用。显然，宙斯也意识到了这一点，就派人看守着天火。普罗米修斯对此无能为力，非常焦虑。他的弟弟厄庇修斯知道情况以后，轻轻一笑，说："哥哥，盗取点天火有什么困难的。你附耳过来，让我告诉你怎么办。"普罗米修斯听了弟弟的话后，不由高兴地拍了拍弟弟的头，夸赞了一番。他折下一根长长的茴香枝，带着它来到天上。当太阳神驾驶烈焰熊熊的太阳车从空中经过时，普罗米修斯把茴香枝伸到火焰里引着，然后举着燃烧的火种迅速降落到大地上。在那里，他用火种点燃了第一堆木柴，大火燃烧起来，火光直冲云霄。

宙斯大怒，将普罗米修斯交给赫菲斯托斯和他的两个仆人。他们把他带到高加索山，用一条永远也挣不断的铁链牢牢地把他缚在一个陡峭的悬崖上。为了惩罚普罗米修斯，宙斯还派出神鹰每天啄食他的肝脏，但这些被吃掉的肝脏随即又会长出来。这样，日复一日，年复一年，普罗米修斯垂吊在陡崖上，身体不能入睡，双膝不能弯曲，忍受着饥渴、炎热、寒冷，还有神鹰啄食肝脏之苦。可是为了人类，普罗米修斯忍受着难以描述的痛苦和折磨，不向宙斯屈服。这种折磨，一忍就是三十年。

潘多拉的盒子

普罗米修斯盗取天火送给人类，这对宙斯绝对是个冒犯。他饱受痛苦，却不服输，更让宙斯恼火，宙斯满腔郁闷需要发泄。追根溯源，整个事情的起因不都是那个冒失鬼厄庇修斯吗？于是，奥林匹斯山上的最高统治者迁怒于他，决定用他来惩罚人类。

宙斯把决定告诉了众神。众神在奥林匹斯山上开了会，然后，他们想出了一个绝妙的办法来对付普罗米修斯的弟弟厄庇修斯和普罗米修斯所创造的人类。火神与工匠之神赫菲斯托斯拥有无与伦比的超人工艺，他把泥土和水混合起来，照着女神们的样子为宙斯赶制了一位美貌绝顶的迷人少女。然后，宙斯又命诸神赋予这个少女各种各样的装饰和天赋：雅典娜本来是普罗米修斯的朋友，现在一半是出于对父亲宙斯的服从，一半是出于对普罗米修斯的不满，为少女披上了一件闪光的白色长裙，蒙上了一面漂亮的面纱，又给她戴上了华美的花环与金项链；赫菲斯托斯为了取悦于父亲，还在雅典娜赠送的金项链上装饰了各种动物造型；阿波罗赐给她婉转如夜莺的歌喉；爱与美的女神阿佛洛狄忒又赐给了少女种种迷人的神态魅力；神使赫耳墨斯又教授了她人间的语言。最后，众神给她起名为“潘多拉”，意思是“有一切天赋的女人”。然后，宙斯让赫耳墨斯把她带到了人间，他得意地说：“让厄庇修斯尝试一下潘多拉的魅力吧，她可是诸神送给他和人间的礼物。”

赫耳墨斯把绝美的少女带到了厄庇修斯面前，说这是天神宙斯许配给他的妻子。厄庇修斯一下子被潘多拉迷住了，但是又隐隐地有些担心，于是就前往高加索山，征求被链条锁住的哥哥普罗米修斯的意见。

“你要当心，”普罗米修斯对他说，“众神对你这么关怀，肯定不是好事。”

然而，厄庇修斯这个糊涂蛋嘴上答应，但并没真正听进哥哥的警告。他一见美丽的潘多拉就心花怒放，魂不守舍。哥哥的警告，早就抛到了九霄云外。他对潘多拉一见钟情，迫不及待地答应要娶她为妻。

出嫁之前,宙斯把一只精工制作的镶嵌着珍珠的盒子送给了潘多拉。"你永远也不要把它打开,"宙斯对她说,"如果你不听话,你会后悔莫及的。"其实,宙斯的用心十分恶毒。因为,他十分清楚,在众神把各种天赋赐给潘多拉时,也给了她一个致命的缺点:好奇心强。他知道自己越是这么叮咛,潘多拉就越有可能打开。

潘多拉嫁给了厄庇修斯,两个人过了一段幸福美好的日子,可是漂亮迷人的潘多拉却总是被一件事折磨着,那就是婚前宙斯送给她的那个盒子。一有时间,她就会像小猫围着鱼盘一样在盒子周围转来转去。里面到底装有什么首饰?为什么会让自己后悔?她一次次冲动地要打开,但她想到宙斯的嘱咐,又掐了掐胳膊,忍住了。不过,她总是惦记着这个盒子,吃不好饭、睡不好觉。她时时想着它,夜里做梦也梦见它。她的身体消瘦,脸色憔悴,好奇心苦苦地折磨着她。

厄庇修斯发现了爱妻心中有事,就一再地追问她究竟发生了什么,竟然会憔悴成这个样子。潘多拉把宙斯送给她一个盒子的事情告诉了丈夫。厄庇修斯一听,终于明白了为什么自己心中一直隐隐地不安,他立即猜到了诸神的意图,非常后悔娶了潘多拉做妻子。他立即很严肃地嘱咐妻子一定不要打开那个盒子,因为那个盒子是不祥的,将会给他们夫妻二人和整个人类带来巨大的灾难。听完丈夫的警告,潘多拉的好奇心被压抑了一段时间。可是慢慢地,那被压抑的好奇心又起来了,并且比以前更加强烈。以后,厄庇修斯每次出门前都会叮嘱妻子不要碰那只盒子,可是他不知道,自己的每一次叮嘱都会让妻子的好奇心进一步增加。很快,潘多拉的整个心就被那只镶嵌着珍珠的盒子占满了。除了这只盒子她的心里不再有任何东西,没有丈夫,也没有自己,更何况是与自己不相干的普罗米修斯创造的人类。

终于有一天,厄庇修斯叮嘱完妻子就离开家打猎去了。潘多拉实在忍不住了,她感觉自己如果再不打开那只盒子就要疯了。于是,她三步并作两步来到卧室,取出了那只盒子。端详了一会儿之后,她猛地把盒子的盖子揭开了。正当潘多拉想仔细看一下盒子里到底是什么精美的礼物时,盒子里升腾起一股难闻的黑烟,迅速地飞舞升腾。很快,黑烟就如乌云般布满了整个天空。阴险的众神藏在盒子里的饥荒、瘟疫、疾病、癫狂、战争、灾难、罪恶、嫉妒、奸淫、偷窃、贪婪等各种灾祸也伴随着黑烟立即飞了出来,迅速散布到整个人间。惊慌失措的潘多拉一看这种情形知道大事不妙了,赶紧关上了盒子的盖子。可是,她不知道,她关在盒子里的是众神给人间的最后一样东西:希望。

从此以后,各种各样的疾病和灾害,不分昼夜地在大地上徘徊。它们无比猖獗却又悄然而至,不容易引起人们的注意,因为宙斯没有赋予它们声音。厄庇修斯陷入了深深的懊悔之中,他痛恨自己给哥哥普罗米修斯所创造和爱护的人类带了这么大的灾难。而普罗米修斯,这位人类的救助者和医生,看人们遭受灾害的袭击,忍受疾病的折磨而死亡,伤心得几乎晕厥过去。

唯一令普罗米修斯欣慰的是,被关在盒子里的希望还留在人间。也就是因为这一点希望，人类在这么多的灾祸中延续了下来。希望成了彼岸的灯塔，照耀着人们生活的路，让人们懂得了坚持，一直到现在。

大洪水后人类终生的始祖

人类曾经有过一个黑铁时代。在这个时代，世界的主宰宙斯老是接到报告，说人类十分邪恶，其行为令人发指。说人类很坏，宙斯并不吃惊，但真的按照报告写的那样的话，他就觉得太夸张了，将信将疑。他决定去人间查看一下。一到地上，他才知道报告上所说的太轻了，实际情况要严重得多。

一天深夜，他走进阿耳卡狄亚国王吕卡翁的大厅。吕卡翁不仅待客冷淡，而且残暴成性。宙斯摇身一变，现出了真身。其他人大惊失色，纷纷下跪，顶礼膜拜，唯有吕卡翁不以为然。

“还不知道是不是个骗子呢？让我们考证一下，”他说，“看他到底是神还是人！”于是，他悄悄地杀了一个战俘，让人剁下四肢，然后扔在滚水里煮，其余部分则用大火烧烤，以此作为晚餐待客。宙斯心里早就一清二楚，他被激怒了，跳了起来，唤来一团怒火，投放在这个家伙的宫殿里。国王大惊，想要逃走。可是，还没走开，宙斯便施法力把他变成了一只嗜血的恶狼。

宙斯回到奥林匹斯山，决定灭绝这一代可耻之人。开始，他想用闪电轰炸大地，但又担心天国也会波及，就作罢了。他想来想去，还是洪水比较稳当。于是，他放下雷电锤，决定降下暴雨，引发洪水来灭绝人类。这时，除了南风，其他的风都被锁在埃俄罗斯的岩洞里。所以，南风接了命令，扇动翅膀直扑地面。南风的脸上长满了茂盛的胡须，好像乌云聚集在那里。雾霭遮着他的前额，滔滔大水从他的胸脯鼓荡而出。一时，雷声隆隆，大雨如注。田野刚刚抽穗的禾苗全部被打折了，人们一年的劳作都付诸东流了。

宙斯的兄弟海神波塞冬也不甘寂寞，匆匆忙忙赶来帮着破坏。他召集了所有的河流，让它们掀起狂澜，吞没房屋，冲垮堤坝。他还亲自上阵，手执三叉戟，为洪水开路。不一会儿，大地之上洪水汹涌，势不可挡。随后洪水就漫上河堤，淹没田野，犹如猛兽，冲倒大树、庙宇和房屋。水势不断上涨，房屋不见了，连教堂的塔尖也卷入湍急的漩涡中。顷刻间，整个大地一片汪洋。

大地上的人们被这突如其来的灾难吓坏了，他们犹如热锅上的蚂蚁一般在滔滔的洪水中到处寻找可能的生存机会：有的人爬上了山顶，但是慢慢地连山顶也被淹没了，这些人被卷入水中，淹死了；有的人坐在木船里逃生，从被水淹没的屋顶上漂过，从被淹没的果园上方漂过，从一具具动物与人的尸体边漂过。可是，他们始终找不到一片没被淹没的陆地，最终还是饿死了。

普罗米修斯的天职，就是反对奥林匹斯山上众神之父滥用权力。潘多拉去世不久,普罗米修斯就得悉宙斯准备用洪水来灭绝人类。于是他把儿子丢卡利翁叫到跟前说:“宙斯发怒了,他要让连绵不断的洪水在地球上泛滥,这场洪水将把人类全部淹死。你赶快去造一条大船,然后你和皮拉坐到上面去,这样,你们就可以避过这场灾难。”

丢卡利翁一一照办。他造了一条方舟和妻子皮拉坐在上面。不久,地球上果然发了一场洪水。面对洪水,人类纷纷逃命。但是就是躲过洪水的人也都饿死在光秃秃的山顶上,只剩下丢卡利翁和皮拉,他们的船漂浮了九天九夜以后到了巴拿斯山上。

天神宙斯发现了这一对夫妻,他看出这是两个正直无辜而又虔诚信神的人,就平息了怒火,决定给人类留下最后的种子。于是,他唤来了北风,吹走了乌云,暴雨停止了,天空中又重见光明。海神波赛冬也在宙斯的示意下把奔腾汹涌的大海安抚了下来,又过了一段时间,大洪水也退走了。各种树木渐渐从水中露出了树梢和树干,草地也重新露出了久违的生机,陆地终于重新浮出了水面。

丢卡利翁和皮拉夫妇终于重新回到了陆地上,他们环视这周围,发现世界上只剩下他们两个人,到处都寂静得可怕。看到这一切,丢卡利翁禁不住流下了眼泪,他用低沉的声音对妻子皮拉说:“亲爱的,你也看到了,我们朝远处眺望,却看不到一个活人的身影,我们伸耳聆听,却听不到任何其他人类的声音。看来,大地上只有我们两个人还活着,其他人都被洪水吞没了。可是,即使现在洪水退去了,一切危险都过去了,我们也很难生存下去。我们两个孤零零的人在这荒无人烟的世界上,又能做什么呢?没有了整个人类的欢声笑语,喜怒哀愁,我看到的每一朵云彩都使我惊恐,每一片绿叶都让我害怕。唉,要是我那伟大的父亲普罗米修斯教会我用泥土创造人类的本领,教会我把灵魂赋予泥人的技术,那该多好啊!”皮拉听着丈夫的话,觉得这话也说到了自己的心里。两个人越想越悲伤,禁不住抱头痛哭起来。

他们没有了主意,只好找到一座正义女神忒弥斯半荒废的圣坛,给女神做了简单的献祭之后,他们跪下向女神恳求说:“神圣的女神啊,请告诉我们,该如何重新创造已经灭亡了的一代人类。慈善的女神呀,帮助沉沦的世界再生吧!”

“你们这个想法太好了,真让我感动,”女神说,“我真心希望你们如愿以偿。想创造新的人类,你们只要带上面纱,放松腰身,把你们母亲的骸骨往肩膀后扔去。”

“扔我们母亲的骸骨?”皮拉惊叫道,“不行,人都死了,移动骸骨是严重的亵渎。”皮拉提出了异议,神沉默不言。但是,经过认真思考正义女神的话后,丢卡利翁终于明白了神所指的母亲是指全人类的母亲,也就是大地。他高兴地对妻子说:“我想我明白女神的意思了,女神的话中并没有让我们做亵渎或者不敬的事。大地是我们全人类仁慈的母亲,她的骸骨一定就是石块了。来,皮拉,我们一起把石块扔到肩后去。”

于是，丢卡利翁夫妇遵照神谕的指示蒙上了面纱，又把衣带松开，然后捡起石子往自己的肩后扔去。石块在他们身后发生了神奇的变化：被这对夫妇扔过的石块突然不再僵硬，它们变得又灵活又柔韧。一重新落地，它们就慢慢地变大、长高，慢慢地长出了人的形状。石头上沾着的松散泥土变成了人类的肌肉，坚硬的石头变成了人的骨骼，石块里的纹理变成了人的血管脉络。就这样，丢卡利翁和皮拉扔的石头都变成了人，更奇妙的是，丢卡利翁扔的石子都变成了男人，而皮拉扔的则变成了女人。

新人类所受的苦难并不比以前人类所受的少，他们罪恶的本性也一样存在。忒弥斯主持了新的人类的诞生，她热爱权利和正义。如果想把我们这个新的人类变得和善一些，这是完全可以做得到的。

宙斯微服私访

奥林匹斯山上的神都喜欢乔装打扮到人间察看，宙斯更是如此。为什么他这么喜爱私访呢，一个很大的原因，是因为他风流成性。私访期间，他可以看到人间那些美丽动人的姑娘。除了这个原因之外，他还要打听打听凡人们对于他的统治是如何评价的，而且他也可以看一下人类的状况，是否还像从前一样对他构成威胁。他出访之时，一般都不是自己一个人，总喜欢带上小儿子赫耳墨斯。为什么只带他呢，理由很简单，他的其他儿子个个脾气暴躁，出门在外只能惹事，而小儿子赫耳墨斯则不同，他本来就是信使之神，有一对飞来飞去的大翅膀，而且性子温和，跟在自己身边，跑跑腿的事交给他去办是再放心不过了。

这一天，宙斯和赫耳墨斯乔装打扮，又来到人间私访。他们两位悠悠荡荡，很快一个大白天过去，夜色来临，他们辛苦了一天，这个时候也该歇息歇息，吃点东西了。这时候，他们来到了一个村子的入口处。宙斯就让赫耳墨斯去打前站，叫门。赫耳墨斯跑上前去，敲起了村口第一家人的大门。看起来这一家是个富人，他刚一敲门，狗就吠叫起来。他把自己的手都敲疼了，可是那两扇油漆过的大门却关得紧紧的，压根就没有一点响动。赫耳墨斯猛然踹了一脚大门。这一脚下去，门被踹开了。没想到门内站着几个仆人，人人手里拿着一个大棍。门一开，几个恶仆撵了过来，挥棒就打。几条恶狗更是风一样地窜出来，张开大嘴对准他的小腿肚子就咬。赫耳墨斯赶紧跑，连正奇怪这么长时间还没把事情办好的宙斯也慌慌张张地跑起来。

两位神跑到了一个树林里。赫耳墨斯揉揉自己额头上的大包，还有腿上的狗牙印子，不由得抱怨起宙斯来："好好的天堂不待，却心血来潮搞什么私访，既然如此，那下次敲门，你自己去吧，我再也不干这种无聊的事情了。"宙斯听了抱怨，心里有火，可是他倒要看看这个村庄，是否真的如此不堪教化呢？他决定试验一下。

他们又敲了许多人家的门,希望能歇歇脚,讨点食物。这次打前站的是宙斯自己。他们一敲门,门都开了。可是一看他们这副要饭的模样,还没等他们张口,人家啪的一声闭上了大门。一路上,宙斯满心怒火,决定要毁灭这个小村子。最后他们来到一间简陋的小茅屋前。这间小茅屋是这个小村子最后一所他们还没有敲门的房子。这间茅屋里住着鲍西丝和她的老伴费莱蒙,老两口虽一贫如洗,却也乐天知足,与世无争。他们享尽了生活所赋予的一切,并对上天充满了感激之情。当二神来到他们家时,老两口的态度令他们一时难以接受。与村子里的人完全两样,这对老夫妇满怀喜悦,笑逐颜开。他们将两位神视为稀客,并立刻开始为他们准备晚餐。他们点燃火,摘了一棵白菜,又切下一块贮存很久的咸肥肉,放在火上烤。正当他们宰杀仅剩的一只鹅时,客人婉言阻止了他们。餐桌只是临时的代用品,陈旧不堪,到处是修补的痕迹,桌子还用一块砖头撑着。但对他们来说已是最好的了。饭菜非常普通,有鸡蛋、葡萄酒、自制奶酪以及多种新鲜水果。二老笑容可掬、殷勤备至地服侍天神用饭。两位天神被他们的盛情款待所感动,说明了自己的真实身份。"我们是天神,"宙斯说,"你们将脱离不幸,但你们的邻人们将因他们的邪恶受到惩罚。跟我们走吧!"当他们快到奥林匹斯山顶时,鲍西丝和费莱蒙回头看见整个村庄淹没在一片沼泽之中,而他们的旧茅屋却完好无损,并且变成了一座金碧辉煌的神殿。出于二老的要求,他们被指派为宙斯所住宫殿的看护者。后来,他们变成了白蜡树和菩提树,并肩站在神殿前。

宙斯与欧罗巴

腓尼基国国王阿革诺耳的女儿欧罗巴,一直幽居深宫。她天真无邪,什么都不知道,整天在花园里嬉笑玩乐,扑扑蝴蝶,逗逗花猫。这个女孩有个特点,爱笑,一笑起来,脸颊就有两个酒窝儿,格格的笑声银铃一般响彻了后宫,传到云层之上。不想这一天,这个可爱的女孩子的笑声惊动了天上飞行的宙斯。宙斯降下云头,躲在树后一看,就迷上了这个女孩子。他虽然是天神,却也不能硬来,于是飞回奥林匹斯山,找到美神阿佛洛狄忒,如此这般吩咐了一下。

这天深夜,欧罗巴做了个怪梦。她梦见两个女人激烈地争夺她。其中一位,非常陌生,好像是地球的另一个种族之人;而另一位,也不认识,但却相当亲切,长得和当地人一样,金色的卷发,栗子般的深眼睛。这个金发女人十分激动,她温柔而又热情地央求她:孩子,你不认识我了吗?我是从小把你哺养长大的母亲呀!而那个陌生丑女人却强盗般地生拉硬拽。"跟我走!"她说,"宙斯喜欢你,要让你当他的情人。"

眼看就要被那个恶女人带走,欧罗巴惊醒了,心跳个不停。她呆坐了很久,一动不动。"这真是梦吗?那个金发褐眼的妇女是谁呢?她真好,就像我的妈妈一样，我真想再次碰见她。但那个丑女人……"

她胡思乱想，直到清晨的第一缕阳光透窗而过，照在她的脸上。林子里的小鸟唧唧啾啾地叫着，让她马上忘记了这个梦。一会儿，她就和女伴们来到了海边的草地上，这是她们经常聚会唱歌的地方。海边鲜花遍地，美不胜收。姑娘们衣着艳丽，但最出彩的却是欧罗巴，她的衣服是一件用金丝银线织就的拖地长裙，上面织着众神的故事，欧罗巴穿着它简直光彩照人。说起这件衣服，可不是普通的人间之物，它是火神与工匠之神赫菲斯托斯的杰作。海神波赛冬得到了这件衣服，就把它送给了自己当时正在热恋的情人利彼亚。后来，利彼亚把这件衣服当成了传家宝，传给了儿子阿革诺耳，阿革诺耳又传给了自己最心爱的女儿欧罗巴。

穿着神衣的欧罗巴非常高兴，跟姑娘们一起欢笑着、跳跃着，到处采摘鲜花。欧罗巴很快找到了她最喜欢的鲜花。她站在姑娘中间，双手高举着一束红玫瑰。沐浴在清凉的晨光之中，她如同高贵的爱情女神。

宙斯为年轻的欧罗巴的美貌深深地打动了。可是，他害怕妒忌成性的妻子赫拉，同时自己贸然上前，姑娘会不会逃跑呀？为了接近心爱的姑娘，他就想了一个办法，摇身一变，成了一头公牛，混进了牛群里。这头公牛膘肥体壮，牛角晶莹闪亮，犹如精心雕琢的工艺品。它的额前闪烁着银色的新月胎记，毛皮是金黄色的，一双蓝色明亮的眼睛，如同荡漾的大海，露出无尽的眷恋与渴望。

牛群在草地上慢慢散开，宙斯化身的大公牛来到山坡的草地上。公牛晃动着双角，骄傲地穿过草地，到了姑娘们跟前。它突然变得很温顺，很可爱。姑娘们都兴致勃勃地走近公牛，还伸手抚摸它油光闪闪的毛发。而公牛似乎很通人性，在姑娘们身边挨挨擦擦，婉转低徊。慢慢地，它向欧罗巴的身旁走去。欧罗巴不禁后退几步。可她看到公牛驯服地站在那里，温柔的大眼睛深情地盯着她时，她不害怕了，壮胆上前，把花束送到公牛的嘴边。公牛的舌头温柔地舐着鲜花和姑娘的手心。姑娘轻轻地抚摸着牛身，越来越喜欢它了，忍不住在牛额上吻了一下。公牛发出了欢快的叫声，那声音简直不像是普通公牛的哞叫，而像是阿波罗的笛声，婉转悠扬，在整个山谷间回荡。

欧罗巴简直被这头公牛迷住了。就在这时，公牛温顺地躺倒在姑娘的脚旁，瞅着她，摆头示意，让她爬上自己宽阔的牛背。欧罗巴太高兴了，她从女伴手上接过花环，挂在牛角上，然后壮着胆子骑上牛背，还喊她的女伴们也骑上来："你们也骑上来吧，你看这公牛多么漂亮呀，它的背是那么的宽阔。我敢打赌，你们全部上来都没问题。为什么还不来呢？它又温顺又可爱，一点都不让人害怕。它的眼睛是那么的美丽又温柔，好像能听懂我们说话呢！"就在欧罗巴的伙伴们还在犹豫不决的时候，公牛一跃而起，迈着轻松的步子开始往前走了。当它走出草地，踏上了绵软的细沙时，突然加快了速度，奔马一样疾驶起来。

欧罗巴还没明白怎么回事，公牛已经纵身跳入了大海。可怜的姑娘除了紧抓牛角抱着牛背以外，还能干什么呢？深海茫茫，喊天不应，只有呼啸的长风拂过身边。姑娘哭了,她回头看了看越来越远的故乡和哭喊着的女伴,知道自己可能要一去不返了。不久海岸消失了,太阳沉入了水面。夜色朦胧中,惊恐不安的欧罗巴除了看到波浪和星星外,什么也看不到,她感到十分孤寂。

公牛驮着姑娘一直往前,在海上迎来了新的一天。周围全是波涛汹涌的海水,可是公牛却十分灵巧,分波破浪,竟没有一点水珠沾在姑娘身上。傍晚时分,它们终于登上了陆地,来到一棵大树旁。姑娘刚从牛背上滑落下来,公牛就消失不见了。姑娘正在诧异,却看到面前站着一个俊逸威严,如天神一般的男子。男子向她解释说,他是克里特岛的主人,如果姑娘愿意嫁给他,他可以保护姑娘。欧罗巴绝望之余便朝他伸出一只手去,答应了他的要求。宙斯实现了愿望……他又像来时一样地消失了。

一轮红日冉冉升起,欧罗巴从昏迷之中渐渐醒了过来。她惊慌失措地望着四周,呼喊着父亲的名字。慢慢地,她想起了发生的事情,想起了昨晚那个男子。他哪里去了呢?难道他是一个卑鄙无耻的骗子,得到了她的身子后就溜走了吗?天呀,她竟然失去了少女的贞洁……但是,一切的一切,都仿佛在梦境,她甚至都不能确定是否是真的?

她用手揉了揉双眼,好证实自己只是在做梦。没有什么公牛,也没有什么男子,而自己好端端地仍在自己熟悉的海边,波涛汹涌澎湃,冲击着峭壁,可是两边的山林却很陌生。绝望之中,姑娘愤恨不已,她不由得怨恨起那头公牛起来:"该死的公牛,让我跌落到这个地步。我再也见不到我亲爱的父王和哥哥了。现在,我除了死还有什么出路呢?"

惨遭遗弃的姑娘痛恨万分,她想到了死,可又拿不出死的勇气。突然,她听到背后传来一阵笑声。她惊讶地回过头去,却看到女神阿佛洛狄忒站在面前,浑身闪光。女神旁边则是她顽皮的小儿子,他弯弓搭箭,跃跃欲试。女神微笑地说:"美丽的姑娘,你还认识我吗?我就是给你托梦的那位女子。不要急躁,欧罗巴,那头公牛就是伟大的天神宙斯。孩子,你真幸福,你现在因为天神的关系,成了女神,而你的名字欧罗巴将用来命名这快陌生的地方,它将与你的名字共存!"

事已至此,欧罗巴默认了自己的命运。她跟宙斯生了三个强大而睿智的儿子。大儿子弥诺斯和二儿子拉达曼提斯(后来成为冥界判官)。萨耳佩冬则是一位大英雄,成为小亚细亚吕喀亚王国的统治者。后来,宙斯将其化身的公牛映像送上星夜,成为金牛星座。

宙斯与伊娥

远古时期,希腊的土地上居住的是彼拉斯齐人,他们是古希腊最初的居民。他们的国王伊那科斯有一个如花似玉的女儿伊娥,远近闻名。有一天,伊娥在草地上牧羊。这时，奥林匹斯山的宙斯正经过草原，还在团团云雾之中，他就窥见了她的脸，顿时被电住了。他本来要前往大海，可是心中的情欲正旺，没法挪动步子。于是，他摇身一变，幻化成为一个男人，摇摆到了伊娥的面前。

宙斯走上前去，大肆地挑逗伊娥："哦，美丽的姑娘，谁将有幸成为你的夫婿呢？可是所有的凡人都配不上你，你应该成为神的爱人。你知道吗，我是伟大的天神之父宙斯，嫁给我吧！我会让你幸福的。天太热了，快跟我来吧！到树荫下歇息，为什么要让你娇嫩的面庞遭受烈日的暴晒呢？"

这个人是不是有病呀！满嘴昏话！姑娘非常害怕，转身就跑。但是宙斯得意地大笑三声，袖子一挥，天气立刻就变了。刚才还是万里无云，烈日当空，转眼之间整个地区陷入了茫茫的黑暗之中。伊娥被裹在云雾之中，眼前一片模糊。她担心撞在岩石上或失足落水，因而放慢了脚步，自然落入宙斯的手中。

宙斯的妻子赫拉，她早就熟知丈夫的一切。尽管她拿宙斯的不忠诚没办法，可她还是压不住妒火。为了捉住宙斯的把柄，她时刻监视着丈夫的一举一动。这天，她突然发现，苍茫的大地上，有个地方就是晴天也云雾迷蒙。再一看云雾的颜色，不是自然形成的。赫拉顿时起疑，四处一看，奥林匹斯山的宫殿里，没有了宙斯的影儿。

"很显然，"她恼怒地自言自语，"宙斯这个该死的一定在干坏事！"于是，她驾云降到地上，施展法术，让浓雾迅速地散开。宙斯预料到妻子来了，为了掩饰自己的偷情，也为了保护心爱的姑娘，就把伊娥变为一头雪白的小母牛。赫拉立即识破了诡计，高声赞美这头母牛，并问："这是谁家的呀？是什么品种的呢？"窘迫的宙斯不得不撒谎："这头母牛很普通呀，只不过是地上的生物。"

"我很喜欢她呢，全身都雪白雪白的。正好过些天就是我的生日了，你把它送给我吧，当作我的生日礼物吧！"赫拉紧逼了上来。

怎么办呢？宙斯左右为难：答应她吧，他就会永远失去了美丽的姑娘；但拒绝的话，肯定会引起赫拉的猜忌和怀疑，最终也会让这个姑娘遭难。思来想去，他还是决定暂时放弃姑娘，佯装高兴地把小母牛赠给了妻子。赫拉装作完全不知情，笑容满面地用一根带子系在小母牛的脖子上，然后得意扬扬地牵着这位遭劫的姑娘走了。

可是，虽然把情敌握在了自己手中，赫拉仍然不太放心。把这个情敌安置在什么地方呢？要知道宙斯可是色胆包天的，他肯定会用尽一切办法找回情人的。怎样才能让那个负心的家伙找不到她呢？她想来想去，终于想到了一个绝妙的看守人。于是，她找到阿利斯多的儿子阿耳戈斯。这个怪物有一百只眼睛，即使入睡了，也只闭上一双，其余的眼睛都睁着，闪闪发光。要说看守人犯，再也没有比他更合适的了。

可怜的伊娥在阿耳戈斯严密的看守下，只能在长满青草的大地上吃草。阿耳戈斯一直跟在她身后，瞪大了那一百只眼睛，盯住不放。有时，他转身背对着姑娘，可是他还是能够看到,因为他的额前脑后都有眼睛。伊娥化作母牛无法变回人形了。每天清晨,她被带到草地之上,吞吃着苦草和树叶;到了晚上,太阳下山,阿耳戈斯就用锁链锁住她的脖子,带回牛圈;夜晚,她就睡在坚硬冰凉的地上,饮着污浊的池水。可怜的伊娥常常忘记自己已经被变成一只小母牛了,有时,她想伸出双手来唤起阿耳戈斯的可怜,放她回家,回到自己的亲人身边去。可是,当她伸出来的时候,才发现原来的纤纤玉手已经变成了毛茸茸的前蹄。伊娥痛苦极了,发出了痛苦的叫声,这叫声把她自己都吓到了,因为那完全是牛的哞叫。

伊娥的生活就这么继续着,可是她的生活虽然单调,可是每天吃草的地方,却是流动的。因为赫拉吩咐过阿耳戈斯,要不断地变换伊娥居处,好让宙斯难以发现。一天,伊娥被阿耳戈斯带到了自己故乡的草地上。这是一片生长在小河边的草地,被宙斯劫持之前的伊娥经常跟同伴们一起到这里玩耍。重回故地的伊娥感慨万分,她慢慢地走到了小河旁边,想看看自己现在的样子。她知道自己现在的样子肯定很可怕,可是当水面上那个头长双角的牛头真的映在水面上的时候,她还是大大地抽了一口气,急急地转过头去,再也没有勇气去看了。就在这时,伊娥听到不远处传来一阵熟悉的欢笑声。她扭头一看,原来是昔日的姐妹们正陪着父亲伊那科斯在河边游玩,伊娥高兴极了,走到父亲身边,亲昵地停留在他的身边不肯离去。伊那科斯对这头温顺美丽的小母牛非常有好感,他轻轻地抚摸着伊娥的头,又从旁边的小树上摘了一把鲜嫩的叶子喂到了小母牛的嘴边。小母牛感激地看了伊那科斯一眼,默默地亲吻着父亲的手指。老人的手指被小母牛眼中流出的泪湿润了,在小母牛温柔的亲吻下,他突然有了一种久违了的亲切感觉,这让他突然想起了失踪两年多的女儿伊娥。但是,刚想到这里,他就苦笑着摇了摇头,他觉得自己简直是想女儿想疯了,居然从一头小母牛的身上也会想起伊娥。

看着父亲满头的白发,伊娥心中难过极了,她知道一定是自己的失踪让父亲操碎了心,愁白了头。突然,伊娥的心中闪过了一个与父亲相认的办法。原来,伊娥虽然在形体上变成一头小母牛,但是她的灵魂却还是原来伊娥的那个,没有受到丝毫的影响。所以,她以前所学的字还是没有忘记的。于是,伊娥抬起前蹄,在地上写出了一行字:“父亲,我是伊娥。”伊那科斯很快就注意到了这行字,他简直呆住了,过了半天,他才惊叫了一声紧紧地抱住了女儿的脖子。他流着眼泪对伊娥说;“我可怜的女儿呀!我是一个多么不幸的父亲,自从你失踪之后,我在全希腊到处找你,没睡过一个好觉,吃过一顿好饭。我设想过无数种关于你失踪后的不幸遭遇的场景,可是现在的你比我设想的任何一种都更凄惨!我把你向心肝一样地爱护着,想让你成为最快乐最幸福的女孩子,没想到……”老人说到这里哽咽了,他牵起伊娥就要往王宫里走,他要找最好的巫师把女儿变回原形,他要用最好的照顾来补偿女儿两年来受的苦……

可是,阿耳戈斯发现了伊娥这边的情况,他是个冷酷的看守者,没有半点同情心。他一下子从伊那科斯手中夺过拴住伊娥的缰绳,就快步走开了,任悲痛欲绝的老人在身后痛苦哀号。他领着伊娥来到一座隐蔽的高山，同时睁开了一百只眼睛，尽忠职守地看着赫拉的情敌。

在这两年的时间里，宙斯也在四处寻找着伊娥的踪迹，却始终没有见到姑娘的影子。如果不是宙斯的小儿子信使之神赫耳墨斯告诉了父亲伊娥的消息，宙斯恐怕是找不到这位因他而遭难的姑娘的。但是，赫耳墨斯又告诉宙斯，他虽然知道伊娥现在正被百眼怪阿耳戈斯看守着，但是自己没有把握能把姑娘救出来，因为那个百眼怪物实在很难对付。

宙斯不管这些，他急切地想救出可怜的姑娘，于是下了死命令，要求赫耳墨斯想想办法，诱使阿耳戈斯闭上所有的眼睛，救出伊娥。父命难违，赫耳墨斯只好带上一根催人昏睡的荆木棍，怀揣着牧笛，来到了人间。他丢下帽子，收起翅膀，只提着木棍，身后一群羊跟着他，看上去像个牧人。不久，他就赶着羊群来到了阿耳戈斯放牧伊娥的山谷。

来到阿耳戈斯附近之后，赫耳墨斯从怀中抽出牧笛，吹出了美妙的乐曲。那笛声优雅婉转，久久地萦绕在山谷之中。阿耳戈斯被赫耳墨斯的笛音迷住了，他站起身来，向笛声传来的地方呼喊："吹笛子的朋友，我热烈地欢迎你。来吧，坐到我身边的岩石上休息一会儿吧！瞧，这儿的树荫下多舒服！"

赫耳墨斯便爬上山坡，来到阿耳戈斯身边，挨着他坐了下来。两个人攀谈起来，越说越投机，一天很快过去了。阿耳戈斯打了几个哈欠，睡意蒙眬。赫耳墨斯又吹起了笛子，想催他入梦。可是，阿耳戈斯不敢松懈。尽管他的一百只眼皮都快撑不住了，还是拼命同瞌睡做斗争。每次，总是一部分眼睛先睡，另一部分眼睛大睁着，紧盯小母牛，以防它逃走。

阿耳戈斯虽说有一百只眼睛，但从来没有见过那种牧笛。他感到好奇，便向赫耳墨斯打听这枝牧笛的来历。赫耳墨斯一下子来了精神，想到了一个催阿耳戈斯入眠的好方法。于是，他妙语生花，绘声绘色地给阿耳戈斯编起关于这笛子来历的故事：

"很久很久以前，在风景如画的阿耳卡狄亚的雪山上住着一个美丽而纯洁的山林女神，名叫哈玛得律阿得斯，又叫绪任克斯。那时，森林神和农神萨图恩都十分爱慕她，他们迷恋她的美貌，也迷恋她的纯洁端庄。但是，面对他们的热烈追求，绪任克斯都巧妙地拒绝了，她总是小心翼翼地摆脱他们的追逐。因为她崇拜纯洁的狩猎女神阿尔忒弥斯，非常害怕结婚，一直以来就想效仿这位纯洁的处女神保持独身，过处女生活。

"有一天，强大的牧神潘在森林里漫游时，看到了美丽的绪任克斯，他一下子被这个女神迷住了，便走近她，想凭着自己显赫的地位和神力向她求爱。绪任克斯拒绝了他，夺路而逃，不一会就消失在茫茫的草原上。牧神潘赶紧追去，绪任克斯在前面跑，一直逃到了拉同河边。河水缓缓地流着，并不湍急，可是河水却很深，河面也很宽，美丽的姑娘根本就没法趟过去。这时，后面紧追不舍的牧神潘快要赶过来了,绪任克斯非常焦急,便哀求她的守护女神阿尔忒弥斯同情她,在牧神潘还没追来破坏她的贞洁之前,帮她改变模样。

"就在这时,牧神潘奔到她身后。他以为绪任克斯要跳河,便赶紧张开双臂,一把抱住了站在河岸边的姑娘。但使他吃惊的是,就在他以为抱住了姑娘的一刹那,却感觉自己的怀里很空。他低头一看,才发现抱住的不是绪任克斯,而是一根芦苇。牧神潘一看绪任克斯这么不喜欢自己,为了躲避自己的追逐宁愿变成一根芦苇,感到又伤心又悲痛。他忧郁地悲叹了一声,声音穿过了他怀中的芦苇管,变得又粗又响,长久地回荡在河边。这奇妙的声音是牧神潘以前从来没有听过的,这使他得到了些许的安慰,因为他找到了与变成芦苇的姑娘在一起的方法。"好吧,变了形的情人啊,"他突然高兴地叫起来,"即使你变成了一根芦苇,我们也要结合在一起!"说完,他把怀中的芦苇切成长短不同的小杆,并用蜡把芦苇秆黏接在一起,制成了一种新的乐器:芦笛。为了纪念姑娘哈玛得律阿得斯,他用她的名字为这芦笛命名。从此以后,我们就叫这种牧笛为绪任克斯。我手中的这个就是绪任克斯……"

赫耳墨斯一边讲着这动人的故事,一边注意着阿耳戈斯的动静,他发现故事还没讲完,阿耳戈斯的眼睛就一只只地依次闭上,沉沉睡去了。最后,当看到阿耳戈斯的最后一只眼睛也闭上的时候,赫耳墨斯就停止了讲述,用他的神杖轻触阿耳戈斯,让他睡得更深。阿耳戈斯终于抑制不住开始呼呼大睡,赫耳墨斯迅速抽出上衣口袋里的一把利剑,砍下了他的头颅。赫拉在百眼巨人阿耳戈斯死后,把他的一百只眼睛收集起来,点缀在孔雀的羽毛之上,然后,她将孔雀的映像送上星空,成为孔雀星座。

伊娥终于在赫耳墨斯的帮助下获救了,但她身上的魔法没有解除,只能保持过去母牛的形象。不过,值得高兴的是,她现在自由了。她想去哪里,就去哪里。不过,伊娥最爱逗留的是自己的故乡,虽然人们都不能认出她来。嫉妒的赫拉一直密切地关注着下界。她看到伊娥自由了,心里怒火冲天,正好一只饥饿的牛虻飞到跟前,请求天后赐福,赫拉就把伊娥指给了牛虻。这只牛虻嘤嘤嗡嗡地飞到伊娥的身上,趴在那里,就不飞走了。伊娥的尾巴够不着牛虻,牛虻的叮咬却让伊娥发狂,她四处奔逃。最后,经过长途跋涉,伊娥绝望地来到了埃及。

在尼罗河河岸上,伊娥疲惫万分,实在跑不动了。她不知道自己为什么要遭到这种无妄之灾。可是她知道,要想获得解脱,只能祈求天后赫拉的原谅。她跪下来,对着奥林匹斯山,发出了哀求的声音。宙斯看到了,非常同情。他不想再因为自己的一己之私,让伊娥受苦。他来到赫拉那里,一把抱住赫拉,请她对无辜的伊娥大发慈悲。他向她道歉并对着冥河发誓,他不会再追求伊娥了。赫拉也听到伊娥的哀鸣声。这位天神之母终于心软了,允许宙斯恢复伊娥的原形。

宙斯赶到尼罗河边,手指一动,奇迹出现了:小母牛消失了,伊娥重新恢复了楚楚动人的美丽形象。

大熊星座与小熊星座

卡利斯忒又是一位被宙斯强行非礼生下了孩子的女子。他们之间的事情被赫耳墨斯知道后,迅速传到了赫拉的耳朵里。生性多疑善妒的赫拉自然怒火中烧。可是,她拿丈夫无可奈何,就将责任都推到这个无辜的少女身上。她对儿子赫耳墨斯说:"她不是凭借着美丽的脸蛋来勾引人吗?我要把她变成一只丑陋的毛乎乎的大熊,看是不是还能迷住男人?"她用手一指,卡利斯忒的腰身就弯曲下去,可怜的姑娘想伸出手臂哀求一番,双臂上眨眼之间就长满了寸把长的黑毛。她的手变得圆墩墩的,长出了钩子一样的利爪,只能用来当脚掌走路了。她的美丽曾让宙斯如痴如醉,赞不绝口的小嘴巴,现在却变成了一个铲瓢似的大嘴巴。她的声音本来甜美得如同百灵鸟,现在一开口,却是一阵阵令人心悸的嚎叫。老实说,她现在已经是一只令人恐惧的大熊了。尽管外形已经改变,卡利斯忒的内心还是那颗温柔华贵的纯洁的心。她并没有丧失她固有的气质。她不停地呻吟着,哀叹红颜薄命,挣扎着想站起身来,却一次次地摔倒在地上。她觉得宙斯心太狠了,太薄情了,一旦恩爱之后,就弃之不顾,形同陌路。但是,在这个情况之下,也只有找到他,求他来解救自己了。啊,有多少个夜晚,因为不敢在幽暗的森林里过夜,她四处游荡。又有多少次她被猎人的猎犬惊吓得四处逃窜,生怕自己被猎人捉住。她自己虽幻化为熊,却不敢与之为伍;她害怕野兽,也害怕见人。多年来,她一直过着担惊受怕、孤孤单单的日子。

有一天,一个狩猎的小伙子发现了她,就--直追赶了过来。在逃跑途中频频回望的时候,她却发现那是自己失散多年的儿子。当年他还是一个牙牙学语的儿童,现在已经长成一个风度翩翩的美少年。她不再逃跑,想走过去,把他抱在怀里。她忘记了自己的外表,刚刚迈开步子,那少年马上警惕起来,举起了手中的长矛,就要投向她。

就在这千钧一发之际,宙斯出现了。他历来如此,和女人恩爱之后,就不管不顾,可是一旦他们有了儿子,他又略微有些上心。赫耳墨斯向母亲赫拉告密之后,还是有些害怕父亲的怪罪,又把赫拉的所作所为告诉了宙斯。宙斯一看这样,情妇、儿子都得到了安置,也就作罢,继续他的风流生涯去了。可是,现在这种母子相戕的行为,他却不能坐视不理。他现身之后,就让少年明白了事情的经过。但他担心赫拉闹事,就把两个人带到了天上,放置在一大一小两个相邻的星座上。这两个星座,就是今天我们熟悉的大小熊星座。

什么事情都瞒不过赫耳墨斯,这是一个两边倒的家伙,他又把父亲的行为一五一十地告诉了母亲。赫拉见到自己的情敌获得这样的尊荣,十分气愤,就去找宙斯和自己的长辈评理。这两个长辈就是他们的姑姑海洋女神老特提斯和俄刻阿诺斯。她们刚一开口问她来意。天后赫拉就号啕大哭:“你们问我为什么来到这里?我知道你们喜欢清静,无事也就不来打搅。宙斯太欺负人了。告诉你们吧,天上已经没有我待的地方了——我的位置被另一个女人给占据了。你们肯定不信我的话,可是等到夜色笼罩大地的时候,你们自己看看吧,就在极圈附近,圈子绕得最小的那一片天上,你们可以看见升到天上的那两个家伙,那就是和宙斯偷情的女人和他们的私生子。想一想,我贵为天后,谁都可以骑在我的头上欺负我。你们看看,我对和他偷情的女人不满,略微惩罚了她一下,可是她竟然被宙斯捧到了这样高的地位。我不就是不让她具有人形而已。可结果呢,她却被弄到了星宿上。他这么做,肯定是想娶她为妻,把我们母子抛弃。你们要是还体恤我,要是都同情我悲惨的遭遇,我请求你们给他们一点厉害看看。不许这对罪人进入你们的海域里。”

老海神自然答应了。他们把宙斯叫来,一顿训斥,宙斯怀恨在心,却只能唯唯诺诺,乖乖听着而已。这样,大小熊星座只能在天上绕来绕去,永远不能像其他的星星一样能够落到海里去。

好胜的音乐家阿波罗

众神都多才多艺。太阳神阿波罗更是才艺双全,他不仅英勇善战,箭法百发百中,能够预示世俗之人的命运,还是一个一流的音乐家。他自诩不凡,非常好胜,只要听到别人自夸才艺,他就非要跟那个人一比高下,而且,比赛的结果要以生死为代价。在这种好胜心的支配下,阿波罗杀死了一个林神。

阿波罗

事情的起因与女神雅典娜有关。一天,雅典娜捕获了一头鹿,就用鹿骨做了一支双管长笛。在众神宴会上她高兴地吹奏起来。她非常满意其他的神灵对她的音乐的称赞,可是一转身却发现自己的死对头赫拉和阿佛洛狄忒都用手捂着嘴偷笑。她当时压下火气,没有发作,私下里却很郁闷,不知道为什么这两位仇敌嘲笑自己,是不是她们心怀妒忌才这样呢?虽然她这样宽慰自己,却始终放不下心。于是,她想出了一个好办法,就独自一人走进弗里吉亚的森林里,在河边吹奏笛子。她一边吹一边低下头来观察自己在水里的倒影。一看到水面映出的形象,她几乎晕倒过去。她发现吹笛子的人脸色发青,双颊肿胀,显得滑稽可笑。她一气之下,扔掉笛子,并且发下了一个恶毒的诅咒:谁如果把笛子捡起,他就会惨遭不幸。

无辜的林神玛息阿——女神库柏勒的随从——便成了咒语的牺牲者。雅典娜刚走,他就经过这里,无意中捡起笛子。他刚把笛子放到唇边,笛子便自动演奏起来,声音美妙动人。他追随女神库柏勒走遍了整个弗里吉亚。他的美妙笛声打动了无知的乡野村民。他们从来没有听见过这样美妙的音乐,于是说就是太阳神阿波罗也未必能用他的里拉琴演奏出比这更动听的乐曲!得到这样奉承与赞扬的玛息阿太高兴了,居然想不到去纠正这种说法。这话不久就传到了阿波罗的耳朵中。阿波罗火冒三丈,马上派自己的仆人去下战书,邀请玛息阿和他进行音乐比赛,并规定胜者可以用任何方式惩罚输者。玛息阿现在长笛在手,谁也不怕,更何况如果战胜了太阳神阿波罗,他就可以成为天庭之中最优秀的音乐家。因此他毫不犹豫地同意了。

比赛开始,由阿波罗组织缪斯们当评审团。两位各自演奏三首乐曲。他们都拿出自己最大的本事,尽力打败对方,可是缪斯们却判双方打成平局。

阿波罗心有不甘,他看了看两人手中的乐器,忽然心生一计。他向玛息阿厉声喝道:"你能不能学我,演奏你的乐器?把它倒过来拿,而且还要边演奏边唱。这样,才叫真本事。"

很明显,笛子不能倒过来吹,更不能边吹边唱,玛息阿拒绝接受这一挑战。但是阿波罗却装着什么也没有听见,自顾倒拿起里拉琴,边奏边唱赞美奥林匹斯山诸神的歌曲,歌声悦耳动听,缪斯们不得不判他为胜方。吃了哑巴亏的玛息阿无奈之下,只能接受了这个判决。赢得胜利的阿波罗尽管表面装得温文尔雅,可是当他说出他的惩罚时,连评审团的缪斯们都惊吓得目瞪口呆,而玛息阿则吓昏了过去。就这样,好胜的太阳神阿波罗就对玛息阿做出了十分残酷的报复:他活生生剥下玛息阿的皮,把他的皮钉在以他命名的河的发源处的一棵松树上。

同样的事情又一次发生了。在一次宴会上,喝多了美酒的牧神潘非常轻率地夸夸其谈,说他演奏的乐曲可以和阿波罗的媲美,而且借着酒劲,他还向这位奏里拉琴的神祇挑战,要和他一试高低。阿波罗自然接受了挑战,并请山林之神特摩罗斯担任比赛的裁判。这位德高望重的老人在裁判席上安然就座,他撩开耳边的树条,凝神聆听。当比赛的开始信号一发出,醉酒的牧神潘就吹起了排箫。他奏着自己编的乡村小曲,得意非凡,喜气洋洋,也让碰巧在座的忠实门徒弥达斯听得心旷神怡。牧神潘吹奏完毕,便轮到太阳神了。于是,山林之神特摩罗斯便把脸转到阿波罗这边,他身旁所有的树木都随着他一起转动。阿波罗站起身,头戴桂冠,身披拖地的红紫长袍,左手抱着里拉琴,右手五指轻轻拨动琴弦,特摩罗斯不等一首听完,他立刻判演奏里拉琴的阿波罗是这场比赛的优胜者。所有的听众都接受这一裁判,牧神潘低下了脑袋,可是弥达斯不服气。他小声嘀咕,最后干脆大声质问,说裁判山林之神特摩罗斯偏心。阿波罗悄悄走到这个傻瓜国王跟前,揪住他的双耳。他轻轻一提,那两只耳朵变得又长又尖,里外长出灰色绒毛。两只长长的驴耳朵装饰在这个可怜国王的头上，因为这副模样，他只好戴上一条大头巾以遮盖丑态。

阿波罗与月桂树

每个人都有自己的初恋，就是贵为天神也一样避免不了。他们和人一样，要吃要喝，有七情六欲，自然也要谈恋爱，也有自己青涩的初恋。太阳神阿波罗就是这样，他的初恋情人是达芙妮。

太阳神阿波罗爱上达芙妮，并不是所谓一见钟情，而是小爱神厄洛斯故意捣鬼，精心策划的结果。小爱神厄洛斯之所以故意捣他的鬼，是因为阿波罗说话不太注意，得罪了这个小家伙。事情发生的这一天，阿波罗刚刚斩杀了一条叫作皮同的巨型蟒蛇。正在得意扬扬、不可一世时，他看见了这个小家伙正在弯弓搭箭，跃跃欲试，就非常不屑地说："小家伙，弓箭这种打仗用的武器哪里是你们这样的小孩子玩的？把它交给我，只有我才有资格使用！你看看我，我就是靠弓箭除掉了体积巨大的大毒蛇。小家伙，你要玩的话，还是玩火吧，你不是常说点燃情火吗？你爱在哪儿点火怎么点火都没关系，只是别再摆弄该由大人物使用的武器。"

小爱神当然不服气，就和他顶嘴道："你不要吹牛，自以为了不起。虽然你的弓箭可以射中万物，阿波罗，可是我的却能射中你，让你后悔说了刚才的话。"话刚说完，他就飞身跳到帕尔纳索斯山一块又高又大的岩石上，随手就从白色的箭袋取出两支功能不一的箭，一支尖头金箭，有激发爱情、刺激情欲的功能；另一支钝头铅箭，让人拒绝爱情。他拉弓如满月，簌簌两声，铅头箭射向了正在河里沐浴的河神珀纽斯的女儿、水泽仙女达芙妮；而金头箭如同闪电一样，射向阿波罗，阿波罗闪身躲避，可是箭却如同长了眼睛一样，正好穿心而过。就这样，英勇善战的阿波罗就产生了强烈的爱情，被那位少女折磨得茶饭不思，神魂颠倒。而达芙妮一听人对她说"我爱你"，就深感厌恶。为了躲避人们的苦苦纠缠，她整天在林中打猎逐兽，出没于森林之中。可就是这样，求爱者还是千方百计想接近她，而追求她的人不但不见减少，反而越来越多。水泽仙女达芙妮不管这些，她一一回绝，不予理睬，整日就在树林中徘徊寻猎，压根就没有结婚的打算。她一直这样，倒让她的父亲不放心。父亲常常委婉地规劝她说："女儿，你该为我找个女婿了。"或者就说："女儿，你该为我生个外孙了。"父亲一提这些，水泽仙女达芙妮就羞得满面通红，她讨厌结婚，觉得结婚就是犯罪。可是她又不能直接这么说，只好搂着老父的脖颈半撒娇半认真地说："父亲，请允许我终身不嫁，就跟我们的女神阿尔忒弥斯一样。这样，我才能终身陪伴在你身边。"年迈的父亲没有办法，只好答应了她的要求。不过，他很忧虑地说："女儿，你这么想，可是你的容貌恐怕使你难以独身一辈子。"

阿波罗深爱着达芙妮，并渴望与她结婚。他是天神，有给世人做出神谕的法力，而是轮到自己，他的法力却无处发挥。他经常跑到她出没的森林里，偷偷关注她，他见到她披散在肩头的长发就想："这头发就这么随便披着，已经这么迷人，如果好好梳理一下，还不让我丢掉了魂灵？"他把她明亮的双眼比作天上最亮的明星，见到她的红樱桃一样小嘴，就不能自持。他也暗中赞美她裸到肩头的双臂和双手，常常控制不住自己的想象，那衣服遮盖的部分真不知道要美丽多少倍呢。他老这么贪婪地偷窥，最终被达芙妮发觉了。仙女拔腿就跑，迅疾如风。太阳神跟在后面，结结巴巴地百般请求。"请您停一停，"他说，"达芙妮，我不想伤害你，不要像羊羔见了恶狼，驯鸽见了老鹰似的躲着我。我追你是因为我爱你。我不是小丑，不是乡野村民。我父亲是宙斯，我本人是主管歌舞管弦的神。我射箭百发百中，我司掌医药，我熟悉百草的疗效。可是美丽的天神呀，悲哀的是我自己个人的病痛却找不到药物来治愈。"

他的恳求还没有说完，少女已经跑远了。阿波罗绝望地发现，就连她逃离的姿态也那么令人心醉。她如此美丽，可是却把他的知心话全当耳边风。阿波罗愤怒起来，占有她的欲望更加强烈，他不耐烦了，他要行动。

在爱情力量的鼓动下，他竟然赶了上来。那情景就像猎狗追逐野兔，一个张着大嘴就要下口去咬，而那弱小的动物连蹦带窜，叫它捕追不着。两人就这么一前一后地跑着——他插上的是爱情之翼，她踏着的是恐惧之轮。可是追得比逃的速度要快，眼看就要赶上，他气喘吁吁，呼出来的气已经吹动了她的头发。

她跑得双腿发软，力不从心。万般无奈之下，她只能乞求自己的父亲河神："救救我，父亲，让大地张开口把我吞掉，要不然毁灭我的形体吧，免得再惹来危险。"话刚说完她就四肢发僵，上半身长出一层嫩皮，头发变成绿叶，双臂长出枝叶，两脚钉在地上就像扎在地里的树根，面孔变成了树冠，完全失去了原来的人形，但是优美的仪态犹存。心急如焚的阿波罗愕然不知所措。他只能用手触摸树干，可是感到隐藏在树皮下的肌肉还在瑟瑟发抖。当他把枝干搂在怀里，四处亲吻时，枝条躲闪着他的嘴唇。他实在生气，狠狠地说："既然我不能娶你为妻，我就要你做我的圣树。我将把你戴在头上作王冠，用你装饰竖琴和箭袋。等到伟大的罗马征服军凯旋回到首都，我就用你编成花冠给他们加冕。我的青春常在，你也将四季常青，绿叶永不凋零。"仙女现在变成了一棵月桂树了，它垂下头来，表示了自己的谢意。

要爱情不要永生的少女

太阳神阿波罗不仅是宇宙主宰宙斯的儿子，而且长得英俊潇洒。白天，阿波罗会驾驶着用金子和象牙做成的太阳车穿越天空，给人间带来光明、生命和温暖；黄昏的时候，他在遥远的西海结束了旅行，乘着金船返回奥林匹斯山。他不仅有着普通美男子的风度翩翩，更拥有着一般美男子没有的艺术修养。他不仅是太阳神，还是个艺术家和诗神，能够激发出人们在圣歌中表达的各种情感。他手拿里拉琴，用悦耳的声音指挥着缪斯女神的合唱队。他演奏的乐曲人间天上无人能及。

不管是天上的女神中，还是地上的凡人女子中，都有很多阿波罗的爱慕者。有一位水泽女仙克丽提就深深地爱上了阿波罗，她每天都呆呆地望着空中，等待着阿波罗驾着金碧辉煌的太阳神车从空中飞驰而过的那一刹那。可是，阿波罗对这位美丽的仙女并没有产生爱情。最后，克丽提简直完全被阿波罗的风采迷住了，等待着太阳车风驰电掣驶过成了她每天的主题。她忘记了吃饭，忘记了喝水，忘记了休息。最后，她慢慢地开始憔悴了，但仍然每天目不转睛地盯着天空，追随着阿波罗的轨迹。诸神被她的痴情感动了，把她变成了一株向日葵。从此之后，她可以永远地看着她的太阳，不会错过一分一秒了。可是，即使如阿波罗这般有魅力的天神，也不是任何一个少女都会趋之若鹜的。下面这个故事里的凡人少女玛尔珀萨就对阿波罗的深情款款说了“不”。

玛尔珀萨是一个非常漂亮又有主见的女子，她一头金发，身材苗条，整个人简直如女神一般光彩照人。她身上最美丽的就是那一双贝壳般白嫩秀气的纤足。她常常光着脚，露出了脚腕上的酒窝，非常迷人，当时的人们都叫她“美足的玛尔珀萨”。几乎全希腊的小伙子都知道她的美名，都希望可以得到这位娇媚少女的爱。伊达斯是所有人羡慕的幸运儿，因为玛尔珀萨在众多的追求者当中选择了他作为自己的恋人。与众多的追求者相比，伊达斯并没有什么显赫的家境。他既不是某位神在人间的儿子，也不是哪国国王的王子。但是，他是当时希腊最强壮的英雄，曾经在卡吕冬的狩猎大会上有过不俗的表现。玛尔珀萨爱上了小伙子的英勇威武和对自己的温柔，选择了他作为自己的情人。两个人开始了甜蜜的恋爱。

有一天，伊达斯去打猎了，玛尔珀萨独自一人来到附近的森林里游玩。她来到森林深处最幽静的湖边，把一双美丽的纤足放到湖里嬉水。正在这时候，太阳神阿波罗经过了这里，他看到了少女的一双纤足，被迷住了：晶莹的水珠粘在上面，简直像清晨时还没有盛开的两朵百合花。

阿波罗一见钟情，立马深深地爱上了这个少女。他走过来，向少女表明了自己的身份和对她的爱恋。少女拒绝了光芒四射的太阳神，并告诉他自己已经有了心上人。阿波罗实在太迷恋她了，于是不管少女意见如何，强行把她夺走了。他相信，凭自己的魅力，一定会让玛尔珀萨爱上自己的。

伊达斯打猎回来之后，一看心上人不在，就去玛尔珀萨常去的湖边找寻。到了湖边之后，他没见到玛尔珀萨，却看到湖边有明显的挣扎过的痕迹，于是拿上弓箭乘车追赶。最后，他在墨西拿追到了阿波罗，一神一人展开了殊死搏斗。伊达斯虽然是个凡人，但也是当时的大英雄，又加上情人被劫，简直像一头疯了的雄狮，连阿波罗一时也没法战胜他。

宙斯在奥林匹斯山看到了这一切，他担心自己的儿子吃亏，急忙赶来调停。宙斯毕竟是万神之主，他还是比较公平的，并不偏袒自己的儿子，而是十分开明地让少女自己选择——当然了，这位父亲对自己的儿子阿波罗非常有信心，他又英俊又多才多艺，还是个永生的神灵，宙斯还真不相信玛尔珀萨会不选择自己的儿子。

阿波罗来到少女面前，说："跟我走吧，你是如此的美丽，简直就像是含苞待放的百合花。人间的男子怎么能配得上你的高贵呢？嫁给我吧，你将得到永生，并且，我以父亲宙斯的名义发誓，我会让你成为最快乐幸福的女子，永远都不会让你感到难过和悲伤。我现在就可以向你许诺，许诺给你一个没有眼泪的生活。"少女看了一眼英俊的太阳神，微微一笑，然后把头转向了伊达斯。伊达斯慢慢地走过来，握住了玛尔珀萨的手说："我爱你，玛尔珀萨。我不仅爱你的美貌、你绝美的双足，还爱你的整个灵魂。我不能让你得到永生，却愿意陪你慢慢变老；我不能保证让你只有快乐，但我敢保证你所有的快乐和悲伤我都会与你一起品尝。"听着恋人的话，玛尔珀萨流出了感动的泪水，她走到宙斯面前，对他说出了自己的选择。

宙斯被少女的选择弄懵了，他问玛尔珀萨："为什么？为什么你会放弃我英俊潇洒的儿子，选择人间平凡的伊达斯？难道你不渴望得到永生吗？难道你不想得到没有眼泪的生活吗？"姑娘微微一笑，对宙斯说："我刚才流泪了，可是我的心里充满了甜蜜的感觉。我相信太阳神没有骗我，如果选择了他，我会得到永生。可是，我要那永生干什么呢？正因为人的生命有限，才更会让相爱的人互相珍惜。永生和忠贞的爱情本来就是矛盾的。至于只有快乐没有忧伤的生活，那也不是我想要的。我只是一个普普通通的凡人，需要人间的忧伤。"

说完这番话，玛尔珀萨拉起伊达斯的手离开了。从此之后，两个人相亲相爱，过着有快乐也有忧伤、有欢笑也有泪水的幸福生活。

美少年与风信子

太阳神阿波罗疾恶如仇。他长长的弓箭、百步穿杨的箭法让每一个和他作对或者心怀怨恨的人或神都胆战心惊、寝食难安。他的火一般的威力让那些夜间出没的恶魔恐惧不已。这只是阿波罗的一面，其实他还有截然相反的一面：他要是和哪个少年小伙攀起交情来，他会亲密无间，好得就像一个人一样。有时他甚至放下神灵的地位，去讨好别人，可他的讨好往往会给别人带来危险。

在希腊的一个山区，有一个美少年，他的名字叫雅辛托斯。有一天，这个少年在河边捉鱼，被太阳神阿波罗发现了。他一下子惊呆了，不相信在这么一个偏僻的地方竟然有这样俊秀的美男子。他被吸引住了，决定无论如何，也要和这个美少年成为朋友。

让他生气的是，他发现不仅仅他一个人想和这个美少年交朋友，西风神仄费洛斯显然也在打他的主意。太阳神就去找西风神。按理说，太阳神是宙斯疼爱的儿子，而且箭法是整个天神界都闻名的，西风这种小神见到他，往往会退避三舍。可是，现在争夺的是一个美男子，西风神坚决不退让。他说是他先看见这个美男子的，阿波罗没权利跟他抢夺。阿波罗一句话也不说，鼻子里冷哼着，意思很明显，是说西风神是在痴心妄想。美男子只有一个，两个神互不退让，怎么办呢？那只有通过比赛定胜负。

比赛什么项目呢？两位神仙都同意比速度，就是说看是阿波罗射的箭快，还是西风神的身形快。比赛开始，阿波罗取下弓箭，笔直地站立着，弓已拉开，箭就在弦，而且正正地对准了西风神的心窝。西风神站在距阿波罗半里路的地方，双腿用力，做逃跑的动作。两人同时数数，一，二，数到三的时候，阿波罗马上松手。刹那之间，箭去如流星，快似闪电，西风神挪动身形。才跑了一步，箭就到了他面前。还好在箭头飞到眼前时，他猛吹了一口西风，对着心窝的箭偏了一点，插在了肩头上，否则就更惨了。西风神输掉了比赛，他不甘心地走掉，心里已经打定主意：既然自己得不到心爱的东西，那别人也休想得到。

取得胜利的阿波罗兴冲冲地赶到了美少年的住处，摇身一变，也幻化成一个少年，出现在雅辛托斯的面前。由于这个山区偏僻，雅辛托斯常常感到非常孤独。现在见到了太阳神，他太高兴了，马上就过去招呼。两个人很快就变成了好朋友，形影不离。当雅辛托斯运动嬉戏时，佩着银弓的阿波罗总要随身陪伴：雅辛托斯去捕鱼，他就拿着网；雅辛托斯去狩猎，他牵着狗；雅辛托斯去爬山，他就跟在左右。阿波罗整日忙着这些事，几乎都顾不上弹奏里拉琴和拉弓射箭。他们两个人都太关注对方了，都没有发现躲藏在附近树林里的偷偷窥视他们的西风神。每次听到他们哈哈大笑的声音，这个偷窥者就愤恨地咬牙切齿。

这一天，太阳神和雅辛托斯跟往常一样，一起玩套圈游戏，这是希腊很流行的一种游戏。首先出场的是阿波罗，他使出了全身力气，铁饼被抛得又高又远，几乎都打中了正在天上飞行的一朵云。雅辛托斯明知道自己没有这么大的力气，却也急不可耐地要一显身手。他朝还在飞着的铁饼奔去，伸手去抓，谁知道铁饼着地后又反弹起来，恰恰击中雅辛托斯的前额，雅辛托斯晕倒在地。太阳神也吓住了，脸上失了血色，变得和雅辛托斯一样惨白。他们两个人谁都不知道，铁饼砸伤了雅辛托斯是西风神暗中捣的鬼。当铁饼落在地上之后弹起，西风神在附近吹出一股强大的西风，让铁饼偏了个方向，打到雅辛托斯的头上。

悲伤的阿波罗托起了雅辛托斯的身躯，想止血，可是伤口太大了，根本不奏效。他没办法留住飞逝的生命。奄奄一息的雅辛托斯的脖子也仿佛折断了一样，丧失了支撑力，脑袋沉重地耷拉在肩膀上。多么像花园中一株被掐断了茎的百合呀，枝头下垂，花朵向地！“雅辛托斯，你怎么死了呢！”阿波罗哀叹道，“是我害了你呀。你还这么年轻，就要离开我们，我真希望我能替你去死！可是显然这个愿望不能实现。既然如此，我将用我的里拉琴悼念你，唱哀歌为你祈祷，你将变为一株鲜花，花瓣上刻着我的悔恨。”这位金光四射的神祇喃喃诉说着，与此同时，刚流在地上染红了草木的鲜血消失了，地里开出一朵花，色泽艳丽，形似百合，所不同的是这朵花呈姹紫色，而百合花大多是银白色的。接着太阳神又赐给它更大的荣耀，在花瓣上划出“AIAI!”的名字,用以表示他的哀思。这种花——风信子——就以“雅辛托斯”为名。每逢春回大地的时节,它就盛开怒放,以纪念这个不幸美少年的遭遇。

阿波罗的神医儿子

在比留山的莽莽丛林之中,居住着学识渊博、为人善良的肯塔夫洛斯。他虽已年迈,却腰腿笔直,精神矍铄。他的面容上满布的皱纹,固然由于衰老,可也是智慧的象征。他以树叶为帽,兽皮为衣,过着简单而又朴素的生活。他常年居住在山上,又熟读医书,是全希腊都闻名的神医。许多人都把自己的孩子送到他那里学习,连太阳神也不例外。

这一天,肯塔夫洛斯正穿过树枝叉结的丛林,忽然有十几个孩子抬着一个痛哭的男孩从树林中跑出来,围在他身旁,大声地喊叫:“老师,肯塔夫洛斯,救救他吧,他被蛇咬伤了!”肯塔夫洛斯立即起身,来到那个孩子的身边。

被蛇咬伤还不到一刻工夫,那个孩子的手臂就肿得像水桶一样粗,颜色发黑,而且黑色还在往上蔓延。看来,这条蛇奇毒无比,如果不马上救治的话,孩子就死定了。肯塔夫洛斯托起这只黑臂,立即指示其他孩子到山洞里去升火。他要对他进行火疗。虽然这么吩咐,可是他的心里却一点底都没有。唉,死马当活马医吧!

火疗完毕,正当他阴沉着脸准备走时,耳畔响起了一阵长长的哨声,在一块岩石上,一个孩子露出了一张笑脸。这个孩子欢快地跑过来,大声责怪伙伴,为什么不等等他就跑了呢?等看到那个被蛇咬伤的男孩之后,这个孩子转向肯塔夫洛斯:“老师,您让我来,我能够为他治疗,我说的是实话,请您看着吧!”他从腰上解下一束草,用他那灵敏的手指挑选出了一棵,摘下几片叶子盖在伤口上,用一条带子把草紧紧地捆扎上。过了一分钟,那个被毒蛇咬伤的小男孩已经感觉不到疼痛,而且手臂上黑色的印子开始消退,呼吸也轻松下来,他对救他的小男孩说:“谢谢你,阿斯克利皮奥斯,让神明降福于你。我的手指已能活动了,几乎不疼了。”

肯塔夫洛斯把男孩叫到一边,问他是怎么发现这种珍贵草药的。阿斯克利皮奥斯告诉老师,他是从一只母狼那里发现的。阿斯克利皮奥斯整天在山上游玩,有一天看到一只受伤的母狼嚼了嚼这棵草而后涂抹到伤口上,伤口马上就愈合了。那只母狼逃走后,阿斯克利皮奥斯就采下这种草药放在身边备用。老师了解情况以后,把手放在学生的头上,语重心长地说:“阿斯克利皮奥斯,好好学习,你将会超过老师的。”

这是一句崇高的、分量很重的话语,而且这一预言也实现了。

阿斯克利皮奥斯就是阿波罗寄放在老朋友肯塔夫洛斯这边的儿子。他学完老师的本领之后,告别老师,回到了人世间。在那里,他满怀怜悯,治愈了遇到的每个病人,成为全希腊最有名望的医生。每天,成群结队的病人慕名而来,请他医治。

而他也不负众望，让他们健康而归。时光流逝，阿斯克利皮奥斯的医术越来越高超，不仅使久病之人得到治愈，而且能使死者复生。

哈里斯在地狱中感觉到了这一点，因为陆地上已经不再送去幽灵，如今他的地狱空荡荡的。于是，哈里斯跳上那辆吐烟马车，来到奥林匹斯山，径直跪到了宙斯面前，大声对他说："你现在很舒服吧，我的兄弟。你也不看一看大地上正在发生什么事：那里人都挤成了团，而我的王国却空荡荡的。你看，我把死神派到人类那里去，而死神却被阿斯克利皮奥斯战败。你怎么能够允许这种事情发生呢？"

宙斯听到这一切，深感不安。他已经很长时间不操心地上的事情，几乎忘记人类长期以来造成的威胁了。

他低下头向下俯视，十分惊讶地看到，人类比过去更加强大，更加勤奋。他同意了哈里斯的建议，一声霹雳打下去，击中了正在医治病人的阿斯克利皮奥斯。

阿波罗接到儿子的死讯后非常愤怒，他立即把箭筒挂在肩上，匆匆地离开奥林匹斯山，来到了埃特纳火山口。那里生活着独目巨神，他正围着巨大的铁砧，用重锤敲打着，为宙斯锻雷。阿波罗射出的三支箭呼啸着飞去，紧接着传来一阵巨大的轰隆声，随后一切都陷入寂静。不久，火光熄灭了，火山深处一片漆黑。

阿波罗报完仇，心满意足地走了。可是恼羞成怒的宙斯却一气之下，把他驱逐出了天庭，并惩罚他流浪大地，当凡人的奴仆。阿波罗固执地离开了奥林匹斯山。

惩罚了阿波罗，宙斯稍许平息了怒火，但流放阿波罗却不让独目巨神获得新生。于是这位众神和人类之父被迫与其子阿波罗妥协。"奥林匹斯山将重新为你敞开大门，"宙斯对阿波罗说，"我将让你的儿子和其他神祇一样永生不死。但你得使我的奴仆复活。"

事情就这样结束了，复活的独目巨神们又重新在他们的山中敲敲打打操劳起来。阿斯克利皮奥斯也变成了神，和他的父亲阿波罗一样，被人们当成整个大地的救星，加以顶礼膜拜。

俄耳甫斯寻妻

俄耳甫斯是希腊最有名的音乐家。他家学渊源，因为他的父亲阿波罗和母亲文艺九女神之一卡利俄珀都能歌善舞。他长大成人之后，阿波罗就在他十二岁生日的时候送给了他一把七弦琴当作礼物，并且从那一天开始教他演奏。谁知道，这个小家伙根本不用教，只要他纤细的手指轻轻地拨动那几根细弦，音乐就好像哗哗的流水一样自然流淌了出来。他弹得太好了，神奇美妙，以至于天下万物无不为他的音乐着迷。就连他一向好强的父亲，老是自夸自己的音乐天下无双的阿波罗也公开承认自己的儿子强过自己。

俄耳甫斯和欧里狄克结婚的时候曾经诚心诚意地邀请来了婚姻之神许门，希望借他来给自己的婚姻增添福气。许门出席了婚礼，却没有带来吉兆和吉祥，因为这个老头的铜烟袋冒的火把他们呛得直流眼泪。这显然不是一个好兆头，而且很快应验了。

婚后不久，欧里狄克和她的仙女女伴在山谷里漫步，却被牧羊人阿里斯塔俄斯看见了。这个年青的牧羊人对她一见倾心，双膝跪倒在地上。她告诉对方，她已经结婚，丈夫是音乐家俄耳甫斯。可是被爱情冲昏了头脑的年轻人，依然紧跟在后面，向她求爱。欧里狄克拔腿便逃，慌不择路，跑进一片荒草之中。只顾飞奔的她，突然之间小腿肚子一疼——踩着了草间的一条毒蛇，被咬了一口。她倒在地上，不久毒发身亡。

失去新婚妻子的俄耳甫斯无心其他，整天用哀婉的歌声向天神与世人诉说他心中的悲哀。可是，他呼天天不应，喊地地不灵。虽然许多动植物和天神被他的歌声勾起了心事，痛哭流涕，可是对找回他的妻子却无济于事。万般无奈之下，他决定去冥界寻找妻子。

俄耳甫斯来到了奉那鲁斯海边，从位于海角旁边的洞穴中进入，一直到达冥河斯堤克斯流域。他穿过成群的鬼魂，来到了冥王哈里斯和妻子珀耳塞福涅的宝座前。他一边弹着七弦琴一边歌唱，眼睛里流下了悲哀的泪水。他说："地狱的主宰，请听一下我的陈述吧，因为我说的都是实话。我并不是为刺探塔耳塔洛斯王国的秘密而来的，我要寻找我的妻子。她中了蛇毒，离开了人间，来到了你们管辖的地方。我，一个活人来到这里，是因为心中熊熊的爱情火焰驱使。我们所有人都命中注定属于你们，迟早我们都要来到你们的王国。她也一样，等她活满了期限，自然也会归你们所有。不过在那以前把她赐给我吧，我恳求你们。如果你们拒绝我，我不会单独回去，我只有留下来陪伴我的妻子，省得她在这里孤孤单单的，没有人陪她说话，唱歌给她听。"

一席话，饿耳甫斯说得凄婉动人，连鬼魂们都流下了眼泪，坦塔罗斯尽管口渴难忍，还是暂时停止了喝水的企图；伊克西翁的转轮也静止不动；秃鹰不再撕扯那位巨人的肝脏；达那俄斯的女儿们停下手，不再用筛子汲水；就连西绪福斯都坐在石头上聆听。据说，复仇三女神有史以来第一次泪流满面，珀耳塞福涅为之动容，哈里斯本人也动了恻隐之心。因此，欧里狄克不久就被召了上来。

俄耳甫斯非常痛惜地看见自己心爱的妻子拖着受伤的脚一瘸一拐地从那些新来的鬼魂中走出来。见面以后，俄耳甫斯要求把妻子带走。冥王同意了，可是他们也有一个附加条件：他们回到人间以前，他，俄耳甫斯不得回转身来看自己的妻子，如果违反规定，妻子将永世都待在地狱之中。他们同意了。

冥界的路黑咕隆咚，什么也看不清。俄耳甫斯在前探路，欧里狄克蹒跚在后，在一片寂静中穿过无数陡道，他们就要到达地狱的出口了。欢乐冲昏了俄耳甫斯的头脑，他忘记了应遵守的条件，为了弄清欧里狄克是否跟着，就向背后看了一眼。仅仅就这么一眼，她立刻被拖走了。他们俩双双伸出胳臂企图拥抱，但抓到的只是空气！尽管这是她第二次死去，她还是不愿责备自己的丈夫，她怎么能责备由于等得不耐烦而要看她一眼的丈夫呢！"别了，"她喊，"永别了。"她很快被带走了，他几乎没有听到她的话音。俄耳甫斯力图追上她，并恳求允许他再回冥府，为她的释放再做一次努力，但冥河渡口船夫拒绝了，不让他过河。连续七天七夜，他在冥府与人间的边缘徘徊，不餐不眠。他用歌声控诉阴间权势的残忍，向岩石和山峦诉说自己的哀怨。他的歌声使虎狼听了也于心不忍，感动得橡树都移动了位置。他从此远离女性，久久地沉浸在不幸的回忆中。

色雷斯的少女们竭尽全力地想勾引他，他拒绝了她们的追求。她们一直容忍他，直到发现他根本无动于衷。少女们实在不能忍受这种蔑视，正好，这一天，她们喝多了酒神狄奥尼索斯祭典仪式的美酒，其中的一个少女喊道："瞧，那边就是那个鄙视我们的人！"她的标枪向他掷去。那件武器刚飞近七弦琴的音响范围便落在了他的脚边，同样，向他投去的石块也纷纷落地。可是这些女人们发起一阵狂喊，喊声压倒了乐声，于是石块、标枪就打到他的身上，沾满了他的鲜血。这些疯狂的女子把他的肢体撕碎，把他的头颅和七弦琴扔到赫布鲁斯河。他的头和琴在向下游漂流的时候不断发出低语般的哀鸣，两岸则伴之以凄楚的谐音。缪斯神把俄耳甫斯支离破碎的尸体归拢在一起埋在利柏特，据说夜莺在他的墓前唱得比在希腊任何其他地方都更加婉转动听。他用过的七弦琴被宙斯放到了群星之间。他的身影又一次来到了塔耳塔洛斯。在这里，他找到了欧里狄克，用热情的双臂拥抱她，他们现在可以一起幸福地在田野里漫步了。

克瑞乌萨与伊翁

雅典国王厄瑞克透斯的女儿克瑞乌萨，郊游的时候遇见了太阳神，就爱上了他，还为他生了一个儿子。可是他们两个人的事儿，她父亲一直蒙在鼓里。

儿子生下来了，克瑞乌萨不敢带回家，她害怕父亲生气。没办法，她只能把这个孩子遗弃在两人幽会的山洞里。她希望有谁能够可怜他，领养这个孩子。走的时候，她又把手上的珠串挂在孩子身上，做个标记。

这一切自然瞒不过阿波罗。他既不想辜负情人，又不想让孩子孤苦无依，于是他找到兄弟赫耳墨斯。"兄弟，"阿波罗说，"帮帮我吧，救下这个孩子，他被他母亲放在了山洞里的木箱子中，你把麻布包着的孩子送到我在得尔斐的神殿，放在神殿的门槛上，其他的事情你就不用管了。因为他是我的儿子。"赫耳墨斯按照阿波罗的吩咐，一一照办了。并且，他还打开箱子，以便让人容易发现这个小孩。

第二天太阳升起时，得尔斐的女祭司走向神殿，突然发现睡在小箱子里的婴儿。她认为这是一个私生子，便想把他从门槛上搬走。可是太阳神却使她的内心产生了怜悯之情，她就收留了这个孩子，带在身边抚育。孩子终日在神坛前玩耍，却不知道父母是谁。他一天天长大,渐渐长成了一个高大英俊的少年。得尔斐的居民都把他看作神庙的小守护者,让他看管献给神的祭品。

这时,雅典人与邻国发生激烈的战事。如果不是因为一个叫苏托斯的外乡人的帮助,结果就不会是雅典人获胜了。苏托斯是丢卡利翁的后代。为了答谢他,国王同意了他向克瑞乌萨的求婚。这件事大大激怒了太阳神,他暗中破坏,所以这对夫妻结婚多年还没有孩子。老国王等不及了,他渴望抱外孙呢。没有办法,克瑞乌萨决定去得尔斐神殿求子。

克瑞乌萨公主和她的丈夫带着一群仆人动身了。一行人来到得尔斐神殿时,阿波罗的儿子正跨过门槛,用桂花树枝装饰门框,他看见了这位高贵的夫人。她一见神殿就禁不住掉泪。他小心翼翼地问她为什么悲哀。

"我不想了解你的伤心事,"他说,"不过,如果你愿意的话,请告诉我,你是谁,从什么地方来?"

"我叫克瑞乌萨,"公主回答说,"我的父亲是厄瑞克透斯,是雅典的国王。"公主沉默了一会,知道年轻人是神殿的守护者,就告诉他说:"我是苏托斯王子的妻子,同他前来得尔斐,祈求神祇赐给她一个儿子。"

"你没有儿子,真是不幸呀!"年轻人同情而又伤心地叹息着。

"是啊,太不幸了,"克瑞乌萨回答说,"我非常羡慕你的母亲,能够有你这么一个聪明伶俐的儿子。"

"我不知道谁是我的母亲和父亲,"年轻人悲伤地说,"神殿的女祭司抱养了我。所以,我就住在神殿里,成为神的仆人。"

公主听到这话,心里怦然一动。她沉思了一会,然后心疼地说:"我认识一个妇人,她的命运跟你的母亲一样,我是替她来祈求神谕的。因为你是神的仆人,我就告诉你她的秘密。那位夫人说,在她和现在的丈夫结婚之前曾经跟伟大的阿波罗交往甚密。她没有征求父亲的意见便跟阿波罗生了一个儿子。女人将孩子遗弃了,从此就不知道他的音讯。"

"这是多少年前的事情?"年轻人问。

"如果他还活着,正好跟你同龄。"克瑞乌萨说。

正说着,苏托斯高高兴兴地跨进神殿,向妻子走来。克瑞乌萨便中断了谈话。

"太阳神给了我一个吉利的消息,他说我会带着一个孩子回去的。咦!这位年轻人是谁?"苏托斯问。

年轻人走上一步,谦恭地回答:"我只是阿波罗神殿的仆人。这里即是圣地,人们就在这里听取女祭司的神谕。"苏托斯听到这里,便在祭坛前祈祷不已,然后连忙走进圣殿里间听取神谕。年轻人仍在前庭守护着。

不一会儿,圣殿里间的门开启了,苏托斯王子兴冲冲地走了出来。他狂热地抱住年轻人,连声叫他"儿子"。年轻人不知道发生了什么事,以为他疯了,便冷漠地用力将他推开。可是苏托斯并不在乎。"神已给我启示,"他说,"神谕明白地说了:我出门遇到的第一个人,便是我的儿子。什么原因,我并不明白,因为我的妻子从来没有生过孩子,可是我相信神灵。”

听完这话,年轻人也大为高兴,不过他还有些不安,他不知道苏托斯的妻子是否愿意认他为儿子,因为她不认识他,也没生过孩子。此外,雅典城会接受一个不合法的王子吗?但是,苏托斯竭力安慰他,答应不在雅典人和妻子面前认他为子,并给他起了一个新名字:伊翁,即漫游天涯海角的人。

这时,克瑞乌萨还在阿波罗的祭坛前祈祷,非常虔诚。但她的祈祷突然被女仆们打断了,她们跑来抱怨道:“太太,你永远得不到一个抱在怀里的亲生儿子。阿波罗赐给你丈夫一个儿子,一个已经长大成人的儿子。我们都认为那可能是他从前和另外一个女人生的。”

公主为自己悲哀的命运而烦恼。过了一会,她又鼓起勇气,打听这位突如其来的儿子的名字。“就是守护神殿的那个年轻人,你见过他,”女佣们回答,“他的父亲给他起了个名字叫伊翁。现在,他想悄悄地为儿子给神献祭,举行一个庄严的宴会。他不让我们告诉你,可是太太,我们看不过去!”

这时,众人中走出了一个忠诚的老仆人。他认为苏托斯王子不忠实,所以应该消灭这个私生子,以免他继承王位。克瑞乌萨想着自己已被丈夫和情人遗弃,悲愤难忍,就同意了老仆人的阴谋。

苏托斯跟伊翁离开神殿后,他们登上巴那萨斯的山顶祭祀酒神。之后,伊翁在仆人的帮助下在旷野上搭了一座华丽的帐篷。里面摆上长桌,桌上放满了装有丰盛食品的银盘和斟满名酒的金杯,排场豪华。苏托斯则邀请了得尔斐所有的居民前来参加盛宴。

帐篷里欢声笑语。饭后,走出一位老人,为宾客们敬酒。苏托斯认出他是妻子克瑞乌萨的老仆人,于是当着客人的面夸奖他的勤奋和忠诚。等到宴会终席、笛声吹起时,老仆人走近酒柜,满满地倒了一碗酒,趁人不注意时放入毒药,要祝贺小主人。

老人来到伊翁身旁,酒杯倾斜,往地上滴了几滴烈酒,算是祭祀。伊翁却在这时听见旁边站着的一个仆人不知道因为什么,轻声骂了一句。在神殿长大的伊翁知道,在神圣的祭祀仪式中这是一种不祥之兆,于是便把酒全倒在地上,又让人重新换杯斟酒,然后进行隆重的浇祭仪式。客人们一一照做。这时,外面飞进来一群神殿里长大的圣鸽,看到地上全是浇祭的美酒,都争相抢饮。别的鸽子喝过祭酒后都安然无恙,只有饮过伊翁倒掉的第一杯酒的那只鸽子拍扇着翅膀,摇晃着发出一阵哀鸣,不一会儿就抽搐而死。

伊翁愤怒地站了起来,紧握双拳,大声叫道:“老头子,你说,怎么回事?是你在酒里下了毒药,把杯子给我。”老人出人意料地承认了这一罪行,但把罪过推在克瑞乌萨的身上。听了这话,伊翁离开帐篷,客人们也个个义愤填膺,一齐跟在他的后面。在外面空地上,他对着天空高举双手,朝着四周围着他的得尔斐贵客说:“神圣的大地哟，你可以为我作证，这个异国的女子竟然想用毒药除掉我！”

伊翁率领愤怒的人群包围了克瑞乌萨，他要用石头砸死这个恶毒的女人。克瑞乌萨惊恐万分，紧紧抱着阿波罗的圣坛，这伟大的神曾是她亲爱的丈夫。但在神庙工作的伊翁以为自己有特权，竟然把她从圣坛下揪走。天上的阿波罗终于看不下去了，他向女祭司的头脑中闪电般地注入灵感。女祭司立刻拿出了珍藏多年的襁褓和首饰。亚麻布襁褓上墨杜莎头的图案和珠串表明，伊翁正是克瑞乌萨当初遗弃的儿子。这时天空神光闪烁，智慧女神亲临作证，于是未遂的屠杀陡转为盛大的喜庆。

驾太阳车的法厄同

克吕墨涅是埃及国王米罗普斯的妻子，但她和自己情夫阿波罗依然藕断丝连，关系暧昧。她同阿波罗生了一个儿子名叫法厄同。作为一个私生子，法厄同和其他离婚父母的孩子一样，来往于父母之间。他时而生活在母亲克吕墨涅的宫殿，有时又去父亲阿波罗的王宫。他从小就被父母宠爱纵容，娇生惯养，自己却从不知足，变得越来越任性。当他刚满十八岁的时候，母亲克吕墨涅又一次把他送到他父亲的王宫里。

太阳神宫，屹立在云彩之中，有十二根华丽的圆柱支撑着，殿前镶着黄金和宝石。墙头的飞檐嵌着象牙，银质大门上雕着花纹和神像。法厄同跨进宫殿，要找父亲谈话。但他不敢太靠近，因为父亲身上散发着一股炙人的热光，他受不了。

阿波罗正襟危坐，正要对下属说话，突然看到儿子来了：“法厄同，你来了，非常好。我正在想念你呢，你妈妈的身体还好吗？”他亲切地问道。

法厄同看上去十分生气，满面怒容，也不回答父亲的问题，半天才气冲冲地说：“父亲，你告诉我，我是不是你的亲生儿子？”

太阳神非常吃惊，不知道儿子为什么会问这个尴尬的问题：“法厄同，你怎么胡思乱想呢？你当然是我的儿子。”

“如果我是你的儿子，为什么下面总是有人嘲笑我，说我完全胡扯，说我不是天神的儿子，是一个杂种！再说，我叫你父亲，为什么下面还有一个人，我也叫父亲呢？别人的父母都在一起生活，可你居住在天上，母亲却躺在别人的床上，这是为什么呢？”

法厄同的话，直指太阳神的痛处。太阳神无言以对，只好大声地怒喝道：“你这个调皮的孩子，别人胡说，你就相信了。你要不是我儿子，我会让你在宫殿里自由来去吗？”

“父亲，你能证明我是你的儿子吗？”法厄同热切地望着父亲。

阿波罗收敛围绕头颅的万丈光芒，吩咐儿子靠近些。他抱着儿子，说：“儿子，你不是从你母亲那里知道事情的真相了吗？为什么还老是要怀疑呢？为了证明你是我儿子，你今天提出什么要求，我都不会拒绝！”

话没说完，法厄同就一下子跳了起来。一大早上，他折腾来折腾去，就是为了这句话。此前的话语是早就编造好了的。因此，父亲话一落地，他立即就说：“父亲，你太好了。现在我相信我是你的儿子了。我一直以来都有一个小小的愿望，希望你能给我一天时间，驾驶你的那辆太阳车！”

听了这个只有狂人才会提出的要求以后，阿波罗吓得面如土色。但是，一言既出，驷马难追。他既然作了轻率的许诺，也就不得不满足儿子的欲望了。

炽热的太阳车套上了四匹烈马，法厄同紧握缰绳。

“儿子呀，一定要小心谨慎，”阿波罗叮嘱儿子说，“这几匹公马不好驾驭。要紧握绳子，千万别鞭打马儿。否则，你就会后悔莫及。”

“不会的，父亲。我已经不是一个小孩了。我力大无比，机灵过人。在米罗普斯最近组织的竞技大会上很多竞技名将都不是我的对手。”

“法厄同，我并不怀疑你的力气很大，”阿波罗回答说，“但是，你没有驾过这样一辆车子。你太自信了，要当心！”

不知不觉中，天已破晓，东方露出了一抹朝霞。星星一颗颗隐没，新月的弯角也消失在天边。这个年轻人好像没有听到父亲的话，他嗖的一声跳上车子，兴冲冲地抓住缰绳，朝着忧心忡忡的父亲点点头，飞走了。

马蹄踩动，群马嘶鸣着起程了，奋勇地冲破了拂晓的雾霭。奔跑了一阵，马匹就感觉到了异样，似乎换了一个人。套在颈间的轭具轻了许多，而车身在空中颠簸摇晃。意识到了变化，这些辛劳多日的马早就不耐烦缰绳了，它们离开了轨道，撒欢儿地奔跑起来。

法厄同颠上颠下，感到一阵颤栗。他不知道朝哪一边拉绳，也找不到来路，更没法控制撒野的马匹。当他偶尔朝下张望，发现自己高悬在空中时，他紧张得脸色发白，双膝也抖了起来。他不由得松掉了手中的缰绳。马匹非常高兴，漫无边际地在空中乱跑，一会儿高，一会儿低，有时触到了恒星，有时又险坠山谷。

它们掠过云层，低飞在空中。云彩直冒白烟；大地因灼热而龟裂，水分全蒸发了；草原干枯，森林起火，大火蔓延到了平原；耕地成了一片沙漠；大海急剧凝缩，原来的浅海海底成了干巴巴的沙砾；赤道地区居民的皮肤都被烧成了黑色。

陷于困境的人类走投无路，只好求救于宙斯。宙斯接到了各地受害者的报告，发现了灾难的原因。宙斯立即从奥林匹斯山上击出一道电光，法厄同应声落地。他的身躯也着火了，坠落在厄里达诺斯河里。法厄同是头朝下跌落的，燃烧的头发化为流星，掉落的轨迹成了银河，太阳车的两个轮子落下来，变成了南极圈和北极圈。

被神诅咒的尼俄柏

在今天希腊底比斯古城遗址的山坡上,有一尊巨大的岩石样子的女子塑像。这位女子容貌秀丽,长发飘逸。她的面容非常悲伤,而令人惊奇的是,塑像的眼睛断续流出一些清澈的水流,好像人的眼泪一样。

这个雕像就是底比斯王后尼俄柏。传说,流泪的塑像背后有着一个悲哀的故事。

尼俄柏是坦塔罗斯的女儿。父女两个人各有一个缺点:坦塔罗斯的缺点就是爱慕虚荣,常常在人前吹牛,而女儿,则十分骄横。当然了,坦塔罗斯有虚荣的资本:在被打入地狱以前,他经常出入天神宙斯的宴会。尼俄柏也有可以骄傲的权利,要知道,她的丈夫安菲翁是底比斯的国王,统治着一个强大无比的国家;她本人也是有名的美女,当年是许多翩翩少年的偶像。不过,她的七个英俊魁梧的儿子和七个漂亮迷人的女儿,才是她最值得夸耀的。

本来,尼俄柏夸耀儿女,其他人也都纷纷点头。毕竟她的这七对儿女太优秀了,不得不让人羡慕尼俄柏的好福气。可是,时间久了,其他人都烦了。但尼俄柏是一人之下万人之上的王后,她们心里不满,也只能埋在心里,表面上却不免顺着尼俄柏,把她的儿女夸耀得天上少有,地上也无。渐渐地,这些话让尼俄柏如饮醇酒,一天不喝一口心里就郁闷,同时,她自信心大涨,竟然把自己和神仙相提并论,她觉得自己怎么也比勒托那个女人要高贵。

尼俄柏觉得自己最不服气的就是勒托。这个蠢女人,不就是和宙斯结合,生了一对双孪生兄妹阿波罗和阿尔忒弥斯而已。论起来,自己也是神的后裔,宙斯天神不是自己的祖父吗?这个贱女人,当年为了逃脱赫拉的追捕,在陆地上几乎找不到一块生养孩子的地方,只有漂浮的提洛斯岛怜悯她,才给她提供了临时的住处。这个女人,才生了两个子女,可自己却生了七儿七女,男子个个英俊潇洒,女儿则美貌无比。她想不明白,为什么世界上这么多愚蠢的女人竟然祈祷跪拜一个贱女人,竟忽视了她这个高贵端庄的王后。这些人真是瞎了眼!

许多人都知道了王后对勒托的鄙视。安菲翁是一个神祇的信徒,他私下里规劝妻子:“亲爱的尼俄柏,你为什么要把自己和女神相比,亵渎神灵呢?你要小心,谨慎神的惩罚!”

不久,听完丈夫的话,尼俄柏非常恼火,把丈夫大骂了一顿。可是谁知道,安菲翁的话很快就应验了。尼俄柏的狂妄自大传到了女神勒托的耳朵里。这一天,底比斯城祭奠女神勒托和她的子女。女神带着自己的一对儿女,乘坐云团,来到了底比斯城的上空。

底比斯城的妇女都涌了出来,在占卜家提瑞西阿斯的女儿曼托的指引下露天献祭。可是祭祀到了高潮的时候，光彩照人的尼俄柏站了出来，她大声说：“你们疯了吗，竟然相信一个无耻的骗子！这一切，真是太愚蠢了。我不知道你们为什么朝拜一个根本不了解的女神勒托，却不相信站在你们面前的这个人。你们与其把献祭品给勒托，为什么不向我顶礼膜拜？我的父亲是赫赫有名的坦塔罗斯。我有七儿七女！那个勒托，一位提坦神的不知名的女儿，一共才生了两个孩子，真可怜啊，才是我的七分之一。我感到自己强大得连命运女神都对我无能为力！你们撤掉祭品！赶紧回家去！伺候丈夫才是你们最正当的工作。再不要让我看见你们做这类蠢事！”妇女们遵命回去，这场神圣的礼拜被搅乱了。

站在云头的勒托气得浑身发抖，她对自己的儿女说：“孩子们，你们看到这个狂妄的女人了吧！你们必须保护我，否则就没人朝拜我了。我走了，至于怎么惩罚那个女人，你们自己决定。”

话一说完，女神掉头走了，留下了这对兄妹面面相觑。太阳神望着妹妹，问道：“妹妹，这个坏女人欺负我们的母亲。你打算怎么惩治这个人？”

“这还不好办。她不是夸耀自己有七个儿子，七个女儿吗？把他们杀了，不就一了百了吗？”

太阳神同意了这个安排。兄妹二人都隐身在云层背后，随时等候着机会。

底比斯城门外，一片宽阔的平地里，尼俄柏的七个儿子正在那里嬉戏。有的骑马，有的比武。大儿子正骑着快马绕圈奔驰，突然，他双手一抬，缰绳落了下来，一支飞箭射中他的心脏，他从马上跌落下来。他的一个兄弟看到身后的飞箭正向自己这边飞来，吓得伏鞍就逃，可还是没能逃脱，被飞箭正中后背，当场毙命。另外两个也被飞箭一一穿透射死。老五看到四个哥哥倒地身亡，便惊恐地赶了过来，抱着哥哥冰冷的肢体，不料胸口也遭到阿波罗致命的一箭。第六个儿子是个温柔的、留着长发的青年，他被射中膝盖。当他弯下腰去，准备用手拔出箭镞的时候，第二箭从他口中穿过，他血流如注，倒地而亡。第七个儿子是个小男孩，他目睹了这一切，跪在地上，伸开双手，哀求着。他的哀求声尽管打动了可怕的射手，可是射出的利箭再也收不回来了。男孩噗的一声倒在地上死了。

不幸的消息很快传遍了全城。国王安菲翁听到噩耗，悲伤过度，悲痛之下拔剑自刎而死。受到严重打击的尼俄柏昏了过去，当她清醒过来以后，看到的只有停留在棺材里的七具冷冰冰的尸体。巨大的悲痛，压抑着她的喉咙，她低声地喊道：“勒托，你这个恶女人！我的儿子都死了，你该满足了吧？”

尼俄柏明白了神的威严，可是一看到围上来的穿着丧服的七个女儿，她心里的愤怒冒了出来：“勒托，你这个恶魔。来吧，我死了七个儿子，可是我还有七个漂亮的女儿。继续杀吧！我们家族的人从来都不害怕。别忘了，我现在就是只有七个女儿，可是还比你多！”

话没说完，一声弓弦急响，站在棺木边的七个女孩子中最高的一个倒下了。随后，又是几声让人惊悚的弓弦之声。她的七个儿女都死了。一个尸体倒在了尼俄柏身边，一个被射倒在逃跑的路上。最小的那个躲在母亲的怀里，死不瞑目。

尼俄柏孤零零地坐在丈夫和儿女的尸体中间。她伤心得都失去了知觉了，两只眼睛直愣愣地注视着灰暗的天空。那里，云朵悠悠，杀人凶手早就不见了。尼俄柏一直注视着天空。她的生命慢慢离开了躯体。躯体僵硬了，她成了一块冰冷的石头，全身完全硬化，只有眼睛里不断地淌着眼泪，倾诉着她心中无尽的悲伤。

天之骄女阿尔忒弥斯

阿波罗的妹妹阿尔忒弥斯和哥哥是一对孪生兄妹。他们出生的时间只有几分钟的差距。两个婴儿落地之后，就能说话，活蹦乱跳的。他们之间还互相争当老大，一个不肯叫对方哥哥，另一个一定要叫对方妹妹。争争吵吵，一直闹到了他们的母亲面前，由母亲发言，才最终确定了他们的关系：阿波罗早生十分钟，是哥哥，而阿尔忒弥斯则是妹妹。

阿尔忒弥斯

他们长大之后，成了奥林匹斯山上的正神。哥哥阿波罗成了主管白昼的太阳神，而妹妹则是月亮的主宰。她出入随身带着弓箭，而且跟阿波罗一样有本事让凡人暴死或得瘟疫，也有医治他们的妙手回春的手段。她还是幼小儿童和一切哺乳动物的保护神。与女战神雅典娜一样，她酷爱狩猎，尤其喜爱打鹿。

三岁的时候，有一天，她坐在父亲宙斯的腿上玩乐。考虑到她的生日就要来临了，宙斯便问她想要什么样的礼物，阿尔忒弥斯深思熟虑过似的，立刻回答："父亲，我的要求很简单，请赋予我永恒的童贞。我还要有和我哥哥阿波罗一样多的名字，我常去打猎，需要有和他一样的长弓和利箭。哥哥他主管太阳，我也要司光明的职责。一件橘黄色镶红边的、长达膝盖的、打猎时穿的短袖束腰外衣，还要六十个年龄较小的大洋女神当我的侍从，二十个克里特岛阿姆尼苏斯河女神。在我不狩猎的时候，她们替我保管皮靴喂养猎犬。对了，还赐给我世上所有的山峦。最后，随你高兴给我一座城市，一座就够了，因为我打算大部分时间都住在山上。还有，分娩中的妇女常常会祈求我的保佑，我母亲勒托怀我生养我的时候都毫无痛苦，因此让我做分娩妇女的保护神。"

她一看自己的父亲宙斯犹豫着，就举起小手去摸他颌下一丛茂密的胡子。宙斯乐了,笑眯眯地说:“乖女儿,你真是父亲的骄傲。尽管赫拉会嫉妒你,可是为了你,我不在乎她的怒火了。你的要求会得到满足的。不过,除了这些,我还要赐予你更多的。你得到的城池不是一座,而是三十座,还要分管大陆和群岛,我任命你为大陆和群岛上的道路与港口的保护神。”

阿尔忒弥斯听了,从他腿上一跃而下,一下子跪倒在父亲面前,感谢父亲的慷慨。然后,她马上去了克里特岛的琉卡斯岛,辗转到了大洋河,挑选了无数神女当她的侍从,这些神女的母亲欢天喜地送女儿上路。

得到了侍女,阿尔忒弥斯就接受赫菲斯托斯的邀请,去利帕拉岛访问独目巨人。到了那儿,才发现他们正在为海神波塞冬锻冶马槽。布戎忒斯已经接到了铁匠之神赫菲斯托斯的指示,要给阿尔忒弥斯制作武器装备。阿尔忒弥斯叫独目巨人们把波塞冬的马槽暂时搁下,先给她做一把银弓和一袋箭。如果他们答应她的要求,作为报酬,他们可以吃到她射倒的第一头猎物。她拿着打好的弓箭又去找了阿卡迪亚。牧神潘送给她三头垂耳狗,两头杂色狗和一头花斑狗,还送她七条迅若疾风的斯巴达狗。

阿尔忒弥斯提了两对带角的红色雌鹿,用金嚼子把它们套在一辆金色的车子上,赶着它们向北走,越过色雷斯的哈厄本斯山。她在奥林匹斯山砍削出她的第一根松枝火炬,利用被闪电击过的树的焦炭把火炬点燃了。她四次试用了银弓:头两个目标都是树木,第三次射了一头野兽,第四次对准了一座城市里不正义的人。

接着,她回到希腊。阿姆尼苏斯神女为雌鹿卸套,替它们按摩,用赫拉牧场上生长的、宙斯的骏马食用的、能使牲口吃得肥长得快的三叶草喂养它们,并且让它们在金光闪闪的槽子里饮水。

变身为鹿的阿克特翁

底比斯的国王卡德摩斯在建国的过程中,曾经杀死过一条恶龙。他不知道这条恶龙是战神阿瑞斯的宠物。他的这一行为,当然惹怒了一向脾气暴躁且好战成瘾的战神阿瑞斯。他发下神谕:要让卡德摩斯国王全家不得安宁,儿女子孙都要横死。

许多年过去了。当年年轻的国王已经成了老人,而他的儿子阿克特翁已经成长为一个英俊的小伙子。他生性好动,喜欢游山玩水,打猎更是他的一大爱好。他常常呼朋携友,呼啸山林,整天嘻嘻哈哈,根本不知道厄运就要降临到他的头上。

时值正午,赤日当头,阿克特翁和他的朋友追逐了一大群麋鹿之后,都有些疲劳了。他对陪着他在山中猎鹿的小伙子们说:“朋友们,我们的网袋和弓箭都已被打到的猎物弄得血迹斑斑了,今天玩得够高兴了,明天接着再干。现在天气太热了,地面都晒得滚烫,咱们还是卸下装备,尽情地休息吧!”

这座蜿蜒千里的山脉里,有一座松柏环绕的山谷是女神阿尔忒弥斯的圣地。山谷尽头是个岩洞,岩洞天然自成,岩石在拱形洞顶精巧地排列着,仿佛是能工巧匠雕琢出的拱门。一股温泉从洞的一侧涌出,聚成一个清澈的池塘,塘边碧草如茵。女神狩猎归来,经常到这里休息散心,而晶莹的泉水,更是她沐浴梳妆的最好地方。

就在这天,正当女神痛快淋漓地在温泉的水池子里沐浴梳妆之际,阿克特翁鬼使神差地来到这里——他方才离开了小憩的伙伴独自一人信步闲游。好奇心驱使他跟着一只野兔来到了圣地。他发现了一个山洞,于是弯下腰来直接就往里闯。可他刚进入洞口时,就被水泽仙女们看见了,发现一个个子高大的男人闯了进来,仙女们尖叫着,下意识地扑向女神,想用她们的身子把女神遮住。

可是,阿尔忒弥斯太高大了,要比她们中最高的都高出一头不止。这个鲁莽的男人不告而入,让她羞愧难当。她面红耳赤,就像落日涂染的云朵。她虽然被神女们团团围住,可是她毕竟是勇敢的阿尔忒弥斯,很快就克制住了羞怯,习惯地转身去取挎在腰上的弓箭。但是,她现在赤条条的,一无所有,武器都在岸边的石头上。没有了武器,她便撩起池水朝闯入者脸上泼去,大声说道:“你见到了赤身裸体的阿尔忒弥斯!看我怎么处置你!”她口里念念有词,手头一指,说一声“变”,说时迟,那时快,还没明白怎么回事的阿克特翁头上就长出了一对生叉的鹿角,他的脖子拉长了,耳端变尖了,双手变成蹄子,双臂成了长腿,全身长出一层花色斑斓的毛皮。

变成了鹿的阿克特翁,又慌又乱,一身的英雄锐气顿时消失。他惊恐万状,掉头便跑,一路逃到了河边,才停下了步子。他大口地喘着气,喝水的时候,在波光粼粼的水面上,他看到了自己长着鹿角的影子。他悲从中来,不由得想痛苦地大喊一声:“上天呀,为什么要这么惩罚我?”可他张开嘴,却发不出人声,而是一连串自己都感到陌生的声音。他痛苦地呻吟着,泪水顺着那已不再是人形的脸淌了下来。

他不知道自己该往何处去。回到宫里去吧,他感到羞愧,隐居在树林中吧,他恐惧万分。正在他踌躇不定的时候,却被他带来的那群猎狗发现了。他圈养的那条烈性狗狂吠一声,发出了信号,接着他的朋友帕姆法古斯、多尔科斯、勒拉普斯、塞隆、那佩、提格里斯和其他的猎狗也都迅若疾风地朝他扑来。他在前面逃,狗在后面紧追不放,越过岩石峭壁,穿过峡谷绝径。就在从前他鼓动狗群追逐麋鹿的地方,如今他的伙伴们怂恿着狗群追逐着他。他想高喊:“我是阿克特翁,快认清你们的主人!”但他发不出字音。狗吠声震荡山谷。很快,一条狗扑到他的背上,另一条咬住他的肩膀,它们把主人给擒住了,其余的狗蜂拥而上,在他身上到处撕咬起来。他哀鸣着——发出的不是人的声音,但也绝不是鹿鸣——他跪倒在地,举目向天,他真想伸臂祈求苍天,但他没有了双臂。他的朋友和同来的猎人们一面撺掇着群狗咬他,一面四处寻找阿克特翁,呼唤他来看这场好戏。他听到自己的名字就转过头来,听见朋友们为他不在场而深感遗憾。

他多么希望自己真的不在场!看着狗群撕咬猎物是件快事,但挨它们的撕咬却可真要命。直至他被狗群撕成了碎块而呜呼命绝，阿尔忒弥斯的怒气才消了下去。

海神之子俄里翁

波塞冬的儿子俄里翁，是个年轻英俊的巨人，他臂力过人，喜欢打猎。由于他是海神之子，因此一生下来，他便有破浪前进的神奇本领，在波涛汹涌的水面上，也能如履平地。靠近海边的居民们，在风平浪静晴朗的日子里，经常会看见一个黑点出现在远方的海面上，越来越近，到了近处，才看清是一个年轻的巨人。他穿着鲸鱼皮质的猎装上衣，牛皮短裤，一根五彩斑斓的水蛇皮腰带，精赤着钢块似的肌肉。他站在水面上，随着微浪一起一伏，朝吓呆了的渔人们轻轻一笑，然后朝森林飞去。

俄里翁已经二十多岁了。他看到人们都成双入对，非常羡慕。可是波塞冬给他提亲的姑娘，他却都一一拒绝了，包括美丽的森林女神。他父亲感到非常奇怪。有一天波塞冬生气了，因为儿子又拒绝了一门亲事。他恼怒地问儿子，说："你这个混蛋小子究竟是怎么回事？你老是拒绝人们的提亲，再这样下去，就再也没有媒人上门来了。这门亲事，我看很合适，我答应了，你不答应也不成。我马上为你办理婚事，你除了接受，没有别的出路，否则我就不当你是我的儿子！"俄里翁一向都很羞涩，可是这次却大胆地说："父亲，我喜欢希俄斯国王俄诺庇翁的女儿墨洛珀，让我娶她为妻吧。"海神一听，不是自己的儿子不喜欢女人，而是已有了心上人，那他就放心了。他说："有了心上人，你为什么不早说呢？你去向俄诺庇翁提亲吧。"儿子点了点头。

俄里翁是如何遇见墨洛珀的呢？相当偶然。那是在一次打猎回来的路上，他在大路边的一棵树下歇息。不一会儿，路上来了一辆华丽的大马车，马车的帘子打开，两个少女坐在前面指指点点，后面则是护卫的士兵。马车经过他身边的时候，两个少女都吃惊地看着这个身材高大、英俊潇洒的猎人，其中一个美丽的少女不由露齿微笑了一下。俄里翁从来没有见过这么漂亮的人儿，他不由得张开了嘴巴，紧盯着她。这副傻样，自然招来了士兵们的嘲笑。马车过去了，他还木立在那儿。过了一会，他反应过来，就紧紧追赶这伙人，发现他们进了王宫，进一步打听才知道那个少女就是国王俄诺庇翁的女儿墨洛珀。

俄里翁知道了墨洛珀的身份，并爱上了她。但他很害羞，不知道怎么办。现在有了父亲的支持，他就壮起了胆子。于是，他去见国王俄诺庇翁，向他的女儿求婚。国王刚开始本能地拒绝了他，可是看到他健壮的肌肉，国王犹豫了，就盘问起他的身世背景。知道他是海神之子之后，国王不由得暗吸了一口冷气，说："你可以娶我的女儿，可是要有代价的。这样吧，你不是一个猎手吗？现在，我们国家西北山区里有猛虎害人，你去帮我消灭它吧。"俄里翁转身就走，不到一天，就提了一只血淋淋的老虎放在国王面前。可是国王还没有答应，又说某地有一条恶龙骚扰百姓，要求他去除害。俄里翁一一照办，希俄斯国的所有的害虫恶兽都消灭在俄里翁的手里。全国上下都知道他的名字，连墨洛珀也知道了整个事情。她已经爱上了他，可是她的父亲却一直拖延着，找各种借口，想否决这门亲事。这件事情连憨直的俄里翁也看出了端倪，不过，他仍然不放弃。这个时候，他已经和墨洛珀相当熟悉了。两个人感情炙热，一天晚上，他就留在了墨洛珀的寝宫里。

这一切没有瞒过国王，有一个多嘴的侍卫告诉了他。他表面不动声色，可是内心里却把女儿恨死了，对俄里翁更是恨得咬牙切齿。第二天天一亮，他就亲自等在女儿的宫殿外。俄里翁一出来，国王就拉他去喝酒，好像他们已经是女婿和岳父的关系了。俄里翁很不好意思，但心里窃喜，以为国王接受了他。喝酒的时候，他杯来必干，不久就喝醉了，趴在桌子上。这个时候，国王脸色一沉，喊来了侍卫。俄里翁的双眼被弄瞎了，然后又被丢在海滩上。

酒醒后的俄里翁眼睛疼痛，双目失明，什么也看不见，他不知道自己该往哪里走。可是，他的耳朵很好，万籁俱寂中，他听见了打铁的声音，于是他顺着打铁的锤声来到利姆诺斯，摸到了铁匠之神赫菲斯托斯的铁匠炉前。

赫菲斯托斯十分同情他的遭遇，就派自己的徒弟铁匠克达利翁做他的向导，去找太阳神求救。俄里翁让克达利翁骑在自己的肩上，朝着东方走去。他找到了太阳神，阳光使他恢复了视觉。太阳神看到俄里翁十分可怜，又精通狩猎，就把他送给了自己的妹妹月亮女神阿尔忒弥斯。

自此以后，俄里翁就做了阿尔忒弥斯的一名猎手。由于他年轻英俊，打猎的本领相当高强，颇得阿尔忒弥斯的宠爱。太阳神听妹妹的侍女说，她准备要嫁给俄里翁，心里感到不舒服。一个瞎子，被好心收留了，竟然敢打自己妹妹的主意！于是，他没事找事，经常劝告妹妹，但阿尔忒弥斯正处于热恋当中，哪里听得进去呢？太阳神觉得只有除掉俄里翁，才能保持妹妹的贞洁。有一天，阿波罗见到俄里翁在水中行走，水面上只露出他的头顶。他就指着这个黑点和阿尔忒弥斯打赌说，她一定无法射中漂在水面上的这个东西。女神箭手当然不服气，射出了万无一失的箭，命中目标。波浪将俄里翁的尸体冲到岸上。阿尔忒弥斯知道自己犯了无可挽回的错误，伤心得痛哭流涕。为了赎罪，她把俄里翁安置到星宿中去，这就是猎户座。

关于俄里翁的死还有另一说法，这一说法与一只蝎子有关。俄里翁成了阿尔忒弥斯的猎手后表现得很好，慢慢地，他就有点得意忘形了，说自己可以杀尽天下猎物。他这话让太阳神阿波罗听到了，非常不满，觉得他简直太狂妄了。而且阿波罗还听说了关于他和自己妹妹的风言风语，他怕身为处女身的妹妹会真的喜欢上这个猎人，决定借刀杀人，除掉这个俄里翁。于是，他就把俄里翁"杀尽天下猎物"的话对大地之母该亚说了。这让大地的保护神很生气，于是派出一只蝎子追赶俄里翁。面对蝎子，俄里翁的箭术毫无用处，反而被蝎子在脚上狠狠地蜇了一口，中毒倒地。这时，神医受月亮女神派遣来到俄里翁身边，踏死蝎子，准备救活他。可是天神宙斯却站在太阳神一边，一个霹雳，把俄里翁送入了冥界，不得复生。月亮女神把俄里翁的映像送上星空，成为猎户座，而毒蝎的映像则成为天蝎座。两星相对，一星出现，另一星就沉落，它们不会同时出现在夜空之中。

敢跟雅典娜竞技的阿拉克涅

阿拉克涅是一个农村普通姑娘。她身材高大，体态庄重。相比普通脸蛋，她有一双灵巧能干的手，最喜欢终日伏在织机上织布。她先纺出细细的带有光泽的线，随后把线引到织机上，开始织布。她用纤细的十指，迅速而又灵活地来往投掷着梭子，于是，一匹匹精致的布在她的手下诞生了。她微笑着伸手抚摸柔软而光滑的布匹，得意地欣赏着。一天的劳累烟消云散。显然，没有任何妇女能够织出这样好的布匹，她十分骄傲，都有点得意忘形了。有一天，她甚至大声地说："无论是凡人还是伟大的雅典娜女神，没有谁能在技术上超过我。"

要知道，是雅典娜教会人类织布的，她听到了这句话，当然十分生气。一个普普通通的凡人姑娘胆敢说出这种话！雅典娜有心挫挫她的锐气。她乔装打扮，变成一个扎头巾的老妇人，降落到阿拉克涅居住的村庄里。她来到阿拉克涅家的门口，从阿拉克涅家敞开的门望去，只见姑娘正坐在织布机旁，一边织布一边唱着歌。梭子如风飞舞着，发出和谐的音响。

老妇人走进屋，用老年人沙哑的声音说道："你这活计做得真漂亮，我的姑娘。真是托不朽的雅典娜女神的福啊！是她，雅典娜，把织布机赐给妇女们，并从她所掌握的技艺中，拿出一点点，教给了你们。"

阿拉克涅望着她，撇撇嘴，微微一笑："你是说，这只是她的技艺中的一点点吗？难道雅典娜女神能织出这样好的布来吗？你瞧瞧这活计！"随后她用一个利索的动作抛出梭子，停下工作让老妇人瞧她的活计。但老妇人却摇摇头说："我的姑娘，你可别说这种话！有谁什么时候能够超过众神啊？我不是说了吗，你的活计不错，但怎么能够和那些出自永生的神祇之手的活计相比呢？"

阿拉克涅微微摇了摇头，嘲弄般地竖起了双眉，她几乎不想搭理这个什么也不懂的老家伙。不过，她还是耐心说道："你这样认为吗，老妈妈？"她重新开始抛梭织布，"遗憾的是，雅典娜听不见我们的谈话，否则让她来和我比一比吧！而我也真想看一看受到人们如此歌颂的雅典娜究竟技艺如何？"

"你真是这样想的吗？"老妇人问道。

"我既然这样对你说，当然不会担心。"姑娘毫不在乎地立即回答。

"我就在这里，"雅典娜说罢，脱掉破衣烂衫，现出了她的真正形象，"现在你还坚持要较量一番吗？"

阿拉克涅面对面地注视着女神，但并未被她那双盛怒的眼睛吓退，而是说："我还坚持。瞧,这个织机已经上好了线,准备就绪。”

雅典娜坐下来,开始织布。女神在女工活计上,已经达到出神入化的地步了。她双眉紧锁,在织机上操劳着,努力使织出的布完美无缺。在她织出的布上,可以看到协调一致、栩栩如生的画面。这是智慧和劳动的杰作。她织出了大地和大地上盛开着的鲜花和生长着的树木。其中一棵橄榄树,即雅典娜圣树,尤为醒目。她还织出了蔚蓝色的海洋和扬着风帆正在航行的船只。她织出的布越来越长,平展光滑,柔软轻薄,极其美丽:人们在田野里劳动,姑娘们在织布机上操劳着并唱着歌。这件杰作是那样迷人,使你感到仿佛布上会飘出阵阵悠扬的歌声,而织机上的纬纱就是那七弦琴的琴弦。随后,她还织出了战士们正在与侵犯的敌人英勇搏斗的场面。

雅典娜自豪地抬起了头。当然没有比这更美的佳作了。这样的作品,凡人的眼睛是不可能见到的。女神转过身去,望着阿拉克涅,看她的作品给阿拉克涅留下了什么印象。阿拉克涅妒忌雅典娜,顽固地坚持着,不肯认输。她固执地弯身伏在织布机上织了起来。她的双手来往如飞,近乎疯狂。在织出的布上,可以看到战斗、屠杀、燃烧着的火焰。在房子里,在田野上……看到的是由战争带来的恐怖景象。

姑娘微笑着抬起头看着女神,雅典娜心中燃起了怒火。她夺过阿拉克涅的作品,撕成了碎片,然后扔在姑娘的脸上,这种凌辱刺痛了阿拉克涅的自尊心,她不再微笑而是愤怒地跳了起来,示威似的站在雅典娜的面前。

女神迅速地用她的棍棒打在姑娘的肩上,顷刻间,这个漂亮的身躯开始痉挛,开始缩小,开始变黑,最后变成了一只大头细腿的乌黑的小虫子——蜘蛛。“任何个人主义者和任何愚蠢的挑战者,都将受到这种惩罚。”雅典娜大声地宣布,“活着吧,你这个愚蠢自大的女人。你将永远悬在空中,不停地织布,而且你的后代也必须遭受这种惩罚。”

从那时起,蜘蛛就一直不停地织网,而它的网又不断地被毁掉。它躲在角落里或灌木丛中,力求忘掉自己的耻辱。但不幸的境遇使它变得更加残酷,无论是苍蝇或是其他小虫闯进它的网中,它都会毫不怜悯地把它们杀死,吃掉。

得墨忒耳寻女

天神宙斯和他的弟兄们打败了那些巨人提坦并把他们一一放逐到塔耳塔洛斯。可是,旧敌刚去,又来新敌。他们是新近崛起的巨人堤丰、布里亚柔斯、恩克拉杜斯等等。他们尽管力大无穷,法力高超,可是却有勇无谋,自然不是宙斯的对手。他们都成了宙斯的俘虏,被残忍地宙斯活埋在埃特纳山下。那些巨人被埋入地下之后,还努力挣扎企图逃跑。他们的力量太大了,大地被震动了;他们的怒气穿过山顶,形成了骇人的火山。

当这些妖怪坠落地面时,山河震动,四海翻腾,就是远在地底的冥王哈里斯也吓了一跳。哈里斯觉得这番动静太大了,这样下去,自己的黑暗王国不是要暴露在光天化日之下了吗?他放心不下,停止了饮酒作乐,驾起他的黑马战车,开始巡视疆土,看是否有遭受损毁、难以修复的地方。他光顾着巡视王国,却没有注意到自己的行踪。他飞行时带起的大团黑云,让坐在奥林匹斯山上与儿子厄洛斯玩耍的阿佛洛狄忒女神看见了。

阿佛洛狄忒女神对儿子说:"儿子,拿起你那征服一切连神都不放过的利箭,射向那一团滚滚而来的黑云,让鲜血流出那位黑暗世界主宰者的胸膛,你要知道,他就是塔耳塔洛斯王国的统治者。为什么单单让他一个人逃脱呢?真是天赐良机,我们可以扩大影响。你难道没有看到天上也还有一些人瞧不起我们吗?智慧女神雅典娜公然蔑视我们就不说了,咱们斗不过她,可是为什么得墨忒耳的女儿也胆敢蔑视我们?如果你还关心你母亲的话,就给她们一点颜色看看,用一支箭把她和冥国君王结为一体!"

于是,小爱神解下箭筒,挑出了最锐利、最精致的一支,把带刺的箭对准哈里斯的心窝射去。哈里斯应声中箭,心中爱潮狂涌。他的马车在天空中轰轰隆隆地疾驶而去。

恩纳山谷林木深处有一个天然湖泊,景色优美极了。那里,浓荫挡住了烈日,潮湿的地面则为草木所覆盖,那是春神永久统治的地方。珀耳塞福涅正在附近和女伴们玩耍,采摘百合花和紫罗兰,经过此地的哈里斯对她一见倾心。乌云下倾,笼罩住了这个湖泊,等到烈日出现,女伴们发现珀耳塞福涅已经不见了。正是哈里斯把她劫持走了。

珀耳塞福涅被哈里斯夹在胳膊之下,她大声呼唤母亲和女伴前来救命,惊骇之中她松开围裙的一角,采得的鲜花纷纷坠落。珀耳塞福涅尽管已经成人,可是却有些孩子气,丢失了鲜花,她呼喊得更凶了,嗓子都嘶哑了。可是劫持她的强盗不管不顾,催马飞奔。他轻声地逐匹呼唤战马,放松缰绳,这些马奔跑得更快了,如同闪电,很快就抵达库阿涅河。滔滔的河水挡住了去路,归心似箭的哈里斯挥动三叉戟猛击河岸,大地为之崩裂,让出一条通往塔耳塔洛斯的道路。

珀耳塞福涅的母亲得墨忒耳发现女儿不见了,就四处寻找,走遍了天涯海角,最后又回到了出发地西西里。她站在库阿涅河边,茫然四顾。当时哈里斯就是在这里打开通道带着战利品返回地狱王国的。水泽女神了解一切,可是她不敢直说,因为她惧怕哈里斯,她只能冒着风险捡起珀耳塞福涅被劫持时丢下的腰带,借浪花把它送到母亲的脚边。看到腰带,得墨忒耳对女儿的丢失不再怀疑,可是她尚未弄清女儿消失的原因,就把罪过归咎于无辜的大地。"没有良心的土地,"她说道,"我一直使你肥沃,用草木和滋补的五谷给你做衣裳。现在你再也别想得到我的恩惠了。"于是,牲畜都死了,犁在地里断裂,种子不再发芽,日照太长,雨水过多,鸟类也把种子偷吃光了,地里只是长蓟和荆棘。

看到这一切,泉神阿瑞托萨就为大地求情。“女神,”她说道,“不要责怪大地。你要知道,它也是被逼迫的,它也是很不情愿让出通道的。我可以把她的遭遇告诉你,因为我看到过她。我在穿过大地的下半部时看到了你的珀耳塞福涅。她很伤心,但不再有惊慌的神色。她已成了哈里斯最心爱的王后,是地狱之国最美丽的新娘。”

得墨忒耳听到这些,目瞪口呆地站了一会儿。然后她调转战车向天国驶去,来到万神之主宙斯的宝座前。她向宙斯叙说了自己的不幸,恳求宙斯过问此事。她声称,如果哈里斯不归还女儿,她就要收回大地的一切生长能力。这使宙斯很担心:人类要是因此灭绝了,那么作为神还有什么意思!于是他答应了,但有个附加条件,即珀耳塞福涅在冥界逗留期间不得吃任何食物,否则命运三女神会禁止释放的。

宙斯派遣使者赫耳墨斯在春神的陪同下去向哈里斯讨还珀耳塞福涅。狡猾的冥王答应了。但糟糕的是,那少女刚刚接过一个哈里斯递给她的石榴,吮吸了果实的甜汁。这就足以使她不能得到彻底的解脱。不过后来双方互相妥协,她可以有一半时间跟她母亲待在一起,一半时间跟她丈夫哈里斯过日子。

得墨忒耳由于这种安排平静下来,恢复了她对大地的恩宠。珀耳塞福涅是负责谷物种子的女神,种子播到地里,无影无踪了——她被冥界神祇带走了;种子又出现了——她又回到母亲身边,春神把她领回来沐浴人间的阳光。

得墨忒耳教人耕地

得墨忒耳是天神宙斯的姐姐,珀耳塞福涅的母亲。由于小爱神受人唆使,分别射了冥王哈里斯和珀耳塞福涅一人一箭。哈里斯中的箭的箭头为红色,这会让人毫无理由地爱上他人,而珀耳塞福涅中的是黑箭,却是要拒绝他人之爱的。哈里斯苦追不上,就把珀耳塞福涅劫持走了。丢失了女儿的得墨忒耳四处寻找,找了九天九夜,虽已疲惫不堪、懊丧已极,却还没有任何消息。实在是难以支持下去了,她就坐到了一块石头上,不顾风吹雨打、日晒月沐,坐了九天九夜。

那里就是现在的埃莱夫西斯城的所在地。当时,有一个名字叫刻勒俄斯的老人,他正在田野里采集橡实和黑莓,还有用来烧火取暖的柴杆。天色不久就黑了下来,暮色围拢了过来,四周的景物朦朦胧胧地留下了轮廓,已经到了归家的时刻。于是,在她附近放牧山羊的小女孩赶着两头山羊跟着父亲刻勒俄斯,匆匆忙忙往家里赶去。当两人走过那块巨大的石头,见到了那个装扮成老太婆的女神。

小女孩就停了下来,对女神说:“婆婆”——这称呼对正处于失女悲痛之中的得墨忒耳听来十分甜蜜——“你为什么一个人坐在这块岩石上呢?”

小女孩的父亲也停了下来，尽管他背着很重的东西。他请得墨忒耳到他的农舍去，虽然他家不成样子。女神谢绝了。他非常可怜这个老太婆，就再三地请她进去坐一会儿。

“老先生，你赶紧去吧，”她回答道，“你该为有女儿而感到幸福，我失去了我的女儿。”她一边说，眼泪从面颊流到了胸部。富有同情心的父女俩也控制不住情绪，跟着她一齐哭了起来。之后他还是坚持道：“跟我们来吧，不要嫌弃我们的破屋子。天气太冷了，等身体暖和精神恢复了，再找你女儿吧。天神保佑，愿你女儿平安回到你身边。”

“那请带路吧，”女神被这对父女感动了，不再拒绝，“我不能再拒绝你们的好意了！”她从石头上站起来，跟他们一起走了。路上，他告诉她，他的一个孩子，他唯一的儿子，正病得很重，发着烧，睡不着觉。听了这些话，女神俯下身子拾了一些罂粟。

他们走入农舍，却发现人人沉浸于悲痛之中，原来那个男孩子病情加重，满脸滚烫，就要没救了。他的妻子墨塔涅拉尽管心情悲痛，还是和气地接待了得墨忒耳。女神来到了病人的身边，双手合十，祈祷了一下，然后俯身吻了吻高烧中孩子的双唇，那奄奄一息的孩子，马上面容红润起来，身体也恢复了健康，充满了活力。全家老小都欢天喜地。

他们摆好餐桌，放上奶油、乳制品、苹果和蜂蜜。吃饭的时候，得墨忒耳把榨好的罂粟汁混入男孩的牛奶里，让他喝下去了。喝完牛奶，刚才还活蹦乱跳的孩子，现在却睡眼惺忪，嘟噜着说困了，于是他就离开正在聊天的众人进去睡了。

夜深人静，全家人都沉入酣眠之中。这个时候，女神却站起身来，抱起了那个依然熟睡的男孩。她把孩子的四肢摆成一定的形状，然后大声地对他说了三遍庄严的咒语，又走到已经熄灭的火中把男孩放到灰烬里。一直关心男孩的母亲其实并没有睡着，她惊奇地注视着客人的举动，直到这时她才大叫一声，跳过去把孩子从火里抢了出来。得墨忒耳显出原形，灿烂的神光四射。惊醒的这家人非常惊讶，个个目瞪口呆。

女神说：“孩子的母亲，你爱你儿子，可你却不知道，你这样反而害了他，要不是你阻拦了我，我本来可以使你儿子变得长生不老的。尽管如此，他还是会成为伟大而有用的人。他将教会人类如何使用犁，如何通过劳动从耕种过的土地中取得收获。”说毕，她由彩云簇拥着，登上战车，飞驰而去。

后来，得墨忒耳找到女儿。由于天神宙斯的调解，珀耳塞福涅一半时间跟随母亲、另一半时间却跟着自己的丈夫哈里斯过日子，尽管不是很满意，女神还是接受了。

一天，得墨忒耳正坐在自己的宫殿里，忽然她记起了刻勒俄斯和他的一家，以及她对他的儿子特里普托摩斯许下的诺言。男孩长大到八九岁时，女神又来到了刻勒俄斯的家里，她耐心地教会了特里普托摩斯如何使用铧犁和进行播种。她让他登上她那辆由带翅巨龙拉着的战车，驶遍世界上所有的国家，把宝贵的粮种供给人类并向他们传授农业知识。特里普托摩斯回到家乡之后为得墨忒耳在埃莱夫西斯修建了一座宏伟的庙宇，并开始了对女神的崇拜，即埃莱夫西斯神秘祭典。在希腊，纪念得墨忒耳的祭典活动在气派和庄严方面都超过了其他一切宗教庆祝活动。

破坏森林的王子

厄里斯克托王子的父母非常溺爱他，纵容他，要什么就给什么。小王子从小就花天酒地、骄横贪逸。但是，他还觉得自己的父母不爱他。他虽然拥有大量金银首饰，珍贵的艺术品、高档家具，可是他还不满足。王宫里已经厅堂无数，可在厄里斯克托眼里，还嫌它太窄。

有一次，他决定建一间新餐厅，把王国里第一流的建筑师和艺术家给召来，为他设计图纸。然后他就召来当地的伐木工人。

“我需要好的建筑材料，”王子对伐木工人说，“你们现在就得到墨成耳林区去给我采伐橡树。”

伐木工人纷纷摇头表示反对，但没有一个人站出来说话。

“王子殿下，墨成耳林区是整个德萨利亚地区最好最美的橡木林了。”好半天，一个伐木工人鼓起勇气提出了反对意见。

“那又怎么样?”王子瞪着他。

“难道你一点也不爱惜它?”

“我召你们来是干什么的?不需要你们的意见。你们只要执行我的命令就行!”王子厉声说。可是，这些单纯而粗犷的伐木工人面面相觑，磨蹭着还是不肯动身。

“这个林区是献给女神的呀!”那个胆大的伐木工人反对说。

“山林仙女们通常是在那片林子里跳舞的!”另一个伐木工人小声附和。

“住嘴，你们这些大老粗懂什么!马上去给我采伐我要的橡树。如果你们胆敢违抗命令，小心你们的脑袋!”王子恶狠狠地骂道。

伐木工人被逼无奈，只好拿起斧头，往林区走去。到了林区，他们却怎么也下不了手。这片几百年历史的茂密树林是该地区的骄傲，也是王国的骄傲。他们站在那里，你看我我看你，不知如何是好。谁也不忍心下手。

过了一个星期，王子骑马在众臣的前呼后拥下来到了林区。

“怎么搞的，你们这些懒鬼，你们原来就是这样工作的吗?”厄里斯克托喊道。

“王子殿下，我们实在是不忍心呀!”伐木工人的队长高声说。

王子一下子抽出他的随身宝剑，剑在阳光的照耀下闪闪发光。他朝队长怒吼道:“你竟敢和我顶嘴。你必须立即砍掉这棵橡树。如果不听我的命令，小心你的命!”

王子下了死命令,这位伐木工人只好遵从。他举起斧头,同时嘴里发出可怕的“吭嗨”声,斧子落在树干上,血液立即从树皮的伤处涌出来。

这位工人马上扔掉斧子,跪倒在地说:“殿下,我求求您,您也看到了吧,砍这些树太危险了,是大逆不道啊! ……”

厄里斯克托见这位伐木工人竟敢不听命令,还一再饶舌,他二话不说一剑把这位可怜的伐木工人刺死。其他工人吓得面如土色,不敢再拖了,卖劲地干起来。一棵棵橡树倒了下来,鲜血流成了小河。

山林仙女们听到了斧子的砍树声,她们立即跑到林区,却看见整个林区遭到了空前的砍伐。

“女神啊,快来救救这些树哟。它们现在正在流血痛哭哇!”山林仙女们大声呼救。

“不要吵,不要吵!”女神得墨忒耳说:“我会尽力的。”

得墨忒耳摇身一变,变成了一个女祭司,出现在王子面前。

“你有什么权力到这里来亵渎神灵呢?”她质问厄里斯克托。

厄里斯克托没有认出山林女神,他趾高气扬地对她说:“这是强者的权利!”

女神得墨忒耳以一个女祭司的口吻说:“是的,我只是一个软弱的女性。但我请求你不要砍伐这片神圣的树林。你不是亲眼看见树木在流血吗?”

“那怎么办? 我要盖一间新餐厅。这些橡木很结实,很适合。我可不能因为它们流血就不盖餐厅了。”

厄里斯克托的傲慢和狂妄激怒了山林女神得墨忒耳,看来这个人已经无可救药,她决定惩罚他。

“那好吧,你就继续去建你的新餐厅吧,你很快就会很需要这个新餐厅的。”说完她就走了。当厄里斯克托看不见她时,她就对惶恐不安、前来打听消息的一位山林仙女说:“你去找饥饿神,请她把饥饿缠在王子身上。”

这位仙女立即执行女神的命令。饥饿神按照女神的指示,当天深夜就飞到正在熟睡的厄里斯克托的房间里,慢慢地钻进他的躯体里。

王子一觉醒来,饥肠辘辘。他叫人给他送一只烤乳猪,狼吞虎咽几口就吃完了,可是整整一只小猪进肚后,他仍然饿得发昏。

“这有什么要紧!”他高声说道:“再给我送一只烤绵羊来。”

仆从立即把烤绵羊送到他面前。这一天,他除了吃一只烤乳猪、一只烤绵羊以外,还吃了一整头烧牛。此后,他每天、每周、每月就是这样不停地吃、吃、吃,不间断地吃。他变得胖乎乎的,像个皮球,但是他总感到填不饱肚子。

他把家产都用来买食物,不久他的全部财产都花光了。于是,他把仆人和兄弟姐妹都卖给别人做奴隶。这对他来说简直就是奇耻大辱,可是他肚子饿呀!

他的全部财产都花光了。他没有水果、没有米面再没有任何东西可吃了,只能等着被活活地饿死。

哈里斯与白杨树

古人认为，人死之后，灵魂进入地狱。地狱的人口相当多，在离开人间进入黑暗王国之前，来历与出生都不重要，所有的人，无论善恶美丑、男女老少，都要经历相同的程序：他们要渡过地狱的四条大河，饮完利锡河的河水之后，他们的肉体就失掉了颜色和重量，只剩下一些缥缈的影子，游荡在一望无际的草原上。地狱之中，过去的生活被遗忘了，理想破灭了，光荣消失了，悲哀和欢乐也不复存在。在那永远暮色一般的光线之中，熟人相见已不相识。不过，各自在人间的行为将影响他们地狱的处境。如果他们在一生中罪恶滔天，那么就会受到惩罚，被关押在地下最深处的塔耳塔洛斯，与提坦神、巨怪以及神祇的其他敌人关在一起。相反，那些善良的、勇敢而又正直的人们，都进入一个较好的地方，在那里他们可以永远幸福地生活。这就是所谓的“极乐世界”。而在这块幸福的草原上生长着一棵高大而又细嫩、笔直而又带有韧性的白杨树。它枝叶繁茂，微风吹来，它随风飘舞，沙沙有声。说起来，这棵树也是很有来历的。

有一天，冥王哈里斯在他的黑暗地狱待腻了，无聊之中，就来到了人间，四处游玩。这个时候，他看到一个身材高大、肌肤细嫩的美少女。这个女孩叫莱夫基。哈里斯一见，就被迷住了。他出现在少女面前，求少女跟他一起，到地府之中去。可是莱夫基一听地府，就拒绝了。

哈里斯跪倒在少女面前：“美丽的女孩子呀，跟随我进入那黑暗的王国。如果我能有你这样一个年轻而又快活的少女相伴，如果你这双蓝色的大眼睛能在地下世界闪光，如果能看到你迈出如同波浪起伏的脚步，如果能听到你如同水晶般清脆的说话声，地狱就会改观，沉寂就会被打破，而我，哈里斯那孤独的生活也会变得充实起来。美丽的女孩，救救我吧！”

莱夫基的心被哈里斯所打动，就随他而去。她所到之处，陆地和海洋的全部容光也陪伴着她。她来到了新居，地狱豁然明亮。那些在黑暗之中被痛苦与回忆麻木了的幽灵们惊讶地望着这非同寻常的亮光。哦，女孩子的声音，多动听呀，一下子让他们想起了尘世的欢乐！这个女孩子的出现在幽灵心中唤起了早已死亡了的怀乡之情。他们议论纷纷，为什么让她这个活人来到他们之中呢？

哈里斯就像一个初恋的男孩子，欢喜得都不知道干什么好了。女孩子走到哪里，他就跟到哪里。她有什么要求，他都要不顾一切地满足她。他一天之中，再烦闷，再繁忙，只要能够听到她的笑声，看到她翩翩的身影，感到她那温暖的身体，就心满意足了。可让哈里斯最为伤心的是，他最想送给这个女孩子的珍贵礼物：永生，却无权给她。说到底，莱夫基是个凡人。末日来临时，她就立即死去了，围绕着她的全部光线也随之而去，对往事的回忆已不可能，对未来的憧憬也不存在。暮色重新笼罩了一望无际的草原。

一想到那一天，哈里斯的心就疼痛起来。他实在不忍心让莱夫基与那些毫无欢乐的幽灵们住在一起，就把她送到了伊里西亚。在那里，哈里斯把她变成了一棵像大海一样碧绿、像少女一样灵活、柔软、细嫩的树，并以莱夫基的名字为它命名，叫莱夫卡（即白杨树）。后来，曾经到达地狱的英雄赫拉克勒斯，看到了莱夫卡。他折断了它的一根枝条，做成一个花环戴在头上，并把它随身带回了地面。从此，白杨树的木材被认为是极珍贵的。在奥林匹斯，人们向宙斯进行祭献时，在祭坛中只能燃烧这种木材。

赫拉造反

天后赫拉，大家都知道是宙斯的妹妹，克罗诺斯和瑞亚的女儿。她和宙斯的其他兄弟姐妹刚一出生就被父亲吞下了肚子里。后来宙斯用计下毒，让克罗诺斯呕吐出他吞下的儿女们。这些婴儿并没有死去，而是在父亲的肚子里成长起来。他们一跳出父亲的肚子，就加入了兄弟宙斯一方，反抗自己残暴的父亲。在宙斯成为天神之后，赫拉退居到了克里特的杜鹃山中。宙斯虽然是天上的神灵主宰，却风流好色，对自己的同胞妹妹赫拉念念不忘。他好不容易到了杜鹃山上，跪倒在赫拉面前向他求爱，却遭到了她的断然拒绝。她关上门窗，闭门不出，把满腔热情的宙斯留在门外冰凉的大理石石阶上。宙斯苦苦纠缠，一直逗留在门外，又是诉衷情，又是唱情歌，打口哨，拍窗户，可是却得不到一丝一毫的回应。

宙斯心灰意冷，打算撤退了。在转身的一刹那，他突然记起了赫拉的房间里布满了无数的杜鹃花，而且小动物也不少。看来她是一个热爱鲜花、喜欢动物的人。有了计谋之后，他就摇身一变，扬长而去。

第二年春暖花开的时候，杜鹃花开满了整个山坡，嫣红一片。赫拉提着篮子，带着剪刀来到了山坡上，不一会儿就采满了一篮子的杜鹃花。应该可以够这几天用的了，她想。正准备回家时，突然前方不远处的一棵杜鹃花吸引住了她。那花，碗大的一朵，鲜艳如滴，挺立在花丛之中，王后似的高贵显眼。她急忙过去，小心翼翼地剪下来，接着又发现了一只杜鹃站在树下。她放下了篮子，很怜爱地把它抱在怀里，温柔呵护着。谁知，这只鸟儿正是狡猾的宙斯变的，他一扑进赫拉的怀里，就现出原形强暴了她。赫拉被逼无奈，只好嫁给了他。他们的新婚之夜是在杜鹃山上度过的。这一夜两个人爱得死去活来，而且似乎天总是亮不起来。实际上，这是宙斯的诡计。因为天上一夜，人间已经过了三百年。

婚后的生活并不和谐，夫妻之间，有许多的摩擦和不合。最让赫拉不能忍受的就是丈夫风流成性，拈花惹草，处处都留下了他的私生子。两个人争吵起来，往往以赫拉的失败而告终。尽管赫拉是宙斯唯一的妻子,可是在她一嫁给他之后,好像就丧失了价值。宙斯对她的兴趣大减。一般在小事上,宙斯都含糊过去,处处让着她,但在一些重大的事情,尤其是女人的事情上,他却比较蛮横,根本不把赫拉的话放在心上。惹怒他的话,他甚至都会用手中的霹雳击打她。赫拉没有办法,只能和他争吵,迫害他的情人,同时也还借用美神阿佛洛狄忒的腰带来勾引宙斯的情欲,让他把心思放在她身上。本来赫拉在结婚之前,是一个温柔和顺的女子,可就因为宙斯的好色,她变得脾气暴躁,性情多疑,完完全全成了一个醋坛子。

宙斯的傲气和喜怒无常的脾气实在叫人太难以忍受了。有一次,这些饱受他欺压的人:天后赫拉、海神波塞冬、太阳神阿波罗,趁宙斯躺在床上熟睡之际一拥而上,用生牛皮把他捆绑起来并打上一百个绳结,使他动弹不得。他威胁说要把他们立即处死,但他们早把霹雳放在他够不着的地方,因而对他的威胁报以满带嘲弄的大笑。当他们欢庆胜利、头脑清醒之后,麻烦来了。偌大的宫殿里,一张金碧辉煌的宝座空在了那里。谁,能来继承宙斯的位子呢?一触及这个实质性的问题,他们的联盟立即瓦解了。众神互相猜疑妒忌,争争吵吵,难以定夺。

最有希望的三个人就是天后赫拉,海神波塞冬,太阳神阿波罗。三个人不相上下,他们的支持者们都快争吵得打起来了。这个时候,异常失望的海上女神特提斯看到奥林匹斯山内战在即,便急匆匆把百臂巨人之一布里亚柔斯找来。这位巨人把一百只手同时用上,迅速解开绳结给主神宙斯以自由。因为赫拉领导了这场阴谋活动,宙斯便用金手镯铸住她的手腕,把她吊在空中,脚踝上还绑上铁毡。别的神气恼万分,但却不敢拯救赫拉,尽管她哭得昏天黑地,异常凄惨。

宙斯继续统治众神,但总把赫拉捆绑起来,也不是个长法。他必须平息众神心中的怨恨,毕竟错在于他。于是,他放掉赫拉,同时宣布赫拉是他的合法妻子。不过,在释放赫拉之前,他和众神约定:大家起誓永远不再反叛他,他就既往不咎,当作什么也没有发生。其他神灵已经看到了反对宙斯的后果,那就是除了宙斯,其他的神灵也没有足够的威望来管理其他的神,与其谋反之后一场空,还不如老老实实当自己的神仙,享受凡人的香火祭祀算了。他们也都个个做了保证。

三个谋反的头目之中,赫拉得到了宽恕。恼火的宙斯却不会放过其他两位。他压下心头怒火,佯装着什么也没有发生似的和他们说说笑笑。波塞冬和阿波罗当然了解宙斯,他们以后行事小心翼翼,尽量不让宙斯抓到了把柄,可是在人家的管辖之下,欲加之罪,何患无辞?终于两神被宙斯抓住了一个错误,他们只好接受惩罚,去了凡间,给国王拉俄墨冬当奴隶,修建特洛伊的城墙。

海王之后安菲特里忒

海洋深处,是大海老人涅柔斯的宫殿。那是一个宽敞明亮的岩洞。岩洞里,海水清澈，冲刷着金碧辉煌的宫殿，而高大的厅堂中五彩缤纷的水晶柱闪闪发光。那些生长在岩石周围的海草、珊瑚、海花，装点着入口。毫不夸张地说，这座宫殿不比宙斯的奥林匹斯山逊色。除了居住，宫殿还是涅柔斯财富的贮藏地。那里存放的宝物多得难以想象，让人眼花缭乱。其中有海星、贝壳、珊瑚、成堆的珍珠、金灿灿明光耀眼的各种珍宝等等，不一而足。在他所有的宝物之中，最为宝贵的却是他天真可爱的五十个女儿。

每天，涅柔斯站在他的宫中，手握三叉戟，守卫着他的宝物。他随时警惕可怕的敌人，但是偶尔也会向上望去。那里，是整个大海，海浪翻滚，腾起银色浪花，它们相互冲击搏斗着，溅起无数水珠。而这个时候，隐在暗处的涅柔斯会发现，海草碧绿，一如他郁郁葱葱的头发，而脚下那些鹅卵石，紧靠一起，犹如彩虹一样五彩缤纷。海涛渐息下来，海面上呈现出难得的宁静。这时，涅柔斯就会离开宫殿，出现在海面上。微风吹起他额头的海草，太阳照在双肩上，肩胛上银白色的食盐晶莹闪光。涅柔斯老翁环视着蔚蓝色的大海，脸上露出悠然的笑容。这是他的领地，谁都不能侵犯。

波浪滚滚而来，大海又沸腾起来。海面上突然传来一阵笑声。可是这阵笑声还未休止，一阵笑声又迎风飘来。波浪嬉戏，大海生机盎然。水面上，东边露出一双雪白的肩胛，眨眼之间又没入海里；西边一张脸趁浪涛还未及覆盖，绽开了笑颜；南面一个头颅伸出了海面，并在重新入水之前晃动满头金发；北端两个女孩互相泼水，水珠飞离海面，阳光一照，俨如颗颗宝石，熠熠生光。

这些女孩，就是涅柔斯的五十个宝贝女儿——妮丽伊札美人鱼。她们动作敏捷，时而沉入水中，时而跃出水面，向太阳挥动手臂，随后又欢笑着再钻进波浪。她们手拉着手形成一条长长的链条，劈开蔚蓝色的海水，寻找着海岸。安菲特里忒是涅柔斯的大女儿，这些美人鱼的头领。她引导妹妹们游弋着。前方，她们视野所及之处，纳克素斯岛海岸已经遥遥在望，微风带来了岛上花香。靠近岸边，人链断裂，美人鱼们争先恐后向岸边游去。安菲特里忒首先踏上了陆地，她的妹妹们也一个个欢笑着躺倒在沙滩上。在柔软的沙子上，她们跳起了舞蹈，扭动着柔软灵活的腰肢。她们轻盈地旋转欢跳着，像波浪般起伏荡漾。

可是，突然之间，她们停止欢笑，发出了恐怖的呼喊。这一群美人鱼四处逃散，各奔东西。惊慌的安菲特里忒发现，有人径直地向她冲来，她只好重新跃入大海。可是，来人显然也是游水好手，竟然在深水中尾随而来，时不时地，还伸出手臂要抓她。她鳗鱼似的逃脱开来，十分恐惧地拼命游着，时而钻入深海，时而浮到水面，一转身又游进茂密的海藻中。"救救我吧！"她向从小就爱怜保护她的海洋世界发出了呼救。可是周围的一切都无动于衷。她还发现，海洋已变成了追逐者的同谋：植物伸长枝茎竟挡住她的去路；大贝壳一张一合，威胁着她；不计其数的鱼儿密集在她的前面，阻止她通过；章鱼伸出触手来抓她。她惊慌之下像道闪电游向水面，浪涛犹如座座山峰，向她头上倾泻而来，发出雷鸣般的轰响。没有办法，安菲特里忒只能钻入深水。这种野蛮的追逐持续了很久，安菲特里忒完全陷入惊慌之中，在海中游得更快了。

渐渐地，深海安静了。大海似乎摆脱了敌人，重获自由，安菲特里忒发现自己来到一片陌生的海岸。她吃力地向岸边游去，疲惫不堪地躺倒在沙滩上，闭目休息着。突然远处传来了呼唤声，像高高的云端响起的惊雷，然而她的名字却清晰可闻："安菲特里忒，安菲特里忒……"

她抬起头，遥望天空，在一个半被烟尘云雾掩蔽的山岩上，站着一个坚强不屈的巨人。

"安菲特里忒！"再次传来了话声，"你怎么来到了这里，到了大地的边缘？"

"你怎么认识我？"安菲特里忒轻声地问道。

"我认识你，就如同我认识整个大海和它的每块礁石、每条鱼一样。几年前，我就认识了你。现在你却被追赶着，逃到了这里。可是安菲特里忒，你为什么不回过头去，看看是谁在追你？难道你不明白，连一向疼你爱你的大海都开始围堵你，你还不明白那是谁吗？难道你不了解海洋之神波塞冬爱上了你，想让你陪伴着他，做他的王后吗？你的命运已决定你要到那里去，坐在他的身旁。欢迎你为了摆脱追逐来到这里，到达大地的边缘。但我的命运却把我安排在这里，要永生永世地用双肩支撑着天空。"

安菲特里忒怯生生地问道："你是谁？"

"我叫阿特拉斯，是伊阿佩图和克利梅妮之子。"

一阵响声传来。安菲特里忒转过身去，只见大海改变了模样，每层波浪都像是送来的鲜花，每滴海水都闪着五彩的光芒；海豚不时地跃出水面，它们那光滑的脊背在蔚蓝色的大海中闪闪发光。"你的国王在邀请你前往，"再次从远处传来了阿特拉斯的话音，"去吧，安菲特里忒，他在等待着，整个大海都已装饰一新，在迎候你……"于是，安菲特里忒接受了浪花的拥抱，让海豚把她托出水面。在大海的祝福声中，她被送到了海神波塞冬的宫殿。海水在她的周围唱起了歌，海鸥在空中拍击着翅膀，生活在海洋及其围的一切都在参拜光彩夺目的海王后安菲特里忒。

海豚救人

阿利翁——海神波塞冬的一个儿子——演奏七弦竖琴的能手，他为了向狄俄尼索斯表示敬意还创作了酒神赞歌。他与科林斯的国王佩吕安达相处很好。他就住在国王的宫殿里，整日弹琴奏乐，吟咏歌唱。当时，在西西里岛将举行一次盛大的演唱竞赛会，全希腊的著名乐师都将前往参加。阿利翁也很想去夺取那荣誉。他把自己的想法告诉了佩吕安达，但是，待他如同兄弟般的国王却恳求他放弃这一念头。国王说："我希望你能永远和我在一起，这是我最大的愉快。海上风急浪高，很不安全,你要一走,我会日夜不安的。我总觉得,一个人越是想要得到什么东西,那东西越是不容易得到,甚至连自己的性命都会给葬送掉!”阿利翁却回答道:“漫游四方,浪迹天涯,是我们吟游诗人的最高心愿。天神赋予我歌唱的本领,我应该给所有的人带去愉快。再说,如果我真能赢得那崇高的荣誉,我的名声将传遍全球,我也将为此而得到无穷的欢乐。所以,风险再大,我也要不惜一切代价去闯一闯。”

海神波塞冬雕像

阿利翁打点行装,带上多年的积蓄,告别了国王佩吕安达,离开了科林斯的海岸,乘船踏上旅途。第二天早晨,海上风平浪静,晴空万里,暖暖的东风吹鼓了船帆。可是,正当阿利翁高兴地享受日光的时候,突然发现船上的水手们在交头接耳。他立刻感到他们可能是在密谋劫夺他的财物。果然,他们蜂拥而上,气势汹汹,紧紧地围住了他,高声喊道:“阿利翁!你必须死!要是你想在岸上有一个葬身之地的话,那你就得乖乖地让我们宰割,否则,就把你抛到海里去。你自己选择吧!”

“除了要我的命,你们就不想要别的东西吗?”阿利翁说,“你们把我的钱财全都拿去吧,放了我,我情愿拿我的钱财来换我的命。”

“不,不行!我们不能放过你。放了你,对我们来说,那就太危险了。你同国王佩吕安达交好,他要是知道我们抢了你的财物,难道会饶过我们吗?”

“看来你们非得要把我杀了才罢休!”阿利翁预感到末日到了,无可奈何地说,“如果真是这样,那么,请容许我提出一个最后的要求:我是一个游唱诗人,一生都是在吟唱中度过的。在你们动手之前,请让我唱一支哀歌,向我的生命告别。”

对于这一请求,海盗们答应了。于是,按照吟游诗人演唱时的礼仪,阿利翁长发披肩,穿起金紫两色长袍,额头上戴上花环。他左手扶竖琴,右手握弓,面对太阳,慢慢闭起了双眼,奏起了低沉哀婉的乐曲。

他一边唱着,一边走向船侧。突然,他纵身一跳,跳进蔚蓝色的大海。白色的浪花向他卷来,刹那间便淹没了他的躯体。海盗们见此情景,面面相觑,个个都惊呆了。过了好一会儿,他们平静下来,分完了抢得的赃物,继续前行。

然而,阿利翁并没有死。当他在船头唱着那低沉哀婉的歌曲时,那优美的旋律却把附近水域中的大小生物全都引来了。它们围在四周,倾听歌声。所以,当他纵身跳海,一只大海豚立即接住了他,把他驮在自己宽大的背上,载着他游到了岸边。

到了岸上,阿利翁对海豚说:“再见了,我亲爱的朋友!只要今后有机会,我一定会好好报答你的。”

送走了海豚，阿利翁回过头来朝四周望去，他很想知道自己究竟到了什么地方。他发现，远处有一座尖塔。原来，海豚驮他上岸的地方，离科林斯已经很近了。他又返回了自己的故乡。阿利翁心花怒放，拿起竖琴，边走边唱，朝着王宫走去。当他走进巍峨的宫殿时，国王佩吕安达一眼就看见了他，立刻迎上前来，把他紧抱在怀里。

“我的朋友，我又回到了你的身旁！”阿利翁说，“卑鄙的坏蛋抢去了我所有的财物，但是他们却抢不走我的荣誉和名声。正由于这个原因，神灵保佑我不死。”于是他把海上所发生的一切都告诉了国王佩吕安达。这骇人听闻的事件使国王又惊愕又气愤，他说：“难道就让这群坏蛋如此猖狂吗？他们早晚会落到我的手中的，看我不狠狠地惩罚他们！你先藏起来，暂时不要露面。他们很快就要返航，到时候一定要把他们的罪行揭发出来。”

过了不到一个月，果然有人前来报告，说那只船已进港靠岸。国王佩吕安达把宫中所有的乐师集合起来，让阿利翁混在其中，然后向着那些前来朝拜的海盗们说：“我把阿利翁乐师交给你们，让你们送他到西西里岛去参加音乐竞赛，已经很长时间了，你们在那里可听到什么有关他的消息？我正日夜等待着他带着喜讯回来呢！”

“我们把他送到了西西里岛，听说他在竞赛会上击败了所有的对手，荣获了桂冠。那里的国王挽留他住下，所以他没有同我们一起回来。”

他们刚刚说完这话，阿利翁便走出人群，出现在他们面前。他依然穿着金紫两色的长袍，头戴镶满珠宝的花环，喷香的长发飘拂在他的双肩上。他左手扶琴，右手握弓，边走边唱着。

那些海盗一看见他，真以为阿利翁从地下回到了人间，一个个吓得面如死灰。他们像遭到雷击似的一齐跪倒在地，连声求饶：“我们本想害死你，想不到你竟成了一位天神啊！”国王佩吕安达在一旁开口说：“你们这些贪婪的畜生！告诉你们，他还活着！他就是鼎鼎大名的阿利翁乐师！对于一个善良、正直的乐师，仁慈的天神们会格外开恩，时时处处保佑着他的。至于你们这些奴才，我根本不想惩罚你们，因为那会弄脏我的手，阿利翁也不想见到你们的污血，还是给我滚开吧！去找一座荒无人烟的海岛，在那里度过你们的余生，然后永远销声匿迹吧！”

神使赫耳墨斯

赫耳墨斯是宙斯与星神迈亚的儿子，出生在库勒涅的山洞里。他的母亲迈亚生下孩子时刚刚黎明，天色微白，公鸡喔喔。孩子一生下来，眼睛就睁开了，灵活地转动着，还眨巴了一个鬼眼，逗得疲惫的母亲大笑起来。很显然，这个孩子很聪明，是一个计谋过人的智多星。他小小年纪，却喜欢恶作剧，常常作弄自己的哥哥姐姐们。有一次,他却惹下了大祸,受到了惩罚。

这一天,他走出了母亲居住的库勒涅高峻的洞穴,一个人在山上漫游着。在一条小溪流的沙滩上,他发现了一只正在晒太阳的大乌龟,龟壳有筛罗大小。乌龟听见有人来了,慌忙爬起来急走,可是乌龟哪里跑得过手脚麻利的赫耳墨斯呢。他一个箭步跑过去,手一掀就把乌龟翻了过来。他找来一块大石头把它砸死,仿照阿波罗里拉琴的样子,在龟壳上装上琴弦和簧片。很快,一把琴就造出来了。

赫耳墨斯真是心灵手巧,这把琴音色美妙,相当称手。他拉起琴为自己伴奏,唱起动听好玩的即兴儿歌。他整整拉了一个上午。当太阳出来顶在头上之时,他已经兴趣索然。他想找点新的乐子。他惘然地抬头四望,群山莽莽,蜿蜒不绝,他看到很远很远的一座山的山坡上,有一些黑点在移动。他睁大了眼睛,运起神力,看清那是自己的异母兄弟阿波罗在皮埃里亚山放牧的牛群。他大喜过望,心里有了点子,快乐地回到了家里。

当天夜里,群星闪耀,四野寂静,赫耳墨斯来到阿波罗在皮埃里亚山放牧的牛厩里。他用柳枝包扎住牛蹄,不让它发出声息,然后把牛偷了出来。走了一阵之后,为了蒙蔽追踪者,他又赶着牛群倒着走,进了皮洛斯山区的一个洞穴。他用折下的月桂树枝,相互一摩擦,生起一堆熊熊大火。两头小母牛被焚化了,作为献给十二天神(他把自己也包括在内)的祭品。

干了这一切以后,赫耳墨斯就心安理得地回家睡觉,俨然是一个纯洁无邪的小孩子。可是他的母亲早就识破了这一切,她警告他:“阿波罗可不是好惹的,法力无穷,脾气耿直,连天神宙斯都惧怕他三分。如果他逮住了你,你会被好好地惩罚一顿的。”可是,阿波罗在赫耳墨斯眼里,只不过是一个好勇斗狠的神而已。他得意扬扬地对满心担忧的母亲说:“母亲,你就放一百二十个心吧,我的手法巧妙着呢。”

阿波罗正为自己丢牛的事大伤脑筋。到底是谁偷的呢?跟着牛蹄留下的痕迹,他来到了皮洛斯山区,发现了一堆熄灭的火烬和牛骨头。他终于追查到了这个小孩头上。

阿波罗怒气冲冲地来到了他们居住的地方,大声斥责这位逗人喜爱的孩子。可是这个小调皮鬼压根就不买账,他煞有介事地拿父亲的名字发下重誓,说:“你完全是诬陷,我根本就没偷过牛。牛是什么样子的,我至今都没见过,而‘牛’这个词,我还是第一次从你这儿听见的呢。”阿波罗咬牙切齿地怒骂着,小孩子却一口咬定他对偷牛一事一无所知。

口笨舌拙的阿波罗当然不是这个小孩子的对手。他气得面红耳赤,直跺脚,却拿这个小调皮鬼没办法。他总不能对一个小孩动手脚吧。可是,阿波罗是一个认死理的家伙。他好不容易想到了一个办法,那就是让法力无边的天神宙斯前来判决。

兄弟俩来到宙斯跟前。阿波罗狠狠数落赫耳墨斯:他从来没见过也没想过有这样聪慧早熟的偷牛贼、骗子和无赖。赫耳墨斯振振有词地反驳说,自己是个老实孩子，阿波罗才是个懦夫，只会欺侮他这个手无寸铁的、正在睡觉的、从没想过要“偷”牛的小孩。

赫耳墨斯一边冠冕堂皇地大声辩解，一边对父亲眨巴着眼睛。宙斯见了不由得放声大笑。在宙斯的调停之下，双方和解了：赫耳墨斯把新做的里拉琴送给阿波罗；阿波罗则回赠这位神童一条金光闪闪的短鞭，并且任命他为牛群的放牧人。当然啦，赫耳墨斯要指着神圣的斯堤克斯河发誓：自己永远不要诡计向阿波罗行偷盗之术。而阿波罗则回报他一根司财富、幸福和梦想的盘蛇杖，然而，一个附加条件是，赫耳墨斯只能用手势符号来预言未来，像阿波罗那样用言语和歌曲来表达那是不能再想了。赫耳墨斯尽管不情愿，可还是无奈地接受了，因为那根盘蛇杖太吸引人了。但是，这位信使之神对阿波罗强迫他修身正行感到不满，就发泄到其他神身上：他偷过阿佛洛狄忒的腰带，拿走过海神波塞冬的三叉戟，借用过赫菲斯托斯的火钳，还盗窃过阿瑞斯的宝剑。

关于神使赫耳墨斯还有一个很有趣的小故事。赫耳墨斯想知道他在人间受到多大的尊重，就化作凡人，来到一个雕像者的店里。他看见宙斯的雕像，问道：“值多少钱？”雕像者说：“一个银圆。”赫耳墨斯又笑着问道：“赫拉的雕像值多少钱？”雕像者说：“还要贵一点。”后来，赫耳墨斯看见自己的雕像，心想自己身为神使，又是商人的庇护神，人们对他应该会更尊重些，于是问道：“这个值多少钱？”雕像者回答说：“假如你买了那两个，这个白送给你。”赫耳墨斯闹了个大红脸，自尊心大受伤害，以后就收敛了许多，不再随便偷诸神的东西寻开心了。

牧神潘的情敌

潘是牧神与森林之神，他的形象令人惊奇：羊脚、羊胡须、鼻子蜷曲，两只弯弯的长角和一条长尾巴。他是赫耳墨斯与仙子珀涅罗珀之子，他可是充分继承了父亲的调皮与诙谐。他出生在阿尔卡札地区的深山之中。初次见到阳光时，他就用他那山羊蹄跳来蹦去，摇摆着他那浅灰色的山羊胡须，竖起尾巴，发出欢快的喊叫声。他的母亲看到他这个怪样子，竟惊恐地抛下他躲进了森林。赫耳墨斯则用兔皮把他包裹上，把他带到了奥林匹斯山上。到了山上，赫耳墨斯打开兔皮，把这个小小的长着山羊蹄的神祇抱出。潘立即开始蹦跳，用两只手敲击着膝盖，翻跟斗和大声喊叫，在众神面前不停地发出洪亮的笑声。这笑声会使人心胸开阔，心里充满幸福感。因此诸神都很喜欢潘，把他当成自己的好朋友，希望他留在奥林匹斯山上。然而潘却讨厌奥林匹斯山。同样是神，他形象丑陋，与其他神祇没有任何相似之处。和他们相处，让潘难以忍受，远没有和人打交道愉快。大概是因为这个原因，潘并不喜欢人们称颂的天堂奥林匹斯山，反而喜欢逗留在人间，四处游荡。要知道整个大自然都是他的漫游之地。相对而言，他总是选择最荒僻的地方，或者山洞,或者山岩,要不就是在茂密的森林。那里,茂密的枝叶把他掩藏起来,他可以尽情展露自己的天性。他动作敏捷、灵活,能用难以想象的高速度奔跑,可以跳到最难攀登的艰险处,像头山羊似的逗留在陡峭的山岩上,登上高峰放声大笑。

不过,牧神潘有一个坏习惯:喜欢恶作剧,经常开玩笑。在这些恶作剧之中,他最经常干的一件事情就是逗山里的动物玩。他常常独自躲藏在枝叶茂密的树林里,一动不动地,屏住呼吸,根本不让经过的动物发现。这个时候,他就能观察那些动物的一举一动。他待的地方不远处有条小溪,牛或者麋鹿漫不经心地走来饮水时,他突然脚踏一下树枝。整棵树摇摆起来,树叶发出沙沙的声响。这些动物都不安地抬头张望。这时他便快速地来回奔跑,忽而左边,又忽而右边,并大声怪叫。要不,他用手围成喇叭,发出受伤野兽样的嗥叫,或者声音突变转成哭泣。他的声音立即在寂静的群山中发出回响,这些野兽被惊呆了。它们不知道发生了什么事情,有些忐忑不安,互相对视着。可是这些莫名其妙的可怕的喊叫声和喧哗声包围了它们,而且越来越近。突然,它们明白了,森林之中存在一个可怕的敌人。由于惊吓,它们盲目地奔跑起来。它们的奔跑声又传到了森林中其他"居民"的耳中。它们不由得慌了,想当然地以为一定是某种危险降临了,它们也变得惊恐万状,开始奔跑起来:麋鹿、兔子、牛、老鼠、鼬和蛇都发疯似的、毫无目的地满山逃跑。到了这个时候,牧神潘才恢复了自己的声调,发出了洪亮的、长时间的笑声。

区别于大多数神祇的傲慢,他与普通的凡人相处得非常愉快。他热爱他们、信任他们,与他们交上了朋友,庇护他们的羊群,帮助他们让羊群兴旺。他十分喜爱动物,不管是野生的,还是驯服的,他都把它们当成是自己的兄弟姐妹。哪里有潘,哪里的动物就会成倍地繁殖起来,甚至树木也会快速生长。尽管牧神潘十分丑陋,他还是与人和动物建立了良好关系,不仅如此,他还与美女神们关系密切,是她们最好的伙伴。他混在她们之中,一起游戏跳舞,还为她们吹奏歌曲,博得了她们的喜欢。不过,这个讨人喜爱的牧神也有一个敌人,这个敌人就是他的情敌。

一次,潘在山中游荡,发现了一个美女皮蒂斯。他爱上了她,就向她求爱。谁知道皮蒂斯听了他的话之后,却惊惶地望了望四周,对他说:"我也爱你,但我怕……我害怕北风神。"她激动地说:"北风神也爱我,但他粗野、残酷。他一拥抱我,我就周身疼痛。我害怕他那寒冷的突然拥抱。我喜欢你。但他说过,如果我爱上了别人,他就要把我杀死。"

"有我保护你,你谁也不要怕!"潘安慰她说,强行把她拥入怀抱,但皮蒂斯马上挣脱,立即跑开了。"你瞧,他来了,那就是他!"她喊叫着。只见一些枯叶飞腾起来,随即狂风大作,树叶围绕着树干疯狂飘舞着。就像那被掠走的树叶,皮蒂斯也被刮走了。她曾挣扎着,由于恐惧和痛苦而大声呼喊着,然而风却不断推动着她。就像风卷桃花一样,这位轻盈的美女神被风吹得团团旋转,脚离开了地面,头发和手臂在绝望的挣扎中绞在一起。潘在后面一边呼喊着她的名字,一边奋力追赶。然而,不管潘奔跑得多么快,北风神却总是比他更快。北风神用那不可阻挡的风力卷起了这位少女，把她从灌木丛和坚硬的岩石上拖过，推入深渊。潘紧抓住了岩石，才没随她跌入深渊。他看到皮蒂斯犹如被风吹落的一片树叶，向下飘落着，不由得祈求地母该亚救救可怜的女孩子。地母该亚听到了他的呼唤，张开怀抱接住了皮蒂斯，并把她变成了一棵松树。从此以后，牧神潘用树上的软针叶编织了一顶花冠戴在头上，以此怀念这位失去的不幸少女。

铁匠之神赫菲斯托斯不贞的妻子

赫菲斯托斯是宙斯和天后赫拉的儿子，由于一生下地来，他就是个跛子，因此被遗弃了，幸好被富有同情心的海洋女神收养长大。在这段时间里，赫菲斯托斯勤习手艺，技艺日渐娴熟，他特意做了一个精美异常的王后宝座，献给赫拉。赫拉非常高兴，一坐上去，突然从宝座里冒出了无数的钢索镣铐把她牢牢地缚住了。很显然，这是他在报复遗弃自己的母亲。众神赶来相助，却对这个精巧的机关无能为力，而脾气暴躁的战神阿瑞斯企图以武力解决，前去挑战，却被火神喷出的真火烧得浑身起泡。最后出来解决问题的是酒神，他去见了火神。两个人一见投缘，喝上了酒神带来的美酒，两人谈谈说说，把酒言欢。酒神折服了这个火神，把他引到了奥林匹斯山上，解除了机关。母子二人化干戈为玉帛，重归于好了。赫拉为了补偿自己对赫菲斯托斯的遗弃，就说服宙斯把爱与美的女神阿佛洛狄忒嫁给了他。

阿佛洛狄忒是女神之中最为美丽的一个，可是却经常感叹命运对自己的不公平。她拥有最漂亮的脸蛋，最迷人的魅力，却嫁给了一个最糟糕、最丑陋的丈夫。她一看到赫菲斯托斯一瘸一拐的样子，看到他那张被碳火烫得布满了疤痕，又被黑煤和烈火熏得黑黝黝的脸，就十分不满。后来，他们生下了三个儿子，福波斯、得摩斯和哈尔摩尼亚。三个儿子都是栗黑的卷发，大海似的蓝眼睛，白皙的皮肤有着奶油的光泽，漂亮得与他们丑陋的缺腿父亲几乎是两个极端。神界纷纷谣传着这三个儿子都是野种，闹得谁都知道了，只有整天埋头在炉火边锻打铁器的赫菲斯托斯丝毫不知情，一如既往地喜爱着三个小家伙。

这三个漂亮的孩子还真不是赫菲斯托斯的，他们的亲生父亲是身材挺拔、鲁莽野气、好酗酒、爱争吵的战神阿瑞斯。他们的绯闻闹得沸沸扬扬，可是两个人不但不知收敛，反而变本加厉，来往更为频繁。一天晚上，两个人在阿瑞斯的色雷斯宫里欢乐一番后，昏睡过头了。太阳神巡视天庭的时候，看见他们两个人正赤条条地睡在了一起。早就对战神不满的太阳神一看，这是一个报复的好机会，就去找铁匠去了。

铁匠表面粗鲁，内心却很精细。他想了想，放弃了直接去找他们算账的念头。他回到了煅炉边，挥动青铜锤，打出一张细如游丝而又坚韧无比的罗网。他悄悄地把网系在婚床的柱子上绕床一周。从色雷斯回来的阿佛洛狄忒，满脸堆笑地告诉他自己到母亲的家里去了。赫菲斯托斯佯装不知,很热情地问岳母的身体如何。寒暄了一会后,他告诉妻子:“亲爱的,对不起,我要去利姆诺斯岛休息一阵,这几天太疲倦了。”阿佛洛狄忒推说自己要照顾孩子就不去了。等铁匠一走,她马上通知阿瑞斯。阿瑞斯兴冲冲地赶了来,两个人脱衣就寝。可是天亮醒来,两人略一动弹,就发现自己陷入了一张网中。细得肉眼几乎看不见的丝线勒入了肉中,越动弹越缚得紧。缠在网里的这对赤条条的男女正在绝望地挣扎的时候,早就准备好的铁匠闯了进来。他的身后则是他招呼来的奥林匹斯山的众神。捉奸要捉双,他要让众神来见证一下。他扬言,如果妻子的养父宙斯不把当年价值连城的聘礼退还给他,他就绝不释放阿佛洛狄忒。

诸神纷纷赶来观看阿佛洛狄忒的窘态,而那些女神不愿使阿佛洛狄忒太难堪,就留在家里。场面十分尴尬,众神都不愿意第一个开口当出头鸟,但是大家都用眼角来回地在面色铁青的铁匠和面沉似水的宙斯身上转溜着。作为众神之父的宙斯只是围绕着被捆绑的两个神转来转去,谁也不看,也不说一句话。

太阳神一看,这样下去,就没有好戏唱了。他用肘轻轻推了赫耳墨斯一下,故意大声问道:“你要是处在阿瑞斯的地位,赤身裸体地套在网里,你大概也不会在乎吧!”

赫耳墨斯用脑袋作保发誓说,即使他给三张网缠住了,即使全体女神都在一旁责难,他也绝不会计较的。说毕,两位天神放声大笑。然而,宙斯对赫菲斯托斯的行为深恶痛绝,说他是个傻瓜,居然把家丑外扬。宙斯拒绝退还他们的结婚聘礼,也不肯干预这场夫妻间无聊的争吵。波塞冬看到赤条条的阿佛洛狄忒大为倾倒,十分妒忌阿瑞斯,但他表面上不动声色,假惺惺地对赫菲斯托斯表示同情。他说:“既然宙斯拒绝帮忙,我来作保,让阿瑞斯交出跟你聘礼价值一样的东西作为赎身的费用。”

“这个安排倒是不错,”赫菲斯托斯垂头丧气地说,“不过,要是阿瑞斯说话不算数的话,你就要代替他待在网里了。”

“跟阿佛洛狄忒待在一起吗?”太阳神坏笑着问道。

“我不相信阿瑞斯会言而无信。”波塞冬理直气壮地说,“不过,他真的失约的话,我愿意出这笔赔偿和阿佛洛狄忒结婚。”

于是,阿瑞斯获得了自由,返回他的宫殿。阿佛洛狄忒前去帕福斯,在海水中重新获得了贞洁。

阿佛洛狄忒对赫耳墨斯非常满意,因为他坦然在众神面前承认自己爱她。报答赫耳墨斯的最好的方式对阿佛洛狄忒来说就是一夜欢娱,其结果就是两性同体之神赫耳玛佛洛狄托斯的诞生。波塞冬的慷慨之举换来的就是阿佛洛狄忒生下了他的两个儿子—罗杜斯和希罗菲卢斯。而阿瑞斯当然拒绝支付这笔赔偿,因为连堂堂的众神之父宙斯都不肯退礼,凭什么要由他来支付?再说,也是阿佛洛狄忒首先勾引他的。结果,这场戏不了了之,老实巴交的赫菲斯托斯什么也没有捞到。只有忍下了这份耻辱，跟阿佛洛狄忒过着不开心的婚姻生活。

战神阿瑞斯

可以说，战神阿瑞斯刚一出生，就具有了他性格上的所有优点和缺点。不必夸耀他的英俊了，那金黄的卷发，像大海一样蔚蓝的眼睛，熠熠生光的古铜肌肤，胳膊和胸脯上隆起的健壮肌肉块兔子似的滚动在皮肤下，都为他赢来了众神的宠爱。作为小儿子，宙斯和赫拉非常娇惯他，说一不二，要什么给什么，俨然是奥林匹斯山上的小皇帝。长期以来，他就逐渐养成了一种鲜明的性格：肝火旺盛，尚武好斗，一听到轰轰的战鼓声，他就激动得手舞足蹈；一嗅到了熏人的血腥气，他就心醉神迷，比饮了美酒还要沉迷。哪里有激战，哪里就有他的身影。一听到兵戈碰撞声，就是有再重要的大事，他也要放下，奔赴战场，看见人或神就杀，不问青红皂白。

阿瑞斯出现在战场的时候，雄姿英发，意气飞扬：头戴插翎的铜盔迎着阳光夺目生辉，臂上套着皮护袖子，左手持一恐怖狰狞的盾牌，右手的铜矛咄咄逼人。而且，由于性急，他常常抛掉他那笨重的四驾马车——驾车的四匹马由北风和复仇女神的后裔组成，徒步而行，头上盘旋着几只铁翅苍鹰，身前疾跑如电的是几只牙尖嘴利的猎犬。而跟随他的还有自己的儿子：恐怖、战栗、惊慌和畏惧之神。还有与他臭味相投的女性亲戚：他的姐姐不和女神、他的女儿毁城女神厄倪俄和一群嗜血成性的魔鬼。可以说他所到之处，兵火连天，人哭马喊，城市成为废墟，天空则浓烟滚滚。

战神阿瑞斯喜欢战争，可尽管他得天独厚，身体孔武有力，久战不疲，但是也有败北的时候。最为狼狈的一次就是败在了铁匠之神赫菲斯托斯的手中。由于被母亲赫拉抛弃，铁匠怀恨在心，献一宝座给赫拉。赫拉一坐上去，宝座就弹出无数的镣铐铁索把她捆绑，动弹不得。在众神一筹莫展的时候，阿瑞斯就气冲冲地跑去找铁匠，可是他的长矛还没有抵达铁匠的肩膀，铁匠就拉动风箱，鼓出一股熊熊的烈焰，把他烧得浑身都是水泡，头发更是焦污一片。最为凄惨的一次，则是他被自己的母亲赫拉和妹妹雅典娜欺负得哭诉无门。特洛伊战争的时候，阿瑞斯和母亲、妹妹站在不同的阵营之中。地上，希腊联军和特洛伊的士兵打斗得难解难分；天上，阿瑞斯和母亲也斗得不亦乐乎。可是正在僵持不下的时候，他被偷袭的妹妹打中了后背，当场喷血而逃。回到了神山上，他向宙斯哭诉自己的失败。宙斯一听大怒，骂道："你一个堂堂男子汉，天天以战斗为乐的家伙，竟然连女流之辈都斗不过，还好意思跑到我面前哭哭啼啼，丢死人了。"宙斯把阿瑞斯骂了个狗血喷头。众神也讥笑他是一个逃兵。

和同为神仙的兄弟姐妹们作战，阿瑞斯多次败北，他虽然怀恨在心，但也无可奈何。可是对于凡人，情况就大不一样了。他复仇心切，睚眦必报，不仅让冒犯他的人不得安生，还要祸及全族。卡德摩斯——欧罗巴的哥哥深深领教他这一点。

妹妹欧罗巴被宙斯拐走后，卡德摩斯奉命寻找妹妹。他寻遍了四面八方，持续了两年，还是没有任何讯息。他不敢回家，就求神灵告诉他该去往何处。神指示他要往西，于是他西行经过一个密林。口渴找水喝的时候，他发现泉边伏卧着一只毒蛇。他费尽心力杀死了那条蛇，然后又和随从们开荒，建立了底比斯王国。后来，他娶了阿佛洛狄忒的女儿哈尔摩尼亚。结婚之时，铁匠之神赫菲斯托斯送给了他们一条精美绝伦的项链。新婚宴尔的夫妻沉浸在快乐之中，却不知道他们悲惨的命运正在降临。

卡德摩斯杀死的那条毒蛇是阿瑞斯的圣物，因而得罪了战神阿瑞斯。尽管哈尔摩尼亚实际上是阿瑞斯的女儿，他也不放过他们，整个卡德摩斯家族遭到了他的报复。卡德摩斯的女儿和孙儿死于非命，底比斯城变成了卡德摩斯和哈尔摩尼亚的伤心之地，于是他们逃离了底比斯，投奔安奇里亚人。他在那里受到了热烈欢迎，并被拥戴为王，可是儿孙们的厄运始终缠绕着他。一天，他忍不住哀呼："既然神灵如此眷爱一条蛇，我倒还如当一条蛇吧。"话未说完，他就真的变成了一条大青蛇，而哈尔摩尼亚一看，只好祈求神，把她也变成了一条蛇，白的，两人双双游进了森林。

可是，阿瑞斯这样一个鲁莽好战的家伙，竟然获得了最美丽的阿佛洛狄忒的青睐。在美神阿佛洛狄忒的怀抱里，这位躁动不安的战神似乎才得到了安宁。

白头翁花

俗话说得好："常在河边走，哪有不湿鞋。"爱神阿佛洛狄忒主管天下的婚姻爱情，高高在上，可是一不小心，自己也被爱情捕获了。事情发生得很突然。当时，她和自己的儿子玩得太开心了，一个疏忽，就被儿子厄洛斯的那支箭在胸脯上划了一下。她急急忙忙地推开了厄洛斯，可是伤口还是比她想象得要深得多，沁出的鲜血染红了她的胸衣。她在包扎之中一回头，却看见了自己的儿子眨巴着眼睛，偷着笑呢。她知道了，是儿子的恶作剧。他想让自己也受一受爱情折磨的滋味，所以就用魔箭扎了自己一下。

养伤期间，她一直小心翼翼地避免看见他人，否则自己会坠入情网。可是实在太闷了，整天躺着，无所事事。她忍不住了，就出了宫殿，到一座山林里，漫步散心。就在那里，她遇见了年轻的猎手阿多尼斯，一见倾心。

能让美貌无双的爱神一见倾心的，自然也不是庸碌的男子。阿多尼斯的母亲是阿西利亚的公主密耳拉，她很小的时候母亲就死了。她的父亲塞亚斯深爱着自己的妻子，所以没有再娶妻。慢慢地，密耳拉长大了，越发出落得沉鱼落雁，闭月羞花。她的父亲塞亚斯为她选择了很多的美少年，可是密耳拉一一拒绝了。塞亚斯非常奇怪，追问缘由。女儿一声也不说，他哪里知道，女儿竟然在天长日久中爱上了自己，她的亲生父亲。因爱而丧失理智的密耳拉在一个深夜伪装潜入了父亲的寝宫。第二天早晨，当塞亚斯醒来发现躺在身边的竟然是自己的女儿时，他愤怒地抽出刀来，想杀死她以洗清乱伦的耻辱。就在密耳拉走投无路的时候，智慧女神雅典娜同情地将她变成了一棵没药树。不久以后，这棵树的树干从中间裂开，生下一个漂亮的男孩，众神给他取名叫阿多尼斯。慢慢地，阿多尼斯也长大了，他继承了母亲的美貌，出落成一个翩翩美少年。最神奇的是，这个美少年的身上还总是弥漫着一股没药树的清香。爱神阿佛洛狄忒就是被这个没药树美少年一下子迷住的。

以前，阿佛洛狄忒经常去盛产金属的帕福斯、克尼多斯、阿马托斯等地旅游散心，寻欢作乐。可是突然之间，它们就变得索然无味了。连她金碧辉煌的天宫她都不想回去，因为她觉得阿多尼斯居住的茅草房子要比天宫还要好玩有意思。她太爱他了，因此他走到哪里，她就影子似的跟到哪里。她给他讲笑话，为他解闷。

这个时候无论谁看见了我们高贵的女神阿佛洛狄忒那副殷切小心的样子，都会诧异：那个高傲的女神哪里去了呢？谈起恋爱来，她也和普通的姑娘一样，变了性格。过去，她整日坐在树荫里，无所事事，专注于自己天仙般的姿容。现在却爱屋及乌，打扮得完全和狩猎女神阿尔忒弥斯一样，呼仆唤犬，穿山越岭，追逐野兔麋鹿。不过区别于阿尔忒弥斯的是，她捕猎的对象只是温顺的小动物，像兔子和山鸡呀什么的。而对那些因残杀牲畜浑身散发着血腥气的豺狼熊罴却一直都敬而远之。她不仅自己这样，还告诫阿多尼斯，不要徒逞勇气，去冒犯那些猛兽。

“对胆小的，当然不要客气，你要拿出自己猎手的勇气来，”她说，“可是如果对付那些凶猛的豺狼熊罴，还要硬来，那就太危险了。亲爱的，现在你有了我，就要时时刻刻关心自己的安全，因为你不仅仅属于你自己，你还属于我。你是我的幸福，我不希望你拿生命去冒险。千万注意，不要去招惹大自然赋予利器的野兽。我虽然珍视你们男子汉的荣誉，可是，绝不同意你以生命为代价。你的青春英姿能使我爱神阿佛洛狄忒着迷，可是却不能打动雄狮、箭猪的心，它们的锋牙、利爪、粗鲁蛮劲，想起来就令人胆战。”

嘱咐完毕，她就乘上天鹅驾驶的车，腾空飞去。但是骄傲的阿多尼斯，年轻的阿多尼斯哪里把这些话放在心上。一个猎手的荣誉就是要搏杀这些凶猛的豺狼熊罴，如果只是对付那些可怜的小兔子什么的，有什么意思呢？他进了森林，用他的猎狗将一头野猪赶出了窝。他举手掷出长矛，侧身而进，刺进了野猪的身体。可是，那野兽太狡猾了，用嘴拨出长矛，怒气冲冲向阿多尼斯闪电而来。阿多尼斯扭头便跑，可是来不及了，野猪冲了上来，獠牙刺入他的腰部，他被掀倒在地，血流如注，不久就奄奄一息。

乘着天鹅车还没有驶到塞浦路斯，阿佛洛狄忒就听到半空中传来她意中人痛苦的呻吟。她的心一沉，立即掉转车辕往回赶。远远地，她凌空就看到那卧在血泊中的阿多尼斯，她的爱人。她匆忙跳下车来，匍匐在尸体上号啕大哭，撕胸捶地，乱扯着头发。她怒气冲冲,大声责骂命运女神道:"你们不要猖獗。你们只不过取得了一个小小的胜利。因为我要让今天的哀伤与天地共存。阿多尼斯啊,我的心肝,从今往后,每年我都要重温一次你的死亡和我的哀悼。我要让你的鲜血化成花朵,算是对我的慰藉,这一点谁也不能妒怨,谁也阻止不了。"说着,她将神酒洒在血泊里,酒掺和到血里,泛出气泡,仿佛雨滴落入水池。一小时后,一朵殷红犹如石榴花般的鲜花平地而生,但花期不长。据说,经风一吹花苞就吐蕊,再一阵风,花瓣就飘零。所以人们称它为白头翁或风花,因为风能催它生发,又能催它凋谢。

娶雕像为妻的皮格马利翁

很久以前,古希腊有一个全国闻名的大雕刻家皮格马利翁。他的手艺是不用说的了,雕什么是什么,活灵活现,栩栩如生。雕个英雄,那就气宇轩昂,浑身充满了浩然正气,放在哪里,哪里就盗贼绝迹;刻头马吧,似乎四蹄生风,昂昂直吼。他卓越的手艺连火神都妒忌,说:还好他不是一个铁匠。这个皮格马利翁,见到什么就刻什么,鸟兽、人物、蔬菜都能在他的手中出现。可是这个人却有一个奇怪的毛病:绝不雕刻女人,哪怕是一个又丑又老的老奶奶。反正只要是女的,他就拒绝。

皮格马利翁不雕刻女人,原因很简单:他的母亲在他出生时就抛弃了他,他一直和自己的石匠父亲相依为命;而他的初恋情人在说了爱他之后,不久就和一个大富人结婚了。而且他所接触到的俗世女人,都神神怪怪的。一句话,皮格马利翁发现女人一无是处,他对她们极为反感,决心终身不娶,投身于雕刻事业。

但是有一天,他做了一个梦,非常奇怪。他醒来之后,就一直回忆这个梦,神情呆呆的。"真奇怪,"他对自己说,"我怎么梦见了一个女人呢。"他被梦中这个女人迷惑住了。他很讨厌自己这个想法,于是就把精力放在雕刻上。

他选择了一块象牙,决定雕刻一个男人,一个抛掷铁饼、肌肉丰满的年轻男人。他一开始压根就工作不进去,但随着雕刻刀在象牙上滑动,他一会儿就沉静了。人物的头像出来了。就在准备雕刻眼睛的时候,他的脑袋嗡了一下,他一下子看见了梦中那双含情脉脉的眼睛,接着,他吃惊地发现自己手中雕刻的竟然是一个女人像。

他疑惑了很久,又仔细地端详了这块不成型的象牙。很久之后,他发现这个女人可能就是他梦中见到的那个女人。他不知道该怎么办了。艺术家都相信神灵的存在,认为不受控制的杰作都是神灵通过他们的手来完成的。在想了半天后,皮格马利翁确信这是神灵的意思。他抛开成见,放心大胆地继续雕刻。很快,这个女人就成型了,站在了皮格马利翁的面前。

天啊,皮格马利翁感叹道:人像太美了,婀娜多姿,世上一切女人肯定都望尘莫及。她俨然是个活生生的少女,只是出于礼貌才屏息伫立。皮格马利翁从来没有这么喜爱过自己的作品,他那颗久已麻木的心又开始怦怦跳动,他爱上了这个雕像。他不时摸摸雕像,仿佛要弄明白它究竟是活人还是雕像。他实在不肯相信这只是座象牙人像。他爱抚它,送给它各种少女喜爱的礼物——色彩鲜艳的贝壳,光滑的卵石,小鸟和姹紫嫣红的鲜花,珠子和琥珀。他甚至还给它穿上五颜六色的衣服,戴上宝石戒指,耳上垂了坠子,胸前佩上珍珠项链。裙衫合身得体,更加衬托出它的自然姿色。他珍爱地把它安置在铺了紫色床单的卧榻上,温柔地称它为妻子。

爱神节临近了——这是一个隆重的大节日。从四面八方来的人赶到了神庙里,跪倒在女神面前。他们献上自己的供品,在圣坛前焚香供奉,空气中香烟缭绕。皮格马利翁破例参加了今年的庆典仪式。在人散了后,他偷偷来到圣坛前,吞吞吐吐而又害羞地祝祷说:"万能的神啊!我祈求你们,赐我一个类似我那象牙雕塑的姑娘为妻吧!"——当然,他没有直接把意思表明白:"将我那象牙贞女赐我为妻吧!"阿佛洛狄忒莅临庆典,她听到了这番话。皮格马利翁那曲折的心理,自然也逃脱不了爱神的法眼。圣坛上的香火聚成火苗向空中窜了三次,这是一个暗示,表示她恩准了。

回到家后,皮格马利翁一如既往地去看望雕像。他俯下身习惯性地吻了一下卧在床榻上的人像。这嘴怎么是暖烘烘的呢?他奇怪地忍不住又吻了一下,并伸手去摸雕像的胳膊,更大的奇迹发生了,那胳膊软绵绵的,手指一触,就有弹性,像是伊米托斯山脉的蜂蜜蜡。他又惊又喜,站在那里难以相信。他以为自己相思过甚,产生了错觉。

那雕像真的活起来了!当他触到有血管的地方时,皮肤凹了下去;他把手挪开后,皮肤又回复了圆鼓鼓的。这个时候,阿佛洛狄忒的信徒才想起来该向女神感谢一番。他又吻了吻那张嘴,那张活人的小红嘴唇。少女已有感觉,羞得两颊绯红,她怯生生地睁开眼睛,注目着她的情郎。阿佛洛狄忒祝福了这段由她促成的姻缘。婚后他们生了一个孩子,取名帕福斯,专门供奉阿佛洛狄忒的这座城也随之取了这个名字。

厄洛斯的爱情

有一个国王,他一共有三个女儿。小女儿叫普绪刻。她不仅是三姐妹中最美的,也是全国女孩子之中最有魅力的。她实在太美了,整个王国的居民心中就只有她,连美神阿佛洛狄忒也被忘却了。阿佛洛狄忒对此气愤,想找事。于是,美神想了一个好办法,让自己的儿子厄洛斯随便找一个山野怪物,设法让普绪刻迷上它。可是,厄洛斯一见普绪刻,马上就被她迷住了。他想娶她为妻。

但是,母亲的命令该怎么办呢?并且,怎么让普绪刻爱上自己呢?认真思考以后,厄洛斯恳求太阳神阿波罗向普绪刻的父亲发出神示:国王必须禁止女儿结婚,并要把她遗弃在荒凉的山谷里，让一条飞龙把她驮走，否则天灾人祸就会降临到国家里。国王没办法，只好遵从。然而，刚把小公主放在山谷的大岩石上，一股和风就把普绪刻吹送到另一个奇妙的山谷里。那里，有座富丽堂皇的宫殿，宫殿的大门上镶饰着七彩宝石，地上铺着金砖。她走进宫里，就有隐形的仆人接待了她。一个声音请她参观宫殿，这个声音和蔼可亲，让她忐忑不安的心完全放下了。

晚上，普绪刻正要上床就寝。厄洛斯突然显出人形，走到普绪刻面前。

"普绪刻，请你不要点灯。千万不要点灯，"厄洛斯对普绪刻说，"我现在就是你的丈夫，只要你不看我的容貌，也不要问我姓甚名谁，那么你就是全世界所有女人中最幸福的一个。如果你不听我的话，你就会后悔莫及。"

在黑暗中讲话的这个人，态度温和文雅，普绪刻感到甜蜜蜜的。自从那天夜晚以后，厄洛斯每天晚上都来到普绪刻身边过夜。普绪刻感到无比幸福，她非常爱自己的丈夫。可是每天拂晓，他就离开她外出了，大白天就剩下她独自一人待在偌大的宫里。过了一段时间，这种寂寞生活就让她不堪忍受了。

"亲爱的，"她对厄洛斯说，"你不在家，我实在难受极了。我想念家里的姐妹们。你能同意我回去看看我的姐姐吗？"

厄洛斯对普绪刻的要求感到不安，但又不愿意让爱妻不快。

"我亲爱的普绪刻，你不能走，"厄洛斯说，"不过，你这样渴望见到她们，那我就通知她们来这里，同你会面好了。但是，你必须答应我，她们如果问到我，你绝不能回答。"

普绪刻同意了。微风按照厄洛斯的命令把普绪刻的两个姐姐吹送到宫里来。

宏伟美丽的宫殿，豪华阔绰的生活，普绪刻拥有的一切一切，都引起了两个姐姐的强烈嫉妒。她们问这问那，问题提出了一大堆。她们尤其关心她的丈夫：他叫什么名字，他的容貌如何……起初，普绪刻守口如瓶，对两个姐姐提出的问题全都避而不答，顾左右而言他。可是她们紧追不放，连一点细节都不放过。她终于承认了她只有在夜里黑暗中才能和丈夫在一块。她压根就没有见过他的体态和相貌。

"如果你丈夫就是神所讲的那样，你怎么办？"两个姐姐叫喊起来，"大概是因为他太丑了，所以他白天不愿给你看见。如果他是一个危险的怪物的话，你怎么办？"

姐姐们走后，普绪刻心绪混乱。她心想，姐姐们的话也不无道理。丈夫的态度是这么温文尔雅，应该不是一个怪物。可他为什么不让见面，夜里又不让点灯呢？是不是他的容貌很古怪，见不得人呢？

普绪刻痛苦不安，她决定解开这个谜，把事情搞个明白。夜晚到了，临睡前她准备了一盏油灯和一把匕首。厄洛斯入睡以后，她就点着灯握紧匕首，把灯照到他脸上。让她奇怪的是，在身边安静地酣睡的不是怪物，而是一个美男子。

普绪刻激动得两手发抖。她一不小心，油灯里的油滴到熟睡的年轻人的肩上。因为油很烫，厄洛斯被惊醒了。

"你太过分了!"厄洛斯叫了起来,"你怀疑我,不听我的劝告。你现在揭开了我的秘密。但是,这对你有什么好处呢?你原来想完全拥有我,现在却会完全失去我。"

厄洛斯讲完这些以后就起床消失了。普绪刻万分悲痛,她到处寻找厄洛斯,但她怎么也找不到。她后悔了,但已晚了。

厄洛斯与普绪刻分手之后,阿佛洛狄忒仍然继续折磨姑娘。她迫使普绪刻做苦工,把混在一起的麦子、豆子、大米等种子分开。还让她去冥界,从冥后那里要来她失去的美貌。普绪刻失去了丈夫,一心想死,倒不怕这些任务。好在天佑好人,总有小生灵帮忙,蚂蚁为她分拣种子,芦苇给她摘取羊毛,神鹰帮她汲水,就连阿佛洛狄忒神殿的石头都指点她冥界的入口。她找到冥后,冥后交给她的只是一个小盒子。她返回地面,非常好奇地打开盒子,盒里的睡眠马上抓住了她,让她昏迷不醒。普绪刻濒临死亡,浑身冰冷。这时候在天上飞翔的厄洛斯看到了她。她的样子唤起了丈夫的同情心。于是他把睡眠赶走,唤醒了妻子,去见宙斯,要众神之王承认他们的婚姻。宙斯不仅为他们的婚姻祝福,而且还把普绪刻留在仙界,赐予她不朽和永生。

白鹤复仇

伊拜卡斯住在希腊的北方,是一个对神虔诚恭敬的音乐师。当时,希腊南方的科林斯每年举行一次盛大的体育竞技和音乐比赛大会。到时,希腊各地的音乐家云集,互相竞技交流,不亦乐乎。音乐之神阿波罗赋予伊拜卡斯一副甜美、圆润的歌喉,伊拜卡斯这年也想一显身手,夺取全希腊瞩目的艺术桂冠。于是,他自家乡起程赶往科林斯。一路上,四轮马车昼夜不停地跑着,很快就到了科林斯的边界,科林斯著名的尖塔遥遥在望,波塞冬的神庙矗立在他的眼前。进城之前,他决定下车祈祷,感谢海神一路保佑,同时恳求他继续赐福。他走进海神庙宇,但见庙内古树参天,殿堂巍峨,却不见一人。他来得太早了,只能看见一群白鹤飞落树上。它们也是刚从北方飞抵南方,到这里过冬。"你们也平安抵达了,我的伙伴们!"伊拜卡斯招招手,朝它们喊道,"你们随我一起翻山越岭,跨河渡湖,你们真是我的好伙伴。你们来到南方寻求温暖,我到南方寻求胜利,海神保佑,希望我们都能如愿以偿!"白鹤咿咿呀呀一阵,算是招呼。

伊拜卡斯继续前行,走过殿堂,最后到了庙宇的后院。这里,野草丛生,古树萧瑟,依然杳无人迹。突然,大树背后闪出两人来,拦住了他的路。他们手里握着明晃晃的匕首,一脸杀气,显然想杀人劫财。他转身想逃,可是他知道,他们马上就会追上的;和他们拼了吧,像他这样一个只会弹琴、手无缚鸡之力的乐师,又怎斗得过手持凶器的歹徒呢!他只能求助他人,狂呼救命了。喊声在殿堂里回响不息,却根本没有见到一个人影。“难道我就这样无声无息地死去吗?”他心想,“在这远离故乡的异土他邦,被这样两个暴徒杀死,没有谁会为我报仇、为我申冤了……”极度的痛苦让他昏倒在地。

昏迷之中,他隐约听见头顶上翅膀狂拍尖叫乱鸣的声音。他拼力睁眼,终于看清了,正是那群与他结伴而行、同来科林斯的白鹤。“噢,是你们啊,我的朋友们!”他有气无力地说,“你们听到了我的呼喊,你们来了,但是,这又有什么用处呢……”话没说完,就再度昏死过去。

当伊拜卡斯他的尸体被人们发现之时,已是千疮百孔、血肉模糊,难以辨认了。如果不是他在科林斯的一位好友预先得知他将来比赛的消息,从他到达的日期推断出那可能就是伊拜卡斯,谁也不知道死者是谁。当他通过衣服确认出友人的时候,失声痛哭起来,他哀号道:“伊拜卡斯呀!我的好朋友,你怎么以这副模样来和我相见呢!我满心以为你到科林斯来一定会争得无上的荣光,谁会料到,竞赛还没有举行你就离开了人世。这是谁干的好事啊?这样伤天害理,这样凶残无情!”前来参加比赛的选手和乐师们都为这一噩耗感到震惊和悲痛,痛哭流涕。人们聚集到科林斯国王面前,要求他主持正义,缉拿凶手,严加惩办,为死者复仇。可是凶手在哪儿呢?科林斯这么大,且在举行盛况空前的竞技大会的前夕,人群如潮水般从四面八方涌来。在海水一样的人群中去捉拿一两个凶手,真是比大海里捞针还要困难。再说,凶手究竟是谁?他们为什么要杀害伊拜卡斯?是谋财害命,还是由于私仇宿怨?这一切,除了那些居高临下、俯视人间、明察秋毫的天神之外,又有谁能说得清楚呢!

竞技大会终于开幕了。这天,一大清早,人们便穿上色彩鲜艳的节日服装,扶老携幼,拥向露天剧场。在这里,将举行隆重的开幕仪式。圆形的剧场依山面海,石砌的阶梯一层高过一层,铺向云端。看台上坐满了人,笑语喧哗,整个剧场呈现出一片异常活跃的气氛。直到科林斯国王宣布竞技大会正式开始,人声才逐渐静下来。只见一队身穿黑裙的妇女,缓步入场,她们步伐一致,节奏整齐地绕场一周。这就是传统的竞技大会的开幕式,她们扮演复仇女神的形象。这些妇女形象非常可怕:全身墨黑,裸露着手臂,擎着浓烟滚滚的火把,面颊惨白,毫无血色,而散乱的长发犹如千百条扭曲、翻滚的毒蛇。她们边走边唱,用凄厉的尖叫声唱起了复仇女神恐怖的歌曲:“我们是复仇女神,我们主持正义,也主持公道。对于心地纯洁、善良端正的人,我们从不冒犯他们,而是保佑他们平安和幸福。可是,对于那些心肠狠毒的恶人,我们却会穷追不舍,直到用我们蛇一般的长发,把他们绊倒在地,才会罢休……”

凄厉的尖叫声直冲云霄,撕裂着每个人的心,那可怕的唱词似乎表明复仇女神早就看透了每个恶人的罪行,正在对他们进行无情的判决。整个剧场死一般的沉寂,人们吓得浑身发抖,个个气喘吁吁,脸色灰白。就在这时,从人群中爆发出一声呼叫:“看呀,快看呀!白鹤飞来了。它们就是伊拜卡斯的白鹤!”果然,从远方,一群白鹤向剧场上空飞来。人们纷纷站立起来,翘首观望。“啊！伊拜卡斯的白鹤飞来了。它们是来寻找杀害它们朋友的凶手的！复仇女神就在这儿,凶手逃不掉了!”人群中又爆发出一声喊叫。这喊声唤起了人们心中的悲哀,也表达了人们胸中的愿望。随着喊声结束,人们不约而同地喊出了伊拜卡斯的名字,还喊出了“凶手逃不掉了”的呼声。这呼声从一群人嘴里传到另一群人嘴里,从剧场的这一头传到了剧场的那一头,顿时传遍了整个剧场。千万人的呼声汇聚成一个巨大的声浪,在剧场上空不停地回荡着。“凶手逃不掉了！逃不掉了!”声浪像山洪暴发,像大海怒涛,震撼着每一个人！突然,在人群中,有两个人扑通跪倒在地,他们双臂伸向天空,嘴里连声高叫:“复仇女神啊,饶恕我们吧……”人们看着这两个面如死灰、扑倒在地的人,“哗”的一声朝四面闪开,像躲避瘟疫似的躲开了他们。人们立刻明白了,就是这两个歹徒,用他们罪恶的双手杀害了善良无辜的伊拜卡斯,割断了他那美妙动听的歌喉。

随后,就在这人山人海的剧场里,在科林斯国王的主持下,根据复仇女神的意思,对这两个罪犯进行了审判,并且给了他们最严厉的惩罚。

黎明女神厄俄斯的诅咒

黎明女神厄俄斯爱上了年轻的猎人刻法洛斯。这天清晨,趁刻法洛斯早早起来打猎的时候,她幻化成一只红毛狐狸出现在他的视野里。他看见这只狐狸,马上追赶,可是这只红狐狸太过狡猾,他根本就抓不住它。就这样,红狐狸在前面引导,刻法洛斯在后面追赶,一直把刻法洛斯带到了她的宫殿前。这个时候,红狐狸消失不见了,出现在刻法洛斯面前的是一位楚楚动人的女神。她艳如桃花,美如朝霞,妩媚动人。刻法洛斯一时不知道该怎么办好。黎明女神厄俄斯走上前去,把他领进自己的宫殿。一顿丰盛的早餐过后,喝茶的时候,黎明女神厄饿斯说明了自己对他的绵绵爱意。开始,刻法洛斯有些被周围的环境迷惑住了,现在厄俄斯一说明心意,刻法洛斯便猛地清醒了。他想起了自己深爱着的妻子,便坐不住了,马上要回去。黎明女神厄俄斯百般挽留,想方设法讨他喜欢,可是白费心血。刻法洛斯毫不客气地告诉黎明女神,她的痴心是白费了,他只爱他年轻美貌的妻子普洛克里斯,对于女神,他一个普通凡人不敢高攀。话都说到这份上,厄俄斯恼羞成怒,生气地把他打发走了。走之前,她恨恨地说道:“滚吧,没有良心的家伙,守着你的妻子去吧,不过有一天你会为拒绝我而后悔的。终于有一天你会希望不再见到她。”说完,厄俄斯故作诡异地冲着刻法洛斯笑了一下。

刻法洛斯的确是深爱着自己的妻子普洛克里斯的,可是黎明女神的话和她最后那诡异的笑却让他渐渐地产生了一种怀疑:黎明女神厄俄斯为什么会那么诡异地笑呢？难道是普洛克里斯对自己不忠了吗？不会的,他随即否定了自己荒唐的想法，因为两个人自从相识以来一直深深地相爱着，并且从来没有分离过，妻子是绝对不会背叛自己的。可是过了一会儿，他又开始不安了，厄俄斯的笑是什么意思呢？难道是普洛克里斯以后会背叛我？

黎明女神厄俄斯

想到这里，刻法洛斯下定决心想考验一下妻子对自己的忠诚。于是，他故意没有回家，而是离家远走了。他打定主意要在外面待一年，然后回来看看妻子是不是还在等着自己。终于，一年的时间过去了。到了这个时候，他觉得是可以看得出妻子普洛克里斯是否对自己忠诚的好时候了。妻子普洛克里斯如果对自己爱得不深，那么最初的一点爱早就被漫长的等待耗尽了，肯定很容易就会背叛自己。而如果妻子在一年漫无目的的等待之后还能为自己守住贞洁的话，以后也一定不会背叛自己。于是，他乔装打扮了一下，变成一个外乡人，往自己的家里走来。他的邻居们看到来了一个生人，纷纷对他诉说着普洛克里斯的事情，因为他们觉得这个痴情的女人实在是太难得了。一年之前，她的丈夫出去打猎失踪了，普洛克里斯一直默默地等待着他，每天黄昏的时候都会站在家门口往远处张望着，希望能看到丈夫的身影。

刻法洛斯听了邻居们的议论很感动，于是他敲了一下自己的家门，想进普洛克里斯的房间。可是不管他怎么说，普洛克里斯都不开门，只是很有礼貌地说自己的丈夫不在家，不方便接待客人。到这时，刻法洛斯已经感动得流下泪来，他觉得自己简直都没法继续装下去了。他多么想马上告诉妻子真像，然后紧紧地抱住她，给她一个长长的深情的吻。可是就在他想说出真相的时候，黎明女神诡异的笑又一次在他的脑海中浮现，他决定，再最后试探一下，如果妻子还是不变心，自己就说出实情。

于是，他拿出许多奇珍异宝诱惑妻子，并且告诉她自己是刻法洛斯的朋友，刻法洛斯已经在一次打猎中不幸丧生了。普洛克里斯忍受不了一年的苦苦等待却换来的是这样的噩耗，她一下子崩溃了，只想抓住一根救命稻草，于是答应了外乡人的追求，同意了跟他私奔。这时，刻法洛斯恢复了原貌，对妻子痛加指责。普洛克里斯羞愧难当，她一声不响地逃到了克里特岛，成为月亮女神的随从，并且痛恨自己的丈夫和所有的男人，决定一辈子追随着月亮女神阿尔忒弥斯过单身生活。

可是，对刻法洛斯又爱又恨的感情却让她怎么也忘记不了那个屡次考验自己的丈夫。最后，她决定回到家乡，看看这个考验了自己的人是不是真的能经得起那样的考验。她准备返回家乡的时候，月亮女神阿尔忒弥斯送给她两样宝贝：一只每投必中、绝对不会偏离目标的矛和一头奔跑神速的名犬。这一回，普洛克里斯也化了妆，刻法洛斯也没有认出她。普洛克里斯用两件宝贝诱惑刻法洛斯，致使刻法洛斯也说出了变心的话。这个时候，普洛克里斯说出自己的骗局，刻法洛斯非常羞愧，他明白了自己以前的所谓"考验"是多么的荒唐。他立即真诚地向普洛克里斯道歉，请求妻子的原谅。普洛克里斯毕竟还深深地爱着丈夫，她原谅了刻法洛斯，两个人又和好如初了。

经历过这种种的风波之后，刻法洛斯更爱自己的妻子了。他们两个人一起幸福相处了很长的时间，可是还是出事了。这次，还是因为对爱人忠诚的怀疑。

原来，两个人和好之后，普洛克里斯就把月亮女神送给自己的两样宝贝送给了丈夫。因为她更喜欢待在家里，而丈夫比她更爱打猎。问题就出在这两件阿尔忒弥斯送给她的礼物上。先是那只猎狗。一次刻法洛斯狩猎，碰见了一只真正的狐狸。当时，刻法洛斯还没有真正反映过来，那只天生敏捷的猎狗却箭一般窜出去。狗和猎人追赶了好半天，眼看这只狗就要追上狐狸时，突然狗和猎物一起变成了石头。猎狗变成了石头，而那支标枪，却命中注定要为他们带来厄运。

刻法洛斯打猎累了的时候，有个习惯，总要到荫凉处躺下吹吹风。有时候，树荫下没有凉风，刻法洛斯就会大声地说："来吧，温柔的奥拉，甜蜜的微风女神，来消消我身上炙人的热气吧。"他的一个打猎的伙伴听了这话以后，错以为他是在对一个少女讲话，就把这个秘密告诉了普洛克里斯。普洛克里斯不相信，她知道丈夫对自己的忠心。但是到了夜里，打猎的丈夫还没回来，孤单的普洛克里斯就胡思乱想起来。她左思右想放不下心来，所以，一次丈夫出去打猎，她就偷偷地尾随丈夫出来并藏身在告密者指点过的地方。

奔跑了整个上午，刻法洛斯在烈日之下昏昏然了，如同往常一样躺到了绿色的树荫下，呼唤着奥拉的名字。突然他听到了灌木丛中传出的一声呜咽。他以为那是野兽的声音，就一枪掷了过去。一声尖叫使他明白标枪肯定击中了目标。他跑过去，从地上抱起了受伤的普洛克里斯。临终前，她无力地睁开了眼睛，勉强地说出了这番话："我求求你。如果你爱过我的话，亲爱的，答应我最后的一个请求吧：千万不要跟那个可恶的微风女神结合。"说着，她躺在丈夫的怀抱中死去了。

黎明女神与蝉

拉俄墨冬是著名的特洛伊国王阿里普摩斯的父亲，他非常宠爱小儿子提托诺斯，就把羊群交给他，让他与老迈的祖父一起照看、牧放。实际上看守羊群的都是年迈的老祖父。斯卡曼罗斯河为他们提供了方便，两岸绿草茵茵，根本不用他们操心。所以，放牧的时候，提托诺斯无拘无束，想干什么就干什么。他太喜欢玩了，不是吹奏风笛，引吭高歌；就是睡睡午觉，醒来后与树木闲谈。有时候，他也看护羊群。但他看守羊群，却是与小羊羔发脾气，或者逗乐。在荒无人烟的大自然中，提托诺斯总能够发现新鲜的东西。他甚至能与风儿欢笑，让他的老祖父笑得直摇头。可是，提托诺斯不管这些，他的生活过得如同神话一般美好。

他整天在大自然之中嬉戏打闹，天真无邪的气质吸引了一位美丽的女神。那天，黎明女神厄俄斯外出散步，无意中看到躺在牧场上的提托诺斯，立即被他那纯真气质迷住了。她马上跑到了提托诺斯面前，一神一人，成了形影不离的伴侣。对提托诺斯来说，女神是他的一个伙伴、知己。他什么话都可以说给她听。不过，他丝毫都不懂男女之情，只不过觉得女神，比那些自然万物更可心一点而已。

女神就不一样了。提托诺斯是她的最爱。她整天陪着他嬉戏，陪他哭，陪他乐，忙得不亦乐乎。许多天过去了，提托诺斯欢乐依旧，可是女神脸上在笑，心里却发愁：她太爱他了，简直都不敢想象将来有一天失掉他会怎样。提托诺斯肉体凡胎，死亡是无可避免的。为此，女神离开了提托诺斯，匆忙地跑到众神之父宙斯面前，请求他赐提托诺斯长生不死。

长生不死可是神仙的特权，宙斯不愿意把这种特权当作礼物送给人。厄俄斯执意地恳求他，眼泪汪汪，跪在他的脚下，又是抚摸天神的胡须，又是抱着他的双膝。看样子，他不答应，这个女孩还真不起来了呢。你看都几个小时了，她还痛哭绝望地祈求着。宙斯终于被她那晶莹的泪水打动了，赐予提托诺斯永生不死。临走之前，宙斯警告女神，他只能满足女神的这一个要求。再有什么非分之想，他绝不答应。女神感激得都要哭了，连连点头。

现在，厄俄斯和提托诺斯的幸福是完美的了。每天，天刚放亮，厄俄斯就来了，她坐在青年牧人身旁，如饥似渴地倾听他用洪亮的声音向她讲述的一切，讲他的羊群，讲他挤出的羊奶，讲羊羔滑下河去，讲夜里刮起的风，讲太阳驱散了乌云……就在这种幸福得如同梦境的日子中，一天天过去了，一月月过去了，一年年过去了。

忽然一天，厄俄斯发现提托诺斯的头发开始脱落，变得稀少，皮肤出现了皱纹，就连那让她痴迷的微笑的眼睛也混浊不清了。他说话的声音不再清脆了。厄俄斯非常惊恐。这时候，她才突然想起来，她在宙斯面前为心爱的人所祈求的仅是永生不死，却没保证他青春永驻。提托诺斯是不会死，但却一天天衰老。怪不得宙斯拒绝她的下一次请求呢。原来，他们这些天神早就预料到了。女神气得痛哭起来。日子飞逝，提托诺斯失去了青春活力，他雄狮般的身躯开始萎缩变小，并渐渐发黑。他虽然还保持着说话能力，然而他的说话声已失去了音乐感。

厄俄斯痛苦地看着他的变化。提托诺斯开始驼背，开始萎缩，不久变得如同一个年老的小孩，随后又变得像一个干枯的婴儿，接着他的腿和手臂变得如线一般细弱，身体像一个干瘪的甲虫。现在他已经能在厄俄斯的手掌中走来走去了。

厄俄斯把他放在自己的手里，而他每天清晨仍然对她讲述着他的所见所闻。

他的语言如同流水一般无休无止，像在念着单调的经文，让人听不懂。

厄俄斯听着听着，不觉动起怒来。过去她把他的声音当成大自然优美的旋律，而现在听起来，就像是一些缺乏色彩、毫无意义的单调的破裂声。看到她那心爱的人正装模作样地坐在她的手指上，她的眼睛闪出了痛苦的神情。她弯下身去，向他轻轻地吹了一下。提托诺斯展开了翅膀，一边说着，不停地说着，一边跃入高空，躲藏到树枝间去了。他变成了一只蝉。

酒神狄俄尼索斯

酒神狄俄尼索斯并不是奥林匹斯山的十二主神之一，但是他在民间颇受欢迎，他的影响甚至超过了十二主神中的几位。狄俄尼索斯的出生非常有意思，他的父亲是宙斯，母亲塞墨勒是底比斯城的创建者卡德摩斯与哈尔摩尼亚的女儿。塞墨勒美貌端庄，却继承了家族的不幸命运。

塞墨勒的不幸是披着爱情的美丽面纱的。万神之王宙斯爱上了她，但是，为了避免赫拉的追踪嫉妒，宙斯总是变幻成一个普通的凡间男子来与她幽会。塞墨勒对这一切完全不知情，她只是喜欢这个与自己幽会的年轻人，对他的来历却一无所知。然而，宙斯的妻子赫拉却知道了丈夫变幻之后与凡间女子约会的事。受到了丈夫宙斯的启发，赫拉以其人之道还治其人之身，也变幻了一种形象来到了情敌塞墨勒面前。原来，她变成了塞墨勒最信任的乳母贝罗厄——那个满头白发、拄着拐杖、一脸慈祥的凡人老婆婆。来到塞墨勒面前之后，赫拉这个“乳母”开始巧妙地煽动着塞墨勒对自己情人的好奇心：“亲爱的塞墨勒，我听说跟你约会的年轻人其实是个天神呢！我多希望他真是个天神呀，可是也说不定是个骗子呢，只是看上了你公主的身份。他到底是什么来历呢？我想到了你应该问清楚的时候了，下次你一定要让他现出真身。”塞墨勒本来只想享受爱情的甜蜜，对对方的来历并不在意，可是乳母的一番话一下子勾起了她的好奇心。她决定向自己的情人问个清楚。

又到了与年轻人幽会的时候了，塞墨勒握住宙斯的手，深情地说：“亲爱的，我们两个也相爱过一段时间了，我并没有向你要求过什么。今天，我想请求你答应我一件事可以吗?”看到恋人既美丽又真诚的样子，宙斯想都没想就满口答应了，他压根不知道赫拉已经找过塞墨勒的事情，以为只是少女对恋人撒娇罢了。所以，他不仅答应了会满足恋人的任何请求，还立即指着人神都要敬畏的斯提克斯河发了誓。塞墨勒高兴极了，她提出了自己的要求：“那太好了！我的要求是见识一下你的真面目。”宙斯一听塞墨勒说出的是这个要求，就想捂住少女的嘴阻止她说出来，可是已经来不及了，塞墨勒的话如同生了翅膀，已经从她的口中飞出，抓也抓不住了。宙斯非常懊悔自己答应了情人的要求，因为他非常清楚这个要求将会给少女带来巨大的灾难。然而，作为万神之主的他却绝对不能违背诺言。于是，宙斯最后一次深情地吻了一下姑娘,然后叹了一口气,显出了自己的真面目。一时间,少女的闺房里雷声轰隆,闪电划过,还有一阵阵的霹雳滚滚而来,因为这就是宙斯的真身——雷点神。可怜的塞墨勒只是血肉儿胎,那里禁得住这样近距离的雷电!她在瞬间就被高温和强光化成了灰烬。宙斯看到情人的遭遇悲痛不已,一下子伏在了那堆灰烬上。突然,他从灰烬中发现了一个被炸裂成碎片的婴儿,原来,少女已经开始孕育着自己与他的孩子。宙斯一看这些婴儿的碎块还有些生气,就想救活他。为了救活自己的儿子,宙斯用刀子割开了自己的大腿,将破碎的胎儿缝了进去,以袋鼠一样的方式继续孕育孩子。胎儿就在宙斯的大腿中慢慢成长起来,十个月之后,宙斯再次割开大腿,狄俄尼索斯一下子跳了出来。

狄俄尼索斯出生之后,宙斯偷偷地将他托付给倪萨山的仙女们抚养。在仙女们的精心哺育下,狄俄尼索斯慢慢地长大了,变成了一个英俊的少年。他有着长长的棕色卷发,皮肤白皙,生性放浪而又略带忧郁。宙斯的妻子赫拉并没有停止对狄俄尼索斯这个情敌的儿子的迫害,当狄俄尼索斯以一个漂亮少年的样子回到人间时,赫拉动用自己的神力让他发了疯。因此,狄俄尼索斯在埃及、叙利亚等地流浪了很多年。后来,地母该亚治好他了的疯病,但他的身上还是残留了一些放纵与迷狂。

由于在物产丰饶的倪萨山森林中长大,所以狄俄尼索斯被封为果实之神。其实,狄俄尼索斯也是第一个种植葡萄和酿造葡萄酒的神,所以他更加广为人知的身份是酒神。狄俄尼索斯之所以能发明葡萄酒这种香甜可口、催人入眠、能够解除人的疲劳与忧愁的神奇液体,与他的一个朋友的死有关。

狄俄尼索斯有一个非常好的朋友,他们都是在倪萨山的森林中长大的,从小就经常在一起玩耍。后来这个朋友在一次打猎中不幸去世了,狄俄尼索斯非常悲伤,他经常到朋友的坟前看望他,跟死去的朋友说说话,希望他在另一个世界不会太孤独。有一天,狄俄尼素斯发现在朋友的坟上长出了一种以前从来没有见过的植物,它有着弯弯曲曲的长藤,巴掌大的绿色叶子。在藤上长着些嫩绿色的弯曲的须子,就像是死去伙伴的卷发。最神奇的是上面长出的紫红色果实,它们一串一串地,散发出一种奇异而令人迷醉的香气。连狄俄尼索斯这个果实神都没有见过这种紫红色果实。看着这一颗颗饱满晶莹的果实,狄饿尼索斯仿佛又看到了朋友那双明亮而有神的眼睛,他睹物思人,不禁又流下了伤心的泪水。这时,狄俄尼索斯的手不小心碰到了那果实,果子上薄薄的果皮破了,粘了他一手的紫色汁液。他不自觉地把手放到了嘴边,用舌头轻轻地舔了一下那汁液,顿时,一股醉人的清香在他的口中弥散开来。他这才发现,原来这种紫红色的果实这么甘美,这么令人迷醉。后来,人们就把这种果实叫作葡萄。狄俄尼索斯用葡萄做原料酿造出一种醉人的饮料,那便是酒。从此之后,人们就把狄俄尼索斯认为是酒之神。他的这个名头太大了,以至于掩盖了原来的果实神的身份。

作为一个善恶分明的神,狄俄尼索斯总会惩罚那些亵渎神的尊严的人,并且能善待那些曾经帮助过他或者向他显示过善意的人。有一次,第勒尼安的一群海盗看见了长相英俊仪态高贵的狄俄尼索斯,以为他是个王子,可以换取一大笔赎金,就劫持了他。在海盗的船上,那伙强盗对狄俄尼索斯非常粗暴,肆意地侮辱取笑他。只有一个叫作阿克忒斯的水手同情这个漂亮的少年,不忍心欺辱他,并不断地为他求情,请他们放这个年轻人一条生路。海盗们才不管那么多呢,他们非但没有因此放掉狄俄尼索斯,还连阿克忒斯一起嘲笑侮辱。突然,船抛在海上,一动也不动了,好像突然搁浅了一样。狄俄尼索斯微笑地看着目瞪口呆的海盗们,镣铐和绳索从他的手臂和腿上自动脱落了。就在海盗们和阿克忒斯还没有反应过来的时候,更多的奇迹出现了:海上狂风劲吹,海浪翻腾,大船却纹丝不动;一会儿,浓绿的葡萄藤爬上了桅杆和船桨,藤蔓和葡萄叶把整个船帆都变成了绿色的。一股股芳香的葡萄美酒在船上流溢,整个船都仿佛迷醉了。狄俄尼索斯神采奕奕地站在那里,手中握着缠满了葡萄藤的神杖,周围伏着猛虎山豹,低声地咆哮着。水手们明白他们这次不幸劫持了一位神,吓得纷纷跳到海里,变成了有尾巴的鱼。只有阿克忒斯没有受到惩罚,狄俄尼索斯感谢他对自己的善意,让他成了自己的随从。

酒神狄俄尼索斯的妻子是克里特的公主阿里阿德涅。有一天,狄俄尼索斯看到在纳克索斯岛上,有一个美丽的少女正坐在海边哭泣。原来,少女叫阿里阿德涅,是克里特王国的公主,她为了爱情背叛了自己的父亲,帮助情人忒修斯杀死了克里特迷宫里的妖牛。但是事成之后,却被忒修斯遗弃在纳克索斯岛上。海风吹拂着她海藻一般的长发,流着泪的阿里阿德涅越发显得楚楚可怜。狄俄尼索斯被她的美丽与不幸打动了,他安慰了可怜的姑娘,并把她带在了身边。后来,狄俄尼索斯娶她为妻,并与她生育了一些英雄的儿女。不过,也有的神话认为是狄俄尼索斯凭借自己的神力从忒修斯手中抢走了阿里阿德涅。面对着宙斯的儿子,虔诚信神的忒修斯敢怒不敢言,只得放弃了自己心爱的姑娘,成全了她与酒神的姻缘。

变成野猪的彭透斯

卡德摩斯的外孙狄俄尼索斯,是宙斯和塞墨勒的儿子。由于此神在物产丰饶的森林中长大,宙斯就分封他为果实之神。而天下好酒,其原料都是葡萄之类的水果,所以他又有了一个小小的职位,那就是管理葡萄种植。他成为一个希腊人人敬奉的神灵,其经历是相当曲折的。

狄俄尼索斯十四岁时,他就离开了养育自己的诸位仙女,去各地旅行,向世人传授种植葡萄的技术。当然了,他也要求人们建立神庙来供奉他。随着人们越来越喜欢葡萄酒,狄俄尼索斯的声名传遍了希腊,最后连他的故乡底比斯人都听说了他。

那时候,底比斯国王卡德摩斯已把王位传给了彭透斯——狄俄尼索斯姨妈阿高厄的儿子。狄俄尼索斯这个表弟天生不信神，连天神宙斯都不放在眼里，不过，他最憎恨的却是和他有血缘关系的狄俄尼索斯。什么家伙呀，不过是和自己一样凡人而已，干吗装神弄鬼地把自己当成了一个真神。所以，当酒神狄俄尼索斯带着一群狂热的信徒来到底比斯阐述神道时，彭透斯愤怒极了。

他站在底比斯城的广场上，朝着那些疯狂崇拜酒神的妇女们怒吼了起来："天呀，你们这些愚蠢的傻瓜和疯子，为什么像一群苍蝇，追随一个凡人！睁大你们的眼睛，看清楚这个家伙的底细吧！他头上戴着葡萄藤花环，身上穿的是紫金长袍，而不是铠甲。他还不会骑马，是个战场上的懦夫。你们难道瞎了眼，竟然朝拜一个娘们儿一样的家伙！你们难道忘记你们的英雄祖先了！再说了，这个家伙是我的亲戚，没有人比我更清楚他的底细。他只不过和你们一样，是一个凡人！宙斯是他的亲父——谁没有耳朵竟然相信这种瞎话！他那一套假模假样，都是为了骗住你们！"

他骂骂咧咧地发泄了一通之后，又下令命仆人们把这个新教的教主给抓起来，套上脚镣手铐。

谁都知道酒神对待朋友宽厚大方，可是对待不信他是神祇的人却毫不手软。彭透斯的亲戚和朋友们听了他傲慢的话，大吃一惊，十分害怕。卡德摩斯摇着白发苍苍的头，表示反对，可是他现在已经没有实权了。他的劝说对彭透斯而言，反是火上浇油。

不一会儿，派去抓人的仆人都头破血流地逃了回来，带来了一个人，并不是他表兄。

"人呢？"彭透斯愤怒地大声问道。

"我们根本没有看到狄俄尼索斯。我们抓了他的一个随从，他好像跟随他的时间并不长。"仆人们据实回答。

彭透斯仇恨地瞪着抓来的人，大声问道："该死的家伙，你叫什么名字？为什么要跟随那个醉鬼？"

抓来的人无所畏惧。他是狄俄尼索斯的仆人阿克忒斯。他告诉彭透斯，酒神救过自己的命。

"我不耐烦听你废话了，"国王彭透斯叫道，"来人，把他抓起来，押在地牢里！"

奴仆们遵命把他关进了地牢。可是他却被酒神使了魔法，放走了。

国王十分愤怒，开始大规模地迫害狄俄尼索斯的信徒。他把狄俄尼索斯的信徒统统关进大牢里，连信服酒神的母亲也不放过。但奇怪的是，没有任何人帮助，这些人的手铐脚镣自动脱落，监狱的门也大开。他派去捉拿酒神的仆人惶惑地走了回来，因为狄俄尼索斯让他们自己甘愿套上了枷锁。

现在，狄俄尼索斯站在国王面前。尽管国王不想看，可是表兄的美貌仍然吸引了他的目光，他感到惊讶不已。不过，彭透斯不是一个轻易放弃的人，他要拆穿这个家伙神仙的外衣，让他露出骗子的本质来。他命人给狄俄尼索斯钉上重镣，关在靠近马厩的山洞里。但是酒神一声令下，地动山摇。洞口的砖墙被震塌，手脚上的镣铐也松开了。他安然无恙地走了出来，回到他的追随者中间。

彭透斯实在没有办法，不想再管理这些事情了。让那些傻瓜去疯狂吧，让他们去上当受骗吧。他把自己关在了宫殿里。可是厚厚的城墙也阻隔不住那个骗子的消息。又有报信人来到他面前，说那些狂热的妇女正在山林里祈祷，她们只要敲击岩壁，石缝里就会流出清泉与美酒，而旁边的小溪里流淌着白花花的牛奶，空心的树干也滴出了芬芳的蜂蜜。国王的母亲和姐妹们是这批妇女的领头人。而最让他生气的还是那个打探消息的人临走之前补充的一句话："陛下，如果你自己在场，一定也会跪拜下去！"

彭透斯怒发如狂，他大声命令，集合军队开赴树林，剿灭那些愚蠢的臣民。可是军队集合完毕正整装待发的时候，狄俄尼索斯却不请自来。他一开口就吓了国王一大跳。他说他可以将他的女信徒一起带来，任凭处置。不过，必须国王亲自前去。而且这些女人都很疯狂，如果她们知道国王不相信酒神，她们会把他撕成碎片的。所以，去的时候，国王必须穿上女人的衣衫。

国王彭透斯非常怀疑，不过，狄俄尼索斯这个提议也太有诱惑力了。他勉强地答应了，跟在酒神的后面，走到城外。附在衣服上的魔法生效了。彭透斯变成了一只气势汹汹、尖嘴獠牙的野猪，可自己却毫不知觉。两个人一会儿就来到了森林里。那里，狄俄尼索斯的信徒们聚拢过来，唱着颂歌。整个基塞龙山到处都是信徒，到处都是酒神领唱的快乐歌声，山路两侧的悬崖回荡着他们的呼喊。彭透斯听到喧闹声之后，一股无名火烧上心头。他快步跑过树林，来到一片开阔的空地，那里正在进行着一次郑重其事的酒神祭祀。妇女们匍匐下拜，高声歌唱。最让彭透斯无法忍受的是，他看见那些疯癫得不可理喻的女人中，领头的竟然是自己的母亲阿高厄，他冲了上去。

那些祈祷的女人们发现了背后的骚动。回过头来，她们发现一头强壮的野猪冲了过来。这些酒神的忠实信徒一个个毫不畏惧，拿起各式武器，扔向野猪。可怜的彭透斯还没来得及说一句话，就被这些妇女撕成了碎片。而那投出枪的人，正是自己的母亲。只见她孩子似的欢跳着，高声喊道："胜利了！胜利了！光荣属于我们！酒神万岁！"

兴奋的欢呼声，不知道为什么听起来，像是一个人的讥讽。

国王迈达斯的金手指与驴耳朵

弗利基亚人要选举新的国王。为了挑选一个合适的国王掌管国家大事，他们进行了热烈的讨论。人选有三个，但是讨论来讨论去，谁都没有说服其余两方。没有法子了，他们只能求助于本国的大法师。法师卜了一卦，然后摇了摇头，争论的三方大为紧张。正在他们不明所以的时候，法师不紧不慢地开口了："如果你们想要遵循神示的话，那么你们都要失望了。将来的国王并不是你们提名的三个人。神示明明白白地显示：你们未来的国王正坐着牛车向这边走来。"

这一消息马上就在城里传开了。弗利基亚人四处搜寻，就看见广场上冒出了一辆破破烂烂的牛车。贫苦农民戈尔迪雅斯和家人坐在牛车上。于是，戈尔迪雅斯受到了热烈欢迎，并立即被拥立为弗利基亚国王。戈尔迪雅斯当了国王后，牛车就成为神庙里祭献宙斯的祭品。他用绳子打成了一个结，车子就紧紧系在神庙的一根柱子上。根据神示，谁要是能解开这个结，他就可以统治整个亚洲。后来，亚历山大解决了这个难题，他并没有慢慢地解结，而是当机立断，拔剑把这个结斩断了。

戈尔迪雅斯是个聪明能干的国王，去世后，他的儿子迈达斯继承了王位，统治弗利基亚。但是，迈达斯远远不如其父精明能干。一天，吕迪亚有几位农民无意中发现西勒诺斯醉倒在河边。西勒诺斯是牧神潘的儿子，又是酒神狄俄尼索斯的师傅。西勒诺斯长着马儿一样的塌鼻子，耳朵竖直，屁股也是直撅撅的。他因常去天神宙斯的葡萄园而闻名，被看作是一个先知。

农民们很高兴发现西勒诺斯，并把他五花大绑捆起来。然后，兴高采烈地把他押送到国王面前。

"真是意想不到的事啊，太好了！"国王高兴得叫起来，"我早就希望见到被人们称为掌握智慧钥匙的人了。"

"迈达斯，你想要智慧的钥匙？"醉醺醺的西勒诺斯问。

"是的。据说你掌握了人类生活的秘密。"

"什么！你想了解人类生活的秘密吗？"西勒诺斯带着讥讽的微笑说。

"西勒诺斯，"迈达斯惊奇地大叫了起来，"那还用说！"

"那么，你想了解人类一般的生活秘密还是你个人的生活秘密？"

不学无术而又妄自尊大的迈达斯立即回答说："当然啦，最使我感兴趣的，是我个人生活的秘密。"

"好，那你就听着！这个秘密就是：对你这样一个人，最好不要出生，如果已经出生了，最好尽快离开人间……"

迈达斯考虑了一阵，才明白西勒诺斯的意思，他恼羞成怒，满脸通红："你这个无耻之徒，快给我滚蛋！伙计们，把这个醉鬼带走，把他送回牧神那里去。我这里，不需要他那样的智慧。"

农夫们暗自高兴，把俘虏带走后，把他交给了狄俄尼索斯。

西勒诺斯失踪后，酒神非常不安，四处寻找。如今听说迈达斯国王下令把他的师傅释放了，就打算重赏迈达斯。

酒神穿云破雾，到了迈达斯国王的宫殿，对迈达斯说："你对西勒诺斯很慷慨，我也要对你慷慨。你有什么愿望告诉我，我一定让你如愿以偿。"

迈达斯是如何把西勒诺斯打发走的，自然心里明白。现在，狄俄尼素斯却表示要帮助他，他大为诧异。可是好事临头，也没必要故作清高去推却。他没有多问，只想着如何利用这个机会。考虑很久以后，他说："这样吧，狄俄尼索斯，我想学点石成金的法术。凡是我摸过的东西都能变成金子。"

酒神盯着迈达斯，即鄙视又可怜他。

"好吧，我答应你的要求。但是，你要知道，你真是个蠢东西。"

说完以后，酒神就腾云而去。

迈达斯非常兴奋。他摸了一下他那把铜剑，铜剑立刻变成金的。他又摸了一下卧室里的毛毯，毛毯也变成了金丝毛毯。他再摸一下餐桌，餐桌也立即闪闪发光，变成一张大金桌。他摸了一下他的椅子和餐盘，这些东西都立即变成金子……不幸的是，仆人端来的羊腿和杯里斟的美酒，他一摸也立即变成金子。这样，迈达斯只好忍饥挨饿了。

几天过去了。迈达斯摸过的东西都变成了金子，他周围的一切都变成了金子。可他却没有什么可以吃喝，他啃不动金子。可怜的国王身体眼看就垮下去了。现在他终于明白了酒神的话，他后悔了，意识到自己干了一件非常愚蠢的事。

最后，他实在饿渴得没法忍受了。他只好谦恭地请求酒神收回原先送给他的赠品。

"那我就把它收回了，"酒神回答说，"但是，你荒谬的贪婪应该受到惩罚。你现在先到帕克多尔河洗个澡吧！"

迈达斯按酒神的吩咐，到了帕克多尔河边，跳进去洗了个澡。自从那时起，帕克多尔河里的沙子就充满细细的金沙。当他回到河岸时，他意识到，他那点石成金的法术已经失去。这时，耳朵有点发痒，他用手摸了一下。谁知两只耳朵马上长得又长又大，长得让他不安。他往河水里一看，吓坏了，发现发怒的酒神竟然让他的耳朵变成了驴耳。

为了不让别人知道自己长了一对奇丑的驴耳，迈达斯总是避开随从，独自洗澡。他长期戴一顶弗利基亚帽子，盖住他那长长的耳朵。

可是，他每次理发都得脱下帽子，理发师自然看得清楚。

"如果你敢告诉别人，说我有两只驴耳朵，我就砍掉你的脑袋。"迈达斯威胁说。可怜的理发师被吓得脸色发青，他赌咒发誓说自己绝对不会声张。

但是，不让一个理发师说闲话，还不如杀了他。这位理发师不知多少次把到了嘴边的话又咽回去。他想到如果讲出国王的丑闻，就会杀头，只好竭力克制自己，不把这个秘密讲出去。

理发师把这个重大秘密埋在心里太久了，他慢慢地感到难以忍受。一天，他实在憋不住了，就跑到田里挖了一个深洞，对着洞口大声喊："迈达斯，国王迈达斯长着一对驴耳朵。"他说完以后，心里轻快多了，便用泥土把洞口封了起来。

迈达斯的奇丑还是传了出来。问题并不是因为有人听见，而是洞口边长出的一丛繁茂的芦苇。每当有风吹过，被吹动的芦苇就发出声音："迈达斯，国王迈达斯长着一对驴耳朵。"

两面神雅努斯

卡尔娜是山林仙女之中最为漂亮、活泼、温柔的。她太迷人了，可以说是人见人爱，神见神爱。她乐意接受男子的求爱，并竭力装出一副情投意合的幸福美满的面孔。但实际上，她看不起男人，往往残忍地把他们引到死亡的路上去。为什么这样呢？是因为她的心还没有被打动的缘故吗？还是因为见惯了不管是神界还是人间的女性都饱受男性欺凌而为她们打抱不平？她的女伴不能完全确定。

"你怎么这样妖艳？"其他山林仙女姐妹们问道。

"我要让男人都迷上我。"卡尔娜很坦率地回答。

"让别人爱上你，当然是理所当然的事情。可是，假装着爱上别人，然后又把他人一甩了之，不道德吧！"

"如果这些蠢男人主动上门，大献殷勤让我摆布，那是他们自己愚蠢，他们伤心也只能怨自己。过失在他们，并不是我。"

"你呀，真是一个朝三暮四、见异思迁的小魔女。难道就因为他们愚蠢这个小小的过错就要他们死吗？"

仙女们都指责卡尔娜喜欢玩弄男子取乐的坏习惯。她经常同男子约会，然后把他们引诱到森林里去闲逛。当求爱者稍不注意，身轻如燕的她就闪到树后，无影无踪。年轻的求爱者当然气恼，可是却又更为迷恋。他们立即追寻，顺着她嘲弄嬉戏的笑声，狼狈不堪地搜寻她。不是刚刚看见她那洁白的裙子就在这棵栗树后吗？她刚才不是才跳过这条小溪去吗？他们穷追不舍，但是，卡尔娜灵活机变，求爱者怎么也逮不上她。她就像磷火一样，闪烁在茂密的树林之中，好像就在前方，到了跟前，却又闪烁在更前面。当他们身心疲倦、想要放弃的时候，却发现自己已经迷失在莽莽丛林之中，找不到路了。他们只好孤魂似的游荡在密林里。最后，他们或被猛兽吃掉，或陷进卡尔娜布置的沼泽里。

"我们的妹妹这样做，实在太过分了，太缺德了！"当卡尔娜不在场时，一位仙女说道，"我们不能让她这样继续下去了。"

"是呀，但是有什么办法？"另一位仙女说。

仙女们在她们喜爱的林中空地里围坐着。她们反复地思考这个问题，却一筹莫展。劝她吧，还不是耳边风吗？可是总不能把她捆起来，囚禁起来吧。她们想不出一个好办法来阻止妹妹。

恰好路过的两面神雅努斯偷听了她们的话。他早就听说卡尔娜姿色妖艳而心狠手毒，可是他不是早就希望认识她吗？于是，他躲在一棵树后，静等她回来。

过了不久，卡尔娜回来了。她沿着小道向林中空地而来。这时，雅努斯故意走了出来。卡尔娜和雅努斯正好迎面相遇，他们都被对方吸引了。雅努斯从来没有见过这么迷人的仙女。卡尔娜也一样，从来没有见过这么英俊的年轻人。

雅努斯不但容貌超人，而且还有两张面孔，能看见两个相反方向的东西。

"这真是一个令人倾倒的女孩，"雅努斯自言自语，"但是据她的姐妹说，她扮得这样妖艳，就是为了玩弄男性。我可要小心，绝不要上了她的圈套。"

"这个人真是英俊，"卡尔娜心想，"但是，尽管他让人动心，我还是要像对待其他男子一样玩弄他。"当然，卡尔娜又玩起了老把戏，她举止潇洒，落落大方，对见到雅努斯表现得非常愉快和高兴。然后，她叫雅努斯第二天在山洞前相会。

当天夜里，她第一次失眠了，翻来覆去无法入睡。"又有一个青年轻率地迷恋我。"卡尔娜想。本来这样她该高兴才是，可是不知道为什么她感到很压抑。"轻率而又糊涂也许要葬送他的命。多么可惜啊！我多么喜欢这个年轻的神。他有两张面孔，两张面孔都很吸引人。但是，有什么办法呢！他活该！我不要在我的指挥棒下来回转悠的丈夫。"

第二天清晨，两个青年如约相会。卡尔娜显得更加妖艳、调皮、富有魅力。这一天，她没有虚饰，她的心确实产生了爱情。因此，她就显得更迷人。

"我必须特别小心，"她一边嬉笑着，一边暗暗地警告自己，"对他不能有偏袒。如果他围着我转，像其他蠢蛋一样，就把他甩掉。他会出现什么问题，那是命运注定的。"

像往常一样，卡尔娜带着雅努斯到密林去。她戏弄地挑逗他、引诱他、让他吻她。但她并没有忘记，随时寻觅逃遁的时机。卡尔娜时而说："给我掐这朵花！"时而说："给我采那朵蘑菇！"时而又说："你看那树枝上的松鼠。"她的这套把戏对其他人是灵验的。但是今天，却失灵了。她怎么也不能麻痹雅努斯的警惕性。雅努斯因为有两张面孔，所以，他在观看仙女指给他看的松鼠时还能同时监视她。

"小仙女，你可别走开呀，"每当卡尔娜要转身逃遁时雅努斯就大声地对她说，"我看见你了。你为什么要离开我？"有一回他对卡尔娜说。

仙女每次想逃都被叫了回来。她只好乖乖地跟着这位与众不同的情人。说来也怪，雅努斯这样做，她并不反感。

"我终于找到了合适的丈夫。"她想，"即使转过身去，他仍然能监视我。他不让我逃遁，也就用不着追逐我了。当我生活在他身边，我就不会做那些使人感到后悔的蠢事了。"

太阳已经西斜。雅努斯和卡尔娜手挽着手回到林中空地，走到正在唱歌跳舞的仙女们面前。"姐妹们，我给你们介绍一下，这就是我的丈夫！"卡尔娜高声说道。

"那实在是太好了！"仙女们齐声说道，"雅努斯，你是怎样征服这位仙女的？"

"我给她证明了爱情是严肃的，并不是儿戏。"

雅努斯十分激动，目不转睛地注视着他的妻子。

果园神讲故事赢爱情

波摩娜是众多森林女神中的一位。相比其他森林女神,她太安静了。其他女神四处游荡,早早地找到了自己的心上人。这些有了男友的女神愿意帮助这位小妹妹,给她介绍一位男朋友。可是这位女神却只是羞怯地笑着,不说一句话,任凭她们怎么规劝。有时候,她的姐妹们太热心了,她就笑一笑,推开她们,去后院。在那里,她种植了无数的果树,还养了说不出名目的花。她的这种举动,让冷在一边的姐妹们非常尴尬。她们注意到了,这位小妹好像就对花草培植、水果栽种方面尤有兴趣。不过,她们也承认,只有她养育种植的花草水果才是最好的。种花养草、管理果树似乎是她的唯一追求,唯一爱好,而阿佛洛狄忒鼓励的七情六欲她都没有。认清了形势的姐妹们不再热心介绍,背后称波摩娜是"冷心肠的人"。

可是,就是这位冷心肠的女神,却让果园神维尔图姆努斯着了谜。他当然知道波摩娜的习性。现在他必须想办法说服这个冷酷的女神。他不是一个果园神,能任意幻化形象吗？这一天,风和日丽,他装成个老妇人。这个老妇人满头白发,走路摇摇晃晃的,似乎一阵风就能把她吹到天上去。她拄着一根大拐杖,一步走一步歇地来到了波摩娜的果园里。在那里,波摩娜正在为她的果树喷洒农药,然后又开始为果树松土。老妇人走到果园门口,一下子跌倒在地上。别看波摩娜对男人不假辞色,对待同性,可热情了。她见一个老太太跌倒在她果园的门口,连忙过来。这个时候,暗中观察的果园神维尔图姆努斯不由得心中窃喜,心想:谁说这位女神心肠冷酷,你看她不是充满同情心嘛！要是这样,就好办了,估计我能成功。

波摩娜小心翼翼地扶着这位老妇人坐到了果园的石凳子上。把老妇人安顿好后,波摩娜就来到果园的另一角,那里桃子正熟着呢。波摩娜从累累果实之中,选择了最大最红的一个,在水井边洗好了,递给老妇人解渴。老妇人二话没说,几口就把桃子吃完了。

吃完了桃子的老妇人来了精神。她摸着波摩娜的手,对她说:"闺女,你可要记住,神祇惩治残酷的行动,阿佛洛狄忒讨厌心肠太硬的人,迟早会来对付违背她意愿的人的。你心肠这么好,阿佛洛狄忒会赏赐给你一个英俊的男子汉的。"波摩娜羞红了脸,她对老妇人说:"老奶奶,看你说的,都是什么呀,阿佛洛狄忒为什么要惩治冷心肠的人呀?"

老妇人就对波摩娜说:"孩子,你不相信？为了证明这一点,让我给你讲一个曾经发生在我们这里的真实故事吧。你知道,伊菲斯是透克的一位出身贫苦的年轻人,可是爱情是不分等级贫贱的。有一次,他上街的时候,碰到了当地古老世家的一位高贵的女士,这位小姐叫安娜克萨瑞忒。伊菲斯爱上了她,为了能够看上她一眼,他天天等在她的大宅前。这样持续了大半年,他认识了这位小姐的奶妈。有一次借酒壮胆,他把爱慕之心扭扭捏捏地告诉她的奶妈,求她赞成他的求婚。然后,他又想尽一切办法,努力争取她的仆人支持他。有时他把对她的深情厚爱写了出来。他没有钱,就累死累活苦干一阵,赚了钱去买花,编成花环。他把被他泪水湿润的花环悬挂在她门口。可是,这个女人铁石心肠,根本就不把他放在眼里。这个男孩为了自己的心上人,甚至匍匐在她门槛上对着冷酷无情的插销门栓倾诉哀怨。这个冷酷的女人不但不为所动,反而嘲笑他,挖苦他,用冷酷的言语和粗暴的态度对待他,连一丝希望都不给他。伊菲斯忍受不了毫无希望的爱情的折磨,他决定寻死。临死之前,他站在她门前,说了最后几句话:'安娜克萨瑞忒,你胜利了。你以后不必再听取我的恳求了。享受你的胜利吧!我死了,铁石心肠的人,欢呼吧!'他说完这番话,转过苍白的面颊,透过带泪的双眼望着她的大宅。他在通常挂花环的门柱上系了根绳子,他把头伸进绳套时喃喃道:'冷酷的姑娘,这个花环至少能讨你的喜欢了。'仆人打开大门发现他死了,把他抬回家交给他母亲。安娜克萨瑞忒的家正好在送葬队伍通过的那条街上,送丧人的哀哀哭泣声传到了她的耳中。这个时候,怀有报仇雪耻之心的阿佛洛狄忒早就锁定她为惩处的目标。回到家中的安娜克萨瑞忒走上闺房,打开窗户向外俯望。安娜克萨瑞忒的眼光刚落到躺在棺柩上的伊菲斯时,她的双眼就变得僵硬,体内的热血逐渐冷却。最后,她的四肢变得像她的心肠一样又冷又硬,变成了一尊石像。波摩娜,你要是不相信的话,这尊石像还存在,就在萨拉米斯的阿佛洛狄忒庙里,跟这位小姐的真人一模一样。亲爱的,好好考虑这些事情,撇开你的蔑视和迟疑,接受一个情人吧。"

老妇人的一番话,说得波摩娜低头沉思起来。维尔图姆努斯一看是时候了。他摇身一变,就现出了自己的真身——一个英俊潇洒、健壮魁梧的男子汉。这个男子跪倒在她面前:"波摩娜,我是果园之神维尔图姆努斯,我爱上了你,希望你不拒绝我的求爱。"

羞怯的女神这一次尽管脸红了,但是没有逃跑。她犹豫了一阵之后,抬起了头来,重重地点了点头。

水泽女神的回响

很久以前,有一位名叫厄科的美丽的水泽女神,这位美丽的女神爱在山林中逐猎嬉戏,山谷中留有她的倩影和银铃般的笑声。她不但美貌出众还伶牙俐齿。她也是女神雅典娜的宠信,经常随雅典娜女神出猎游玩。可是人无完人,厄科有个不好的毛病,就是总喜欢多嘴多舌,不论大家是闲谈还是争论,她总爱接话茬,有时甚至拨弄是非。

一天,女神赫拉发现丈夫不见了,到处都找不到,她怀疑他在跟一个水泽女神鬼混,便去水泽女神那里找他。厄科用绵长的闲话缠住赫拉,使那个水泽女神趁机溜掉。当一切真相大白以后，赫拉便对厄科作了冷酷的判决："你用伶牙俐齿哄骗了我，我要你今后丧失说话的本领。只有在一种情况下——就是遇到你喜欢的人时，你可以开口说话，但你只可以应声，这本来是你平时最爱干的事。我要你能接别人的话茬，但永远不能先说出自己的意思。这是对你的惩罚。"从此，厄科就不能说话。她等待着心爱的人出现。她也没少见到人，但没有她喜欢的。她一直等着。她相信自己喜欢的人一定会出现的。

水泽女神厄科

终于有一天，风度翩翩的英俊少年那喀索斯在山上打猎时遇上了厄科女神。少年英俊而勇猛，她一见便倾心于他，于是到处跟着他。她真想轻轻地唤他一声，向他倾诉对他的爱慕之情，心想要是能款款地和他交谈，携手漫步在林间该有多好啊。但这样简单的事情她却做不到。要是以前她早就搭讪了，现在的她却不能够先说话，心中很后悔以前的过错。她心急如焚地等着他先开口，自己的答话倒是早就在唇边。但是，她跟在他后面很久了，却一直没有机会。

有一天，英俊少年跟同伴失散迷路了。厄科很高兴，心想这回机会来了。当他大声喊道："你们在哪里啊？可有人在这里呀？"厄科焦急地回答："这里呀！"那喀索斯四处张望，不见人影，就又喊道："在哪？过来吧。"厄科应声说："来……"那喀索斯不见有人出现，便再次呼喊："你是谁？你在哪？你为什么藏起来了？咱们会合吧？"厄科也这么发问："咱们会合吧？"少年又喊。少女厄科发出同样的、来自她心底的呼声。她急忙赶到那喀索斯跟前，伸出柔软的双臂想去搂抱他的脖颈。他惊得倒退了几步，以为她是学人话的妖精，大声喊道："你别碰我！我宁可死也不愿让你占有我！"

"占有我。"她说。她只能说这样重复而简单的话。她不明白自己这样的美貌怎么不能打动少年，她伤心透了，但一切都是白费心机。她焦急地想表白心迹，可是张嘴却无言。那喀索斯转身愤愤地走开，羞得她逃进林子深处。

从此，厄科就在岩洞与峭壁之间徘徊。伤心之下，她形耗神散。终于她的骨头化为山岩。她的形体时隐时现在山岩上，她的神情忧郁，但她的声音仍然存在。至今要是有人唤她，她总会回应——她始终保持着原来应声的习惯，重复而简单地应声。

变为水仙花的那喀索斯

河神刻非索斯与水泽仙女利里俄珀结婚之后，生了一个儿子，他们为他取名为那喀索斯。那喀索斯一生下来就非常漂亮，他的父母很喜欢他，所以就抱着他去找有名的盲人预言家提瑞西阿斯，让预言家为孩子祈求神谕，想要知道这孩子将来的命运如何。提瑞西阿斯把神谕的内容告诉了这对父母："不可使他认识自己，否则他将不会长寿。"得到这则神谕之后，两人都感到非常迷惑，怎么能让他不认识自己呢？这神谕到底想说什么？他们简直百思不得其解。但是，为了防止儿子不能长寿，他们就不让他接近河流湖泊，这样他就没法看到自己，也就可以说是"不认识自己"了。这对父母不知道这样理解神谕是否正确，但是他们也只能这么做了，因为他们实在太爱自己的儿子了，不愿意让他经受任何可能会短命的危险。

时光如白驹过隙，转眼间十六年过去了，那喀索斯由一个襁褓中的婴儿长成了一个翩翩美少年。所有见过他的人都会为他的美貌所吸引，连那些被称为美女的妙龄少女们在他的面前也会自惭形秽。有一次，他去森林里采摘草药，当时正是春天，草地上到处长满了怒放的野花。可是，当他走过去的时候，那些花儿都羞涩地合上了它们的花瓣。因为这个少年实在是太美丽了，他的面庞就是最美的花瓣，他的双唇就是最馨香的花蕊。于是，那些花儿就羞愧地合上了自己相形见绌的花瓣。

可是，那喀索斯对自己的美貌一无所知。因为他的父母因记住了那句神示，一直避免让他看见自己的影子。那喀索斯并不知道自己长得到底是什么模样，对相貌也就不太在意，他反而更喜欢打猎。他常常骑着一匹骏马，手持弯弓从早到晚地在树林里打猎，他就是喜欢那种骑马奔驰时被风吹过的感觉。那喀索斯无与伦比的美貌自然引起了树林中那些女仙的注意。她们都很喜欢那喀索斯，每天都守在林子林等着看这个美少年。其中有一个名叫厄科的仙女尤其喜欢他，经常紧紧地追随在他的左右。但美少年那喀索斯对厄科却没有半点爱意，他的心思全在打猎上，他对那些美丽姑娘还不如对奔跑在林中的小动物感兴趣呢。

后来，遭到那喀索斯拒绝的厄科飞快地逃入林中，从此以后整天藏在山洞和峡谷里，忧伤充满了她的心。她一天天憔悴下去，变得身形消瘦，面容枯槁。其实，那喀索斯不仅对厄科不感兴趣，他对森林中所有的女仙都很冷淡，拒绝了所有向他求爱的女仙。渐渐地，森林里越来越多的女仙变得没精打采起来，她们都为那喀索斯害了相思病，连森林都不像以前那么青翠，开始有些发黄了。

最后，被他伤害过的女仙们跪在一起向众神祈祷说："但愿有朝一日，高傲的那喀索斯也会爱上一个人，但是他却永远得不到她的爱！"命运女神涅墨西斯听到了森林女仙们的祷告，她深深地同情他们，便答应了她们的请求。她决定以一种特殊的方式来惩罚那喀索斯。

有一天，那喀索斯又到林中打猎了，在命运女神的指引下，他越走越远，来到了一个以前从来没有见过的湖边。这个湖在森林的环抱之中，湖水非常的清澈。湖水的位置非常隐蔽，所以还没有一个牧羊人发现过，也从来不曾有家畜在湖边游玩，也没有鸟雀从湖面飞过。湖面上非常的平静和干净，甚至没有枯枝败叶破坏它的整体美感。湖的四周长满了绿茵茵的细草，高大的岩石矗立在湖边，遮蔽着太阳的光和热，使这个湖如同一个世外桃源，既幽静又凉爽。

那喀索斯一看这个湖非常高兴，这时他正好打猎打得又热又渴，便来到湖边，想去喝几口清凉的水。当他低下身去，正准备喝水的时候，突然在水中看到了一个绝美的影子。这影子是多么迷人呀：一双明亮的眸子如同夜空里最亮的两颗星星，那金色的卷发简直比太阳神阿波罗的还要柔顺有光泽，那红润的双颊有着世界上最美丽的轮廓和线条，再加上那象牙似的颈项，微微开启、大小恰到好处的朱唇，简直如同最醇香的美酒，让人离得老远都要醉了。

那喀索斯从来没有见过自己，所以没有想到这正是他自己在水中的倒影，他认为这一定是水中的某位神在看着他。

他的心中充满着迷醉般的狂喜，对于他来说，这种感觉是那么的陌生，又那么的美好。他第一次产生了爱情，深深地爱上了水中的那个倒影。他就那么一动不动地坐在湖边，痴痴地看着水中的倒影。他喃喃地赞美着水中神灵的美丽，那水中的神灵也跟他说着什么，他觉得自己就像在与恋人私语。他深情地看着那影子，那影子也同样深情地凝视着他。那喀索斯感觉自己的心中充满了幸福，因为那么美的神灵居然也会喜欢自己，也会那么深情地看着自己。他心中一激动，抑制不住自己的感情，向那水中的影子伸出了自己的双手，想要自己的情人，可是，当他的手一接触到水面，那绝美的影子便悄然不见了；他又把嘴向那影子的双唇伸去，想吻一吻那软玉一般的朱唇，可是，当他的嘴一接触到水面，那个影子便化作一片漪涟。

那喀索斯难过极了，他不知道那影子为什么可以深情地看着自己，却不愿意与自己亲近。只有自己没有碰触到他的时候，他才愿意出现在自己的面前。可是即使是这样，他也不愿意离开水边半步，他就这样在湖边流连忘返，一直盯着湖中的影子看。他站得远，影子也站得远；他站得近，影子也站得近。但是如果他想再进一步，想拥抱或者亲吻那影子，它就会立即消失得无影无踪。他痛苦极了，伸开双臂向空中喊道："我到底犯了什么错？是因为辜负了那许多的女仙吗？如果是的话，那现在我也尝到了这苦恋的滋味。我深深地爱上了他，可是我却得不到他的爱。我本以为我们是心心相印的，因为我哭的时候你也会哭，我笑的时候你也会笑，我说话的时候你也会跟我说话。可是，你为什么拒绝我的拥抱呢？你就这么躲在水里，深情地看着我，让我看得见却摸不到，这是多么大的痛苦呀！"

时光一天又一天地流逝，那喀索斯一直坐在湖边，望着水里的影子。他忘记了吃饭，也忘记了喝水，但他不觉得累，也不觉得饿，只觉得心中既幸福又痛苦。这幸福和痛苦都是那么的强烈，都是他以前所未曾经历过的。慢慢地，他的体能和精力被灼烧的爱情之火烤干了,他面颊上的红润渐渐消褪了,他的青春活力也慢慢地枯竭了。最后,他终于耗尽了最后一丝活力,轻轻地倒在湖边。他永远地闭上了那双如寒星一般明亮的眼睛,那双眼睛曾经让那么多女仙为他痴狂,也曾被他自己凝视过,深爱过。

森林里的女仙们得知了那喀索斯的死讯悲痛欲绝,她们非常后悔,后悔因为一时的愤怒而祈祷命运女神用这么残酷的方式惩罚这个绝世美少年。现在,那喀索斯死了,可是她们的心中没有半点快意,反而被彻骨的悲痛占领了。她们是多么希望他还活着呀,哪怕只是远远地看一眼也好呀!她们的悲痛感动了天神宙斯。几天之后,在那喀索斯倒下的地方,长出一株株绝美的花,它瘦瘦高高的,散发出淡淡的幽香。它有着细细的光滑的茎,细长的绿叶,花瓣是白色的,中间装点着金黄色的花蕊。它斜斜地生在湖边,清澈的湖面上清晰地映照出它美丽的影子。每当有微风吹过,它就会低下头去亲吻自己在水中的倒影。后来,人们把这种花称作水仙花。

它就是那喀索斯的化身,是宙斯为了抚慰那些深情的女仙们而创造出来的。直到今天,在希腊水仙花都有一个别名,叫那喀索斯。

救助橡树神的阿尔卡斯

除了奥林匹斯山的十二主神和一些相当重要的次神之外,大自然的万事万物,都有赋予它们生气的小神。这些小神,大多都是美丽的女神。比如藏在深山中的女神被称为奥雷阿札;大海中,隐在浪花下面的女神叫妮丽伊札;驾驭着惊涛骇浪的海洋女神叫奥凯阿妮札斯;河流和泉水中居住的是娜伊阿札女神;而森林中居住的则是兹丽阿札女神。部分女神能够永生不死,可多数女神属于凡间,和人一样总有一天会死亡。

兹丽阿札是森林女神。她们伴树而生,又随着树木的枯萎而消亡。树木种类不同因而这些兹丽阿札女神也各有自己的名字。白腊树女神就叫梅丽阿札。此树是由天公乌拉诺斯的血生成的。神祇混战时,克罗诺斯砍伤了天公,伤口沁出的几滴血落地上,就产生了梅丽阿札女神。

阿玛丽娅札则是生活在橡树林中的女神。橡树可活几百年,因此阿玛丽娅札几乎是永生的。只要这种树生长着,阿玛丽娅札就能青春依旧。可是树木的危险,也威胁着她们的生命。雷电轰鸣或者人工砍伐,这些女神也感同身受,仿佛击打在她们身上,因此她们常用哭泣来感化路人。如果有谁偶然听从了树木的哭诉,那么此人是不会被忘记的。而阿尔卡斯就是听从了树木的哭述的人。

有一天他出外狩猎,天气非常寒冷,大雨持续了一夜,树枝上还不时落着水滴。他来到一条涨水的河边。河水混浊,水流湍急,大块岩石和树干被冲得顺流而下。

他正在犹疑之间,突然听到有个声音在呼唤他,声音颤抖,好像是在呼救。阿尔卡斯追寻声音,停在一棵橡树前。这是一棵坚实的充满着生机的幼树。但是,泛滥的河水已涨到了它的面前。河水由于受到阻挡,突然改变流向,凶猛地冲刷着树根,带走一些泥土。树身仍然挺立着。可是水流不停地侵蚀和松动着土地。这棵橡树预感到危险,树叶沙沙作响,树身落着绝望的眼泪。

“救救我,阿尔卡斯,救救我吧!”声音充满着痛苦和忧愁。

阿尔卡斯深为震惊:“你是谁?让我如何帮助你?”

“我叫赫里索佩里娅,是阿玛丽娅札女神。救救我吧!这条河是我的敌人,它想把我连根拔掉。救救我吧!阿尔卡斯。”

阿尔卡斯朝树的周围看了看。怎样救它呢?他不知如何是好。突然他发现在稍微高一点的地方有一块巨石,水从那里流下来冲刷着树根。如果把它推进水里,也许能改变水的流向。于是,他竭尽全力去推这块石头,石块很重,他未能推动。已经筋疲力尽的阿尔卡斯几乎要放弃了,可是阿玛丽娅札正在哭泣。她的呼救声回响在耳边。于是,他把背靠在岩石上,站牢双脚,猛然发力,岩石晃了一下。他稍稍休息了片刻,集中全力又推了一次。巨石倾斜了,滚动着落入河中。

完成了工作之后的阿尔卡斯转身想走,可是阿玛丽娅札又哭了起来。这次的哭诉,已经不再惊慌不安了,但仍未停止。“阿尔卡斯,你能不能救人救到底,把树围挡好!”

乐于助人的阿尔卡斯集中了很多石块,用石块和树枝修筑起一道坚固的防水堤。河水虽然还企图冲垮它,但从上游冲下来的石块和树枝,堆在小防水堤上,它越来越坚固了。河水无法冲垮它,只得沿着原来的河床向下流去。这样,橡树就保住了生命,能在陆地上继续生长了。

阿尔卡斯走近这棵树,哭泣声已经停止,絮语声依稀可闻。声音仍很激动,但已是甜美欢快的了。“你救了我。我的树得救了。我的生命是属于你的!是你重新赋予了我生活的能力,感觉到树叶上的阳光,树根的雨水和流遍我全身的汁液。一你,你的子孙们都将受到祝福,阿尔卡斯,谢谢你!”

果真如此,树木对阿尔卡斯的祝福兑现了。阿尔卡斯当上了伯罗奔尼撒半岛佩拉斯戈人的国王。这个地区也以他的名字命名,叫作阿尔卡季亚。他是一个热爱和平的国王,他教人们保护森林、种植小麦、烤制面包、纺线织布。从他和他的后代起,阿尔卡季亚变成了希腊世界最幸福的国度之一。

翠鸟

色萨利的国王刻宇克斯的妻子是埃俄罗斯的女儿哈尔库俄涅。夫妻俩感情深厚。结婚以后,他们两人几乎没有分开过一天。现在,刻宇克斯准备去伊奥尼亚的克拉洛斯走一趟，请教阿波罗的神谕。因为他病死的弟弟昨天出现在他的梦中，张开嘴巴想和他说话，可是嘴巴张开了，却没有任何声音。他为之悲痛万分却又困惑不解。也许弟弟是想告诉自己什么却说不出来。但是什么呢？只有神明知道。

刻宇克斯把想法跟妻子哈尔库俄涅说了。谁知道刚一说出口，她就浑身战栗，面如土色。她脸色苍白地说："亲爱的，不要远行，不过是一个梦罢了，何必这么认真呢？如果你不听我的，非要去的话，我跟你一起去吧。否则，我将痛苦万分，不仅为你要面临的灾难担忧，而且还要为我所担心发生的灾难而难以承受。"哈尔库俄涅如此深情，这让刻宇克斯国王的心头沉甸甸的，但是弟弟严肃的脸却让他下定决心。带妻子去，这怎么可能呢？海上太凶险了。于是他说："我以我的父亲太白星的名义起誓，如果命运允许，我保证在月亮第一次盈亏复圆以前赶回来。"说完，他下令将船只拖出船厂，配备桨橹帆篷，准备出发。哈尔库俄涅看到这些准备工作不寒而栗，充满了不祥的预感。她泪流满面，哭哭啼啼地道了别便倒在地上不省人事。

刻宇克斯一行驶出港口，微风阵阵掠过绳缆。海员们收桨挂帆，往前航行。夜晚来临的时候，他们已走了将近一半的路程，也许明天就会赶到目的地。上半夜，风平浪静，可以看见月光在水面上，起起伏伏，仿佛万道银蛇，起伏跌宕；夜空之上，星光点点，无比璀璨。可是谁知道，海上的天气就像女人的情绪，变幻无穷。到了下半夜，东风越刮越紧，海面泛白，掀起阵阵狂澜。大雨倾盆，仿佛天要塌下来。到了这个时候，一切努力都无济于事，所有人的勇气胆量消失殆尽。阵阵波墙带来的仿佛只是死亡，人人吓得目瞪口呆。不久，闪电劈断了桅杆，船舵也给扭断了，海浪高高地翻卷着，波涛把船击成碎片。掉落在大海之中的刻宇克斯使劲抓着一块木板，大声呼喊自己万能的父亲和岳父前来救援。可惜，茫茫大海之上，除了呼啸的狂风暴雨之外，毫无回音。刻宇克斯濒临绝境，可是却不想放弃，因为他想到了自己亲爱的妻子。他大声呼唤哈尔库俄涅的名字。他祈求上苍让波涛把他的尸体送回她那里，让她亲手埋葬他。他苦苦挣扎，但是无情的海浪吞没了他，他沉了下去。

守在家里的哈尔库俄涅对海难一无所知，只是紧紧盯着门口，计算着丈夫该归来的日子。她经常给所有的神祇烧香，尤其祭奉天后赫拉。她无休无止地为已不在人间的丈夫祈祷，终于连铁石心肠的赫拉女神也不忍心再听了。于是她召来彩虹女神伊里斯，下令道："伊里斯，快去叫索莫诺斯派个幻象去，化成刻宇克斯，给哈尔库俄涅显灵，让她知道事故真情。"索莫诺斯马上就派遣了他众多儿子中最善于伪装男人的形象的一个——莫耳甫斯——去执行伊里斯的命令。

莫耳甫斯来到海摩尼亚城。他化成刻宇克斯，苍白得犹如死人，赤身裸体地站在可怜的妻子的床前。他俯下身子，泪如泉涌，说道："亲爱的，你认出你的刻宇克斯了吗？哈尔库俄涅，你的祷告没有给我带来好处。我死了，不要再欺骗自己了，不要妄想我还会归来。"

哈尔库俄涅在睡梦中呻吟着，伸出双臂企图拥抱他的躯体，但扑了空。"别走!”她高声喊着惊醒了。她跳起来,急切四顾寻找他的身影。她找不到他,只好捶打胸部,撕扯长袍。奶妈问她为什么如此悲伤。她回答说:“刻宇克斯的船失事了,他死了。哈尔库俄涅活不下去了。”

天色大亮,她来到海边丈夫出发时她最后一次看见他的地方。她向海面望去,发现水面上模模糊糊漂着一样东西,原来那是她丈夫的尸体。她哆嗦着伸出手臂,高喊一声:“啊,亲爱的,难道你就是这样回到我的身边?”

她纵身跃上海岸外侧的防波堤。身体跃在空中的时候,她的两个肩膀长出一对尺来长的翅膀。她的双翅拍打着飞起来。她一边飞一边悲鸣,发出犹如哀哀哭泣的声音。她落在无声无息、生气全无的尸体上,用新长出的翅膀去拥抱亲人的肢体,用粗硬的鸟喙亲吻他。怜悯的神祇把他俩都变成了海边经常可以看见的翠鸟。

在希腊神话中,关于这对夫妻变成翠鸟还有不同的说法。国王刻宇克斯和妻子哈尔库俄涅感情深厚,夫唱妇随。在他们结婚十周年纪念日,几杯酒下肚之后,刻宇克斯回忆过去,对妻子说:“你看,我们夫妇生活多么美满。你爱我,我也爱你,这样的日子让我做神仙我也不干!你想想,就说那天神宙斯吧,权力很大,可是每天寻花问柳,却又害怕妻子吃醋,常常遮遮掩掩。赫拉也是这样,丈夫不忠心,老是疑神疑鬼,多不开心。”他的妻子非常同意这话。可是谁知道隔墙有耳,这话进了宙斯夫妇的耳朵。两人勃然大怒,为了惩罚他们就把他们都变成了小鸟。这对鸟夫妻就只能互相哀叫抱怨了。

听懂动物语言的预言家

墨拉波斯出生在色萨里亚。作为一位预言家和行医者,他的名声传遍了整个希腊,甚至在他死后,对他的崇拜活动还继续在各地进行着。

墨拉波斯的童年在约尔科斯度过,与兄弟维亚斯一起长大。这对兄弟长相一致,都是身强力壮的美男子,也一样可爱,可是在性格上却天差地别。维亚斯轻率易怒,喜欢大喊大叫,而墨拉波斯却严肃而又文静,理智公正。可以说,打小起,墨拉波斯就是他兄弟的庇护人与引路人。不过,墨拉波斯不仅对兄弟,对任何人,他都非常热心,帮助他们或者提出忠告。这份宽广的爱心,不仅泽及众人,还普及到那些动植物身上。他常常独自一人远离人群,在田野或在森林中徜徉徘徊,听风吹树叶、鸟儿呼唤同伴;或者观察草儿长叶、野鸽子孵蛋。可以说,他与大自然已融为一体。他十分热爱大自然。因此,当他偶尔在一条被杀的蛇旁发现两条刚刚出生的小蛇时,他忍不住同情起来。墨拉波斯找来了干柴,把死蛇火化,把小蛇放在自己怀中,温暖它们。它们失去了母亲,而他就承担起责任,时时刻刻把它们带在身旁,和它们建立了友谊,成为亲密无间的朋友。有天夜里,他醒来时,大吃一惊,两条小蛇正用它们那冰凉的身躯缠绕在他的脖颈上,蛇头紧靠着他的脸,它们的红色的信子舔着他的眼睛。墨拉波斯听到轻微的吱吱声振动着他的耳鼓。他渐渐地分辨出是蛇的语言。它们感谢他的照顾。现在,它们已经长大,要离开他到田野之中生活去了。为了酬谢他的好心,它们会报答他的。两条和自己长相依伴的蛇走了。墨拉波斯坐了起来。天亮了,他感到整个世界都发生了变化。他明白了:鸟儿的每声啼叫,苍蝇的每次嗡营声,动物的每一吼叫声,都是有意义的,都是在讲他已能知晓的语言!原来蛇在离开他之前,送给了他明白动物语言和预知未来、医治疾病的能力。

不久,墨拉波斯能够治病和预言未来的消息就传到了人们的耳中,人们纷纷赶来求他帮助。对这些人,墨拉波斯从不拒绝,所以当他兄弟来求他帮助的时候,墨拉波斯当然答应了。

情况是这样的,兄弟二人在皮洛斯国的国王尼莱阿斯家中做客。维亚斯爱上了国王的独生女皮罗,想娶她为妻。可是尼莱阿斯不愿意,他提出条件说,想娶女儿的小伙子,必须首先表明自己拥有多少财产。他甚至声称,只能把姑娘嫁给为他带来菲拉科斯牛群的人。菲拉科斯是色萨里亚的国王,以饲养优良母牛而著名。为他看护牛群的,是一头令人生畏的大狗。这头狗力大无比,且从不入睡,没有人能轻易地靠近它。因此,尼莱阿斯这么说,等于拒绝任何向姑娘求婚的人。维亚斯和皮罗相互爱恋,但无法实现他们共同生活的美好愿望。现在,维亚斯来求神通广大的哥哥。

墨拉波斯想了想,对弟弟说:“我会为你带来菲拉科斯牛群的。”不过他又补充说:“你要知道,我将被他们捉住当成贼关上一年。一年之后,我才能成功。”

预言相当准确。墨拉波斯刚一接近饲养着牛群的牧场,便被发现了。墨拉波斯被当作一个普通窃贼,关进了茅草屋里。他在这里被关押了好几个月,几乎被人忘却,唯一与他为伴的是周围的声音。对于明白动物语言的墨拉波斯,这些声音就是谈话,通过这些“谈话”,他了解了周围的情况。

一天夜里,他躺在麦秸上倾听着周围细碎的声音。从屋顶上蛀食梁木的虫子正在进行的“谈话”中,他得知:自己待着的这个小茅草屋,最多能撑到天亮。到时候,整个屋顶就会塌落下去。墨拉波斯听到这里,立即跳起来,呼喊警卫。警卫们并不相信这些话,哈哈大笑起来。但墨拉波斯不让他们走开。警卫们因他顽强地坚持己见而发生了动摇。通过之前几个月的接触,警卫们都喜欢上了墨拉波斯,所以决定对他照顾一次。他们打开了门,让墨拉波斯在外面等到天亮。墨拉波斯耐心地在外面等着。不到一个时辰,群星失辉,鸟儿鸣叫,天亮了,天空呈现出玫瑰色。突然一声巨响,屋顶塌落下来,随即整座房屋倒塌了。

警卫们大吃一惊,立即跑到国王那里,对他说,关在监狱里的那个盗贼,竟是一位伟大的预言家!

菲拉科斯甚为怀疑,让人把墨拉波斯带来。墨拉波斯告诉他自己为什么要偷盗他的牛群,还告诉他自己不仅是个预言家,还是一个医术高超之人。

听到墨拉波斯最后一句话，菲拉科斯惊动了。他问墨拉波斯能不能拯救自己的孩子。他的儿子，叫伊菲克勒斯。他曾是一个勇敢而身强力壮、疾步如飞的孩子。可是一种不知名的疾病把他击倒了，至今已有好几年了，谁也不知道他患了什么病。菲拉科斯曾多次求神祇保佑，敬献了牲畜，送去了祭礼，但神没有给予任何帮助。现在孩子快不行了，墨拉波斯能否帮助他呢？

墨拉波斯没有立即回答。他闭上眼睛，运用了预言能力。一刻钟后他对国王说："请给我两头公牛，向神明敬献祭礼，伊菲克勒斯的病我会治好的！"

菲拉科斯立即命人拉来了两头幼牛，墨拉波斯担任祭司，隆重地进行了宰杀公牛祭祀的活动。牛被切成碎块，抛洒到田里，而他躲藏到近处等待着。不久，很多猛禽嗅到了鲜肉的气味，从远处飞来觅食。首先拍打着沉重的翅膀飞来的是兀鹰，它们欢叫着扑向这些肉块，抢夺着，用利爪把肉块撕碎，贪婪地吞食。当吃得半饱不再饥饿难忍时，它们开始"谈话"了。

"为了伊菲克勒斯恢复健康又献了一次祭品！"一个雄兀鹰嘲笑地说。

"你不了解，"一个最年轻的鹰不安地说，"这话可别传到神的耳朵里，真的让他病愈了。那时我们可就失掉菲拉科斯献的祭品了。"

一个年长的兀鹰发出了刺耳的笑声："你不要担心！就是有十个药方能够治好伊菲克勒斯的病，这些笨蛋也不知道。如果伊菲克勒斯找不到那把刀，并服用那上面的铁锈，他就不能病愈！"

"什么刀？"那只最年幼的鹰又问道。

"这是菲拉科斯一次宰杀绵羊时用过的刀。当时伊菲克勒斯正站在父亲的身旁，一见到鲜血，他就全身颤抖，好像要杀死他本人似的。他和我们不同，他不愿看见血。那天，菲拉科斯刚刚操刀，就被伊菲克勒斯抢过去。他非常害怕地跑去把刀藏了起来，把刀插入了一棵橡树的树干里，从此他就被一种莫名其妙的疾病缠住了。如果不从橡树上把刀取出，用上面的铁锈当药服用，伊菲克勒斯就不能恢复健康。而菲拉科斯就将永远奉献祭品，使我们快活！"

知道了王子得病的前因后果，墨拉波斯来到了菲拉科斯的住处，要求病人同行。国王与伊菲克勒斯共同引导墨拉波斯来到那棵最古老的橡树前。墨拉波斯在这棵巨大的橡树前一动不动地站立了片刻，之后走到伊菲克勒斯面前，要他把他藏起来的刀找出来。年轻人颤抖了一下，走到树前，伸出手在树干上摸索片刻，然后拿一把小斧头，在树皮上砍开了一个切口，伸手拉出一把刀。这是一把长满了锈的大刀。找到了刀，药方子就不成问题了。十天后，王子重新恢复了健康和气力，奔跑起来，再次像风一样快。

为了酬谢墨拉波斯，菲拉科斯送给他最好的牛群。当墨拉波斯赶着牲口返回皮洛斯交给弟弟时，时间恰好过去了一年。国王无可推脱，只得答应维亚斯和皮罗的婚事。

燕子、夜莺、戴胜鸟

战神阿瑞斯曾经和一位公主生下了一个儿子忒瑞俄斯。忒瑞俄斯是色雷西亚国的国王。这个人作战勇敢,常常赤膊上阵,杀起敌人来,不把对方杀得屁滚尿流,绝不罢休。而且,他和父亲一样,残暴凶狠,暴躁的脾气也是很有名气。在一次边界争端中,雅典国王潘狄翁与人争斗。忒瑞俄斯成功地调停这件事。于是,雅典便和色雷西亚就结成了盟国,共抗强敌。一方面是为了感激他,同时也是为了加强两国的联系,雅典国王潘狄翁就把自己的女儿普洛克涅嫁给了忒瑞俄斯。两个人一起生活了三年,生下儿子伊提斯。应该说,两个人的生活相当美满,平静无波。可是事情坏就坏在这一年,夫妻二人去拜望雅典国王潘狄翁。

到了雅典之后,国王潘狄翁亲切地接见了自己的女儿女婿。晚宴的时候,全家人聚集一起说说笑笑,好不快乐。就在这个时候,忒瑞俄斯见到了普洛克涅的妹妹,潘狄翁的小女儿菲罗墨拉,一下子就被迷住了。这位少女不仅长得比她姐姐美貌,而且说话的嗓音清脆动听。他爱上了她。可是,他不敢轻举妄动。在雅典待了几天,他们夫妻二人就回到了色雷西亚。

回到了色雷西亚之后,忒瑞俄斯心中一直念念不忘自己的小姨子,却一直没有什么好办法。一年以后,他已经迫不及待了,不再苦等机会,决定硬来。他先把与自己生活多年的妻子普洛克涅藏在王宫附近的一所乡村小屋里,派人秘密看守。然后,忒瑞俄斯向潘狄翁报告说她死了,希望能娶她的妹妹菲罗墨拉为妻。雅典国王潘狄翁表示了慰问,同意把自己的小女儿许配给他。本来他准备亲自护送女儿到色雷西亚完婚,可是正碰上国事繁忙,就派其他人护送女儿。这队雅典卫队还没有到都城,忒瑞俄斯就派出一队人马把他们全部杀死,而菲罗墨拉则被他抢到了宫殿里。在婚礼还没进行之前,色胆包天的忒瑞俄斯就已经把她强奸了。

事情发展到了这种地步,已经无法控制。忒瑞俄斯一不做,二不休,为了以防万一,就把普洛克涅的舌头剪掉,把她关在奴隶们居住的地方,严密看守。丢掉了舌头的普洛克涅只能在奴隶的房间里,终日以泪洗面。她的悲惨境况打动了一个女奴,女奴悄悄地告诉普洛克涅,说她妹妹菲罗墨拉马上就要嫁给她的丈夫,婚礼一个月后举行。

普洛克涅是一个坚强的女性。她不再哭了。她要想方设法把信息传给妹妹,揭露这个暴君的真面目。于是普洛克涅让这个女奴把忒瑞俄斯叫来,她打着手势,向忒瑞俄斯祝贺他的新婚。不过,她准备给自己的妹妹送一件新婚礼物——一件嫁衣。到时候,只要忒瑞俄斯让人把嫁衣给妹妹送过去就行了,不必说是谁的礼物。这样,忒瑞俄斯也不必担心泄露秘密。

忒瑞俄斯想了想就同意了。于是普洛克涅就整天坐在女奴的房间里,对着窗口的光线，缝制嫁衣，终于在妹妹结婚前三天，把嫁衣赶完了。衣服送到了菲罗墨拉的房间里。菲罗墨拉打开衣服，总觉得这衣服的针线非常熟悉。她把衣服拿在手上，翻来覆去地翻看着，她突然发现衣服的图案之上有一些字。她把衣服摊在床上，仔细辨认，发现了普洛克涅要传达给她的秘密。话中的信息很简单："普洛克涅在奴隶之中。"

忒瑞俄斯，新婚在即，他兴奋得怎么也睡不着。于是跑到神庙祈祷，可是得到的神谕却让他感觉到非常不安。神谕警告忒瑞俄斯，伊提斯将死于亲人之手。忒瑞俄斯疑神疑鬼，他觉得只有自己的兄弟德律阿斯最有可能。因为他杀了自己王位的继承人，那么自己一死，就有可能夺取王位。忒瑞俄斯是一个心狠手辣的人，一旦认定了，就毫不犹疑地提起斧子砍死了无提防之心的弟弟。他杀弟弟的时候，菲罗墨拉正赶到奴隶的房子里寻找姐姐。可是找来找去，都不见姐姐。正着急的时候，发现走廊尽头一个房间上了闩，她破门而入。屋子里，一个长发女人好像疯了一样，绕着屋子转圈奔跑，正在唠叨着谁也听不懂的话。她仔细一看，不正是自己可怜的姐姐吗？

姐妹相见，抱头痛哭。借着纸笔，普洛克涅叙述了自己的悲惨遭遇。她劝告妹妹，趁现在还没结婚，赶紧逃跑。"忒瑞俄斯，这个混蛋。他假装说你死了，还诱奸了我！"大为震惊的菲罗墨拉哭道。普洛克涅的心凉了。这个野兽，不仅害了自己，连可爱的妹妹都不放过。她不再犹豫了，她要复仇。她抛开哭哭啼啼的妹妹，飞步冲出去，抓起儿子伊提斯，杀死了他，取出内脏，然后在铜锅里烘熟，等忒瑞俄斯回来，让妹妹端给这个野兽吃。

忒瑞俄斯心满意足，因为心腹大敌已除。新娘子对他温柔款款，一进屋，就让他吃香喷喷的肉。肉一入口，他意识到吃的是儿子的肉。他抓起杀死德律阿斯的斧子，紧紧追逐逃出王宫的两姐妹，很快就追上她们。正要杀掉这两个女人的时候，已经观看这场人间悲剧多时的宙斯出面了。他手指一点，三个人都变成了鸟：普洛克涅变成燕子，菲罗墨拉成了夜莺，忒瑞俄斯是戴胜鸟。

现在，福克斯人都说，没有一只燕子敢在道里斯或附近地区筑窝，没有夜莺敢唱歌，因为它们惧怕忒瑞俄斯。燕子没有舌头，总是尖声叫喊，绕圈飞行；戴胜鸟总拍打翅膀追逐燕子，叫着"普？普？"（即"哪儿？哪儿？"之意）。夜莺飞回雅典，永不停歇地为无辜的伊提斯哀悼，总是唱着："伊提！伊提！"

为什么桑葚是紫红色的

在古代巴比伦尼亚地区，有两个年轻人。皮拉姆斯是个英俊男子，满头金发，双目炯炯；而提斯柏则是该村庄的最美丽的少女。他们两家是邻居，房屋毗连，位于一个山腰的平坡上。两个人常在一起干活，女孩割牛草，男孩就打柴跟着。女孩去挑水，男青年马上就拿起了扁担。天长日久，他们两个人互相爱慕，成了一对形影不离的恋人。他们期望能高高兴兴地结婚，可是却遭到了双方父母的一致反对。因为一只丢失的母鸡双方父母多年邻里反目成仇，自然不希望自己的子女与对方通婚。父母不仅口头反对，还下了死命令，不允许与对方见面，还把他们关起来。同时，双方父母又赶紧找媒婆，想让他们各自早早成家，杜绝他们的幻想。被囚禁在屋子里的男女无法见面，焦躁不安。他们心中都燃烧着炽烈的爱情，却没了倾诉的对象。

可是，凭着爱情的力量，没有什么解决不了的问题。痛哭了很多天的少女在屋子里走来走去，她突然眼前一亮。由于建筑结构上的缺陷，两家房屋之间的那堵墙上有一道裂缝。它从未引起人们的注意，可是现在这条裂缝却成了传话的通道。每天大人不在身边的时候，皮拉姆斯站在墙这边，提斯柏在墙那边，他们呼吸相通，双目对视。到了夜幕降临的时候，这对情人便将嘴唇贴在墙上，一边一个，他们没法挨得更近了。能够每天见到心爱的人儿，他们已经很幸运了。但是对于一对热恋中的男女来说，双目对视，身体之间却隔着一堵厚墙，口不能言，却更是一种煎熬。第二天早晨，晨光女神厄俄斯吹灭群星，草叶上的白霜溶化后，一对情人又来到老地方。他们叹息着双方的厄运，就相互约定，等夜深人静家人入睡的时刻，他们悄悄地走出家门到田野里倾诉衷肠。约会的地点就在村子外面，山林里面的一个墓地。墓边有清泉一道，清泉旁一棵遮天蔽日的白桑树，谁先到，谁就先在树下等候着。

这对热恋中的男女急不可待地等着太阳落山，期盼着黑夜早早降临。他们吃饭时也没有什么胃口，推辞着头疼要睡觉早早地进了卧室。好不容易等到父母都入睡了，提斯柏踮着脚，轻手轻脚地走过了父母的屋门口，偷偷溜出家门。来到墓碑前，她发现自己到早了，就面纱遮脸，坐在大树下。月色中，她正在独自静坐浮想联翩，突然发现一头身躯肥大的母狮。很显然，它刚刚饱餐过猎物，满嘴都是鲜血，在月色下发黑。它身躯摇摆，心满意足地向着泉水走来，打算饮水止渴。提斯柏见到狮子瞪着一双碧油油的眼睛望过来，吓得拔腿就逃，躲进一块岩石后的洞穴里藏身。由于奔跑过急，面纱被树枝一挂，掉在了地上。母狮饮完水，懒洋洋地返回林中。它经过地上的面纱，用沾满鲜血的嘴来回地嗅弄着，用爪子好奇地拨弄，把它撕碎，然后大摇大摆地进入树林深处不见了。

皮拉姆斯因为父母不急于睡觉，晚来了一步。他来到约会处，见不到人，却看到沙地上狮子凌乱的脚印，吓得面无人色。接着，提斯柏那块他买给她的，沾满血迹、撕破了的面纱映入眼帘。他不由得痛苦地喊了起来："可怜的姑娘，是我害了你。我为什么要来这么晚呢。如果没有我的话，你本来可以过上最幸福的生活。现在，你却成了狮子的猎物，抛弃我去了另一个地方。没有你，我活着还有什么意思呢？你等等我，我这就跟你来。到那个地方，我们将相亲相爱，做一对最最幸福美满的夫妻。在那里，将没有人再来阻碍我们相爱。等等我！"他捡起面纱，来到树下，不断亲吻面纱，泪水浸透了面纱。“面纱啊，你也将沾上我的鲜血。”说毕，他拔出剑，向心窝刺去。鲜血从伤口喷射出来，把桑树都染红了，鲜血渗入土壤，到达树的根部，血红的颜色从树干一直传到果实。

这个时候，提斯柏怦怦直跳的心现在还没完全平息下去。她担心自己的情人，就躲躲闪闪地走出来，焦急地寻找皮拉姆斯。她来到约会地点，最先看到的是桑葚的颜色大不一样了，她就怀疑自己是否走错了地方。犹疑的时候，又发现一个垂死的人痛苦挣扎的身影。她吓了一跳，浑身战栗，就像微风掠过水面出现涟漪一样。她一下子就认出那垂死的人正是她的心上人。她紧紧地搂住他无声无息的身体，不断亲吻他冰凉的嘴唇，伤心的泪水纷纷洒入他的伤口。她捶胸顿足，放声哭喊：“啊！皮拉姆斯，这是怎么回事？回答我啊，皮拉姆斯。是提斯柏在跟你讲话。”听到提斯柏的名字，迷迷糊糊的皮拉姆斯强行睁开的眼睛却又闭上了。当提斯柏看到自己沾满血迹的面纱和空剑鞘的时候，她明白了。

“你为了我亲手杀死了自己，”她说，“你爱我，我要你知道，我爱你一样深。我害了你，我要跟你一起死。只有死亡能拆散我们，可是死亡却不能阻挠我和你同赴黄泉。我们两家不幸的父母啊，不要拒绝我们俩共同的要求。爱情和死亡把我们结合在一起了，请把我们合葬在一座坟墓里。大树啊，保留我们惨死的痕迹吧。让桑葚做我们流血的证物吧。”说着，她把剑刺进了自己的胸膛。

她的父母在他们死后，非常痛苦地意识到自己的错误。父母都尊重她的遗愿，连神祇们也被感动了，认可了他们的行为。两人合葬在同一座坟墓里。从此以后，桑树结的果实便是紫红色的。

不幸的情人：海洛和勒安得

希腊神话中，除了上面这对不幸的恋人，还有一对，结局同样悲惨。在土耳其的西边，有一个达达尼尔海峡，将亚洲和欧洲一分为二。海峡两岸，各有一座城市，欧洲的赛斯托斯城和亚洲的阿拜多斯城，它们整日遥遥相望。在海峡这边的赛斯托斯城有一个端庄美丽的姑娘叫作海洛，她是城中的爱神阿佛洛狄忒神庙里的女祭司；在海峡那边的阿拜多斯城则生活着一个勇敢的年轻猎人，他的名字是勒安得。

海洛和勒安得一个是正当妙龄的美貌少女，一个是青春年少的翩翩美少年，只是被一个达达尼尔海峡隔开，一直没有见过面。终于，命运女神给了他们相识的机会。赛斯托斯城一年一度的为爱神阿佛洛狄忒庆祝生日的盛大集会快要开始了。生性喜欢热闹的阿拜多斯小伙子勒安得早就听说过这个集会，但是一直没有机会去，这次，他决定无论如何不能再错过了。所以，到了集会这天，勒安得一大早就起床了，简单地收拾了一下就往达达尼尔海峡赶去。到了水边，他把右手搭在额前往海峡对面一看，赛斯托斯城已经是热热闹闹、熙熙攘攘了。小伙子心里一急，一下子就跳进了海峡里，游了好久之后，他终于游到了海峡对岸，到达了赛斯托斯城。

勒安得来到爱神阿佛洛狄忒的神庙时，庆祝仪式刚刚开始，他一下子就被那个主持仪式的年轻女祭司吸引了。她身着一袭白色的长裙，头戴澈榄枝做成的花冠，正手持火把点燃祭坛前的圣火。她的眼睛像湖水一样幽深而又清澈，她的嘴唇像初生的婴儿一样红润，她的一头金发在阳光下发出柔和的光芒，把她整个人都笼罩在一种既神秘又高贵的气氛里。在勒安得看来，站在祭台上的海洛简直向爱神本人一样美丽。小伙子的心猛烈地跳动着，像是一只调皮的小鹿在不停地乱撞。祭台上的女祭司海洛也感受到了来自台下的一道灼灼的目光，这目光让她的脸烧了起来，她不禁往那目光的来处瞥了一眼。她的目光与勒安得的相遇了，两人都深深被对方吸引，决定情定终身。还有什么好说的呢，一个是妙龄的少女，一个是钟情的少年，厄洛斯的金箭一下子射穿了两个年轻人的心。

为爱神庆祝生日的仪式结束之后，两个人心照不宣地走到了一起，互相倾诉热烈的爱慕之情。勒安得感到自己简直是世界上最幸福的人，跟女神一样漂亮的女子居然会钟情自己。他激动地说："亲爱的海洛，我不是在梦里吧？你这么好的女子，却可以让我拥有你。嫁给我吧，以后我想每天都看到你！"可是，听到他的求婚，海洛非但没有感到高兴，反而一下子变得脸色煞白，整个人瘫坐在了地上。勒安得简直吓坏了，他急忙扶起心爱的姑娘，问她究竟是怎么了。姑娘深深地叹了一口气，然后才说出了事情的缘由：原来，刚成为祭祀的时候，海洛就发誓要把自己的贞洁献给爱神阿佛洛狄忒。这么多年来，她一直贞洁自守，在神庙里做一个不食人间烟火的女祭司。可是，刚才碰到勒安得那灼灼的目光后，一下子方寸大失，甚至都忘记了自己曾经向爱神发誓的事情。直到听到他求婚的话，海洛才一下子想起她是永远都不能跟任何一个男子结婚的。

听完海洛的诉说，勒安得也非常难过。可是，两个年轻人的心里已经燃烧起爱情的烈焰，又怎么能够这么容易就熄灭呢？于是，一对相爱的年轻人约定，即使不能结婚，也要每天都能见到彼此，否则简直没法再活下去。从此之后，勒安得每天晚上都会泅过达达尼尔海峡前来与海洛相会，而海洛则在海峡的这岸高举着一个熊熊燃着的火把，以便于心上人能在深夜的海面上找到方向。于是，两个人开始了既艰辛又甜蜜的约会。对于勒安得来说，每天晚上在达达尼尔海峡里的泅渡简直是一种享受，因为喜爱的姑娘就在对岸举着火把等着自己，只要看着对岸那一团温暖的火焰，他的全身就充满了幸福与力量。而对于海洛来说，与勒安得的约会既让她感到无上的幸福，又让她时时悬着一颗心。因为自己是跟爱神发过誓的，她怕爱神知道她跟勒安得相爱的事情之后会降罪于自己的心上人，她是多么怕自己的爱人受到伤害呀。如果可以选择，她宁愿受到惩罚的是自己。

爱神阿佛洛狄忒终于发现了自己的女祭司偷偷恋爱并且约会心上人的事情。几年前海洛的誓言仿佛还在爱神的耳边回响，她愤怒了，决定报复这个抢走自己女祭司的男人。这天晚上，勒安得又像往常一样跳进了达达尼尔海峡，满怀着甜蜜与幸福准备游到对面去会见心爱的姑娘海洛。可是当他游到一半的时候，空中突然毫无预兆地下起来瓢泼大雨，对岸那团火也一下子不见了影踪。勒安得一下子失去了方向，又加上海面上狂风暴雨，他很快就感到体力不支了。但是，他没有放弃，还是拼着最后的力气勇敢地泅渡着。最终，他在波涛汹涌的海峡中挣扎了一个晚上，等到黎明女神把第一丝微弱的光照到海面上的时候，他才发现原来自己一直在海峡的中间转圈。这时的他又累又饿又冷，已经完全没有力气游到对岸了。他绝望地朝赛斯托斯城的方向看了一眼，就永远地闭上了眼睛。

同样绝望的海洛在海峡的对岸等待了整整一个晚上，夜里，她的火把被暴雨浇灭了。任她用尽了各种办法都无法再将它点燃。她明白是爱神的惩罚降临了，感到万箭穿心一样的痛苦，因为这惩罚不是降到了自己的身上，而是全都给了她的心上人。她绝望地跪倒在地上，祈求爱神的谅解，并发誓，如果勒安得平安上岸，自己愿意一生守在阿佛洛狄忒神庙里，不再踏出神庙的大门一步。天一点一点地亮了起来，勒安得还是没有平安上岸，海洛的心慢慢地变冷了……她疯了一般地冲向海峡，想去找回自己的恋人，根本就忘了自己不会游泳的事情。这时，她突然看到不远处飘着什么东西……原来，是勒安得的尸体被海浪冲到了赛斯托斯城这边的海岸。海洛一看到勒安得的尸体，反而平静了，她整理了一下自己被海风吹乱的头发和衣裙，毅然跳到了海里，追随自己的心上人去了。

跳进海里的那一刹那，她喃喃地说："他在那里等着我呢，我要做他最美丽的新娘……"

帕修斯与默杜萨

阿克里西俄斯是亚各斯的国王，他有一个如花似玉的美丽女儿，名叫达那厄。达那厄慢慢地长大了，求婚的人也挤破了门槛。为了找一个好女婿，阿克里西俄斯亲自来到了得尔斐神庙祈求神谕。可是，神谕的内容让他大吃一惊：达那厄将会生下一个伟大的儿子，这个孩子长大后将会杀死他的外公，夺取他的王位。

国王暗自庆幸达那厄还没有结婚生子。但是，他又非常地惶恐，达那厄已经到了谈婚论嫁的年龄了，并且她偏偏又生得国色天香，这该怎么办呢？阿克里西俄斯非常恐慌，为了防患于未然，他婉言拒绝了所有向女儿求婚的人。可是这样还不保险，万一女儿有了心上人，偷偷与别人幽会呢？想到这里，他简直怕得发抖。最后，他终于想到了一个自认为万无一失的好办法：他把达那厄幽闭在一座坚固铜塔里，并指派了一位老妇人与她住在一起监视她。铜塔完全与世隔绝，没有门，只在高高的塔顶留了一个小小的天窗，好通风通气并给里面的达那厄和老妇人送生活必需品。这下，阿克里西俄斯终于放心了，可以踏踏实实地睡个安稳觉了，要知道，自从得到那则神谕之后,他就吃不香睡不稳了。

这下,那些追求达那厄的人终于完全没有跟她来往的可能了。没有人能同她来往,也就没有任何人能得到她的爱,他自然也就不用担心有那个来杀他并争夺王位的外孙了。可是,阿克里西俄斯千算万算,也没有算到天神宙斯也喜欢上了他的女儿。当这位万神之父巡视人间的时候,从开着的天窗看见了这位被囚禁的美丽姑娘,他深深地爱上了她。为了接近她,宙斯每晚都会化作一阵金雨,飘落到达那厄身上与她相会。很快,达那厄怀孕了,生下了一个儿子,她给孩子取名为帕修斯。

阿克里西俄斯知道了女儿生下孩子的消息大吃一惊,他简直想不明白自己那么严密的防护措施还是没能阻止外孙的到来。他想过杀掉这个孩子永绝后患,可是面对着无辜的婴儿和女儿的苦苦哀求他实在是下不了手。最后,他决定把自己的女儿和刚刚出生的婴儿扔到大海里,让他们自生自灭。这样,即使他们幸运地逃生了,也已经离开了亚各斯,就能够避免神谕的实现。于是,他把这母子二人塞进一只木箱里,投入苍茫的大海之中。但是高高在上的天神宙斯一直跟在后面,保护着自己的情人和儿子,引导箱子乘风破浪,平安地抵达塞里福斯岛,靠近了海岸。

岛上有两位兄弟,狄克提斯和波吕得克忒斯,他们统治着塞里福斯岛。狄克提斯正在海边捕鱼,他看到水里漂来一只木箱,连忙把它拉上海岸。回到家中,兄弟二人对遭遗弃的落难人十分同情,便收留了他们。

帕修斯逐渐长大。与此同时,波吕得克忒斯爱上了达那厄,想娶她为妻。达那厄还念念不忘宙斯,拒绝了他的要求。但波吕得克忒斯毫不气馁,仍然向她大献殷勤。帕修斯对此非常不满,日夜护卫在母亲身边。波吕得克忒斯十分讨厌这个"粘皮糖",千方百计要甩掉他。终于,他想出了一条妙计:他要求岛上的居民一律用马匹交税。帕修斯没有马匹,处于非常被动的地位。因此波吕得克忒斯召见了他。

"你能交税吗?"国王眉头紧皱,"不能的话,就麻烦了。你打算怎样偿清这笔债?"

"你看我应该干些什么来抵偿您的债务呢?"帕修斯很严肃地说。波吕得克忒斯正想把这个不知好歹的家伙遣走。他想了想,故意说:"你提出的解决办法很好。戈耳工女妖默杜萨危害我们的国家。那么,我要求你把她的头取来。"

这件差事根本就是无法办到的,因为谁要是看见戈耳工三个女妖之一的默杜萨,就会立即变成石头。但年轻的帕修斯不知道这回事,他毫不犹豫地答应了。天真的帕修斯满怀信心地同泪流满面的母亲拥抱告别,义无反顾地走了。这位年轻人逢人便问,打听默杜萨。一天,他遇到了美丽迷人的女神雅典娜。

"默杜萨是个讨厌的家伙,她玷污了我的圣殿,她罪该万死!"她说,"可是,她也很危险。我给你这块铜盾吧,以后你会用上的。你还需要我的朋友仙女的帮助。但是,所有这些神的地址,都必须找非洲大山上的,名叫格赖埃的三个白发女妖。"说完,女神就不见了。

年轻的帕修斯充满信心,朝着她指引的方向走去。他来到了非洲大山的一个洞里，那是可怕的众怪之父福耳库斯居住的地方。帕修斯在那里遇到了福耳库斯的三个女儿：格赖埃。她们生下来就是满头白发，三个人只有一只眼睛，一颗牙齿，彼此轮流使用。她们也是默杜萨的姐妹。

帕修斯问她们到什么地方去才能找到戈耳工女妖。白发女妖们一句话也不说。她们迅速地传递着共用的一只眼，怀疑地打量着帕修斯。正当她们准备诅咒和漫骂帕修斯时，帕修斯遵照女神吩咐，一下子把她们的眼睛夺过来。

三个老妖精马上改变了表情。她们甜言蜜语，拼命奉承帕修斯，拍起了他的马屁，说他前途一片光明。但帕修斯不为所动，坚持要知道女妖和仙女的地址。她们只好屈服了。帕修斯犹豫着是否该把眼睛还给她们。但是雅典娜已经警告过他：无论如何，不能同情和可怜她们。如果她们收回眼睛，就会立即向戈耳工女妖们报警。于是，帕修斯把她们的眼睛扔到特里多尼斯湖里去。

帕修斯要找的诸仙女就在山洞附近，他对付完三个老妖精之后就来到了仙女们这里。仙女们一听是雅典娜让他来找她们的，非常高兴，她们送给了帕修斯三件法宝：一顶能够隐身的狗皮帽子，一双可以自由飞翔的飞鞋，还有一个特制的皮囊，能装默杜萨的头。帕修斯在途中又遇到了信使之神赫耳墨斯。赫耳墨斯送给他一把弯刀。

帕修斯背上皮囊，手持弯刀，穿着飞行鞋，戴着隐身帽，纵身一跃飞了起来。他按照仙女们的指示来到了戈耳工女妖们居住的海边。

戈耳工三女妖是福耳库斯的另外三位女儿。在三个女儿中，年长的两个戈耳工分别叫斯戏诺和欧里亚律，她们是永生不死的。但老三默杜萨却是肉体凡胎，帕修斯这次的任务就是来取她的头颅。可是，虽然她不像两个姐姐那样永生不死，可是要取她的头也绝不是一件简单的事情。因为她有个可怕的本领：谁要是看她的面孔和目光就会立即变成石头。

当帕修斯接近戈耳工三女妖时，她们正在熟睡。三人的头上布满了鳞甲，没有头发，头上盘着一条条毒蛇。她们长着公猪的獠牙和铁手，还有金色的翅膀。要接近斯戏诺和欧里亚律不是件困难的事。可是，怎么样才能接近默杜萨呢？雅典娜送的礼物现在派上用场了，她那光亮的铜质盾牌如镜子一样，能够反照出默杜萨的形象。这样，帕修斯就用不着面对面地看她了。当帕修斯接近这个怪物时，他随即用赫耳墨斯送给他的随身弯刀割下了她的头，放进腰边的皮囊里。

等到其他两个女妖苏醒过来，发现了妹妹已经被砍掉头的躯体时，帕修斯早已不见了踪影。他早就戴着隐身帽、穿着飞行鞋飞走了。

帕修斯英雄救美

逃离了戈耳工三女妖的地盘之后，帕修斯继续飞行着，过了一段时间，他觉得有些累了，就降落在了地面上。这里是阿特拉斯国王的地盘。帕修斯降落的地方正好是一片果园，这里的树上结的不是普通的水果，而是黄金的果子。一条巨大的恶龙守在旁边，不时吐出长长的舌头。帕修斯这个时候又累又饿，他请求阿特拉斯国王允许他在这里休息一会儿，并能给自己一些东西吃。可是，阿特拉斯国怕自己的金果子被偷走，他非但没有给帕修斯任何吃的，并且连停都不允许他停。他呼唤着那条恶龙，叫它把这个年轻人赶出去。帕修斯被国王这种极不友善的行为激怒了，他当场从身边的皮囊中拿出了默杜萨的首级，自己背过身去，却把这首级朝王国面前递去。可怜的阿特拉斯看到默杜萨的头后，立即变成了石头。由于他身材非常高大，所以他变成石头后简直像一座大山。他的胡须和头发好像山上的森林，而肩膀和四肢则像是大山的山脊。而他的脑袋就是那最高的山峰，直直地指向天空。

帕修斯

在果园里休息了一会儿之后，帕修斯重新穿上飞鞋，戴上狗皮头盔，背上装着默杜萨首级的皮囊飞上了高空。他一路飞行，飞过埃及，来到埃塞俄比亚的海岸边，这是国王刻甫斯治理的地方。突然，帕修斯看到耸立在大海之中的山岩上捆绑着一个年轻的姑娘。海风吹乱了她的头发，姑娘泪流不止。帕修斯被她的年轻美貌和可怜处境打动了，便跟她打起招呼："年轻的姑娘，你为什么被捆绑在这里？你叫什么名字，你的家人呢？"

听到帕修斯的话，姑娘起初沉默不语，因为她生性腼腆内向，害怕同陌生人说话。在这样的境况下碰到一个外乡人，她感到非常羞愧，可惜自己的双手被反绑着不能动弹。假如她能动弹的话，真想用双手蒙住脸，不让人看到自己的样子。最后，她噙着眼泪说出了实情："我叫安德洛墨达，是埃塞俄比亚国王刻甫斯的女儿。我之所以被绑在这里，只是因为我母亲的一句话。她曾公开夸耀我，说我是最漂亮的女孩，比海神涅柔斯的女儿，也就是海洋里的女仙们更漂亮。她的这句话惹怒了海洋女仙们。她们共有姐妹五十人，一起请海神发大水淹没了整个埃塞俄比亚。海神涅柔斯还派了一个妖怪，吞食陆地上的动物和平民。我的父亲无奈之下去得尔斐神庙求得了一个神谕：如果想使他的国家得到解救，必须把我丢给海怪，让它吞食。国民顿时闹得沸沸扬扬，说所有的祸事都是由我和我的母亲引起的，要求我的父亲必须按照神谕的启示把我献出来，拯救全国。绝望之余，父亲只好下令将我锁在这里，等待着海怪的吞食。"

安德洛墨达的话音还没有落下，海面上便波涛汹涌，一浪一浪滚滚而来。过了一会儿，海浪中冒出了一个妖怪。它的身形无比巨大，宽宽的胸膛简直能盖住整个水面。它吼了一声，张开的大嘴里全是锋利的巨齿。姑娘一见这水怪如此凶猛，吓得发出了一声尖叫，正在这时，她的父母亲也赶过来了。他们看到女儿大祸临头，感到万分绝望，她的母亲更是因为内疚和悔恨而流露出非常痛苦的神情。他们紧紧地抱着捆绑着的女儿，失声痛哭，这世上最令人伤心的事情莫过于白发人送黑发人了，还要这么眼睁睁地看着她被妖怪吞食，却什么也做不了。

这时站在一边的帕修斯看不下去了，他昂起头来，朗声说道："你们先不要哭，如果实在想哭以后有的是时间；眼下，我们的当务之急是救出你们的女儿。我叫帕修斯，是宙斯和达那厄的儿子。我刚刚战胜了女妖默杜萨，神赠予我的飞鞋带我飞越了高空，把我带到了你们美丽的女儿身边。坦诚地跟你们说，我爱上了你们的女儿，我相信如果这位姑娘是自由的，可以根据自己的意愿挑选配偶的话，她也一定会看中我的。现在，在安德洛墨达最危险的时候，我愿意正式向她求婚，并愿意尽我的全力去搭救她。安德洛墨达，你接受我的求婚吗？这不是我搭救你的条件，无论你是否答应我，我都会竭尽全力营救你的，所以，我只要你说真心话。"安德洛墨达早就被帕修斯的英俊潇洒和英雄气概吸引了，现在，听到这个年轻人向自己求婚，她羞红了脸。然而，心中的热情还是战胜了羞涩，她终于朝帕修斯微微地点了点头，说："不管今日是生是死，我都愿意成为你的妻子。"刻甫斯和他的王后一听简直高兴坏了，他们庆幸遇到了救星，也赶紧连连点头，表示非常赞同两人的婚事。并且，他们不仅答应把女儿许配给他，还答应把王国作为嫁妆送给他。

说话间，那只巨大的海怪已经游了过来，距离安德洛墨达只有一步之遥了。勇敢的帕修斯见状猛地把脚往地上一蹬，腾空而起。妖怪看到空中的帕修斯在海面上投下的身影，以为这就是自己要对付的敌人，便狂怒地向那影子追去，好像怕这影子要抢走它的猎物似的。帕修斯在空中左右飞腾着，如同一只矫健的雄鹰，让那只海怪不断地追逐着他的影子。过了一会儿，愚蠢的海怪已经有些疲倦了。就在这时，帕修斯看准一个机会，从空中猛扑下来，用杀死默杜萨的弯刀狠狠地砍向妖怪的背部，弯刀深深地砍进了海怪的体内，只有刀剑柄还露在外面。帕修斯猛地把刀拔出来，妖怪疼得蹿到了空中，然后又沉入水底，伤口中流出的血染红了一片海水。海怪疯狂地挣扎着，而帕修斯又在它身上砍了好多下，直到它的口中猛地喷出一股黑血，不再挣扎了。

这时，帕修斯的飞鞋的翅膀也被怪兽激起的浪花沾湿了，他不敢在空中久留。恰好看见水面上有一块露出的大礁石，他轻轻地落在了上面，然后又用那把弯刀在海怪的肚子里搅动了三四次。海怪彻底地死了，卷过来的一个海浪带走了它的尸体，不久它就从众人的视线里消失了。接着，帕修斯飞到捆绑安德洛墨达的岩石边，亲自解了开她身上的锁链，把姑娘交给了她已经喜极而泣的父母。

回到王宫后，他受到了国王一家的盛情款待。很快，刻甫斯国王为他的女儿和英勇无敌，的佳婿举行了一场盛大的婚礼。

帕修斯与情敌菲尼斯

帕修斯从海怪的口中救下了刻甫斯国王的女儿安德洛墨达，回到王宫后，国王为他们举行了一场盛大的婚礼，正当婚礼在欢乐地举行时，王宫的前厅里突然骚动起来，并传来一声沉闷的吼声。原来，国王刻甫斯的弟弟菲尼斯带着一批武士闯了进来。菲尼斯从前曾经追求过安德洛墨达，并且向她提出求婚。但是，安德洛墨达还没有答复他，就因为母亲一句夸耀的话被海神怪罪，被当作祭品送往了海边。在公主遭难的时候，菲尼斯生怕牵连到自己，躲得远远地，舍弃了她。现在，他看到安德洛墨达安全了，就来重提自己的要求了。

菲尼斯挥舞着长矛一下子闯进正在举行婚礼的大厅，并朝着惊讶万分的帕修斯大声叫喊道："我是安德洛墨达的未婚夫菲尼斯，你抢走了我的未婚妻，我要找你报仇！无论是你的宝物还是你的父亲宙斯都无法保护你！"这时的帕修斯还不知道到底发生了什么事，菲尼斯已经摆开了架势，准备与帕修斯决一死战，争夺安德洛墨达。

就在这时，国王刻甫斯猛地从席间站起来，朝着菲尼斯说："住手！菲尼斯，你这个无耻的懦夫。当我们被迫牺牲安德洛墨达的时候，你到哪里去了？看着她被绑在那里，你为什么不亲自去救她，却袖手旁观呢？你大概早就吓得躲到什么地方瑟瑟发抖去了吧，别说安德洛墨达压根就没有答应过你的求婚，就算她答应过你，你这个无耻的懦夫也休想得到她。明明是帕修斯救了安德洛墨达，并且他们两情相悦，你却跑来自取其辱！就算我允许你跟帕修斯决斗，你能打得过战胜了海怪的年轻英雄吗？"

菲尼斯被国王刻甫斯问住了，他又羞又气，无话可说，只是反复地打量他的兄弟刻甫斯和情敌帕修斯，好像在思考应该先从哪一个下手。终于，他在疯狂中用尽全力，朝帕修斯掷出了他的长矛。可是他的投矛相当不准，那长矛出手之后软弱无力，晃晃悠悠地一下子扎进了帕修斯脚下的垫子里。帕修斯一看菲尼斯来者不善，赶紧趁机跳了起来，朝着敌人投出了他的标枪，标枪朝着菲尼斯直直地飞去。要不是菲尼斯赶紧躲到了祭坛后面，肯定已经被帕修斯的标枪刺透胸膛了。

菲尼斯的随从们一看主人和帕修斯打了起来，一下子全拥了上来，和国王刻甫斯的侍卫们以及参加婚礼的客人们打成了一团。菲尼斯有备而来，就是冲着抢新娘来的，所以他带来的武士人多势盛，很快就把王宫里的侍卫都杀死，把国王夫妇和帕修斯的新婚妻子团团围住了。只有帕修斯一个人还在孤军奋战，他背靠着大厅里的一根柱子，奋力阻止敌人的进逼，杀死了一个又一个敌人。菲尼斯一看只剩下帕修斯一个人还在抵抗，就命人把国王夫妇和安德洛墨达公主绑了，然后带着所有的人往帕修斯这边杀来。顿时，所有的人都冲着帕修斯挥剑，帕修斯感觉自己一个人快要招架不住了。他明白单凭自己的勇气和力量已经不起作用了，就决定使出自己的最后一招。他冲着菲尼斯大喊道："你们人多势众，我也是被逼得没有办法了，只好请出我过去的仇敌来帮我打败你们了。"说完，他朝着岳父岳母和妻子喊道："请我的亲人们都转过脸去！"

接着，他从身后的皮囊中取出了默杜萨的头，背过身子，朝着正在逼近的对手们伸了过去。菲尼斯正疯了一样地领人朝帕修斯砍杀，他一边冲，一边轻蔑地大喊："拿你的小把戏去吓唬别人吧，我才不会被你的鬼话吓倒呢。今天，我要把你……"可是，还没等他说完，他那举到半空中的手臂就僵住了。他身边的武士们也一下子停住了脚步，开始变得僵硬。帕修斯一看敌人已经中计，干脆把默杜萨的首级高高地举起在半空里，让所有的敌人都能立即看见。就这样，菲尼斯身后的一批人也变成了僵硬的石块。直到这时，狂妄的菲尼斯才后悔自己的鲁莽行为。他看着身边姿态各异的石像，拼命地呼喊着朋友们和仆人们的名字，但他们的嘴唇已经变成了石头，没有一个人对他的呼喊做出回应。菲尼斯吓坏了，他不相信似的用手去触摸昔日战友们的身体，却发现他们原本温热柔软的肌肉都已经变成了坚硬冰凉的花岗岩。他惊恐万分，一改刚才的凶狠骄横，哀求着自己的情敌："伟大的宙斯的儿子呀，你饶了我吧，什么都给你！饶我的命吧！王国我不要了，安德洛墨达也是你的！"

说完，他赶紧转过还有一点点灵活的身子，朝大厅外跑去。可是帕修斯不想宽恕这个既胆怯又卑劣的小人。他大喝道："你的同伙都死了，你还想活着走出这个大厅吗？我将在我岳父的宫殿里为你树一座永远的纪念雕像！"说着，他穿上了飞鞋，朝菲尼斯追去。菲尼斯左躲右闪，再也不想看到那可怕的头颅，他终于躲过穿飞鞋的帕修斯，可还是迎面碰上了那个他最不想看到的头颅。顿时，菲尼斯变成了石头，站在那里，双手下垂，脸上还是一副惊恐万分的样子。

战胜了自己的情敌之后，帕修斯婉言谢绝了岳父要送给他王国的诺言，带着年轻美丽的妻子安德洛墨达回到母亲达那厄所在的塞里福斯岛，来向波吕得克忒斯复命。

帕修斯离开之后，波吕得克忒斯觉得帕修斯肯定会被默杜萨变成一块大石头，所以更肆无忌惮地骚扰帕修斯的母亲达那厄。他的弟弟狄克提斯对他的这种行为很看不惯，就经常为达那厄解围。波吕得克忒斯非但没有因此有所收敛，反而连他的弟弟也一起虐待了。由于受不了这位残暴的国王的打骂，达那厄和狄克提斯只好躲到了修道院去避难。

当帕修斯来到了宫殿时，波吕得克忒斯感到非常惊讶，他觉得帕修斯一定没有去找默杜萨，而是躲到什么地方避难去了。这时，帕修斯跟他说："陛下，我现在已偿清我欠的债务。"波吕得克忒斯大声地嘲笑道："你是不是在戏弄我？你说，这段时间你到底躲到哪里去了？"他认定帕修斯一定没去找默杜萨，要不然早变成大石头了，还说自己已经杀掉了女妖，更是在吹牛了。

帕修斯虽然了解这位国王的坏脾气，但是他没有料到国王会这样对他。他立即把皮囊从腰上放下，然后把目光转开，拿出默杜萨的头给国王看。波吕得克忒斯被吓呆了，他睁大眼盯着默杜萨的头，变成了石头。

波吕得克忒斯死了之后，帕修斯从修道院中救出了达那厄和狄克提斯。他和众人把狄克提斯推举为塞里福斯岛新的国王，并促成了他与母亲的婚事。母亲结婚之后，他就带着自己的妻子安德洛墨达一同回到了外祖父的国家亚各斯，准备拜访一下这位从未谋面的亲人。可是还没等他到亚各斯，他的外祖父阿里克西俄斯就听说了自己外孙已经长大成人并且马上要来找自己的事。他非常害怕早年的那则神谕会变成事实，就悄悄地逃亡外地，到了他的朋友彼拉斯齐国王那儿。

而帕修斯来到亚各斯之后，没有找到外祖父，就来到了亚各斯的邻国彼拉斯齐，因为那里的国王正在举办一场盛大的运动会。帕修斯一向喜欢掷铁饼，所以看到运动会上有这个项目非常高兴，他抓过一块铁饼就扔出去，却不小心砸中了一个正好从运动场上经过的老人。十几年前的神谕应验了，这个老人正是逃到彼拉斯齐避难的阿里克西俄斯，达那厄的父亲，帕修斯的外祖父。

很快，帕修斯就从彼拉斯齐国王口中就知道了被他误杀的人正是他的外祖父。他感到非常悲痛，把外祖父的尸体运回亚各斯安葬了，并且继承了他的王国。从此之后，命运之神再也不折磨他了。他与安德洛墨达幸福地生活了几十年，他们生了一群可爱的孩子，并且他一直没有损害他的父亲宙斯的荣誉。

囚禁死神的西绪福斯

西绪福斯是风神埃俄罗斯的儿子。风神埃俄罗斯聪明而有创造性，船上用的风帆就是他发明的，而且他还虔信神灵。西绪福斯继承了父亲的智慧，却没继承他的虔诚心。这个狡猾的家伙，无所不为，只要有利可图，不惜偷窃，甚至敢欺骗天神。宙斯偷走河神阿索波斯的女儿——美丽的神女埃癸娜，藏了起来，大地上只有西绪福斯一个人知道她的藏身之所。他向宙斯保证，说他会保守秘密。他管理的科林斯城土质坚硬，无水可用。当阿索波斯找到他，要他告诉女儿的藏身之所时，西绪福斯要求他为科林斯城打出一口清水不断的井。河神答应了，他就把藏身的秘密告诉了河神。阿索波斯果真在科林斯城的山崖中为西绪福斯打了一眼著名的波林娜井。河神找到宙斯，要求归还女儿。恼羞成怒的宙斯一个霹雳打死了河神。

打死河神后，宙斯对西绪福斯非常恼怒：小小一个国王，不就是千千万万凡人中的一个吗？竟敢插手神的纠葛，这还了得？他马上下令给死神，要他马上把这个不知天高地厚的凡人送进地狱里。

“怎么啦，时辰还没到，你就来找我了？”西绪福斯很不友好地责怪死神。

“我是不该来的，”死神抱怨说，“可这是宙斯的命令呀！”

“宙斯的命令？”西绪福斯说，“这完完全全是出于个人恩怨。”

“就算是这样又能怎么样，”死神说，“我来这里，不是和你讨论宙斯的命令的，我只是个小神，我是来执行命令的。”

西绪福斯是个精明的人，当然不愿现在就死。他眉头一皱，计上心头，想出了一个避开死神的好办法。

“看来我只有跟你走了，”他对死神说，“其实，我早就等你来了。我一离开宙斯，就知道我死定了。我已经在宫殿里建了一座塔，又让人在塔下挖了一个洞穴，准备当我的坟墓。我带你去石穴吧……”

死神相信了他的话，紧紧地跟在西绪福斯后面，走进塔下的墓穴。笨重的用来覆盖墓穴的大石板横跨在墓穴上，可以看见墓里也铺了一层大理石板。

“我的天啊！”西绪福斯故意长叹一声，“这个洞穴太小了。”

“我看不会太小。”死神说道。

“是太小了，太小了！这个墓穴埋不下我，这实在令人遗憾！你能不能躺到里面去，让我看看洞穴大小是否合适？”

死神太天真了，她照国王的话办了。她真像个死人样笔直地躺在墓穴里。西绪福斯闪电般推下大石板，把死神封盖在墓穴里。然后他走出墓塔，一把大铁锁牢牢地锁住塔门。

宙斯很繁忙，一方面他要处理政务，另一方面他更要寻欢作乐，所以西绪福斯这件事情他早就忘记了。想想也是，一个神灵去逮捕一个凡人，还不是手到擒来吗？西绪福斯现在肯定被关在地狱里和其他幽灵一起。可是，好多年过去了，宙斯又记起了这个人。他派人到地狱里一查，不仅没有西绪福斯这个人，可怕的是地狱里，这几年竟然没有一个死人进来。

宙斯焦躁不安，立即派了信使之神赫耳墨斯前去调查。

“死神失踪了，”赫耳墨斯报告说，“看来是西绪福斯把她关闭在他的墓塔里。”

“什么？”宙斯咆哮起来，“气死我了！气死我了！”他来回地转着，怒吼的声音很远都可以听见：“这个无耻的家伙冒犯了我，现在竟然还敢糊弄我！我非要把他碎尸万段才解恨。”

宙斯把战神阿瑞斯叫来，命令他立即去释放死神。战神立刻把墓塔的铁锁炸开，揭开大石板把死神放了出来。死神从墓穴里爬出来，脸色铁青，牙齿格格作响，浑身霉气。

这次，死神再也不上西绪福斯的当了。她把西绪福斯逮住，接着就把他的幽灵交给了地狱的老船工卡隆。卡隆又把他的幽灵渡过西梯克斯河送到冥王府去。

但是，精明的西绪福斯早就做了准备。他要求妻子不要按习俗掩埋尸体，而是要弃尸荒野，并且嘱咐她千万不要做任何祭献。

西绪福斯到了冥王府，马上就去拜见地狱之王哈里斯。“我妻子太粗心大意！”

西绪福斯高声喊道，“秃鹰将要啄食我的遗体，而你也不会得到你应得的祭品。”

“这真是闻所未闻！”哈里斯慷慨地说，“你可以回到人间去惩罚你那忘恩负义的妻子，要她把你的遗体掩埋好。”

哈里斯同意他回家一趟，这正中西绪福斯的下怀。他一到人间就恢复了人形。但他回家以后并没有责罚妻子。他仿佛没有发生任何事情一样，仍然统治着他的国家。

受骗的诸神这次干脆让他平静地生活到老死。西绪福斯最终没有逃脱人类共同的命运。他渡过西梯克斯河到冥王府去，这一次是因为年老去世的。这一回他没有希望回到地面了。

就在这个时候，诸神们的怒气发作了，对他进行一次狠毒的惩罚。

他们说他大逆不道，把他送到了塔耳塔洛斯地狱去服苦役。西绪福斯只好无休止地把一块大岩石往陡峭的山坡上推。可是，每当他把岩石快要推到山顶，岩石就从另一面滚下去，直到山脚。据说，这一徒劳无益的劳动就是要使他记得：人们可以施用妙计在一段时间避过死神，但是人们最终不能战胜死神。

斯库拉复活

格劳科斯是个渔夫。有一天他打鱼起网，把网内的鱼全倒在岸上，开始在草地上分门别类地挑选。突然，躺在草地上的鱼开始活动，像在水中一样摆动着鱼鳍。他正看得发呆时，它们一个个全都跳到河里游走了。他不知道怎么解释这个现象，于是就摘了一些草尝了尝。草的浆汁刚一入口，顿时，他觉得有一股酸涩的味道直往喉咙钻去，接着便感到舌麻口燥，干渴难熬。他非常想喝水，竟一头栽进河里，拼命地喝了起来。水中的神灵和仙女见他干渴成这副样子，十分可怜他，便调集了五湖四海的水来供他痛饮，可他还是喝不够。于是，他们干脆让他生活在水中，成为水中的一个成员。他们让他长出鱼儿似的鳞、鳍和尾，让他的头发变成海绿色，只是他的头部和上身保持着人的模样。神灵和仙女们对他的模样非常赞赏，因为在水里还从未有过这样的生物呢！而他自己，也为这不同寻常的模样感到自豪。

有位美丽的少女名叫斯库拉，很得水中仙女的宠爱，常陪伴她们在各处游玩。一天，她正在湖边洗澡，格劳科斯看见并立刻爱上了她，便轻轻地向她游去，想跟她说几句知心话。可是，当他游到她的身边，刚刚露出身子，斯库拉转身匆匆跑掉了。格劳科斯绝望之际，突然想到应向女巫喀耳刻求教。于是，他就来到了喀耳刻所在的岛屿。

相互问候之后，他说道：“女神，我请求你发发善心，只有你才能解除我蒙受的痛苦。我爱斯库拉。我真不好意思对你讲我是如何向她求婚和做出许诺的，她又是如何轻蔑地对待我的，我请求你利用你的咒语或神草，不是用来医治我的单相思，而是让她也爱上我，并对我回报以爱。”

格劳科斯的话叫喀耳刻非常感动，她不知不觉地喜欢上这个披着一头深绿头发半人半鱼的神灵。怎样才能使他回心转意，把他的满腔热情从斯库拉身上转移到自己身上来呢？她想了好半天，终于说道：“你的感情热烈而纯真，每一个天神或凡人都会被你所感动。不过，爱情从来都是双方自愿的，与其追求一个可望而不可即的目标，不如追求一个唾手可得的，同样值得你爱的对象。不要灰心，我的朋友，对自己要有信心，因为你是一个高贵的人。不瞒你说，就连我这样一个女巫，懂得各种妖术和魔法，如果你把感情给了我，我也绝对不会拒绝的。如果有人蔑视你，你也应该同样地蔑视她。还是去爱一个已经准备与你相爱的人吧！这样，幸福的爱情就会降临。”

尽管喀耳刻这番话说得委婉曲折，格劳科斯还是听出了她的真意。不过，他回答说：“我对斯库拉的爱是不会转移的，除非从海底的深处立即长出一棵参天大树，除非海里的水草全都爬到高山顶上，否则我就要永远追求她！”

听到这样的话，喀耳刻心里很恼怒，却拿他没办法，因为她由衷地喜欢他，不想加害于他。于是，她把怒火转向了她的敌手——可怜的斯库拉。她把各种有毒的植物采集起来，用妖术和魔法把它们混合在一起，然后，她漂洋过海，翻山越岭，来到西西里岛，这里正是斯库拉居住的地方。

西西里岛有绵延不断的海岸，斯库拉常到海边来散步，在天热的时候，还下到水里洗澡。这天，喀耳刻估计斯库拉会来洗澡，便把她带来的毒物放到海里，并且轻声地念了一番咒语。果然，斯库拉来了。她下到齐腰深的水里准备洗澡，突然发现四周全是昂着黑头、吐着细舌的毒蛇，便大声惊呼起来。起先，她想摆脱它们，赶走它们，但是它们紧紧地追着她，一步也不放过，她用手狂乱地击打它们，但是她的手脚却被咬得鲜血直淌。她在水中一步也动弹不得，她用尽了气力，最后还是被毒蛇拖进了深水中。

斯库拉不幸遇难的消息，很快传到了格劳科斯的耳中。他悲痛异常，来到西西里岛，希望能见她一面。果然，从海里浮起了斯库拉雪白的尸体。格劳科斯抱起她，痛哭不已。天神们见此情景，无不深受感动，他们决定让斯库拉复活过来。不过，他们向格劳科斯提出了一个条件，那就是如果他能在一千年之内把所有落入海中溺死的人全都打捞起来，那么，就让他与斯库拉团聚。格劳科斯照办了，整整一千年，他昼夜不停地巡游在海上，打捞着一个又一个的溺死者。其中有船翻落海的水手，也有失足落水的儿童，还有在爱情中遭遇不幸而投海自尽的姑娘。他把他们一一捞起，送上岸去交给他们的亲人。最后，神灵们的诺言实现了，他们果然让斯库拉复活，并让格劳科斯恢复了人形，他仍然是一个健壮的青年。自此，他们生活在一起，相亲相爱，永远不再分离。

柏勒洛丰与飞马

吕基亚有一头怪物喀迈拉,它是巨人堤丰与巨蛇厄喀德那所生的儿子。它上半身像狮子,下半身像恶龙,中间像山羊,口中喷着火苗,烈焰腾腾,委实可怕。它在吕基亚大肆骚扰,当地的居民苦不堪言。国王伊娥巴托斯寻求能杀死它的英雄。许多人前来应征,可是无一例外地,都被那头怪物吞吃了,先后死了二十多个人。再也没有人前来应征了,国王伊娥巴托斯非常苦恼。

过了一段时间,他的女婿普洛托斯派人给他送来一封信。这个带信人,英俊潇洒的年轻人柏勒洛丰,正是他女婿推荐给他消灭喀迈拉的无敌英雄。老国王非常高兴,热情款待了这个年轻人。然后他进了内室,看女婿的来信。刚开始时,这封信的确是在夸这个年轻人英勇无敌。可是到了末尾,却让老国王倒吸了一口冷气,原来女婿要求岳父设法把他处死。因为这个年轻人在提任斯国王普洛托斯那里做客的时候,企图勾引他的妻子,老国王的女儿。

事实并非如此。柏勒洛丰是那个被天神宙斯惩罚不停滚动石头的西绪福斯的孙子,即科任托斯国王格劳科斯的儿子。他因为过失杀人,被迫逃亡,来到提任斯,受到国王普洛托斯的热情接待。柏勒洛丰长相英俊,仪表堂堂。普洛托斯的妻子安忒亚一见倾心,企图引诱他。可是心地善良的柏勒洛车拒绝了她。普洛托斯的妻子恼羞成怒,反在丈夫面前倒打一耙,说柏勒洛丰企图引诱她。国王轻信了她的话,心里满是怒火,当即就想杀掉他。但长久相处下来,他已经非常赏识年轻的柏勒洛丰,不忍心下手,正好他的岳父吕基亚国王伊娥巴托斯不正为那个怪物烦恼吗?这不一举两得,即解决了自己的困惑,也助了老岳父一臂之力吗?

伊娥巴托斯读了信,并不知实情,就要求柏勒洛丰去和喀迈拉搏斗。柏勒洛丰是个虔诚的人,所以在出征前,他找到预言家波吕伊多斯求助。波吕伊多斯为他求得了一则神谕,那就是,只有借助飞马珀伽索斯的帮助,他才能战胜怪物喀迈拉。提到珀伽索斯这匹神奇的马,就不得不说说它的来历了。

大英雄帕修斯砍下默杜萨脑袋的时候,血滴入土中,结果生出了飞马珀伽索斯。它飞扬跳脱,伤害临近居民,整夜在月光之下奔跑游荡,发出叫声。它的叫声又响又尖,直抵奥林匹斯山众神的耳朵里,搅得他们尤其是天神宙斯无法安眠。于是,智慧女神雅典娜就被派了出去,制止住这匹马。

雅典娜来到了飞马的跟前。它正准备扬蹄飞奔的时候,她跑上前去,抓住了它的鼻子。雅典娜捉住它,加以驯服,赠送给缪斯女神。有一天,缪斯女神们举行聚会。其中一位弹琴,一位歌唱,其他几位或歌或舞,敲打节拍,浑然忘我。这个时候,她们居住的赫利孔山听得心旷神怡,无意之中渐渐上升。歌声继续,山尖慢升,转瞬之间,山峰的尖顶几乎要把天穹扎穿了。天神宙斯一看不好,赶紧命令海神波塞冬制止这场事故。波塞冬又把命令下给正好也在赫利孔山的飞马珀伽索斯。于是，珀伽索斯遵照波塞冬的命令，飞上山腰，一阵踩踏，把赫利孔山踩得两肩冒血，赫利孔山这才从迷狂之中惊醒过来，又降下去回到地面。可是被踩伤的肩膀伤口，喷出了水流，这样马泉就形成了。

珀伽索斯制止了赫利孔山上的这场事故之后，为了奖励它，缪斯女神们又让它恢复了自由。现在，柏勒洛丰可犯起愁来了，怎样才能抓住飞马让它帮助自己战胜喀迈拉呢？它从来没有让人骑过，十分狂野撒泼，又长着翅膀，快得像风一样，根本就无法抓住和驯服。柏勒洛丰努力了一阵，累得精疲力竭，最后竟在皮勒内河边智慧女神雅典娜的神庙里睡着了。他做了一个梦，梦见他的保护神雅典娜。她交给他一副壮丽的带有金色饰物的辔头，对他说："你怎么睡着了？带上它吧！"柏勒洛丰突然从梦中醒来。他跳起身，看到手上果然有一副金光闪闪的辔头。

他赶紧跑出神庙，可是却找不到那匹四蹄飞扬、毛发闪亮的飞马了。正在他茫然无措的时候，智慧女神雅典娜把他带到了夜空之中，指点给他看正在希伯克林泉边饮水的珀伽索斯。柏勒洛丰便摇动手中金灿灿的辔头。飞马一见到辔子，就乖乖地跑过来让人骑。柏勒洛丰毫不费力地把双翼飞马驯服了，他把辔头套在马头上，然后穿上盔甲，骑马腾空而行，弯弓搭箭，射死了怪物喀迈拉。

柏勒洛丰征服喀迈拉以后又被不友好的主人派去经受新的考验，执行别的使命。伊娥巴托斯先派柏勒洛丰去攻打索吕默人。索吕默人蛮勇好战。可是柏勒洛丰靠着珀伽索斯，取得了胜利。一计不成，国王伊娥巴托斯又生一计，派他去跟亚马逊人作战。这也难不倒柏勒洛丰，他安然无恙地得胜回来。伊娥巴托斯于是在柏勒洛丰归途中设置埋伏，但可悲的是袭击柏勒洛丰的士兵全被消灭，无一生还。直到这时，伊娥巴托斯才明白这个年轻人根本不是罪人，而是神的宠儿，再也不敢杀害他了。他把柏勒洛丰接回宫中，把美丽的女儿菲罗诺厄嫁他为妻，而且柏勒洛丰成了他王位的合法继承人。

柏勒洛丰取得了很多的胜利，变得日益骄傲和自以为是，终于得罪众神。据说，他甚至企图驾着飞马闯入天国。宙斯派出一只牛虻去叮珀伽索斯，飞马失蹄，把柏勒洛丰从马背上摔了下来，变得又瞎又瘸。从此，柏勒洛丰避开一切行人来往的道路，独自一人在阿莱恩的田野里漂泊流浪，悲惨地了结一生。

阿塔兰忒与三只金苹果

阿卡迪亚的国王伊阿索斯年事渐高，非常渴望他的王后为他生一个儿子，好继承王位。但事与愿违，王后的肚子确实大了，生下的却是一个哇哇大哭的女孩子。王后充满了慈母情怀，给女孩取了一个好听的名字阿塔兰忒。国王伊阿索斯一听是女孩，又失望又气恼，马上让人把这个女婴抛弃在树林里。他对人说，王宫里地方虽大,可是却容不下这样一个无用的丫头。

小小的婴儿饿得直哭,却没有一个人经过这片幽静的林子。碰巧有只刚失去儿子的母熊觅食的时候看见了,便把阿塔兰忒衔回去喂养。不久,婴儿又被猎人发现,把她带回家抚育。随着时光的流逝,阿塔兰忒在大自然中成长为一名好猎手。她四肢强健有力,行动敏捷,可以同当时最优秀的竞技者较量。竞技的时候,阿塔兰忒曾经击败了英雄珀琉斯,这一胜利使她名扬全希腊。阿塔兰忒的名声也传到了她父亲的耳朵里。既然年轻力壮的男英雄都不是她的对手,那么……伊阿索斯后悔了,就派人把她叫来向她保证,从此以后要对她关心和爱护。阿塔兰忒并不记恨,她回到阿卡迪亚与父母住在一块。她对亲爱的母亲丝毫也不提起以前的狩猎生活,更不用说她的父亲。伊阿索斯想弥补自己的过失,关心地问这问那,想给她找一个丈夫。

伊阿索斯一提及婚事,阿塔兰忒立即拒绝说:"父亲,您实在太轻率了!我小时候您就把我抛弃了。而现在,我胜过任何一个年轻人。您对这些轻浮的青年关怀备至,难道您想把那些多嘴多舌、一切依赖丈夫、对丈夫百依百顺的女人的命运强加给我吗?"

"阿塔兰忒,我错了,不应该在你小的时候抛弃你。因为我没有儿子,而你又胜于儿子。你是我唯一的孩子,如果你不结婚,谁来给我们家接续香火呢?"

父亲的话也不无道理,阿塔兰忒要好好想想。过了几天,她告诉伊阿索斯:"好吧,父亲,我同意结婚。但是,我有个条件。谁要想娶我,他必须在赛跑中战胜我,并且,赛不过我的人就要被处死。"

伊阿索斯听了女儿的话,脸色变得深沉。他知道,在赛跑中简直没有人能战胜阿塔兰忒,因为人们都知道阿塔兰忒跑起步来有着"伊菲克勒斯的速度"。伊菲克勒斯是半人半神的大力士赫拉克勒斯的弟弟。他身体强壮,力气很大,当然,跟他的哥哥大英雄赫拉克勒斯一比,那就是大巫见小巫了。不过,他有一项特长,却是别人赶不上的,连他的哥哥赫拉克勒斯都比不上他,那就是速度。他一旦发力,奔跑起来,就跟一阵风一样。最能说明他这一点的有两件事:一个就是他在长满麦穗的农田里跑过去,眨眼间就到了田埂上,而他跑过去的地方,麦穗坚挺,根本没有一棵被踩伤;他在水面上也一样,跑过宽阔的河面,不但不掉落水中,连鞋面都不沾湿。因此希腊人形容动作快,常常说,就跟伊菲克勒斯的速度一样。既然阿塔兰忒拥有"伊菲克勒斯的速度",那同她比赛,肯定是必败无疑了。如果这样的话,哪里还有年轻人敢同这位公主比赛呢?他试图说服阿塔兰忒,但阿塔兰忒怎么也不答应。于是,无奈的国王伊阿索斯抱着试试看的心情,向全希腊人宣布了女儿的征婚条件。

姿色超人的阿塔兰忒对小伙子有着强大的吸引力。出乎伊阿索斯的意料之外,求婚者络绎不绝,四面八方汇集到王宫前。可是,人虽多,他们的命运却像飞蛾扑火一样。尽管阿塔兰忒穿着长衣、背着武器,她仍然比那些不穿上衣不带武器的青年跑得快。不少求婚者因此被处死了。

伊阿索斯是一个铁石心肠的人,但杀死那么多无辜的青年,也让他感到悲伤。很多人认为阿塔兰忒实在是太过分了。专司爱情与婚姻的爱神阿佛洛狄忒得知此事后非常恼火。这么一个年轻貌美的女子拒绝别人求爱,甚至把追求她的人推向死亡。怎么回事?她决定让这样的事不再继续下去。

所以,在温文尔雅的米拉尼翁同阿塔兰忒比赛的那天,爱神突然出现在他面前。她凑近他的耳边,给他出了个主意。她还把三个从塞浦路斯带来的金苹果送给了他。米拉尼翁拿着这三个金苹果走向起跑线。他已经抱定决心,以死挑战阿塔兰忒。也不知道阿佛洛狄忒是不是对阿塔兰忒做了手脚,让一向对男人不假辞色的阿塔兰忒对米拉尼翁产生了感情。还在起跑之前,米拉尼翁温和的态度和文雅的举止就令阿塔兰忒倾倒。她出神地凝视着米拉尼翁,一连三次都没有按号令起跑。裁判重重地警告了她。这两位年轻人终于飞跑起来,他们越过田野,穿过树林往前奔跑。

同其他求婚者一样,米拉尼翁也跑不过阿塔兰忒。但是,他不怕,他有爱神阿佛洛狄忒的苹果。一旦阿塔兰忒就要超过他时,他就拿出一个金苹果,扔在地上。也不知道是金苹果太好看,引起了阿塔兰忒的食欲,还是阿佛洛狄忒在作怪,反正,只要阿塔兰忒看见地上的苹果,她便俯身去捡拾,然后,阿塔兰忒又继续追赶。一连三次,每次都是她快要领先,她又因拾苹果而落后。最后她只有追赶米拉尼翁的力气,而没有超过他。

出乎所有人的意料,米拉尼翁居然第一个越过终点线。米拉尼翁的胜利使竞技场上的年轻人欢喜如狂。国王吃惊之余,心里窃喜,但不敢把高兴露出来,他怕女儿发脾气。阿塔兰忒会承认自己失败吗?她对这次赛跑会不会提出异议?不,阿塔兰忒没有食言。她承认了自己的失败。她走到米拉尼翁面前,啃了半个苹果,她又微笑着把另外半个送到小伙子米拉尼翁的嘴边。看到这一幕,国王一颗悬着的心终于落下来了。比赛结束后,国王给唯一的女儿阿塔兰忒和米拉尼翁举行了一个盛大的婚礼,两个人开始了幸福的生活,并且生了一个儿子帕耳忒诺派俄斯。米拉尼翁能迎娶阿塔兰忒,还要感谢爱神阿佛洛狄忒的帮助。所以,这对甜蜜的小夫妻为了表示谢意,每天都要给爱神阿佛洛狄忒献祭。可是有一天,阿塔兰忒因为打了一天猎太累了,所以很快睡去,忘了献祭。而米拉尼翁喝醉了,也把这事忘得一干二净了。等到第二天,两个人却根本记不起昨天忘记献祭了,这让阿佛洛狄忒大怒。有一天,乘夫妻两人在山中打猎,阿佛洛狄忒把他们两人变成了狮子。

代达罗斯与伊卡洛斯

雅典的代达罗斯是墨提翁的儿子,厄瑞克透斯的曾孙。他生下来就是一个艺术家的料子，心灵手巧，做什么成什么。长大以后，不负众望，成为全雅典最有名的建筑师和雕刻家。他刀下的雕像，惟妙惟肖。更难得的是活灵活现，好像有生命似的。先前的雕刻师笔下的石像，双目紧闭，两只贴着身子的胳膊无力地垂下。但代达罗斯却一反常规，让石像的双眼睁开，双手前伸，有一种迈开双腿大步走路的虎虎生气。

不过，天才总是和嫉妒相伴而生，代达罗斯也不例外。雕塑之时，他天赋惊人，可他和大多数人一样，爱慕虚荣，容不下他人。他的外甥塔洛斯，跟他学艺。让代达罗斯不能忍受的是，这个黄毛小孩天分竟比他还高，而且雄心勃勃，对代达罗斯的作品并不完全信服。还是一个小小的孩童，他就发明了陶工旋盘。后来，他又成为锯子的发明者，圆规也是他一次心血来潮的产物。他做出了这，发明了那，可这一切的一切，都没有他代达罗斯指点。这还了得！现在塔洛斯的名声已经不小了，再过几年，别人还会想起他代达罗斯吗？想到这里，代达罗斯嫉妒得头发昏、眼发红。有一天，散步的时候，他一下子把塔洛斯从雅典城墙上推了下来，当场摔死。但是，女神雅典娜十分爱护心灵手巧的塔洛斯。当她看见他从城墙上掉下时，立即把他的灵魂变成了一只山鹑。惊恐的代达罗斯埋葬尸体时，慌里慌张，被人发现了。罪行败露，他被雅典最高法院传唤和审讯。结果被判有罪，流放到了克里特岛，为国王服役。

希腊英雄忒修斯在杀了牛头怪物之后，凿沉了克里特国王的全部船只，接着，又带走了他女儿阿里阿德涅。国王弥诺斯获悉这一情况以后，压不住心头的怒火。他很快就查清了巧匠代达罗斯曾经参与救助雅典少年忒修斯。

于是，弥诺斯亲自传讯了代达罗斯及其儿子伊卡洛斯，对代达罗斯严厉地说："你知道这班雅典人给我的舰队造成的灾难有多大吗？"

"陛下，我知道。"代达罗斯回答说。

"你知道忒修斯拐了我的爱女吧！"

"陛下，我听说了。"

"听说你帮助了那个雅典人——你的老乡忒修斯？"

"陛下，我没有呀。"代达罗斯惊讶地叫起来。

"难道不是你把那个线团交给了我的女儿，她又把那个线团给了忒修斯，他靠那个线团在迷宫里找到出口的？你帮助了一个罪犯，还不知罪？"

"陛下，"代达罗斯注重地说，"在阿里阿德涅让我给她线团的时候，忒修斯并没有犯你今天对他所控之罪呀。他当时正准备为克里特岛除害，杀弥诺陶洛斯这个牛头怪物，你当时也答应把你的女儿嫁给他。这件事很好嘛。我认为我们应该成全年轻人的好事，使他们能结婚成亲。再说，阿里阿德涅已经深深地爱上了忒修斯。"

"你有什么权力管我家里的事？你这个无赖！"盛怒的国王狂叫起来。

"陛下，我同意你的说法。但是，我是凭我的理智与心愿行事的。"

"你这个叛徒,还敢狡辩!"

站在弥诺斯国王周围的文武百官都交头接耳。国王失去了女儿,这对他们无关紧要。可是,克里特岛失去了整个舰队,却让他们怒发冲冠。他们都说国王说得有理。

弥诺斯冷静下来,又问:"我问你,你为什么把那个线团交给我女儿,而不是把迷宫的图纸交给她呢?"

"国王,难道你忘了吗,很久以前你就命令我把迷宫的图纸销毁?"代达罗斯回答说。

"是的。我不愿意这些图纸落到弥诺陶洛斯手里。你已经把这些图纸全销毁了吗?"

"陛下,我是您驯眼的仆人,哪敢违命?"

"你没有保留一部分吗?"

"陛下,我一张也没有保留。"

"那么,如果我把你和你的儿子关进迷宫里,你们就找不到出口了吧?"

"陛下,您不能这么做。这样做是毫无道理的。"代达罗斯惊慌地说。

"对变节者不能判其他刑,只能判以死刑。也许你没有图纸而能凭记忆找到迷宫的进出口,我叫人把迷宫的进出口堵死。这样,我就可以绝对肯定你会死在里面了。"

"望国王能饶了这个孩子。他并没有罪过。"代达罗斯一看国王一定要让自己当这个替死鬼,没办法了。现在只求保住骨肉。他一边叫喊一边指着伊卡洛斯说:"他是无辜的。"

"我失去了心爱的阿里阿德涅。对我来说,她现在等于死了。侍从们,马上把这两个可怜虫带进去。"

卫士们强行把他们二人连拉带拽地拖押到迷宫里,并放出凶猛的恶狗追赶代达罗斯和伊卡洛斯,把他们迫进弯曲复杂的迷宫通道里。恶狗在回头时,靠其灵敏的嗅觉很容易找到了出口,可是代达罗斯只能在迷宫里转来转去。为了安全起见,卫士们把迷宫进出口堵死了。看来,代达罗斯和伊卡洛斯就再也别想出来了。

迷宫里的通道时而是弯曲的地道,时而是深深的隘道,两边悬崖绝壁。代达罗斯父子在迷宫里游荡了很久,筋疲力尽,于是,在一个隘道停了下来。隘道很热,他们口干舌燥,饥肠辘辘。但他们宁愿在露天的隘道暴晒死去也不愿困在幽暗的地通里。

"国王这个老头真残忍!"伊卡洛斯悲叹道,"我们明明清白无辜,可是,他要我们死。"

"你是无辜的。"代达罗斯回答说,"至于我呢,我是有罪的。"

"什么,你有罪?"

"不是弥诺斯惩罚我,而是众神惩罚我。我现在是清偿旧债。我暗害我的外甥，被流放到这里来为克里特岛国王做劳役。可是，看来众神还没有宽恕我。”

“那么，他们为什么把气发到我身上呢？父亲，你是桅帆的发明者，你又为人们发明了粘合剂，还有各种木工工具，你还设计了迷宫图纸。我可以肯定，你是有办法的，你一定能想办法离开这个鬼地方。”

“我的孩子，在这里能干些什么呢？我们在这里就像被活埋了一样。我在这里什么工具也没有。”

代达罗斯扫视了一下周围。两道玄武岩绝壁在隘道两边拔地而起。绝壁光滑得发亮，往上爬是不可能的事。在不远的地方，通道又伸进地下去。无数鸟儿在岩石上空飞来飞去。地上落满了它们脱落的五颜六色的羽毛。

“唉，我们要是能像鸟儿一样飞翔该多好！”代达罗斯叹息道。突然之间，好像想到了什么，他陷入深深的沉思之中。伊卡洛斯一声不吭，他懂得，当父亲思考问题时，不要去打扰他。他们周围是一片安静，只听见小鸟的叫声和野蜂的嗡嗡声，野蜂就在岩石缝里构筑蜂窝。代达罗斯开始注视其中的一只小蜜蜂。

“我的老天爷，”他低声说道，“我不是可以试试看吗？伊卡洛斯，过来帮我的忙。”久经考虑后，他高兴地说：“国王虽然从陆上和水上封住我们的去路，难道我们不能从空中飞走吗？”

他收集干柴，放到一个野蜂窝下，然后敲石点火，烧着木材上面的干草，火烟驱散了蜂群。代达罗斯摘取了蜂巢。接着，他又照样办理，直至获得足够的蜂蜡。他又开始收集整理大大小小的羽毛，把最小最短的羽毛拼成长毛，看上去像天生的一般。他把羽毛用麻线在中间捆住，在末端用腊封牢。最后，把羽毛微微弯曲，看起来完全像鸟翼一样。

伊卡洛斯欢喜地站在身旁，一双小手帮父亲劳动。终于一切都完成了。代达罗斯把翅膀缚在身上试了试。他像鸟一样飞了起来，轻轻地升上云天，然后重新降落下来。然后，他又教儿子伊卡洛斯学习操纵。他还给儿子做了一对小羽翼。

“你要当心，”他叮嘱道，“必须在半空中飞行。你如果飞得太低，羽翼会碰到海水，沾湿了会变重，就会被拽在大海里；要是飞得太高，翅膀上的羽毛会因靠近太阳而散落。”代达罗斯一边说，一边把羽翼给儿子缚在双肩上，但他的手却在微微地发抖。最后，他拥抱着儿子，还给了他一个鼓励的吻。

伊卡洛斯答应父亲小心行事。他开始扑打翅膀，离开地面往上升起，他是多么高兴啊。他父亲接着也腾空起飞。他们两人像信天翁一样很快就飞越了悬崖峭壁，把关闭他们的阴森可怖的迷宫远远抛在后面。

他们面前是浩瀚的大海。他们向东北方向飞行，飞越了巴罗斯岛、萨莫斯岛和德罗斯岛。伊卡洛斯高兴得得意忘形。他为自由和幸福所陶醉，忘了死亡的威胁。他把起飞前父亲对他的嘱咐抛到九霄云外。飞高些，再飞高些！强烈的阳光使他目眩，他径直往太阳飞去……糟啦！他飞近了太阳，太阳强烈的阳光融化了封蜡，羽毛开始松动。伊卡洛斯还没有发现，羽翼已完全散开。不幸的孩子只得用两手在空中绝望地划动,可是他飞不起来,一头栽落下去,最后掉进汪洋大海中,万顷碧波把他淹没了。这一切发生得很突然,瞬间便结束了。代达罗斯看见儿子掉进海里,却无能为力。他降落到一个小岛上。

克里杜鹃

墨伽拉国王尼索斯正在和克里特岛的弥诺斯二世交战。双方打了好几仗,互有死伤。很多将领和士兵都成了战争的牺牲品。整个战场之上,血流成河,到处都是断尸,支离破碎的肢体随处可见。野狗和兀鹰跟在双方的军队之后,吞吃死尸。大约打了四个月,弥诺斯二世占了上风,墨伽拉国王尼索斯节节败退。弥诺斯二世的四十万大军团团包围了墨伽拉的都城,跟铁桶一样,水泄不通。可是都城毕竟是都城,城墙坚固,固若金汤。城墙里面,储存有足够支撑整个城池里的所有人的口粮大半年的食物。可是弥诺斯二世就不行了,远离国土,粮草不足,天气又渐渐寒冷,士兵的衣服都不足以抗寒。怎么办呢?这样僵持下去,弥诺斯二世担心士兵会造反。没有法子,他每天骑着自己的白马,围绕着城池来回地转悠着,并且派人骂阵,说墨伽拉国王尼索斯是个缩头乌龟,不敢出战,还是什么阿瑞斯的后代,真是丢人,哪里有什么神祇的威风?可是墨伽拉国王尼索斯老于世故,当然不会上当。就这样,两个人一个站在城墙下,一个站在城墙头,互相对骂,战局却没有什么进展。

事情终于有了转机,转机来自墨伽拉国王尼索斯的女儿斯库拉。弥诺斯二世困城期间,她浑身披挂跟在父亲身后。她是全国有名的美女,很多年轻人拜倒在她的石榴裙下,斯库拉都置之不理。她看不上他们。她心中的偶像是自己的父亲。她觉得要找丈夫的话,这个男人必须和父亲一样,是个顶天立地的男子汉。可是,这些天跟随着父亲转悠,父亲英勇善战的形象在她的心中倒塌了。她发现父亲完完全全是一个忍辱负重的懦夫。人家弥诺斯二世都站在城门下,指着他的鼻尖骂,他却不出战。她当然知道实际情况就是这样,城门紧闭,就是胜利,可是父亲的做法却让她不满。她在鄙薄父亲的同时绝望地发现自己爱上了那个骑白马整天绕着城池喝骂的敌人弥诺斯二世。这个人才是她心目中的最爱。你看看,他在城墙下的样子,威武英俊,简直要把斯库拉的魂都给勾走了。

战争还在僵持着,斯库拉备受煎熬,她疯狂地爱上了弥诺斯二世。不管外面发生什么,她现在的想法就是怎么能够见上弥诺斯二世一面,让他爱上自己。可是找什么借口呢?她每天神魂颠倒,茶饭不思。这一天吃饭的时候,她猛然看见耷拉在饭桌上父亲的头发,一下子知道了自己想干什么。她的父亲尼索斯满头黑发,在黑发之中很扎眼地有一撮紫红色的头发。根据神谕,他的这撮紫红色的头发,能够主宰他的命运。

当天夜里,斯库拉几次偷偷地溜进父亲的卧室,又懊悔地返了回去。她一直在犹豫，深陷在两难的境地。她躺在床上，弥诺斯二世的形象越来越清晰地出现在黑黑的屋顶之下，他正对着自己微笑呢。斯库拉咬咬牙，狠狠心，决定坚持下去。于是，她再一次溜进父亲的卧室。卧室里静悄悄的，除了父亲响亮的鼾声。她小声地喊父亲的名字，一连叫了三声，都没有回应。斯库拉放下心来。她拿起剪子，咔嚓一声，剪掉那撮著名的红头发。然后，她拿走城门的钥匙，打开城门，偷偷溜了出去。她径直来到弥诺斯的营帐。当着他的面，她呈出那撮头发，而条件是她希望能够换取他的爱情。斯库拉的到来，对于正犹豫的弥诺斯二世来说，无异是雪中送炭。“好合算的一桩买卖啊！”弥诺斯二世心里想，他很爽快地答应了斯库拉的要求。当天夜里，利用斯库拉手中的钥匙，他派兵遣将偷偷进城。墨伽拉国沦陷了，城市呻吟在克里特士兵的铁骑之下。

进驻城市后，弥诺斯二世就把斯库拉变成了他的情妇。不过，他是在玩弄斯库拉，因为这个女人为了欲望，竟然把生身父亲送到敌人的刀下，他觉得太匪夷所思了，他对之深恶痛绝，也不肯把她带回克里特岛。凯旋这天，他们的船只刚刚脱离开港口，他看见被自己欺骗的斯库拉出现在码头之上。她二话不说，跳下水里，游过来。弥诺斯二世命令舵手赶紧划船摆脱这个女人。谁知道她的速度如此惊人，竟然赶了过来。她追赶上他的船只，抓住船舵不肯撒手。弥诺斯二世正在左右为难，斯库拉的父亲报仇来了。尼索斯的阴魂化成海鹰俯冲下来，用爪及钩喙袭击斯库拉。惊恐万状的斯库拉一松手，淹死在海里。她的灵魂变成小鸟飞走了，这种鸟叫克里杜鹃，胸脯发紫，腿是红色的。

生死攸关的木头

伴随伊阿宋觅取金羊毛的阿耳戈远征队里，有一位英勇善战的英雄叫墨勒阿格。他是一位王子，卡利敦国王俄纽斯和王后阿尔泰亚的儿子。就在墨勒阿格呱呱落地之时，他的母亲阿尔泰亚在神殿里祈祷着，偷偷窥视命运三女神纺织出的命运之线，祈祷道：“天神呀，保佑我的孩子长生不老吧。”命运女神谕示她：“只要火炉中那块木头烧成灰炭时，她儿子的寿命也就随之告终。”于是，阿尔泰亚从炉火中抽出木头，浇灭了它，小心翼翼地藏起来。她以为这样，儿子就可以长命百岁，永远不死。

许多年过去了，墨勒阿格成长为一个英俊少年。事有凑巧，有一次，国王俄纽斯祭祀众神，一时疏忽，竟忘记给雅典娜献上祭品。这种怠慢的行径让雅典娜十分愤怒。她马上差遣一头硕大无比的野猪来践踏卡利敦的田园。这头野兽太大了，普通的陷阱或者夹子根本不管用。它落进陷阱，一个纵身就跳了出来；夹子夹脚，它浑身一抖，夹子就碎成了粉末。而且，每次遭到人们的陷害，它就要肆意报复一下，把整个卡利敦王国搅得天翻地覆。危难之际，墨勒阿格站了出来，他号召全希腊的英雄们联合起来，围捕这头恶兽。忒修斯、伊阿宋，还有珀琉斯、忒拉蒙、小青年涅斯托耳都参加了这次的行动。同来的还有阿卡迪亚国王的女儿阿塔兰忒，她眉宇间凝聚着女性之美，浑身又闪现出武士的俊秀，让正处于青春期间的墨勒阿格一见倾心。

这批武士们在老猎手的带领下，靠近兽穴。那头巨大的野猪正安卧在坡下的芦苇中，追捕之声把它吵醒了。虽然猎人很多，可是这头野猪却毫不畏惧，径直朝向猎人们冲过去。一个又一个的猎手被掀倒在地。伊阿宋边祈祷雅典娜保佑他成功，边投出长矛。但是雅典娜接受了他的祈祷，允许他击中目标却不准杀伤。掷出的矛还在空中时就掉了铁尖。野猪向涅斯托耳冲来，他爬上了一棵树才得脱险。忒拉蒙向恶兽扑去，但却被露在地面的一条树根绊倒。倒是阿塔兰忒射出的箭第一次使那恶魔流了血。这时，英勇的墨勒阿格挥起长矛，第一下扑了空，第二下扎进了恶魔的腰部，他跑上去又连刺几下，终于把那怪物击毙。

周围的猎人们爆发出一阵欢呼声，向胜利者祝贺。武士们拥上来，抚摸着墨勒阿格的手。墨勒阿格用脚踩着那死猪的头，转脸向着阿塔兰忒，将自己的战利品猪头和生猪皮呈献给她。这一举动引起了其他猎人的嫉妒和非难。墨勒阿格的两个舅舅，普莱西蒲斯和陶休斯尤为不满。他们依仗自己的姐姐是王后，墨勒阿格是自己的外甥，从姑娘手中抢走了她已接受的赠礼。

年轻的墨勒阿格不能忍受了，认为这是对他，特别是对意中人的侮辱。愤怒之中，他忘掉了亲戚关系，拔出剑来刺进了挑衅者的胸膛。普莱西蒲斯和陶休斯躺倒在地，鲜血流了一地，很快就死掉了。

王后阿尔泰亚接到了消息，知道自己儿子杀掉了那头怪兽。为了感谢神明保佑儿子取得胜利，仆人们正抬着礼物往庙宇走，半路上她遇到了抬着她兄弟尸体的人群。了解情况之后，她捶着胸脯，号啕大哭，喜庆的艳服替换成丧服。可是她还不知道谁是凶手，一直追问，那些猎人都支支吾吾。最后她发火了，伊阿宋才告诉她事实的真相。听了凶手的姓名，她仿佛中了雷击一样，半天都没有反应过来。但等明白过来之后，她的悲伤转化成了愤怒：为什么这个孽障在拔剑之前，就没有想一想自己的母亲呢？这两个人，可是他的舅舅，母亲的亲兄弟，她现在仅存的两个亲人呀。阿尔泰亚在愤怒之中失去了理智，决定严惩儿子。她找出那块从火堆里抽出来的木头，就是命运女神所说的决定墨勒阿格性命的那块木头。她命人点燃一堆火，她闭上眼睛，背过身去，将那命运之木投进了燃烧着的柴堆。

那木头噼啪一声裂开了，仿佛临终前的呻吟。墨勒阿格这时不在城中，也不知道他母亲干的这些事情，只是莫名其妙地突然觉得一阵疼痛，身体里像烧着一把火。他只是凭着勇气和骄傲才抵住焚烧的痛楚，懊悔不如当初体面地死在浴血奋战中。临终前，他呼唤父亲、弟弟、亲爱的姐妹们、意中人阿塔兰忒，还呼唤着母亲——他厄运的幕后主谋。那一把火越烧越大，英雄的痛楚也随之加剧。渐渐地两者都减弱，终于熄灭了。木头烧成了灰，墨勒阿格的性命也烟消云散。

阿尔泰亚烧完木头以后，才明白自己究竟干了些什么，懊恼之下自刎身亡了。墨勒阿格的死和母亲阿尔泰亚的自刎使墨勒阿格的姐妹们悲痛欲绝。她们极度悲伤，大哭不止，哭声传到了女神雅典娜的耳朵之中。这家人的惨状让雅典娜产生了深深的怜悯，她要惩罚这个家族的心也变软了，就把这些女孩变成了飞鸟。

忘恩负义的伊克西翁

佛勒古阿斯是拉庇泰国王，也是战神阿瑞斯的儿子。这位国王生有一儿一女，儿子就是伊克西翁，女儿名叫科洛尼斯。科洛尼斯长大成人，美貌无比，被太阳神阿波罗看中了。并且与他相好，生下了一个儿子。这件事让佛勒古阿斯义愤填膺，一气之下，他来到得尔斐，一把大火，把该地的太阳神庙变成了焦地废墟。众神勃然大怒，因为佛勒古阿斯作为一个凡人竟敢烧掉神的庙宇，这简直是对所有神的侮辱。于是，所有的神祇公决，佛勒古阿斯被立即处死。进入地狱之中，他也永受磨难：他坐在一块摇摇欲坠的石头下，时刻都有被砸烂的危险。

佛勒古阿斯的性格和不幸的命运也传给了他的儿子伊克西翁。在父亲死后，伊克西翁继承了拉庇泰国的王位。后来，他看上了邻国国王伊蛾纽斯的女儿，漂亮的狄阿，他简直不能相信世界上还有这么美丽的女孩子。可是，他怎么才能够把这位千娇百媚的美女娶回家里来呢？要知道，这位美女的求婚者都可以排上长长的一队，站满整整一条街道都不止。再说了，这些人和他一样，不是王子就是国王，谁的地位都不比他差多少，而且人家能够拿得出手的东西很多，只有自己，可怜的拉庇泰国王伊克西翁，一个大穷鬼，没有什么东西能够让老国王满意，把女儿嫁给自己。可是要放手，他显然不甘心。有一天，他实在没有办法，就派人把老国王的一个贴身仆人叫了过来。他买通了这个仆人，然后跟他打听这个老国王有什么特殊的嗜好。仆人告诉他，这个老国王为人正直，生活也比较严谨。苍蝇总不能叮无缝隙的蛋吧。拉庇泰国王伊克西翁还能怎么样呢，他只能放这个仆人回去。这个仆人走出了门口的时候，突然回过头来，对垂头丧气的国王说："伊克西翁，你知道老国王最想要什么东西吗？他最喜欢的是天神宙斯的一件袍子。"说完这个人就走了。

本来就垂头丧气的伊克西翁听了这句话更加没精打采了，他到哪里弄天神宙斯的袍子呀。他憋屈了整整一天，忽然大声地笑起来，拍打着自己的大腿，这让一边伺候他吃饭的随从吓坏了。还以为他们的主人为了国王的女儿，单相思煎熬成了神经病呢。

过了几天，整个城市都在哄传着一个新闻，那就是拉庇泰国王伊克西翁拥有天神宙斯的一件袍子，那是他的先祖流传下来的。这个消息越传越广，一直传到伊娥纽斯国王的耳朵里。老国王不由得心动了。他马上派人叫来了伊克西翁，问他是否拥有天神的一件袍子。伊克西翁点了点头。老国王让他拿出来看一看,伊克西翁说这是他的传家之宝,不会随便拿出来给人看的。老国王急得团团转,于是就问伊克西翁有什么要求,他可以用来和他的袍子交换。伊克西翁摇摇头,就回去了。

焦虑的老国王这几天火气大旺。就在这个时候,他的贴身仆人走上前去,对老国王说:“国王呀,你不用担心,你不是也有一件世人瞩目的珍宝吗?”老国王奇怪地说:“胡说,我哪有什么珍宝呀!”仆人说:“我尊敬的国王,难道你忘记了你自己的女儿吗?难道你没有听说伊克西翁曾经因为你的女儿,患上单相思,几乎要死掉吗?”老国王一下子笑出来,他就派这个仆人去办这件事情。如果能得到那件袍子,他除了女儿之外,还可以奉送一些珠宝,作为自己女儿的嫁妆。

仆人过去交涉的结果是:老国王必须先把他的女儿嫁给他,他的袍子还在他的国家一个谁也不知道的地方。老国王求宝心切,答应了。于是伊克西翁就带着老国王举世无双的女儿狄阿回到了拉庇泰。两人新婚不久,伊娥纽斯就迫不及待了,他开始写信催伊克西翁兑现诺言。伊克西翁给他回了一封信,说自从自己和他女儿结了婚之后,伊娥纽斯还没有来过,所以他不妨来一次,顺便带走该属于他的东西。

老国王兴冲冲地赶往女婿的领地。他歇息在贵宾馆里,等待着赶赴晚宴。好不容易天色黑下来,他被人领进了宫殿。宫殿里,火焰熊熊,照耀得跟白天一样。他可以看见自己的女婿正站在台阶上,恭候自己。他加快脚步,往前赶去,谁知道呢,陷阱就在眼前!他落入了宫殿前面伊克西翁故意挖下的陷坑,坑下点燃熊熊的炭火。毫无提防的伊娥纽斯掉进陷坑给烧死了。

伊克西翁的行为让天神们看不过去了。那些神议论纷纷,认为这是滔天大罪,坚决要求审讯这个罪大恶极的家伙。可是宙斯就不一样了,他非常非常喜欢这个人,因为这个人竟然为了自己心爱的女人无所不为,想尽一切办法也要把她搞到手,这种行径不是跟自己一模一样吗?在某些方面,甚至可以说,他比自己还要出色。自己因为是天神,许多事不能放开脸皮去做。因此,宙斯不仅为他开脱,还派自己的儿子赫耳墨斯去把他领来奥林匹斯山同桌共餐。

宴席之上,众神都只顾低头吃饭,没谁搭理伊克西翁。只有天神宙斯和他聊起天来。作为女主人的赫拉不时起身为他们倒酒。她的脸色绷紧,冷如冰霜,可是在伊克西翁眼里显得更美丽了。刚刚逃脱罪责的伊克西翁心神荡漾,谋划勾引赫拉。然而宙斯看透了伊克西翁的用心,把一朵云彩化为假赫拉。伊克西翁喝得醉醺醺的,没有发现这是一场骗局,高高兴兴地寻欢作乐。他正搂搂抱抱得高兴时,突然宙斯出现在面前,命令赫耳墨斯无情地鞭笞他,打得他连声直说:“恩人应该受尊敬。”

后来,宙斯一个雷霆把伊克西翁直接从奥林匹斯山打到地狱,并且让赫耳墨斯把他绑在一个火焰熊熊的轮子上,不停地忍受烈火的炙烤;此外,宙斯还给他吃下一种魔药,让他双倍地感受到那种痛苦。

盲人先知提瑞西阿斯

盲人提瑞西阿斯是希腊最著名的先知。他双目失明,却能听懂鸟儿们的语言,因而能够预言未来。有关他双目失明却又能预测未来,一直以来有两种迥异的说法,但是这两种说法都与神有关。

第一个说法和女神雅典娜有关,事情是这样的:与自己母亲相依为命的提瑞西阿斯年轻的时候,生活在希腊的一个偏僻的山区里。他们家非常穷困,住在一间非常破旧的茅草屋里。提瑞西阿斯的母亲全身瘫痪,只能躺在床上,吃饭方便都要靠提瑞西阿斯帮助。提瑞西阿斯以砍柴为生,换取些粮食供娘俩儿糊口。这一天,也是合该提瑞西阿斯倒霉,他砍倒一棵松树正坐在一边歇息的时候,忽然从林子里窜出来一只野兔子。这只野兔不知道被什么惊吓了,猛然窜出来,速度太快,撞在提瑞西阿斯身旁的一个树桩上,撞昏了。提瑞西阿斯心中大喜:捡回这只兔子,就能煮上一锅野兔肉,给自己这几天感冒的母亲解解馋。他们母子俩有多少天不曾闻过肉味了呀!说起来,他倒无所谓,可他特别想让母亲好好吃一顿。想到这里,他走过去,拣起兔子,倒拎着。正往回走,兔子突然一动,一下子挣脱了提瑞西阿斯的手,落到地上。它爬起身,跳跃着往前跑去。这个兔子太狡猾了,醒了有一阵,还在装死,等休息过来,一个用力,就脱出了提瑞西阿斯的手心。提瑞西阿斯非常懊恼,到手的野兔又跑了,他再一看,野兔奔跑的速度并不是很快,显然受有重伤。他决定去追赶一下。他放下砍柴的刀,追赶过去。一人一兔,就这么在密密的树林里你追我赶,跑得不亦乐乎。翻过一个山岭,又是一个山岭。野兔跑得越来越慢。提瑞西阿斯也是气喘吁吁,几乎要放弃。现在,这只野兔跑进一个深谷,钻进了一片密林。提瑞西阿斯不愿放弃,也跟了过去。

穿过密林,野兔不见了。年轻的提瑞西阿斯却被眼前的景象惊呆了。树林前面是一个碧水清澈的湖泊,湖泊之中,竟然有一个身材高挑的美女,全身赤裸,正用手撩起水,轻轻地擦洗丰腴的乳房。提瑞西阿斯不说话,傻呆呆地望着,半天都不知道退让和躲避。这个洗浴的美女一下子躲进湖水里。这个时候,提瑞西阿斯才明白过来。

回到家里,他赶紧做饭给妈妈吃,可是妈妈的饭碗刚端到手里,就有个女人的声音在门外叫骂。他出去一看,一个金光闪闪、全身披挂的女神出现在面前。她就是女神雅典娜,那个在湖水中洗浴的美女。她一见提瑞西阿斯,大喝一声"歹徒,看箭",射瞎了提瑞西阿斯的眼睛。提瑞西阿斯疼得大叫,鲜血从眼眶里流下来。他大声地责骂这个心狠手辣的女神,并说他不是故意的。雅典娜根本不相信,转身要走。这时,提瑞西阿斯的瘫痪的母亲爬了出来。她哭着祈求女神,救救自己的孩子。因为如果他瞎了眼睛,不能打柴的话,那她这个半死的老太太也就完了。提瑞西阿斯母亲的哀求打动了雅典娜,她想了想说:“他的眼睛是不能治好的了,谁叫他看了不该看的东西呢?但是,他可以获得一种谋生本领。”她从神盾上取下神蛇,发布命令说:“用你的舌头舐干净提瑞西阿斯的耳朵,让他能听懂预言未来的鸟儿们的语言。”就这样,提瑞西阿斯就成了盲人先知。

另一个说法更离奇一些:有一天,年少的提瑞西阿斯在库列涅山的山路上看见两条蛇在交配。他的出现让这对交配的蛇非常恼火,就游过来袭击他。提瑞西阿斯举杖还击,一杖下去,打死了雌蛇。另一条蛇马上跑了。提瑞西阿斯的举动不知道得罪了哪位神灵,马上被变成了女人。一开始,提瑞西阿斯也非常不习惯,但是后来慢慢适应了作为一个女人的生活,还嫁给了一个男人,过起了恩爱的小生活。

转眼七年过去了,已经变成女人嫁作人妇的提瑞西阿斯恰好又一次在同一个地点看见两条蛇交配。她想,再开个玩笑吧,看看会发生什么。于是,这次她打死了那条雄蛇,马上又变回男性。他的这种变化为两性的特点,天神们都有耳闻。

这一天,赫拉和宙斯闲聊,无意之中,责怪起宙斯来,一五一十道出他不可计数的花心事;宙斯辩解说,无论如何,他与她同床共衾时,赫拉得到的乐趣比他要大得多。他怒冲冲地说:“在云雨交欢中,女的要比男的获得不知大多少的欢乐。”

“胡说八道,”赫拉嚷道,“情况跟你说的正好相反,你心里完全明白。”

两个人争来吵去,没有什么结果,都同意把提瑞西阿斯找来,让他根据亲身经历来判断他们俩谁是谁非。因为只有他既做过女人,又做过男人。提瑞西阿斯老老实实地回答道:“如果交欢之乐可以分成十分,九分归于女子,男人仅得其中一分。”宙斯得意扬扬的笑容惹得赫拉火冒三丈,她弄瞎了提瑞西阿斯的眼睛,然后扬长而去。但是宙斯很同情他,于是赋予他未卜先知的预言能力,还赐予他相当于七代人生命的长寿。

所以,在希腊神话中,提瑞西阿斯寿命很长,从卡摩德拉修建底比斯城,一直到底比斯城沦陷为止一直存在。并且,他作为古希腊最有名的预言家曾经做出了很多准确的预言。他在大英雄赫拉克勒斯还是婴儿时就预言了他一生的命运,他还预言了彭透斯的惨死,揭开了俄狄浦斯的身世。当波吕尼刻斯等七英雄攻打底比斯的时候,这位预言家又指出,底比斯人要想获得胜利,必须把国王克瑞翁的儿子墨诺叩斯献祭众神。

经过上面这些事情之后,提瑞西阿斯作为一个预言家的声望越来越大了,几乎所有人都知道他的预言是无比灵验的。连神使赫耳墨斯都听到了人们的议论,就想考验一下提瑞西阿斯到底是不是真有这么大的本领。于是,他便从提瑞西阿斯家的牧场偷走了两头牛,再化作凡人样子,进城来到他家做客。提瑞西阿斯从仆人的报告中,得知牛被偷,便带化成凡人的赫耳墨斯来到郊外,观察有关偷盗的征兆,并对赫耳墨斯说,如过看见了什么鸟就赶紧告诉他。当赫耳墨斯看见一只鹰从左边飞到右边去,便马上报告他。提瑞西阿斯却说,这毫不相干。随后赫耳墨斯又看见一只乌鸦飞到一棵树上,时而往上看,时而低头向下看,又跑去报告他。提瑞西阿斯于是说:“乌鸦向天地神发誓说,只要赫耳墨斯愿意,我的牛就可以找回来。”这下,连赫耳墨斯都不得不佩服这个盲人预言家了。

提瑞西阿斯最终死于亚各斯人第二次攻打底比斯的战争中,但是,即使在死后,他那高超的预言本领也还相当高明。他预言奥德修斯要经过十年的漂泊才能返回家乡,最后他的死将与海洋有关,但又不是死于海洋。事实证明他的预言又一次应验了:奥德修斯的确是经过十年漂泊才回到家乡的,并且他最终死于一根尖部用海鱼骨制成的长矛。

人间英雄埃阿科斯

河神阿索波斯一共有二十个女儿,个个都长得娇嫩美艳,纯净可爱。其中最漂亮的一个叫作埃葵娜,她的美貌曾令无数人为之倾倒。有一天,宙斯发现了在野外散步游玩的埃葵娜,少女的一颦一笑都深深地印在这位天神的心里,宙斯对她产生了强烈的爱情。于是,宙斯摇身一变,化作一只矫健的苍鹰从高空飞来,把埃葵娜携裹到一个叫作安诺纳的岛屿上。这座岛屿自此以后改名为埃葵娜。河神阿索波斯到处寻觅失踪的女儿。有一天暴君西绪福斯告诉他是宙斯抢走了他的女儿,他不禁大为恼火,和宙斯大干了一场,但是老河神力量有限,斗不过宙斯,只得忍气吞声回到自己的家园。

宙斯和埃葵娜在安诺纳岛上生下了儿子埃阿科斯。埃阿科斯从小就十分聪明伶俐,虔诚仁厚,深得宙斯与众神的喜爱。等他长大成人以后,宙斯命令他管理埃葵娜岛,埃阿科斯非常能干,在他的统领下,整个岛屿上的人民过着幸福富足的生活。

有一年,灾难降临到了希腊。整整一年,希腊基本上没有降下雨水,土地龟裂,农田得不到灌溉,颗粒无收,就连平时人们的饮用水也供给不上了。在烈日的暴晒下,人们奄奄一息,牲畜和庄稼都死了,病人也多了起来,人也开始死了,到处一片哀号声。希腊人前往得尔斐神庙请求神谕,女祭司告诉他们说如果想消除这场灾难,就要到埃葵娜岛寻找那里的国王埃阿科斯,天神十分宠幸这位英雄,一定会让他的请求如愿。于是众人来到了埃葵娜岛,请求埃阿科斯出岛为希腊人向众神祈福。在众人的簇拥下,埃阿科斯登上了高高的山峰。他跪下来,张开手臂,虔诚地向宙斯及众神明祈祷。神明们听见了他的祷告,就在他结束祷告的时候,天边飘来一层厚厚的乌云遮住了炎热的太阳,云层越来越厚,白天都变得像黑夜一样了。还没等人们反应过来,一场瓢泼大雨就如注般倾倒下来。大家欢喜地在雨中跳舞歌唱,感谢神明的拯救,也感激埃阿科斯的祈祷。自此以后,人们更加尊重埃阿科斯了,认为他身上有着凡人不具备的神奇力量。于是,所有人都推崇他为神圣祭司,因为凡人和神灵都很喜欢他,凡人通过他可以与神明沟通。

埃阿科斯在希腊树立了声望,过着幸福而有尊严的生活。后来,他娶了一个名叫恩达埃斯的女子为妻子,妻子为他生下了两个儿子:柏琉斯和忒拉蒙。他还有一个儿子,是他和海中女仙所生的,名叫福克斯。埃阿科斯一家子其乐融融地生活在埃葵娜岛上,成为世人羡慕和尊敬的对象。

可是好景不长,善于嫉妒的天后赫拉开始了她对情敌的报复。丈夫宙斯贪图凡间女子的美貌,曾经无数次和凡间女子成欢,赫拉实在无法忍受,于是心生强烈的嫉妒。当她看到宙斯的新宠埃葵娜一家子生活得那么愉快,她决定制造点苦难,于是她给全岛带来一场惨绝人寰的瘟疫,因为这座岛是以她情敌的名字命名的。瘟疫袭来,所到之处,人畜相继死去,家破人亡,妻离子散。街道上到处布满了死去的尸体,脓水流得满地都是,苍蝇嗡嗡地飞来飞去,人们沉浸在失去亲人的悲痛之中。面对不可预料的死神的来临,大家人心惶惶,不可终日。凄惨的迷雾笼罩着整个岛屿,田野里爬满了毒蛇,庄稼早被野鼠啃食殆尽,河流里浮尸无数,到处一片悲鸣一片恶臭。毒素渗透到井水中,人们没有办法喝到干净的水。就这样,埃葵娜岛的人民整整忍受了四个月的酷刑。在这四个月中,人数减少了三分之二,整个国家面临着毁灭性的打击。

埃阿科斯看见他的臣民遭受着如此巨大的灾难而自己却束手无策,不禁悲从中来。听到别人失去了亲人,他感觉就像自己的亲人去世了一样,他恨不得自己一个人承受起这天大的灾祸。他寝食难安,向上天苦苦哀求道:“宙斯啊,万能的天神!要是您现在看到这一切了,请您用您的同情心来拯救我们。如果我真是您的儿子,如传闻中所言,请您将我原来的幸福赐予我,而不要将它们从我手中夺走啊!或者您拿走我的性命,不要让我每天忍受着这酷刑!”

宙斯听到了他的呼喊,于是抛下一道闪电和霹雳,雷声轰轰作响。埃阿科斯看见了父亲的预示,感到希望的来临,他终于又振奋起来。他来到了一个巨大的栎树旁,这是宙斯的神谕之树,是由宙斯的多度那圣栎树的种子长出来的。埃阿科斯想得到更多的神谕,于是他站在栎树旁等待。忽然,发现树干上爬满了蚂蚁,黑压压的一片。它们排成一长串的队伍,搬运着一颗硕大的米粒。“就赐给我像这蚂蚁一般多的臣民吧,赐给我们谷物,让大家过上安稳的生活吧!”埃阿科斯呼喊着跪了下来,亲吻着土地和栎树的根部,并允诺给神明丰盛的祭品当作回报。这时候栎树沙沙作响起来,树冠开始摆动,像是听懂了埃阿科斯的请求,叶子在风中翩翩起舞,犹如一曲神圣的赞歌。埃阿科斯虔诚地跪倒在栎树旁久久地哭泣着。直到夜色来临,他才拖着疲惫的身体回到了宫殿休息。

这一夜,埃阿科斯做了一个奇怪的梦,他又梦见了那棵巨大的栎树,上面还是爬满了蚂蚁,在搬运着米粒。忽然间,这些蚂蚁不动了,它们越长越大,四只脚也变成了两只,最后都像人一样站立起来,他们围在埃阿科斯的身边称呼他为国王。埃阿科斯纳闷不已,正在这时,他突然被一阵嘈杂的吵闹声惊醒了,这才发现原来自己在做梦呢。他的儿子忒拉蒙打开房门大声叫道:“父亲快起来吧,你看看外面出了什么奇迹！”埃阿科斯来到了阳台上，他看见城墙外四周涌过来无数的人，黑压压的，就像梦中他看见的蚂蚁一样。迷雾已经消退了，天空飘满了云彩，凉风袭来，仿佛头天晚上下过雨一样，瘟疫终于结束了。他高兴地大声呼喊道：“我亲爱的臣民们，你们将要像蚂蚁一样勤劳勇敢，你们以后就叫作弥尔弥杜亚人吧，幸福的日子属于你们！”人们也跟着欢快地呼喊起来，举国上下一片节日的气氛，仿佛新世界来临了一样。

弥尔弥杜亚人真的就像蚂蚁一样勤劳。埃阿科斯把没有领主的国土平均分配给他们耕种。在他们的辛勤耕作下，收成一年比一年好，但他们从来不浪费一粒粮食，懂得勤俭节约。这个民族一直保有这种良好的习性。在埃阿科斯的领导下，在众人的勤奋劳动下，埃葵娜岛重新恢复了生机，人民也渐渐过上了他们想要的生活。他们也非常敬重埃阿科斯。在埃阿科斯死去的时候，众神将他奉为冥界的判官。埃阿科斯的儿子们和孙子们都是出类拔萃的人，比如柏琉斯的儿子阿喀琉斯，就在后来在特洛伊战争中战胜了勇猛无敌的半人半神的英雄，忒拉蒙的儿子则是强大的埃阿斯。

幻想狂萨尔摩纽斯

萨尔摩纽斯是西绪福斯的兄弟，他像他的那位残暴的兄弟一样生性暴烈且怪诞。他拥有无数的财宝，最大的愿望就是希望自己能够像宙斯一样拥有超凡的神力，能够统御整个宇宙的运行。

他听说宙斯的宫殿奢华无比，于是他下令臣民把自己的宫殿也建造得绮丽豪华。他的宫殿全部采用纯白的大理石砌成，大理石建筑错落有致，规划统一。整个宫殿高大雄伟，耸入云端。在宫殿的内壁，墙壁和屋顶上全部镶嵌了黄金、青铜等贵重金属。他豢养的珍奇异兽行走在城外的橄榄林中，温和而通人性，葡萄与长青的松木隐藏在林子后面，宫殿的白顶在绿色植物之间露出最上端的祈福图腾。整个设计气势磅礴，凛然不可一世。城正中的宫殿前铺设着两座铁桥，全都用纯熟的黑铁制成，坚硬无比，锐不可摧。他的宫殿就好像奥林匹斯山顶众神的居所一般，处处散发着光彩。他把这座城称为萨尔摩尼亚城，以他的名字命名。他最大的梦想就是成为像宙斯一样伟大的神。

他命令仆人为他纺织黄金大袍和黄金顶冠，他想象自己像宙斯一样威严，然后巡视全国。在为宙斯祭祀的那天，他爬上高高的祭祀台，伸开双手大声向宇际喊道：“宙斯！我用我的一切来崇拜您！请让我像你一样勇猛有力吧！”他为宙斯祭献上一百头公牛和一百只公羊。屠宰这些牲畜时，它们悲鸣时汩汩流下的血液浸红了整个祭坛。在他看来，为了达到他的愿望，这些牺牲算不了什么。这位只以自己为中心的国王沉醉在他对主神的崇拜中，这种疯狂的程度简直无以复加。他崇拜着有关于宙斯的一切,宙斯无敌的神力、威武的相貌和不可一世的骄傲。

有一天他突发奇想,让匠人给自己打造了一辆战车,跟雷神的战车一模一样。他骑在战车上,仿佛自己就变成了战神宙斯。他挥舞着手中的火把,仿佛那就是宙斯震怒时抛下的闪电和霹雳。他把马匹赶上宫殿前的铁桥,马蹄践踏在桥上发出得得的巨响,萨尔摩纽斯满足极了,他仿佛听到了宙斯抛下的雷声,觉得自己也已经拥有了制造奇迹的力量,于是他哈哈大笑起来,笑得前仰后合,简直就像一个疯子一样。他下令围在周围的人匍匐在地上,就像被宙斯的雷电触死的人一样,他沉浸在自己制造的闹剧中不能自拔了。宙斯在奥林匹斯山上看到了这荒唐的一幕,他感到非常气愤,于是从乌云中抛下闪电,那道闪电把正在狂笑的萨尔摩纽斯劈成两半。这个不可一世的君主就这样命归黄泉了。这个国家的百姓终于摆脱这残暴的君主,过上了正常的生活。不幸的是,击死萨尔摩纽斯的那道闪电也殃及无辜者,一些百姓也不幸被劈死了。

兄弟情深

卡斯托耳和波吕丢刻斯是海中仙女勒达所生,勒达还生育了一位美丽的女儿,就是闻名天下的海伦。卡斯托耳是勒达和斯巴达国王廷达瑞俄斯所生,是个凡人;而波吕丢刻斯实际上是女仙勒达和宙斯的儿子,是神明。虽然不是同一个父亲所生,但是这一对兄弟从小就生活在一起,感情非常好,常常是形影不离。而且这两个小伙子长得很相像,以至于人们往往分不清他们,或者同时叫他们廷达里得斯,意为廷达瑞俄斯的儿子,或者叫他们狄俄斯库里,意为宙斯的儿子。女仙勒达很宠爱他们,一家人生活在一起其乐融融。儿子在母亲的照顾下成长得很快,都长成了健康勇猛、一表人才的少年英雄。他们共同管理国家,共同创建英雄业绩,生活过得幸福愉快。

他们的英雄事迹很快就传遍了整个国家。卡斯托耳善于驾驭烈马,越是性情暴烈他就越是掌控得如鱼得水,只要经过他的驯服,再暴烈的马也会变得很温顺。而他的兄弟波吕丢刻斯很善于拳击,只要他的拳头一出手,再强悍的敌人也难以抵抗。当年忒修斯贪图他们的妹妹海伦的美貌,就设计阴谋掠劫海伦。两兄弟知道实情后怒不可遏,他们骑上火红的追风马,跨上弓箭,一路狂追过去。他们来到了忒修斯居住的城堡阿菲得纳城堡,轻而易举地战胜了敌人,把妹妹解救了出来。人人都听说过他们的这个故事,对他们的英勇更加崇敬。还有一次,他们参加围猎卡吕冬公猪的活动,在围猎过程中捕获了最多的猎物,成为胜者。后来,他们又参加了阿耳戈英雄的征程,在战争中屡立奇功。波吕丢刻斯在和波布律卡亚国王阿密科斯决斗的时候一拳击中了对方的耳根,把他打聋了,随后又一拳把对方的头盖骨击打得粉碎。在这些战争中,兄弟两再次显示了他们的勇敢和力量,以至于人们谈论起他们的时候无不竖起拇指惊叹。有名的英雄赫拉克勒斯甚至委派他们担当了奥林匹斯运动会的主持。

除了这一对令人赞赏的兄弟以外,在美索尼亚也有这么一对闻名的兄弟,那就是美索尼亚国王的儿子,名为林扣斯和伊达斯。林扣斯具有一双敏锐的眼睛,他可以透视,所以人们都称他为千里眼;而伊达斯生来就力大无穷,他的力气连阿波罗都感到有些畏惧。阿波罗曾经和他之间有些纠葛。原来,阿波罗爱上了河神奥宇纳奥斯的女儿玛尔柏萨,他拐走玛尔柏萨,把她关在自己的禁宫里。没想到伊达斯也早已对玛尔柏萨垂青已久,于是他潜入阿波罗的圣地将玛尔柏萨给带走了。阿波罗颜面无存,他震怒了,发誓一定要斩掉伊达斯的头泄恨。他追赶到伊达斯面前,拦住了伊达斯的去路。伊达斯早就做好了心理准备,于是他也搭开弓箭准备向太阳神宣战。眼看战争就要开始了,要不是宙斯担心死伤惨重,下令阻止这场战争,真不知他们两个力大无穷的人将要造成什么严重灾难。宙斯在两边劝说,最后双方都同意让玛尔柏萨自己在他们两个人中间挑选一个。最后玛尔柏萨选择了伊达斯。伊达斯非常得意地将玛尔柏萨娶回家,但是玛尔柏萨为此也付出了沉重的代价。她不久就早夭于人世,不得长寿。在这次角力中,阿波罗虽然没有和伊达斯直接较量,但是伊达斯在阿波罗面前显示出自己的勇气,这让阿波罗很是钦佩。

卡斯托耳、波吕丢刻斯两兄弟和林扣斯、伊达斯两兄弟本来就有亲缘关系。他们对彼此都非常欣赏,关系也处得十分融洽。但是后来发生的一件事严重影响了这两对兄弟之间的情谊,以至于到最后竟然演变成仇敌了。事情是这样的:

有一次,四个人商量着共同外出去抢劫。在亚加狄亚地区,他们抢到了一群牛,就决定瓜分这些胜利品。伊达斯这时候牵出一头牛,将它分为四份,说将牛群的一半分给首先吃掉这公牛四分之一的那个人,剩下的一半属于另外三个人。但是伊达斯生性狡猾,他在分量上做了手脚,他给自己的那份牛很少。不一会,他就把自己的那份给吃完了,其他人则还刚刚动嘴吃呢。按照约定,伊达斯获得了二分之一的牛。但是卡斯托耳、波吕丢刻斯两兄弟事后觉得自己受了欺骗,他们越想越觉得伊达斯太欺负人。于是他俩闯进美索尼亚抢走了林扣斯和伊达斯两兄弟的妻子,并且强迫她们与自己成婚,然后将美索尼亚国王的宫殿洗劫一空。为了不让对方发现,他们把抢夺到的财宝藏在一棵被虫子蛀空了的大橡树里面。但是林扣斯是有名的千里眼,这一切怎么能逃过他的眼睛呢?

他爬上高高的山峰放眼望去,整个国家都被他尽收眼底了。他的目光掠过蔚蓝的海岸,茂密的树林,人群聚集的城镇,牛羊遍野的原野。很快他就找到了卡斯托耳、波吕丢刻斯两兄弟藏匿财宝的那棵树。他们赶到了那棵树下,发现原来卡斯托耳、波吕丢刻斯两兄弟也藏在树洞里呢。仇人见面分外眼红,伊达斯二话不说就直接扔过去一支巨大的标枪,标枪射穿了卡斯托耳的胸膛。他口中吐出一道血水,胸口的鲜血也汩汩流淌着。他立刻就扑倒在地上,奄奄一息。波吕丢刻斯看见自己亲爱的兄弟受了重伤生死未卜,只觉得万箭穿心般伤痛。他红着眼跳了起来,咬牙切齿,青筋暴起,就像一头发了疯的狮子一样,准备和那两兄弟决一死战。

林扣斯和伊达斯看见他的模样不由得也心生恐惧,他们连连往后退,一直逃到父亲阿法洛宇斯的墓碑边。一看没有路可走了,伊达斯就举起墓碑上的巨大石块朝后面追来的波吕丢刻斯砸去。波吕丢刻斯躲过了石块,猛扑到林扣斯面前。他举起长矛向下刺去,一下子就结束了林扣斯的性命。林扣斯的死让伊达斯悲痛欲绝,他和波吕丢刻斯两人就像两只狂暴的野兽,一场血雨腥风在所难免了。波吕丢刻斯一拳打过去,打中了伊达斯的胸口,伊达斯踉跄了几步,然后冲上前去和波吕丢刻斯扭打在一起。就在两个人打得不可开交的时候,宙斯在奥林匹斯山上看见了他们的争斗,他担心自己的儿子波吕丢刻斯丧命,就一直焦急地在一旁观看着。突然,伊达斯举起来一块巨大的石头扔向受伤的波吕丢刻斯,宙斯救子心切,急忙抛出一道闪电击中了伊达斯。伊达斯立刻就倒在地上,一命呜呼了。波吕丢刻斯在父亲的帮助下战胜了对手,他的身上已经全是血污了,但是他全然不顾,冲他的兄弟卡斯托耳奔过去,他托起卡斯托耳的头,发现他还有一丝丝气息。卡斯托耳流着眼泪,痛苦不堪,看着兄弟忍受着如此巨大的悲痛,波吕丢刻斯比自己遭受这一切还要难受,于是他痛苦地喊道:“父亲宙斯啊,让我和我的兄弟一起死去吧!”

宙斯听见儿子的呼喊,对波吕丢刻斯说道;“我的孩子,你的兄弟是凡人,自有他的命数,而你是我的儿子,身上是神明的血统,不能和凡人相提并论。要是失去你的兄弟让你那么难受,那么你必须自己做出决定。要是你想和他在一起的话,那就必须放弃一半在天庭和众神享乐的日子,一半时间将要在黑暗的地狱中度过,这样你也愿意吗?”

“为了和我兄弟在一起,我愿意。”波吕丢刻斯流着眼泪说道。于是,这对情意非常的兄弟就依偎在一起死去了。他们的灵魂一天在天庭度过,一天在地狱度过。只要兄弟两个在一起,即使面对残酷的地狱,他们也觉得毫无畏惧。他们的故事成为佳话,人们在以后的灾难或者战斗中都希望能够从他们那里得到力量。因为他们那么力大无穷,而且十分仗义。在激烈的战斗中,兄弟俩往往能够现身在战斗中为勇猛者和正义者提供帮助,帮助他们取得胜利;要是有人遭遇了海上风暴,他们也会扇动轻盈的翅膀飞到需要帮助的人面前把他们救离苦海。由此,波吕丢刻斯和卡斯托耳俩兄弟成为人们的守护神,人们都非常敬重他们兄弟俩。后来,宙斯让他们升到天上,成了双子星座。

美少年甘宁美德斯

特洛伊国王有一个儿子叫作甘宁美德斯,他是个十分俊美的美少年,皮肤白皙得如同女孩一般。他有一双湖蓝色的深邃的目光,眼神中老是流露着忧郁的神情,像是深湖一样看不到底。他喜欢在自然的怀抱里游走,于是,自愿成为一名牧羊人。每天，他赶着他的羊群在草地上走。当羊群在悠闲地吃着丰美的草儿时，他就自己一个人默默地躺在不远处的草地上看蓝天、白云、飞鸟，想入非非。他的俊美脸庞吸引了无数为他倾心的女孩，但是甘宁美德斯好像一直没有心上人，他看着天空和白云的时间要远比他看女孩子的时间多。甘宁美德斯有一副清亮的歌喉，当他唱歌时，身边总是围满了陶醉在他美妙歌声中的听众，甚至连空中飞过的鸟儿也会忍不住驻足聆听。

有一天，甘宁美德斯和往常一样赶着他的羊群来到一片茂密的草地上放牧，他躺在厚厚的草地上闭上眼睛休息。这时候，正在天庭信步游走的宙斯发现了这个孤独的牧羊人。甘宁美德斯虽是个男孩，但是他长得实在太俊美了，就连许多漂亮的女孩都不及他的风韵。宙斯一下子就被这个美少年迷住了，觉得他身上有一股非凡的气质引人沉醉。宙斯突然又记起，自从自己的女儿曙光女神厄俄斯生育去了，他身旁就缺少一个为众神斟酒的侍徒。于是，他想把人间的甘宁美德斯抢掠到天庭中当斟酒的侍童。

于是，天神宙斯幻化成一只黑色的巨鹰，在云端盘旋着，随即一个俯冲，伸出巨大的鹰隼把正在沉睡中的甘宁美德斯抓到天庭里去了。得知儿子被巨鹰抓走的消息后，特洛伊王陷入了深深的焦虑和忧伤。他不知道那只凶悍的老鹰把心爱的儿子带到了何处，不知道儿子现在是生还是死，只好终日以泪洗面。连宙斯都被他的忧伤打动了，于是派自己的儿子神使赫耳墨斯告诉他：他心爱的儿子并没有死，而是被天神宙斯带到了天庭，已经身处众神之列。为了补偿，宙斯送给他两匹白色的神马，那马儿飞奔起来简直像风一样快。他一听儿子已经成为天上的神，立刻忘记了悲伤，驾着神马拉的战车在水面上驰骋起来。

等到甘宁美德斯明自发生了什么事情以后，他已经身处天庭了，看到宙斯以及众神，他惊惧非常。他站在宙斯奢华的宫殿里，犹如一只受惊的小兔子一样战战栗栗。宙斯却一把抱住他的肩膀，对他说："孩子，你已经来到了天庭，现在要和众神一起享受天庭带来的乐趣。我已经赐给你不死之身，从此以后你就是一个永不死亡的神明了。你的职务是要为每位神明斟酒，在我们身边尽情享乐吧。"

从此以后，甘宁美德斯就和众神们生活在一起，他渐渐地减退了初来乍到时候的惊惧，适应了宙斯的天庭。宙斯十分喜爱这个侍童，尤其喜欢听他说话和唱歌。甘宁美德斯生性羞涩，说话的时候睫毛忽闪忽闪的，脸一下子就变红了。这种可爱的模样常常逗得宙斯喜笑颜开。虽然甘宁美德斯是宙斯从凡间掠夺来的凡人，但是宙斯对他的宠爱不亚于自己的孩子或诸神中的任何一个。他每天都让甘宁美德斯陪伴在他身边，即使不需要宴会斟酒的时候也不例外。主持大会、发动战争、策划争斗这些重要的场合宙斯都让甘宁美德斯参与进来，他对甘宁美德斯的宠爱简直到了无以复加的地步。

甘宁美德斯总是很认真地完成他的工作，每次都细心地为神明斟酒，大家越来越喜爱他纯净的模样了。但是宙斯却发现了甘宁美德斯笑容的背后藏着的一丝若隐若现的忧郁。有几天，宙斯发现甘宁美德斯老是一个人跑到宫殿外的镜湖旁发呆。有一天，他尾随甘宁美德斯来到湖边。湖水静止，映照着他的脸庞，甘宁美德斯看着自己在水中的倒影，不由得落下泪来。宙斯感到疑惑，便柔声问道："我的孩子，你为什么要这样伤心？"甘宁美德斯发现宙斯跟在他身后，赶紧擦掉了眼泪。他从湖中掬起一缕水，水流从他的指缝间落回到湖中，他对宙斯说："我是从哪里来的，还是要回到哪里去，就像这手中的湖水一样，我属于原来的地方。"

"你要放弃不死之身，从神再变为凡人？你将不得不承受疾病、衰老和死亡，这样大的代价你也愿意付出吗？"

"我想我愿意。"甘宁美德斯平静地说。

宙斯听完甘宁美德斯的话后知道了他的想法。宙斯知道如果让他继续留在自己身边，甘宁美德斯一定不会快乐，但是宙斯实在太喜爱他了舍不得放他离去。后来，经过长时间的考虑，宙斯最终答应了他的请求，让他返回人间，重新过上了在人间的生活。甘宁美德斯在人间度过了平静而幸福的一生，慢慢地衰老，死去了。宙斯还是无法忘怀那个纯净如水晶的美少年，他让把少年甘宁美德斯倒酒的美妙姿态永远地固定了下来，升到了天上，变成了十二星座中的水瓶座。

阿耳戈英雄们的故事

伊阿宋和珀利阿斯

克瑞透斯是爱俄尔卡斯王国的国王和创建者，他把自己的国家建在了忒萨利亚的海港上。克瑞透斯与妻子堤洛生有两个儿子，大儿子埃宋和小儿子珀利阿斯。在临死前，克瑞透斯把王位传给了自己的大儿子埃宋，这让一直觊觎着父亲王位的珀利阿斯感到非常不快。但是，他没有声张，而是暗暗地做好了篡位的打算，悄悄地等待着一个合适的机会。

终于，珀利阿斯等到了一个好机会：埃宋得了一场重病，而自己为篡位所做的准备也已经比较成熟了。于是，他发动政变篡夺了哥哥的王位。为了斩草除根，珀利阿斯还处死所有他能够找到的埃宋后裔。但是当他准备杀死埃宋本人的时候，他们的母亲堤洛拦住了他。她不愿意看到自己的两个儿子自相残杀，苦苦地哀求着自己的小儿子。在母亲的哀求下，珀利阿斯终于没有下得了手，只是把埃宋囚禁起来，并逼迫他主动声明放弃自己的王位。

后来，埃宋与阿凯美迪结了婚，还生了一个男婴，取名为伊阿宋。为了避免婴儿被珀利阿斯杀害，伊阿宋一生下来，阿凯美迪就带着一群妇女聚在男婴周围大哭，装作他刚生下来就已经死了。为了让珀利阿斯派出的密探不产生任何怀疑，她还派人假装去埋葬了婴儿，然后悄悄地把他送到珀利翁山，交给了半人马喀戎，让他帮他们将伊阿宋抚养长大。喀戎是个富有传奇色彩的人,他不仅本人多才多艺,而且还培养出了许多远近闻名的大英雄。同样,他也把伊阿宋训练成了一个英雄,但这花去了他整整二十年的艰辛时光。喀戎按希腊人心目中的英雄形象严格训练着伊阿宋。伊阿宋也不负众望,经过了二十年的艰难求学之后,他终于由一个懵懂少年长成了健壮的青年,由一个淘气的小王子变成了英姿飒爽的勇士。

篡夺了长兄王位的珀利阿斯也没有完全心安理得,他经常为自己的罪行感到惶恐。到了年迈的时候,他突然得到了一则神谕,这让他更加不安了。原来,神谕警告他要提防一个只穿一只鞋子的人,并且说这个人将夺走他的一切。他一听这个神谕非常害怕,反复思忖着它的含义,可是任他抓破了脑袋也猜不透这话的确切含义。就在珀利阿斯为了这个神谕而伤透了脑筋的时候,二十岁的伊阿宋离开了自己的启蒙恩师喀戎,要动身返回故乡了,他要向可耻的叔叔珀利阿斯讨回王位继承权。根据神使的指示,伊阿宋装扮成了马格尼西亚人,他还随身带了两根长矛,分别用来投掷和刺杀。

在途中,伊阿宋经过了一条水流湍急的阿纳乌洛斯河,河岸边一位端庄的老妇人喊住了他:“喂!年轻人,帮我渡过河去吧,水流实在是太急了,我自己不敢过。”实际上,这个老妇人是国王珀利阿斯的仇人——众神之母赫拉,赫拉恨珀利阿斯,因为他从未向赫拉献祭,也没有向她表示过应有的敬意。现在赫拉要进行报复。伊阿宋听到有人叫自己就回过身去,看到了赫拉,因为她是作了伪装的,所以伊阿宋并不知道这就是大名鼎鼎的女神赫拉。但是,他一向是个热心而善良的年轻人,所以答应了老妇人的请求,用双手举着老妇人过河。快要到岸的时候,伊阿宋只觉得脚下一沉,一只脚便陷进了河底的污泥里,他使劲一拔,脚是出来了,可是一只鞋却被粘在污泥里了。他顾及老妇人的安全,并没有弯腰去取,而是举着她登岸了。渡河后,赫拉向伊阿宋现出了真身,并答应庇佑他并帮助他夺回王位。由于丢失了一只鞋子,伊阿宋只好一只脚穿着鞋子一只脚赤着继续赶路。最后,他来到了爱俄尔卡斯的市场上,看见一群人正在忙忙碌碌地干着什么。跟周围的人一打听,伊阿宋知道这群人的首领就是自己无耻的叔父珀利阿斯,他正带领着人们虔诚地向海神波塞冬献祭。

市场上的人们看到伊阿宋这个英俊而魁伟的年轻人,他们纷纷议论着,以为是太阳神阿波罗或者是战神阿瑞斯降临到了人间。正在指挥着仆从们摆设祭品的国王珀利阿斯看到正往祭台走来的伊阿宋,也不禁大吃了一惊。因为他惊恐地发现这个披头散发、身着豹皮的外乡年轻人只穿了一只鞋子。他的心情一下子变得七上八下,他非常恐惧,因为他明白了这个年轻人就是神谕中所说的那个“只穿一只鞋子的人”。所以,当神圣的祭祀仪式一结束,他就立即朝这个外乡人走去,问他是谁,从哪里来。尽管珀利阿斯在问话的时候极力装出一副若无其事的样子,但他的内心却被恐惧填得满满的。

伊阿宋用平静的语气回答说,他是埃宋的儿子,跟随着马人喀戎在山洞里长大。他跟着喀戎受到了良好的教育，现在他回来是想看看父亲的旧居。珀利阿斯是个十分狡猾的人，他不动神色，面露微笑地听着自己这个侄子的诉说，还热情地接待了他，不让丝毫的惊恐与憎恨的情绪流露出来。不知道的人还以为他真的对这个从未谋面的侄子有什么深厚的感情呢。他慷慨地答应了伊阿宋看父亲故居的要求，派人带伊阿宋在宫殿内四处参观。伊阿宋环视着父亲的旧居，不觉思绪万千起来。依稀记得，在这座宫殿里父亲曾抱着自己、把自己举得老高，而那些欢声笑语就在这巨大的穹窿里响起、扩散、再响起……依稀记得，丝丝缕缕的光穿透穹窿的巨大阴影在门口那儿自得刺眼，从内往外望去，恍如隔世……接连五天，珀利阿斯都安排自己的儿子也就是伊阿宋的堂兄弟们和伊阿宋一起饮酒欢宴，说是为侄儿接风洗尘，庆祝他们堂兄弟的重逢。

伊阿宋没有被珀利阿斯的"热情"接待弄晕头脑。第六天，他离开了特意为欢迎他而搭建的帐篷，来到自己的叔父、篡位者珀利阿斯的面前说："国王哟，我的叔父。你非常清楚，我才是合法的王位继承人，你现在所占据的一切都本应是属于我的，是你用不光彩的手段从我父王那儿夺去的。现在，我愿意把羊群、牛群和你从我父亲手中夺得的土地都留给你，但是我要讨回我父王的权杖和王位。"

珀利阿斯早就预料到伊阿宋会来跟自己要回王位，他在短暂的激动之后很快就镇定了下来，想到了一个绝妙的办法。于是，他和颜悦色地说："我可以满足你的要求，但你必须先答应我替我去做一件事。长久以来，我夜里老是梦到佛里克索斯的阴魂，他请求我让他的灵魂得到安宁。我要你做的事就是到科尔喀斯的国王埃厄忒斯那儿去，取回佛里克索斯的遗骸和金羊毛，让他的阴灵得到安宁。照理我该亲自去做，但我已经年迈，无力做这件事了，我现在把这件光荣的使命交给你。你还年轻，正需要这样的功绩来树立自己的威望。当你带着这宝贵的战利品凯旋时，你将会成为一位万众瞩目的英雄，我将把权杖和王位还给你，同时，你还会得到无上的荣誉。"然后，珀利阿斯当着宙斯的面发誓，说若伊阿宋能完成任务归来，他便会交还王位。其实，他明白此行凶险非常，实际上是他借刀杀人给伊阿宋设的一个陷阱，他相信伊阿宋必定会在这次行动中丧命的。伊阿宋不知道珀利阿斯的真正意图，爽快地答应了。

为什么说珀利阿斯交给伊阿宋的任务非常凶险呢？原来，珀利阿斯让伊阿宋取回的金羊毛可不是什么等闲之物，要想夺取金羊毛是一件无比艰难的事情。要说这些，可就要从金羊毛的来历说起了。

阿耳戈英雄们踏上征程

金羊毛的来历是这样的：很久以前，色萨利的国王阿塔玛斯娶了年轻美貌的涅斐勒，并生了一子一女。开始的时候，他们俩过得十分幸福快乐。但是光阴似箭，一晃许多年过去了。阿塔玛斯的心慢慢地变了，涅斐勒日渐衰老的容颜再也激不起他心中的激情，于是他遗弃了涅斐勒，另娶了一个年轻貌美的女孩子。面对丈夫的薄情，涅斐勒非常伤心，可是作为一位母亲，涅斐勒更担心的不是自己而是自己的一对儿女：他们的继母会不会加害他们呢？涅斐勒明白，以丈夫的薄情，既然能抛弃自己，肯定也不能很好地保护两个年幼还没有完全成人的孩子。与其让他们在王宫之中寄人篱下，看继母的白眼，还不如把他们送到继母的势力所达不到的地方去呢，涅斐勒暗暗地在心中打定了主意。可是，她一个妇道人家，怎样才能做到这一点呢？

正在涅斐勒为这件事发愁的时候，信使之神赫耳墨斯出现了。他带来了一只长着金毛的公羊，说这只羊将把两个孩子送到该到的地方去。涅斐勒听从神的旨意让两个孩子骑到了羊背上；并且赫耳墨斯告诉涅斐勒，公羊自会把他们送到一个安全的处所。弟弟佛里克索斯年龄幼小，懂事的姐姐赫勒帮助他骑上了公羊，并告诉他要紧紧抓住两只羊角。弟弟和姐姐一前一后刚坐稳，公羊便腾空而起，呼啸着向东方飞去。在越过亚欧两洲分界的海峡时，姐姐赫勒一阵头晕，从羊背上坠落下去，掉在海里淹死了。那海从此就称为赫勒海，又称赫勒斯蓬托。弟弟哭着大喊姐姐的名字，彻骨的悲号在呼啸的风中颤抖着飘散开来，然而公羊仿佛没有听见，继续向前飞奔。

最后，公羊来到了黑海东岸的科尔喀斯王国，并把男孩佛里克索斯平稳地放到地上。佛里克索斯受到了国王埃厄忒斯的热情接待，还娶了国王漂亮的女儿卡尔契俄柏为妻。为了感谢神灵帮助自己逃离了继母的加害，佛里克索斯宰杀了自己骑坐的金羊来祭献宙斯。他还把珍贵的金羊毛作为礼物献给了自己的岳父国王埃厄忒斯，来感谢他的庇护，同时也作为自己给卡尔契俄柏的聘礼。国王非常喜欢这闪闪发光的金羊毛，他将它转献给战神阿瑞斯，以求得阿瑞斯的庇护。国王命人把金羊毛钉在了敬奉阿瑞斯的圣林里，还派了一条威武的毒龙寸步不离地看守着金羊毛。因为神谕告诉他，他的生命和王位将与这金羊毛密切地联系在一起，只要这金羊毛安安稳稳地待在阿瑞斯的圣林里，他的生命和王位就无比安全，但是只要他失去了金羊毛，就非常危险了。

后来，整个希腊都把金羊毛被看作是稀世珍宝。许多君主王侯和大英雄都想得到它，但却没有一个人能够成功，因为要想得到它需要经历很多的考验。所以，珀利阿斯国王理所当然地认为，让伊阿宋去取回这件宝物是个绝妙的主意。他觉得，伊阿宋肯定会因此丧命，就算他侥幸捡回一条命来，也肯定得不到金羊毛，那也就不好意思再提要回王位的事了。伊阿宋竟然真的同意了，他果真没有看出叔父的真正用意是要他冒险身亡，而欣然答应完成这次冒险事业吗？抑或者是伊阿宋骨子里的英雄气概在作祟？毕竟，英雄需要去冒险去成就一番伟业方可成为真正的英雄！

伊阿宋接到这个任务后，邀请了很多希腊著名的英雄们参加这一英勇的行动。为了这次盛举，伊阿宋请阿利斯多的儿子阿耳戈为他们造了一艘战船。阿耳戈是一位聪明绝顶的工匠，他也是当时全希腊最好的造船工匠。在雅典娜的指导下，阿耳戈在佩利翁山脚下，用在海水里不会腐烂的坚木造了一条五十桨的华丽大船，大船以制造者的名字命名为“阿耳戈号”，而跟伊阿宋一起去夺取金羊毛的英雄们则被统称为“阿耳戈英雄”。在这艘船的船壁上，有一块神奇的木板，是女神雅典娜赠送的。它是用多多那神殿前的一棵会说话的栎树的木料制成的，可以为船上的人宣示神谕。这条华丽的大船两侧都装饰着富丽的雕刻作品，是希腊人在海上航行的最大的一艘船，但船体又很轻，英雄们甚至可以把它扛在肩上运走。

当大船造好并将一些航行所需的水、蔬菜、食品等一些生活必需品以及一些器械、武器等装备停当后，伊阿宋被推举担任了船上的指挥，而其他的英雄们则抽签决定自己在船上的位置。力大无比的提费斯成了掌舵手，眼力敏锐的林扣斯成了阿耳戈号的领航人，大英雄赫拉克勒斯威风凛凛地坐在船的前舱，负责后舱是阿喀琉斯的父亲珀琉斯和埃阿斯的父亲忒拉蒙。其余的英雄们则负责大船的内舱，他们是赫拉克勒斯的朋友许拉斯，宙斯的双胞胎儿子卡斯托耳和波吕丢刻斯，忠贞的尔刻提斯的丈夫阿德墨托斯，阿波罗的儿子、天才的歌手俄耳甫斯，后来成为雅典国王的英雄忒修斯和他的挚交好友庇里托俄斯，皮罗斯国王涅斯托耳的父亲涅琉斯，曾经杀死过卡吕冬野猪的墨勒阿革洛斯，海神波塞冬的儿子奥宇弗莫斯以及小埃阿斯的父亲俄琉斯等。

起航前，伊阿宋带领着所有的英雄给波塞冬和众海神们献祭了供品，他们虔诚地祈祷海神们保佑他们接下来的航行平安，祈祷能顺利拿到金羊毛、祈祷能带着英雄的荣光重回这片土地。

献祭结束之后，英雄们很快地各归各位，做好了出发的准备。伊阿宋站在船首，一声令下，大船便拔锚起航了。只见五十支巨大的船桨一起在水中划动起来，海面上泛起了一阵阵洁白的浪花。大船在英雄们的欢呼声中快速地前进着，不久就把爱俄尔卡斯港远远地抛在了后面。阿耳戈英雄们意气风发，谈笑风生，不知不觉中大船已经飞一般地驶过了无数的海岛和山峦。第二天，海上狂风大作，把阿耳戈号的帆鼓得满满的，很快就把英雄们送到了雷姆诺斯岛。

阿耳戈英雄们在雷姆诺斯岛

英雄们起航后首先到达的是雷姆诺斯岛，岛上有一个繁盛的国家。可奇怪的是这个国家却全是女人，连一个男人都见不到。原来，在一年之前，雷姆诺斯岛上的妇女们杀光了岛上所有的男人。这一切是因为她们的丈夫从附近的色雷斯岛带回了许多外乡女子作为他们的小妾。更让雷姆诺斯的女人们接受不了的是，从此之后，她们的丈夫都被色雷斯岛来的小妾迷得神魂颠倒，再也不搭理她们了。

爱神阿佛洛狄忒也被雷姆诺斯岛的男人们激怒了，她激起了女人们可怕的妒火，这妒火让她们陷入了疯狂之中。于是，她们疯狂地杀死了各自的丈夫，又一不做二不休杀死了岛上所有的男子，连头发花白的老人和哇哇啼哭的婴儿都没有放过。当然，色雷斯岛来的所有的小妾也被一起杀死了。这群疯狂的女人把自己的丈夫的尸骨埋在了岛上，又把色雷斯岛的女人们尸骨扔到海里喂鱼了。整个雷姆诺斯岛上只有一个男人幸免于难，那就是国王托阿斯。托阿斯的妻子早已经去世，他的女儿许珀茜柏勒不忍心杀死自己的父亲，就偷偷地将他藏在一个木箱中抛到了大海里，想借此救父亲一命。杀掉男人们之后，雷姆诺斯岛上的女人们便推举老国王的女儿许珀茜柏勒当了她们的女王。

因为杀死了色雷斯岛来的所有女人，所以雷姆诺斯岛上的女人们总是担心色雷斯人会突然袭击雷姆诺斯。她们常常充满警惕地站在岸边观察着海上的动静，提防她们情敌的亲属们会来找她们复仇。因此，当她们看到阿耳戈号大船正在快速地靠近海岸，不由得惊恐起来。号角声在整个岛上响起，“呜呜……”的低沉的声音响彻岛屿。女人们听到号角声迅速而有序地冲出城门，她们全副武装，在海岸上盯着已经快要靠岸的阿耳戈号。伊阿宋他们看到海岸上突然聚集了一群英姿飒爽的女战士，却连一个男人都没有，感到十分惊奇。他们没有轻举妄动，而是派出了一位手持和平节杖的使者乘一只小船向岸上靠去。使者上岸后，被这只奇异的队伍里的女人们押解着，带到了她们的女王许珀茜柏勒面前。使者向女王行了礼，然后以谦恭的语气传达了阿耳戈英雄们的意思和请求：“我们只是路过的外乡人，绝没有半点要冒犯贵国的意思。请让我们进港休息一下吧，我们将十分感谢您的盛情款待。”

女王没有立刻答复他，沉吟了一下后，她命人把岛上所有的女人都召集到城中的集市广场上。许珀茜柏勒穿一身白色的长裙，束一条金色的发带，稳稳地端坐在自己的父亲曾经坐过的大理石王座上，王座两边各站着一个美貌的少女。女王向众人告知了阿耳戈英雄们的来意和要求。接着，她站起身来，朗声说道：“亲爱的姐妹们，我的子民。我们曾经在疯狂的情绪中犯下了极大的罪过，愚蠢地杀死了我们的丈夫、父兄和男孩子，灭绝了岛上所有的男子。现在，阿耳戈英雄们路过了我们的国家，央求我们的盛情款待。我们不能再拒绝向我们表示友好的朋友了，否则，我们将陷入彻底的孤立境况。但是，我们也一定要对他们有所提防，千万不能让他们知道我们所犯的罪行。因此，我建议不要让他们进入我们的城市，而是让这批异乡人继续待在他们的船上，由我们把食物、美酒和其他一切生活必需品送上船去。这样，我们既能保持一种友好的姿态，又能保证我们的安全，不让我们曾经犯下的罪行暴露。大家有什么意见吗？”

说完，女王又端坐到宝座上了。这时，人群中传来了一个苍老的声音。原来是一个老得连说话都十分困难的老妇人，她颤巍巍地站起来说：“对表示友好的人保持礼节，给经过的外乡人送上食物和美酒，这种做法自然很对。但是我们是不是一定要拒人于千里之外，不让异乡人进入我们的城池呢？我想诸位也明白，我们整日如此守御也不是长久之计，因为所有人都会一天天老去，老得像我一样，可是整个岛上却没有一个新生儿降生。到那时，我们就没有防御的力量了，色雷斯人一定会冲过来报仇的，那时该我们怎么办呢？当然，像我这么老的老妇人倒是没什么好害怕的,在灾难降临之前我们就已经死去了。但你们这些年轻一些的可怎么办呢?即使色雷斯人没有来复仇,你们也没法安稳和美地生活下去呀。春天,耕牛不会自己套上牛轭,在田里耕地的;夏天过去之后,它们也不会在丰收的秋季替你们去收割庄稼。你们是不愿意干这种苦活的,并且这种活终究也不是只靠女人就干得好的。所以,作为一个稍微有些生活阅历的老人,我劝你们珍惜神送给我们的这个绝好的礼物,千万不要错过了。这艘大船上的男子可都是英勇魁梧的当世大英雄,赶快把一切的财产、土地和你们自己交给这些高贵的异乡人吧,让他们与我们来共同治理我们这座美丽的城市吧!从此之后,你们再也不用担心来自色雷斯人的侵犯,这些英雄们很轻易就能打得他们落花流水;也不用担心我们的国家后继无人,你们与这些人生下的后代一定是比他们的父辈还要勇猛的英雄。当然,我们曾经犯下的罪行还是应该隐瞒的。这倒也简单,只说我们岛上的男人都跟色雷斯女人私奔了就行了。"

老妇人的建议打动了女王,也赢得了所有女人的赞同,因为她们也早已隐约意识到只有女人没有男人的种种不便和潜在的危险。于是,女王便派出身边站着的少女作为使者随阿耳戈号的使者一起回到船上,向阿耳戈的英雄们表达了她们欢迎英雄们进入她们的城市并且会盛情款待他们。当然,对于希望留下他们一起生活、繁衍后代的想法,少女听从了女王的吩咐,绝口不提。英雄们听了少女的话都很高兴,他们对此没有丝毫的怀疑,还以为许珀茜柏勒是在她父亲死后正常地继承王位的。于是,伊阿宋披上雅典娜赠送的紫色斗篷,英雄们也都穿戴整齐,一行人便动身进城了。当阿耳戈英雄们穿过城门的时候,发现女人们都已经涌出门来,夹道欢迎他们了。对这些远道而来的客人,雷姆诺斯岛的女人们感到非常满意,纷纷在心底里默默感谢着神的恩赐。当一行人到达国王的宫殿门口时,女人们阻止了其他英雄们的步伐,只邀请伊阿宋一人进入女王的宫殿。

伊阿宋不敢放肆,按照礼仪双目注视地上,在少女使者的引导下向女王的居室走去。宫女们打开层层的宫门,热情地欢迎这位远道而来的贵客。年轻貌美的女使者把伊阿宋领进许珀茜柏勒的内室后,便转身出去了。屋里只剩下女王许珀茜柏勒和伊阿宋了,女王便请他在自己面前的一把华丽的椅子上坐了下来。许珀茜柏勒目光低垂,脸颊泛着迷人的红晕,完全不像是一个高高在上的女王,倒像是一个情窦初开的妙龄少女。她缓缓地转向伊阿宋,开口说话了,她的声音既温柔又羞涩,像是深林里的一条清澈又柔长的小溪:"异乡人,你们不必待在城外,进城吧。雷姆诺斯城里已经没有男人了,你们一点也不用害怕。我们的男人不讲信义,他们对我们不忠,把战争中抢来的色雷斯女人纳为小妾,并且跟着她们私奔,迁到她们的故乡去了。为了让我们绝后,他们还带走了所有的男孩和男佣,甚至连老翁都被他们带走了,把我们抛在这里,孤独无依。所以,我们十分希望你们能留在这里,在我们美丽的岛上住下来。我们会把所有的土地和财产交给你们管理。如果你愿意,你可以取代我坐上我父亲托阿斯的王位,成为我们的新国王。雷姆诺斯岛是这片大海中最富饶的岛屿，你们留在这里将会得到最安逸的生活，你和你的同伴们一定会喜欢留在这里的。希望你回去把我的建议告诉你的伙伴们，别再犹豫了，都进城吧！不要再在海上漂泊了，停下歇歇吧，这里有热腾腾的饭菜和温柔如水的女人在等着你们。”

伊阿宋听了女王的话大吃一惊，因为他们只是想在岛上休息一下，然后继续踏上夺取金羊毛的征程。但他还是很有礼貌地回答说：“敬爱的女王，我们怀着感激的心情接受你们对我们这些漂泊在海上的人的帮助。我会把你的建议告诉我的同伴们，我也愿意重新回到城里来。至于您尊贵的王位和美丽的岛屿，还是请你自己执掌吧！请您相信，我之所以拒绝这一切绝对不是看不起它们，而是因为我们是为了一个神圣的使命而来的，在遥远的远方还有激烈的战争还在等待着我们。”说完，伊阿宋伸出双手向女王告别。出了宫殿，便与英雄们一起匆匆忙忙地回到了大船上。

很快，女人们乘着快船，载着许多食物美酒和精美的礼物赶来了。此时，所有的英雄都听了伊阿宋转述的女王的话，因此，女人们很容易地说服了他们进城并分别住进了她们的家里。伊阿宋就直接住在了宫里，成了女王的伴侣，其他人则分住在城中各个女人的家里，每个人各得其所，都很高兴。阿耳戈英雄们当中，只有大力士赫拉克勒斯生来憎恶女色，所以他没有为女人们的热情所俘虏，仍然坚持跟很少的几个伙伴留在了大船上。

很快，雷姆诺斯城内便热闹非常了，女人们穿上了自己最漂亮的衣服，戴上了珍藏的首饰，在来到自己家的英雄面前跳起了最动人的舞。家家欢声笑语，处处美酒飘香，一派全城狂欢的景象。为了感谢诸神对自己的恩赐，他们还在城外进行了盛大的献祭，一时间烟火缭绕，股股香烟袅袅地飘上云端。女人们同阿耳戈英雄们一起虔诚地祭拜雷姆诺斯岛的保护神赫菲斯托斯和他的妻子阿佛洛狄忒。在美酒和美女构筑的温柔乡里，城中的阿耳戈英雄们渐渐有些乐不思蜀了，出航的行期被一天天拖延了。他们几乎要忘记了自己出航的目的了。

这时，等在船上的赫拉克勒斯再也忍不住了，他从大船上下来，来到城中，把伙伴们召集了起来，催促他们立刻动身。“你们这些愚蠢的人！难道你们已经忘了是为什么出来的吗？多么可耻呀，你们的父母妻儿孩子在家中苦苦地期盼着你们的归来，而你们却沉醉在异乡女子的温柔乡中乐不思蜀了！”赫拉克勒斯愤愤地说，“难道你们是为美色和享乐才到这里的？难道你们自己国家的女人还不够你们消受吗？多么可笑呀，阿耳戈号刚刚开始航行的时候，你们还一个个斗志昂扬，发誓要带着胜利的荣光返回家乡，可是这才过了多长时间呀，你们就想留在雷姆诺斯过着像农人一样的日子了。你们是不是以为只要你们在这里喝酒享乐，天上的诸神就会取来金羊毛，放在你们的脚下。如果是这样的话，那我们干脆各自回家乡吧！让伊阿宋留在这里娶许珀茜柏勒女王为妻吧，生一大堆儿子，终身居住在这弹丸之地，只能在年老的时候去听听别人创建的丰功伟绩！”

赫拉克勒斯生性倔强、刚毅，并且在登上阿耳戈号之前就立下了几件伟大的功业，所以在众人当中比较有威信，没有人敢违抗他。并且，他的这番话句句有理，一下子点醒了沉醉在温柔乡中多时的英雄们。他们为自己的行为感到羞耻，向赫拉克勒斯道歉并表示会立即离开。于是，众人纷纷表示要立即离开女人们的家，准备出航。城里的女人们看到了他们的行为已经明白了他们的意图，她们从各自的家中涌出来，拉住了英雄们的衣角，又是抱怨，又是撒娇，想为挽留英雄们做最后的努力。但此时的英雄们去意已决，眼泪和撒娇已经不能再阻碍他们前进的步伐了。女人们看到英雄们坚毅的眼神，明白大势已去，她们只能听从命运的安排，放英雄们离去了。许珀茜柏勒满含热泪地走到伊阿宋面前，深情地握住他的手说："我是多么不舍的你离去呀，可是我明白远方有一个声音在召唤着你。去吧，亲爱的伊阿宋，愿赫菲斯托斯保佑你和你的伙伴，让你们得偿所愿，顺利地取得金羊毛！当你们凯旋的时候，如果你还愿意回来，雷姆诺斯的大门永远向你敞开着，我和我父亲的王杖也将永远地等着你。我明白，这可能只是我的一厢情愿，你也许是永远也不准备回来了，那么，当你在远方的时候，我希望你能偶尔地想起我！"

听了女王的话，伊阿宋感慨不已，他压抑着激动的情绪，感谢了许珀茜柏勒这段时间以来的盛情款待，然后毅然决然地转身离开，第一个回到了阿耳戈船上。其他人一看伊阿宋上了船，也纷纷告别了身边的女人，也跟着上了船。英雄们上船之后就重新解开缆绳，升起船帆，开始摇动着五十对船桨，在雷姆诺斯女人的目送中离开了。很快，大船就风驰电掣般行驶起来，身后的雷姆诺斯岛渐渐地变小，变成了一个小黑点，最后完全消失了。

阿耳戈英雄们与杜利奥纳人

很快，阿耳戈英雄们家驾着大船就驶到了雷姆诺斯女人们的仇敌的地盘，色雷斯岛。这时，突然从色雷斯吹来了一阵狂风，把阿耳戈号吹到了夫利基亚海岸。这里有一座叫岛屿，岛上住着杜利奥纳人和野蛮的土著巨人。巨人们长着六条手臂：宽阔的肩膀两边上各长一条，腰的两侧又各长着两条。

由于杜利奥纳人是海神的子孙，所以海神保护他们免于遭受可怕的巨人们的侵犯，并且让虔诚的杜利奥纳人基奇科斯做了这座岛屿的国王。数月之前，基奇科斯国王曾经得到过一则神谕：有一队英雄即将乘着一艘华丽的大船前来，他应该热情地接待远道而来的英雄们，千万不能与他们发生冲突。自从得到这则神谕之后，基奇科斯就已经命人做好了迎接贵客的准备。所以，当他听说海上驶来了一艘华丽的大船后，便马上带领着全城人出来迎接了。他请阿耳戈号上的英雄们把大船停泊在他们的海港，又把他们迎接到城内，用美酒和牲口热情地款待了他们。

基奇科斯国王非常懂得待客之礼。阿耳戈英雄们到来的时候，他恰巧新婚宴尔，刚刚娶了自己娇美的妻子克利特两三天。此时，为了陪伴客人，他离开了恋恋不舍的妻子，与阿耳戈英雄们一起欢笑宴饮。英雄们被主人的热情好客感染了，他们欢乐地享用着醉人的葡萄酒和美味的菜肴，不断地向年轻的主人敬酒，感谢他的热情接待。在宴饮的过程中，阿耳戈英雄们告诉了基奇科斯他们出航的目的，而基奇科斯国王也给他们详细地指点了路程，告诉他们怎样才能更快地到达他们的目的地。酒席结束之后，国王命人把英雄们带到了早已准备好的客房，好生招待。

第二天一早，英雄们就与基奇科斯国王一起登上岛上最高的山峰，观察这岛在海上的确切方位。就在这时，离他们不远的港口处发生了一件事情：一群六条手臂的土著巨人从四处涌来，用巨大的石块堵住了港口，让船只无法进出。这时，阿耳戈船正停留在港口，由不愿意上岸的赫勒克勒斯守卫着。他看到来了一批六手巨人捣乱，怒上心头，随即便持弓搭箭，射死了许多巨人。很快，在城中山峰上的其他英雄们也听到了巨人们侵犯港口的消息，他们也赶过来了，加入赫拉克勒斯的战斗之中，纷纷用矛和弓箭朝巨人们打去。这些巨人们哪是阿耳戈英雄的对手，一场激战过后，便被打得纷纷溃逃。阿耳戈英雄们怕给热情好客的杜利奥纳人留下隐患，就乘胜追击，彻底消灭了巨人们。

阿耳戈英雄们取得了胜利之后，便辞别了再三挽留的基奇科斯国王，又扬帆起锚，向着大海出发了。夜里，海上风向突变，又把大船往白天出发的地方吹去，身处一片黑漆漆海面的阿耳戈英雄们对这一切并没有丝毫的察觉，以为船还是按照原来的方向行进的。他们没有察觉自己又被海风送回了夫利基亚海岸，他们也没有察觉即将到来的危险和悲剧的结局……

阿耳戈英雄意识到船到了一处海岸，但不知道到了夫利基亚海岸！黑黢黢的大地就在眼前，万物无言，只有海浪在拍击着沙滩和礁石。远处的那座城，灯火昏沉，似乎也沉睡在了这深夜里。但英雄们知道，这城里的兵士和居民不会那么巧也像杜利奥纳人那样欢迎他们的到来；来自希腊的阿耳戈英雄们在茫茫大海上漂泊了这么久，是该占领一座城池，好好休整一下啦。于是，英雄们欢呼着冲出阿耳戈号，带着武器欢呼着涌向海岸；此时杜利奥纳人被登陆的嘈杂声从睡梦中惊醒，战斗的号角声响彻夜空，惊醒了沉睡的海、沉睡的城和城里的人。杜利奥纳人急忙穿好衣服，匆匆拿起武器，便涌向了岸边，阻击深夜来犯的敌人。他们根本没有认清这些"敌人"原来就是他们在一天前还相谈甚欢、依依不舍的朋友。

杜利奥纳人纷纷向远处看不清面貌的敌人投出了手中的投枪，射出了一支支的利箭，扔出了一块块巨大的石块。有许多阿耳戈英雄被射伤了，但他们训练有素，纷纷拿起了盾牌护住了头脸和身体；同时，压低身子开始冲着阻击自己的城里涌出的人全速冲击，眼见一个个同伴被飞来的投枪、利箭、石块击中、击伤，阿耳戈英雄们的胸中已经燃烧起了熊熊的复仇的火焰。当他们冲进人群的时候，双方展开了不幸而惨烈的厮杀！劈砍的利剑，猛刺的投枪，挥舞的战斧、钉头槌……飞舞的断臂残肢、滚落在地的头颅、殷红的四处泼洒的鲜血……这里是人间地狱，惨烈的厮杀使天地变色、星辰暗淡。阿耳戈英雄们毕竟训练有素，并且是有备而来，岛上的居民很快就被杀得四处逃散。最后，更大的悲剧发生了——英勇无比的伊阿宋一马当先，把自己手中的长矛刺入了热情好客的国王基奇科斯的胸膛。长矛一下子穿透了基奇科斯的身体，可怜的国王当场毙命了。杜利奥纳一看连国王都被杀死了，赶紧纷纷逃回城内，关紧城门，任凭阿耳戈英雄们怎样攻打和叫骂，他们就是不出来迎战。

第二天，太阳又一次升起来了，光明又一次洒向了大地。在夜里战斗的双方这才发现原来是一场可怕的误会。城门外一片血泊，到处都是杜利奥纳人的尸体，如同被砍倒的一片树林。看到连年轻好客的国王基奇科斯也死在了血泊里，阿耳戈英雄的心中充满了无限的悔恨与悲痛。当看到还插在国王前胸的长矛正是自己的武器时，伊阿宋更是悲痛悔恨得说不出话来。

一连三天，阿耳戈英雄们和杜利奥纳人一起举行了隆重的祭奠仪式，哀悼所有逝者的灵魂。三天过后，英雄们又扬帆出海了。国王新婚的娇妻克利特本来就体弱多病，经历了这次混战后，更是因为受不了丈夫死去的悲痛，因忧伤过度而死了。

赫拉克勒斯被阿耳戈号遗忘了

怀着沉痛的心情离开杜利奥纳人之后，阿耳戈英雄们在暴风雨中航行了一整天，最后，他们在喀奥斯城的比斯尼亚海湾登陆了。居住在这个地区的是密西埃人，他们非常好客，热情地接待了阿耳戈英雄们。为了帮远道而来的客人们驱除长期在海上航行带来的寒气，他们燃起了熊熊的篝火。密西埃人还在蒙蒙的夜色当中为英雄们准备了丰盛的宴席，用美酒和佳肴来款待他们的客人。

大英雄赫拉克勒斯生性坚毅刚强，一向不习惯享受太过舒适惬意的生活。这次，他同样又离开了正在举杯畅饮的同伴们，独自走进离比斯尼亚海湾不远处的茂密树林。原来，他发现经过了这么长时间的航行之后，阿耳戈号大船上的几根桨有些腐烂了。他想去森林中寻找一棵结实的松树，来做几把更好的船桨，因为松树的木质不容易在水中腐烂。一进入树林，赫拉克勒斯就四处搜寻着，很快他就发现了一棵参天的古松，那枝干足有一抱粗。赫拉克勒斯一见有这么合适的松树，立即解下披在身上的狮皮，又把随身背着的弓箭放在一边，然后走上前去，一把抱住大树干，一用力，猛地叫了一声，已将大松树连根拔起了。

就在同时，在密西埃人的餐桌上饮酒的许拉斯突然发现赫拉克勒斯已经不在了，就离开餐桌出来寻找赫拉克勒斯。这个许拉斯是赫拉克勒斯的朋友。赫拉克勒斯在征战德律约时，曾经因口角不小心打死了许拉斯的父亲。万般后悔的大英雄见死者留下一个儿子年龄尚小的许拉斯，就把他带在自己的身边抚养，让他成了自己的仆人和朋友。当年的小孩子慢慢地长大了，长成了一个既英俊又威武的英雄少年，跟随着赫拉克勒斯一起登上了阿耳戈号，成了阿耳戈英雄中的一员。许拉斯离开餐桌之后，在附近到处寻找着赫拉克勒斯，但是没有找到。于是，他就带着一只水罐到泉边去为主人汲水。当时正是夜晚，一轮明月高高地挂在空中，发出迷人的清辉。当年轻的许拉斯到达泉边俯身取水的时候，他那英俊迷人的身影映到了泉水中,在月光下简直如神一般美丽。泉水中的女仙被这个美丽的身影迷住了,她呆呆地注视着这个身影,生怕一眨眼他就会不见了。突然,女仙伸出左手环住了许拉斯的脖子,又用右手抓着他的手臂把他拉到水下去了。

此时,还有一个阿耳戈英雄在这个泉的附近,那就是波吕斐摩斯。他也是出来寻找赫拉克勒斯的,走到泉水附近的时候,他突然听到了一阵呼救声,仔细一听,原来是年轻的许拉斯的声音。他赶紧朝声音发出的地方紧跑了几步,却只看到了泛着涟漪的泉水,根本不见许拉斯的身影。他又朝四周望了一下,便看到赫拉克勒斯正拖着一棵巨大的松树从不远处的树林里走出来。波吕斐摩斯一看见赫拉克勒斯,急忙对他说:"唉!有一个不幸的消息,我必须第一个告诉你。刚才,你的朋友与仆人许拉斯去泉边为你打水,却没能回来。我只听到了他恐惧的呼救声,跑到泉边时却已经不见了他的身影,所以也不知道具体发生了什么。我想,不是被强盗劫走了,就是被野兽吃掉了。"赫拉克勒斯把许拉斯抚养长大,对他的感情一向深厚,现在听到了波吕斐摩斯这番话,禁不住冷汗直冒。他感到胸中一阵剧痛,猛地扔下了大松树,朝着许拉斯出事的那眼泉大步跑去。

夜渐渐地深了,众星高高地悬挂在空中,向大地撒播着清辉。海面上突然起了一阵微风,正好是朝着阿耳戈号要去的方向吹的。阿耳戈英雄们一看出现了这么难得的顺风,便辞别了热情的密西埃人,决定立即起航,趁着明亮的月光和难得的顺风航行一程。阿耳戈英雄们在微风习习的海面上行进着,享受着这夏日夜晚的惬意。突然,有人大喊一声:"坏了!我们是不是把三位伙伴给忘了?船上怎么没有赫拉克勒斯、波吕斐摩斯和许拉斯?我们应该回去找他们还是继续航行?"到这时,阿耳戈英雄们才发现他们把三个伙伴遗忘在喀奥斯城了,是回去还是继续航行的问题引起了英雄们激烈的争执。两种意见各执一词,互不相让。主张回去的人认为赫拉克勒斯是他们最英勇的伙伴,他们显然不能丢下他走掉;而主张继续航行的人认为,阿耳戈号已经在顺风中航行了这么久,离喀奥斯城已经很远了,如果回去的话,将会耽搁太多的时间,并且回去的路是逆风的,很难行进。最后,双方的英雄都要求他们的总指挥伊阿宋做出决定。此时,伊阿宋正坐在船上静静地听着双方的争辩,一言不发。主张回去的英雄忒拉蒙是个急性子,他沉不住气了,大声地对伊阿宋说:"我们的三位伙伴被遗忘在喀奥斯城了,你身为总指挥怎么还可以这么若无其事地坐在这里?难道你想丢下他们不管吗?或者你根本就是故意把赫拉克勒斯留下的吧?你是怕赫拉克勒夺去你的荣誉和权威吗?即使所有的人都支持你,我也要孤身一人返回喀奥斯城去寻找被遗忘的朋友。"

说着,他用手揪住了舵手提费斯的衣服,要他立即调转方向驶回去。众英雄一看他发了火,赶紧纷纷过来,把他的手从舵手身上拉开。忒拉蒙的眼里射出愤怒的火焰,想要动手打人,就在这时,本来平静的海面上突然涌起了一阵巨大的波浪。海神格劳科斯从波涛滚滚的海面上冒了出来。他用强有力的双手拖住船尾,对吵成一片的英雄们叫道:"英雄们,你们有什么好吵的呢?为什么非要违背宙斯诸神的愿望把勇敢的赫拉克勒斯带往埃厄忒斯？命运已经为他安排了别的英雄事业，正在等着他去完成呢；许拉斯是被爱恋他的泉中水仙抢去了，她绝不会伤害他，因为她被厄洛斯的金箭射中了，爱他还来不及呢。”说完，格劳科斯突然又沉入水中了，海面上只留下了一个黑色的漩涡，在打着转咆哮着。

听了海神格劳科斯的话，忒拉蒙为自己的鲁莽感到十分羞愧，他红着脸走到伊阿宋面前，握住他的手说：“伊阿宋，我向你道歉。别生我的气吧，失去朋友的痛苦让我丧失了理智，我是昏了头才说了那么多伤害你的话。让海风把我的伤人的话和粗暴的行为吹走吧，让我们和好如初，一起去夺取金羊毛吧！”伊阿宋对忒拉蒙笑了一下，表示原谅了他的过失。于是，阿耳戈英雄们趁着顺风重新高高兴兴地重新起程了。

波吕斐摩斯留在了密西埃人那里，他在那里生活得很好，还为密西埃人修建了一座城池。而大英雄赫拉克勒斯则回到了欧律斯透斯那里，继续完成交给他的任务。

波吕丢刻斯与珀布律喀亚国王的拳击赛

阿耳戈号在海面上顺风航行了一夜，到第二天早上太阳升起的时候，他们已经来到了一个伸入大海的半岛，在这里抛锚停靠，上岸休息。这里是珀布律喀亚人的王国，这里的人非常野蛮，他们的国王阿密科斯更是凶狠而好斗。他为来到他的国土的异乡人制定了一条可恶的规定：外乡人必须和他进行较量拳击，如果赢了他，就可以平安地离开。如果打不过他，就只能留在岛上做他的奴隶了，并且终生都不许离开他的王国。阿密科斯身强力壮又精于拳击，因此极少有人是他的对手，所以许多异乡人都被迫留在岛上做了他的奴隶，过着悲惨的生活。

阿耳戈号刚一靠岸，残暴的国王就已经盯上了他们。因此，英雄刚一踏上珀布律喀亚的土地，阿密科斯就朝他们走去。他用轻蔑和挑衅的口气说：“听着，你们这些海上的流浪汉，作为这里的国王，我必须告诉你们一件事。我这里有个规矩：外乡人如果不能在赛拳中打败我，就必须留下来做我的奴隶。你们赶快挑一个最能打的人跟我比赛，否则我要叫你们好看！”

阿耳戈英雄中的波吕丢刻斯一听国王的话就被激怒了，原来，他是勒达与宙斯的儿子，是当时全希腊最优秀的拳击手。他一下子跳出人群，冲着阿密科斯大声喊道：“我是宙斯的儿子波吕丢刻斯，有什么本事使出来吧！”珀布律喀亚国王阿密科斯吃了一惊，这还是第一次有人敢主动跟自己打拳呢。于是，他骨碌碌地转动着眼珠子，仔细打量着这个从人群中跳出来的勇士。只见波吕丢刻斯神情镇定，目光有神，冲着国王满不在乎地笑了一下，完全没有把他放在眼里。他伸出双手，甩了几下，又试着握了几次拳，想看看它们是否在长时间的摇桨之后变得不灵活了。他发现自己的双手依然灵活有力，便满意地点了点头，径直走到阿密科斯面前，站住了。然后，国王的一个侍从便取出两副拳击用的皮手套，放在两个人面前。

凶残的国王指了指两副手套，对波吕丢刻斯说道："不知道天高地厚的毛头小子，你随便挑一副手套吧，看哪一双更合你的心意。这两副手套可都是我亲手做的，我敢打赌，你想象不到我是个多么了不起的鞣皮匠。戴上它吧，你马上就能亲身体验到我精湛的技艺了。"阿密科斯狂妄地笑了几声，接着说："不过，我用不了多久就会把你打趴在地！可惜这么好的皮手套了，你却享受不了太久。"

波吕丢刻斯并没有被国王的话激怒，他不动神色，默默地拿起离他比较近的一副手套，然后让朋友们把它套紧在自己的双手上，试着握了几下拳头。与此同时，珀布律喀亚国王也命仆人给自己戴上了另外一副手套。于是，拳击比赛正式开始了。国王先发制人，一下子举起拳头朝波吕丢刻斯冲过来，他连连地使出重拳狠拳，朝波吕丢刻斯的要害部位打去，想速战速决，不给对手留下还手的机会。但波吕丢刻斯也不是庸碌之辈，他真不愧是全希腊最好的拳击手，很巧妙地躲过国王的一连串攻击，没有让自己受到伤害。并且，他在这个过程中仔细观察着国王的一招一式，寻找着他出拳的漏洞。他很快发现了对手的弱点，于是看准机会，给了他几记重拳。阿密科斯一开始有些轻敌，此时吃了亏才明白波吕丢刻斯绝非庸常之辈，知道自己终于遇到了对手。于是他出拳便不再那么浮躁了，屏气凝神集中精力跟对手周旋了起来。两人你一拳，我一拳地打斗起来，可以说是棋逢对手，难分上下。过了半天，两个人都气喘吁吁，有些体力不支了，便都跳到一边，擦去满头大汗，透一口气，准备休息一会儿之后继续比赛。

过了一阵儿，两人又重新交手了。只见阿密科斯一拳朝波吕丢刻斯的头击去，不料波吕丢刻斯反应迅速、身手敏捷，将身子一歪头一偏便躲过了这记重拳。阿密科斯这拳打空，打中了对方的肩膀，而波吕丢刻斯却立即抓住这个难得的机会，挥出一记大力的右勾拳，击中的是国王的左耳根。这一下出力非常猛，把国王的头骨都打碎了，阿密科斯立刻痛得翻倒在地，爬不起来了。

阿耳戈英雄们一看同伴取得了胜利，高兴地齐声欢呼起来。而珀布律喀亚人看到他们战无不胜的国王倒在了一个年轻的异乡人拳下，都急忙跑到国王身边。他们一看国王痛倒在地，立即挥舞着手中的棒棍和长矛，朝波吕丢刻斯冲了过来。阿耳戈英雄们也拔刀迎战，护住了自己的朋友。一场血战杀得天昏地暗……很快，珀布律喀亚人便抵挡不住了，他们赶紧逃进城中，紧紧地关上城门，不敢出来应战了。于是英雄们涌入国王在城门外的畜栏，那里面有成百上千的牛羊，英雄们得到了数量可观的战利品。夜幕降临，阿耳戈英雄们也感到有些累了，于是他们就在城门外的空地上停留下来，燃起了几堆大大的篝火，烧烤这新鲜肥美的牛羊肉，畅饮着船上带着的美酒。为了感谢诸神保佑他们取得胜利，他们还用新抢来的牲畜做了盛大的献祭仪式。在仪式上，他们每个人都按照传统戴上了月桂花枝编成的花冠，来庆祝胜利。仪式结束之后，众英雄围着最大的一堆篝火坐了下来，伴着俄耳甫斯优美的琴声一起唱起了赞美的歌。他们一会儿赞颂诸神的慷慨帮助，一会儿赞扬阿耳戈号大船的华美，一会儿又赞美已经离开了的伙伴赫拉克勒斯的英勇。

当他们唱起赞颂宙斯的儿子波吕丢刻斯取得的胜利的歌时，这个年轻人不好意思地笑了。赞美的歌声伴随着海浪和微风传播开来，整个夜空里都弥漫着一股欢乐的气息……

为菲纽斯驱逐妇人鸟

阿耳戈英雄们有说有唱，直到天色发亮时才意犹未尽地结束了他们在珀布律喀亚人城门外的饮宴，开始继续他们的航行。一路上，他们又经历了几次冒险，后来便来到一处幽静的海岸停船靠岸。英雄们刚一下船，便看到一个瘦得皮包骨头的人晃晃悠悠地朝他们快步走来，嘴里喊着："你们终于来了！"阿耳戈英雄感到非常诧异，便仔细询问这个人，终于搞清了情况。

原来，这里是俾斯尼亚的对岸，这个瘦得皮包骨头的人是英雄阿革诺耳的儿子菲纽斯，他就住在这附近。在他年轻的时候，太阳神阿波罗曾经赋予他语言的本领，但是年少气盛的菲纽斯滥用了自己的这种本领。他这种狂妄的行为惹怒了众神，神便在他晚年的时候给了他严酷的惩罚：有一天，菲纽斯正在炫耀自己的预言本领时，突然双目失明了。接着，更严厉的惩罚降临了，诸神派了一群既丑陋又可怕的人头鸟身的妇人鸟天天围着他，不让他安安稳稳地吃一点东西，喝一口水。每当菲纽斯要吃饭的时候，这群妇人鸟就会一拥而上，把他所有的食物抢夺一空。即使这群鸟不能把所有的食物都吃完，她们也不让他安安静静地用餐，而是想尽办法地把桌子上的饭菜弄脏，使菲纽斯无法食用。菲纽斯本来就失明了，又整天被这群怪鸟折磨，很快就心力交瘁、骨瘦如柴了。就在他陷入了绝望，想要结束自己的生命的时候，他突然得到了一则来自宙斯的神谕：当北风神波瑞阿斯的儿子们和希腊水手到来时，他就可以安静地饮食了。这则神谕成了菲纽斯的精神支柱，他天天朝着海岸翘首张望，希望能给他带来福音的水手们早日到来。

所以，当可怜的老人听说海上驶来了一条华丽的大船时，便急忙双腿颤抖、趔趔趄趄地赶到岸边。对阿耳戈英雄们讲述完自己的经历之后，菲纽斯已经累得精疲力竭了，他支持不住，倒在了地上。阿耳戈英雄们赶紧把老人抬到了一棵大树下，让可怜的老人休息了一会儿。过了好一会儿，老人缓过神来，用虚弱的声音向阿耳戈英雄们恳求道："为了惩罚我滥用预言能力的过失，诸神不仅让我双目失明，还派这些可恶的妇人鸟来抢夺我的食物，即使它们吃不了的，也要糟蹋掉，不然我的嘴唇粘到一粒米。高贵的英雄们，如果你们真如神谕所说是我的救星，那就请赶紧救救我吧。你们也看到我的情况了，幸亏你们来得及时，如果你们再晚来哪怕一天，恐怕我也要饿死了。要知道，你们要援助的不是一个毫不相干的外乡人，因为我也是一个希腊人。我是阿革诺耳的儿子，我的妻子科勒俄帕特拉是北风神波瑞阿斯的女儿。"菲纽斯所说的都是实情。当初，北风神波瑞阿斯爱上了雅典国王厄瑞克透斯的女儿奥律蒂里阿，他向公主求婚，却遭到了国王的拒绝和嘲笑。波瑞阿斯发怒了，卷起来一阵飞沙走石的大风，把奥律蒂里阿裹挟到了遥远的色雷斯。在那里，北风神与奥律蒂里阿生了两儿两女，儿子们是仄忒斯和卡雷斯，两个女儿分别叫作科勒俄帕特拉和茜欧纳。后来，大女儿科勒俄帕特拉嫁给了菲纽斯。

北风神波瑞阿斯的儿子仄忒斯和卡雷斯听完菲纽斯的话，才明白面前这个双目失明、骨瘦如柴的老人就是他们失踪多时的姐夫。他们想到在家中苦苦等候的姐姐科勒俄帕特拉，不禁悲从中来，感慨万分，紧紧地抱住了菲纽斯，答应立即请他们的同伴们为他驱除这些可怕的妇人鸟。接着，阿耳戈英雄特意为菲纽斯预备了一桌丰盛的食物。可是，食物一摆放好，菲纽斯刚拿起一块烤肉，一只妇人鸟便飞了过来，用巨大的翅膀把老人手中的烤肉打在了地上。这时，另一只妇人鸟飞来，一口就衔起了这块烤肉，吞下去了。接着，怪鸟们纷纷赶来，黑压压地扑在了餐桌上，肆意地啄食、糟蹋着食物。阿耳戈英雄们大声呼喝着，想把这群丑陋的怪鸟赶走。可是它们就像没听到一样，不拿阿耳戈英雄们当回事儿。她们继续在餐桌上啄食着，直到把桌子上搞得一片狼藉，才拍拍翅膀风一般地飞上了天空。空气中弥漫着一股怪鸟的排泄物的恶臭味。当这些巨人鸟还在桌子上糟蹋着食物的时候，阿耳戈英雄们就搭弓射箭想把这些可恶的鸟儿射杀，可是只见怪鸟扇动了几下巨大的翅膀，那射出的箭就纷纷落地了。这时，宙斯突然借给了北风神的儿子仄忒斯和卡雷斯每人一对有力的翅膀，于是，二人挥动着翅膀飞上天去，拔剑朝妇人鸟的颈部砍去。就在二人锋利的宝剑要砍上怪鸟的脖颈时，宙斯的使者伊里斯出现了。他朝着两个英雄呼唤道："波瑞阿斯的儿子们，快住手！这些妇人鸟是伟大的宙斯的猎犬，她们之所以在这里干扰菲纽斯的进食，完全是因为众神要惩罚他的缘故。所以，千万不要用你们的宝剑杀死这些妇人鸟，她们的使命已经完成了。我可以代表宙斯指着斯提克斯河发誓：这些妇人鸟将再也不会折磨菲纽斯了。"仄忒斯和卡雷斯兄弟二人一听是宙斯的意思，也就不再继续追杀怪鸟了，返回到船上。

同时，别的阿耳戈英雄们已经为可怜的菲纽斯重新准备好了宴席。怪鸟赶走了，奄奄一息的国王终于可以安心地享受食物了，他大口大口地吞咽着美味的食物，感受着这种已经失去太久的幸福。他似乎已经忘记了上一次这样惬意地享用食物是何时何地了，安安心心地吃一顿饭的感觉真好，不用在吃饭的时候遇到那讨厌的妇人鸟的感觉真好，一切真是太好了，难道我是在做梦吗？英雄阿革诺耳的儿子菲纽斯产生了一种恍如隔世的感觉。到夜晚，在英雄们期待着波瑞阿斯的儿子回来的时候，满怀感激的菲纽斯为感谢英雄们的帮助，便给他们留了这样一个预言："下面，你们遇到的第一个挑战是两块巨大的岩石。它们将出现在塞诺斯那里的狭窄海峡中，这是两块陡峭的巨岩，足足有两座小山那么大。更可怕的是，它们不是从海底长出来的，而是从遥远的西方漂来的，所以，它们不是固定地待在那里的，而是在水上不停地移动着。有时，急促的海流将它们快速地聚拢在一起，发出巨大的相撞声。有时，又会将它们分开，形成巨大的空隙。由于海峡很窄，你们无法绕过两座巨岩，所以只有从撞岩的中间穿过，才能到达埃厄忒斯国王的宏伟的城堡。如果你们不想被挤扁，就要看准，当两山之间出现了空隙时，要用尽你们所有的力气飞快地划桨，让船像射出的箭一样迅速地穿过。在船通过巨岩之前，你们要先放飞一只鸽子，如果鸽子能够顺利地穿过巨岩，你们就可以放心地通过了。穿过两座巨岩之后，你们将会到达玛丽安迪那海滨。在那里你们也要小心，因为那是通往地狱的入口。此后，你们将经过亚马逊女人国，那里有骁勇善战的女人，还有卡律贝尔人的国家，那里的人们终日汗流满面地从地下挖掘铁矿。接着，你们将到达科尔喀斯海滨，过了那里，你们将到达此行的目的地：埃厄忒斯国王的城堡。但是，金羊毛也不是那么容易就能得到的，它悬挂在一棵栎树的树冠上，一条从不睡觉的巨龙死死地看守着栎树。你们将会面临严峻的考验，但爱神阿佛洛狄忒将会帮助你们取得最终的胜利，得到金羊毛。”

他们一听老人的话，就明白了后面还有很多考验在等待着自己。正当他们想询问得详细一点时，波瑞阿斯的两个儿子已经从空中降落在他们中间，两人的翅膀已经被宙斯收回了。他们向菲纽斯传达了宙斯的使者伊里斯的口信，告诉他诸神对他的惩罚已经结束了，从此之后他再也不会受到妇人鸟的折磨了。菲纽斯听了，留下了感激和高兴的泪水。

躲开两座巨大的撞岩

阿耳戈的英雄们又要踏上新的冒险征程了。菲纽斯对英雄们，尤其是北风神波瑞阿斯的两个儿子充满了感激之情，他命令国人把阿耳戈号船上装满了食物和美酒，然后恋恋不舍地送别了恩人们，又真诚地为他们祝福。

阿耳戈英雄们在祝福声中起航了，航行了没一会儿，海上就刮起了猛烈的西北风。大船在风中摇摇晃晃，没法继续航行。这样的情况持续了十天，在第十一天的时候，阿耳戈英雄们用美酒和食物向奥林匹斯山的十二名主神进行了虔诚的祭献。献祭一结束，海上突然变得风平浪静了，于是，阿耳戈号继续加速航行。船在海上航行了几个时辰之后，他们突然听到了很远的前方传来了雷鸣般的巨响，英雄们感到非常奇怪：现在的海面风平浪静，那这巨大的声音从何而来呢？等到船又航行了一小段距离之后，英雄们终于明白了事情的真相。原来，他们已经来到了塞诺斯狭窄的海峡，这雷鸣般的巨响正是海峡上浮动的两座巨大岩石互相撞时发出的声音。看来，菲纽斯说得没错，他们遇到了可怕的撞岩。

英雄们丝毫不敢大意，都紧紧地守在自己的岗位上，舵手提费斯在舵旁仔细地观察了一下，确认没有问题之后，牢牢地把船舵把稳。负责划桨的五十个英雄更是严阵以待，双手握紧了船桨，只待一声令下就尽全力划桨。当然了，伊阿宋没有忘记菲纽斯的预言，他让年轻的奥宇弗莫斯手捧一只白鸽从船舱里走了出来，静静地站在了甲板上。这只白鸽是菲纽斯在英雄们临走之前送给他们的，因为他曾经预言，如果鸽子能够顺利地从两座撞岩的空隙间飞过，那么阿耳戈号就可以成功地通过。

奥宇弗莫斯站在甲板上，紧紧地盯着两座巨岩，就在巨岩之间出现缝隙的时候,他立刻张开双手放出了洁白的鸽子。所有人的目光都紧紧地跟随着鸽子的身影,只见那鸽子刚飞到两座巨岩之间,两座漂浮的巨岩就在海流的作用下又开始互相迅速靠近了。这只洁白的鸽子毫不畏惧,在奋力地往前飞着。英雄们都在心中暗暗为白鸽捏了一把汗,眼看两块巨岩就要靠在一起了,中间只留下了一条极细的缝隙,鸽子仍在努力地挥动着翅膀。就在两座巨大的岩石碰在一起之前,鸽子扇动着翅膀飞了过去,但是,岩石在碰撞中仍然夹掉了白鸽的几根尾羽。提费斯高声地向全船的英雄们通报了鸽子已经飞过去的喜讯,于是,伊阿宋一声令下,命令英雄们乘巨岩再次分开之机把船朝着那空隙中划去。在大家的共同用力下,大船就如同一支离弦的箭,呼啸着向巨岩之间划去。顿时,大船置身于极大的危险之中,一阵巨浪排山倒海般地卷来,阿耳戈号大船在这巨浪与巨石间显得那么小,像一片随风飘摇的小树叶。英雄们没有时间惊叹,急忙强按下惊骇的情绪,冷静应对。伊阿宋赶紧下令停止摇桨,于是,巨浪一下子冲入船底,把船高高地托起,托到了正在合拢的巨岩之上。伊阿宋见机赶紧命众人拼尽全力划桨,连他自己也握起了一把桨,拼命地划着,船桨在英雄们的掌控下有力地划动着。突然,巨浪落下,一个巨大的漩涡又把阿耳戈号拉进了巨岩中间。眼看岩石就要碰到船身了,阿耳戈号似乎马上就要被撞得粉碎了。就在这时,智慧女神雅典娜在暗中悄悄地推了一把船尾,船终于有惊无险地穿过了撞岩。但是,碰撞中的岩石还是夹碎了船尾的几块木板,掉到海里,瞬间就被海浪带走了。

当他们冲出了巨岩的庞大阴影,重新见到蔚蓝的天和平静宽阔的大海时,都不由得松了一口气。刚才的紧张、激烈和恐惧、危险想想真是可怕,他们甚至觉得自己简直是刚刚从地狱里捡回了一条命。

站在甲板上的提费斯似乎察觉到了雅典娜的帮助,他大声地说:“我们不是只凭自己的力量取得成功的!是仁慈的女神雅典娜在暗中帮助了我们。连这么危险的撞岩我们都通过了,以后就更不用担心害怕了。根据菲纽斯的预言,我们以后碰到的任何其他困难都能最终解决!”这时,英雄们的统领伊阿宋却悲伤地摇了摇头说:“善良而天真的提费斯啊,如果刚才不是女神的帮助,我们已经被两座巨岩挤成肉末了。以后还有很多的冒险在等待着我们,我们真的每次都能逢凶化吉吗?现在,我非常为你们的生命担忧,你们的家中还有妻子儿女在等待着你们的归来。我愿意用我的生命来使你们免除危险,平安地回到家乡。可我真的能做到吗?”

伊阿宋说这话,只是试试他的同伴们的心,看看他们是否被旅途上的艰难所吓倒了,看看他们是否有着一颗勇敢的心。他们不愧希腊英雄的称号,哪里会因为这点危险就退缩甚至放弃呢?英雄们都热烈地向伊阿宋欢呼起来,要求伊阿宋不要气馁和妥协,带领大家继续前进,不取得金羊毛誓不罢休。伊阿宋一看同伴们都如此英勇无畏,非常高兴,更加坚定了夺取金羊毛的信心。

伊阿宋认亲

阿耳戈英雄们又精神饱满地继续航行，他们一路上战胜了狂暴的飓风、翻滚的海浪和巨大的海兽的攻击……终于平安抵达了忒耳莫冬河的入海口。这条河有一个非同寻常之处，它发源干深山茂林之中的一眼泉水，流出之后分成九十六条支流，各自奔流入海。

菲纽斯所说的亚马逊人就住在这九十六条支流中最大的那条的入海处。亚马逊这个民族非常奇特，整个族中没有男人，全是妇女。更让人称奇的是，这些女人全是战神阿瑞斯的后裔，所以生性好战，全民皆兵。亚马逊人有两个女王，一个负责打仗，一个负责内政，一同管理国家。她们的国家体制简单到几乎只有两个功能：战争和吃饭。这群勇猛的女人们端起碗来吃饭，放下碗来杀人，战斗在她们的生活中成了绝对的重头戏，甚至成了她们的一种生活方式。

阿耳戈英雄们如果从这条支流的人海口登陆，那么显然会跟好斗的亚马逊女人们有一场血战。要知道，如果真的与亚马逊女人们打起来，阿耳戈英雄们的胜算并不大，因为亚马逊女战士的战斗力完全可以与英雄们匹敌。此外，她们没有修筑高大的城，不是住在城里而是分成许多部落，散居在全国，这就更增加了与她们战斗的难度。

好在，就在阿耳戈号眼看就要在这里登陆的时候，一阵强劲的西风吹来，改变了船的航向，阿耳戈英雄们总算避开了难缠的亚马逊女人。又经过一天一夜的航行之后，阿耳戈号到达了卡律贝尔王国。正如菲纽斯预言的那样，这里的人既不种田，也不放牧，而是整天在荒凉的土地下面开采铁矿。他们终日在阴暗潮湿的地下艰苦地劳动，以地里开采的铁矿石与邻国的人交换生活必需品。他们极少见到阳光，也没有什么娱乐活动，生活中没有欢乐，只有枯燥和乏味。

离开了卡律贝尔王国之后，阿耳戈英雄们航行了两天之后到达了阿瑞岛附近。大船刚来到这座岛附近，就有一只巨大的鸟儿扇动翅膀飞到了大船上空。只见它突然挥动了一下翅膀，冷不丁地射出一支锐利的羽毛箭，这支羽毛箭射中了正站在甲板上的英雄俄琉斯的胳膊。俄琉斯的胳膊顿时血流如注，痛得倒在了甲板上。同伴们赶紧围了过来，拔出了他胳膊上的羽毛，又为他包扎好伤口。就在这时，又飞来了一只同样的巨鸟。克吕蒂沃斯一看这种巨鸟居然敢一再侵犯，气愤不已，立即弯弓搭箭，朝巨鸟射去。这箭一下子射中了飞鸟的心脏，它怪叫一声，落在了船上。

“既然这里有鸟，附近肯定有它们栖息的地方，看来前方不远有个岛屿，我们可以停下来休息一下了！”安菲达姆斯说。他有着丰富的航海经验，一向善于通过海上的一些蛛丝马迹来判断将会遇到的情况。他沉吟了一下，接着说：“根据我的经验，这是一种群居的海鸟，所以后面还会有很多。所以我们不能用箭来射杀它们，我们可没有这么多的箭。我想到了一个好办法来驱逐这些好斗的巨大海鸟，这样既能节省箭，也能节省力气。我建议大家都戴上插有长长的羽毛的头盔，再把我们闪亮的长矛和盾牌等金属物品挂在船上的各处。然后，我们一边敲击铁器，一边大声吼叫，一定能把这些海鸟赶跑。"

英雄们听完安菲达姆斯的话，都觉得非常有道理。他们对他的主意也非常赞同，马上按照他的建议做了。他们戴头盔的戴头盔，挂长矛的挂长矛，很快就把阿耳戈号装饰起来。在接下来的航行中，再也没有一只海鸟敢靠近他们的大船了。航行了一小会儿，他们果然看到了一座海岛，他们把船停靠在海岛边，然后带着盾牌和长矛上了岛。一来到岛上，他们就使劲地把长矛和盾牌相互撞击，发出一阵阵金属相撞的声音。顿时，无数受了惊吓的鸟儿从岛上的各处飞起，遮天蔽日，像空中突然飘来了一片乌云。阿耳戈英雄们见状连忙靠在一起，把盾牌高高地举起，形成了一道坚固的屏障。受到惊吓的鸟儿纷纷挥动着翅膀，射下来一支支尖锐的羽毛箭。但是，这些羽毛箭碰到盾牌组成的屏障之后都落在地上，根本就伤不到阿耳戈英雄们。海鸟们射完羽毛箭之后，就惊恐万分地飞离了海岛。它们越过海面，飞了很长时间，最后落在了另外一处海岛上。阿耳戈的英雄们眼见鸟儿飞尽，才放心地朝海岛内部走去。

他们上岸后没走几步，就看见迎面走来了四个破衣烂衫的年轻人。这四人不仅衣衫褴褛，而且面黄肌瘦，头发一绺一绺地贴在额头上。这四人看到阿耳戈英雄之后都面露喜色，其中一个快步向他们走来，用颤巍巍的声音说："慷慨的英雄们呀，不论你们是谁，来自何方，都请帮帮我们吧！我们在这座岛上落了难，已经很久没有吃饭了，给我们一点食物充饥吧！"

伊阿宋和众英雄友好地答应了四个落难者的请求，从船上拿下来一些食物和衣服送给了他们。然后，跟他们聊了起来，并问起了他们的姓名和来历。为首的年轻人咽了一口食物，回答道："我叫阿耳戈斯。不知道你们听说过佛里克索斯的故事没有？他是玻俄提亚国王阿塔玛斯和涅斐勒的儿子，为了躲避父亲宠妾的迫害，他的母亲涅斐勒设法把他送出了王宫。后来，他骑着云神送给他的金羊逃到了科尔喀斯。科尔喀斯国王埃厄忒斯收留了他，并把大女儿卡尔契俄珀嫁给了他。为了感激国王的好意，他把羊身上的金羊毛献给了埃厄忒斯。我们就是佛里克索斯和卡尔契俄珀的儿子。我们的父亲佛里克素斯在不久前去世了，临死前他给我们兄弟四人留下了一份遗嘱，要求我们航海去俄耳科墨诺斯城取他留在那里的宝物。我们这次就是为了履行父亲的遗嘱出来的，却不料在这岛上遇难了。"

听完阿耳戈斯的讲述，伊阿宋既吃惊又高兴，其他知情的阿耳戈英雄也感叹了起来。他们感到非常高兴，原来闹了半天在这海岛上碰到亲人了！原来，伊阿宋的祖父克瑞透斯是阿塔玛斯的亲兄弟，而面前的这几个年轻人是阿塔玛斯的孙子，所以他们和伊阿宋应该是堂兄弟！四兄弟听到伊阿宋这样说也非常高兴，当即与这个堂兄弟认了亲。接着，小伙子们向阿耳戈英雄们诉说了自己遇难的经过：出航不久之后，他们就遇到了极大的风浪。他们的船承受不了狂风巨浪的打击，很快就被吹折了桅杆，吹破了风帆。于是，他们只能随着海流毫无目的地漂流。不幸的是，很快这艘失去了航向的船就触礁沉没了，四人赶紧死死地抱住了一块船板，随着海流漂到了这座了无人烟的荒岛。兄弟四人再次表达了对阿耳戈英雄们的谢意，说如果没有他们的帮助，他们恐怕要饿死在这座荒岛上了。

伊阿宋也向自己的四个堂兄弟说明了他们此行的目的，他邀请阿耳戈斯兄弟也加入他们的行列中，跟他们一起去夺回金羊毛。没想到四兄弟一听伊阿宋的话就惊恐万分，说："我们的外祖父埃厄忒斯可不是好对付的。据说，他是太阳神阿波罗在凡间的儿子，具有非凡的力量，而且他是个残酷而好战的人，绝不是好惹的。他统治着的科尔喀斯人口众多、国家富庶，有着很强的实力。最重要的是，在金羊毛旁边有一条可怕的巨龙看守着，日夜不睡。"听到这些，英雄们不禁也担心起来，明白更为艰辛的考验正等待着他们。这时，埃阿科斯的儿子珀琉斯突然站起身来，说："非常感谢你们的提醒，但是，我们也不是吃素的。既然能够在经历了重重困难之后来到这里，我们就绝不会乖乖地败在科尔喀斯国王埃厄忒斯的手下。或许他真的是阿波罗的儿子，那又有什么可怕的呢？要知道我们也是神的子孙！如果他乖乖地把金羊毛交给我们还好，如果他不愿意，我们就只能动用武力把金羊毛抢走了！"这时，天色也已经晚了，阿耳戈英雄们为了庆祝与阿耳戈斯兄弟的相遇，举行了丰盛的晚宴。在用餐时，众英雄互相激励、互相打气，更觉得浑身充满了用不完的勇气和力量。第二天清晨，装扮一新的阿耳戈斯兄弟随着英雄们一起登上了阿耳戈号。很快，大船又扬帆起航了。在经历了一天一夜的航行之后，他们来到了高加索山附近的海面上。在海上的苍茫暮色中，他们听到空中有鸟儿急飞而过的声音。抬头看时，见是一只苍鹰，它在船上方的空中飞翔而过。那苍鹰身形巨大，扇动着的巨大翅膀掀起了一阵阵大风，把阿耳戈号的船帆鼓得满满的。苍鹰飞过去一会儿之后，众人听到高加索山方向传来了一阵阵痛苦的呻吟声。原来，那是为人类盗取了天火的普罗米修斯，那只雄鹰正是宙斯派去啄食他的肝脏的。过了很长一段时间之后，那呻吟声才渐渐消失了。苍鹰又挥动着巨大的翅膀飞过阿耳戈号的上空，往来处飞去。

当天夜晚，阿耳戈号就到达了目的地——法瑞斯河的出海口。阿耳戈英雄们非常高兴，有几个人更是兴奋地攀上桅杆，卸下了船帆，大大地松了一口气。这时，英雄们才开始仔细地打量考察四周的环境：船的左边是巍峨的高加索山，山下面就是科尔喀斯国的都城基泰阿；右边是一片广袤的田野，供放金羊毛的阿瑞斯圣林就在这片田野中间。金羊毛挂在圣林中的一棵栎树上，一条巨龙守在树下，瞪大双眼看守着，一时一刻也不闭眼。终于到达目的地了，伊阿宋带领着众英雄站了起来，端起盛满的美酒浇在大地和河流上，以此来献祭河流和大地母亲，祭奠自己在途中死去的同伴。此外，他们还为诸神举行了虔诚的献祭仪式，请求他们保护阿耳戈号和阿耳戈英雄们。

献祭完毕之后，舵手安克奥斯说："既然我们已经顺利地来到科尔喀斯，现在该认真地商量一下了。接下来，我们到底要以怎样的方式来获得金羊毛呢？是和平地央求埃厄忒斯，还是用武力来夺取？”

英雄们在经历了长时间的海上航行之后，已经精疲力竭了，于是纷纷表示这个问题最好放在第二天讨论。伊阿宋听取了大家的意见，当即吩咐舵手把船停靠岸边。英雄们美美地睡了一觉，第二天早晨，清晨的阳光照到了大船里，把他们从睡梦中唤醒了。

阿耳戈英雄在埃厄忒斯的宫殿里

起床之后，阿耳戈英雄们正在商量要采取什么方式取得金羊毛，伊阿宋站起来说：“我有个建议：大家都安静地留在船上，但一定要提高警惕、握紧武器，随时做好攻打王宫的准备。我将带着我的堂兄弟，也就是埃厄忒斯的四个外孙，另外再从你们当中挑选两人，一起去埃厄忒斯的宫殿。我想我们应该先礼后兵，到了那里之后，我会婉言试探埃厄忒斯的意思，看他是否愿意把金羊毛交给我们。当然了，他极有可能会拒绝我的要求，但这样做之后，我们就已经做到礼节周全了，如果以后发生什么严重后果，也只能由他自己负责了。当然了，也不是完全没有希望，说不定我们的劝说能够使他改变主意呢。毕竟，我的堂兄弟们可是他的亲外孙。他也不是完全冷酷无情的，他不是也曾同意收留从本国逃出来的佛里克索斯吗？”

阿耳戈英雄们都觉得伊阿宋说得很有道理，所以一致通过了他的建议，决定让他带领几个人先去试一试。于是，手持赫耳墨斯的和平杖的伊阿宋带着佛里克索斯的四个儿子和阿耳戈英雄中的忒拉蒙和奥革阿斯离开了阿耳戈号。下船之后，他们踏上一块长满柳树的田地。只见一棵棵的柳树苍老虬结，古怪地向着天空生长着，仿佛是地狱生长出来的痛苦的魂灵的挣扎。虬结的枝枝杈杈上，一具具的尸体用链子捆缚着吊在那里。风吹过，纷纷飘荡起来，和着铁链的声响，活像一个个被缚的灵魂在痛苦地挣扎——茫然而邪恶。晴天，太阳晃得有些刺眼，从此经过的异乡人们却感觉到了自心底冒起了丝丝的凉气，浑身起了一层的鸡皮疙瘩。他们不知道，这些死者生前既不是罪犯，也不是被残忍杀害的外乡人，这些只是按照当地风俗挂上去的普通科尔喀斯人。原来，在科尔喀斯有个古怪的风俗，死去的男人既不许被火化，也不能被土葬，而要用生牛皮把他们的尸体裹起来，吊在树上，让它们风干，只有女人们死后才可以埋葬入土。

科尔喀斯是一个人数众多的国家，人多必然眼杂。为了防止伊阿宋和他的同伴们被当地的居民发现，阿耳戈英雄的保护女神在科尔喀斯降下了一阵浓雾。在这样的浓雾里，人们甚至连自己对面的人长得什么样都看不清楚，所以伊阿宋一行七人很顺利地到达了王宫。在他们进入宫殿之后，女神才让浓雾消散了。当阿耳戈英雄们进入科尔喀斯的王宫时，都被这座建筑吸引了：厚实的宫墙把整个宫殿围了起来，巍峨的大门和雄伟的立柱增加了整个王宫的威严气息。他们悄悄地越过王宫的前院，看到更让他们震撼的一幕：出现在他们面前的是四股常流不息的喷泉。喷泉当然没什么稀奇的，令人惊奇的是这喷泉里喷出来的东西。第一股中喷出的是乳白色、香喷喷的牛奶；第二股中喷出的是醉人的葡萄酒；第三股中不断地喷出香油，而第四股喷出的是冬暖夏凉的清水。这巧夺天工的四股喷泉是铁匠之神赫菲斯托斯特意为国王建造的。此外，他还制造了一头口中喷火的铜牛和一张坚固的铁犁。在众神与巨人战斗的时候，太阳神阿波罗曾经让赫菲斯托斯躲进自己的太阳车里，救了他一条命。赫菲斯托斯之所以把这些工艺品送给埃厄忒斯，就是为了表达对他的父亲太阳神阿波罗的感谢。

伊阿宋他们继续前行，看到了几座相对的巍峨宫殿。正殿里住着国王埃厄忒斯和他的王后厄伊底伊亚，东边的宫殿里住着他们的儿子阿布绪米托斯，西边的宫殿里住着国王和王后的两个女儿，大女儿卡尔契俄珀和小女儿美狄亚。其实，平时西殿里只有阿耳戈斯兄弟的母亲卡尔契俄珀一位公主，因为小公主美狄亚是赫卡忒神庙的女祭司，她平常都住在神庙里，很少在王宫中露面。但就在伊阿宋来到王宫的这天早晨，希腊人的保护女神赫拉却使她鬼使神差地留在了宫殿里。美狄亚一个人在自己的房间待着，觉得有些无聊，就起身往姐姐那里走去。就在快走到姐姐的院子时，她突然遇上了伊阿宋他们七人。看到许久没有音信的四个外甥，她禁不住惊叫起来。在房间里的卡尔契俄珀听到妹妹的惊叫声，急忙开门，看看到底发生了什么事。眼前的一幕却让她也欢呼起来，因为站在她面前的除了几个陌生人之外，还有音讯全无、朝思暮想的四个儿子。兄弟四人看到母亲也非常激动，他们一下子扑入母亲的怀抱中。卡尔契俄珀抱抱这个，看看那个，沉浸在巨大的快乐当中。当她发觉四个儿子都瘦了一大圈时，又禁不住流下心疼的泪水来。

美狄亚和埃厄忒斯

不一会儿，国王埃厄忒斯和王后厄伊底伊亚也闻讯赶来了。很快，卡尔契俄珀的大院里就挤满了人，对于佛里克索斯的儿子们的归来，大家都感到十分高兴，整个院子里洋溢着一股喜气。为了款待送他们归来的客人们，奴仆们有的忙着宰杀一头大公牛，有的劈木柴、生火，有的忙着烧水。正当大家都忙忙碌碌地准备招待客人的时候，爱神厄洛斯飞进了这个院子里。他在院中高高地飞翔了一圈之后，就飞到了伊阿宋的身后。他悄无声息地蹲在伊阿宋的身后，从箭袋中抽出一支使人产生爱情的金箭，然后瞄准了国王的小女儿美狄亚。"嗖"的一声，一支箭便离弦而出，射向了美狄亚。大家都专心于各自的事物，谁也没有发现飞箭，连美狄亚也没看见。她只是觉得心口突然一阵灼痛，然后不自觉地抬头注视着伊阿宋，只觉得这个年轻人在人群中分外引人注目。此刻的她不再想别的事，心中充满甜蜜的痛苦，脸上羞得绯红。

在一片欢声笑语之中，除了她自己，没有人发现美狄亚的心事。阿耳戈英雄们已经沐浴更衣，高高兴兴地在餐桌旁坐下。很快仆人们就端上了佳肴美酒，他们便享用丰盛的美食，并且畅饮起来。席间，埃厄忒斯的外孙阿耳戈斯叙述了他们兄弟四人在海上的遭遇。突然,国王像想到了什么似的,悄悄向外孙打听这帮外乡人的底细和来历。阿耳戈斯想了一下,在外公的耳边低声说:“好吧,我亲爱的外祖父。这些人是为了得到金羊毛才来到您的王宫的。为首的人叫作伊阿宋,他的叔父篡夺了他父亲的王位,为了把他也永远赶出自己的国土,便派他来完成这个任务。他希望自己侄子的在这次冒险中永远地消失在他乡。伊阿宋答应了叔叔的请求,召集了这帮英雄跟自己一起冒险。雅典娜女神帮助他们建造了这条坚固无比的阿耳戈号,使他们可以经得起惊涛骇浪的冲击;并在他们经过危险的撞岩时推了他们的船一把,使他们脱离危险。全希腊的英雄们几乎都集合在这条船上,现在它就停泊在宫门外的河面上,英雄们随时准备冲进您的王富与您战斗。”

国王听到外孙的话大吃一惊,他一向把金羊毛看作是整个国家的至宝,把它看得比自己的生命还要重要。另外,他还曾得到过一则神谕,说金羊毛与他的生命和权威息息相关,因此他才小心翼翼地对待金羊毛,还派了一条恶龙日夜不息地守护着它。一听这些人是为了金羊毛而来的,他便连自己的亲外孙也很厌恶了。他认为一定是他们四个把这群外乡人引来的,是他们挑唆外乡人来夺取自己的金羊毛。他愤怒地拍了一下桌子,大声对自己的外孙们说:“滚出去!赶紧离开我的王宫,你们这些叛徒,最好别再让我看到你们!这些人一定是你们引来夺取我的金羊毛的,恐怕你们不只是想要金羊毛,还想要夺取我的王杖和王位吧!我简直想现在就给你们点颜色看看,但是看在你们远道而来,今天就暂且不与你们计较了。但是,最好赶紧离开我的国家,离我的金羊毛远远地,否则我可就不客气了!”

跟随伊阿宋而来的忒拉蒙就坐在国王旁边,他听到国王的话十分生气,正要发作,被伊阿宋及时阻止了。伊阿宋转向国王,用温和平缓的语气对他说:“你错怪你的这几个外孙了,我们只是在一个荒岛上偶遇的。请你放心,我们来到你富庶的国家,进入你华美的王宫,绝不是为了抢劫。又有谁愿意漂泊过海,冒着失去生命的危险,只是为了夺取别人的财产,只是为了让自己变得更富有呢?是可怜的命运和我的暴君叔父的命令使我走上了这条路。如果你能心甘情愿地把金羊毛送给我们,那么全希腊人都会因为你的仁慈和慷慨而称赞你。我们也不会忘记你的善意施予,一定会报答你的。如果你和你的国家遇上战事,我和我的同伴们将是你最忠实的盟友,我们将为你而战!就像为自己的国家而战一样。”

伊阿宋本来就对和平取得金羊毛抱有一丝希望,此时他对国王说这番话就是想与他和解。国王不动神色地听着伊阿宋的话,却在暗地里考虑是马上把这几个人杀死,还是先不轻举妄动,想个办法试探一下这帮异乡人的实力。他略微考虑了一下,一个办法浮现在他的脑海,他努力让自己平静下来,说:“你们又何必如此谦虚呢?金羊毛属于勇敢和有力量的人,如果你们真是神的后裔,那么我相信你们一定有本事靠自己的力量把金羊毛取回去。我欣赏敢作敢为的男子汉,愿意把自己最珍贵的东西赏赐给他们。如果你们相信自己是勇敢、有力量的,那么现在我有一个机会让你们展示。现在,在阿瑞斯的田地里有两头正在吃草的牛。它们可不是普通的牛，而是我最珍贵的神牛：它们的蹄子和角都是铜的，坚硬无比；它们的鼻子中能喷出熊熊燃烧的烈焰。每天清晨，我都会亲自驾驭这两头牛来耕地，并且在它们耕好的土地中撒播下种子。当然，这些种子不是普通的谷物，而是可怕的龙牙。这些龙牙会在神牛耕耘过的土地中孕育出一群精壮的武士，它们披挂盔甲地破土而出之后，会从四面八方朝我攻击。我会挥动着我的长矛刺向他们，直到杀死所有的龙牙武士，这场战争才算结束，我才能得到休息。外乡人，如果真如你所说，你是神的后裔，是经历了重重考验之后才来到这里的，那么你一定能够像我一样，在一天之内播种出龙牙武士并把他们全部杀死。那时，我会将金羊毛双手奉送给你，否则你们马上离开我的国土，永远不要再踏到我的土地一步！因为如果你不能战胜龙牙武士，就说明你不是一个真正的英雄，不配拥有至高无上的金羊毛。”

伊阿宋默默地听着国王的要求，心中一时拿不定主意。对于国王所说的任务，他本人并不畏惧，但他实在不敢一下子就答应下来。因为他对神牛和龙牙武士并不了解，万一失败了，将会使自己和同伴们声名扫地、无功而返。但是，他一想到科尔喀斯的富庶与强盛，又觉得这次任务是一个难得的机会，因此，他认真地对国王说：“尊敬的国王，我愿意接受你的任务，经受考验。既然残酷的命运和残忍的暴君把我送到了这里，我愿意听从命运的安排，愿意用自己的勇气和力量为阿耳戈英雄争得荣誉。”

“很好，果然有勇气，”埃厄忒斯面无表情地说，“不过，不要这么快做决定，你可以先回船上与你的同伴们商量一下。慎重考虑一下吧！那些龙牙武士可不是闹着玩的，如果你没有完成任务的本事，还是乖乖打道回府吧，永远不要再踏上我的国土！”

阿耳戈斯的建议

听到这里，伊阿宋对国王说：“不用商量了，等着我完成任务的消息吧！希望到那时你将兑现你的承诺。”说完，伊阿宋和其他两位阿耳戈英雄就从座位上站起身来，准备离开。到此时，佛里克索斯的四个儿子中只有阿耳戈斯还愿意跟他们走，另外三个决定站到外祖父的一边。因此，伊阿宋、忒拉蒙、奥革阿斯和阿耳戈斯便一起离开了王宫。这时，谁也没有注意到独自待在一个角落里的美狄亚，没有注意到她的目光一直透过面纱注视着伊阿宋。当伊阿宋离开王宫的时候，她那少女的心也跟着他一起去了。众人散去之后，美狄亚恍恍惚惚地回到了自己的房间时，一路上像踩在云朵上一样。想到伊阿宋将要面对可怕的龙牙武士，她不自觉地流下眼泪来。突然，她好像清醒了一些一样，自言自语地说：“我又是在为什么担忧和悲伤呢？他是死是活跟我有什么相干呢？无论他是最勇猛的英雄，还是最懦弱的胆小鬼，都与我无关呀。我甚至应该祈祷他的失败，因为他是我父亲的敌人。可是，为什么我如此希望他能够活下去，能够战胜厄运？仁慈的赫卡忒女神呀，保佑这个年轻人平安地回到故乡吧。我到底是怎么了？居然会希望一个毫不相干的陌生人战胜父亲的神牛，居然会为一个异乡人的命运感到担心！”

当美狄亚正愁肠百转的时候，伊阿宋他们四人正走在回阿耳戈号的路上。埃厄忒斯的外孙阿耳戈斯对伊阿宋说：“我有一个办法，可以帮助你完成我的外祖父交给你的任务。或许你并不认同我的办法，但我还是希望你能够考虑一下。我的外祖父有一个懂得巫术的小女儿叫美狄亚，她是从地狱女神赫卡忒那里学来的。如果我们能得到她的帮助，那你肯定能顺利地播下龙牙，杀死龙牙武士。她是我母亲的妹妹，如果你们愿意，我就去向她请求援助，有了她的支持，我们一定会取得牲利的。”

伊阿宋对阿耳戈斯所说的办法有些意外，他回答说：“如果你愿意去的话，我的堂兄，我不会阻止你，可是我不太喜欢这样的方式。如果让别人知道我这个大男人要依靠一个女人的力量才能完成任务，那将多么地难堪呀。”

说话间，四个人已经回到了船上，伊阿宋把在国王那里发生的事情告诉了在船上等消息的同伴们。他跟同伴们说自己已经答应了国王的要求，要去驾驭那铜蹄喷火的神牛来播种龙牙，并且杀死龙牙长出的武士。听完伊阿宋的话，大船中沉默了好一会儿。最后，珀琉斯站了起来，率先打破了沉默，他说：“伊阿宋，如果你相信自己可以战胜那些龙牙武士，那就请你做好充分的准备吧！可是如果你觉得没把握，那就干脆别去做。因为，如果你没有成功或者临阵脱逃了，我们面临的就只有死亡了。”

这时，急脾气的忒拉蒙和他的另外四个伙伴跳了起来，喊道：“杀什么龙牙武士！我们直接杀到埃厄忒斯的圣林里，砍了那恶龙，夺了金羊毛得了，那该多痛快！想一下都会觉得亢奋！”他的话音一落，另外几个人也应和起来。阿耳戈斯站了出来，让众人安静下来，然后把自己的建议当着大家的面提了出来：“直接闯圣林恐怕不行，科尔喀斯国家富庶，兵力强大，如果真的打起来我们不一定能取胜。我倒觉得我的外祖父提出的这个任务是个机会。我的外祖父有一个擅长魔法的女儿叫美狄亚，她是我母亲的妹妹。让我去说服我的母亲帮我们争得她的支持吧。有了她的帮助，伊阿宋一定能顺利地完成任务。”

他的话音刚落，神奇的大自然突然出现了这样一个预兆：高空中一只被秃鹰死死追赶的鸽子，一头扎进了伊阿宋的怀里，而追着鸽子俯冲下来的秃鹰却一头栽到了船尾的甲板上，死了。看到这个情景，英雄们突然想起了年迈的菲纽斯的预言：无论经历多少艰难险阻，最终阿佛洛狄忒将会帮助他们完成任务，取得金羊毛。因此，英雄们纷纷议论起阿耳戈斯的计划来，觉得或许这正是一个不错的办法，也许就是阿佛洛狄忒引导着他们求助于美狄亚的呢。可是阿法洛宇斯的儿子伊达斯却坚决不同意，他青筋暴突地吼道：“天哪，难道你们都是一群懦夫吗？难道我们千里迢迢地来到这里就是为了给一个女人当奴仆的吗？我们是男人，该去找战神阿瑞斯，为什么却要找主管爱情的阿佛洛狄忒呢？”持两种意见的英雄们各不相让，争论起来。这时，同样想起了预言的伊阿宋却改变了自己先前的主意，表示自己坚决地支持阿耳戈斯的意见，同意让阿耳戈斯去找自己的母亲争取那位会魔法的美狄亚的帮助。于是，阿耳戈斯又一次离开大船，朝母亲的住处走去。

阿耳戈斯见到母亲卡尔契俄珀后跟她说明了来意，请她说服妹妹美狄亚帮助伊阿宋完成任务。卡尔契俄珀本就十分感谢这些救了自己的儿子们的外乡人，对他们历尽千难万险的航行也充满了钦佩之情。现在，听到自己最喜欢的大儿子也帮他们求情，就答应了请美狄亚帮助他们。

这时夜已经深了，满怀心事的美狄亚却躺在床上翻来覆去的，心里十分烦躁不安。她刚刚做了一个奇怪的梦，梦见伊阿宋正准备跟铜蹄喷火的神牛搏斗，但却不是为了金羊毛，而是因为他爱上了自己，想娶自己为妻，把她带回家乡希腊去。但不知怎的，跟公牛搏斗的却换成了她自己，为了让伊阿宋能够娶到自己，她奋力地与神牛搏斗，最终战胜了它们。但她的父亲埃厄忒斯却失信了，拒绝履行事先对伊阿宋许下的诺言，因为神牛是美狄亚制服的，而不是伊阿宋。为此，伊阿宋和她的父亲埃厄忒斯发生了激烈的争执，最后，双方让她做出一个判断。她内心充满了挣扎，却选择了袒护自己爱慕的伊阿宋。她的父母听了她的判断痛哭起来，还大声地叫喊着……就在这时，美狄亚从梦中惊醒了。

醒后，她的心里更是乱成了一团麻，自己怎么都理不清头绪，就急急忙忙地穿好了衣服，想去找姐姐卡尔契俄珀说说话。可是，刚走到姐姐所住的院子的大门前，少女的羞涩又让她犹豫不决起来，在门前徘徊了好长时间。她往前走几步，又往后退几步，几次伸出手想敲门却又收了回去。最后，她的小脸憋得通红，一下子转过身去，朝自己的住处跑去。回到自己的卧室之后，她一下子扑倒在床上，痛苦地哭了起来。她的奶妈看到她流泪的样子十分心疼，便急忙跑去告诉了她的姐姐卡尔契俄珀。卡尔契俄珀一听，连忙赶来，看到妹妹正扑倒在床上哭泣，便关切地问："亲爱的妹妹，你怎么了？有什么心事吗？"

美狄亚答应帮助阿耳戈英雄

听到姐姐关切的声音，美狄亚刚要跟她吐露实情，又羞得满脸通红。最后，她突然想到了一个好的托词，这样既能隐瞒自己的心事，又可以帮助伊阿宋。于是，她绕了一个弯子，对姐姐说："卡尔契俄珀，我非常为你的儿子们担忧。刚才，我做了一个可怕的梦，给了我不好的预感。我非常害怕父亲会把他们和那些外乡人一起杀掉，要知道，金羊毛可是他的命根子。但愿仁慈的地狱女神赫卡忒能够保佑他们，不让我梦中的事实现。你才刚刚跟儿子们重逢呀，怎么能够承受得起再一次失去的打击。"

卡尔契俄珀听了美狄亚的话既害怕又感动。她一把抱住妹妹，两个人悲伤地哭泣起来。过了一会儿，姐姐卡尔契俄珀说："我刚才正想为了此事来找你的。我希望你能够站在阿耳戈斯和伊阿宋他们那边，帮助他们反对我们的父亲！”美狄亚听到“伊阿宋”三个字时简直要晕过去了，她镇静了一下，郑重地说：“亲爱的姐姐，我指着地狱女神赫卡忒对你起誓：只要我能够帮得到的，我一定会不遗余力地去做，哪怕失去我自己的生命也在所不惜。可是，现在我能为他们做点什么呢？”

卡尔契俄珀赶紧说：“刚才，我的大儿子阿耳戈斯请求我劝你帮助他们。你不是会熬制魔药嘛，就给那位异乡人一些，帮他在与龙牙武士的可怕战斗中保全生命吧，就当是为了我那可怜的孩子。”

美狄亚一听姐姐的请求正是自己非常想做的，脸上不由得泛出了激动的红晕，她向姐姐发誓说：“卡尔契俄珀，我以赫卡忒女神的名义发誓：我一定把保全你的儿子和那个外乡人的性命当作我最关心的事，否则，就让我活不到明早！明天一早我就赶回赫卡忒神殿，取一些能够制服那两头铜蹄喷火神牛的魔药，送给那个外乡人。有了这魔药，他一定能够完成父亲交给的任务。现在，你去通知阿耳戈斯吧，让他明天把那个外乡人带到神殿去。”卡尔契俄珀一看妹妹这么热心非常高兴，赶紧离开了妹妹的住处，给阿耳戈斯他们送去了这个喜讯。

可是姐姐刚一走，美狄亚又陷入了矛盾与纠结之中，她不断地追问着自己：“我是不是做得有些过分了？他只是个毫不相干的外乡人呀，我为什么要费这么大的精力来帮助他？就算我顺利地救了他一命，让他可以带着金羊毛顺利风光地返回故乡，这些荣耀与喜悦又与我有什么关系呢？他庆祝自己胜利的时刻，说不定正是我凄惨的死期。到那时，恶毒的像利箭一样的流言将会从四面八方攻击我，说我不惜背叛自己的父母，一厢情愿地为一个异乡人殉情。那样的流言将会多么可怕呀！它们将刺得我体无完肤。”

心中的矛盾让美狄亚痛苦不堪，她突然想到了死，想用死把自己从这种矛盾的境况中解脱出来。于是，她从一个隐秘的小抽屉里取出了一只放着还魂药和致死药的小盒子。她把小盒子放在膝盖上，慢慢地打开了盖子，取出了装着致死药的小瓶子。瓶子里的毒药在眼光下发着幽蓝的微光。就在她把打开的瓶子放到嘴边，想尝尝自己亲手熬制的毒药的滋味时，却突然想到了以往生活中的快乐和甜美，那是只有生命才能带来的欢畅。突然，她觉得窗外的阳光是那样的光辉和美丽，心里一下子充满了对死亡的恐惧。就在这时，伊阿宋的保护神赫拉使美狄亚的心重新被初恋的甜蜜占据，放弃了死亡的少女被爱情的烈焰燃烧着。她甚至等不到天亮了，迫切地希望能马上就赶去神殿取到自己许诺的魔药，然后把它送给自己心仪的那个少年英雄。但她还是努力地克制着自己的情绪，兴奋地等待着曙光女神的来临。

伊阿宋和美狄亚

天刚蒙蒙亮，美狄亚就从床上爬起来了。她仔细地梳理了自己一头凌乱披散着的金发，又用一根蓝色的丝带仔细地把它们扎好。然后，她洗净脸上的泪痕，涂上自己亲手用花蜜制作的香膏。她穿上一袭漂亮的长裙，又用精致的胸针将它别住。所有的悲痛和矛盾都已消失得无影无踪。现在，她的整个心都被爱情的甜蜜浸泡着。她静悄悄地穿过大厅，吩咐女仆们给她套马车，把她送到地狱女神赫卡忒的神庙。马车准备好之后，两个贴身的侍女走到美狄亚之前，把女主人请到了车上，然后也一起上了车，其余的侍女们徒步跟在马车后面。一路上，行人们都恭恭敬敬地站在一边，为公主让路。

到了神庙之后，她独自一人进入一间密室，从里面拿出了一个小盒子，在这个盒子里装着一种叫作普罗米修斯油的黑色药膏。在高加索山下面有一棵大树，不断地被苍鹰啄食的普罗米修斯的血滴入土地里，因此，它的根部的汁液是黑色的。普罗米修斯油就是用这树根中黑色汁液制成的。普罗米修斯油有着非常神奇的功效，人们只要在祈求了地狱女神赫卡忒之后，用这种药膏涂抹全身，就可以在一天之内刀枪不入，火烧不伤，拥有能够战胜任何敌人的力量。美狄亚许诺的就是这种药膏。现在，她小心翼翼地从小盒子里取了一些宝贵的普罗米修斯油，把它盛在贝壳里藏在了身上。

美狄亚

美狄亚走出密室，来到神殿门口，对等在外面的侍女们说："由于没有避开那些外乡人，我想我犯下了错误。现在，是我弥补自己错误的时候了。昨天，我姐姐的儿子阿耳戈斯来请求我帮助他那个外乡人，给他一些魔药使他免遭伤害，好制服神牛，杀死龙牙武士，完成父亲交给他的任务。我假装被他带来的礼物打动了，就收下了礼物并假装答应帮助他们。我要求那个外乡人到这个神殿来与我单独会面，一会儿他就来了，我将给他一些致命的毒药，让他一命呜呼。至于那些礼物嘛，事后我会全部分给你们的。现在，你们赶紧躲到一边去吧，省得那狡猾的外乡人产生怀疑。"

侍女们对这公主狡黠的计划佩服万分，一边称赞着一边遵照吩咐躲开了。过了一会儿，阿耳戈斯带领着他的堂兄伊阿宋来到了赫卡忒神殿。此时的美狄亚正独自一人坐在神殿里面，她的目光一刻也没有停留在屋里，而是不时地越过神殿的大门往外张望。任何一阵脚步声都会让她那一颗少女的心怦怦乱跳，她都会急忙抬起头，看看是不是她日思夜盼的人来了。伊阿宋和阿耳戈斯终于跨进了神殿的大门，今天，保护神赫位让伊阿宋更加英俊非凡。他神采奕奕、英气逼人，简直就像是太阳神阿波罗来到了人间。姑娘猛地看到日思夜想的英雄，连呼吸都要忘记了。她只觉得双颊一阵发烫，整个世界都消失了，只剩下了太阳般明亮的伊阿宋，照得她心慌意乱，手足无措。两个人面对面地站着，默默地对看着，好长时间都没说话。最后，伊阿宋首先打破了沉默，他对美狄亚说："尊敬的公主，为什么你见到我会这么紧张呢？我到这里来是请求你的援助的，请把神奇的魔药给我吧。不过请不要用欺骗来对待我们，这是在一个神圣的地方，任何的欺骗在这里都是对神灵的亵渎。所有的阿耳戈英雄的父母妻儿都在焦急地等待着我们，担心着我们的命运，你慷慨无私的援助将会使我们尽快完成使命，早日踏上回家的旅程。到那时，你将成为希腊人的恩人，将会受到全部希腊人的尊重。而我本人，也不会忘记你的善意，以后如果你有什么需要我帮忙的，只要一个口信，我就会以最快的速度赶到你的面前。"

美狄亚一直静静地听着伊阿宋的话，她的内心被幸福充满着，脸上挂着甜蜜的微笑。当听到他的赞美的时候，她的心充满了无限的喜悦，恨不得把所有心事都一股脑儿地告诉他！但少女的矜持还是使她克制了自己，她一句话都没有说，只是慢慢地从宽大的衣袖中取出了盛有魔药的贝壳，伸手递了出去。伊阿宋非常高兴，连忙接了过去。爱神阿佛洛狄忒正在向她的心里吹着神奇的风，她是多么希望乘机将自己的一颗心也一起交给他啊！伊阿宋似乎也感受到了美狄亚的灼灼爱意，害羞地垂下眼帘，瞅着地面。很快，两人又不自觉地抬起头来四目相对，温柔的目光纠缠在一起，整个房间里充满了沁人心脾的柔情蜜意。

过了许久，美狄亚似乎稍微回过点神来，她尽了最大的努力说出话来："听着英雄，接下来我将告诉你如何做。千万不要小看这些龙牙，我先给你讲一下我父亲将要交给你的龙牙的来历吧。你肯定听说过宙斯怎样化成一头公牛驮走了腓尼基国王阿革诺耳的女儿欧罗巴的事情。失去了爱女欧罗巴之后，阿革诺耳大为苦恼，责令儿子卡德摩斯去把妹妹寻回来。卡德摩斯走遍四面八方，找了很久也找不到妹妹的踪迹。他不敢空着手回家，就到阿波罗庙中乞求神谕指示他到哪里安身。在神谕的指示下，他来到了一个美丽的地方。

"为了感谢神的垂爱，他决定祭祀宙斯，便打发随从去寻找净水做祭奠。附近有一片老林，还从未遭受过斧头的蹂躏。林子深处有一个岩洞，完全被茂密的树丛遮住。洞顶微呈拱形，洞的下处涌出一道清澈无比的泉水。洞穴里盘踞着一条恶龙，它的头冠和身上的鳞片像金子似的熠熠发光。它的双眼像火焰似的闪耀，浑身上下毒液欲滴。那龙摇动着分成了三叉的舌头，龇出三排牙齿。当太尔人把水罐浸到泉水中，水流入罐咕嘟嘟地响起来的时候，那闪着青光的龙立即从穴中探出头来，发出嘶嘶的可怖的鸣声。他们吓得扔了水罐，一个个面如死灰，浑身发抖。那条龙盘起长满鳞片的身躯，把头举过了至高的树，那些太尔人给吓得瘫软了，既不能战，又不能逃。有些人被咬死，有些人被勒死，其余的被龙的毒气熏死了。

"卡德摩斯等到中午不见他的仆从的踪影，就去寻找他们。他身披狮皮，一手拿矛,一手持镖,但他胸中的那颗勇者之心是比这两件利器还要可靠的必胜的依据。他走进树林,发现了随从们的尸体,见到那条恶龙还在舐着嘴角上的血汁,他高呼道:'忠诚的朋友们,我誓死也要替你们报仇。'说着他举起一块巨石,用尽全身气力朝大蛇砸去。这一击也许能震撼城堡的围墙,但落到那龙身上,却没有什么作用。卡德摩斯紧接着投出了长矛。这一投倒还奏效,长矛穿过鳞片刺入了龙的内脏。疼痛使得那怪物暴躁不安,它扭过头来察看伤口,并用牙齿去拔那长矛,但只是把矛咬断了,铁矛尖扎在肉里更加疼痛难熬。它气得脖子发胀,嘴角冒着血沫,鼻中喷出一股股的毒气。它先把身子缩成一团,然后又伸长,活像一截伐倒在地的树桩。它朝卡德摩斯一点点地逼过来,卡德摩斯边退却边用长矛在那怪物的大嘴前挑逗,卡德摩斯伺机行动。待到那龙仰着的头移到一棵大树干旁时,他猛力一刺,将那龙头横钉在树上,那龙临死前痛苦地挣扎着,沉重的身躯把大树都压弯了。

"正当卡德摩斯站到他已打倒的大敌前面,打量着这个硕大的尸体时,有个声音向他发话了,命令他拔掉毒龙的矛齿,把它们播种在地里。他遵命行事,挖了一条垄,把龙牙洒在其中,天意决定了这些牙会滋生出一茬人。他刚刚填平了垄,土块就松动起来,许多长矛尖拱出了地面,接着就露出了头盔及其上插着的半折的羽饰,然后是手持武器的士兵的肩膀、胸膛、四肢。不一会儿工夫,一群全身披挂的武士长了出来。卡德摩斯惊恐万状,准备迎战这群敌人。但是其中的一个武士向他说:'不要插手我们的内战。'说毕就挥剑刺死一个同他一起从土中长出来的兄弟。但他却中了另一个武士射出的箭,倒地死去。射箭的那个又被另一个武士杀死。就这样,这一群人自相残杀着,最后只剩下了五个。其中的一个扔下了武器说:'弟兄们,我们讲和吧!'就是在他们的协助下卡德摩斯建造底比斯城。

"我父亲要交给你的龙牙就是上面所说的这条毒龙的牙齿,你已经知道它们的厉害了。所以千万不要掉以轻心。在我父亲交给你龙牙之后,不要急着去播种,你要先独自一人去河水里沐浴全身,然后穿上一身洁净的黑色袍子。接下来,你就可以在地上挖一个圆形的坑,在里面堆满木柴,然后杀一只羊羔,把它放在木柴烧成灰。在这个过程中,你还要往燃烧的木柴上洒甜甜的蜂蜜,以此作为给地狱女神赫卡忒的献祭。做完这些,你就可以离开了,但是千万记住,如果你听见身后有脚步声或者狗叫声,一定不要回头。否则之前的献祭就起不了任何的作用了。第二天早上,用我刚才给你的普罗米修斯油涂抹全身,这样你就会拥有无穷的力量,能战胜任何敌人。除了要涂抹你自己的身体之外,你的长矛和盾牌也要抹上这魔药,这样的话,就算神牛鼻子里喷出的火焰也无法抵抗你的进攻了。当然,魔药的神奇效用只能维持一天,所以你一定要在一天之内去播种并杀死所有的龙牙武士斗。不用太担心,我还可以告诉你一个对付龙牙武士的好办法:当你耕完土地,种下龙牙之后,仔细地观察地面上的情况,当你看到那些龙牙破土而出,长出武士的时候,一定要记住往地里扔一块巨石。这样,从地里冒出来的武士们将会像群狗争食一样争夺那块石头,你就可以乘乱冲进去,把他们一个个杀死。这样你就可以完成我父亲交给你的任务了,然后就可以顺理成章地取回金羊毛,带着荣誉离开我们的国土……离开,离开这里所有的人,从此以后想到哪里就到哪里去。"

说到这里,她忍不住流下了伤感的泪水,一想到这位年轻英俊的英雄在拿到金羊毛之后就会离去,她就感到悲痛欲绝。悲伤使她忘记了自己的身份与少女的矜持,她伸出纤细的手握住了伊阿宋的右手说:"但愿你离开以后,不要忘记我的名字。不管你走到哪里,我都会在这里想念你的。告诉我,你的家乡在哪里?你将和你的伙伴们乘着这美丽的大船回到什么地方去?"

伊阿宋其实也已经爱上了美狄亚,此刻,听着姑娘感人的话语,他再也控制不住了,他动情地说:"尊贵的公主,请相信我!只要我还活着,我就会时时刻刻地记着你,不管是白天还是黑夜。我的故乡在爱俄尔卡斯,普罗米修斯的儿子丢卡利翁在那里建造了许多城市和神庙。那里离你的国家非常遥远,人们甚至还不知道你们国家的名字。"

"啊,这么说你的故乡是希腊,你们那里的人可要比我们这里的人慷慨大方多了。因此,别对他们讲你们在这里受到了什么样的接待吧,只要你能在孤独时默默地想念我,我就知足了!我也会在这里默默地想念你的,即使这里所有的人都把你忘掉了,我也不会。假如你忘记了我,那么就让一只小鸟飞到你的窗边吧,我会通过它使你记起我对你的深情与帮助!唉,你知道吗,其实我多么想亲自去你的家乡,提醒你一声啊!"说到这里,姑娘的眼泪又一次忍不住从眼中滑落,滴在伊阿宋的手上,晶莹剔透,像一粒粒细碎的钻石。

"不要说这样的话了,美丽的姑娘,我是永远都不会忘记你的,"伊阿宋回答说,"让你的鸟飞走吧,我只希望你能跟我一起回到我的故乡。如果你真到了希腊,将会得到那里的男男女女的尊重,人们将会把你当成神一样礼拜,因为你的聪明才智让他们的儿子、兄弟和丈夫逃脱了命运的魔爪,顺利地完成使命回到故乡。而你和我,将永远在一起,就连死神也别想让我们分开,天地间没有任何一种东西能够战胜你我的爱情!"

听了伊阿宋的话,美狄亚简直要幸福地晕过去了。但是,一想到要离开自己的祖国去一个遥远的国度,又感到隐隐的害怕。但是,对伊阿宋炽热的爱还是战胜了她心中的恐惧,她虽然嘴上没说,但心里却渴望能跟随心上人一起回到他的家乡。因为伊阿宋的保护神赫拉已经在她的心里撒上了这种渴望的种子。女神希望美狄亚能够跟随伊阿宋离开科尔喀斯到爱俄尔卡斯去,因为她可以帮助伊阿宋战胜阴险的珀利阿斯。

就在美狄亚和伊阿宋正在互诉衷肠的时候,美狄亚的侍女们正按照主人的吩咐在另外一个隐蔽的房间里焦急地等待着。细心的伊阿宋意识到了这一点,提醒美狄亚说:"亲爱的美狄亚,你该回去了,否则那些侍女会怀疑的。你看,时间过得是多么的快呀,太阳已经高高地挂在空中了,我们以后有的是机会见面,现在我们都必须得离开了。"

伊阿宋完成了埃厄忒斯的任务

目送着伊阿宋离开之后，美狄亚朝侍女们走去，她整个人轻飘飘的，像漂浮在云雾中一般。她让侍女们把马车备好，然后轻快地登上马车，亲自赶着马儿回到了王宫。一回到王宫，美狄亚就往姐姐卡尔契俄珀的住处走去。到了姐姐所住的院子之后，美狄亚发现她正坐在一张小椅子上，呆呆地盯着眼前的土地出神呢。美狄亚知道姐姐是正在为儿子的命运担忧，就赶紧把神殿中发生的一切告诉了她。

伊阿宋在与美狄亚分开之后，高兴地找到了在神庙的大门口等待的阿耳戈斯，与他一起回到阿耳戈号上。他兴奋地告诉同伴们，美狄亚已经把令人刀枪不入的普罗米修斯油交给了他，并且告诉了他给地狱女神献祭的具体方法。听完伊阿宋的叙述，阿耳戈英雄们都很高兴，因为这样的话他们马上就可以得到金羊毛然后顺利返乡了。只有伊达斯坐在一边不说话，他认为这是一种耻辱，在那里气得直咬牙。

到了夜里，伊阿宋就按照美狄亚的嘱咐独自一人来到附近的河里沐浴了全身，并穿上了黑色的长袍。接着他又挖了圆坑堆上木柴把一头小羊羔夹在上面烧了起来，并且用甜甜的蜂蜜不断地洒在上面来给地狱女神献祭。等到羊羔烧成了灰之后，伊阿宋便转身离开了木柴堆朝阿耳戈号走去。地狱女神赫卡忒知道了伊阿宋的献祭，便从地下的洞府中走出来了。她的样子十分的可怕，头上盘着一堆丑恶的毒龙，龙嘴里全是熊熊燃烧的栎树枝。一群地狱的猎犬围在她的身边，大声地狂吠着。伊阿宋听到了背后的脚步声和狗叫声非常害怕，就在他想回过头去看一眼究竟的时候想起了美狄亚的话，于是头也不回地朝阿耳戈号走去。他一回到船上，又跟同伴们在一起高声庆贺，跳起了战士出征前的舞蹈，慷慨而悲壮。

第二天早上，伊阿宋派了两个人到王宫去找埃厄忒斯国王领取龙牙。埃厄忒斯把几颗龙牙交给了这两个人，确实如美狄亚所言，它们正是被底比斯的创建者卡德摩斯杀死的那条毒龙的牙齿。国王在把龙牙交给伊阿宋的使者时毫不担心，面露喜色，因为他对美狄亚和伊阿宋之间发生的事一无所知。他觉得单凭伊阿宋怎么都对付不了他那两头铜蹄喷火的神牛，说不定连播种龙牙他都做不到呢，更何况杀死那么多凶悍的龙牙武士了。至于圣林里的金羊毛，这帮异乡人就更是想都不用想了，他们的首领都被龙牙武士杀死了，他们还不得灰溜溜地离开科尔喀斯？想到这里，埃厄忒斯的脸上不禁浮现出得意的笑容。这次，他虽然只是作为一个旁观者去的，但还是决定像亲自临阵一样穿戴起全身的披挂。于是，他吩咐仆人们给他穿上与巨人作战时穿过的结实铠甲，又拿起了由四层牛皮制成的盾牌，戴上了插着四根金质羽毛的金盔。这四层牛皮的盾牌非常沉重，世上只有他和赫拉克勒斯两个人能够举地起来。接着，他的儿子把他的骏马牵过来了，他纵身一跃跳上了马背，然后飞也似的疾驰出城，后面紧紧地跟着一大批武士，道路两旁都是毕恭毕敬的人民。

出征之前，伊阿宋按照美狄亚的吩咐，用普罗米修斯油把自己的全身都涂抹了一遍，又把自己的宝剑、长矛和盾牌也涂抹了一遍。顿时，他感到自己的全身都充满了无穷无尽的力量，急切地渴望能够投入激烈的战斗。同伴们也被伊阿宋的激情鼓舞了，他们在他的周围舞弄着各自的武器，朝伊阿宋的长矛砍去，他们想试试魔药的效果到底如何。一试之下他们更有信心了，因为伊阿宋被魔药涂抹过的长矛非常坚硬，他们用尽了力气都无法使它丝毫损坏。只有伊达斯还不服，他举起自己最心爱的锋利宝剑，然后用尽全身的力气朝着伊阿宋的长矛奋力砍去。只听"铛"的一声，他的宝剑已经断成了两截，而伊阿宋的长矛依然闪着锋利的光，没有丝毫损坏。阿耳戈英雄们看到这一幕之后都欢呼雀跃起来，他们仿佛已经看到了毒龙武士正在伊阿宋的长矛下一个个倒下。

伊阿宋左手提长矛剑、右手执盾牌，信心十足地朝着阿瑞斯田野走去，身后跟着其他的阿耳戈英雄们。国王埃厄忒斯正率领着一群人等待着他们，伊阿宋二话不说，直接大步上前，接过了装着龙牙的头盔，然后威风凛凛朝朝着田地走去，就像战神阿瑞斯本人一样无所畏惧。来到田地里之后，伊阿宋环视四周，很快就发现了放在不远处地上的巨大的轭和犁。轭是用来驾驭神牛的，犁是用来耕地的，这两种农具都是用铁铸就的，在阳光中闪着微微的光泽。伊阿宋正想看个究竟，就听见传来了两声惊天动地的怒吼，不远处的地洞里金光一闪，两头神牛已经从洞中奔了出来。它们鼻孔喷着烈焰，八条铜蹄踏在地上，远方的田野都在随之震颤。

伊阿宋来不及细看，赶紧放下盛着龙牙的头盔，提起长矛，手持盾牌，朝神牛走去。只见两只神牛怒吼了一声，朝伊阿宋冲了过来。它们的铜蹄踏在土地上，发出沉闷的声响，鼻孔里不断喷射着熊熊的火焰，简直就是两只凶神恶煞的夺命符。最可怕的是，两头神牛的周身都笼罩着一股浓浓的烟雾，让人无法判断它们的准确位置和确切部位。

伊阿宋的同伴们看到这凶神恶煞的神牛，都不由暗暗为伊阿宋捏了一把汗。但是伊阿宋却镇定自若，张开双腿站稳，一手提着长矛，一手把盾牌支在身前，岿然不动地等待神牛的进攻，就像是岸边一块坚硬的岩石正在等待着海浪的冲击。神牛没有停下步伐，它们摇晃着铜角，迈着铜蹄低吼着朝伊阿宋冲来，两只神牛的角撞在了伊阿宋的盾牌上，却没有使他后退哪怕一小步。神牛又羞又怒，便后退了几步，怒吼着发起了又一次冲击。这次，它们使出了鼻孔喷火的本领，那熊熊的燃烧的火苗向伊阿宋的身上脸上扑去，让周围围观的阿耳戈英雄们紧张起来。可是，火苗也没有伤到伊阿宋，他依旧如岩石一般岿然不动地站立在那里。一边旁观的埃厄忒斯看到神牛鼻子里喷出的火焰都无法伤害伊阿宋，感到非常不解，却不知道是他的女儿美狄亚的魔药保护了这个年轻人。

两只神牛在连续发起了十数次进攻之后，终于有些体力不支了。伊阿宋看准了机会，猛地扔下了手中的盾牌和长矛，纵身一跳，一把抓住了其中一头神牛的双角，使出全身的力气把它拖到了放着铁轭和巨犁的地方。到了农具旁边之后，伊阿宋狠狠地踢着它的前蹄，让它跪倒在了地上。然后他又用同样的方法把第二头牛也拖过来，使它与先前的那头并排跪倒在一起。两头神牛在做着最后的抵抗，奋力地从鼻子中喷出了烈火，他飞起一脚把它们踢倒在地。这时，两头牛终于彻底没有了力气，伊阿宋用双手死死按住那两头神牛，让它们完全不能动弹。这时，连在一旁围观的埃厄忒斯也不禁暗暗赞叹这位年轻人的膂力。卡斯托尔和波吕丢刻斯两兄弟一看伊阿宋已经按住了两头神牛，赶紧按照事先的约定把地上的铁轭递到了伊阿宋手中。伊阿宋接过来，飞快地将它紧紧地套在了两头神牛的脖子上，然后又接过两兄弟递过来的铁犁，把它套在铁轭的环中。

卡斯托尔和波吕丢刻斯俩兄弟把农具递到伊阿宋手中之后就赶紧离开了，因为他们并没有涂抹普罗米修斯油，怕那两头神牛会突然喷火。伊阿宋则又重新拾起了地上的长矛，又拿起了装满龙牙的头盔。然后，伊阿宋跟在神牛后面，一手用长矛锋利的尖抵着两头神牛，迫使它们拉着巨大的铁犁在天地中往前走，一手不断地在地上犁出的深沟里播种下龙牙。伊阿宋一边播种，一边不时回头注意着身后的动静，看看毒龙的那些的子孙们是否孕育成熟，破土而出。不过龙牙的孕育速度似乎没有那么快，一整个上午过去了，整块土地全部都耕种完了，还是没有龙牙武士从土地里生长出来。耕种完之后，伊阿宋便从神牛身上解下了沉重的铁轭，然后扬起长矛朝着它们猛地一挥，两头神牛如蒙大赦，一溜烟地逃回了地洞，转眼间就不见了。

伊阿宋又观察了一下垄沟，看到整块土地都静悄悄的，还没有长出龙牙武士，就暂时离开了这片土地，来到了同伴们中间，准备休息一下。同伴们纷纷称赞伊阿宋的神勇，可伊阿宋他一直默不作声，因为任务只完成了一半，他的心里还紧绷着一根弦。他用头盔盛起了满满的河水，然后一口气喝了下去，只觉得胸头顿时清凉无比，被神牛喷出的火焰炙烤得干裂的嗓子也得到了滋润，无比的舒畅。他活动了一下胳膊和双腿，顿时感到它们都充满了力量，胸中又涌起了斗争的强烈欲望。

时间流逝，很快便夕阳西下，伊阿宋播种在田里的“庄稼”长成了。这哪是什么庄稼呀，全都是面目狰狞的武士，个个身披铠甲，手中的盾牌长枪闪耀着刺眼的光芒。整个阿瑞斯的田野里都闪耀着长枪和盾牌的银光。伊阿宋没有忘记恋人美狄亚的话，早已举起一块巨石，远远地扔在巨人的中间。然后，他用盾牌掩护住自己，悄悄地蹲在一旁，等待着看他们自相残杀。而埃厄忒斯和其他的科尔喀斯人却还没有明白伊阿宋这么做的意图，他们只是被伊阿宋的力大无穷震撼了，不由得发出一声惊叹——因为伊阿宋扔到武士们中间的这块巨石，四个身强力壮的大力士共同用力也未必移得动，可伊阿宋居然用一只手就把它举起来了。

等他们看到巨石激起的反应时更是目瞪口呆：土地里生长出来的毒龙的后代开始像恶狗争食一样争夺起那块石头来，他们呜呜地怒吼着互相残杀、互相撕咬起来。一时间,大批的龙牙武士倒在了地上。就在他们拼杀得筋疲力尽、两败俱伤的时候,伊阿宋一手提矛一手执剑扑了过去,他左刺右杀,一会儿工夫便把这批巨人全部砍杀在地了。

国王埃厄忒斯怎么也没有想到伊阿宋能够这么容易就制服了龙牙武士,要知道,连他本人也没有想出扔一块石头让他们自相残杀的办法呢！他又气又怒,一言不发地转身离开,回到王宫去了。他没有兑现诺言把金羊毛拱手送上,而是在一路上都不停地琢磨着该如何杀死伊阿宋,杀除掉这群胆敢觊觎他的金羊毛的外乡人。

美狄亚取得金羊毛

回到王宫之后,埃厄忒斯连夜召集了所有的长老和贵族到宫中商议,怎样才能战胜阿耳戈英雄们,阻止他们把金羊毛夺走。此时的埃厄忒斯已经有些怀疑他的女儿美狄亚在暗中帮助了伊阿宋,因为伊阿宋居然可以不被神牛鼻子中喷出的火焰烧伤,肯定是涂抹了什么魔药,而熬制魔药正是美狄亚的拿手好戏。再联想一下美狄亚今日魂不守舍的样子,跟她身边的侍女打听一下她这两天的行踪,埃厄忒斯更是确定伊阿宋正是在女儿的帮助下才能顺利地播种龙牙,杀死龙牙武士的。伊阿宋的保护女神赫拉看到埃厄忒斯正在召集人马准备对付伊阿宋,便想通过美狄亚让他尽早完成任务,离开兵强马壮的科尔喀斯。因此,她使美狄亚的内心充满疑惧,使她预感到父亲已经知道她的所作所为。她叫来侍女们询问,知道父亲的确向她们询问过她这几天行踪,更是明白了自己的秘密已经泄露了。她又急又怕,觉得科尔喀斯的王宫再也不是自己能待的地方,众人的流言和父亲的惩罚将会要了她的命!

她突然想起了伊阿宋让她同回希腊的邀请,那时候她就对这个提议蠢蠢欲动。现在,在这种危急的情况下更觉得这已经是唯一的出路了。她决定逃离科尔喀斯,逃离这个生养了自己的地方,离开自己的亲人们。想到这里,她的心如同刀割一般难受,流着泪在心里默默地同亲人们告别:“永别了,慈爱的母亲,你视我为珍宝,而我却要永远地离开你了,可能今生都无缘再相见;永别了,卡尔契俄珀姐姐,对不起,我欺骗了你,但好在我的所作所为也的确换得了你的儿子们的平安;永别了,我的父亲！我最对不起的就是您,我帮助伊阿宋战胜了你的神牛,我让你在一群外乡人面前尊严扫地,我是多么的不应该呀！唉,伊阿宋,我现在真希望从来就没有遇见你,那样我也就不用承受背叛亲人和祖国的痛苦!”赫拉一看少女的心中又有动摇,赶紧让阿佛洛狄忒又往她心中吹入了一股猛烈的爱情的风,少女一下子又陷入到爱情的甜蜜之中,坚定了出逃的决心。她穿好衣服,还没来得及穿鞋子,就如同逃犯一般匆匆忙忙地离开了她的家。来到宫殿的大门时,她发现厚重的铁门已经提前关闭了,就知道是父亲怕她会连夜逃跑。可这小小的铁门又怎么挡得住美狄亚呢,她念起了咒语,大门就自动打开了。她左手拉着面纱蒙住睑,右手提住拖在地上的长裙,赤着脚穿过一条条小巷。不一会儿,她就来到城外,沿着一条小路向地狱女神赫卡忒的神殿走去。到了神殿之后,美狄亚取回了自己采集的用来制作魔药的树根和草药,又急匆匆地朝着阿耳戈号所在的方向走去。月光女神阿尔忒弥斯看到了美狄亚光着脚的狼狈样子,不禁感叹道:“想不到几间也有像我一样为爱痴狂的女子,我为了英俊的安迪米恩离开了天空,这个女子也要为了心爱的小伙子离开自己的家朝着心上人奔去。姑娘,想去就去吧,但是要记住,爱情的本质就是痛苦,别指望你千辛万苦追求来的爱情能给你带来永恒的幸福。”美狄亚对阿尔忒弥斯的所感所想完全不知情,她还在朝着自己的爱情匆匆奔去。终于,她看到不远处的海岸边正燃烧着一堆巨大的篝火,聪明的美狄亚明白,这一定是阿耳戈英雄们为庆祝伊阿宋的胜利点燃的。当她兴奋地急走到篝火旁边的时候,发现英雄们已经散去了,他们已经庆祝完毕回到了阿耳戈号大船上。于是,她走到河岸,朝着大船的方向大声呼喊着姐姐的大儿子阿耳戈斯的名字。其实,此时她最想呼喊的是伊阿宋的名字呀,可是少女的矜持又使她没有勇气在大庭广众之下呼喊,于是只好呼喊起外甥的名字。当她喊到第三声的时候,阿耳戈斯听到了她的声音,接着,所有的英雄都听到了美狄亚的呼喊。英雄们吃了一惊,赶紧把船摇到岸边。船还没有完全靠岸,伊阿宋就一步跳上了岸,关切地看着美狄亚。其他人也纷纷跳上岸来。

“你们赶紧逃走吧,把我也带上!”美狄亚一见到伊阿宋就如此叫道,“我的父亲已经知道了我帮助你的事情,现在正在商量办法对付你们呢。他肯定也不会饶了我的,在他派出抓我的人到来之前,就带我一起驾着这大船逃跑吧!”

“连累你了,美狄亚。可是我们历经了重重的磨难就是为了金羊毛而来的,我们是绝不能就这样空手而归的,那样的话不但希腊不会欢迎我们,连我们自己也会看不起自己的!”伊阿宋说。美狄亚沉吟了一下,狠了狠心说:“既然已经帮助你们了,就让我再帮你们一把,弄到金羊毛吧。现在你们就跟我往阿瑞斯的圣林去吧,到了那里之后,我会用催眠术将那条看护金羊毛的恶龙催眠,你们就可以乘机从大栎树上取走金羊毛了。我这算彻底地背叛父母了,伊阿宋呀,你可要当着众英雄的面发个誓:当我孤身一人跟随你到了你们的国土时,你会誓死保护我的性命,维护我的尊严!”

伊阿宋深情地看了一眼狼狈出逃的姑娘,抱住她流血的双脚,说:“你为了我付出了这么多,我会一生对你好。跟我一起回家乡吧,从现在开始,你就是我合法的妻子,就让我的保护神,主宰婚姻的赫拉女神来作证吧!”美狄亚闻言露出甜蜜的微笑,她接着建议英雄们立即行动,把船直接摇到了圣林边。靠岸之后,美狄亚率先跳下船来,带领着众英雄以最快的速度穿过一条草原中的小道来到了圣林。刚走到圣林边上,他们就看见在圣林深处有一片灿烂的金色光芒,那就是挂在栎树上的金羊毛发出来的。于是,他们朝着金光的方向以更快的速度赶去。到了离大栎树不远的地方,他们发现树的下面果然有一条恶龙瞪着一对凶悍有神的大眼看守着,眼睛眨都不眨一下。恶龙也已经发现了这群闯入圣林的人,它立即一仰头,发出了一阵可怕的怒吼,整个圣林中都笼罩在恐怖的回声之中。接着,恶龙以极快的速度朝他们袭来,走在最前面的美狄亚毫无畏惧地迎上前去,她面露迷人的微笑,唱起了魔幻的催眠曲。她在心里祈求睡神斯拉芙显灵,让这条恶龙马上入睡。同时,她也祈求地狱女神赫卡忒继续赐福给她,帮助她实现自己的心愿。很快,恶龙就在美狄亚的催眠歌中昏昏欲睡,高昂的头慢慢地垂了下去,弯曲的身子也渐渐放松起来。但是,它那一双闪闪发光的大眼睛却依然睁着,警惕地看着面前的人。美狄亚见状取出怀中的一个小瓶,捡起了地上的一根小树枝,然后往前一步,用树枝把瓶子里的魔液洒向恶龙的眼睛。恶龙在这股奇异的药水中终于失去了意识,它慢慢地闭上了眼睛,躺在大栎树下睡着了。

跟在美狄亚身后的伊阿宋一看恶龙睡了,赶紧冲过去,踩在巨龙的身上取下了挂在栎树上的金羊毛。然后,伊阿宋把金羊毛挂在肩膀上,拉起美狄亚一起快速地逃离了圣林,往阿耳戈号跑去。金羊毛从伊阿宋的肩膀上垂下来,一直挂到脚跟,金光闪闪的,在黑夜显得格外耀眼。美狄亚注意到了金羊毛的夺目之处,赶紧让伊阿宋把金羊毛卷起来藏好,否则如果让路过的神看到了,难免不被夺去。

天还没完全亮,两人就带着金羊毛回到了船上,伊阿宋把金羊毛从自己的斗篷中取出来。众人见了,都欣赏赞叹了一番。伊阿宋亲自到阿耳戈号的后舱给恋人美狄亚准备了一张华美舒服的床,又回到前舱,对着所有的阿耳戈英雄说:“亲爱的伙伴们,我们终于完成了此行的使命,现在就开始起航,回到阔别已久的故乡去吧!我身边的姑娘是这次取得金羊毛的大功臣,没有她的帮助,我们还不知道要多费多少周折呢。我要带着她一起回乡,娶她为妻。你们肯定也明白,我们夺走了金羊毛,埃厄忒斯一定不会善罢甘休的,他肯定会派人来追击我们,接下来的旅程将会充满艰辛。但是不管出现了什么情况,我们都要好好保护美狄亚,一定不能让她因我们之故受到伤害。为了防止敌人突然追来,我们一半人开船划桨,另一半人拿好长矛和盾牌,随时做好迎敌的准备。”说完话,他一剑挥向了缆绳,阿耳戈号如离弦的箭,飞速地朝着前方驶去。

阿耳戈英雄们带着美狄亚逃跑

伊阿宋说得没错,埃厄忒斯发现了美狄亚逃出王宫并帮阿耳戈英雄们取得金羊毛的事,他简直气坏了。再一想到她由于爱上了异乡人,而帮助他制服神牛、播种龙牙的事更是恨不得立即把这个背叛父母和国家的女子抓到面前来。他立即驾着父亲太阳神给他的四马战车向海岸边驰骋,并且把武士们也召集到海岸边的广场上。等他们赶到的时候,阿耳戈船早已经带着美狄亚和金羊毛箭一般的驶入了大海。埃厄忒斯把双手举向天空,请诸神来证明是敌人先以不义的手段偷走了他们的金羊毛,然后愤怒地对广场上的所有武士宣布:立即驾驶着战船去追赶那些可耻的敌人们,如果他们不能捉住美狄亚,夺回金羊毛,就会全部被砍头。科尔喀斯人对国王埃厄忒斯的残暴自然非常清楚,明白他这句话可不是说着玩儿的,都吓得战战兢兢的。于是他们立即整顿队伍，登上战船，朝着远处的阿耳戈号追去。埃厄忒斯任命自己的儿子阿布绪耳托斯为整只船队的首领，并嘱咐他要不惜一切代价把美狄亚和金羊毛带回来。

阿耳戈英雄们非常幸运，他们在海上顺风航行了两天，大船在第三天早晨就到了达巴夫拉哥尼亚海岸。在海岸上停靠好大船之后，阿耳戈英雄们在美狄亚的吩咐下宰杀牛羊，为地狱女神赫卡忒做了盛大的献祭。英雄们回到大船上准备重新起航时，突然想起了年迈的菲纽斯曾经留给他们一条预言：取得金羊毛踏上归程的时候要走另一条路。阿耳戈英雄们都不知道这条路到底指的是哪条，这时，阿耳戈斯说话了："我曾经看到过祭司们的记载，知道我们将要到达的伊斯河发源于律珀恩山，它有两条支流，一条流入西西里海，另一条流入爱奥尼亚海。你们来的时候应该走的是流入西西里海的那条直流，那么现在我们往另一条支流行驶应该就对了。"他的话音刚落，天空中就突然出现了美丽的彩虹，正好横跨在远处注入爱奥尼亚海的支流上。看到这明显的征兆之后，阿耳戈英雄更是对阿耳戈斯的话深信不疑，毫不犹豫地向爱奥尼亚海的入海口驶去。入海口的海面上正风平浪静，似乎在等待着阿耳戈号的到来。

就在阿耳戈号在海面上行驶的同时，阿布绪耳托斯率领的科尔喀斯人的船队也没有停止对大船的追赶。他们对这一带的海面更加熟悉，在看到阿耳戈号行驶的方向之后，就驾着小船抢在敌人的前面到达了伊斯河的注入爱奥尼亚海的入海口，封住了他们的必经之路。阿耳戈英雄们远远看到人多势众的科尔喀斯人堵在了入海口处，急忙停止了行驶，准备商量一下对策。这时，跟在后面的科尔喀斯人也赶上来了，被前后包围的阿耳戈英雄焦急万分，已经有人提出来要与科尔喀斯人谈和，把美狄亚交给他们好换得大家的安全。听到这个消息之后，美狄亚流着泪来到伊阿宋面前，避开其他人对他说："伊阿宋，你准备怎么处置我呢？你也认同你那个同伴的意见，要拿我作为与我弟弟和谈的条件吗？我爱你，相信你，才背叛了自己的父母和祖国跟你一起离开。你是对着众神发过誓要对我好的，所以千万别把我交给我的弟弟吧！你知道我的父亲有多么的恨我，如过我被带回科尔喀斯，肯定会被处死的。即便我的父亲没有判我死刑，我也会被全国人的流言伤得体无完肤。假如你真的听信了别人的话离弃了我，你的良心永远都不会放过你的，众神也会惩罚你的不忠；我帮你取得的金羊毛也会离开你，我的灵魂也将搅得你永世不得安宁！"说完之后，她平息了一下自己激动的情绪，望着伊阿宋，看看他是什么反应。伊阿宋抱住了美狄亚，对她说："美狄亚，我的爱人，你尽管放心吧！我怎么会听信别人的话，忘恩负义地对待你呢。我的同伴之所以说要把你交出去也只是一个缓兵之计吧。现在我们两面受敌，如果真的与他们打起来了，恐怕很快就失败了，到那时你还是免不了被他们抓回去。我的同伴的话只是一种策略，想尽量拖延时间以商量对策而已。"

听到伊阿宋的话，美狄亚稍稍有些放心了，她想了一下，对伊阿宋说："我已经背叛父母亲了,不能回头了,就再作一次孽吧。我已经想到了一个绝妙的办法来你打败我弟弟率领的科尔喀斯人。你赶紧命人去准备好华美的礼物和丰盛的酒席,我将编造一个谎言把我的弟弟引诱过来,然后再说服跟随他的随从离开他,这样你就有机会趁他不备将他杀死了。他是科尔喀斯人的首领,失去了首领之后他们群龙无首,你就可以轻易地把他们击败了。”

伊阿宋听了美狄亚的计策非常满意,他吩咐人按照美狄亚的意思给阿布绪耳托斯送去许多华贵的礼物,其中就有雷姆诺斯女王送给伊阿宋的华丽金袍子。美狄亚用科尔喀斯地区的土语写了一封信让使者带给阿布绪耳托斯。信中说自己并非心甘情愿帮助伊阿宋他们,而是被阿耳戈斯用暴力从王宫劫持出去,被外乡人强迫取得金羊毛的。她还要弟弟在当天夜里前往不远处的一座孤岛上,去那里的阿尔忒弥斯神庙与她偷偷会和,她将把金羊毛偷出来,在那里交给他,让他带回去交差。阿布绪耳托斯相信了姐姐美狄亚天衣无缝的谎言,在当天夜里就带着几个随从摇着一艘小船来到孤岛上的阿尔忒弥斯神庙。按照姐姐在信上的嘱咐,他孤身一人走进了神庙,让随从们在大门外等候。可是他刚一踏进神庙的大门时,躲在门后的伊阿宋就挥着锋利的宝剑朝他的头颅砍去。美狄亚见状拉上面纱遮住了自己的眼睛,因为她实在不忍心看到自己的亲弟弟在自己的面前被杀害。

阿布绪耳托斯进门之后突然听到耳后传来一个异样的声音,本能地一避,躲过了被一下斩掉头颅的厄运。可是,他的身体却没有完全躲过伊阿宋的宝剑,剑锋划过了他的大腿,鲜血喷涌而出。阿布绪耳托斯赶紧后退一步,想拔出自己随身携带的宝剑,可是伊阿宋接着挥手又是一剑,不给他任何喘息的机会……阿布绪耳托斯心口中了一剑,慢慢地倒在了地上,临行之前,他朝蒙着面纱的姐姐看去,眼神中充满了怨恨之意。与此同时,复仇女神也看到了神庙中发生的这一幕,流露出了冰冷的神情。

伊阿宋一看阿布绪耳托斯已经死了,赶紧举起火把,向其他的阿耳戈英雄们发出了进攻的信号。英雄们饿虎扑食一般冲向阿尔忒弥斯岛,很快就把阿布绪耳托斯的几个随从全部杀死了。

阿耳戈英雄们在归途中

珀琉斯见已经杀死了科尔喀斯人的首领,劝他们赶紧趁乱离开河口。可是,科尔喀斯人没有因为阿布绪耳托斯死了就乱成一盘散沙,他们不愧是训练有素的士兵,立即又整顿了队伍追了上来。伊阿宋的保护神赫拉在天上看到了这一切,在科尔喀斯人头顶上方的天空中响起了轰隆隆的雷鸣声,科尔喀斯人被这突如其来的雷鸣声镇住了,不敢继续朝阿耳戈号追去了。不过,他们可是清楚明白地记着临行前国王的话,如果不能把美狄亚和金羊毛带回去,所有的人都要被砍头。现在,他们非但没有抓到美狄亚,连阿布绪耳托斯也被伊阿宋杀死了,国王更是不会放过他们了。他们越想越害怕,最后决定留在了有阿尔忒弥斯神庙的那座孤岛上。

阿耳戈英雄们离开河口之后继续前行，又经过了许多海湾和岛屿之后，他们已经离故乡越来越近了，锐眼的林扣斯甚至已经可以看到故乡的山峰了。可是，赫拉不断偏袒阿耳戈英雄，她帮助伊阿宋的举动惹恼了宙斯，他在海上刮起了一阵飓风，将阿耳戈号大船吹到了荒无人烟的埃莱克特律斯岛。英雄们被这突如其来的变故弄懵了，不知道自己在哪里得罪了神灵。就在这时，船壁上那块雅典娜女神赠送的会说活的木板开口说道："你们的罪孽惹怒了主神宙斯，刚才的飓风就是他对你们的惩罚。你们只能在海上漫无目的地漂泊了，除非魔法女神喀耳刻能够为你们洗去谋杀阿布绪耳托斯的罪孽！"

阿耳戈英雄们听到这个预言都感到非常害怕，只有卡斯托耳和波吕丢刻斯这对孪生兄弟勇敢地站了出来，他们走向船头向众神祈祷，希望他们可以引导阿耳戈号找到魔法女神喀耳刻。但是，大船却被另一阵风吹到了埃利达努斯河口，那里是阿波罗在人间的儿子法厄同驾着太阳车烧毁坠海的地方，所以直到现在，水中还不断地翻滚着热浪，冒着热气。埃利达努斯河的两岸上长着几棵高高的白杨树，每当有风吹来，它们就会发出阵阵的叹息。这是法厄同的几个姐妹，她们在弟弟死后由于悲伤过度而变成了白杨树。英雄们来到这个地方之后感到非常厌烦，因为埋葬过法厄同尸体的埃利达努斯河经常会飘来一阵阵令人作呕的恶臭气。到了夜晚，英雄们又不得不听着法厄同那几个已经化为白杨树的姐妹们的哭声和她们的眼泪滴进海里的声音，达让每个英雄的心里都涌起了难言的悲痛。几天之后，阿耳戈号大船又被吹到了罗达诺斯河的入海口，就在大船将要从入海口驶入的时候，女神赫拉突然出现了。她叫阿耳戈英雄们赶紧离开这个地方，千万不能驶入河内，否则一定会遭到彻底的毁灭。阿耳戈英雄听了赫拉的话感到非常庆幸，立即用尽全力调转了船行驶的方向。几天之后，他们终于在赫拉的指引下到达了第勒尼安海岸，登上了一座陌生的岛屿。

在这座岛上，他们找到了预言中所说的魔法女神喀耳刻，她是太阳神阿波罗和珀耳塞的女儿，这时正伏在岸边用海水洗头。原来，她刚刚做了一个噩梦：她的房子着火了，大火吞食了她所炼制的所有魔药，整个房间里血流成河。于是，她不断地用手捧起地上的血水浇向火焰，想把它们扑灭……就在这时，她从噩梦中惊醒了，她想到梦中的场景感到一阵阵恐惧，赶紧跑到海边洗手洗头发，好像上面真的如梦中一般沾满了鲜血。

阿耳戈英雄们一登上小岛就发现了正在海边洗头洗手的喀耳刻，她的身后围绕着成群的怪兽，就好像牧人的身后跟着一群牲畜一样。阿耳戈英雄们知道她是残暴的埃厄忒斯的妹妹，都有些心慌，不知道她会不会愿意帮他们洗清罪孽。此时的喀耳刻也已经摆脱了噩梦的阴影，她镇静了下来，转过身去抚摸着身边的那群怪兽，就像抚摸温顺的宠物似的。

为了洗清罪孽，摆脱宙斯的惩罚，伊阿宋和美狄亚朝喀耳刻走去，其他人则在大船上等待着他们的消息。喀耳刻并不认识伊阿宋和美狄亚，也不知道这两个年轻人的来意。她请两人坐下，又仔细地打量他们，发现美狄亚低着头，用面纱遮着脸，而伊阿宋则用双手紧紧地握着杀害了阿布绪尔托斯的宝剑，闭着眼睛，神情紧张。喀耳刻是魔法女神，已经从两个人的神情中明白他们是来请自己为他们洗清罪孽的。喀耳刻对万神之父宙斯非常敬畏，所以用一只狗向宙斯献祭，祈求宙斯允许她为伊阿宋和美狄亚洗清罪孽。接着，她又走到火炉旁焚烧了一些圣饼，祈求复仇女神能够赦免这两个犯有罪孽的人。为宙斯和复仇女神祭祀完毕之后，喀耳刻重新在两个人的面前坐下，让他们详细地讲述一下他们的来历和来意。美狄亚闻言就抬起头来回答她的问题，喀耳刻吃了一惊，因为她看到美狄亚跟自己一样长着一双金光闪闪的眼睛。一看美狄亚的眼睛，喀耳刻就明白美狄亚一定也是太阳神的后代，因为只有阿波罗的后代才会拥有这样的眼睛。于是，她要求美狄亚用家乡的语言来回答她刚才的问题。于是，美狄亚用科尔喀斯地方的语言讲了自己帮助阿耳戈英雄从父亲埃厄忒斯那里夺得了金羊毛，但是，她隐瞒了伙同伊阿宋谋杀亲弟弟的罪孽。

魔法女神喀耳刻知道美狄亚隐瞒了杀害阿布绪尔托斯的事，但是她在心里却十分同情这位为了爱情背叛父母的侄女。她对美狄亚说："可怜的侄女呀，为什么不用光明正大的手段获得爱情呢？你得到了爱情，却犯下了巨大的罪孽，还要永远地离开生养了自己的家乡。我不会惩罚你的，因为你虔诚地来寻求我的保护，而且你还是我的亲戚。可是，我也不会帮助你和你身边的这个年轻人，我既不认同你们已经做过的事，也不赞同你们接下来的继续逃亡。你们赶紧离开吧！你的父亲不会善罢甘休的，即使你们逃回了希腊，他也会追到那里为他被谋杀的儿子报仇。"听完女神喀耳刻的话，美狄亚心中痛苦极了，她用面纱遮住脸，流下了伤心的泪水。伊阿宋见状拉起她的手，牵着她走出了喀耳刻的房子。

赫拉对伊阿宋和全体阿耳戈英雄的遭遇感到非常同情，她派伊里斯作为使者去找大海女神忒提斯，希望她能保护阿耳戈号大船，使阿耳戈英雄们能够早日结束在海上的漂泊。伊阿宋和美狄亚从喀耳刻那离开之后回到了阿耳戈号大船。他们两个刚登上船，海面上突然吹来了一股西风。这可是大家盼望已久的呢，于是英雄们高兴地扬帆起航，趁着顺风把大船驶入了海中。航行了一段时间之后，他们发现了前方的海面上有一座郁郁葱葱的美丽岛屿，那就是塞壬女妖的居住地。

大海、黑夜、星空

这么长时间以来，阿耳戈号一直在孤独地航行。在这黑暗而深邃的夜里，只有船员们沉重的呼吸。他们遥望着远方，思念着故国和家乡的亲人。伊阿宋心怀忧愁，因为前面就是那传说中恐怖的小岛了，他想起了关于塞壬女妖的传说：她们是河神埃克罗厄斯的女儿，从他的血液中诞生。一半像鸟、一半像女人的塞壬女妖们总是蹲在海岸上，张望远方。她们拥有美丽的歌喉，常用歌声诱惑过路的航海者。谁要是不加防范，接近她们，聆听她们的歌声，就会使航船触礁沉没。她们的四周经常会堆满了受害者的白骨,死烂的骨架上挂着皱缩的皮肤。

海风徐徐,船正在接近塞壬的海滩。突然,风停了。英雄们收下船帆,挥动船桨,蓝色的海面泛起雪白的水线。船逐渐接近了海岸,塞壬看见了渐近的船,传出了优美的歌声:

过来吧,尊贵的异乡人。
停住你的海船,来聆听我们的歌唱。
谁也不曾驾着乌黑的海船,穿过这片海域,
蜜一样甜美的歌声,正飞出我们的唇沿——
听罢之后,他会知晓更多的世事,心满意足,驱船向前。
我们知道阿耳吉维人和特洛伊人的战事,所有的一切,
他们经受的苦难,出于神的意志,在广阔的特洛伊地面;
我们无事不晓,所有的事情,蕴发在丰产的大地上。

英雄们被美妙的歌声迷住了,当他们正要准备靠岸的时候,阿波罗的儿子俄耳甫斯突然开始弹奏起古琴,他的琴声是那么的美妙悠扬,很快就胜过了女妖们的歌声。英雄们被俄耳甫斯的琴声拉回来了,都定了定心神,不再被女妖的歌声所引诱。只有来自雅典的波忒斯实在抵制不了女妖们甜美歌声的诱惑,他一下子跳进了大海,去追逐那令人神魂颠倒的歌声了。

英雄们为波忒斯默哀了一会儿,然后继续前进,很快便来到了一个狭窄的海峡。这个海峡非常危险,海峡的一边是著名的卡利布提斯大漩涡,另一边是一面峻峭的陡岩,这面陡岩已经把无数的过往船只撞得船毁人亡。除了两边隐藏的危险之外,海峡里的海水也非常不平静,这里的海面总是急速地旋转,像一只巨兽张开的大嘴,随时都会把经过的船只吞没。此外,海峡的海面下还有无数的暗礁,任何一个不小心都能让触碰到它们的船只死无葬身之地。

以前,这里是火神赫菲斯托斯的冶炼场,所以直到现在还有滚滚的浓烟不断从海中冒出,把这里的天空染成了暗黑色。赫拉知道阿耳戈英雄将要经历一次大的冒险,便请来海洋女仙们,帮助他们渡过难关。当阿耳戈号驶入海峡之后,她们在大船的周围围了一圈,每当遇到海底有暗礁的时候,她们就会把船托起来,把它传递到暗礁的前方。阿耳戈船上的舵手们紧紧地把着舵,让大船沿着海峡笔直前行,既不让它划到海峡旁边的卡利布提斯大漩涡里,也努力避免大船撞到海峡另一侧的陡岩。赫拉在空中紧张地关注着阿耳戈号的行进,这时的空中正闪烁着无数的晨星。看了一会儿,赫拉便紧紧地抓住了身边的雅典娜女神的手,因为她已经看得有些晕眩了。火神赫菲斯托斯也站在远处一块巨大的礁石上,观赏着这惊心动魄的一幕。最后,在海洋女神的帮助下,阿耳戈英雄终于克服了重重险阻,平安地穿过了狭窄的海峡,驶入了辽阔的大海,继续在海面上航行着。几天之后,他们来到了准阿喀亚人居住的岛屿上。这个小岛上的居民都很善良热情,他们的国王是虔诚正直的阿尔喀诺俄斯。

科尔喀斯人追击而来

在淮阿喀亚人的岛屿上，阿耳戈英雄们受到了非常热情的接待，可是，还没等他们好好享受一下主人的盛情，埃厄忒斯派出的第二批船队又追来了。他们来到了阿尔喀诺俄斯的宫殿，对国王说："尊敬的国王，您可能还不知道被你们奉为上宾的这些人是什么来历，他们都是些卑劣的贼，用无耻的手段窃取了我们科尔喀斯人的金羊毛。而跟他们在一起的那个女子叫美狄亚，她本是我们的国王埃厄忒斯的女儿，却在伊阿宋的引诱下背叛了她的父母和国家，帮助她窃取了金羊毛。我们到这里来就是要带她回去的，如果那群窃贼不答应，我们将与他们决一死战。"

阿耳戈英雄们听到科尔喀斯使者的话非常愤怒，他们纷纷提起长矛，拿起盾牌，要与追来的敌人决斗。这时，善良、不喜杀戮的淮阿喀亚国王阿尔喀诺俄斯制止了双方的举动。美狄亚看到这种情形有些害怕了，她一下子扑倒在地上，抱住淮阿喀亚王后阿瑞忒的双膝说："善良的王后呀，千万别听信使者的话。我并不是一个轻浮恶毒的女子，我实在是因为畏惧父亲的凶悍和强权，才愿意跟伊阿宋出走，到他的家乡去的。我们并不是不光彩的私奔，他已经向主管婚姻的赫拉女神发誓了，这次是把我作为合法的妻子带回家乡的。千万不要把我交给这群追兵吧，如果他们把我押送回科尔喀斯，我会被处死的。请您救救我吧，神会因为你的善良而保佑你和你的子孙们，你的城市也会因此获得不朽的荣誉。"接着，她又向阿耳戈英雄们一一恳求，恳求他们保护自己这个随他们出逃的弱女子。每一个英雄都答应了她的请求并向她保证，他们会誓死保卫她的安全，绝不会让那些科尔喀斯人把她抓回去受苦。阿尔喀诺俄斯让众人先都散去，说自己会认真地考虑双方的意见，并且会在第二天给双方一个答复。

回到寝宫之后，阿尔喀诺饿斯便与阿瑞忒商议该怎样处置科尔喀斯人的逃亡公主美狄亚。阿瑞忒深深地同情美狄亚的遭遇，也被美狄亚的痴情感动了，她为美狄亚向自己的丈夫求情。阿尔喀诺俄斯本来也是心肠特别软的人，听完妻子阿瑞忒的话之后，他沉吟了一下说"这的确是个可怜的姑娘，在这个时候把她推出去太残忍了。可是，被她背叛了的父亲埃厄忒斯可拥有着一个强大的王国，贸然得罪他似乎也不是闹着玩儿的，我实在不想为了庇护一个异乡的女子而给我们本国的人民带来灾难。再说了，科尔喀斯并没有一来就动用武力，如果我们没有任何理由地与他们开战恐怕会违背以礼待人的神训。我看就这样吧我们先判断一下美狄亚是已婚的还是未婚的，如果她是位未婚的姑娘，那么于情于理我们都应该把她交给她的父亲；如果她已经与伊阿宋正式结婚了，那么即使是神灵也不能破坏这神圣的爱情与婚姻。任何人都无权让她离开自己的丈夫，因为一个已婚的女子是属于丈夫而非父亲的。"

听到丈夫的话，阿瑞忒在心中暗暗吃了一惊，为了保证美狄亚的安全，她暗地里偷偷派出一名使者，连夜把国王的这个决定通知了伊阿宋。得到消息之后，伊阿宋把美狄亚和所有的阿耳戈英雄都召集了过来,大家一起商量对策。所有人都建议伊阿宋和美狄亚赶紧正式结婚,在天亮之前成为真正的夫妻,以赢得阿尔喀诺俄斯的支持。于是,众人为二人选择了一处隐蔽而圣洁的山洞,为他们举行了正式的婚礼。之后,众人离开了,美狄亚成为伊阿宋真正的妻子。

第二天一早,所有的人都聚集在洒满了阳光的海岸上,海岸的一头站着科尔喀斯人,一头站着阿耳戈英雄们。不一会儿,头戴王冠的阿尔喀诺俄斯从宫殿中走了出来,他来到海岸上,手握金杖站在科尔喀斯人和阿耳戈英雄之间,准备宣布自己对姑娘归属的裁决。在他的身后站满了淮阿喀亚人的贵族,他们想看看自己的国王到底会不会给出一个令人信服的裁决。淮阿喀亚的妇女们也从小岛的四面八方聚集过来,她们都想看看大名鼎鼎的阿耳戈英雄到底有着怎样的风采。

在宣布裁决之前,国王先命人进行了简单的献祭。等供品的香气弥漫在空气当中的时候,他开始进行裁决了。首先,他向阿耳戈英雄们询问:"美狄亚与伊阿宋正式结为夫妻了吗?她是否已经成为伊阿宋的妻子?"听到国王的问话,伊阿宋径直走向前去,向众人发誓,埃厄忒斯的小女儿美狄亚已经是他真正的妻子了。阿尔喀诺俄斯闻言,传来了参加两人婚礼的证人,证明伊阿宋所说确实符合实情。接着,国王进行了最后的裁决:美狄亚已经是伊阿宋的妻子了,一个已婚的女子是属于她的丈夫的,她的父亲也无权把她从丈夫身边夺走。因此,他把美狄亚判给了伊阿宋,说自己不会把她交给科尔喀斯人。围观的科尔喀斯人听到国王的裁决合情合理,一时间也无话可说了。

国王接着声明说,这些追赶而来的科尔喀斯人仍然是受到岛民欢迎的,他们可以自由选择自己的去向,或者作为永守和平居民留下来,或者自行驾船离开,回到科尔喀斯。科尔喀斯人畏惧埃厄忒斯,害怕失去了儿子和女儿的国王会在一怒之下把他们统统杀掉,因此就决定留在岛上了。阿耳戈英雄们在岛上享受了淮阿喀亚人的盛情款待。几天之后,他们恋恋不舍地告别了国王阿尔喀诺俄斯,带着满船的美酒和食物继续朝着家乡的方向航行。

阿耳戈英雄们的最后一次冒险

航行了三天三夜之后,阿耳戈号离英雄们的故乡越来越近了。现在,站在船头的英雄们已经可以隐约看到故乡伯罗奔尼撒的海岸了。可是,就在英雄为了即将结束海上漂泊欢欣雀跃的时候,海面上突然刮起了一阵狂暴的北风。阿耳戈号在这阵飓风的席卷下就如同一片树叶,在海上晃晃悠悠地漂了九天九夜,飘过了利比亚海,飘到了瑟堤斯海湾,这里已经是遥远的非洲了。粘稠的大叶藻平铺在地上,犹如一片绿色的沼泽地。阿耳戈船已经被海浪冲上了一片沙滩,搁浅在了沙滩上。这片沙滩非常大,一眼望去看不到尽头,沙滩上没有任何飞禽走兽,更不用说人类的痕迹了。英雄们被眼前的景象弄懵了,他们纷纷跳下船来,四处转转,看看周围有没有什么可以补给淡水和食物的地方。很快,英雄们就纷纷悻悻而归了。沙滩前面只有无边的湿泥地，没有泉水，也没有食物，连道路也没有一条，天地间只有死一般的寂静。

阿耳戈英雄一路上经历了各种各样的考验，比这艰险十倍的都碰到过，可是这次的情况让他们差点崩溃了。“神啊！怎么会把我们送到这个如地狱一般沉闷的地方？我们宁愿被恶龙吃掉，被巨岩砸碎，也不愿意在这无边的荒漠里慢慢等死，等着自己的肌肉慢慢萎缩，血液慢慢枯竭，看着生命的活力从我们曾经强壮的身上一点一点地逝去……我是多么地希望已经在以往的壮烈事业中牺牲了呀！”舵手安克奥斯说。其他的英雄们听了他的话都沉默不语，因为他说出了所有人的心声。

很快，颓废的情绪像瘟疫一样在阿耳戈英雄中间流行开来，他们饿着肚子横七竖八地躺在沙滩上，眼睁睁地等待着死神的降临。在离开淮阿喀亚人的岛屿时，阿尔喀诺俄斯国王曾经送给了美狄亚几名侍女。现在，她们围住女主人，惊恐不已。

就在这群人快要在绝望中悲惨地死去时，三位半人半神的女仙在一个炎热的中午披着山羊皮来到了他们中间。三位女仙悄悄地来到了躺在沙滩上的伊阿宋身旁，揭开了盖在他脸上的斗篷。伊阿宋看到身边站了三位女仙，连忙从地上跳起来，恭敬地站在那里，等待着她们说话。三位女仙中为首的那位开口道：“我们非常清楚你们现在的困境，眼看着自己的生命力一天天逝去，却无法做任何事情。可是，不要这么颓废下去了，打起精神吧。当海洋女神驾起波塞冬的马车时，你们感谢长期以来孕育着你们的母亲吧。这已经是你们的最后一次磨难了。此后，你们就可以带着荣誉顺利地返回故乡了。”说完这番话之后，三位女仙突然不见了。

伊阿宋简直高兴坏了，他本来以为他们要被困死在这片沙滩了，没想到女仙又给他们带来了胜利的希望。女仙所说的话虽然隐晦，但其中蕴含的深意他还是能够体悟到的。就在这时，远处的海面上出现了神奇的一幕：本来平静的海面上突然翻起了一个巨大的浪，一匹身形庞大的海马从海里冒出来，快速地跳到岸上，然后抖落了身上的水，穿过英雄们之间的空隙，向远处飞奔而去，沙滩上留下了一行清晰的马蹄踏过的痕迹。珀琉斯高兴地说：“看来这就是女仙们所说的‘海洋女神驾起波塞冬的马车’了，可是，‘长期以来孕育着我们的母亲’又是指什么呢？是了，肯定是指我们在冒险的过程中乘坐的阿耳戈号大船了。让我们把它放在肩上扛起来顺着海马的足迹向前走吧，以这种方式来表示我们对她的感谢。海马和我们的‘母亲’一定会引导着我们走出这片让人窒息的沙滩的。”

英雄们都认为珀琉斯的看法很有道理，于是按照他的说法扛起大船沿着海马的足迹走去。在沙滩中走了十二天之后，他们终于来到了忒律托尼的海湾。这时，大家都已经口干舌燥、体力匮乏了。于是，他们把大船从肩膀上放下来，分散开来找水喝。

俄耳甫斯独自一人往一条小路走去，在找水的途中碰到了夜神赫斯珀洛斯的四个女儿。她们住在载有金苹果树的圣园里，和巨龙拉冬一起看守着金苹果。四个女仙都非常喜欢唱歌，所以当她们看到远处走来一个年轻人的时候就用歌声询问他的来意。俄耳甫斯最擅长的就是唱歌了，于是，他用美妙的歌声告诉了女仙们阿耳戈英雄的经历，并且向她们询问附近哪里有水源。四位女仙被阿耳戈英雄的冒险故事和俄耳甫斯举世无双的美妙嗓音吸引了，告诉了他水源的所在。最年长的女仙说："昨天，我们看守的这个圣园里来了一个勇敢的野蛮人，他力大无比，眼睛又大又亮，身上披着一张巨大的狮子皮，头上戴着用狮子的头颅做成的头盔。昨天他走到这里的时候也到处找不到水源，一气之下他便抬起脚来冲着身边的一块大岩石踢了一脚，硬是把一块坚硬无比的岩石踢出了一条缝隙。奇怪的是，大岩石被他踢了一脚之后就像中了魔一样，从那隙缝中流出了清凉的泉水。这个大力士就用这清泉的水解了渴。"

说完，女仙为俄耳甫斯指了指那眼清泉的位置。俄耳甫斯高兴极了，赶紧把所有的英雄都叫了过来，饱饱地喝了一顿清凉的山泉水。畅饮完山泉水之后，他们又开始讨论起那个一脚踢出一眼清泉的大力士来。"那个人就是赫拉克勒斯呀，当时的英雄中只有他才有这么大的力气！"一个阿耳戈英雄突然想到了什么似的，大声说。大家一听，也都觉得那个大力士就是赫拉克勒斯无疑，于是，便分头去寻找。可是，天黑时候所有人都垂头丧气地回来了，因为没有人能够找到赫拉克勒斯并把他带过来。只有锐眼的林扣斯说远远地看到了赫拉克勒斯的一个背影，但由于离得太远，他又走得太快，最终也没有把他追回来。

大家感叹了一番之后，突然发现了一件不幸的事：有两位去寻找赫拉克勒斯的同伴走失了，没有回来。阿耳戈英雄在为这两位走失的英雄默哀之后，上船准备继续航行了。英雄们把大船推入忒律托尼海湾，想将它驶入无垠的大海。可是，就在这时海面上突然刮起了逆风，大船一下子横在了港口里，怎么也驶不出去了。于是，英雄们带着船上最大的三脚鼎上了岸，把它献祭给了当地的神。在回到阿耳戈号的途中，英雄们遇到了海神忒律托尼。他扮成了一个普通少年的模样，从地上拾起一块泥土送给了阿耳戈英雄里的奥宇弗莫斯。奥宇弗莫斯并没有嫌弃这礼物，将它接过来藏在了胸前的衣服里。

这时，海神忒律托尼显出了他的本来面目，说："我就是这个地方的保护神，谢谢你们的礼物。你们回到船上去吧，我会给你们送上一阵顺风的。你们很快就可以回到故乡伯罗奔尼撒了。"说完之后，忒律托尼拎起了阿耳戈英雄献祭的三脚鼎，消失在远处的海面上。

英雄们满心欢喜地上了船，这时，果然刮起了一阵顺风，船顺利地驶入了大海。几天之后，阿耳戈英雄来到了喀耳巴托斯岛。这座岛上有一个可怕的巨人塔洛斯。他的身体是青铜的，因此刀枪不入，不会受伤。但是，他的身上却也有一个可以致命的部位，那就是他的脚踝，因为这脚踝不是青铜的，而是由筋脉和血管组成的。只有击中他的脚踝的人才能够把他杀死。阿耳戈英雄登上喀耳巴托斯岛的时候，塔洛斯正坐在一块巨大的礁石上，生性凶残的他一见有陌生人来，便抓起巨石朝他们扔去。英雄们吃了一惊，急忙后退，这时美狄亚站出来说："不用慌，我知道怎样除掉这怪物。”说完，她开始小声地念起了魔咒，召唤命运女神和地狱猎狗的帮助。接着，她又用魔药使塔洛斯昏昏沉沉地睡去。在睡梦中，塔洛斯在美狄亚的诱导下抬起肉脚蹬在了一块尖尖的石头上，脚踝被碰破了，顿时流血如注、剧痛难忍。巨人痛醒了，想站起身来，却没有了任何力气，摇晃了几下，一头栽进了海里。

除掉巨人后，阿耳戈英雄们在岛上舒舒服服地待到了第二天早晨。可是，刚登上大船准备继续航行，他们就碰到了新的危险。本来阳光普照的天空突然变得一片漆黑。伊阿宋赶紧带领着众英雄高举起双手，向太阳神阿波罗祈求光明。太阳神听到了英雄们的祈求，手执金弓，从奥林匹斯圣山上射下来一支亮闪闪的银箭。英雄们在这一丝光明中看到了前方的一座名为阿娜弗的小岛，于是便把大船划到小岛边停下来，上岸等待着天明。终于，阳光又一次普照大地，英雄们在灿烂的阳光中继续航行。这时，奥宇弗莫斯向大家讲起了他夜间做的一个怪梦：化身为普通少年的海神忒律托尼送给他的那块土在他的胸间有了生命，长成一个美貌的少女，她对奥宇弗莫斯说：“我是忒律托尼和利彼亚的女儿，让我靠近阿娜弗吧。我会在阳光中快乐地成长，并将供养你的子孙后代。”聪明的伊阿宋明白了梦中的意思，他劝奥宇弗莫斯把怀里的那块泥土扔进靠近阿娜弗岛的大海里。奥宇弗莫斯刚一把泥土扔进海里，眼前就出现了令人惊讶的一幕：在靠近阿娜弗岛的地方，一个草木繁盛的岛屿慢慢浮出了海面。英雄们为她取名为“卡里斯特”，意为“最漂亮的岛”。后来，奥宇弗莫斯同他的后代住在了这座岛上，世世代代都在这里繁衍生息。

这是阿耳戈英雄们最后一次的冒险。在这之后不久，他们就平安地进入了爱俄尔卡斯海湾，回到了阔别已久的故乡。伊阿宋和其他英雄们把阿耳戈号献祭给了海神波塞冬。许多年之后，大船在风吹日晒中化为了灰烬，可诸神把它的幻像放在天上，它成了南方的天空中闪闪发光的一颗星星。

伊阿宋的结局

伊阿宋历经艰险，取得了金羊毛，还是没能得到爱俄尔卡斯的王位。他不得不把王国让给珀利阿斯的儿子阿卡斯托斯，自己带着年轻的妻子美狄亚逃往科任托斯。

到了异国他乡，他的父亲埃宋因为年迈体弱，奄奄一息。伊阿宋请求法力无边的美狄亚，施展魔法，减掉自己的年龄而相应延长他父亲的寿命。美狄亚想了想说：“好吧。也许我能施展魔法让他多活几年而你又不必减寿。”这天深夜万籁俱寂，她只身来到荒野之中，诵读咒文，祈祷女神。随着她的祷告声，群星越发灿烂，一辆蛇车从天而降。她登车腾空而起，飞往奇花异草生长的远方。九天九夜，她采集好了草药。接着她搭起祭坛两座：一座祭祀大地女神该亚，一座祭祀青春女神赫柏，一头黑羊当作祭品，而牛奶美酒泼到地上。然后她派人将埃宋带到祭坛，用法术使他昏睡过去，平卧在香草上。她散开长发，绕着祭坛急转三圈，用树枝蘸羊血做香火，放到祭坛上去焚烧。同时她还准备了大锅一口，里面放好了原料和碎龟壳片，几页鹿肝，乌鸦的头和喙——龟和鹿都是长寿动物，而鸦的寿命有九代人那么长。她手持干枯的橄榄枝一根，搅拌药汤，当橄榄枝刚从锅里被拿出来，顿时枝干碧绿，眨眼工夫长出了叶子和嫩橄榄。一切就绪，美狄亚就割开了老人的喉管，放干全身的败血。煮好的汤汁被灌到嘴里和割开的喉管中。汁液慢慢渗了进去，满头霜白的老人醒来竟变为头发乌黑的青年人，一改苍老憔悴而变得容光焕发，精力充沛。

伊阿宋

在这里，他们住了十年，美狄亚给他生下三个儿子，前两个是双胞胎，名叫忒萨罗斯和阿耳奇墨纳斯，第三个儿子叫蒂桑特洛斯，年龄尚小。美狄亚由于年轻美貌，品格高尚，举止得当，深得丈夫的宠爱和尊重。但是后来，她年龄渐大魅力日减，伊阿宋又迷上了科任托斯国王克雷翁漂亮的女儿格劳克。伊阿宋瞒着美狄亚向她求婚。当国王答应婚事择定日期之时，他才婉转劝说妻子美狄亚解除婚约。他对天发誓说，并不是他厌恶她，而是为孩子们的前途着想，他不得不和王室结亲，好有一个稳定的靠山。美狄亚一听，怒不可遏，指责他忘恩负义，可伊阿宋一意孤行。

绝望的美狄亚，在丈夫的屋里急得团团转。她怨天恨地，大声诅咒丈夫和勾引他的女人。这些话却被伊阿宋的新岳父，国王克雷翁听到了。克雷翁命令美狄亚："立即带着你的儿子，离开我的国家。"美狄亚压住怒火，请求他延缓一天，以便她为孩子们找一个去处。国王考虑了一下，同意了。

美狄亚早就对丈夫死了心，可是在走出最后一步之前，她又好言规劝丈夫，希望他回心转意。可是伊阿宋无动于衷，儿女他才不放在心上呢，他只想着他的新娘。但他答应给她和孩子们一笔钱，并写信给朋友，希望他们收留她们母子。

美狄亚勃然大怒，转念一想，就和颜悦色地说："你想通过新的婚姻为你的孩子谋求幸福。好吧，今后你可以把孩子接回去，让他们跟继母的孩子们一起生活。"美狄亚显得宽宏大度，甚至取出许多珍贵的金袍，交给伊阿宋，当是给新娘的贺礼。伊阿宋真的以为她原谅了他，喜出望外，同意把孩子留在宫殿里，让她一人离开。他派了一个仆人，将礼物送给新娘。可是谁能知道这些珍贵的衣袍是美狄亚用浸透了魔药的料子缝制的呢？

丈夫告别之后，美狄亚时时刻刻等待着消息。终于，她可靠的仆人气喘吁吁地奔了过来，嚷道："美狄亚，快上船，快逃走！你的情敌和她父亲都已死去。你知道，当你的儿子和伊阿宋走进新房时，国王的女儿不想搭理孩子。可是伊阿宋竭力安慰她，还为你说了不少好话，拿给她看你的礼物。她一看到金袍，满心欢喜，马上答应新郎的一切要求。你丈夫和儿子一离开，她就迫不及待地将斗篷披在身上，又把金色的花环套在头上，喜不自胜。她还高兴地在房间里走来走去，像一个小姑娘似的为新装扬扬得意。可是突然她面色苍白，四肢痉挛，摇晃着往后退，还没到椅子跟前，就栽倒在地上，口吐白沫死掉了。大家都惊住了。仆人赶紧去找国王，另外几个仆人赶紧去喊您的丈夫。可是谁知道她头上的花环喷出了火焰。当国王赶到时，他只看见女儿的尸体已烧得变形。国王扑向女儿拥抱她，却中了女儿身上衣服的剧毒，也死了。伊阿宋的情况怎么样，我还不知道。"

美狄亚听了之后，还不解恨，复仇的怒火更加旺盛。她如同复仇女神一样，急忙奔出去，准备给她丈夫一个致命的打击。她来到儿子的卧室门前。天色已晚，她自言自语地说："我的心啊，不要软。为什么现在如此犹豫呢？忘掉他们是你的孩子，忘掉你是生养他们的母亲，忘记他们吧！你不杀死他们，他们也会死在仇人的手里。"

当伊阿宋急忙赶回家中，要为新妇向美狄亚报仇时，却听到里面传来孩子们的惨叫声。他奔到住房里，看见儿子倒在血泊中，像献祭的供品一样被杀害了。他满屋找美狄亚，却没有找到。伊阿宋绝望地离开了自己的家，听到空中传来阵阵声响。他抬头一看，看到了可怕的杀人凶手。她坐在用魔法召来的龙车上，升上天空，离开了她用一切手段复仇的人间。伊阿宋无法惩罚她，陷于绝望中。他没有其他选择，拔剑自刎，死在自家的门槛上。

大力士赫拉克勒斯的故事

赫拉克勒斯摇篮历险

赫拉克勒斯是万神之王宙斯与帕修斯的孙女阿尔克墨涅所生的儿子，阿尔克墨涅是泰林斯国王安菲特律翁的妻子。安菲特律翁也是帕修斯的孙子，是帕修斯另外一个儿子的儿子，他是泰林斯国王，但后来离开了那个城市，移居底比斯。

对于宙斯和人间女子阿尔克墨涅偷情生子之事，宙斯之妻赫拉非常地痛恨。更让她又气又妒的是，他们的儿子赫拉克勒斯，因为宙斯曾经向诸神预言，说他的这个儿子前途无量，将来定能建功立业、大有作为。

阿尔克墨涅对众神之母的妒忌成性早有耳闻，所以当她生下赫拉克勒斯之后，为防这个新生儿遭到赫拉的毒手，就将他放在篮里，还在篮子上盖了一点稻草，然后放到了一个田野里。后来，当赫拉克勒斯成了名震天下的一代英雄之后，人们为了纪念他刚出生时的这一遭遇，就把这块田野叫作"赫拉克勒斯田野"。那一天，阿尔克墨涅不得已把孩子遗弃在田野中之后，心中非常忐忑不安，不知道孩子是否能有机会活下去。她怎么都没有想到赫拉克勒斯因祸得福，碰到了一件天大的好事。

原来,这天恰逢智慧女神雅典娜陪天后赫拉到人间游玩,她们正好经过了那片田野,发现了那个被遗弃的孩子。雅典娜看到孩子生得十分漂亮,非常喜欢,便顿生一股爱怜之心,劝说天后劝赫拉给孩子喂奶。赫拉看到这么可爱的孩子也十分动心,又加上经不住雅典娜的三番五次的苦劝,就把这个孩子抱在了怀里。这孩子正因为饥饿而号啕大哭呢,这时便一下咬住赫拉的奶头,贪婪地吮吸起她的乳汁来。这个孩子完全不像别的新生儿那般轻柔,那贪婪地吮吸让赫拉的奶头都疼了起来。赫拉生气地把孩子摔到了地上,那些从赫拉克勒斯嘴中洒落的乳汁就溅到了天上,成了银河。雅典娜看到这种情景,非常心疼那个孩子。她同情地把孩子抱起来,带回附近的城里,交给那里的王后阿尔克墨涅,请她代为抚养。阿尔克墨涅一眼就认出这正是自己刚刚放到了田野中的儿子,她喜出望外,小心翼翼地把孩子放进了摇篮里。

事情也真是巧合,阿尔克墨涅由于畏惧赫拉,忍痛遗弃了孩子,没想到正是满怀妒忌的赫拉在不知情的状况下用自己的乳汁救活了她情敌的儿子。不仅如此,赫拉是天后,她的乳汁具有非凡的力量,赫拉克勒斯本就是宙斯的儿子,现在又喝了赫拉的乳汁,自此就脱离了凡胎,具有了神的力量。

天后赫拉很快就察觉到了那个吸她奶的孩子的真实来历,也知道了他现在又回到了他的生母阿尔克墨涅身边。她又悔又恨,恨自己非但没能乘机把他除掉,反而使他拥有了非凡的力量。于是,她派出了两条又粗又大的毒蛇,让它们爬进宫殿去杀害这个孩子。到了夜深人静的时候,这两条蛇无声无息地爬进了王后的寝宫,爬进了赫拉克勒斯的摇篮里。这个漂亮的婴儿正沉浸在甜蜜的酣睡中,孩子的母亲和熟睡的女佣也都没有发现有两条毒蛇从敞开的房门游了进来。它们爬到了孩子的身边,一下一下紧紧缠住了孩子的脖子。孩子在睡梦中突然感到有些喘不过气来,他大叫一声醒了过来。他抬起小小的脑袋,想向四面张望一下,但是只感到脖子被缠得难受。他可实在不怎么喜欢这两条冷冰冰的"项链",小嘴一鼓,第一次使出了他神一般的力量。只见他的两只小手各抓住一条毒蛇,稍微一用力,就把这两条蛇捏死了。

就在这时,阿尔克墨涅和孩子的乳母被孩子的叫声惊醒,都赶了过来。她们赤着脚急奔过来,大喊救命,但当她们跑到孩子的摇篮前之后,却惊奇地发现两条大蛇虚弱无力地垂在孩子的手中,已经死了。这时,底比斯王室的贵族们听到呼救,也都全副武装地冲了进来。国王安菲特律翁尤其紧张,因为他十分疼爱这个孩子,把他看作宙斯赐予自己的礼物,所以一听到孩子的呼喊就第一个手持宝剑跑了过来。当他看到眼前所发生的事情时,他又惊又喜,很明显,这个新生的婴孩拥有神奇的力量,他感到非常的自豪。他把这件事看成一个神奇的预兆,就派人找来底比斯有名的盲人占卜者提瑞西阿斯。宙斯曾经赋予了这位盲人占卜者预言的能力人,而他又当着国王、王后以及在场众人的面预言了宙斯的这个儿子的未来:"他长大以后,将除尽地上和海里的众多的妖魔鬼怪;他将战胜巨人,并且在历尽人世间的诸多艰险之后，获得神的永久生命，并赢得青春女神赫柏的爱情。”

赫拉克勒斯所受的教育

国王安菲特律翁听了盲人占卜者的话非常高兴，他觉得既然儿子天赋极高，将成为一个大英雄，就应该让他享受到最好的教育。于是，他聘请了希腊各地有名的英雄传授年轻的赫拉克勒斯自己的本领。安菲特律翁本人是个驾驶战车的好手，所以他亲自教给养子驾驶战车的本领；俄卡利亚国王欧律托斯在射箭方面造诣极高，可以称得上是百步穿杨，所以安菲特律翁请他教赫拉克勒斯拉弓射箭；哈耳珀律库斯是有名的拳击手，所以由他教赫拉克勒斯角斗和拳击；宙斯的双生子之一，卡斯托耳教他怎么全副武装地在野外作战；教他弹琴唱歌、读书识字的是阿波罗年事已高的儿子里诺斯。

赫拉克勒斯不愧是神的儿子，他在这各种各样的教育中都显示出了自己的天赋和才能。可是，他却不能忍受老师的清规戒律和无缘无故的责罚，最让他受不了的是年迈的里诺斯。他是一个缺乏耐心的教师，并且严格到有些吹毛求疵，总是无缘无故地责打年轻的赫拉克勒斯。有一次，他又因为一件小得不能再小的事打赫拉克勒斯。早已经忍了很久的赫拉克勒斯这次终于忍不住了，他觉得又委屈又愤怒，便顺手抓起正在练习的竖琴，朝老师头上扔去。里诺斯已经非常衰老，白发苍苍的他经不住力大无比的赫拉克勒斯这轻轻地一掷，立即倒地身亡。赫拉克勒斯本无心伤害老师，所以看到这种结果十分后悔。这时，他想起了老师平常虽然要求严格，但是教自己功课的时候的确是非常尽心尽职，感到十分痛心的他把自己告上了法庭，要求法官判自己一个谋杀罪。

当时主持法庭的是知识渊博、公正不阿的宣法官拉达曼提斯。他仔细地调查了事情的进过，然后宣布将赫拉克勒斯无罪释放。

虽然赫拉克勒斯被免于治罪了，可是他的养父安菲特律翁非常担心力大无穷的儿子以后还会不小心犯下类似的罪过，于是就把他送到了乡下的一片牧场里去放牛。赫拉克勒斯在这里茁壮成长，过了几年之后，他长成了一个高大健壮的青年。他似乎继承了生父宙斯的威武雄壮，身高惊人，足足有一丈多，双目炯炯有神，犹如闪烁的炭火，蕴藏着无尽的力量。此外，他能文能武，弹琴唱歌、骑马驾车、射箭投枪样样精通，他射箭和投枪甚至到了百发百中的炉火纯青之境。当赫拉克勒斯长到十八岁时，已经成为整个希腊最英俊、最强壮、最有力量的男子汉。而这也就意味着他走到了人生的一个十字路口，进行命运的抉择的时候：他这一身出神入化的武艺和力量，会成为造福一方的工具，还是会成为祸害人间的帮凶？

处于十字路口上的赫拉克勒斯

赫拉克勒斯也意识到自己已经走到了人生的一个十字路口。于是，他离开了牧人和热闹的牛群，来到一个清净的地方，思考着自己以后的人生道路。

这是一个僻静的山谷，周围是茂密的森林和静静流淌着的小溪。赫拉克勒斯在一棵巨大的橡树下，在一块大石头上坐了下来，陷入了思索之中。突然，他看到两个女子朝着自己迎面走来。一位女子美丽高雅、仪态万千，她眼神谦和、举止端庄，着一袭洁白的长袍，没有多余的装饰，显得高贵而纯洁；另一位则雍容华贵、芳香袭人，她肌体丰盈、身材高挑，穿着一件有着无尽青春光辉的袍子，浑身散发着独特的女性魅力。她自己仿佛也意识到了自身的魅力，不住地打量着自己，又顾盼自如，看看周围是谁在爱慕着她美丽的容颜。

当这两位光艳亮丽的女子走近时，后一位女子紧走几步，赶在第一位女子前面朝着英俊的赫拉克勒斯走了过来，她伸出丰盈的双臂搂着她的肩膀说："赫拉克勒斯，我看得出，你还在踌躇应该选择怎样的生活道路。选择我做你的朋友吧，如果你选我做你的朋友，我会领你走上一条最快乐、最舒适的道路。在这条道路上，你将会尝到生活中各式各样的欢乐的滋味，一辈子不会有任何烦恼和不平。夏天我会为你找来冰雪，冬天我会为你准备温暖的火炉；你不用参加任何战争，不用去操心做买卖的事，你只需要睡在温暖柔软的床上，享用美酒和佳肴，衣来伸手、饭来张口；你可以生活得轻松快乐，你不用干任何事情，不管是体力的还是脑力的，但是你可以尽情享用别人的劳动果实，生活中的一切你都可以随心所欲，你会有享不尽的荣华富贵，因为我给予我的朋友享用一切的权利。"

"那么，美丽的女子，请问我该怎么称呼你呢?"赫拉克勒斯听了这番诱人的话语后诧异地问她。"我的朋友们都称我为幸福女神，"她回答道，"但那些恨我、想贬低我的却给我起了个绰号叫邪恶女郎。"

就在这时，第一位女子也就是美德女神也已经来到了赫拉克勒斯前面，她安静地听完了第一位女子对赫拉克勒斯的许诺。这位女子的眼睛带有湿润的忧伤，她用低沉而好听的声音对赫拉克勒斯说："亲爱的赫拉克勒斯，我认识你的父亲，也清楚你的天赋和你所受的良好教育，因此我非常确信如果你选择我指引给你的路，那么你将成为一位叱咤风云、建功立业的伟大人物。但是，我必须明确地告诉你，我不能保证你享受荣华富贵。神明们是非常喜欢你的，但是神明赐予人类的一切美好的东西都不会是白白从天上掉下来的，每一样都需要辛苦努力才可以获得。如果你希望得到神祇的庇佑，那么你首先应该敬奉神明；如果你想得到朋友们的爱戴，那么就应该先学会助人为乐；如果你想得到整个城邦的尊重，你就应该先为它效力；如果你想赢得全希腊的赞美，那么你就应该为全希腊谋幸福……一分耕耘一分收获，你想赢得战争，就必须学会战争的艺术；你想保持强健的体魄，就必须先让它得到锻炼。"

"邪恶女郎"突然打断了她的话说："你看，亲爱的赫拉克勒斯，她为你指引的道路只听一下就这么漫长和崎岖了，你要受多少苦才能到达她所说的目标呀？而我为你指明的那条道路，却可以以那么舒服的方式引导你走向幸福。"

听到这番话，美德女神对"邪恶女郎"说："你这个说谎的女人，你的所作所为没有一点美的东西,你从来就不知道什么是真正的幸福。因为你还没有触碰到幸福的时候,就已经没有追求。你从来就没有感受过饥饿的滋味,因为你不等饿就已经饱餐过了;你也从来没有感到干渴过,因为还没有感到渴你就已经去饮水了。但是,你也就永远失去了饱足的快乐和久旱逢甘霖般的酣畅。任何柔软而温暖的床都已经不能使你满足。你让你的朋友们在大白天酣然入睡,却在晚上通宵畅饮、放荡狂欢,多少美好的时光就在这黑白颠倒、醉生梦死中白白流失了。他们在青春年少时花天酒地、挥霍时光,过着放荡的生活,到年老时却为了过去的荒唐时光而悔恨不已。你呢?你虽然也是神,拥有不朽的生命,但是却为其他诸神所唾弃,为善良正直的世人所不齿。平心而论,你听到过真心的赞扬吗?你做的哪一件事得到过大家由衷的喝彩吗?相反,我却受到诸神和一切善良正直的人的欢迎。我是艺术家们的使者,是天下父母亲忠诚的保护者,是人们仁慈的庇护者,是和平事业的支持者,是战争中最可靠的盟友,是友情中永远不会背信弃义的伙伴。对于我的朋友们来说,正常而有节制的健康的饮食睡眠比黑白颠倒、花天酒地的生活更有吸引力。年轻人会为受到老人们的夸奖而由衷地喜悦,老人也会为受到年轻人的尊重而快乐。老人们在回忆起从前的行为时会感到满意和自豪,因为他们从来就没有虚度时光。年轻人对于现在的作为也会感到高兴,因为现在做作的一切都会让他们觉得自己充满了活力。因为他们以我为友,众神庇佑他们,朋友爱戴他们,国人推崇他们。当他们走到生命尽头的时候,他们不会默默、毫无光彩地走进坟墓,人们不会把他们遗忘,他们的功绩将永远被后世纪念,他们的荣耀将永远照耀着人间。啊,赫拉克勒斯,如果你选择这样的生活道路,你也会成为这样的人,命运的荣耀将会属于你,你会得到真正的幸福。”

赫拉克勒斯初试身手

说完这番话之后,两位女子顿时消失了,只剩下赫拉克勒斯独自一人留在原地。两个女子所说的话似乎还萦绕在他的耳边,他决心选择美德女神所指引的道路。不久之后,他就找到了行善做好事,开始踏上“美德之路”。

众所周知,希腊诸国森林密布、沼泽遍野,各种野兽出没其中,害人性命。其中最厉害的就是凶恶的猛狮和青面獠牙的野猪了。因此,自古以来,除掉这些猛兽,把希腊人从这些危害人类的野兽中解救出来就是古代英雄们的伟大的壮举之一。在赫拉克勒斯所处的时代里,猛兽们也是危害人间的一大祸害,于是他决定效仿前辈英雄们的壮举,完成这一艰巨的任务。

这时,赫拉克勒斯的母亲和养父已经移居到了底比斯城,于是,成年之后的赫拉克勒斯从乡下的牧场到了底比斯。他刚到就听说,在基太隆山脚下,底比斯国王克瑞翁的牧场里有一头凶猛的狮子正在为非作歹。一听到这个消息,赫拉克勒斯耳边立刻响起了美德女神的教诲,他立即做出了决定。很快,他全副武装,孤身一人爬上了渺无人烟的荒山,等候着那头令众人闻风丧胆的狮子。到了傍晚,他突然听到了几声惊雷般的狮吼，一头足足有一个小山包那么大的雄狮出现了。赫拉克勒斯毫不畏惧，纵身一跃，跨坐在了狮子身上，他一手抓住雄师的鬃毛，一手抡起拳头狠狠地朝着狮子的头打去。赫拉克勒斯真不愧是宙斯的儿子，人间无双的大力士，只见这头原本威风凛凛的大狮子很快就蔫了，挣扎了几下倒了下去。赫拉克勒斯在狮子倒地之前已经轻轻一跃，稳稳地站在了地上。他手起刀落，几下就干脆利落地剥下了完整的狮皮，披在了肩上，然后又把狮头割下来。之后，他大步流星地下山了。

在他下山之后凯旋归城的路上，遇到了明叶国国王埃尔吉诺斯派往底比斯的使者们，他们是向底比斯人收取年贡的。赫拉克勒斯向他们问了一下这个"年贡"的由来，发现这原来是明叶国依靠武力强迫底比斯交纳的，是一种既不合理又令人感到屈辱的沉重负担。赫拉克勒斯一听顿感愤愤不平，他要为底比斯人讨回公道，把那些受压迫的人解救出来。于是，他三下五除二把这些趾高气扬的使者们打翻在地，然后把他们捆绑起来送回了明叶国。

明叶国国王埃尔吉诺斯看到被捆绑回来的使者们感到怒不可遏，这还是底比斯第一次敢这么对待明叶的使者呢。在跟使者们询问清楚事情的经过后，埃尔吉诺斯强令底比斯国王克瑞翁交出"罪魁祸首"赫拉克勒斯。底比斯国王克瑞翁是个生性怯懦的人，他虽然也知道赫拉克勒斯的所作所为是为了维护底比斯人的尊严，但由于畏惧明叶国强大的国力，他准备满足明叶国王的要求。赫拉克勒斯听到这一消息后，在克瑞翁动手之前就早早动员了一批血气方刚、早已不能忍受明叶国压迫的勇敢青年同他一起抵抗敌人。但是，虽然人手凑齐了，但是他们在当地却找不到任何武器。原来，明叶人为防止底比斯人叛乱，早已收缴了所有的武器。

雅典娜女神看到了人间所发生的这一切，便把赫拉克勒斯召进了自己的神庙，这个神庙里有不少精良的武器。这些是底比斯人的祖先在战争中缴获后献祭给众神的战利品。雅典娜把这些武器送给了赫拉克勒斯和他的同伴们，并且把自己的盔甲送给了赫拉克勒斯，将他武装了起来。赫拉克勒斯和一同前来的勇敢青年们得到了雅典娜的礼物后更是群情振奋，他们纷纷拿起武器，一起朝着明叶国出征了。

走到一处狭窄的山谷中时，他们与闻讯赶来的明叶国人马狭路相逢了。明叶国的国王埃尔吉诺斯亲自率领着这个庞大的军团，他们人多势众、来势汹汹。但是，在这么一片狭窄的弹丸之地，明叶的士兵虽多，却根本施展不开，受到了很大的限制。相反，赫拉克勒斯率领的小部队虽然人数上远远不及明叶国的部队，但人人皆是万里挑一的勇士，且受明叶国压迫多时，心里都憋着一股必胜的劲儿。又加上他们的统领赫拉克勒斯奋勇无畏一马当先，这大大地鼓舞了底比斯人的士气。很快就把他们的明叶国的部队打得溃不成军，连他们的国王埃尔吉诺斯也在混战中被底比斯的勇士杀死了。可是，赫拉克勒斯的养父安菲特律翁也在战争中不幸中箭，战死沙场了。这次遭遇战结束后，赫拉克勒斯迅速率军杀进明叶国的都城奥耳科墨诺斯，他们放火焚烧了王宫，毁坏了这座城池，洗雪了多年来加在底比斯人身上的耻辱。

一时间，赫拉克勒斯的英勇事迹传遍了希腊诸国，全希腊的人都赞颂他非凡的英雄气概。底比斯国王克瑞翁为奖励赫拉克勒斯的丰功伟绩，把女儿墨伽拉许配给他为妻。后来，墨伽拉为他生了三个儿子。诸神也送给这位英雄许多贺礼。神的使者赫耳墨斯送给他一把宝剑，太阳神阿波罗送给他一把神弓，神匠赫菲斯托斯送给他一个金箭袋，智慧女神雅典娜送给他一副崭新的青铜盾牌。另外，我们在前面说过赫拉克勒斯的养父安菲特律翁在与明叶国的战争中战死沙场了，于是他的母亲阿尔克墨涅改嫁了，嫁给了法官拉达曼堤斯。

赫拉克勒斯帮助诸神战胜巨人

赫拉克勒斯接受了诸神珍贵的馈赠，他非常感激，并暗暗打定主意要报答他们。很快，他就找到了这样的机会。

原来，大地女神该亚曾经和第一代天神乌拉诺斯生下了一群巨人，它们是一群怪物，生得面目狰狞、形容可怕：满脸都是杂乱的长须，飘着杂乱的长发，没有长脚，只在身后拖着一条长长的带鳞的龙尾巴。他们的母亲地母该亚唆使他们反对世界的新主宰宙斯，因为宙斯曾经把该亚从前生下的一群孩子，也就是提坦巨人们全都打入了塔耳塔洛斯地狱。这群巨人怪物们从地下冲了出来，在特萨利亚的田野上冒出来。他们的出现引起了极大的震动，草木为之含悲，风云因而变色，连阿波罗都慌忙掉转了太阳车的方向。

“去吧，我的孩子们，为我，为昔日的神之子报仇吧！”大地之母该亚对他们说，“秃鹰正在啄食着普罗米修斯的肝脏；提堤俄斯也正在遭受着痛苦，宙斯用闪电击中了他，他躺在地上，遭受着两只大雕的啄食；阿特拉斯被判处背负着苍天；提坦巨人们被铁链锁住受尽折磨……去吧！去为他们报仇，去拯救他们！用我的躯体——高高的山峰——作为武器和阶梯吧！登上星光照耀的天庭！阿耳克尤纳宇斯，你去夺下暴君宙斯手中的神杖和雷电！恩刻拉多斯，你去征服海洋，赶走波塞冬！律杜斯，你去夺下太阳神阿波罗手里的缰绳！珀耳菲里翁，去占领得尔斐的神殿！”

巨人们听了该亚这富有感召力的命令之后，一起大声欢呼，好像他们已经取得了胜利似的。他们纷纷登上了特萨利亚山，准备从那里向天空和诸神发起冲击。

与此同时，众神也知道这件事情，宙斯连忙召集诸位天神、水神以及地府里的命运女神，让大家集合起来，共同商量对付巨人们的办法。本来就住在奥林匹斯山上的诸神自不待说，早已集中在一起。所有死者们的国王冥王哈里斯也骑着他畏光的骏马离开了冥府，连一贯很少出门的冥后珀耳塞福涅也陪着她的丈夫一起爬上了金光闪闪的奥林匹斯山；海神波塞冬也举着他的三叉戟，乘着他长鬃烈马的金车在海面上疾驰而过，赶往奥林匹斯山……这时的奥林匹斯山就如同一座被包围的城市，里面的众神如同这座城市的居民们，从四面八方涌来保卫城池。

在众神们都集合到奥林匹斯山之后宙斯说："诸位神，你们也都看到了吧，大地之母是多么恶毒地反对我们呀。大家都起来进行战斗吧！她给我们派来多少怪物儿子，我们完完整整地给她送回多少具尸体！"

宙斯不愧是万神之父，随着他慷慨激昂的讲话声，天空中响起了一阵又一阵惊天动地的惊雷。而天空下面的地母该亚也毫不示弱，她在下面掀起猛烈的地震，作为对天上轰隆隆的雷声的示威。顿时，天上电闪雷鸣，地上地动山摇，大自然又像回到了混沌初开的时候，陷于一片混乱之中：巨人们毫不费力地拔掉一座又一座高耸的山峰，又把特萨利亚的俄萨山、佩利翁山、俄塔山和阿托斯山重重叠叠地堆砌起来，然后他们又用赫贝罗斯源头的一半泉水冲走了罗杜泼山。这些堆砌起来的山成了巨人们通往诸神驻地的阶梯，他们踩着这阶梯，手里拿着燃烧的栎木大棒和巨大的石块，向奥林匹斯山发起了猛烈的攻击。

众神们在与巨人奋力战斗的时候得到一则神谕：只有让一名凡人参与到与巨人的战斗中，诸神才能杀掉那些来犯的巨人。该亚也知道了这则神谕，她为了保证自己的巨人儿子们不会受到凡人的伤害，找到了一种有效的方法：把一种药草捣碎涂抹在巨人们的身上。然而，宙斯也早已洞悉了一切，他抢先一步，命令黎明女神、太阳神和月亮女神不要放射出光芒，于是整个大地陷入了一片无边的黑暗之中。该亚什么也看不见了，但是救子心切的她还是在黑暗中摸索着到处寻找那种神奇的药草，但是她怎么也没有想到，宙斯已经把药草收割了起来。他命令雅典娜将药草交给自己在凡间的儿子赫拉克勒斯，并要求他前来参加对巨人的战斗。

奥林匹林斯山上正在燃烧着熊熊的战火，众神正在与巨人在战争中奋力冲杀。战神阿瑞斯更是一马当先，锐不可当。只见他威武地坐在战车上，连车前的骏马都受到了主人士气的感染，高声嘶鸣起来。他一声大喊，驾着马车朝着战到狂热的巨人们冲了过去。他的手里是闪闪发光的金盾，比燃烧着的火焰还要耀目。他的头上戴着闪亮的战盔，上面的羽毛正在风中呼呼作响。他的战车前迎面而来的是蛇足巨人珀洛罗斯，只见他毫不迟疑举枪便刺，一下子刺穿了巨人的蛇足，又驾着战车碾过巨人珀洛罗斯已经中枪的肢体。但奇怪的是，虽然战神英勇无敌，但是那些巨人们却怎么也杀不死。这次又是这样的情况，战车碾过珀洛罗斯的身体时，他痛苦地挣扎了一下，但是仍然没死，因为他有三个灵魂。就在这时，凡人赫拉克勒斯在雅典娜的带领下爬到了奥林匹斯山顶。珀洛罗斯刚一看见赫拉克勒斯，三个灵魂才飘离了肉体，真正地死了。

赫拉克勒斯一到奥林匹斯山就有如此效果，这大大地激励了他，本来就雄心勃发的他更是感到了身体内有无穷的力量等待着一个光辉的出口。他环顾了一下战场，给自己找到了第一个目标：阿耳克尤纳宇斯。他举起自己的弓箭朝着阿耳克尤纳宇斯射去，一箭就射中了他。巨人从奥林匹斯山顶滚落了下去，可是刚一接触到大地，他又复活了。雅典娜告诉了赫拉克勒斯这到底是怎么回事：他只要接触到大地就会复活并且浑身充满力量，因为大地该亚是他的母亲，他能从大地吸取能量。明白了这一切之后赫拉克勒斯也追了下去，他把阿耳克尤纳宇斯从地上高高地举了起来并扼住了他的脖颈，可怜的阿耳克尤纳宇斯离开了大地再也没有了无穷无尽的力量，死去了。

就在这时，巨人珀耳菲里翁来势汹汹地朝赫拉克勒斯和赫拉猛扑过来，要跟他们决一死战。宙斯看穿了他的企图，是巨人突然产生了想要一睹神后芳容的念头，而宙斯早已在赫拉的身后做好了准备。可怜的巨人刚掀开赫拉的面纱，还没来得及看到赫拉的庐山真面目，宙斯就发出了雷电击中了他。赫拉克勒斯又朝着他射出了一箭，他就当场毙命了。

巨人埃菲阿耳斯又跑了过来，他的双眼与众不同，总是喷射着耀眼的火焰。"看呀，我们的箭靶子真有趣，多么明亮呀！"赫拉克勒斯大笑着对身旁的战友阿波罗说。于是，这两位异母的兄弟一起动手，同时射出两箭，赫拉克勒斯射中了巨人的右眼，阿波罗射中了巨人的左眼，埃菲阿耳斯那燃烧着的双眼一下子便失去了光芒，瞬间黯淡了下来。

其他的众神也是八仙过海各显神通。酒神狄俄尼索斯举起自己挂满了葡萄的酒神杖，一下子便把律杜斯打倒在地。火神与工匠之神赫菲斯托斯单手抛出一把烧得通红的铁弹，朝着巨人刻吕提俄斯掷去。灼热的铁弹像暴雨一样浇向了巨人，可怜的巨人疼得哇哇直叫，当场倒地身亡了。雅典娜则举起西西里岛，朝着正想逃跑的恩刻拉杜斯狠狠地砸去，把他压住了。而海神波塞冬则在大海上追击着波吕波特斯，一直把他追到了爱琴海的可斯岛。波塞冬又劈裂了海岛的一角，将他永远地埋在了里面。众神之使赫耳墨斯也毫不逊色，他头上戴着冥神哈里斯的隐身头盔，杀死了巨人希波吕托斯。命运女神也用铁棒砸死了两个巨人。其余的巨人要么被宙斯用雷电击死，要么被赫拉克勒斯用弓箭射杀。

由于赫拉克勒斯在战斗中立下了赫赫战功，诸神对他都称赞有加。宙斯为了表彰与巨人英勇作战的众神，把所有与自己并肩作战的众神都嘉奖为"奥林匹斯人"，并把这个特殊的称谓当作对勇敢者的十分荣耀的称号。获得这个荣誉称号的只有两个凡人，那就是凡间女子为宙斯所生的两个儿子，即狄俄尼索斯和赫拉克勒斯。

赫拉克勒斯与欧律斯透斯

早在赫拉克勒斯出世之前，宙斯就对这个即将到来的儿子钟爱有加。他曾经在众神的聚会上宣布，让帕修斯的第一个曾孙子统治所有帕修斯的后人。众神都很明白宙斯的企图：他是想把这份荣誉给予他和阿尔克墨涅将要出生的儿子。可是天后赫拉对这件事却感到相当不痛快，她既妒又恨。妒的是宙斯对自己的这个情敌阿尔克墨涅深情款款，要给她的儿子这样的殊荣；恨的是宙斯完全不顾及自己这个万神之母的感受和脸面，居然当着众神的面宣布这件事，让自己非常难堪。

于是她施展诡计，让帕修斯的另一位曾孙欧律斯透斯提前出世了，本来他要比赫拉克勒斯晚好长时间出世的。因此，欧律斯透斯成了帕修斯的第一个曾孙，按照宙斯之前的宣布做了迈锡尼的国王，而后来出生的赫拉克勒斯则成了他的臣民。

此时的赫拉克勒斯已经做出了很多的功绩，包括获得了代表无上殊荣的“奥林匹斯人”称号。国王欧律斯透斯对他赫拉克勒斯那显赫的声名感到非常不舒服，觉得自己这个国王的威严受到了损害。于是，国王就像召见普通臣民一样把赫拉克勒斯召来，并给他布置了一堆艰难的任务。赫拉克勒斯自然不愿意对这么一个才能平庸又心胸狭窄的国王臣服。宙斯虽然疼爱自己在人间的儿子赫拉克勒斯，但是作为众神之主又不好公然出尔反尔，对自己之前的规定不认账，于是命令儿子执行国王的命令。这时已经半神半人的赫拉克勒斯感到非常不甘，自己能够跟众神一样与巨人作战毫不逊色，此刻却要当一个庸碌凡人的奴仆，这是多么让人难以忍受呀！于是他便离开家来到得尔斐神庙祈求神谕。神谕昭示说：由于赫拉的诡计欧律斯透斯得到了王位，赫拉克勒斯必须完成国王交给的十项任务。但是等到这些任务完成以后，他就可以升格为长生不老的神。

听到这神谕，赫拉克勒斯心头郁闷，陷入了深深的悲哀和矛盾之中。一方面，听命于一个庸碌卑劣的凡人自己实在是不乐意，那简直有损他的尊严和名节；另一方面，可是他又不敢违抗父亲宙斯的旨意。他陷入了深深的痛苦之中。

就在这时，赫拉又抓住机会对赫拉克勒斯施展了一次诡计，全然不顾赫拉克勒斯在与巨人的战争中对诸神的帮助。她让赫拉克勒斯陷入了精神错乱，由心情烦扰变成了脾气疯狂暴躁。陷入癫狂的赫拉克勒斯完全不能自制，要去杀害自己心爱的侄子伊俄拉俄斯。这个侄子远远看到赫拉克勒斯狂暴的样子非常害怕，慌忙逃走了。而这时的赫拉克勒斯在疯狂情绪的笼罩下竟然把自己和墨伽拉所生的三个儿子看成了巨人，放箭将他们全部杀死了。神志清醒后，他痛悔不已。但是，不管怎样，杀掉了亲生儿子是非法的。于是他就赶到得尔斐城的阿波罗神庙去请求神明的帮助。“我是无罪的，”赫拉克勒斯哭诉道，“天神呀，我不想杀我自己的儿子。犯法的是赫拉那个恶婆娘。她捣鬼，让我精神错乱才干下这件蠢事。但是，我也有罪，因为我的双手沾上了我儿子的热血。我想赎罪，可是天神，我不知道怎么办才好。”神通过女祭司之口回答说：“你去给国王欧律斯透斯服役。做完他交给你的十件差使之后，你就可以涤除罪恶。”

赫拉克勒斯把自己关闭在屋子里，不见任何人。随着时光的流逝，他心头的痛苦才有所减轻。他决定重新振作起来，去完成欧律斯透斯交给的任务，以洗涤自己的罪恶。

第一件任务：勇斗尼密阿巨狮

国王欧律斯透斯交给赫拉克勒斯的第一件任务是：赫拉克勒斯必须剥下尼密阿巨狮的毛皮交给他。

这头巨狮生活在阿耳戈利斯地区伯罗奔尼撒半岛的涅墨亚大森林中，这个大森林位于克勒涅纳和尼密阿之间的大森林里。这个狮子非比寻常、凶悍无比，人间的武器根本不能伤害它一丝一毫。有人说，巨狮是巨人堤丰和半人半蛇的女怪厄喀德娜的儿子。还有人说，它本不是凡间的动物，是从月亮上掉到地上来的。

赫拉克勒斯对那些关于巨狮多么不可战胜的传闻自然是毫不在意，他背着箭袋，一手拿着神弓、一手拿着根木棒便踏上了捕杀巨狮的征程。说起这个木棒也不寻常，是他在赫利孔山将一棵橄榄树连根拔起精心制成的。他一路奔波，来到了克勒涅纳，在这里他遇见了一个短工莫洛耳库斯，并受到了他的热情接待。莫洛耳库斯正想宰杀一头牲口献祭给宙斯，但被让赫拉克勒斯阻止了。他说："善良的人呀，让这头可怜的牲口再多活三十天吧！如果那时候我能够带着巨狮的毛皮顺利地回来，那么你就把牲口献祭给救星宙斯。如果我死了，你就把我当作升入神界的英雄把它献祭给我吧。"

说完这番话之后，赫拉克勒斯继续前进。几天之后，他终于来到了涅墨亚大森林。这时正是正午，但是由于这片森林非常茂密，即使在大白天光线也不能完全照射进来，所以整个森林一片昏暗，愈发增加了紧张恐怖的氛围。但这些对于大英雄赫拉克勒斯来说，却只能增加他临战的兴奋。他机警而冷静地四处扫视，却没有发现巨狮活动过的任何蛛丝马迹。并且非但巨狮，赫拉克勒斯连个人影都找不到。原来当地的人非常害怕这头狮子，所有的人都由于害怕而躲在家里，闭门不出。打探不到狮子活动的具体范围，赫拉克勒斯只好在整个森林里走来走去，时刻准备着向巨狮发起进攻。直到黄昏时刻，巨狮才终于出现在一条林中小路上。它姿态悠闲，慢慢地沿着小路朝自己的洞穴走去。它应该刚刚捕食回来，因为它的肚子已经吃得鼓鼓的，嘴上、鬣毛和胸脯上还滴着点点鲜血。它一边走一边舔着嘴上的鲜血，非常惬意非常放松，并没有看到隐藏在前面不远处树丛里的赫拉克勒斯。

但是，赫拉克勒斯却早已经看到了它，并已经隐藏在不远处的茂密的树丛里，悄悄地等它走近。等到巨狮慢慢地靠近了之后，赫拉克勒斯张弓搭箭，瞄准它的肋部射去一箭。可是他的箭却像碰在石头上一样反弹下来，落在满是苔藓的地上，连巨狮的一根毫毛都没有伤到。狮子被这突如其来的偷袭激怒了，它昂起那血淋淋的头，转动巨目四下张望，可怕的巨牙在咆哮声中全露了出来。就在它停下来四处张望攻击来自何方的时候，正好把胸脯正对着赫拉克勒斯。这位半神半人的英雄抓住时机，赶紧搭上第二支箭，用尽全力朝它的心脏处射去。赫拉克勒斯本以为心脏是巨狮的致命之处，这次应该能伤到它了。可是这次也一样，箭从它的胸部反弹了下来，掉在了地上，巨狮毫发无伤。

就在赫拉克勒斯赶紧取出第三支箭，要向巨狮射去的时候，狮子已经发现了他。它大吼一声，竖起鬣毛，夹起尾巴，弓起背猛地一蹿，向赫拉克勒斯扑来。它的脖颈因狂暴而膨胀地像水桶一样粗，巨大的眼睛因为愤怒而变得血红，着实是来势汹汹，令人闻风丧胆。但是赫拉克勒斯在连射两箭也伤不到它的情况下依然不慌不乱，他扔掉手中的弓箭和披在身上的狮皮，右手挥起木棒朝巨狮的头狠狠打去，狮子从空中落了下来，摇晃了几下倒在地上，几乎失去了知觉。但它过了一会儿就又缓过了神，四肢颤抖着站了起来。赫拉克勒斯见状干脆把右手的木棍也扔了，腾出双手，一下子蹿到了巨狮的身后，紧紧地抱住狮子的脖子，狠命地卡住了它的喉咙。狮子猛烈地挣扎着，但是赫拉克勒斯可是以力气大闻名于世的，要知道他还在摇篮的时候就扼死了赫拉派来害他的两条巨蛇呢。所以，巨狮在赫拉克勒斯的手中挣扎了一阵之后，终于断了气。

赫拉克勒斯战胜了号称无人能敌的巨狮，但是又碰到了一个难题。按照国王的命令，他需要把这头狮子的毛皮剥下来交给他。这可是个天大的麻烦，因为任何石头、甚至铁器都无法在它身上划出一道口子。赫拉克勒斯费了半天周折，可是巨狮的皮毛还是完好无损。他刚才跟狮子搏斗了好一会儿，现在又为了它的毛皮折腾了半天。这会儿他也感到有一些累了，就在巨狮的旁边坐了下来，准备休息一会儿。这时，他的目光不经意地扫过了巨狮，突然看见了它那还粘着血迹的利爪。突然一道亮光闪过了他的脑海，他想出了一个绝妙的办法。兴奋的赫拉克勒斯顾不得休息，跳起来抓起狮子的利爪就朝着它的皮划去。这个方法果然有效，本来刀枪不入、坚硬无比的狮皮在它自身的利爪下不再顽固，赫拉克勒斯很快就把整个狮皮剥了下来。后来，赫拉克勒斯用这张奇异的狮皮做了一身人人羡慕的铠甲，还用狮子的头骨做了一只头盔。当然了，这些都是后话。现在，他把带来的狮皮和武器收拾好，把这新收获的巨狮的狮皮披在肩上，开始返程。

赫拉克勒斯按照约定来到莫洛耳库斯那儿的时候，正好过去了三十天。莫洛耳库斯以为赫拉克勒斯已经被巨狮吃了，正在忙着准备给他的亡灵献祭。所以，当这位英雄突然披着迈阿密狮的巨大狮皮出现在他的面前时，他不禁惊喜交加。于是两人一起把供品献祭给救世主宙斯，而后，赫拉克勒斯告别了莫洛耳库斯，往故乡走去。

这时，国王欧律斯透斯以为赫拉克勒斯已经被巨狮吞掉了，正在为除去了自己的眼中钉而高兴，却突然看见赫拉克勒斯披着巨大的狮皮凯旋。他顿时吓得双腿发软，躲进了一只大酒桶。他觉得赫拉克勒斯身上有一种不可思议的力量，从此再也不让赫拉克勒斯走近自己，以后的各项命令都由珀罗普斯的儿子库泼洛宇斯为他传达的。

第二件任务：杀死九头蛇许德拉

赫拉克勒斯从国王那儿接到的第二件任务是杀死九头蛇许德拉。许德拉是巨人堤丰和厄喀德那所生的女儿。她是一条巨型的水蛇，居住在阿耳戈利斯的勒那沼泽地里。她常常爬到岸上，糟蹋庄稼，残害牲畜。她身躯硕大且凶猛异常，最厉害的是她有九个头，其中有八个头可以被杀死，而第九个头，也就是中间直立的那一个却是杀不死的。

赫拉克勒斯却偏偏不信那个邪，他勇气十足地驱车去冒险了。为他驾车的是他的侄儿伊俄拉俄斯，伊俄拉俄斯跟赫拉克勒斯的关系非常好，是他非常得力的左右手。他们驾着车如离弦之箭般朝着勒那沼泽地飞驰而去。

很快，他们就找到了许德拉藏身的洞穴，伊俄拉俄斯急忙拉住马缰绳，赫拉克勒斯跳下马车。许德拉可比迈阿密的狮子狡猾多了，她注意到有人守在了洞口，但是并不贸然出击，只是在洞中昂起了九个头做好了攻击的准备，想等到敌人冲进洞来就一下子把他们的头咬掉。可是赫拉克勒斯比她更聪明，他用带火的箭射向洞穴，一连射了几箭，九头蛇许德拉蛇妖在洞中无处可躲，就出了洞。许德拉发出了嘶嘶的嘘气声，吐着火红的舌头，九个头在脖子上咄咄逼人地摇晃着，样子十分可怕。他一下子冲到赫拉克勒斯的面前，赫拉克勒斯无所畏惧地迎上去，用力一把抓住她的脖子，卡得紧紧的。但她却猛地缠住赫拉克勒斯的一只脚，赫拉克勒斯抽出宝剑使劲地向着她的头砍去。但是砍掉了一个，马上又长出一个来。就在这个时候，她的一只巨蟹也跑来参战了。它用巨钳死死地咬住了赫拉克勒斯的脚。赫拉克勒斯怒不可遏，举起宝剑便将它砍死了，同时，呼喊伊俄拉俄斯点一根火把过来援助。伊俄拉俄斯把附近的树林点着，然后用熊熊燃烧的树枝灼烧许德拉刚长出来的蛇头，让它不再长大。于是，赫拉克勒斯乘许德拉痛苦不堪之际砍下了她那颗不死的头。他让伊俄拉俄斯将它埋在路旁，并且亲自动手滚来一块巨大的石头压在它上面。要知道，赫拉克勒斯是当时最有力气的人，他滚来的这块石头可是其他任何人都搬不动的巨石。

至此，赫拉克勒斯已经完成了国王交给的第二件任务。并且，他还有了另外的收获。原来，早在接到这件任务之前，赫拉克勒斯就听说过许德拉的血是有剧毒的。所以，他在杀掉许德拉之后又把蛇身劈作两段，用她的毒血来浸泡自己的所有箭头。所以从此以后，凡是中了赫拉克勒斯的箭受伤的人都无药可医、必死无疑。

第三件任务：生擒刻律涅亚山上的牝鹿

欧律斯透斯交给赫拉克勒斯的第三个任务是要他生擒刻律涅亚山上的牝鹿。这件工作跟前两件完全不一样，不需要太大的勇气和力量，但却需要非凡的耐心和毅力。

这牝鹿是头很漂亮的动物，它金角铜蹄，自由自在地生活在亚加狄亚这座景色优美的山丘上。说起这头牝鹿，也不是个泛泛之辈，还有一段不平凡的来历。它是女神阿尔忒弥斯首次打猎时捉到的五头牝鹿之一，其余的四头都被女神带走了，只有它被放回了亚加狄亚，因为命运女神规定：将来有一天，半人半神的大英雄赫拉克勒斯会为追捕它而累得筋疲力尽。

命运女神的话果然实现了，为了活捉这只牝鹿，赫拉克勒斯追着他整整跑了一年还是没有抓到。因为活捉实在是比射杀难得多，既要把它抓在手中，还不能伤害它的性命。他毫不停息地跟在它的后面跑，一直追到了北极净土族人居住的地方和伊斯忒河的发源地。据说,这里的太阳一年只出来一次。最后,赫拉克勒斯终于在邻近阿尔忒弥斯山的拉冬河岸上追上了这头牝鹿。

赫拉克勒斯这时实在已经精疲力竭了,为了迫使它停下来,他不得不朝着牝鹿的腿射出了一支没毒的箭,然后把受伤不能继续奔跑的牝鹿捉住,把它扛在肩膀上回去向欧律斯透斯复命。

在回去的途中,他遇到了女神阿尔忒弥斯和她的哥哥阿波罗。阿尔忒弥斯一看自己放掉的牝鹿被射了一箭,扛在了赫拉克勒斯的肩膀上,非常生气。她斥责他伤害她放生的牝鹿是亵渎神灵,并且命令赫拉克勒斯立刻把牝鹿放掉。

赫拉克勒斯既不慌乱也不畏惧,他既有礼又有节地辩解说:“伟大的女神,我怎么敢亵渎你的威仪呢。我之所以敢斗胆射伤您放生过的神圣动物也是迫于无奈呀。如果我不捉住他,怎么能按照众神之父的命令完成欧律斯透斯交给我的任务呢?”说完这话之后,赫拉克勒斯向女神详细地解释了事情的来龙去脉。

赫拉克勒斯这番话既充满了尊敬又说明了事情的来由,所以这话总算平息了女神的怒气。于是,赫拉克勒斯扛着活捉的牝鹿向欧律斯透斯交差领下一件任务去了。

第四件任务:活捉厄律曼托斯山上的野猪

紧接着,赫拉克勒斯又从欧律斯透斯那里接到了第四个任务,这个任务跟他已经完成的第三件任务非常相似,那就是活捉厄律曼托斯山上的野猪,并把它完好无损地带回迈锡尼,交给国王欧律斯透斯,来作为献给女神阿尔忒弥斯的圣物。

这头野猪在厄律曼托斯一带危害甚大,它到处糟蹋庄稼,危害人畜。为了早日给当地居民除害,赫拉克勒斯接到任务后就马上出发了。在赶往厄律曼托斯山的途中,赫拉克勒斯碰到了半人半马的福罗斯。福罗斯是肯陶洛斯人,他热情地把赫拉克勒斯邀请到自己的家里,并且端出一盆烤肉招待客人,而他自己则吃生的。赫拉克勒斯碰到这么好客的马人心情很好,吃得非常高兴,也就不跟主人客气,跟马人说:“有如此佳肴,要是再有些美酒就更好啦。”福罗斯听后笑着说:“尊贵的客人,你鼻子还真灵,在我的地窖里就有一桶好酒呢。我那会儿就想是不是把它拿出来给你佐酒,想了想还是没敢。因为那是属于我们全体肯陶洛斯人的。您要知道,我那些同胞们都不太好客,他们把所有的外乡人都视作仇人。如果我把酒给你喝了,他们非杀了我不可。”

“拿来打开吧,”赫拉克勒斯说,“你已经是我的朋友了,没人敢找你的麻烦,我会保护你的,保证你不会受到他们的攻击。我现在真是口渴难忍呢。”

原来,这桶酒还与酒神狄俄尼索斯有些渊源呢。酒神曾经亲自把这桶美酒送给一个第一代马人,也就是肯陶洛斯人,并吩咐只有到第四代马人,且赫拉克勒斯到来时才能打开。福罗斯突然想起了这个说法,终于决定答应赫拉克勒斯的要求了。

于是，福罗斯走到地窖，打开酒桶，准备灌上满满的一罐美酒给赫拉克勒斯喝。可是他没有想到是，这桶酒不愧是酒神亲赠的仙酒，他刚把桶盖打开，就有一股浓郁的酒香扑鼻而来。很快，酒香就溢出了地窖，传了出去。马人们一闻到这浓郁的酒香，立马明白藏在福罗斯家地窖里的美酒受到了威胁，于是纷纷拿起石块或着木棒赶了过来，很快就把福罗斯家的酒窖围得水泄不通了。当马人们问明情况，得知福罗斯要把美酒给外乡人赫拉克勒斯喝的时候都非常生气。其中有几个胆大火气大的马人忍不住了，要冲进地窖杀死福罗斯。赫拉克勒斯哪会让福罗斯因自己而死，他马上从火炉里扯出一根正在燃烧的木柴上下挥舞着，把第一批要冲进酒窖的肯陶洛斯人打了回去。马人一看赫拉克勒斯如此神勇，都有些害怕，扔掉石头木棍便纷纷逃去。

赫拉克勒斯可不容他们逃掉，因为他知道如果让他们跑了，等自己走后他们还是会回来找福罗斯算账的。所以，他抓起弓箭就朝他们追去，他一边追一边射箭，一直追到了伯罗奔尼撒半岛东南角的玛勒河。那里恰好是赫拉克勒斯的老朋友、善良的马人喀戎居住的地方。肯陶洛斯人不知道喀戎与赫拉克勒斯的关系，纷纷往他那里跑以寻求避难。赫拉克勒斯正在追赶中也没有来得及多想，朝着这些马人便射去一箭，箭头擦过一个肯陶洛斯人的手臂，好像射中了什么人，因为赫拉克勒斯清楚地听到了呻吟声。他突然觉得这声音有些耳熟，就顺着自己箭头射过的方向看去，却看到箭头正插在自己幼时的好友喀戎的膝盖上。

赫拉克勒斯后悔不已，顾不得追杀其他马人，马上冲到喀戎身边，小心翼翼地把箭头拔了下来。然后，他又从自己的怀中掏出一贴药膏敷在喀戎的伤口上，这药膏还是精通医道的喀戎送给自己的呢，想到这里赫拉克勒斯心中更是难过万分。但是，喀戎那神奇的药膏这次却救不了自己，因为赫拉克勒斯射出的箭头曾经浸过许德拉的毒血，是无药可医的。

喀戎没有怪赫拉克勒斯，知道这只是误伤。他只是希望自己的弟兄能够把他抬回洞穴，然后死去，不再受箭痛的折磨。可是，连这个小小的愿望喀戎也实现不了了，因为他忘掉自己是长生不死的，他的伤痛将永远伴随着他。赫拉克勒斯含泪告别了让他悲痛万分的喀戎，他向自己的朋友许诺说不管花多大的代价，他都会请死神满足老朋友的愿望，让他从痛苦中解脱出来。后来，赫拉克勒斯实现了自己的诺言。

当赫拉克勒斯处理完喀戎那边的事回到福罗斯那里的时候，迎接他的是另一件悲伤的事：他这位热情的朋友也已经死在了地窖门外不远处。原来，在赫拉克勒斯追赶马人的时候，他从一个肯陶洛斯死者的身上拔出一支箭仔细看了起来。因为他非常好奇，这么一支小小的箭头没有射在要害处，为什么能在瞬间杀死一个身强体壮的马人呢？他研究了半天，没看出什么特别的地方，就顺手把箭丢到地上，不料箭划破了自己的脚，他即刻毙命了。

赫拉克勒斯感到悲痛不已，在短短的时间里自己就伤害了两位朋友，一位是幼时以来的至交好友，却因为自己的一时大意受着箭疼的折磨；一位是新结识的热情的朋友，却也因为自己之故死于非命。他怀着非常沉痛的心情为福罗斯举行了隆重的葬礼，将他葬在了一座山下。从此之后，这座山就叫作福罗山。

把福罗斯安葬好之后，赫拉克勒斯打起精神决定继续完成国王交给的任务，他喝了几大碗引起无数事端的美酒，然后信心满怀地上路了。失去朋友的悲恸都化作了行动的力量，赫拉克勒斯大声吼叫着，把野猪赶出了茂密的丛林，又在后面拼命地追赶，一直把它赶到了一个白雪皑皑的大平原上。筋疲力尽的野猪再也没有任何力气了，倒在了地上。赫拉克勒斯用早就准备好了的绳子捆住了野猪，活捉了它。然后，他遵照国王欧律斯透斯的命令将它活生生地带了回去。

第五件任务：清扫奥革阿斯的牛棚

国王欧律斯透斯眼睁睁地看着赫拉克勒斯完成了第四件任务，发现自己得改变一种策略，于是给了他一件特别的任务，也就是第五件任务：命他在一天之内把奥革阿斯的牛棚打扫干净。这件事情跟之前的那几件完全不同，之前的几件虽然有危险，但却能彰显出英雄的气概，但是这件事似乎是英雄所不屑干的。甚至对于一位有过无数辉煌业绩的大英雄来说，这算得上是一种屈辱。可是让欧律斯透斯没有想到的是，赫拉克勒斯既没有发火，也没有老老实实地把自己扔到满是牛粪的牛棚里一下下清扫，而是靠自己的智慧干净利索地完成了这件任务。

赫拉克勒斯要打扫的牛棚的主人是奥革阿斯，他是伊利斯的国王，拥有一个庞大的牛群，大概有三千多头。按照古代的习惯，奥革阿斯把宫殿前面的大片空地围了起来，将他所有的牛都关在里面。日积月累，这三千多头牛制造的粪便越来越多，简直像一座小山，并且牛粪的气味也越来越重。奥革阿斯国王正为这件事发愁呢，突然有侍者通报说有人前来表示愿意为他清扫牛棚。

国王大喜，赶紧召见。于是，赫拉克勒斯来到了国王的面前，表示自己的确愿意给他清扫牛棚，并且保证在一天之内把牛棚打扫干净，但他没有说这是欧律斯透斯交给他的任务。奥革阿斯国王打量着眼前这位身披狮皮的威武年轻人，想不明白为什么这样一位高贵的武士愿意干一件仆人都不愿意干的卑贱工作。但他转念一想，或许这个武士是贪图钱财想让我给他重赏吧。假如他真能在一天之内把牛棚打扫干净，那简直是替我解决了大问题，我可实在是闻够了那股牛粪味了，那我给他重赏也无妨；并且，这么多牛粪怎可能在一天之内打扫干净呢，一个月也完不成呀？单凭他一个人的力量，这件事无论什么人都不可能做到的。既然他肯定完不成，那我多许诺些报酬给他就是了。国王想到这儿，自信地说："听着，年轻的外乡人，假如你真能在一天之内，也就是在从日出到日落这段时间内把宫殿前面的牛棚打扫干净，我将把牛群的十分之一送给你。"

赫拉克勒斯欣然接受了这个条件，但是却没有如国王所料争分夺秒，开始着手准备清扫工作，而是叫来国王奥革阿斯的儿子菲洛宇斯，叫他作证人。更让国王吃惊的是,赫拉克勒斯在菲洛宇斯见证完之后表示,不用等到明天日出时分,现在他就可以开始工作,保证日落之前就可以清扫完毕了。

说完这番话,赫拉克勒斯就开始行动了,这时候国王还没回过神来呢。赫拉克勒斯走到牛棚地势高的一边,除掉围栏,挖了一条沟,把阿尔弗俄斯和佩纳俄斯河的河水引了进来。大水从牛棚地势高的一边流入,流经牛棚,带着里面大堆的牛粪从地势高的地方流出了。就这样,赫拉克勒斯连手都没有弄脏,就完成了任务,既没有弄脏衣服,也没有损害自己的名声。

几天之后,赫拉克勒斯要返回欧律斯透斯那里复命了,就向奥革阿斯说明了情况,并要求他兑现承诺。奥革阿斯本来以为赫拉克勒斯肯定不会在一天之内完成任务才会给出那样的承诺,所以自从看到赫拉克勒斯轻松完成任务之后就想着怎么赖掉这个承诺。这时,听说赫拉克勒斯是奉欧律斯透斯之命来做这件事的,便找到了个借口,以此赖账,不给赫拉克勒斯任何报酬,还说,赫拉克勒斯如不服,他们可以对簿公堂。赫拉克勒斯真的把奥革阿斯告到了法庭上,当法官审理时,他叫奥革阿斯的儿子菲洛宇斯出庭作证。菲洛宇斯是个正直的年轻人,并且真心地佩服赫拉克勒斯的勇气和智慧,他为赫拉克勒作证,说他的父亲的确答应给赫拉克勒斯重赏。法官据此判赫拉克勒斯获胜,得到了国王牛棚里十分之一的牛也就是三百多头。奥革阿斯恼羞成怒,把自己的儿子和赫拉克勒斯这个外乡人一起赶出了他的国土。

第六件任务:驱赶斯廷法罗斯湖的怪鸟

赫拉克勒斯完成了任务,带着自己赢得的三百多头牛高高兴兴地回到了欧律斯透斯的王国。国王一看非但没有通过这件任务达到让赫拉克勒斯受辱的目的,反而为他带来了三百多头牛,非常不快。于是,他宣布这次任务不能算数,因为赫拉克勒斯一开始并没有向国王奥格阿斯说明来意并索要了报酬。满腔妒火的欧律斯透斯不让赫拉克勒斯有丝毫喘息的机会,马上又派给他第六件任务——赶走斯廷法罗斯湖的怪鸟。

这种怪鸟虽不是猛兽,但比猛兽还要凶悍一万倍。他们是一种巨大的食肉猛禽,它们可谓“全副武装”:长着铁翅膀,尖尖的铁嘴和锋利的铁爪,十分厉害。它们栖息在阿耳卡狄亚地区的斯廷法罗斯湖畔,经常袭击人类和牲畜。它们的杀伤力非常强,抖落的羽毛犹如射出的飞箭,尖尖的嘴甚至能够啄破青铜制成的铠甲,因此伤害了阿耳卡狄亚地区无数的人畜的性命。

赫拉克勒斯接到任务之后就动身前往,不久,就来到了四周都是密林的斯廷法罗斯湖湖畔。湖畔周围的密林是由无数的参天大树组成的,这一群凶悍的怪鸟就栖息在这里。他们在林中放肆地飞来飞去,不时发出令人恐惧的哇哇大叫,完全不把赫拉克勒斯放在眼里。赫拉克勒斯站在那里,一会儿看看天上飞着的怪鸟,一会儿看看地上堆积成山的人畜的白骨,一时间还真想不到一个制服这些怪鸟的好办法。因为它们实在是太多了,每当它们成群结队从赫拉克勒斯的头顶飞过的时候,他都感觉到是黑压压的一片,遮天蔽日。

赫拉克勒斯正站在那里陷入思索的时候,突然感觉有人从背后在自己的肩膀上轻轻地拍了一下,回头一看,原来是女神雅典娜。她的手里拿着两面巨大的铜钹,正笑意盈盈地看着他。看赫拉克勒斯转过头来之后,女神告诉他,这两面巨大的铜钹是铁匠之神赫菲斯托斯为她制造,能够发出巨大的声音。然后,她又向赫拉克勒斯传授了使用铜钹驱赶怪鸟的方法。赫拉克勒斯听完之后心下大喜,正要感谢雅典娜女神,她却突然不见了。赫拉克勒斯拿起铜钹,爬到在斯廷法罗斯湖旁边的一座小山上,按照雅典娜的指示使劲地敲起了铜钹。顿时间,整个斯廷法罗斯湖周围震天动地,这些怪鸟经受不住这么刺耳的声音,心脏都快震碎了,于是纷纷仓皇地飞出树林。赫拉克勒斯见此情景,加紧地敲了几下铜钹,把所有的怪鸟都赶出了森林。然后,他放下铜钹,乘此机会弯弓搭箭,连射数箭,许多怪鸟从空中落了下来,其余的也都急忙逃走了。它们飞越大海,一直飞到了遥远的阿瑞蒂亚岛,从此再也没有回来过。

第七件任务:驯服克里特岛上的公牛

赫拉克勒斯接到的第七项任务,便是驯服克里特岛上的一头疯狂的公牛,并将它带回来献给国王欧律斯透斯。

很久以前,克里特的国王弥诺斯曾经向海神波塞冬许愿,说要将大海里涌出的第一个动物当作祭品献给他,因为弥诺斯觉得在自己的领土上没有一种动物值得献给这位伟大的神灵。波塞冬听了非常高兴,感动于国王弥诺斯的虔诚,特地让一头漂亮健壮的公牛从海浪里涌了出来。可是这头牛实在是太漂亮了,以至于连原本虔诚的弥诺斯国王也起了贪心。他看到这头公牛非常喜欢,舍不得把它献给海神,于是悄悄地把它藏在自己的牛群里,然后挑选了另外一头壮硕的公牛代替它献祭。

可是凡人的这些小伎俩怎么能骗得过海神呢?何况这头公牛本来即是海神感动于弥诺斯的虔诚才让它涌现出来的。弥诺斯现在的这种卑劣行为让海神波塞冬非常生气,他甚至怀疑弥诺斯之前的许愿也不是真诚的。于是,十分气愤的波寒冬让海里来的这头公牛突然发起疯来。公牛在整个克里特岛到处狂窜,大肆破坏,给克里特岛带来了极大的损失。

赫拉克勒斯接到的第七件任务正是驯服这头公牛,他来到克里特岛,见到了国王弥诺斯,向他说明了来意。弥诺斯听了十分高兴,他已经为这头公牛伤透了脑筋,正巴不得有人为他除掉这个祸害。于是,国王甚至表示愿意亲自帮助赫拉克勒斯去驯服这头疯狂的公牛。赫拉克勒斯谢绝了国王,然后一个人去对付公牛了。他很快就找到了公牛活动过的痕迹,然后顺着这痕迹找到了正在发疯的公牛。赫拉克勒斯不愧是半人半神的大力士,他有着非凡的力量,他一把抓住牛角,然后纵身跳到公牛的背上，很快就把这头狂暴的公牛驯服得规规矩矩。然后，他稳稳地骑在牛背上，像是乘坐着一艘小船一样，穿过了大海，回到了自己的国家。可能有人会问，这是一头牛呀，为什么在水里淹不死呢？可别忘了，这头牛可是海神波塞冬赐给凡人的东西，它本来就是来自大海的，自然不会怕水。

这一次，赫拉克勒斯在克里特国王那里为自己挣足了面子，所以欧律斯透斯国王对他完成的这件任务十分满意。但是，他高高兴兴地欣赏了一番公牛后，却又很快失去了兴趣，把它放了。公牛一脱离了赫拉克勒斯的控制，又很快发起狂来。它跑遍了拉哥尼亚和拉加狄亚地区，最后到达了阿堤喀州的马拉松。它在这里停留下来，并到处作恶，成了这个地区的一个大祸害。直到很久以后，才又被一个希腊的大英雄忒修斯制服了。

第八件任务：制服狄奥墨得斯的牝马

刚对付完公牛，这次赫拉克勒斯要对付牝马了。欧律斯透斯交给赫拉克勒斯的第八项任务是要把狄奥墨得斯的一群牝马带回迈锡尼。

这群牝马可不是普通的牝马，它们凶猛狂野、桀骜不驯。它们的主人狄奥墨得斯是战神阿瑞斯的儿子，好战的皮斯托纳人的国王。赫拉克勒斯要对付的这群牝马是他的爱物，因为它们像自己的主人一样狂野好战。它们非常暴烈凶猛，平常必须用铜链子紧锁在铜制的马槽上。最令人发指的是，喂养牝马的饲料不是给普通马儿吃的草料，而是活生生的人肉。所有误入狄奥墨得斯城堡的不幸的外乡人都会被捉住扔到铜马槽里，被这些凶残的马儿活活吃掉。

赫拉克勒斯一到狄奥墨得斯的地盘，也立即被一群卫士围了起来，他们要把他抓住给那群牝马吃。赫拉克勒斯不动声色，故意让他们抓住，还跟他们建议说：“不如让你们的国王也到马厩边观赏一下牝马们进食的场景吧。”卫兵们觉得这个人非常有趣，就去报告了他们的国王狄奥墨得斯。狄奥墨得斯一听，立马来了兴致，他本来就喜欢看心爱的牝马们大食活人，更何况有个不怕死的自己要求国王观看呢？于是，国王便在卫兵们的陪伴下来到了马厩。而赫拉克勒斯一看有个人在卫兵的簇拥下趾高气扬地走过来，就明白是狄奥墨得斯来了。他立马大吼一声，挣断了身上捆绑的绳索，三下五除初二就把国王身边的卫兵和管理马厩的卫士全部制服了。然后，他走到吓得瑟瑟发抖的国王狄奥墨得斯面前，一把把他抓起来扔进了马槽里。

这些牝马跟他的主人一样凶残，可不管三七二十一，一看扔进来一个大活人下口便吃，顿时间整个马厩里都是狄奥墨得斯呼天抢地的呼喊声。奇怪的是，当这些牝马吃过国王的肉之后，突然变得安静、驯服起来。它们温顺规矩地听从着赫拉克勒斯的指挥，一直被赶到海边。

赫拉克勒斯一行人刚走到海边，突然听到背后人声嘈杂，原来皮斯托纳人全副武装地追了上来，要为他们死去的国王报仇，并夺回那群牝马。赫拉克勒斯早已料到事情不会这么简单结束,早已做好了战斗准备。他把马群交给他的同伴——神使赫耳墨斯的儿子阿珀特洛斯看管,自己就赶紧去应战了。赫拉克勒斯很快就打退了追击而来的皮斯托纳人,可是当他回来的时候,却看到了极其惨烈的一幕:阿珀特洛斯已经被牝马群吃掉了,只剩下了血肉模糊的尸骨。原来,那些牝马之所以安静下来、变得温顺,只是因为被赫拉克勒斯个人的勇武所震撼,等赫拉克勒斯离开后,它们就又都变得疯狂起来了。赫拉克勒斯对朋友的死十分难过,为了纪念这位不幸惨死的朋友,他在附近造了一座城,起名阿珀特拉城。然后,他又彻底驯服了这些牝马,把它们顺利地交到了欧律斯透斯手中,完成了自己的第八件任务。

欧律斯透斯看这些牝马膘肥体壮、威武漂亮,于是将它们献祭给天后赫拉。后来,这些牝马生殖繁衍、一代一代传了下来。它们的后代中不乏一些大英雄们骑过的名马。据说,马其顿的亚历山大大帝的珍爱坐骑就是它们的后代。

第九件任务:夺取亚马逊女王的腰带

赫拉克勒斯跟随伊阿宋在海上冒险,后来,他又回到了欧律斯透斯那儿,接受了第九项任务。欧律斯透斯有一个女儿,即阿特梅塔公主。欧律斯透斯命令赫拉克勒斯设法取得亚马逊女王希波吕忒的腰带,把它献给阿特梅塔公主。欧律斯透斯的这个任务看似简单,其实用心非常险恶。亚马逊人居住在特耳莫冬河的两岸,她们的国家是一个骁勇善战的妇人国。她们非常彪悍,买卖男人进行生育,然后把生下的女孩留下,并养育她们长大。而且,这个民族是以尚武好战著称于世的,她们的女王希波吕忒佩带的腰带就是战神阿瑞斯为了表彰她的善战而亲自赠给她的。这个腰带是她们国家的荣誉,也是女王希波吕忒权力的标志。所以,欧律斯透斯让赫拉克勒斯夺得这根腰带其用心是非常险恶的:表面上说是要他献给阿特梅塔公主,但这只是个借口,实际上是要他跟好战的亚马逊女人国为敌,进而借女人国之手除掉他。

赫拉克勒斯当然明白欧律斯透斯的用心,但是他别无选择。他也明白自己这次要对付的可不是猛兽凶禽,而可能是一整个骁勇善战的女人国。这个任务肯定不是自己一个人单枪匹马能完成的,所以他召集了一批志愿参战的勇敢年轻人,跟随着他去进行这次冒险。他带领着这群年轻人朝着亚马逊女人国进发了。经过了许多周折后,他们渡过了黑海,来到了特耳莫冬河口,又顺流而上,到达了亚马逊人的港口特弥斯奇拉,并在这里登陆了。

碰巧的是,一上岸,他们正好遇到了亚马逊人的女王希波吕忒。希波吕忒只扫了这群勇士们一眼就被相貌堂堂、身材魁梧的赫拉克勒斯吸引住了。并且一听这就是大名鼎鼎的赫拉克勒斯就对他更加喜欢和敬重了。所以,当她听赫拉克勒斯说明了这次远道而来的目的之后,非但没有生气,而是一口答应要将自己的腰带亲手送给自己敬重的赫拉克勒斯。

可是事情远远没有那么简单。原来,一直嫉恨赫拉克勒斯的天后赫拉又坐不住了。她看到赫拉克勒斯完成了欧律斯透斯交给他的一个又一个任务,很快,他就要完成任务,洗去罪恶了,因此,她感到非常郁闷。这次在天上看到赫拉克勒斯简直没费吹灰之力就要完成第九件任务了,非常着急,于是亲自出马了。她亲自装扮成一个亚马逊女子,混杂在女人国的人群中散布谣言,说一个外乡的年轻人想要劫持她们的女王。亚马逊女人一听大怒,于是纷纷骑上马背,去袭击住在城外帐篷里的赫拉克勒斯。她们远远地就向着赫拉克勒斯的人马攻击起来,根本没有留给自己的女王解释的机会,赫拉克勒斯一方也英勇应战,于是,一场恶战开始了。勇敢的亚马逊女人向着赫拉克勒斯及其伙伴们作战,而与赫拉克勒斯本人直接对战的更是一批久经沙场的女中豪杰。与赫拉克勒斯交手的第一个女子阿埃拉,人称"旋风姑娘",因为她跑起来非常快,像一阵旋风疾驰而过。可是,这次"旋风姑娘"也碰到了敌手,因为赫拉克勒斯比她跑得还快。她跟赫拉克勒斯对打了一阵,感觉要败下阵来,于是拔腿便跑,可是居然被赫拉克勒斯追上并且杀死了。第二个女子在亚马逊女人国也是数一数二的善战高手,可是刚一跟赫拉克勒斯交手,就被打倒了。亚马逊的女人们非常勇敢,不因为赫拉克勒斯的神勇而退缩,很快,第三个女子杀过来了。她叫珀洛特埃,曾在与敌人的个人对战中连续七次获胜,可是这次也被赫拉克勒斯打死了。在她之后跟赫拉克勒斯对战的又有八个女子,其中的三个是在女神阿尔忒弥斯的狩猎中被选中的勇士,投枪技术炉火纯青,简直到了百发百中的境界。可是在这场与赫拉克勒斯的战斗中,她们却逊色一筹、大失威风,在赫拉克勒斯灵巧的躲避中始终射不到他,反而都被赫拉克勒斯击中了。女人国的英雄,曾经立誓终身不嫁的阿尔奇泼也倒在了与赫拉克勒斯的战斗中。最后,连她们英勇无比的军事首领莫拉尼帕也被赫拉克勒斯活捉了。亚马逊女人一看首领都被捉了,顿时如群龙失首,没有了原来那股拼劲,纷纷溃逃了。

女王希波吕忒看到这一幕也非常痛心,因为这些在对战中死去的女人们都是自己看重的将领。但是,她还是献出了自己的腰带,因为那是在作战前她就已经答应了赫拉克勒斯的。赫拉克勒斯收下了腰带,同时,为了表示对女王的感谢,把女人国军事首领莫拉尼帕释放了。

赫拉克勒斯取得了腰带,在回迈锡尼向欧律斯透斯复命的途中,又经历了一场新的冒险:在特洛伊海岸上,拯救了特洛伊国王拉俄墨冬的女儿赫西俄涅。当赫拉克勒斯一行人走到特洛伊海岸的时候,看到一个美丽的姑娘被捆绑在海边的一块岩石旁,在恐怖中等待来吞食她的妖怪。原来,她是特洛伊国王拉俄墨冬的女儿。海神波塞冬曾经给拉俄墨冬建造了特洛伊城墙,但国王却吝惜钱财、出尔反尔,没有付给海神之前已经谈好的报酬。于是,发怒了的海神为了报复派海怪践踏土地,危害人畜,搅得整个特洛伊民不聊生。在民众的怨声载道中,国王拉俄墨冬终于知道自己犯了个极大的错误,于是在绝望中像海神波塞冬祈求他的原谅。海神波塞冬表示,他只有献出自己的女儿,才能求得自身和国家的太平。所以,当赫拉克勒斯经过那里的时候,国王连忙请求这位大英雄的援助,并承诺只要他救出自己的女儿,就送给他一群漂亮的骏马。这些马非常珍贵,是宙斯送给拉俄墨冬父亲的礼物。

赫拉克勒斯答应了拉俄墨冬的请求,埋伏在捆绑着公主的岩石旁边,等待着海怪的出现。突然,一只巨大的海怪出现了,它浑身长着无数的触手,胡乱地挥舞着,活像是在狂风中摇摆的树枝。它一看到被绑在岩石上的姑娘,便张开了血盆大口,准备一口把可怜的姑娘吞到肚中。就在这千钧一发的时刻,赫拉克勒斯猛地冲了出来,以迅雷不及掩耳之势跳进它的喉咙,顺势进入了它的腹腔。赫拉克勒斯在他的肚子里狠狠地踢打了一番,又用刀割碎它的内脏,然后从它肚子上挖了一个洞,爬了出来。

拉俄墨冬一看女儿获救了非常高兴,可是本性难移,他还没从对海神失信的后果中得到教训,这次对赫拉克勒斯同样地不遵守诺言,没有送上承诺的骏马。赫拉克勒斯非常愤怒,但是由于要赶回去复命,所以当时并没有发作便离开了,只留下了一句话:“等着吧,失信的国王,我会回来复仇的。”

第十件任务:牵回巨人革律翁的牛群

按照国王的命令,赫拉克勒斯把女王希波吕忒的腰带献给了国王欧律斯透斯的女儿阿特梅塔公主。欧律斯透斯一看又没有害死赫拉克勒斯,连喘口气的工夫都没给他留,就交给了他第十件任务:牵回巨人革律翁的牛群。

革律翁是一个无比高大的巨人,他居住在遥远的伽狄拉海湾的厄里茨阿岛上。他不仅非常巨大,而且长着三个身子,三个脑袋,六只胳膊,六只腿,从来就没有人敢靠近他,更不用说与他作战了。他有一群棕红色的牛,由一只双头猎犬和另外一个巨人和替他看管着。革律翁的父亲克律萨俄耳外号叫“黄金宝剑”,是世界有名的富户。革律翁还有三个身体跟他一样高大勇猛的巨人兄弟,他们每人统率一支威武善战的军队。此外,伽狄拉海湾路途遥远艰险重重,正因为如此,欧律斯透斯才交给赫拉克勒斯这样一个任务,他希望借这个巨人国之手除掉赫拉克勒斯。可是赫拉克勒斯却并不畏惧,他在克里特岛上召集那些他从野兽口中救出的军队,像从前一样组建了一只自己的军队,然后率领着他们乘船向伽狄拉海湾进发了。他们首先在利比亚登陆了。

利比亚的统治者是海神波塞冬和地母该亚所生的巨人儿子安泰俄斯。安泰俄斯规定,凡经过利比亚的外乡人都必须跟他格斗。安泰俄斯不仅身形巨大而且力大无穷,在与人格斗的时候,安泰俄斯只要不离开大地,就能从大地母亲的身上源源不断地汲取到力量。当赫拉克勒斯到达利比亚之后,也与安泰俄斯进行了一场格斗,他把安泰俄斯打倒了三次,但是每次安泰都能完好无损地从地上站起来,重新充满了力量。最后,赫拉克勒斯终于发现了他恢复力量的秘密。于是,他把安泰俄斯高举到空中,让他接触不到大地,然后用自己强有力的手臂将他扼死了。扼死了巨人安泰俄斯之后,赫拉克勒斯又清除了利比亚境内的凶禽猛兽,为当地居民除掉了很多祸害。

赫拉克勒斯一行人继续前行，他们顶着骄阳、忍着干渴，经过了长途跋涉之后，终于穿越了利比亚沙漠，来到了一个富庶的河套地区。在这里，他建立了一座巨大的城市"赫卡托姆皮洛斯"，意为百座城门。

最后，他们又来到了大西洋海岸，在这里他在直布罗陀海峡的两岸竖立了两根石柱，这就是有名的赫拉克勒斯石柱。赫拉克勒斯到达这里的时候，这里骄阳似火，晒得赫拉克勒斯和他的伙伴们浑身像着了火一样。赫拉克勒斯抬头往天空一看，太阳正明晃晃地挂在空中，一时愤怒，竟然张弓搭箭，瞄准了太阳，想把它射下来。太阳神阿波罗在空中洞悉了这一切，非但没有生气，反而惊叹于他这个凡间兄弟的大无畏精神，于是送给他一只能够进行夜间航行的巨大金钵。

赫拉克勒斯乘坐着金钵从西向东穿越大海向意卑利亚驶去，他的战船紧跟在他的身边扬帆航行。很快，他们就到达了意卑利亚。上岸以后，他们发现，在那里，克律萨俄耳的三个儿子，也就是革律翁的三个巨人兄弟正率领着三支军队严阵以待，准备迎敌。赫拉克勒斯勇猛地冲上岸去，跟这三支军队的首领一一决斗。很快，他就把他们一个个打翻在地，杀死了。这三支军队的士兵一看首领这么快就让人杀死了，纷纷作鸟兽散。赫拉克勒斯的军队很轻易地占领了他们的国土。

最后，赫拉克勒斯及他的军队终于来到了厄里茨阿岛，巨人革律翁和他的棕红色牛群就在这里。刚一上岸，岛上那只双头猎犬就发现了赫拉克勒斯，它吠叫着向赫拉克勒斯扑来。赫拉克勒斯多大的阵势没见过，当然不会惧怕这区区一只双头猎犬，只见他挥动木棒，朝着恶狗打了过去，只一下就结果了这只恶狗的性命。看守牛群的巨人看到双头猎狗被打死，刚想上来援助，也被赫拉克勒斯一棒打死了。然后，赫拉克勒斯急忙赶着牛群，迅速离开了那里。但是，三头六臂的革律翁在后面追了上来，随后跟赫拉克勒斯展开了一场激战。连一向嫉恨赫拉克勒斯的女神赫拉也亲自来帮助巨人革律翁。赫拉克勒斯早已对赫拉的所作所为非常不满，这次见赫拉又一次不顾万神之母的身份跟自己作对，更是非常愤怒，于是不客气地朝她射去一箭，射中了她的胸部。赫拉大吃一惊，急忙逃走了。赫拉克勒斯一看连赫拉都能被自己的弓箭射跑，更是信心倍增，又朝着巨人革律翁射去一箭，正中他的腰部。巨人虽然有三个身体，可是他的三个身体连接处的腹部正是致命之处，所以中了赫拉克勒斯这一剑之后就倒地死去了。

打败巨人革律翁之后，赫拉克勒斯让他的伙伴们乘船走水路早日回家，自己则赶着牛群走陆路回去。赫拉克勒斯赶着牛群凯旋，把牛群交到了欧律斯透斯的手里。

赫拉克勒斯本来以为自己完成了十件任务，终于可以自由了。但是，阴险狡猾的欧律斯透斯却抵赖了，他一再坚持说这十件任务中有两件不能算数。一件是杀死九头蛇许德拉，因为有伊俄拉斯的帮忙；另一件是清除奥格阿斯的牛圈，因为他一开始没有向奥格阿斯说明情况，并且索要了报酬。于是，赫拉克勒斯不得不再补做两件任务作为补偿。

第十一件任务:摘取赫斯珀里得斯的金苹果

欧律斯透斯让赫拉克勒斯补做的第一件任务是摘取赫斯珀里得斯姐妹看守着的金苹果。

这些金苹果还是颇有些来历的呢:很久很久以前,当宙斯跟赫拉结婚的时候,所有的神都给他们送上了礼物。而大地女神该亚送给他们的就是一棵结满了金苹果的苹果树。这棵树枝叶茂盛,是该亚从西海岸带来的。宙斯和赫拉非常喜欢这棵苹果树,简直是视若珍宝,就派夜神的四个女儿赫斯珀里得斯看守这棵树的圣园。

赫斯帕里得斯在希腊文里是“日落处的仙女”之意。她们所看守的圣园是地球上真正的天堂,处于世界的尽头,太阳就在那里落山。各种稀有的花草树木生长在这个园子里,其中最有名的就是那棵结满了金苹果的苹果树。除了赫斯帕里得斯姐妹们之外,还有一条百头巨龙拉冬也是圣园的守卫者。它是百怪之父福耳库斯和大地之女刻托所生,从不睡觉。它走动时,一路上都会发出震耳欲聋的响声,因为它的一百张嘴能发出一百种不同的声音。

欧律斯透斯向赫拉克勒斯提出摘取赫斯帕里得斯圣园的金苹果,用心相当明显。他认为赫拉克勒斯永远也无法完成这一差事。事实证明,他错了。

赫拉克勒斯一开始的确不知道应该去哪里找赫斯珀里得斯圣园,那里种植着很多非常珍稀的花草树木,在天地间都少有人知道。于是他踏上了漫长而艰险的旅途。他漫无目的地走着,一边走一边问,希望打听到圣园的所在,一路上遇上了不少的凶险。

他首先来到巨人忒耳默罗斯居住的帖撒利。这个巨人有着无比坚硬的头颅,碰到过往的路人就追过去用头将他顶死。但是这次他倒霉了,他的脑袋撞在了半人半神的大英雄赫拉克勒斯的头上,一下子被撞得粉碎。赫拉克勒斯不暇多顾,又继续赶路,遇到了一个怪物库克诺斯,也就是战神阿瑞斯的一个儿子。赫拉克勒斯不知道他的底细,向他打听赫斯珀里得斯圣园的所在,没想到他非但没有回答,还向赫拉克勒斯挑战,当场被赫拉克勒斯打死了。战神阿瑞斯急忙赶来,要为死去的儿子报仇。赫拉克勒斯只能迎战,一场血战眼看就要开始了。万神之父宙斯在天上看到了这一切,两个都是他的儿子,他实在不愿意看到他们当中任何一个流血。于是,他用一道雷电把他们隔开了。赫拉克勒斯和阿瑞斯看到雷电明白了这是宙斯的意思,都不好违背父亲的意思,于是一场血战免于爆发。赫拉克勒斯继续前进,来到一群山林水泽仙女的面前。可是,仙女们仅仅听说过这个地方,知道在西边,具体方位却一无所知。她们建议他去找大神涅赫。涅赫在全希腊都是闻名的,天文地理无所不知。但是,他有个特点,不太喜欢别人的打扰。为了避免别人提问,他要么默不作声,要么摇身一变无影无踪。但赫拉克勒斯不怕,他决心让涅赫讲出赫斯珀里得斯圣园的所在。

“先知啊，请告诉我赫斯帕里得斯圣园在什么地方吧。”赫拉克勒斯说。涅赫耸了耸肩，没有回答。“好啊，你不讲！”赫拉克勒斯大声说，“连这么容易的事你也不肯讲？只有你知道这个圣园的位置。快告诉我！”但涅赫置之不理。

赫拉克勒斯不耐烦了，他抓住涅赫的胳膊拼命地摇。“快告诉我！快告诉我！”他固执地重复着。涅赫突然变成一只鹿，摆脱赫拉克勒斯，向森林里跑去。赫拉克勒斯拼命追赶，却没有逮住。前面一条小河挡住了去路，小鹿跳进水里。在水里，赫拉克勒斯比他游得要快多了，眼看赫拉克勒斯要抓住鹿角时，他又变成一条鲤鱼，从赫拉克勒斯手中溜走了。

赫拉克勒斯傻了。看来，暴力和威胁对涅赫不起作用。赫拉克勒斯上了岸，全身水淋淋的，他坐到一块礁石上，温和地说：“我发誓我再也不这样对待你了。可是，你这样聪明博学，却不愿意帮助像我这样正处于困境的人。如果你不告诉我赫斯帕里得斯圣园的位置，我就没法通过得尔斐城的神明对我的考验。”湿赫被打动了，他变回原形，告诉赫拉克勒斯圣园在地球的最西边，要走什么路才能到达。

赫拉克勒斯谢别了涅赫，马上向太阳下山的方向赶去。一路上，他经历了很多奇遇。他杀死了企图把他出卖给宙斯的埃及国王希兹里斯，历尽艰险，来到了高加索山，也就是为人类盗取火种的普罗米修斯被缚的地方。在那里，他射死了啄食普罗米修斯肝脏的大鹰，并把被锁链锁住的普罗米修斯解救出来。赫拉克勒斯对普罗米修斯说他终于获得自由了，因为伤口不愈而不愿再承受痛苦的马人喀戎愿意替他献出生命。普罗米修斯听说了赫拉克勒斯的事情之后建议他不要亲自去，而是让在赫斯帕里得斯圣园附近背负苍天的提坦巨人阿特拉斯替他去偷金苹果。赫拉克勒斯告别了普罗米修斯之后，继续踏上了征程。

后来，他又来到了埃及。当时的埃及已经经历了整整九年的旱灾，正在闹饥荒。塞浦路斯的一个先知宣布了一个残酷的神谕：埃及人只有每年向宙斯献祭一个外乡人，才会消除旱灾。当时的埃及国王是波席列斯，他非常残暴荒淫，把先知作为第一个祭品杀死了。这个残暴的国王竟然从杀害外乡人中得到了极大的乐趣，不满足于神谕所说的一年献祭一个外乡人，而是把所有来到埃及的外乡人都送上了祭坛。当赫拉克勒斯来到埃及时，也被抓了起来捆绑着送往祭坛。但是力大无比的赫拉克勒斯挣断了捆绑着自己的铁链，把残忍无道的国王杀死了。说也奇怪，赫拉克勒斯杀死残暴的国王之后，埃及就下了一场大雨，消除了连续九年的旱灾。

赫拉克勒斯继续前进，最后终于来到了提坦巨人阿特拉斯背负青天的地方。他对离圣园不远，双肩顶着苍穹的提坦巨神说：“你去圣园里替我摘个金苹果吧，我来替你顶着苍穹。”

“你来替我顶住苍穹？”巨神高兴地说，“太好了！你可知道，我日日夜夜地顶这满天星斗的苍穹有多累吗？好吧，你替我顶着，哪怕是一阵子也好，我去摘取欧律斯透斯垂涎的金苹果。”

说罢，赫拉克勒斯顶着苍穹。巨神立即到圣园子里，他一直在圣园附近顶着苍天，所以非常熟悉圣园的情况。他用一种魔药麻醉了百头巨龙拉冬，然后又用计谋骗过了赫斯帕里得斯，毫不费力地摘了金苹果。回来的路上，他心生恶念，想把自己的担子卸掉。

提坦巨人把金苹果扔在赫拉克勒斯脚下之后对他说：“既然你干得这么好，让我替你把金苹果送给欧律斯透斯不是很好吗？”赫拉克勒斯早已感到非常疲倦，他万万没有想到巨神自食其言，不守信用。可是，不管怎么样，他不能把苍穹放下肩膀，否则天空就会落下来。他没有别的办法，只好欺骗对方。“这实在太好了。”他对巨神说，“我很愿意干这件差事。用双肩顶住苍弯，这比东奔西跑要好很多。但是，请你替我顶一下，让我松一下，把块垫子放到颈背，因为我不习惯负这么重的东西。”

巨神愚蠢地接了过来。赫拉克勒斯迅速弯腰，捡起放在地上的金苹果，不理巨神的诅咒和辱骂，飞快地跑了。所以至今还是阿特拉斯在顶着苍穹。

赫拉克勒斯把金苹果带回去，交给了国王欧律斯透斯。国王本以为这次赫拉克勒斯肯定会丧命，没想到他又活着回来了。所以一气之下就忘了让他摘取金苹果的事，任由赫拉克勒斯处置这个金苹果了。赫拉克勒斯将金苹果供在了雅典娜的圣坛上。女神又把金苹果送回原来的地方，让赫斯珀里得斯四姐妹继续看管。

第十二件任务：带回地狱恶狗刻耳柏洛斯

欧律斯透斯为了除掉赫拉克勒斯，可谓费尽心思，可是他精心布置的那些不但没有除掉威胁他的国王地位的赫拉克勒斯，反而让他赢得了更大的荣誉，成为民族英雄。欧律斯透斯悲哀地发现，再这样下去，不但没法除掉赫拉克勒斯，自己恐怕都要玩完了。所以下决心一定要除掉这个“祸害”。

欧律斯透斯

现在按照约定，十二件任务他已经完成了十一件，必须利用最后这个机会，干掉这个家伙。苦思冥想十二天之后，狡猾的国王又想出了一个绝险的任务。他要求赫拉克勒斯把冥王的看门狗刻耳柏洛斯带回来。刻耳柏洛斯的父亲是著名的堤丰神，是该亚和塔耳塔洛斯的幼子。他拥有一百个蛇头，能发出各种不同的声音：呻吟声、犬吠声、狮吼声、蛇哨声。他与自己的姐姐人身蛇头的厄喀德那结合，生下一批怪物。其中就有地狱看门狗刻耳柏洛斯。它守在地狱门口，只容许鬼魂进入后。只要是人，一概拒绝，唯有俄耳甫斯的歌声才能让它入睡。希腊人习惯在棺材里放进一块蜜饼,就是为了鬼魂进入地狱之门时,喂刻耳柏洛斯所用。这条三头狗,嘴巴滴着毒涎,拖着一条龙尾,头背之上的毛发全是盘绕的毒蛇,简直令人不敢接近。所以欧律斯透斯相信就是赫拉克勒斯有通天神力也会一筹莫展。可是这次他又想错了。

恐怖的地狱中,永远没有春天,没有白昼,无穷无尽的寒风剥夺了那些幽灵仅存的温暖,漫无边际的黑暗笼罩了每一个角落。在这浓浓的黑暗之中,星星点点的亮光来回游弋着,那是地狱使者在巡视王国。更让人胆战心惊的,是那无边的寂静之中,忽而传来一阵呐喊,忽而是一阵幽幽的哭泣,狂暴的笑声夹杂其间,愤怒的磨牙声不时冒出。到了这里,可以说,一个活人也会被吓成了鬼魂。

这一天,巡视地狱的鬼使提着忽闪忽闪的灯笼,飘悠在各界。地狱里虽然恐怖,可对这个鬼使来说,一切依旧,一切都是例行公事。那些飘飘荡荡没有影子的鬼魂,他连看也不看,就走了过去,却一不小心撞上了一个黑乎乎的影子一样的东西。这个东西太坚硬,鬼使一下子被撞飞了。他的灯笼也熄灭了,影子也悠悠忽忽,好半天才定下来。他气愤地大骂这个不长眼睛的鬼东西。刚要走,他突然感觉不对劲,这个影子怎么这么坚硬,这么热乎呢?他明白过来,那个影子是一个活人。这个鬼使吓得魂飞魄散,因为这么多年来,从来都没听说过,活人能下地狱。他敲起身边的锣鼓,大声地喊起来:"大家小心,有活人闯进来了。"

不一会儿,这个声音传遍了整个鬼蜮。立马,整个鬼蜮里鬼心惶惶,互相打听着。正在惶恐不定的时候,鬼市的灯亮了。灯光昏暗,光影重重,嘶嘶地冒着白气。鬼们互相探望着,不一会儿,目光就锁定在一个高大的人影身上。这个人身材高大,目光明亮,走在鬼市上,东张西望,一副无所谓的样子。这个时候,专门负责外界情报的鬼使过来了,鬼魂纷纷上前,打听这个人的来处。鬼使放眼在这个活人身上,一比较,他知道了,告诉众鬼:"这个人是希腊的英雄,宙斯的儿子,叫赫拉克勒斯。你们等等,我去找冥王,通告一下。"

原来,接到自己的第十二件任务之后,赫拉克勒斯丝毫没有畏惧。他先来到阿提喀的厄琉西斯城,因为那里的祭司法力高强,精通阴阳。地狱之中的各种事情,他都了如指掌。赫拉克勒斯为这个城市驱除了怪物龙的危害。作为回报,祭司奥宇莫尔珀斯传授赫拉克勒斯秘术。有了祭司的指点,赫拉克勒斯来到伯罗奔尼撒半岛南端的忒那隆城,由信使之神赫耳墨斯带领,来到了地狱。于是就出现了刚才的一幕。

被发现的赫拉克勒斯根本不在乎地狱的混乱,继续前走,寻找那条怪狗。而地狱转悠着的悲哀的阴灵一见到赫拉克勒斯这个有血有肉的活人却都吓得四散奔跑起来。只有戈尔贡怪物默杜萨和墨勒阿格罗斯的灵魂不害怕他,敢于直面这个活人。赫拉克勒斯一见怪物默杜萨便挥剑要朝她砍去,赫耳墨斯制止了他,并且告诉他,死人的灵魂只是个空洞的影子,是不会被人间的武器砍伤的。对于墨勒阿格罗斯,赫拉克勒斯很欣赏他的勇气,跟他的灵魂很亲切地交谈起来,并且答应替他去问候他的妹妹得伊阿尼拉。走到哈里斯王国的城门时,赫拉克勒斯忽然听到有人喊他,回头看时,却是好朋友忒修斯和庇里托俄斯。原来,这两个胆大妄为的家伙向冥后珀耳塞福涅求爱,被哈里斯锁在他们坐下休息的石头上。赫拉克勒斯走了过去,一把抓住忒修斯的手,把他从镣铐中拉了出来。可是当他拉扯庇里托俄斯时,脚下的大地剧烈地震动起来。

没办法,赫拉克勒斯只好带着忒修斯往前走。不到一盏茶的时间,赫拉克勒斯又认出了另一位老朋友阿斯卡拉福斯。这个人太过正直了。因为他到处跟人说珀耳塞福涅偷吃哈里斯的红石榴,珀耳塞福涅才没有被她的母亲得墨忒耳带走。得墨忒耳一气之下,就把多嘴的阿斯卡拉福斯变成了猫头鹰。可是这还不解恨,得墨忒耳又把一块其重无比的大石头压在阿斯卡拉福斯身上。等到赫拉克勒斯出现的时候,阿斯卡拉福斯又累又渴,几乎都要虚脱了。赫拉克勒斯取下石头,杀了哈里斯的一头牛,以牛血帮朋友解渴。赫拉克勒斯杀了牛,却把牧牛人墨诺提俄斯引过来了。两人二话不说,抱住对手的腰身角力。墨诺提俄斯哪里是赫拉克勒斯的对手,被他拦腰抱住,捏断了肋骨。如果不是冥后珀耳塞福涅赶来求情,墨诺提俄斯早就成了碎块。

闹腾了好一阵子,赫拉克勒斯终于把冥王哈里斯惊动了。他站在死城的门口,拦住了赫拉克勒斯。赫拉克勒斯一箭飞去,疾如闪电,正中冥王的肩膀,他痛得如同凡人一样乱跳乱叫。赫拉克勒斯跳上前去,一脚踩住哈里斯的头,大声问他:"老家伙,告诉我,刻耳柏洛斯在哪里,我要把它带走!"哈里斯又怕又累,连连点头,可是冥王毕竟不是吃素的,他同意了赫拉克勒斯的要求,但提出一条件:赫拉克勒斯捉狗的时候,不能使用武器。赫拉克勒斯同意他的请求,转身走了。这个时候,冥王窃笑不已,他正想让那条恶狗来替他报仇。

赫拉克勒斯只穿了胸甲,披着狮皮,去捕捉恶狗。在冥河河口上,那只三头狗昂起三个头,狺狺狂吠,回声如同打雷。赫拉克勒斯一步上去,双腿夹住所有狗头,双手卡住狗脖子,不让它逃脱。狗气急之下,甩动尾巴,活龙一样抽他。可赫拉克勒斯紧紧地卡住狗脖子,什么也不顾,直到这条恶狗投降为止。

赫拉克勒斯制伏了地狱恶狗刻耳柏洛斯之后,带着它离开了冥府,从亚格力斯的特律策恩附近的另一个出口回到了人间。刻耳柏洛斯一直生活在没有阳光的冥府,所以一见到阳光,立马害怕地吐出了毒涎,这些毒涎流到地面上,便长出了剧毒的乌头草。

当赫拉克勒斯带着恶狗出现在欧律斯透斯面前的时候,这个阴险又小胆的国王惊讶得不敢相信自己的眼睛。现在,他才彻底明白了自己不可能除掉宙斯的这个儿子。听凭命运的安排,他承认了赫拉克勒斯的地位。当然了,这个胆小的国王是不敢收下地狱恶狗刻耳柏洛斯的,他只要看上一眼都吓得全身发抖了,于是,便让赫拉克勒斯又把它送回地府,还给冥王哈里斯了。

赫拉克勒斯和阿德墨托斯

赫拉克勒斯终于完成了欧律斯透斯交给的所有任务,这期间他经历了种种的辛劳和努力,也排除了无数的困难和障碍,终于洗刷了自己杀害亲生孩子的罪恶,也不必再受欧律斯透斯的奴役了。

获得自由之后,他在希腊各地漫游着,享受这难得的惬意。走着走着,他来到了帖撒利的弗赖城。弗赖城里住着高贵的国王阿德墨托斯和他年轻、漂亮的妻子阿尔刻提斯,这位王后对丈夫十分忠诚,爱夫夫胜过一切。说起阿德墨托斯和阿尔刻提斯的婚姻,还与太阳神阿波罗有关系呢。

阿波罗非常喜欢儿子阿斯克利皮奥斯,就把他送到了希腊著名的神医肯塔夫洛斯门下。学成归来的阿斯克利皮奥斯医术高超,甚至能起死回生。这被冥王哈里斯知道了。他想这还得了,如果他让所有的死人都复活了,那地狱里不是空荡荡的,自己这个冥王还有什么意思呢?哈里斯为此惊恐万状。于是他就去见天神宙斯,说阿斯克利皮奥斯医术如何了得,这样下去,天神你能管制住他吗?这些话正中天神的软肋,他一直害怕自己的后代之中有人反叛,因此宙斯接受了哈里斯的建议。他马上发出一阵霹雳,击毙了正在山洞里的阿斯克利皮奥斯。消息传到阿波罗那里,他怒不可遏,但又不敢对宙斯发火,于是制造雷电的无辜工匠便成为他发泄的对象,遭到他的寻衅报复。这些工匠就是独目巨人库克罗普斯,他们的作坊就建在埃特纳火山下,所以,那座山时时喷吐着铁匠炉里冒出的烟火。阿波罗射死铁匠库克罗普斯,为儿子报了大仇。

太阳神阿波罗的行为惹恼了宙斯。太可恨了,他报复工匠,不是间接对我表示不满吗?于是,宙斯重重惩罚太阳神阿波罗,把他贬到下界替凡人劳苦一年。阿波罗来到帖撒利,成了国王阿德墨托斯的长工,负责在阿姆弗里索斯河绿茸茸的堤岸上放牧国王的羊群。

阿德墨托斯与阿尔刻提斯的婚事就是在这期间由阿波罗促成的。阿德墨托斯一直就想娶珀利阿斯的女儿阿尔刻提斯为妻,可是她还有别的求婚者。面对众多的追求者,珀利阿斯提出谁有本事驾着一辆由雄狮和野猪拉套的车子来求婚,谁就能赢得他的女儿,成为他的女婿。阿德墨托斯为这件事非常发愁。这件难办的事情靠神仙牧羊倌阿波罗的帮助,阿德墨托斯完成了。他如愿以偿和阿尔刻提斯结成良缘。

后来宙斯赦免太阳神阿波罗,于是阿波罗就成了阿德墨托斯以及他的国家的保护神。阿德墨托斯得了一场病,眼看就要命赴黄泉。作为他的保护神的阿波罗预先知道了,决心要救他一命。

阿波罗前往奥林匹斯山,费尽口舌说服了命运三女神免阿德墨托斯一死。可是,免死不是那么随便的,否则,冥王那里不好交差。命运三女神提出条件,就是要有人替死。阿德墨托斯听说可以免去一死的消息只顾高兴,根本没有考虑要付出的代价。他是国王，想一想那些平时向自己表忠心的宠臣仆人，他觉得这还不是小事一桩，在他们中间随便都能找到一个替身。可事情出乎意料，那些愿为国王战死疆场的勇士们根本不肯替他死在病榻上；那些自幼蒙受浩荡皇恩的老仆们也不愿意舍弃风烛残年来报答国王。人们推来推去，都说："为什么他的父亲或是母亲不做他的替死鬼？他们不是活不长吗？儿子的生命既然是他们给予的，还有谁比他们更有必要拯救儿子免于早夭呢？"

失掉儿子虽然会让老迈的父母悲痛万分，可在死神面前，他们一样畏缩不前。怎么办呢，这个时候，挺身而出的是深爱着丈夫的阿尔刻提斯，她说她愿做替身。阿德墨托斯珍惜自己的生命，但要用这么高昂的代价去换取，他怎么能同意。可除此之外，还能怎么办呢，他已做出许诺，不能反悔。命运女神提出的条件有人承担，这笔天命交易也就拍板定案。阿德墨托斯现在只能同意。他的身体一天天地好起来，可是阿尔刻提斯却卧床不起，而且病情急转直下。最后，死神塔那托斯来到了王宫，准备把她带到地府去。阿波罗看到死神来临，急忙离开了国王的宫殿，以免死神玷污了他的圣洁。

忠贞的阿尔刻提斯毫不畏惧死神的来临，她沐浴更衣，穿上节日的华服，戴上最珍贵的首饰，然后走到祭坛前向神灵祷告，表示愿意充当死神的祭礼。说完，她一一拥抱了孩子，又满怀深情地最后拥抱了一次深爱的丈夫，然后走进小房间安静地躺在了床上，准备在那里迎接冥府来的死神。

她对陪在床边准备送她最后一程的丈夫说："你的生命比我的宝贵，关系到整个国家的安定和民众的幸福，因此我愿意为你去死。并且，如果没有你，我也不愿意一个人活下去。但是坦白地说，我认为你的父亲母亲太吝啬自己的生命了，他们已经到了风烛残年、时日无多了，其实是应该为你做出牺牲的。我虽然吝惜自己的生命，但是，真的不忍心看你一个人孤独地生活，看孩子们失去亲生母亲的抚养。但神既然做出了这样的安排，就一定有他的道理。我愿意欣然赴死，只想请求你两件事：永远不要忘记我，我是这么深深地爱着你；还有，请答应我，不要把我心爱的孩子们交到一个继母手里，我实在是怕她会虐待这些死去了亲生母亲的可怜孩子。"

阿德墨托斯眼看着正当青春年华的爱妻为了自己将要失去最宝贵的生命，又心痛又愧疚。此刻，心里正有千般的不舍，万般的深情。一听到妻子的这番话，更是心痛万分，他满含着眼泪向妻子发誓，不管是生是死，她永远是他的妻子，并且永远是他唯一的挚爱的妻子。阿尔刻提斯最后问了一下围绕在床边哭泣的孩子们，把他们交给了阿德墨托斯，然后跟着前来召唤的死神，离开了人间。

赫拉克勒斯恰巧就在这时来到了弗赖城，他来到王宫前的时候弗赖宫殿里正在准备着刚刚死去的年轻王后的丧事。此时的阿德墨托斯正沉浸在丧妻的巨大痛苦中，但是当他听到大英雄赫拉克勒斯来访的时候，一向好客的他便强忍着悲痛，热情地欢迎这位自己仰慕已久的英雄。赫拉克勒斯一看阿德墨托斯身着丧服，便很自然地问宫里发生了什么事情。阿德墨托斯不想把自己的巨大悲恸传染给远道来的客人,便顾左右而言他,故意把话题岔开了。赫拉克勒斯一看阿德墨托斯没有直接回答,便以为宫中只是死了一个无足轻重的远房亲戚,因此也没有分担主人的悲伤。

阿德墨托斯怕一直陪着赫拉克勒斯会忍不住流露出自己内心深处极大的悲伤,因此陪赫拉克勒斯说了一会儿话之后,就吩咐一位仆人陪着他到餐厅用餐,并给他准备了珍贵的美酒,而自己则找了个借口继续去料理妻子的丧事去了。赫拉克勒斯看到服侍自己的仆人的神情中有掩饰不住的悲伤,便责备他说:"你为什么这么满脸不悦、心不在焉呢?你看,那美酒都已经溢出杯子了。一个仆人不是应该尽心而友好地接待宾客吗?你们这里只不过死了一个外乡的女子,有什么大不了的呢。死是每个凡人都要面对的共同命运。像我一样头上戴个花冠尽情地享受这美酒吧,忧伤只能糟蹋身体,满满的一杯美酒却会抹去你额上的皱纹。"仆人的神情却更加悲伤了,他甚至转过脸去,怕被赫拉克勒斯看到他差一点就落下来的眼泪。他无限忧伤地说:"我们遭受了多么巨大的不幸呀!谁又有心情享受什么美酒和欢乐呢?"

赫拉克勒斯越听越觉得不对劲了,他看看仆人,再想想刚才国王的神情,似乎是有一些强颜欢笑,于是便向这个仆人追问起事情来。仆人终于还是拗不过赫拉克勒斯的一再追问,所以一时忘记了国王的叮咛与嘱咐,把实情说了出来。赫拉克勒斯一听大受震惊,"天哪!这是真的吗?我是多么的失礼呀。他失去了自己正当青春年华的娇美爱妻,却还要强颜欢笑、强打起精神慷慨大方地招待我。我却在主人还在办丧事的时候在人家的宫殿里头戴花冠、举杯畅饮,这简直太不像话了。请告诉我,这位忠贞的妻子埋葬在什么地方?"仆人以为赫拉克勒斯为了感谢国王的盛情要去祭拜他的亡妻,就说:"你如果要去祭拜她的话,可以沿着通往那里萨的方向一直走下去。在白杨树掩映的地方,你会看到国王为她建立的一座白色墓碑。"说完这番话,仆人难过地走开了。

其实,当赫拉克勒斯从仆人的口中听到实情的那一瞬间,就已经做出了一个大胆的决定。他决定要将这位忠贞可敬的年轻王后从死神手中救回来,将她交还给深爱着她的丈夫阿德墨托斯,以此来报答阿德墨托斯对自己的盛情款待与非同一般的厚爱。于是,他不声不响地离开了王宫,按照仆人所指的路向着年轻王后的墓碑走去。很快,他就找到了白杨树掩映下的那座白色墓碑,并悄悄地躲在一堆灌木丛中等待着死神塔那托斯的到来,因为赫拉克勒斯知道死神一定会来吮吸祭品的血的。过了一会,整个白杨树林突然安静下来,连那些本来叽叽喳喳的鸟儿也突然停止了叫声。死神的脚步慢慢地近了,空气里都弥散着一股阴冷的气息。果然不出赫拉克勒斯所料,死神塔那托斯到了墓碑前,就吮吸起祭品的血来。这时,赫拉克勒斯突然从他身后的灌木丛中跳出来,紧紧地扼住了他阴冷的脖颈,直到他答应把阿尔刻提斯的阴魂送回来,才松手放他走了。

阿德墨托斯对赫拉克勒斯这里发生的一切一无所知，他一个人孤零零地回到曾经和阿尔刻提斯共同生活过的房间，睹物思人，愈加悲痛。再看看那几个刚刚失去母亲的孩子，更是万分悲伤，恨不能追随妻子而去，仆人们的任何安慰都无法减轻他的痛苦。突然，他听到身后有声音，转过头去一看，原来是远方来的客人赫拉克勒斯从门口走了进来，后面跟着一个遮着面纱的女人。

"阿德墨托斯国王，你连妻子去世的消息都不告诉我，太不应该了。你强颜欢笑地接待我，让我误以为只是你的一个远方亲戚去世了，完全没有跟你分担你的悲伤。并且，我因为不知道实情，还做出了许多违反礼仪、不近人情的事情，在刚刚死去了王后的宫殿里头戴花冠、喝酒取乐，实在是太不像话了。我从你的仆人那里知道了事情的整个经过，也明白了你有多么的悲伤，作为你的朋友，我不愿让你继续痛苦下去了。我离开又回到这里只有一个原因：我在一场比武中赢得了一位年轻貌美的妇人，我想把她送给你，给你当个女仆，希望她能够稍稍减轻你的丧妻之痛。"

听了赫拉克勒斯的话阿德墨托斯急忙解释说："实在是不好意思。我没有把妻子去世的消息告诉你，并不是我轻视朋友或者跟朋友见外。实在是我已经经历了那极大的痛苦，不愿意让朋友的心情也受到影响。并且我清楚，如果你一开始就知道了，肯定不愿意影响我料理妻子的丧事，会搬到另一位朋友家里去住的，那是我不愿意看到的。至于你带来的这个女子，我请你把她送给弗赖城的任何一个人，但是千万不要给我。我明白你是出于好意，可是我怎么能让她一个年轻的女子住在我的宫殿呢？我难道可以把亡妻的房间腾出来给她住吗？再说了，就算她留下来了，也只不过是每天看着我为死去的亡妻流泪而已。我挚爱的妻子是代替我死去的，我不会让弗赖城人的风言风语伤害到妻子九泉之下的亡灵！"

说这番话的时候，阿德墨托斯的眼神不经意地瞟过了这位遮着面纱的女人，因为，刚才第一眼看见这位蒙面女郎的时候，自己的心就莫名其妙地狂跳了几下，因为她给自己的感觉实在是太熟悉了。于是，他忍不住直接对蒙面女郎说："你的身材和外形跟我的妻子阿尔刻提斯实在是相似极了。诸神在上，赫拉克勒斯，不管她是谁，你都赶紧把她带走吧。她毕竟不是我的妻子，就别再苦苦地折磨我了，我看见她如同看见妻子一样，心里有说不出的悲伤。"

赫拉克勒斯被他的深情打动了，于是提示他说："唉，要是伟大的神宙斯赐予我力量，使我能够从地府里把你忠贞的妻子接回来，那该多好啊！"阿德墨托斯叹了一口气说："我知道你不惧怕地狱，曾经把地狱恶狗制伏了并带到了阳间；我也知道如果你真的能够救活我的妻子的话，你会这样做的。可是，阿尔刻提斯已经死了，你听说过一个死人能从地府回来吗？"原来，阿德墨托斯还沉浸在对妻子的思念当中，没有听懂赫拉克勒斯的提示。

赫拉克勒斯无奈之下继续接口说："好吧，既然人死不能复生，那么让时间来减轻你的痛苦吧。你的亡妻已经无法召唤回来了，而你过一阵子终归会再娶一个妻子的，你不能一直沉浸在对亡人的思念中呀，也许我带来的这位姑娘会给你带来生活上的欢乐呢。还是把这位高贵的姑娘送进你的房间吧，哪怕只是试一试呢。如果事实证明，她不能让你的生活变得轻松愉快，她就会主动离开你的，绝不会纠缠不清的。”

阿德墨托斯不想辜负赫拉克勒斯的一番好意，怕一再地拒绝会伤了跟朋友的感情，便不情愿地命令仆人把这位蒙面姑娘带到内房去。但赫拉克勒斯却不同意了，他说：“国王陛下，你应该亲自带她过去。怎么能把这么尊贵的女子交到仆人手上呢！”这次，阿德墨托斯不答应了，说：“我绝不能碰她一下，否则我就违背了对亡妻亲口许下的诺言。她可以进内房了，可是不能由我送去。”赫拉克勒斯仍然坚持要阿德墨托斯亲自送去，可是痴情的国王坚决不愿意违背对妻子的诺言。

赫拉克勒斯终于忍不住了，他突然换了一种高兴的语调说：“你就收留这位女子吧！你仔细瞧瞧这位年轻的姑娘，她不仅身形外形跟你的妻子很像，恐怕连长相也跟她一模一样呢。”说着，他伸手揭开女子头上的面纱。国王看到了一张清丽绝伦而又熟悉异常的脸，这不正是自己苦苦思念的阿尔刻提斯吗？他惊讶得目瞪口呆，而后突然反应过来，一把抱住了妻子，紧紧地把她抱在怀里，像是怕被别人抢走一样。但阿尔刻提斯却沉默而木然，无法对丈夫深情的呼喊和拥抱做出任何回应。原来，阿尔刻提斯的亡灵刚从冥府出来，还没有完全恢复元气。赫拉克勒斯对紧张的阿德墨托斯说：“再过三天，等到给她的亡灵祭供结束时，她就可以完全恢复正常了。你完全可以放心地把她带回房间去了。”阿德墨托斯大喜过望，感激地对赫拉克勒斯说：“你重新给我带来了幸福，我永远不会忘记你的。”然后，他下令给所有的祭坛都摆满了祭品，又号召全国民众举行了一个盛大的庆祝活动，来感谢赫拉克勒斯的帮助和庆祝王后的新生。

赫拉克勒斯和欧律托斯

赫拉克勒斯看到阿德墨托斯和阿尔刻提斯重新团聚，心中感慨万千。既为他们的幸福高兴，也为自己的形单影只黯然神伤。这时的赫拉克勒斯已经没有妻子孩子、孤身一人了。我们已经知道，他跟妻子墨伽拉所生的几个孩子被他在疯狂中杀掉了。从此之后，赫拉克勒斯也无法再面对妻子，再也不能跟她在一起生活了。所以后来，当他最喜欢和珍爱的侄子伊俄拉俄斯表示喜欢墨伽拉，想娶她为妻时，赫拉克勒斯很自然地点头答应了。现在，重新获得自由之身的赫拉克勒斯准备给自己寻求一个新妇。

这时他突然想起了攸俾阿岛的俄卡利亚国王欧律托斯的女儿伊俄勒。赫拉克勒斯童年时曾经跟着欧律托斯学习射箭，那时候的伊俄勒还是个可爱的小姑娘，可现在已经出落成一个漂亮的少女了，赫拉克勒斯非常想娶她做妻子。

恰巧在这时候，国王欧律托斯终于挨不过络绎不绝的求婚人，对外宣布说，如果有人能在箭术上超过他和他的大儿子伊菲托斯，便可以娶他漂亮的女儿伊俄勒为妻。欧律托斯的箭术在当时可以说是举世闻名，他之所以提出这么一个条件也是因为实在是舍不得他的掌上明珠伊俄勒公主，想多留她几年。他对自己和大儿子的箭术非常有信心，相信很难有人能胜得过他们父子俩。赫拉克勒斯正在为怎样才能娶到伊俄勒发愁呢，闻讯后大喜，急忙赶到俄卡利亚，混在竞赛者的中间参加射箭比赛。

赫拉克勒斯的箭术本来就是跟欧律托斯学的，基础相当扎实，又加上在完成十二大任务的过程中屡次用到弓箭，更是在实战中把自己的箭术练得炉火纯青。所以在比赛中，他不仅战胜了国王的儿子，而且还胜过了自己的师傅——国王欧律托斯。

国王看到自己这个久别的得意门生也很高兴，极其隆重地接待了他。可是想到要把心爱的女儿嫁给他，就老大的不乐意了。一方面，自己其实还没准备把伊俄勒嫁出去，想趁着她还年轻让她多享受几年无忧无虑的少女生活；另一方面，赫拉克勒斯虽然是个当之无愧的大英雄，但真的不是自己心目中合适的女婿人选。因为他是自己从小看着长大的，所以非常清楚他的脾气，他容易冲动，且力大无穷，所以很容易犯一些让自己追悔莫及的错误，比如在疯狂中杀死了自己和墨伽拉的孩子。想到这一点，欧律托斯更坚定了自己的想法，不能把宝贝女儿嫁给他。于是，欧律托斯推托说需要有充分的时间来考虑一下这件婚事，其实是想把这件婚事无限期地推迟下去，一直等到赫拉克勒斯失去耐心，然后就可以不了了之了。

可是欧律托斯的大儿子伊菲托斯跟父亲的想法正好相反，他跟赫拉克勒斯正好同龄，幼时就一起练过箭。伊菲托斯继承了父亲在射箭方面的天赋，箭术超群，鲜有敌手。阔别多时的赫拉克勒斯在剑术上战胜了自己，这非但没有让他产生妒忌的情绪，反而产生了好汉惜好汉的感情，与赫拉克勒斯成了好朋友。他觉得能嫁给这位举世无双的大英雄是妹妹伊俄勒的幸运，所以劝父亲接纳这位技艺超群的年轻英雄为女婿，遵守自己的承诺把伊俄勒嫁给他。欧律托斯固执己见，对伊菲托斯的劝说置若罔闻，依旧按照自己的想法行事。赫拉克勒斯娶不到自己喜欢的伊俄勒，又受到来自师傅的怀疑，深受打击，离开了王宫，在外漂泊了很长时间。

就在这时，又发生了一件事，彻底断绝了赫拉克勒斯娶到伊俄勒的希望。一天，王宫的仆人来到国王欧律托斯面前，向他禀报说有一个强盗偷走了国王的牛群。其实，偷走牛群的是奸诈而狡猾的盗贼奥托吕科斯，他以自己举世无双的偷窃技术而闻名全希腊。仆人们和伊菲托斯都认为是奥托吕科斯干的，因为他以前也偷过王宫的牛群。但是欧律托斯却不相信，他恼怒地说："这事不要怪到别人头上，一定是赫拉克勒斯干的。他什么事情干不出来呢，别忘了，他曾经亲手杀死了自己的孩子！我不答应把伊俄勒许配给他，他就干出了这样卑鄙的勾当来报复我！"

伊菲托斯很清楚自己的朋友赫拉克勒斯的为人，知道他不会去干这种偷鸡摸狗的事，所以委婉地劝说父亲并极力为赫拉克勒斯辩护，并表示愿意和赫拉克勒斯一起去找回被偷走的牛群，以洗刷他的嫌疑。

赫拉克勒斯听说了欧律托斯对自己的怀疑非常伤心，这时看到伊菲托斯来找自己非常高兴。至少，还有一个好朋友是信任自己的，并且肯为自己的事情而奔波。他热情地招待了伊菲托斯王子，并且一口就答应下要和他一起去寻找被偷走的牛。但是，他们找遍了攸俾阿岛的每个角落却一无所获，只好失望地往回走。来到提任斯的城墙附近时，他们决定爬到上面去，从高处看一下，试试能不能发现丢失的牛群。可是不幸的事情发生了，被赫拉克勒斯一箭射中胸部的女神赫拉现在已经痊愈了，正好要来找赫拉克勒斯报仇。所以，当他们两个爬上城墙往下张望的时候，愤怒的赫拉让赫拉克勒斯的疯病突然发作了。他在赫拉的控制之下失去了理智，把忠诚的朋友伊菲托斯当成了他父亲的同谋，误以为他是要来监视自己、伺机杀害自己的。于是，疯狂了的赫拉克勒斯狂暴地把伊菲托斯从高高的城墙上推了下去。可怜的伊菲托斯当时就摔死了。

赫拉克勒斯为翁法勒女王服役

赫拉克勒斯清醒过来之后后悔万分，他居然把一位这么信任自己的好朋友推下了城墙。虽然是在赫拉的控制下在疯狂中把伊菲托斯推下城墙的，但他仍然背上了一个沉重的血债，心里被压得透不过气来。于是，他跑遍希腊各地，找各地的国王求情，希望他们能帮自己洗净罪过。他先找到了皮罗斯的国王涅琉斯，被拒绝了。后来，又找到了斯巴达的国王海波坤，可是他也与涅琉斯一样，把赫拉克勒斯看成了一个动辄发狂杀人的疯子，不愿意与他有任何瓜葛。最后，他找到了阿弥克勒的国王得伊福斯，这位国王早就听说了赫拉克勒斯的故事，愿意为他向神灵祷告，让神灵清洗他身上的罪恶。可是，神灵们不但没有原谅他，还让他染上了重病来惩罚他的过失。

于是，一向健康的大英雄从来没有这么病弱过，连那一身的力气似乎都不听自己的使唤了。他忍受不了这种折磨，于是撑着病弱的身体来到得尔斐神庙。在神庙里，他向神灵祈求，希望在神谕中寻得治病的妙方。神灵给了他一个很深奥的神谕，但那里的女祭司却因为他是杀人凶手而不理睬他，根本不给他解释神谕。赫拉克勒斯愤怒了，他一气之下扛走了神庙前的用于祭祀的三足圣炉，放在一块野地里，然后在那里自己做起神谕来。

阿波罗在天上看到了这一切，他对赫拉克勒斯这一狂妄的举动十分恼火，认为这简直是对神灵的亵渎。于是，阿波罗出现在赫拉克勒斯面前，向他挑战。愤怒中的赫拉克勒斯不顾自己一身的病痛，爽快地应战了。但宙斯不愿意看到自己的两个儿子互相残杀，于是在他们中间扔去一道雷电，挡住了一场即将发生的兄弟残杀。并且，宙斯亲自给赫拉克勒斯传达了这样一则神谕：他只有卖身为奴，给别人当三年苦差，并把这笔卖身钱交给死者的父亲，这样才能清洗他杀死朋友的罪孽。赫拉克勒斯非常想清洗自己身上的罪恶，所以当时就决定按照神谕的要求去做。于是，他带领着几个朋友，乘船来到遥远的亚细亚。这天，恰逢梅俄尼恩女王翁法勒亲自到奴隶市场为自己挑选奴隶。她一眼就看到了赫拉克勒斯，见他虽然正在大病之中，却身材魁梧、高大壮实，就买下了他。赫拉克勒斯托人把自己的卖身钱送给了伊菲托斯的父亲欧律托斯，但是欧律托斯十分生气，拒绝收下，不给赫拉克勒斯赎罪的机会。后来，送钱的人只好把钱交给了伊菲托斯的儿子。说也奇怪，当伊菲托斯的儿子收下这笔钱的时候，赫拉克勒斯的病突然不治而愈了。一瞬间他就恢复了气力，又成了原来那个力大无比的大英雄。

恢复了元气的赫拉克勒斯虽然是翁法勒女王的奴仆，但仍然不失英雄本色。他继续创造着英雄的业绩，为当地的人们做了很多好事。他惩治了几乎所有危害和扰乱地方治安的强盗恶人，维护了女主人的国家和邻国的安全。

那个时候，翁法勒所统治的梅俄尼恩经常遭到伊托纳人的骚扰。赫拉克勒斯便率领众人奋起反击，把伊托纳人彻底征服了，让他们作为奴隶为翁法勒服役。当时最有名也最凶悍的一帮强盗是住在以弗所的克耳库泼人，他们抢劫掠夺，无恶不作。赫拉克勒斯赶到他们活动的地方，轻易就制伏了他们，打得他们一个个呼天抢地的。他把这帮俘虏了的强盗用绳子捆绑起来，押送到女主人翁法勒的面前，任她发落。

除了克耳库泼人之外，在利底亚有一个名叫里蒂埃塞斯的强盗臭名昭著，他是弥达斯的儿子。他作恶多端，手段隐蔽，且极其残忍，但是又非常具有隐蔽性。他因为非常富有，所以经常做出一副慷慨而好客的样子。经常很热情地把客人邀请到自己的家里，好酒好肉、视若贵宾。但在丰盛的晚宴后，他就凶相毕露了。他强迫这些被骗到他家的人为他耕地，如有不从就拿着鞭子狠狠地抽打他们。然后，在夜深人静，这些人也已经累得精疲力竭的时候，就会把他们残忍地杀掉，把尸体埋到土地里面当肥料。赫拉克勒斯听说了这件事之后便冒充普通的外乡人来到了利底亚，被里蒂埃塞斯邀请到了家中。赫拉克勒斯尽情地享受了强盗家里的美酒佳肴，然后一剑杀死了这个恶霸，把他的尸体丢在了密安得河里。

波塞冬的儿子、奥丽斯的国王茜洛宇斯也是个残暴的人，他捕捉过往的外乡人，并强迫他们在自己的葡萄园里劳动。赫拉克勒斯痛恨他的横行霸道，用铁铲一下子将他打死，又将他所有的葡萄藤连根挖掉了。

又一次，赫拉克勒斯在远征中来到杜利奇岛。他在沙滩上漫步的时候，突然发现了一具尸体，看起来应该是被海浪冲上岸边的。原来，这就是不幸的伊卡洛斯的尸体，他佩戴着父亲代达罗斯为他制造的鸟翼逃出克里特的迷宫。可是他却忘记了忠告，飞离太阳过近，以至于粘结鸟翼的蜡融化，羽毛脱落，栽入海里淹死了。赫拉克勒斯非常同情这个死于非命的年轻人，掩埋了他的尸体，并且为了纪念他，把这座岛改名为伊卡里尼。伊卡洛斯的父亲代达罗斯是个有名的建筑师和雕刻家，他为了感谢赫拉克勒斯为心爱的儿子所做的一切，在伊利斯的比萨为他建造了一座雕像。这座雕像栩栩如生、威武雄壮，有真人大小。有一天，赫拉克勒斯来到了比萨，等他走到自己的雕像附近的时候，夜幕刚刚降临，透过昏暗的光线，他居然把自己的雕像看成了一个活人，以为是有人正在向他寻衅呢，于是抓起一块大石头朝着雕像砸去，于是这精美的雕像就毁于一旦了。直到后来，他才从别人那里听说，这雕像是代达罗斯为了感激他的善意特地为他建造的。

在为翁法勒服役期间，赫拉克勒斯除了为民除害和到处征战之外，还参加了围猎卡吕冬公猪的活动。在这次活动中，他表现出了惊人的力量和胆识，显得卓尔不群。翁法勒十分赞赏她这个仆人的勇敢，对他的身世来历产生了兴趣。于是，在她的一再追问下，赫拉克勒斯向她道出了实情。当她听说他就是宙斯大名鼎鼎的凡间儿子赫拉克勒斯时，立即恢复了他的自由之身，并且不久之后就嫁给了他。

从那以后，赫拉克勒斯在精致豪华的王宫生活中渐渐失去了斗志。他逐渐忘掉了十字路口上的美德女神在他年轻时给她的教诲，反而越来越向着邪恶女神所指引的方向靠近了。他沉湎在对酒色佳肴的享受中，骄奢淫逸，不思进取，连妻子翁法勒也开始渐渐瞧不起他了。

翁法勒自己披上赫拉克勒斯的狮皮，戴上他用巨狮头颅做成的头盔，背上他那曾经令敌人闻风丧胆的弓箭在王宫里游逛。但是，她却让赫拉克勒斯穿上当地女人的丝质长裙来羞辱他。赫拉克勒斯已经完全让美丽的翁法勒迷住了，在她的爱情中沉醉不已，不但按她的意思穿上了女人的长裙，还甘愿坐在妻子的脚旁为她纺羊毛。他那健壮的脖子，当年曾经能够替巨人阿特拉斯顶住苍穹，现在却挂上了女人戴的钻石项链那两只曾经在婴儿时期就扼死了巨蛇的胳膊上戴满了玉石手镯；头上留起了披肩长发，戴着女人的发饰；高大的身躯上披着一件女人的华丽长袍……他坐在一堆王宫女佣中间，面前放着一辆纺车，用自己粗壮的立下过无数英雄业绩的手指纺着细细的纱线。他卖力而讨好地干着，担心完不成一天的任务会遭到女主人的嘲笑和责骂。

当翁法勒女王有兴致的时候，也会让穿着女人长袍的赫拉克勒斯给她和女佣们讲他年轻时的英雄业绩：他是怎样在摇篮里掐死了赫拉派来的两条巨蛇，怎样杀死了那刀枪不入的巨狮，怎样砍下了九头蛇许德拉那颗不死的头颅，又是怎样从哈里斯那里牵回地狱恶狗刻耳柏洛斯……那些女人们喜欢听他的故事，就如同儿时喜欢听保姆讲的精彩童话。

转眼间，赫拉克勒斯给翁法勒服役的三年期限快满了。就在这一天到来的时候，他突然从昏聩中清醒了过来。他羞愧万分地脱掉穿在身上的女人长袍，扯掉身上的珠宝首饰，又恢复了宙斯儿子的本来面目，浑身充满了英雄气概。他觉得自己的身上突然充满了无限的力量，非常想充

分使用这重新获得的自由，向他往昔的敌人们复仇。

赫拉克勒斯以后的业绩

赫拉克勒斯恢复自由后，第一个准备征讨就是特洛伊。他想要征服特洛伊狂妄暴虐而又狡诈无信的国王拉俄墨冬。拉俄墨冬也是特洛伊的缔造者和统治者，

他曾经胆大包天地赖掉了海神波塞冬给他建造特洛伊城墙的工钱。后来，同样失信于赫拉克勒斯。那是在赫拉克勒斯讨伐亚马逊女人国凯旋的途中，曾经从海怪口中勇敢地救出了国王的女儿赫西俄涅。拉俄墨冬原先许诺过要送给他一匹骏马作为报答的，结果事成之后拉俄墨冬不但自食其言、出尔反尔，还对赫拉克勒斯恶言恶语。赫拉克勒斯当时就对国王说会回来报仇的，后来虽然忙于完成欧律斯透斯的任务没来得及实施，但却从来没有忘记过。现在，时机终于成熟了，赫拉克勒斯决定报复这个言而无信的国王。

攻打有着坚固城墙的特洛伊可不是一件简单的事，所以赫拉克勒斯想把希腊最有名的英雄们都邀请入伙，他首先想到了英勇的忒拉蒙。于是，赫拉克勒斯批着他的狮皮铠甲来到了忒拉蒙家里。当时忒拉蒙正在用餐，看到大英雄赫拉克勒斯来了，忙从桌旁站起身，热情地邀请赫拉克勒斯同坐，并叫仆人拿来家里最好的酒，给他在金杯里斟满，与他一起喝起酒来。赫拉克勒斯被忒拉蒙的热情、豪爽打动了，他举起双手，向着苍天祈祷说："伟大的父亲宙斯，我请您满足我的一个虔诚的祈求，如果你愿意施恩，那么请赐给忒拉蒙一个勇敢忠诚、所向无敌的儿子吧，就像穿着尼密阿狮皮的我一样勇敢。"赫拉克勒斯的话刚刚讲完，宙斯就满足了心爱的儿子的这个请求，他送来了一只矫健的雄鹰。赫拉克勒斯一看，兴奋地对忒拉蒙说："喂，朋友，你即将得到你日思夜想的儿子了！并且，他将像这只雄鹰一样矫健勇敢，他的名字就叫埃阿斯。"忒拉蒙一听非常高兴，因为他已经娶妻多年，但是一直没有得到梦寐以求的儿子，这次梦想实现，他非常感激赫拉克勒斯作为朋友的善解人意。

接着，他俩又联合了其他的希腊英雄一起征战特洛伊。现在，赫拉克勒斯的队伍扩大到了六艘船和大批的战士，还有希腊著名的英雄忒拉蒙、俄琉斯和珀琉斯等。经过了一段时间的海上航行之后，赫拉克勒斯的舰队终于到达了特洛伊海滩。登陆之后，赫拉克勒斯命令俄琉斯率领一部分人马驻守海滩、看守船只，自己则率领着其他的英雄们向特洛伊城进发了。同时，拉俄墨冬也听到了赫拉克勒斯率领众英雄来进攻的消息，他急忙率军去袭击英雄们乘坐的船只。驻守在海滩的俄琉斯英勇抗击，但是由于寡不敌众，最终还是战败并且被杀死了。拉俄墨冬一看赫拉克勒斯的大部分人马已经攻向特洛伊城了，赶紧率众归来，可他们刚赶到半道，就被赫拉克勒斯派出的另一批勇士们包围住了。

与此同时，赫拉克勒斯亲自率领着众英雄围困了特洛伊城，开始直接攻打。忒拉蒙率先躲过特洛伊人射出的乱箭，登上城墙，一马当先冲进了特洛伊城。赫拉克勒斯紧跟在他的后面。赫拉克勒斯自从出生以来就一直是样样领先的，这次是大英雄一生中第一次被人超过了，他又气又急，恼羞成怒。妒火在一瞬间烧毁了他的理智，他拔出宝剑，想一剑把冲在前面的忒拉蒙砍翻在地。忒拉蒙恰好在这时回头看了一眼，他马上明白了赫拉克勒斯的意图，立马弯下腰去，把附近的石头收集过来堆放在一起。赫拉克勒斯被他的这个举动弄懵了，就问他这是在干什么。忒拉蒙回答说:“我在这里为战无不胜的大英雄赫拉克勒斯建造一座圣坛!”这话让大英雄感到万分的惭愧,疑惧和妒火也一下子消失得无影无踪了。他们又成了并肩作战、同仇敌忾的好兄弟。

赫拉克勒斯受到忒拉蒙的感染,在这次战争中更是勇往直前、所向披靡。他援弓搭箭,接连射死了狡诈的国王拉俄墨冬和他的几个儿子,只有最年幼的王子波达尔克斯幸免于难。赫拉克勒斯很快就带领着众人占领了特洛伊城。通过这次战斗,赫拉克勒斯对忒拉蒙的人品和本领更加欣赏了,所以在占领了特洛伊之后,他把拉俄墨冬的女儿赫西俄涅作为战利品奖赏给了忒拉蒙。同时,他又允许赫西俄涅在特洛伊战俘中挑选一个人,让他重获自由。善良的姑娘挑选了自己唯一一个活下来的兄弟波达尔克斯。“好吧,从现在开始,他就归你支配了,”赫拉克勒斯说,“可是,他既然战败了,就必须委屈一下,吃点苦头,先当一名奴仆。然后你可以用一笔赎金将他赎回,这样他才能真正得到自由!”这孩子被当作奴隶当众拍卖了,然后他的姐姐赫西俄涅从头上拔下了贵重的黄金首饰,赎回了弟弟的自由之身。从此之后,她的这位兄弟就被称为“鲁里阿摩斯”,意思是被赎买回来的人。

赫拉克勒斯征讨特洛伊的大获全胜让赫拉忌恨万分,她又开始琢磨起谋害大英雄的法子,不想让他得到圆满的结局。于是,在赫拉克勒斯一行人从特洛伊回去的途中,一场可怕的狂风暴雨向他们袭来。顿时间,整个海面上惊涛骇浪,大雨倾盆,眼看着这群在战争中得胜的英雄就要覆灭在大海之上了。这时,赫拉克勒斯的父亲宙斯出来搭救了他们,他召唤出了海神波塞冬,令他让海上变得风平浪静,才使赫拉的企图未能得逞。

征讨完特洛伊之后,赫拉克勒斯决定去攻打伊利斯的国王奥革阿斯,他也是个言而无信的家伙。当初,赫拉克勒斯接受了欧律斯透斯的任务去打扫奥革阿斯王宫前的牛棚。国王许诺,如果赫拉克勒斯能在一天之内把牛棚打扫干净,就把牛群的十分之一送给他作为酬劳。但是当赫拉克勒斯在一天之内真的完成了这件工作后,他却拒绝给他应得的报酬。他的儿子菲洛宇斯因为给赫拉克勒斯作证,也被他放逐出伊利斯了。赫拉克勒斯率领着部队很快就攻占了他的伊利斯城,把无信的国王和他留在伊利斯的儿子全都杀死了。后来,他把王国送给了菲洛宇斯。因为菲洛宇斯曾经由于与他友好而被自己的父亲放逐。

取得这场征战的胜利之后,赫拉克勒斯恢复了奥林匹克运动会,以此奉献给自己的父亲宙斯。奥林匹克运动会在夏至前后开幕,会期定为五天。会前,三名希腊使者,在宙斯神殿前举行宗教仪式,点燃圣火,然后分赴希腊各地通知竞技会的注意事项。竞技期间,城邦务必休战。城邦使节和体育团提前一周赶往奥林匹斯,竖起帐篷,形成一个热闹的帐篷城。赛会的头一天,人们要向宙斯举行隆重的祭祀典礼,然后就在庙前草地上举行比赛。项目最初只有赛跑一项,以后陆续增加了摔跤、拳击、赛马、赛车、艺术比赛、传令比赛和笛手比赛等。在运动会期间,连宙斯也经常变作人的模样前来与赫拉克勒斯角斗。有趣的是,他常常输给自己这个力大无穷的儿子。尽管如此,他还是非常高兴,会衷心地祝贺赫拉克勒斯,称赞他是了不起的大力士。

完成了好多英雄业绩的赫拉克勒斯又一次考虑起自己的终身大事来,因为自从上次向老师欧律托斯的女儿伊俄勒求婚失败以后,就再也没有动过这方面的心思了。这次,他又爱上了一个姑娘,那就是在地狱里认识的墨勒阿革洛斯的妹妹得伊阿尼拉。

赫拉克勒斯和得伊阿尼拉

现在正是阳春三月,卡吕冬岛上春暖花开、万木复苏,处处鸟语花香、游人如织。国王俄纽斯的宫殿前更是热闹。那里,人山人海,争相传告着一条信息:国王三月十五号要比武招女婿了。

这条消息一传出来,卡吕冬岛附近的所有男子都为之怦然心动。方圆五百里之内,谁不知道国王美貌的女儿得伊阿尼拉呢。早些年,一些王子前去求婚,都遭到了国王的婉言拒绝,借口只有一个:小女年纪轻轻,嫁过去恐怕不能侍候人,还是等几年再说吧。这一等,就是五年。当年的翩翩少年,大多成家立业,成为牵女挈子的大男人了,只有少数人还痴心等待着。因这些缘由,人们也不敢在国王面前轻易地谈论公主的婚事。谁知道,就在很多人都失望的时候,老国王却要比武招女婿了。一时间,整个卡吕冬,沉浸在喜悦之中。好不容易熬到了三月中旬,这一天,他们收拾整齐,穿着光鲜,来到了宫殿前。

在这群求婚人之中的,有两个人最引人注目。第一位,是一个七尺之躯的男子汉,相貌堂堂,棱角分明,一双眼睛,赫赫生成。他的衣着不很新鲜,但也还整齐,甚为朴素合体。在肩膀上斜挎一把大弓,一把宝剑悬挂在腰间,走起路来,虎虎生风。与他相比,另一个人的长相也颇为惊人。他臂膊粗壮,身材壮硕,扫把眉,朝天鼻孔,鼻毛如胡子一样地卷了出来。年纪轻轻,可是走路说话,盛气凌人,令周围的人直皱眉。人们纷纷打听,这两个人究竟是谁。让人奇怪的是,没人知道这俩人的背景。正在猜疑的时候,钟声响了,比武招亲开始了。

比武招亲分三场。第一场是箭法,第二场是骑术,第三场是剑法。三场比赛下来,最终胜出两个人。这两个人再斗一场,胜利者就是国王的女婿了。几次比拼下来,其他人纷纷败下阵来,只有那两个人旗鼓相当,斗了个不分上下。论箭法,身材高大之人百步穿杨,略胜一筹。可是说到骑术,那个身材粗壮的家伙简直与马合为一体,上蹿下跳,非常灵活。尽管那个高大之人骑术也很高,但与人家相比还是要差一些。等到比剑法,两个人却是平分秋色,各有长处了。看来,这次,驸马的人选,就要落在这两个即将决斗之人的身上了。

这次招亲,公主得伊阿尼拉也亲临战场,不过和众人之间隔了一道朦胧的帘子。她在帘子后,盯着场中两个互相对峙的人,一颗芳心忐忑不安,落在那个身材高大之人的身上。她迫切希望这个人把那个粗壮的家伙打败。

说起来，国王比武招亲是被迫的，原因却和那个粗壮的年轻人息息相关。这个粗壮的年轻人，是河神阿刻罗俄斯。去年冬天，得伊阿尼拉离开卡吕冬，到温暖的珀洛宇宏过冬。一次游玩的时候，河神阿刻罗俄斯见到了河畔洗脚的得伊阿尼拉，为之神魂颠倒。他不能自已，上门求婚。为了显示自己的神通广大，他变化起来：先变作一头双角尖刀样的矫健公牛，在广场之上，精力充沛地嗷叫着；后来又变作一头有尾巴闪光的巨龙，摇头摆尾；最后，他恢复了原形——一个粗壮的浓眉大眼的年轻人。他变化多端，法力无边，可是变来变去，那丑陋无比叫人害怕的容貌都引不起得伊阿尼拉的兴趣。由于河神势大，父亲不敢得罪他，而且他还想攀附上一个神祇的家族，都要答应了，却因为女儿的固执这才拖延着。老国王无奈，就想了一个办法，说："阿刻罗俄斯，你不要心急。你不是武艺高强吗？我女儿打算比武招亲，你通过比试，夺取胜利，不是要比找媒人说亲更好吗？"阿刻罗俄斯自恃武艺高强，也就同意了这个建议。

两个求婚者相对而立。身材高大之人也知道，不经过一番激烈的争夺是得不到美女的。但此人性格就是这样：越是艰难，他越有兴趣。他不畏惧河神，而头上长角的河神看到这个人有可能夺走意中人，不由得额头上青筋暴突，企图用角顶撞对手。两个求婚者勇猛地拼斗起来。身材高大的人一直在寻找河神的弱点，故意左冲右突，寻找破绽，却不能成功。别看河神巨大的牛头非常笨拙，打斗起来，它总是能够迅速地避开对手的打击，并寻机反击，用牛角将对手顶翻在地。打斗进入白热化，两个人扭在一起相互肉搏，僵持了很长一段时间。这个时候，美丽的公主暗暗祈祷，那个丑八怪快快倒地不起，而国王则暗暗后悔，生怕有什么闪失，得罪了河神。还好，身材高大之人逐渐占了上风，他把河神猛地一摔，按倒在地。失败了的河神念念有词，突变一条长蛇。身材高大之人眼疾手快，抢上一步，一把捏住蛇的七寸所在。要不是长蛇又变作一头公牛，那真的会被掐死。尽管这样，身材高大之人却不轻易让他溜走。他抓住一只牛角，尽力一扭，一只牛角断成两截，河神阿刻罗俄斯只得告饶，身材高大之人成了胜利的求婚者。后来，海中仙女阿玛尔亚用各种水果汁如石榴汁、葡萄汁等浇在阿刻罗俄斯的断角里，才治好了他的创伤，让他又长出了新的牛角。

这个身材高大之人就是希腊的大英雄赫拉克勒斯。他在伯罗奔尼撒半岛做出了许多英雄业绩后，来到了卡吕冬。他去地狱制伏地狱恶狗的时候，已经听偶遇的朋友墨勒阿革洛斯讲起过妹妹得伊阿尼拉的天姿国色，当时还答应替他探望这个妹妹呢。现在，一听说美丽动人的得伊阿尼拉比武招亲，赫拉克勒斯也加入了求婚者的行列。

一个月后，赫拉克勒斯跟得伊阿尼拉举行了婚礼。一年之后，他们有了自己的儿子许罗斯。可是这样安稳的日子没过几年，赫拉克勒斯又被逼离家远走了。起因很简单，那是在国王俄纽斯设宴招待贵宾的宴席上，一个侍童叫奥字诺摩斯，因一时疏忽，没有弄清客人的要求。赫拉克勒斯想给他一个小小的教训，轻拍了一下，谁知道竟把侍童当场打死了。尽管国王饶恕了他，赫拉克勒斯却不得不接受天神的惩罚。他年轻的妻子得伊阿尼拉和儿子许罗斯陪伴着他，四处流亡。

赫拉克勒斯和马人涅索斯

有一次，赫拉克勒斯准备带妻子得伊阿尼拉到特拉奇斯，去拜访自己的老朋友刻宇克斯。可是他没有想到，就是这次不起眼的旅行却比以往的任何一次都凶险，因为这凶险是在暗处的，就如同在赫拉克勒斯的生活中安放了一枚不定时炸弹。

在赫拉克勒斯和得伊阿尼拉去往特拉奇斯的路上要过一条河，也就是奥宇埃诺斯河。当时，有个肯陶洛斯的马人涅索斯专门在这条河上靠背人过河来赚取报酬。涅索斯每次都是把行人驮在背上背他们过河的，他认为自己拿这笔钱是对得起良心的，因为神们相信他诚实，才把这任务交给他。赫拉克勒斯身强体壮，自然用不着马人驮他过河。但是，他的娇妻得伊阿尼拉可就不一样了。赫拉克勒斯爱惜妻子的身体，怕湍急的河水会伤害到爱妻，就让马人涅索斯驮她过河，而他自己则迈开大步，亲自涉水过河。

赫拉克勒斯

得伊阿尼拉非常漂亮，在整个希腊都美名远播，本来就好色的马人涅索斯在河中被这个绝色的美女迷住了。一开始他还克制着自己，因为毕竟自己是靠背人过河为生的，如果这次坏了名声恐怕以后就不会有人找他渡河了。并且，背上这个女子的丈夫就走在前面，而且是个英勇无敌的大英雄。但是，走到河中间的时候，他一眼瞥见得伊阿尼拉在河中那绝美的倒影，再也忍不住了。他一时意乱情迷，居然一下子把得伊阿尼拉拥到怀里，然后用手在她身上乱摸起来。得伊阿尼拉哪里受过这样的侮辱，大声地尖叫起来。这时的赫拉克勒斯正好刚刚上岸，他听到妻子的呼叫声，回头一看，发现这个半人半马、浑身毛发的怪物正在占妻子的便宜，不由得心头火起。他立即从箭袋中抽出一支毒箭来，等涅索斯一上岸，就朝着他一箭射去。只见这一箭一下子就穿透了这个色胆包天的马人的胸膛，他当即就倒在了地上。

这时还有些惊魂未定的得伊阿尼拉赶紧挣脱了马人涅索斯的手臂，朝丈夫那里跑去。而这时垂死的涅索斯却生出了一个恶毒的想法，他朝着得伊阿尼拉呼唤说："俄纽斯的女儿，听我一句话吧！我背人过河背了一辈子，你是我背着渡河的最后一个人，所以我请求你掩埋我的尸体。当然,我将送给你一件绝妙的礼物作为对你的报答你把我的伤口中流出来的血保留起来吧,它是一种神奇的爱情魔药。如果你把它涂抹在你丈夫的贴身衣服上,那么从此以后,普天之下他只会爱你一个女人。"

说完这些居心险恶的话,马人涅索斯就死了。得伊阿尼拉与赫拉克勒斯的感情很好,也从来没有怀疑过丈夫对自己的忠诚和爱情,可是,仍悄悄地用一只杯子接过马人伤口里的血,并保存起来。赫拉克勒斯离马人和妻子比较远,所以对发生的一切一无所知,不知道自己的身边已经埋上了一颗不定时炸弹。他们夫妻两人在路上又经历了别的一些冒险后,终于来到了特拉奇斯,找到了朋友刻宇克斯——帖撒利的国王。看到好朋友带妻子来访他很高兴,并非常热情地接待了赫拉克勒斯夫妇,让他们在自己的王宫住了下来。

赫拉克勒斯的结局

赫拉克勒斯在人间的最后一次征战是讨伐俄卡利亚国王欧律托斯。欧律托斯是赫拉克勒斯年幼时的射箭老师,他曾经允诺凡是射箭胜过他和他儿子的人,可以娶他女儿伊俄勒为妻。可是,后来却拒绝了射箭比赛中获胜的赫拉克勒斯。赫拉克勒斯为了报复他,组成了一支强大的军队,围困了俄卡利亚,并很快攻破城池,打死了国王和他的三个儿子,俘虏了年轻美貌的伊俄勒。

战争结束后,按照惯例,他需要在刻奈翁半岛上给宙斯献祭,就准备推迟几天回去,而让他的亲密随从利卡斯将俘虏带回去,而刚刚俘虏的伊俄勒也在其中。这时,赫拉克勒斯的妻子得伊阿尼拉正在家里焦急地等待着丈夫的作战消息。这时王宫里发生一阵欢呼声,一名使者飞奔回来,报告说:"伟大的赫拉克勒斯大获全胜,即将回来了!他的贴身仆人利卡斯正在向城外的人们宣布胜利的喜讯,他还带着一些俘虏和战利品先回来了呢。赫拉克勒斯要推迟几天才能回来,因为他在欧玻亚的刻奈翁半岛上准备给宙斯献祭。"

很快,随从利卡斯也来到了得伊阿尼拉面前,他的身后还跟着一群俘虏。春风满面的利卡斯掩饰不住胜利的喜悦,他高兴地对得伊阿尼拉说:"尊贵的夫人,赫拉克勒斯已经取得了胜利。那些巧言欺骗的人都被我们打败了,我们攻占了城池,抓获了一批俘虏。你的丈夫让我带话给你,请你善待这些俘虏,尤其是这位跪在你脚下的不幸的姑娘。"

得伊阿尼拉是个非常高贵善良的女子,她同情地看看这位跪在自己面前的年轻女子,然后亲自把她从地上扶起来,问道:"你是谁呢,可怜的姑娘?你这么年轻,还没有结婚吧?看你的仪态举止肯定是出身于高贵家庭!利卡斯,告诉我,这位年轻姑娘的父母亲是谁?"利卡斯一听得伊阿尼拉问起伊俄勒的身世感到非常为难,因为他知道赫拉克勒斯曾经向伊俄勒求过婚。他怕说得太多会引起不必要的麻烦,于是支支吾吾地搪塞过去了。他只是回答诡"我也不是很清楚,可能她确实不是出身于俄卡利亚的小户人家吧。"

听到这里,年轻的伊俄勒也长叹一声,保持沉默,因为她刚刚失去了自己的父亲和兄弟,非常不愿意再提起这伤心事。得伊阿尼拉对他们两人的表情感到奇怪,但不便再追问下去,就叫人把姑娘送进内室,并嘱咐要好好对待她。利卡斯离开后,起先进来的那名使者走近女主人并悄悄地对她说:“得伊阿尼拉,你不要太轻信了利卡斯了。他对你隐瞒了事情的真相。他曾经在大庭广众之下亲口说过,赫拉克勒斯就是为了刚才那位年轻美貌的女子才讨伐俄卡利亚的。她是俄卡利亚国王欧律托斯的女儿,名叫伊俄勒。赫拉克勒斯小时候曾经跟随欧律托斯学箭,他曾经对她十分爱慕,并且向她求过婚。她这次可是来者不善呀,肯定不是来当你的女佣的,她是赫拉克勒斯的情妇,是来跟你争宠的。”

得伊阿尼拉听到这番话感到十分悲伤,她不相信与自己深情款款的丈夫会背叛自己。于是,她马上镇静下来,命令侍从把丈夫的仆人利卡斯招来见她。利卡斯一看事情到了这种地步,更是怕得伊阿尼拉会怀疑了,于是他指着苍天向宙斯发誓,说自己所说的都是真话,他确实不知道姑娘的父亲到底是谁。得伊阿尼拉是个善于察言观色的女人,她从利卡斯紧张的神情中察觉到他在撒谎。于是,她真诚地向利卡斯说道:“别再对宙斯不敬了,会惹怒神灵的。你何必跟我说谎呢,即使我真的怀疑丈夫的忠诚,责怪他的花心,也绝不会因此而仇视这位可怜的姑娘,因为她从来没有伤害过我。我很同情她,她的花容月貌不但没有给她带来幸福,反而给她招来了苦难,也毁了她的国家和父兄。”

利卡斯被夫人的坦诚和大度打动了,他见夫人如此通情达理,知道她不会跟赫拉克勒斯无缘无故地生气,便把一切都告诉了她。得伊阿尼拉果然一点也没有责备他,只是让马上就要返回赫拉克勒斯那里的利卡斯稍等片刻,她要为丈夫准备一件礼物,来庆祝他的大获全胜。

原来,按照肯陶洛斯人马人涅索斯临死前的吩咐,她已经悄悄地把他的毒血制成血膏,藏在不见阳光、不受热的密室里。她一直相信那是一味神奇的爱情魔药,可以在丈夫喜欢上别人时唤回他的爱情和忠心的魔药。以前,她只是把这药存在那里,现在她觉得是让这药发挥它的神奇作用的时候了。于是,她悄悄地钻进那间小小的密室,取出血膏,用一团羊毛沾着,将它们涂在一件珍贵的紫色衣服上。然后,她把衣服仔仔细细地折起来,锁在了一只精致漂亮的小盒子里。做完这一切后,得伊阿尼拉非常高兴,她确信自己会永远拥有赫拉克勒斯的爱情了。她把使用过的羊毛随手一扔,然后快步走到外面,把装在小盒子里的衣服和一个戒指交给了一直等候着的利卡斯。她嘱咐说:“请把这件衣服带给我的丈夫。这是我亲自缝制的一件贴身衣服,除了他以外,其他任何人都不能穿这件衣服。我希望他穿着这件衣服去祭拜神灵,在此之前请不要把它放在火旁或阳光底下。拿着这枚戒指,这是我们俩之间的信物,你只要把这个交给他,他就会相信你所说的是我真实的口信。”

利卡斯满口答应了得伊阿尼拉的吩咐,表示自己会快马加鞭赶过去,一定让赫拉克勒斯在献祭之前收到妻子的礼物。说完,他就带着礼物赶到了欧玻亚,把礼物送给了正在准备献祭的主人。过了几天，赫拉克勒斯和得伊阿尼拉的长子许罗斯在家待不住，十分想念父亲，便前去看望，准备迎接父亲早日回家。

儿子和丈夫都不在家，得伊阿尼拉一个人感觉非常无聊，便着手收拾王宫里的一些东西，好迎接他们父子回来。有一天，她偶然走进了盛放马人涅索斯血膏的密室，突然瞥见密室的地上有一团奇怪的东西。仔细一看，得伊阿尼拉想起来那是自己用来往衣服上涂抹血膏的羊毛。此时，一束幽暗的阳光正照在这团羊毛上，她看到这团羊毛已经变得发黑，像是燃烧过的样子。并且现在，它正冒出一串串黑色的泡泡，发出丝丝的声音。得伊阿尼拉一见之下大吃一惊，她回想起马人涅索斯临闭眼时那诡秘的一笑，预感到事情不妙，顿时只觉得手脚发软、天旋地转。过了好一会儿，她稍微镇定了一些，抱着侥幸的心理在宫里团团转，不知道如何是好。

终于，她听到王宫外一阵喧哗，便急忙跑了出去。她见到了儿子许罗斯，可是他的身旁却没有赫拉克勒斯。得伊阿尼拉心中一阵慌乱，但还是存有一丝丝侥幸，或者是赫拉克勒斯有什么事情耽搁了呢？但是，许罗斯的话把她最后的一丝侥幸心理也赶跑了。他带着悲伤和愤怒的神色朝着自己的母亲喊道："唉，母亲呀！你都干了些什么好事呀！我真希望世界上从来就没有过你这个人，希望你从来就不是我的母亲！"她听了儿子的话知道事情不好了，自己的不祥预感应验了。但是，她还是非常想知道赫拉克勒斯现在的情况怎么样，于是连忙问道："孩子，你这是怎么了？到底发生了什么事？你的父亲怎么没有跟你一起回来？"

这时的许罗斯已经泣不成声了，他说："我刚从刻奈翁半岛跑回来，母亲。是你！你毁了父亲的生命呀！"得伊阿尼拉面色惨白，但仍镇静地问他："这是谁告诉你的，我的儿子？你的父亲现在怎么样了？是谁诬蔑我做下这种伤天害理的事？"

"没有任何人想去污蔑你，是我自己亲眼看到的，亲眼看到我的母亲竟然会去谋害我敬爱的父亲。"许罗斯满含恨意地说。他狠狠地看了母亲得伊阿尼拉一眼，然后继续说："我赶到刻奈翁时，我的父亲正在忙着宰杀牲口，准备向主神宙斯献祭。这时，他的贴身仆人利卡斯捧着一个精致的小盒子过来的，他说这是你送给父亲的礼物，是你亲手缝制的一件贴身衣服。同时，他还从口袋里拿出了一枚戒指交给了父亲。父亲看到戒指和你的礼物非常高兴，他哪里知道那是一件该受诅咒的衣服呀！正好，献祭马上就要开始了，父亲立刻按照你的祝福把你送的那件紫色的贴身衣服穿在身上，他心中怀着对你的爱，所以这件衣服在他的眼中也格外的漂亮。于是，他高高兴兴地开始献祭了。那天的献祭十分隆重，一共宰了十二头公牛。开始时，父亲十分安详而虔诚地做着祷告。但是，当祭坛上的火焰开始升腾时，他开始大汗淋漓，豆粒大的汗珠从他的身上、脸上冒出了。开始，他还不想破坏祭坛上的庄严氛围，咬牙坚持着。但是，那件贴身的紫色衣服像是用铁铸在他身上的一样，越来越紧，他感到从头到脚一阵阵痉挛，好像被无数的毒蛇在咬噬着。父亲终于忍受不了这地狱般的感受了，他大声呼唤着带来了紫色衣服的利卡斯。利卡斯跑过来了，看到父亲的情况他也大吃一惊，在父亲的要求下，他重复了一遍你嘱咐他的话。疼痛难忍的父亲一听怒不可遏，马上抓住他的脚，狠狠地把他在摔向海滨的岩石，可怜的利卡斯当时就摔死了。父亲还不解恨，又把他的骨尸扔进了大海。你最明白，利卡斯其实是无辜的，他只是忠实地转交了你的那件有毒的紧身衣，却因为你的恶毒而死无葬身之地。父亲在痛苦的折磨下失去了理智，他疯狂的举动使任何人不敢靠近他。他在地上痛苦地号叫打滚，然后又突然跳了起来，他大声地吼叫着，海面上、山谷中、树林里，到处都回荡着他痛苦的声音。他大声地诅咒着你的恶毒，诅咒着给他带来了灭顶之灾的你们的婚姻。最后，他似乎稍稍恢复了一点理智，他对我说：'儿子，如果你同情你可怜的父亲，那就赶快把我抬到船上去，送我回家。我不能客死他乡。'我听了他的话，难过得恨不能替他去忍受那痛苦。我马上吩咐仆人们将他抬到船上。一路上，他都忍受着毒药的痛苦折磨和海浪的颠簸，痛苦得大声吼叫。现在，我们总算回到了故乡。你马上就能看到他了，你应该很高兴吧！他或许已经死了，即便现在还活着，也只剩最后一口气了。你干得真棒呀，母亲，你用可耻的手段谋害了人间最伟大的英雄！"

得伊阿尼拉听了儿子的责骂没有做任何辩解，因为她深爱着丈夫，对于丈夫的不幸她比任何人都更要痛心。后悔和痛苦折磨着她的心灵，她已经不愿意为自己做任何辩解，绝望地离开了沉浸在痛苦和愤怒中的儿子。得伊阿尼拉离开之后，有个女仆突然想起她曾经听得伊阿尼拉对她说过涅索斯送给她的那种爱情魔药，还嘱咐她不要跟别人说。这时，她赶紧过去告诉了许罗斯。许罗斯一听，明白了自己是在愤怒和痛苦中错怪了母亲，赶紧朝刚刚离开的母亲追去。可是已经太晚了，他来到父亲和母亲的卧室时，被眼前的一幕震撼了：得伊阿尼拉直挺挺地躺在丈夫曾经睡过的床上，已经死了。她的胸口上还插着一把利剑，鲜血染红了宽大的床。接连受到打击的许罗斯痛悔万分，他紧紧地抱着母亲的遗体，可是那躯体却慢慢地变凉了。他伏在母亲的身旁痛哭流涕，为自己过激的语言和鲁莽的行为而深深后悔。突然，大殿里一阵喧闹，他知道是父亲回来了，连忙跳起身来赶过去。

赫拉克勒斯已经回到了大殿，他大声地呼喊着许罗斯："儿子，你在哪里呀？拔出你的宝剑来，对准你的父亲，对准我的脖子，一剑杀死我吧！这样才能让我从这地狱般的痛苦中解脱出来，从你的母亲赐予我的痛苦中解脱出来！我实在不愿意继续像个女人那样哭泣！"然后，他又绝望地转向围在一旁的人，向他们伸出双手，大声地说："你们还认识这双手吗？它曾经扼死过摇篮里的巨蛇，它曾经杀死过尼密阿的巨狮，它曾经砍下过九头蛇许德拉号称不死的头颅，它曾经把地狱恶狗刻耳柏洛斯拖到阳间……可是现在，多么可悲呀，它连杀死自己的力气都没有了！人间的长矛铁枪没有杀死我，山中的野兽凶禽没有吃掉我，巨人的队伍没有制服我，甚至连太阳神阿波罗都没有让我倒下。可是，我居然死在了一个女人的手上！而且这个女人还是跟我生活了十几年的妻子！我的儿子呀，杀死我吧，结束我的痛苦吧。然后再去惩罚你的母亲，为你的父亲报仇！"

许罗斯向父亲说明了事情的真相，告诉他母亲是无意之中害了他，她的本意只是想唤回他的爱情和忠诚。并且为了抵罪，她已经拔刀自尽了。赫拉克勒斯一听，顿时惊呆了，他的情绪由狂愤转为悲哀。他后悔自己太过大意，没有看穿马人涅素斯的诡计，结果不但害了自己，也害妻子因此丢掉了性命。他立即让儿子许罗斯娶了他曾经爱过的伊俄勒，以此来告慰妻子地下的亡灵。

处理完所有的事情，赫拉克勒斯只盼能以死来结束自己浑身的痛苦，但是奇怪的是，不管用什么样的方法，他都死不了。这时，他突然想起了一则得尔斐的神谕，神谕说赫拉克勒斯将死在特拉奇斯地方的俄塔山上。因此，他不顾身体的疼痛，叫人把自己抬到俄塔山的山顶上。到了山顶之后，他又命人架起了一堆木柴，把他搁在木柴堆上，并命令点火，可是没人愿意执行这个残酷的命令。最后，经不住赫拉克勒斯的再三恳求，他的朋友菲罗克忒忒斯实在不愿意看到赫拉克勒斯继续忍受痛苦了，才答应由自己点火。

赫拉克勒斯为了感谢他，把自己战无不胜的神弓送给他，当然还有那些浸了许德拉毒血的箭。最后，菲罗克忒忒斯举起燃着的火把点燃了木柴。木柴刚被点燃，天上就闪起了闪电，闪电直击火苗，助长了火势，整个柴堆燃起了熊熊烈火。最后，一朵祥云从空中冉冉下落，笼罩着整个柴堆。在隆隆的雷声中，赫拉克勒斯这位不朽的英雄已经被送到了奥林匹斯圣山。当整个木柴堆烧成灰烬之后，伊俄拉俄斯、许罗斯和别的一些亲人朋友准备捡拾赫拉克勒斯的遗骨，然而他们什么也没有找到。于是，他们想起了盲人占卜者提瑞西阿斯那则关于赫拉克勒斯的神谕："他长大以后，将除尽地上和海里的众多的妖魔鬼怪；他将战胜巨人，并且在历尽人世间的诸多艰险之后，获得神的永久生命，并赢得青春女神赫柏的爱情。"看来，神谕应验了，赫拉克勒斯已经从凡人变成了天神。于是，他们以对待神的仪式给他献祭。后来，所有的希腊人都把他当作永垂不朽的神来崇拜。

赫拉克勒斯在大火中升天之后，女神雅典娜已经在天庭等候着他了，并把他引入了诸神的行列。在经历了这一系列的事情之后，赫拉对他也宽容友好多了，不仅没有再为难他，还把自己的女儿赫柏嫁给了他。赫柏是永恒的青春女神，永远年轻漂亮，后来，她一直与赫拉克勒斯一起住在奥林匹斯圣山上，并为他生育了很多美丽而永生的孩子。